Mr. MURDER

DU MÊME AUTEUR
CHEZ POCKET

dans la même collection

FIÈVRE DE GLACE
LA MAISON INTERDITE
LE MASQUE DE L'OUBLI
MIROIRS DE SANG
LA MORT À LA TRAÎNE
LA NUIT DES CAFARDS
LA NUIT DU FORAIN
LA PESTE GRISE
UNE PORTE SUR L'HIVER
LA VOIX DES TÉNÈBRES
LES YEUX DES TÉNÈBRES
LUNE FROIDE
LA CACHE DU DIABLE
MR. MURDER
ÉTRANGES DÉTOURS
DÉMONS INTIMES
LES LARMES DU DRAGON
LE RIDEAU DES TÉNÈBRES
LE VISAGE DE LA PEUR
TIC-TAC
L'HEURE DES CHAUVES-SOURIS

en Pocket Thriller

PRISON DE GLACE

DEAN KOONTZ

Mr. MURDER

PLON

Titre original

MR. MURDER

Traduit de l'américain
par Michel Pagel

Si vous souhaitez recevoir régulièrement
notre zine « **Rendez-vous ailleurs** », écrivez-nous à :

« Rendez-vous ailleurs »
Service promo Pocket
12, avenue d'Italie
75627 PARIS Cedex 13

ISBN Édition originale : G.P. Putnam's Sons, New York, 0-399-13874-9.
ISBN 2-266-07221-8.

A Phil Parks,
pour ce qui se trouve souvent à l'intérieur,
et à Don Brautigam,
pour ce qui se trouve souvent à
l'extérieur.
Et puis pour avoir tout ce talent
sans aucune névrose
gênante notable.
Enfin, *presque* aucune.

PREMIÈRE PARTIE

LE PÈRE NOËL ET SON JUMEAU MALÉFIQUE

L'hiver, cette année-là, était étrange et gris.
L'Apocalypse empuantissait l'air humide,
Et le ciel matinal, pour rejoindre minuit,
Bondissait tel un chat, cruel et trop rapide.

Le Livre des chagrins comptés

La vie est une éternelle comédie. C'en est toute la tragédie.

Martin STILLWATER, *Mort d'un évêque*

CHAPITRE I

1.

— *J'ai besoin...*

Bien installé dans son confortable fauteuil en cuir qui se balançait légèrement, un dictaphone à la main pour préparer une lettre à son directeur de collection de New York, Martin Stillwater se rendit soudain compte qu'il répétait les trois mêmes mots en un chuchotement rêveur.

— *J'ai besoin... J'ai besoin... J'ai besoin...*

Fronçant le sourcil, il arrêta l'appareil.

Le train cahoteux de ses pensées s'était engagé sur une voie de garage avant de s'immobiliser en haletant. Marty ne parvenait pas à se rappeler ce qu'il se préparait à dire.

Besoin de quoi ?

La grande maison n'était pas simplement calme. Il y régnait une tranquillité étrange, presque inquiétante. On était samedi. Paige avait emmené les gosses déjeuner au restaurant et voir un film en matinée.

Mais ce silence sans enfants était plus qu'un simple état de fait. Il était palpable, imprégnait l'air.

Marty posa sur sa nuque une main à la paume fraîche et moite. Il frissonna.

Dehors s'écoulait une journée d'automne aussi silencieuse que la maison, comme si tout le sud de la Californie avait été déserté par ses habitants. Devant la seule fenêtre du bureau, au premier étage, les larges lamelles des jalousies étaient entrouvertes. Les rayons du soleil s'infiltraient par les fentes obliques, imprimaient sur le sofa et le tapis des rayures rouge doré aussi lustrées que de la fourrure de renard ; le ruban lumineux le plus proche enveloppait un coin de la table de travail en U.

J'ai besoin...

L'instinct de Marty lui disait qu'il s'était produit l'instant d'avant quelque chose d'important, à la lisière de son champ de vision, quelque chose qu'il avait perçu de manière subliminale.

Faisant pivoter son fauteuil, il parcourut la pièce du regard. En dehors des bandes d'ombre et de soleil cuivré juxtaposées, la seule lumière provenait d'une petite lampe de bureau à l'abat-jour en verre teinté. Malgré cette semi-obscurité, il pouvait constater qu'il se trouvait seul avec ses livres, ses dossiers et son ordinateur.

Le silence semblait peu naturel, peut-être parce que, depuis mercredi, depuis la fermeture des écoles pour la fête d'Action de Grâces, la maison avait bouillonné de bruit et de turbulence. Les gosses lui manquaient. Il aurait dû aller au cinéma avec eux.

J'ai besoin...

Il avait prononcé ces mots avec une étrange tension... un désir ardent.

A présent, un sentiment de malaise le saisissait, l'impression très nette d'être en danger. L'angoisse prémonitoire que ressentaient parfois les personnages de ses romans et qu'il s'efforçait toujours de décrire sans avoir recours aux clichés.

Il n'avait rien éprouvé de tel depuis des années, depuis que Charlotte était tombée gravement malade à l'âge de quatre ans et que le médecin les avait préparés à la possibilité d'un cancer. Durant toute cette journée à l'hôpital, tandis que sa petite fille était transportée de laboratoire en salle d'examens, toutes les nuits sans sommeil et les longs jours qui avaient suivi, avant que les spécialistes ne se hasardent à avancer un diagnostic, Marty s'était senti hanté par un esprit maléfique dont la présence épaississait l'air, gênait la respiration, les mouvements, l'espoir. Finalement, son enfant ne s'était révélée menacée ni par un mal surnaturel ni par la leucémie. Elle ne souffrait que d'une affection sanguine parfaitement guérissable. En trois mois, elle avait été remise sur pied.

Mais il ne se rappelait que trop bien cette angoisse oppressante.

Il en ressentait à nouveau l'étau glacé, sans aucune raison valable. Charlotte et Emily étaient équilibrées et en bonne santé. Paige et lui étaient heureux — absurdement heureux, compte tenu du nombre de couples de leur connaissance qui, passé la trentaine, se retrouvaient divorcés, séparés, ou bien batifolaient hors du lit conjugal. Financièrement, ils étaient plus à l'aise que jamais.

Malgré tout cela, Marty savait que quelque chose n'allait pas.

Il reposa le dictaphone, alla à la fenêtre et ouvrit les jalousies en grand. Un sycomore dénudé projetait des ombres longues et raides dans la petite cour latérale. Au-delà des branches noueuses, les murs de stuc jaune pâle de la maison voisine paraissaient avoir absorbé la lumière à la manière d'une éponge. Des reflets or et roux paraient les fenêtres. L'endroit était silencieux, apparemment serein.

Sur sa droite, il apercevait la rue, de l'autre côté de laquelle les habitations étaient également de style méditerranéen, en stuc, avec des toits en tuiles d'argile, baignées par le soleil de cette fin d'après-midi, à demi masquées par de hauts palmiers. Paisible, conçu jusqu'au moindre centimètre carré par des paysagistes, leur quartier — et d'ailleurs toute la ville de Mission Viejo — constituait un havre de paix où fuir le chaos qui régnait sur le reste du monde.

Il ferma hermétiquement les jalousies.

Visiblement, le danger ne résidait que dans son esprit. C'était une manifestation de cette imagination active qui avait enfin fait de lui un auteur de romans policiers raisonnablement arrivé.

Pourtant, son cœur battait plus vite que jamais.

Marty sortit du bureau et traversa le couloir. En haut de l'escalier, il s'immobilisa, aussi inerte que le pilastre sur lequel reposait sa main.

Il ignorait ce qu'il s'attendait à entendre. Le léger grincement d'une porte ? Des pas feutrés ? Les cliquètements furtifs, les coups sourds et étouffés qu'aurait provoqués un intrus se déplaçant lentement dans la maison ?

Petit à petit, puisqu'il n'entendait rien, ses battements de cœur s'apaisèrent, son sentiment de désastre imminent disparut. L'angoisse se changea en un simple malaise.

— Qui est là ? interrogea-t-il pour rompre le silence.

Le son de sa voix, empli de perplexité, dissipa l'atmosphère inquiétante. A présent ne régnait plus que la tranquillité normale, dépourvue de menace, d'une maison vide.

Marty regagna son bureau, au bout du couloir, et s'installa dans son fauteuil. Avec les jalousies fermées et l'unique lampe en verre, les angles de la pièce semblaient s'étirer plus loin que ne le permettaient les dimensions des murs, comme dans un rêve.

Des fruits étaient peints sur l'abat-jour ; la plaque de verre qui recouvrait le bureau reflétait des ovales et des cercles lumineux — rouge cerise, pourpre pêche, vert raisin, jaune citron et bleu myrtille. Le métal poli et le Plexiglas du dictaphone reflétaient également la mosaïque, étincelant comme s'ils avaient été incrustés de joyaux. Lorsqu'il voulut saisir l'appareil, Marty constata que sa main semblait gainée d'une peau irisée de lézard exotique.

Il hésita, observant les écailles factices, les gemmes, fantômes du dictaphone. La vie réelle était tout aussi enrobée d'illusions que n'importe quelle fiction.

Il s'empara de l'appareil et appuya sur le bouton de rembobinage durant une ou deux secondes, cherchant les derniers mots de sa lettre inachevée. Le son ténu et haut perché de sa voix, qui surgissait à l'envers et à grande vitesse du minuscule haut-parleur, ressemblait à un langage extraterrestre.

En enfonçant le bouton « marche », il se rendit compte qu'il n'avait pas assez rembobiné la bande.

— *J'ai besoin... J'ai besoin... J'ai besoin...*

Fronçant le sourcil, il recommença l'opération, deux fois plus longtemps qu'auparavant. Mais toujours :

— *J'ai besoin... j'ai besoin...*

Rembobinage. Deux secondes. Cinq. Dix. Stop. Marche.

— *J'ai besoin... J'ai besoin... J'ai besoin...*

Au bout de deux tentatives supplémentaires, il trouva la lettre :

— *... je devrais donc pouvoir vous remettre la version définitive de mon nouveau roman dans environ un mois. Je pense que celui-là est... celui-là est... euh... celui-là...*

La dictée cessa. Le magnétophone ne laissait plus entendre que le silence — et le bruit de sa respiration.

Quand les trois mots psalmodiés commencèrent enfin à s'échapper du haut-parleur, Marty s'était penché en avant, assis au bord du fauteuil, tendu, le front plissé, contemplant l'appareil qu'il tenait en main.

— *J'ai besoin... J'ai besoin...*

Il consulta sa montre. Il n'était pas tout à fait quatre heures et six minutes.

Au début, le murmure était identique à celui qu'il avait perçu lorsqu'il avait repris ses esprits, douce incantation évoquant les répons d'une interminable litanie religieuse sans imagination. Au bout d'une demi-minute, toutefois, sa voix changeait, se durcissait sous l'effet de l'impatience, s'enflait d'angoisse puis de colère.

J'AI BESOIN... J'AI BESOIN... J'AI BESOIN...

Ces trois mots vibraient de frustration.

Le Marty Stillwater de la cassette — qui eût tout aussi bien pu être un parfait étranger pour celui qui l'écoutait — paraissait sous le coup d'une souffrance émotionnelle aiguë, née du besoin d'obtenir une chose qu'il était incapable de décrire ou d'imaginer.

Hypnotisé, Marty couvait d'un regard noir les bobines dentées qui tournaient inlassablement derrière le capot en plastique transparent.

Enfin, la voix se tut. L'enregistrement était terminé. Marty consulta à nouveau sa montre : plus de quatre heures douze.

Il avait eu le sentiment de perdre sa concentration pendant quelques secondes seulement, de s'être laissé glisser dans un bref rêve éveillé. En fait, il était demeuré assis là, la main crispée sur le dictaphone, sans plus songer à son courrier, à répéter ces mêmes trois mots pendant au moins sept minutes.

Sept minutes, bon Dieu !

Et il ne s'en souvenait pas. Comme s'il s'était trouvé en transe.

Il arrêta le déroulement de la bande d'une main tremblante. Lorsqu'il reposa l'appareil sur le bureau, la plaque de verre rendit un bruit sonore.

Marty explora du regard la pièce où il avait passé tant d'heures solitaires à concocter et à résoudre des mystères, à accabler d'innombrables personnages de travaux colossaux, les défiant d'échapper à la mort. La pièce lui était familière dans ses moindres détails : les étagères débordant de livres, les originaux d'une dizaine d'illustrations de couverture de ses romans, le sofa qu'il avait acheté en prévision de paresseuses séances de conception mais sur lequel il n'avait jamais eu le temps ni l'envie de s'allonger, l'ordinateur et son moniteur hypertrophié.

Mais cette familiarité n'avait plus rien de réconfortant. Désormais, elle était entachée par la bizarrerie de ce qui s'était produit quelques minutes auparavant.

Il essuya ses paumes moites sur son jean.

L'angoisse brièvement enfuie se posa à nouveau sur lui, à la manière du mystérieux corbeau de Poe sur un linteau de porte.

En s'éveillant de sa transe avec le sentiment d'être en danger, il s'était attendu à découvrir la menace dans la rue, ou sous la forme d'un cambrioleur explorant le rez-de-chaussée. Mais c'était bien pire que cela. La menace n'était pas extérieure. D'une manière ou d'une autre, elle était en lui.

2.

La nuit est profonde et dépourvue de turbulence.

En contrebas, la lune pare de reflets d'argent les nuages épais. Un instant, l'ombre de l'avion ondule sur cette mer vaporeuse.

Le vol de Boston qui transporte le tueur atterrit à l'heure à Kansas City, Missouri. L'homme va directement récupérer ses bagages. Les vacanciers ne rentreront pas chez eux avant le lendemain, aussi l'aéroport est-il presque désert : les deux premières valises qui tombent sur le tapis roulant sont les siennes. L'une d'elles contient un pistolet Heckler & Koch P7, son silencieux, et plusieurs chargeurs emplis de balles 9 mm.

Au guichet de l'agence de location, il s'aperçoit que sa réservation n'a été ni perdue ni mal interprétée, comme cela arrive souvent. Il disposera de la grande conduite intérieure Ford demandée au lieu de se retrouver affligé d'un petit véhicule.

La carte de crédit au nom de John Larrington est acceptée sans problème par l'employé et la machine vérificatrice d'American Express. Pourtant, il ne s'appelle pas John Larrington.

La voiture dont il prend possession tourne bien et sent le propre. Même le chauffage fonctionne.

Tout semble se dérouler pour le mieux.

A quelques kilomètres de l'aéroport, il prend une chambre dans un motel à trois étages, d'aspect agréable quoique impersonnel. La réceptionniste rousse lui annonce qu'il lui est possible de se faire monter un petit déjeuner gratuit — pâtisseries, jus de fruits et café — sur simple demande. Sa carte Visa au nom de Thomas E. Jukovic est acceptée. Pourtant, il ne s'appelle pas Thomas E. Jukovic.

La chambre est dotée d'une moquette orange sale et d'un papier peint à rayures bleues. Quoi qu'il en soit, le matelas est ferme et les serviettes de bain moelleuses.

La valise contenant le pistolet automatique et les munitions demeure enfermée dans le coffre de la voiture, où elle ne tentera pas des employés trop curieux.

Après être resté assis quelque temps auprès de la fenêtre, à contempler Kansas City sous les étoiles, il descend dîner à la cafétéria. Il mesure un mètre quatre-vingt-trois, pèse quatre-vingt-un kilos, mais son appétit serait digne d'un individu bien plus imposant. Un bol de soupe de légumes avec des toasts frottés à l'ail. Deux cheeseburgers et des frites. Une part de tarte aux pommes accompagnée de glace à la vanille. Six tasses de café.

Il a toujours bon appétit. Souvent, il dévore. Parfois sa faim semble presque insatiable.

Tandis qu'il mange, la serveuse s'approche de lui à deux reprises pour s'informer si la nourriture est à son goût et s'il ne désire pas autre chose. Elle ne se montre pas simplement polie : elle lui fait du charme.

Bien qu'il soit raisonnablement séduisant, il n'a rien d'une star de cinéma. Pourtant, les femmes sont souvent plus attirées par lui que par des hommes plus beaux et mieux habillés. Des chaussures de marche, un pantalon kaki, un pull à col roulé vert foncé, pas de bijoux sinon une montre bon marché : sa garde-robe n'a rien de remarquable ni de mémorable. Ce qui est volontaire. La serveuse n'a aucune raison de le croire riche. Pourtant la revoilà, qui sourit avec coquetterie.

Un jour, au bar d'un hôtel de Miami où il l'avait rencontrée, une blonde aux yeux couleur whisky lui avait assuré qu'il était entouré d'une aura étrange. Selon elle, il se dégageait un magnétisme irrésistible de son goût pour le silence et de l'impassibilité qui marquait le plus souvent son visage.

— Tu es le type même du dur laconique, avait-elle affirmé, mutine. Si tu tournais un film avec Clint Eastwood et Stallone, il n'y aurait pas le moindre dialogue.

Plus tard, il l'avait battue à mort.

Rien de ce qu'elle avait fait ou dit ne l'avait mis en colère. En fait, coucher avec elle s'était révélé satisfaisant.

Mais il était allé en Floride pour faire sauter la cervelle d'un nommé Parker Abbotson et avait craint que la femme puisse le faire impliquer dans cet assassinat.

Il ne voulait pas qu'elle communique son signalement à la police.

Après l'avoir massacrée, il était allé voir le dernier Spielberg, puis un film avec Steve Martin.

Il aime le cinéma. En dehors de son travail, les films constituent toute son existence. Parfois il a l'impression que son véritable domicile est constitué d'une succession de cinémas situés dans des villes différentes, et pourtant si semblables — complexes multisalles au cœur de centres commerciaux — qu'il pourrait toujours s'agir du même.

Il feint de ne pas s'apercevoir de l'intérêt que lui porte la serveuse. Elle est assez jolie, mais il n'oserait pas tuer une employée du motel où il réside. Il lui faut repérer une femme dans un endroit avec lequel il n'a aucun lien.

Il laisse un pourboire de quinze pour cent exactement : l'avarice comme la prodigalité sont des moyens sûrs de se faire remarquer.

Après avoir regagné sa chambre pour y prendre un blouson de cuir bordé de laine qui convient à cette nuit de fin novembre, il récupère sa Ford de location et explore en cercles de plus en plus larges le quartier commerçant où il se trouve, cherchant le genre d'établissement où il aura une chance de découvrir celle qu'il lui faut.

3.

Papa n'était pas papa.

Il en avait les yeux bleus, les cheveux brun sombre, les oreilles trop grandes et le nez parsemé de taches de rousseur. Il était le portrait craché du Martin Stillwater dont la photo figurait sur les jaquettes de ses livres. Et il s'exprimait tout comme papa. Quand Charlotte, Emily et leur mère rentrèrent à la maison, il était en train de boire un café dans la cuisine et il leur déclara :

— Pas la peine de raconter que vous avez fait des courses après le film : je vous ai fait suivre par un détective privé. Je sais que vous êtes allées jouer au poker à Gardena, en fumant des cigares.

Il se tenait comme papa, s'asseyait comme papa, marchait comme papa.

Plus tard, quand ils se rendirent à l'Islands, pour dîner, il conduisit même comme papa. C'est-à-dire trop vite, d'après maman. Ou bien avec « la confiance et la technique irréprochable d'un chauffeur d'élite », si on considérait les choses de son point de vue à lui.

Mais Charlotte savait que quelque chose n'allait pas, et elle s'inquiétait.

Oh, il n'était pas possédé par un extraterrestre sorti de quelque gigantesque cocon venu de l'espace, rien d'aussi dramatique. Il n'était tout de même pas si différent que cela du papa qu'elle connaissait et qu'elle aimait.

Les différences étaient pour la plupart mineures. Quoique en général détendu, décontracté, il se montrait légèrement nerveux. Son port était un peu raide, comme s'il avait tenu des œufs en équilibre au sommet du crâne... ou peut-être comme s'il s'attendait à tout moment à être frappé par quelqu'un, quelque chose. Il ne souriait pas aussi facilement ni aussi souvent qu'à l'ordinaire — et quand il souriait, il semblait se forcer.

Avant de sortir la voiture de l'allée, en marche arrière, il s'était retourné pour vérifier que Charlotte et Emily avaient bien remis leurs ceintures de sécurité mais il n'avait pas dit : « Lancement imminent de la fusée Stillwater à destination de Mars », ou « Si je prends les virages trop vite et que vous avez envie de vomir, vous êtes priées de le faire dans vos poches et pas sur mes jolis sièges », ni « Si on va assez vite pour remonter le temps, n'insultez pas les dinosaures », ni aucune des autres bêtises qu'il disait d'habitude.

Charlotte l'avait remarqué et en était troublée.

Le restaurant Islands offrait de bons hamburgers, des frites excellentes — qu'on pouvait demander bien grillées —, des salades et des petits tacos. Sandwiches et pommes de terre arrivaient dans des paniers et l'ambiance générale de l'endroit évoquait les Caraïbes.

« Ambiance » était un mot nouveau pour Charlotte. Elle en appréciait tant la sonorité qu'elle l'employait à la moindre occasion — même si Emily, cas désespéré, s'en étonnait chaque fois et s'exclamait : « Quelle ambulance ? Je vois pas d'ambulance... » Les enfants de sept ans étaient vraiment pénibles. Charlotte avait dix ans — ou les aurait six semaines plus tard — et Emily venait tout juste d'en avoir sept, en octobre. Em était une excellente sœur, mais les enfants de sept ans étaient... eh bien, ils avaient sept ans.

Quoi qu'il en soit, l'ambiance était tropicale : couleurs vives, bambous au plafond, stores de bois et nombreux palmiers en pots. Le serveur et la serveuse portaient un short et une chemise imprimée de style hawaïen.

L'endroit rappelait à la fillette la musique de Jimmy Buffet, une de ces choses que ses parents appréciaient et qu'elle ne supportait pas. Mais à tout le moins, l'ambiance était détendue et les frites extraordinaires.

Ils occupaient une alcôve dans la section non-fumeurs, où l'ambiance était encore plus agréable. Les parents commandèrent de la Corona, qui fut servie dans des chopes réfrigérées. Charlotte prit un Coca, Emily une *root beer*, un soda aux plantes.

— Ça, c'est une boisson d'adultes, déclara-t-elle avant de désigner le Coca de sa sœur. Quand est-ce que tu vas arrêter de boire des trucs de gosses ?

Em était convaincue que la *root beer* soûlait autant que la vraie bière. Parfois, elle faisait semblant d'être ivre au bout de deux verres, ce qui était stupide et gênant. Chaque fois qu'elle se livrait à une telle exhibition, en vacillant et en éructant, et que des inconnus se retournaient vers elle, Charlotte expliquait que sa sœur avait sept ans. Tout le monde comprenait — qu'attendre d'autre d'une enfant de cet âge ? —, mais la chose n'en était pas moins gênante.

Quand la serveuse apporta les plats, papa et maman parlaient de gens qu'ils connaissaient et qui s'apprêtaient à divorcer — le genre de conversation d'adultes ennuyeuse, capable de gâcher une ambiance si on y prêtait la moindre attention. Quant à Em, elle entassait les frites en des piles biscornues, versions miniatures des sculptures modernes qu'elles avaient vues dans un musée, l'été précédent. Elle était entièrement absorbée par cette tâche.

Voyant tout le monde distrait, Charlotte ouvrit la poche la plus profonde de son blouson en jean, en sortit Fred et le posa sur la table.

L'animal, pas plus gros qu'une montre d'homme, demeurait immobile sous sa carapace, pattes et tête rentrées. Enfin apparut son petit nez en forme de bec. Il huma l'air avec prudence puis avança la tête hors de la forteresse qu'il portait sur le dos. Ses yeux noirs et brillants observèrent ce nouvel environnement avec un grand intérêt. Charlotte le supposa stupéfié par l'ambiance.

— Reste avec moi, Fred, murmura-t-elle, et je te montrerai des endroits qu'aucune tortue n'a jamais vus.

Elle jeta un coup d'œil à ses parents. Toujours absorbés par leur conversation, ils n'avaient rien remarqué. A présent, un panier de frites leur dissimulait la tortue.

En plus des pommes de terre, Charlotte mangeait de moelleux tacos fourrés au poulet, dont elle tira un morceau de laitue. Fred le renifla puis détourna la tête, dégoûté. La fillette essaya une tranche de tomate. *Tu plaisantes ?* sembla dire Fred en refusant l'offrande.

Il lui arrivait de se montrer capricieux et difficile. C'était sans doute sa faute, songea Charlotte : elle l'avait trop gâté.

Elle ne pensait pas que le poulet ou le fromage seraient bons pour Fred et elle n'allait certainement pas lui offrir des croûtes de tortillas avant qu'il n'eût terminé ses légumes. Tout en grignotant les frites croustillantes, elle explora le restaurant des yeux, comme fascinée par les autres clients, et ignora l'impoli petit reptile. Il n'avait refusé la laitue et la tomate que pour l'ennuyer. Si elle parvenait à le convaincre qu'elle s'en moquait, sans doute finirait-il par manger. A l'échelle des tortues, Fred avait sept ans.

La fillette s'intéressa pour de bon à un couple de

hard-rockers vêtus de cuir, aux cheveux étrangement coiffés. Ils la distrayèrent durant quelques minutes, si bien qu'elle fut surprise par le petit cri apeuré que poussa sa mère.

— Oh, fit cette dernière aussitôt. C'est seulement Fred.

Cet animal ingrat — après tout, Charlotte eût fort bien pu le laisser à la maison — n'était plus près de son assiette, là où elle l'avait posé. Il avait contourné le panier de frites et était passé de l'autre côté de la table.

— C'est seulement pour le nourrir, se hâta de dire la fillette.

— Ce n'est pas bon pour lui de rester dans ta poche toute la journée, chérie, observa maman en soulevant le panier afin que Charlotte pût voir la tortue.

— Pas toute la journée, répondit l'intéressée en remettant la tortue dans son blouson. Seulement depuis qu'on est partis de la maison.

Maman fronça les sourcils.

— Qu'est-ce que tu as emmené comme animaux ?

— Seulement Fred.

— Pas Bob ?

— Beurk ! fit Emily en grimaçant. T'as Bob dans la poche ? Je le déteste, moi, Bob.

Bob était un insecte, un scarabée noir lymphatique, aussi gros que la dernière phalange du pouce de papa, avec des marques bleu pâle sur la carapace. Charlotte le conservait dans un grand bocal mais aimait parfois l'en sortir et le regarder ramper laborieusement sur le plan de travail ou même sur le dos de sa main.

— Je n'emmènerais pas Bob au restaurant, assura-t-elle.

— Tu devrais aussi avoir assez de bon sens pour ne pas y emmener Fred, répliqua maman.

— C'est idiot, ajouta Emily.

— Pas plus que de jouer au Lego avec ses frites ! fut la réponse de sa mère.

— Je fais de l'art.

Emily n'arrêtait pas de faire de l'art. Parfois, elle était très étrange, même pour une enfant de sept ans. Papa l'appelait la « réincarnation de Picasso ».

— De l'art, hein ? dit maman. Mais si tu fais de l'art avec ta nourriture, qu'est-ce que tu vas manger ? Un tableau ?

— Peut-être, répondit Em. Un tableau représentant un gâteau au chocolat.

Charlotte fit glisser la fermeture de son blouson, emprisonnant Fred.

— Va te laver les mains avant de continuer à manger, dit papa.

— Pourquoi ?

— Qu'est-ce que tu viens de toucher ?

— Tu veux dire : Fred ? Mais Fred est propre.

— J'ai dit : va te laver les mains.

Le ton de son père rappela à Charlotte qu'il n'était pas lui-même. Il leur parlait rarement avec dureté, à Em et à elle. Elle ne lui obéissait pas par peur de recevoir une fessée ou de se faire disputer, mais parce qu'elle estimait important de ne pas décevoir ses parents. Rien ne lui faisait plus plaisir que d'avoir une bonne note à l'école ou de briller dans un récital de piano afin qu'ils soient fiers d'elle. Et rien n'était pire que d'échouer, de lire la déception dans leurs yeux, même s'ils ne la punissaient pas. Même s'ils ne lui disaient rien.

La sécheresse de la voix de son père l'envoya directement aux toilettes, combattant à chaque pas les larmes qui lui montaient aux yeux.

— Ce n'est pas le circuit d'Indianapolis, Marty, déclara maman, plus tard, sur le chemin du retour, quand papa commença à appuyer sur le champignon.

— Tu trouves qu'on va vite ? s'étonna l'interpellé. On ne va pas vite du tout.

— Même Batman ne réussit pas à faire grimper la batmobile à cette vitesse-là.

— J'ai trente-trois ans et je n'ai jamais eu d'accident. Casier vierge. Pas la moindre contravention. Aucun flic ne m'a jamais arrêté.

— Parce qu'ils n'arrivent pas à t'attraper, répondit maman.

Sur la banquette arrière, Charlotte et Emily échangèrent un sourire. D'aussi loin qu'elles s'en souvenaient, leurs parents avaient eu ce genre de discussion mi-figue mi-raisin sur le sujet — quoique maman fût sérieuse lorsqu'elle demandait à papa de ralentir.

— Je n'ai même jamais eu de contredanse pour stationnement interdit, insista ce dernier.

— Bien sûr, c'est difficile d'en avoir quand l'aiguille du compteur est bloquée en permanence.

Dans le passé, ce type d'échanges n'avait jamais manqué de bonne humeur. Cette fois, pourtant, papa haussa le ton :

— Je conduis bien, Paige, nom de Dieu ! Et la voiture est sûre. Je l'ai payée plus cher que je n'aurais dû le faire justement parce que c'est une des plus sûres qui existent, alors laisse un peu tomber, tu veux ?

— D'accord, dit maman. Désolée.

Charlotte regarda sa sœur. Em avait les yeux écarquillés par l'incrédulité.

Papa n'était pas papa. Quelque chose n'allait pas. N'allait vraiment pas.

Ils n'avaient franchi qu'un pâté de maisons quand il ralentit, se tourna vers maman et dit :

— Je m'excuse.

— Non, tu avais raison, répondit-elle. C'est moi qui m'inquiète trop pour certaines choses.

Ils se sourirent. Tout allait bien. Ils n'allaient pas divorcer, comme ces gens dont ils avaient parlé pendant le dîner. Charlotte ne se rappelait pas les avoir vus rester fâchés plus de quelques minutes.

Pourtant, elle était toujours inquiète. Peut-être devrait-elle tout de même fouiller la maison, et dehors, derrière le garage, pour voir si elle ne trouvait pas un cocon géant venu de l'espace — vide.

4.

Le tueur roule tel un requin fendant de froids courants au sein d'une mer noire.

C'est la première fois qu'il vient à Kansas City, mais

il connaît les rues. Son entraînement implique, pour chaque contrat, la maîtrise totale du terrain au cas où il serait poursuivi par la police et devrait s'échapper à la hâte.

Curieusement, il n'a aucun souvenir d'avoir vu, et encore moins étudié, une carte. Il ignore totalement d'où lui viennent ces informations si détaillées. Mais il n'aime pas se pencher sur les failles de sa mémoire : y songer ouvre la porte d'un abîme qui le terrifie.

Il se contente donc de rouler.

En général, il aime cela. Commander une machine puissante et nerveuse lui donne le sentiment de maîtriser la situation, d'avoir un but.

De temps à autre, pourtant, comme en ce moment, les oscillations du véhicule et la vision d'une ville inconnue — aussi familier soit-il avec la disposition des rues— le font se sentir petit, seul, égaré. Les battements de son cœur s'accélèrent. Ses paumes se font si moites qu'elles glissent sur le volant.

Soudain, alors qu'il freine à un feu, il regarde la voiture arrêtée dans la file voisine et, à la lueur des réverbères, y découvre une famille. C'est le père qui conduit. La mère, séduisante, est assise auprès de lui. Un garçon d'environ dix ans et une fillette de six ou sept ans partagent la banquette arrière. Ils rentrent chez eux après une soirée en ville. Peut-être au cinéma. Ils parlent, ils rient, parents et enfants partagent le même instant de bonheur.

Dans son état de détérioration, cette vision est un coup de marteau impitoyable et il pousse un petit cri d'angoisse inarticulé.

Il s'engage sur le parking d'un restaurant italien. S'affaisse sur son siège. Halète.

Le vide. Il redoute le vide.

Ce vide qui vient de s'abattre sur lui.

Il a le sentiment d'être creux, composé du verre soufflé le plus fin, le plus fragile, à peine plus matériel qu'un fantôme.

Dans ces moments-là, il a désespérément besoin d'un miroir. Son reflet est l'une des rares choses capables de confirmer son existence.

L'enseigne au néon intriquée du restaurant, rouge et verte, illumine l'intérieur de la Ford. Lorsqu'il oriente le rétroviseur pour se regarder, il constate qu'il a un teint cadavérique, que ses yeux abritent des formes changeantes, cramoisies, comme si des feux y brûlaient.

Ce soir, son reflet ne suffit pas à diminuer son agitation. Il se sent moins matériel à chaque seconde qui s'écoule. Peut-être va-t-il rendre le dernier souffle, expulsant son ultime filament de substance dans cette exhalaison.

Des larmes troublent sa vision. Il est submergé par la solitude, torturé par l'absurdité de sa vie.

Croisant les bras, les mains sur les épaules, il se penche en avant et pose le front sur le volant, sanglote à l'instar d'un enfant.

Il ignore son nom, connaît seulement ceux qu'il va utiliser à Kansas City. Comme il aimerait avoir un véritable nom, qui ne soit pas aussi contrefait que ses cartes de crédit. Il n'a ni famille, ni amis, ni maison. Il lui est impossible de se rappeler qui lui a confié ce contrat — ni aucun de ceux qui l'ont précédé — et il ignore pourquoi ses cibles doivent mourir. Même si c'est incroyable, il n'a pas la moindre idée de qui le paie, ne se souvient pas comment il a obtenu l'argent qui gonfle son portefeuille, où il a acheté les vêtements qu'il porte.

A un niveau plus profond, il ne sait pas *qui* il est. Il n'a aucun souvenir d'une époque où sa profession n'était pas le meurtre. Il ne possède ni opinions politiques, ni religion, ni philosophie personnelle d'aucune sorte. Chaque fois qu'il tente de s'intéresser à l'actualité, il se révèle incapable de retenir ce qu'il lit dans les journaux. Il n'arrive pas même à focaliser son attention sur les nouvelles télévisées. Intelligent, il ne se permet pourtant — ou on ne lui permet — que des satisfactions d'ordre physique : nourriture, sexe, la sauvage exaltation d'un homicide. De vastes zones de son esprit demeurent inexplorées.

Quelques minutes s'écoulent, baignées par le néon vert et rouge.

Les larmes sèchent. Graduellement, il cesse de trembler.

Tout ira bien. Il est de nouveau sur les rails. Calme, posé.

En fait, il remonte des profondeurs du désespoir à une vitesse remarquable. Surprenante, la manière dont il est prêt à aller jusqu'au bout de ce nouveau contrat, de la misérable ombre d'existence qui est sienne. Parfois, il lui semble fonctionner comme s'il était programmé, telle une machine stupide et obéissante.

D'un autre côté, s'il ne continuait pas, que pourrait-il faire d'autre ? Cette ombre de vie est la seule vie qu'il connaisse.

5.

Tandis que les filles, au premier, se brossaient les dents et se préparaient à aller au lit, Marty explora méthodiquement les pièces du rez-de-chaussée, s'assurant que toutes les portes et les fenêtres étaient fermées.

A la moitié de son parcours, environ, alors qu'il examinait la fenêtre au-dessus de l'évier, dans la cuisine, il réalisa l'étrangeté de sa tâche. Chaque soir, avant de se coucher, il fermait la porte d'entrée et celle de derrière, bien sûr, plus la porte coulissante qui séparait le salon du patio, mais il ne se préoccupait pas des fenêtres, à moins que l'une d'elles n'eût été ouverte pendant la journée, pour aérer. Ce soir-là, pourtant, il contrôlait l'inviolabilité de la maison avec la conscience professionnelle d'une sentinelle vérifiant les défenses d'une forteresse assiégée par l'ennemi.

Alors qu'il en terminait avec la cuisine, il entendit Paige entrer. L'instant d'après, elle lui passait les bras autour de la taille et l'enlaçait par-derrière.

— Ça va ? demanda-t-elle.

— Ouais. Enfin...

— Mauvaise journée ?

— Pas vraiment. Juste un mauvais moment.

Marty se retourna pour la prendre dans ses bras.

C'était une sensation merveilleuse. Elle était tellement chaude et forte, tellement *vivante.*

Qu'il l'aimât plus à présent que lorsqu'ils s'étaient rencontrés, à l'université, ne le surprenait pas. Les triomphes et les échecs qu'ils avaient partagés, les années de lutte quotidienne pour se faire une place dans le monde et chercher à en découvrir le sens créaient un terrain fertile où l'amour pouvait croître.

Toutefois, en un temps où l'individu moyen estimait la beauté idéale personnifiée par une *cheerleader* de dix-neuf ans pour équipe de football professionnelle, Marty savait que de nombreux hommes s'étonneraient d'apprendre qu'il avait trouvé sa femme de plus en plus séduisante au fil des années. A trente-trois ans, elle n'avait pas les yeux plus bleus que lorsqu'ils s'étaient vus la première fois; l'or de ses cheveux n'était pas plus éclatant; sa peau n'était ni plus douce, ni plus souple. Pourtant, l'expérience lui avait conféré du caractère, de la profondeur. Aussi naïf que cela pût sembler en cette ère de cynisme à tout crin, elle lui paraissait parfois luire d'une illumination intérieure, resplendir comme le sujet vénéré d'un tableau de Raphaël.

Alors, oui, peut-être avait-il le cœur trop tendre, peut-être était-il un incurable romantique, mais il jugeait le sourire de Paige et le défi qui brûlait dans ses yeux infiniment plus excitants qu'un pack de six *cheerleaders* dénudées.

Il l'embrassa sur le front.

— Un mauvais moment? répéta-t-elle. Qu'est-ce qui s'est passé?

Il n'avait pas encore décidé ce qu'il allait lui dire au sujet de ces sept minutes perdues. Pour le moment, il valait peut-être mieux minimiser la profonde étrangeté de cette expérience et aller voir un médecin dès le lundi matin, voire procéder à quelques examens. S'il était en bonne santé, ce qui s'était produit dans son bureau durant l'après-midi risquait de constituer une singularité inexplicable. Il ne voulait pas inquiéter Paige inutilement.

— Eh bien ? insista-t-elle.

L'inflexion qu'elle avait mise dans ces simples mots lui rappela que douze années de mariage interdisaient tout secret important, aussi valable qu'en fût le motif.

— Tu te rappelles Audrey Aimes ? demanda-t-il.

— Qui ça ? Oh, tu veux dire : dans *Mort d'un évêque* ?

Mort d'un évêque était un roman de Marty. Audrey Aimes le personnage principal.

— Tu te souviens de son problème ?

— Elle a trouvé le cadavre d'un prêtre pendu à un crochet dans le placard de son entrée.

— A part ça ?

— Parce qu'elle avait un autre problème ? Moi, j'estime que le cadavre d'un prêtre, ça suffit. Tu es sûr que tu ne compliques pas tes scénarios à outrance ?

— Je suis sérieux, répondit-il, conscient de tout ce qu'avait de bizarre le fait d'informer sa femme d'une crise personnelle en la comparant à l'expérience d'une héroïne de roman policier créée par lui-même.

La frontière entre fiction et réalité était-elle aussi floue pour le commun des mortels qu'elle l'était parfois pour les romanciers ? Et si oui, cette idée pouvait-elle faire le sujet d'un livre ?

— Audrey Aimes... fit Paige, fronçant les sourcils. Ah, oui ! Tu veux parler de ses absences ?

— Exactement.

L'absence était un grave dédoublement de la personnalité. La victime se déplaçait, parlait avec des gens, se livrait à diverses activités en ayant l'air parfaitement normale — et était incapable ensuite de se rappeler où elle s'était rendue et ce qu'elle avait fait, comme si tout cela s'était déroulé durant un profond sommeil. Une absence pouvait durer quelques minutes ou plusieurs heures, voire des journées entières.

Audrey Aimes avait brutalement commencé à souffrir d'absences à l'âge de trente ans, en raison de souvenirs refoulés de son enfance malheureuse, revenus à la surface au bout de plus de vingt ans. Elle s'était persuadée qu'elle avait tué le prêtre durant une absence —

alors que, naturellement, le meurtre était le fait de quelqu'un d'autre, qui avait dissimulé le cadavre dans son placard. Toute cette bizarre histoire d'homicide était liée à ce qui s'était produit lorsque Audrey n'était encore qu'une fillette.

Quoique capable de gagner sa vie en créant de complexes fictions à partir de rien, Marty avait la réputation d'être aussi équilibré que le rocher de Gibraltar, aussi décontracté qu'un retriever doré bourré de Valium — ce qui expliquait sans doute pourquoi Paige lui souriait toujours et semblait hésiter à le prendre au sérieux.

Elle se hissa sur la pointe des pieds et lui déposa un baiser sur le nez.

— Alors tu as oublié de sortir la poubelle et tu vas m'expliquer que ça vient d'un dédoublement de la personnalité dû aux affreux sévices qu'on t'a infligés quand tu avais six ans ? Non, franchement, Marty, tu devrais avoir honte. Tes parents sont les gens les plus adorables que je connaisse.

Il la lâcha, ferma les yeux et se posa une main sur le front. Un furieux mal de tête naissait en lui.

— Je suis sérieux, Paige. Cet après-midi, au bureau... pendant sept minutes... eh bien, je ne sais ce que j'ai fait que parce que tout est enregistré sur bande. Je ne m'en souviens absolument pas. Et c'est effrayant. Ce sont sept minutes parfaitement effrayantes.

Il sentit le corps de son épouse se tendre contre le sien quand elle se rendit compte qu'il ne s'agissait pas d'une blague. Lorsqu'il rouvrit les yeux, il constata qu'elle avait perdu son sourire moqueur.

— Il y a peut-être une explication simple, reprit-il. Il n'y a peut-être aucune raison de s'inquiéter, mais j'ai peur, Paige. C'est stupide. Je sais que je devrais ne plus penser à tout ça, mais j'ai peur.

6.

A Kansas City, la bise polit la nuit jusqu'à ce que le ciel ressemble à une plaque infinie de cristal transparent, à laquelle sont suspendues les étoiles. Au-delà, il n'y a qu'un vaste réservoir de ténèbres.

Sous ce poids énorme d'espace et d'obscurité, le Blue Life Lounge se dresse telle une base de recherches au fond d'une faille sous-marine, pressurisée pour éviter l'implosion. La façade est couverte d'une peau d'aluminium luisante qui rappelle les caravanes Airstream et ces restaurants qu'on trouvait au bord des routes dans les années cinquante. Des néons bleus et verts dessinent le nom de l'établissement en lettres paresseuses et nimbent les contours du bâtiment, se reflétant sur le métal. Leur appel est aussi irrésistible que celui des lanternes de Neptune.

A l'intérieur, un groupe branché sur de puissants amplis assène au public des tubes de rock'n'roll des deux dernières décennies. Le tueur se dirige vers le colossal bar en fer à cheval qui occupe le centre de la pièce. La fumée de cigarettes, les vapeurs de bière et la chaleur humaine imprègnent l'air, qui lui oppose une résistance presque palpable, comme de l'eau.

La foule présente une image radicalement différente des scènes traditionnelles qui envahissent les écrans de télévision durant ce week-end de la fête d'Action de Grâces. Les clients attablés sont pour la plupart de jeunes hommes tapageurs, dotés de plus d'énergie et de testostérone qu'ils n'en auraient besoin. Ils hurlent pour se faire entendre au travers de la musique tonitruante, empoignent les serveuses par le bras afin d'obtenir leur attention, acclament le guitariste lorsqu'il attaque un bon riff.

Leur volonté de s'amuser à tout prix évoque d'assez près la frénésie d'insectes au travail.

Un tiers des hommes sont accompagnés par leurs jeunes épouses ou petites amies — coiffures imposantes et maquillage épais. Non moins turbulentes que leurs compagnons, elles seraient tout aussi déplacées dans une réunion familiale au coin du feu que des perroquets jacassants, au plumage chatoyant, le seraient au chevet d'une religieuse mourante.

Le bar encercle une scène ovale, baignée de spots

rouges et blancs, où deux jeunes femmes au corps exceptionnellement ferme se trémoussent en cadence, persuadées d'être en train de danser. Elles portent d'aguichants costumes de cow-girls, tout de franges et de paillettes. L'une d'elles déclenche sifflets et acclamations lorsqu'elle retire son débardeur.

Au bar sont assis des hommes de tous âges qui, contrairement aux autres clients, semblent être venus seuls. Ils gardent le silence, les yeux fixés sur les deux danseuses. Une bonne partie d'entre eux se balancent légèrement sur leur tabouret ou bien dodelinent de la tête au rythme d'une autre musique, bien moins entraînante que les chansons du groupe. On dirait une colonie d'anémones de mer, agitées par de lents courants, attendant stupidement qu'une miette de plaisir dérive jusqu'à elles.

Le tueur prend possession d'un des deux seuls tabourets libres et commande une Beck's brune à un barman qui pourrait casser des noix en se les posant à la saignée du coude et en repliant le bras.

La danseuse la plus éloignée de lui, celle dont les seins tressautent sans entrave, est une superbe brune au sourire incendiaire. Plongée dans la musique, elle paraît sincèrement jouir du spectacle qu'elle donne.

Quoique l'autre, une blonde aux longues jambes, soit encore plus attirante, ses gestes sont mécaniques. Elle semble engourdie, soit par la drogue, soit par le dégoût. Elle ne sourit pas et ne regarde personne. Ses yeux sont perdus en un endroit qu'elle seule peut voir.

Hautaine, elle a l'air de mépriser les hommes qui la contemplent, y compris le tueur. Lui éprouverait un grand plaisir à tirer son pistolet afin de loger quelques balles dans ce corps exquis — et, pour faire bonne mesure, une dernière au centre du visage boudeur.

Une excitation intense s'empare de lui à la simple idée de prendre sa beauté à la fille. L'en priver le séduit plus que la priver de vie. Il accorde fort peu d'importance à la vie mais beaucoup à la beauté, parce que sa propre existence est souvent d'une laideur insupportable.

Par bonheur, le pistolet est dans le coffre de la Ford. Il l'y a laissé précisément pour éviter ce genre de tentation, lorsqu'il se sentirait porté à la violence.

Au moins deux ou trois fois par jour, le désir de détruire quiconque se trouve auprès de lui l'empoigne — hommes, femmes, enfants, sans distinction. Durant ces sombres crises, il déteste tous les êtres humains du globe, qu'ils soient beaux ou laids, riches ou pauvres, intelligents ou stupides, jeunes ou vieux.

Peut-être cette haine provient-elle de sa certitude d'être différent d'eux. Il devra toujours vivre en marge.

Mais cette seule marginalité n'est pas la raison principale pour laquelle il envisage fréquemment des massacres aveugles. Les autres gens possèdent une chose qui lui est nécessaire et qu'ils refusent de lui donner. A cause de ce refus, il les déteste avec une telle passion qu'il est capable de commettre n'importe quelle atrocité — en dépit du fait qu'il ignore totalement ce qu'il aimerait recevoir.

Ce besoin mystérieux est parfois tellement intense qu'il en devient douloureux. C'est une faim qui confine à l'inanition, mais pas une faim de nourriture. Parfois, il chancelle au bord de la révélation, il réalise que la réponse serait étonnamment simple s'il pouvait s'ouvrir à elle. Mais alors, l'illumination le fuit.

Le tueur avale une longue gorgée de Beck's, à même le goulot. Il a envie de cette bière, mais il n'en a pas besoin. L'envie et le besoin sont deux choses différentes.

Sur la scène surélevée, la blonde ôte son débardeur, révélant des seins pâles, haut perchés.

S'il récupère le pistolet et les chargeurs dans la voiture, il disposera de quatre-vingt-dix balles. Quand la blonde arrogante sera morte, il tuera l'autre danseuse. Puis les trois barmen aux gros muscles ; une balle dans la tête pour chacun. L'usage des armes à feu n'a pas de secret pour lui — bien qu'il n'ait aucun souvenir de s'y être entraîné. Une fois ces cinq-là abattus, il n'aura plus qu'à tirer sur la foule en fuite. Une bonne partie de ceux qui échapperont aux coups de feu périront piétinés au milieu de la panique.

Cette perspective de massacre l'excite. Il sait que le sang peut lui faire oublier, au moins pour un temps, le besoin douloureux qui l'obsède. Il en a déjà fait l'expérience. Le besoin engendre la frustration; la frustration se change en colère; la colère mène à la haine; la haine entraîne la violence — et parfois, la violence apaise.

Il boit encore un peu de bière et se demande s'il est fou.

Il se rappelle un film dans lequel un psychanalyste assure au héros que seuls les gens sains d'esprit se posent pareille question. Les fous, eux, sont toujours fermement convaincus d'être rationnels. En conséquence, s'il est capable de douter de lui-même, il doit être sain d'esprit.

7.

Appuyé à l'encadrement de la porte, Marty regarda les filles prendre place tour à tour sur le tabouret de la coiffeuse, dans leur chambre, pour que Paige leur brosse les cheveux. Cinquante coups à chacune.

Peut-être fut-ce le mouvement souple et régulier de la brosse qui apaisa son mal de tête, ou bien l'aspect paisible de la scène. Quoi qu'il en soit, la douleur disparut.

Charlotte avait les cheveux dorés, tout comme sa mère. Ceux d'Emily étaient d'un brun si foncé qu'ils en paraissaient presque noirs, comme ceux de Marty. Tandis que Paige les lui brossait, l'aînée ne cessa de bavarder avec elle. La cadette, elle, demeura silencieuse, le dos cambré, les yeux fermés, prenant un plaisir quasi félin à cette toilette.

Le contraste entre leurs moitiés respectives de la chambre ajoutait à leurs différences. Charlotte aimait les posters emplis de mouvements : ballons à air chaud colorés sur fond de désert, au crépuscule; danseuse classique au beau milieu d'un entrechat; gazelles bondissantes. Emily préférait les feuilles d'automne, les conifères recouverts d'un lourd fardeau de neige, les vagues baignées par un clair de lune argenté, qui venaient mourir sur une plage de sable pâle. Le dessus-de-lit de Charlotte était rouge, vert et jaune, celui d'Emily beige chenille. Le désordre régnait dans le domaine de Charlotte alors qu'Emily se montrait très méticuleuse.

Et puis, il y avait les animaux familiers. Du côté de Charlotte, des étagères encastrées abritaient le terrarium de Fred la tortue, le bocal à large col où Bob l'insecte faisait son nid au milieu des feuilles mortes, la cage renfermant Wayne la gerbille, un autre terrarium dont Sheldon le serpent était locataire, une deuxième cage où Moustache la souris passait le plus clair de son temps à surveiller Sheldon, malgré le verre et le grillage qui les séparaient, et enfin, un dernier terrarium occupé par Loretta le caméléon. Charlotte avait refusé la suggestion selon laquelle un chaton ou un chiot eût constitué un animal familier plus approprié.

— Les chats et les chiens n'arrêtent pas de courir, avait-elle expliqué. On ne peut pas les garder dans une jolie petite maison et les protéger.

Emily n'avait qu'un seul « animal familier », dont le nom était Peepers. Il s'agissait d'un galet ayant la taille d'un petit citron, poli par des dizaines d'années passées dans l'eau courante du ruisseau de montagne où elle l'avait découvert durant leurs vacances l'été précédent. Elle lui avait peint deux grands yeux expressifs et affirmait :

— Peepers est le meilleur de tous les animaux familiers. Je n'ai pas besoin de le nourrir ni de nettoyer ses saletés. Il existe depuis toujours, donc il est très sage. Quand je suis triste, ou alors en colère, je n'ai qu'à lui dire ce qui ne va pas pour qu'il prenne tout sur lui. Comme ça, je n'ai plus à y penser et je peux être heureuse.

Emily était capable d'exprimer des idées en apparence totalement enfantines, mais qui se révélaient à la réflexion plus profondes et plus mûres qu'on n'eût pu s'y attendre de la part d'une fillette de sept ans. Parfois, en regardant ses yeux noirs, Marty avait le sentiment qu'elle était bien plus âgée. Il lui tardait de voir combien elle serait intelligente et complexe une fois adulte.

Cheveux brossés, les filles grimpèrent dans leurs lits jumeaux. Leur mère les borda, les embrassa et leur souhaita de beaux rêves.

— Et ne te laisse pas mordre par les cafards ! enjoignit-elle à Emily, sachant que cette réplique lui valait toujours un petit rire.

Marty s'empara d'une chaise à dossier droit et il la plaça au pied des lits, très exactement entre les deux. A l'exception d'une minuscule lampe à piles, qu'un clip maintenait sur son carnet de notes ouvert, et d'une applique murale Mickey Mouse qui diffusait près du sol une lueur tamisée, il éteignit toutes les lumières. Il s'assit, leva le carnet, le plaçant à bonne distance de ses yeux et attendit que le silence ait acquis cette même qualité de jouissive impatience qui emplit un théâtre lorsque le rideau commence à se lever.

L'atmosphère était brossée.

C'était là le meilleur moment de la journée, pour Marty. L'heure du conte. Quoi qu'il pût se produire après sa sortie du lit pour affronter la matinée, il attendait toujours avec impatience l'heure du conte.

Les contes, il les écrivait lui-même, dans un carnet intitulé *Histoires pour Charlotte et Emily*, qu'il publierait peut-être un jour. Ou peut-être pas. Chacun des mots en était un cadeau à ses filles. La décision de les partager ou non avec d'autres enfants leur appartiendrait donc totalement.

Aujourd'hui marquait le début d'une gâterie, une histoire en vers, qui se poursuivrait jusqu'à Noël. Peut-être cela réussirait-il à lui faire oublier les événements troublants de l'après-midi.

La fête de l'Action de Grâces s'en est allée,
On a mangé plus de dinde que l'an dernier...

— Ça rime ! s'exclama Charlotte, ravie.

— Chut ! l'admonesta sa sœur.

L'heure du conte avait peu de règles, mais elles étaient importantes. L'une d'entre elles voulait que les deux fillettes n'interrompent pas Marty au milieu d'une phrase ou, dans le cas d'un poème, au milieu d'une strophe. Il appréciait leur enthousiasme, chérissait leurs réactions, mais tout conteur doit recevoir le respect qui lui est dû.

Il recommença :

La fête de l'Action de Grâces s'en est allée,
On a mangé plus de dinde que l'an dernier,
De farce aussi, et des ignames en confiture
On a enfourné à deux mains de la salade
Des biscuits, des jus de fruits, à la régalade,
Si bien qu'on ne peut plus rentrer dans nos
[chaussures.

Les filles pouffaient exactement au moment où il voulait les faire pouffer, et Marty avait peine à se retenir de pivoter sur sa chaise pour voir ce qu'en pensait Paige, qui n'avait encore jamais entendu le poème. Mais nul ne rentrerait dans le jeu d'un conteur qui ne pourrait attendre la fin de son récit pour se faire applaudir. Un air de suprême confiance, réel ou feint, était essentiel pour remporter un succès.

Songeons donc à présent à ce beau jour de fête,
Qui s'approche à grands pas. Et que rien ne
[l'arrête !
Vous savez, j'en suis sûr, de quoi je veux parler.
Ce n'est ni Toussaint, ni Pâques, ni Trinité,
Ce n'est pas un jour pour l'ennui ou la tristesse.
Répondez-moi jeunes dames, ce jour-là,
[qu'est-ce ?

— C'est Noël ! répondirent Charlotte et Emily à l'unisson. Leur réaction immédiate confirma que Marty les tenait sous le charme.

Un jour, bientôt, on va décorer un sapin.

Et puis non, pourquoi un ? Pourquoi pas dix ou
[vingt ?
Les parer de guirlandes et de boules
[scintillantes,
Ce sera une vision superbe et étonnante.
Des lumières colorées illumineront le toit...
Pourvu que les sabots des rennes ne les cassent
[pas.
On salera les tuiles pour faire fondre la glace.
Un père Noël qui glisse, chez nous n'a pas sa
[place.
Il pourrait se briser un os, tomber par terre,
Et rebondir trois fois dessus son gros derrière.

Il jeta un coup d'œil aux filles. Leurs visages semblaient rayonner dans la pénombre. Sans prononcer un seul mot, elles lui disaient : *N'arrête pas, n'arrête pas !*

Il adorait cela. Mon Dieu ! Il *les* adorait.

Si le paradis existait, il devait ressembler à cet endroit, en ce moment.

Mais attendez un peu, voilà qu'il se fait tard,
Et j'apprends une nouvelle à donner le cafard.
Le père Noël vient d'être attaqué et drogué,
Ligoté, bâillonné, et dans un sac fourré,
Son traîneau l'attend dans la cour, ses rennes
[aussi,
Mais quelqu'un a volé sa carte de crédit.
Bientôt son compte en banque sera vide,
[malheur !
Par l'utilisation de maints distributeurs.

— Oh ! oh ! fit Charlotte, resserrant les couvertures autour d'elle. C'est une histoire qui fait peur.

— Évidemment, repartit Emily. C'est papa qui l'a écrite.

— Est-ce qu'elle va faire *trop* peur ? interrogea sa sœur en tirant les couvertures jusqu'à son menton.

— Tu as des chaussettes ? demanda Marty.

Elle en portait toujours pour dormir, sauf en été, car sinon elle avait froid aux pieds.

— Des chaussettes ? Euh, oui. Et alors ?

Marty se pencha en avant.

— Parce que cette histoire ne se terminera pas avant le jour de Noël, murmura-t-il d'une voix inquiétante. Et d'ici là, elle fera tellement peur à tes chaussettes qu'elles se sauveront au moins dix fois.

Il fit une grimace diabolique.

Charlotte tira les couvertures jusqu'à son nez.

— Continue, papa ! encouragea Emily en riant. Qu'est-ce qu'il y a, après ?

Écoutez, braves gens, les nobles cloches
[d'argent,
Qui résonnent en cadence au-dessus des étangs.
Et regardez, voilà les rennes dans les cieux.
Voler, mais ce n'est rien, non, rien du tout pour
[eux
Celui qui les conduit ricane comme un fou,
Comme un malade, un dingue, une brute, un
[voyou.
Quelque chose ne va pas, et chacun peut le
[voir :
Si c'est le père Noël, il n'est pas bien, ce soir.
Il glousse et il divague, tout en fendant la bise,
On le dirait, ma foi, en proie à quelque crise.
Ses petits yeux méchants tournent telles des
[toupies.
Qu'on appelle la police, si l'on tient à la vie !
On voit dans son regard un éclat plein de haine,
Et, mon Dieu, non, pas ça ! Il a mauvaise
[haleine !

— Brrr... fit Charlotte, dont seuls les yeux dépassaient encore des couvertures.

Elle prétendait détester les histoires horrifiques mais était la première à se plaindre s'il ne se passait rien d'effrayant à un moment ou à un autre.

— C'est qui, alors ? demanda Emily. Qui est-ce qui a attaché le père Noël, qui l'a volé et qui s'est enfui dans son traîneau ?

Prenez garde à Noël, cette année, mes enfants,
Car un nouveau péril terrifiant vous attend.
Jumeau du père Noël, cruel et maléfique,
Il vole dans son traîneau et sème la panique,
En se faisant passer pour son bien-aimé frère.
Gardez bien vos enfants, ô vous qui êtes mères !
C'est chez nous qu'il descend, ici, en Amérique,
Par la cheminée vient le gnome psychotique.

— Hii ! s'écria Charlotte en tirant les couvertures par-dessus sa tête.

— Qu'est-ce qui l'a rendu si méchant, le jumeau du père Noël ? demanda Emily.

— Il a peut-être eu une enfance malheureuse, dit Marty.

— Ou alors, il est né comme ça, ajouta Charlotte, invisible.

— Est-ce qu'on peut naître méchant ? interrogea Emily, qui répondit à sa propre question avant que son père n'en ait le temps. Oui, bien sûr. Il y a des gens qui naissent gentils, comme toi ou maman, alors il doit y en avoir qui naissent méchants.

Marty se gorgeait des réactions de ses filles et il adorait cela. A un certain niveau de conscience, c'était l'écrivain qui recueillait leurs mots, le rythme de leur conversation, leurs expressions, en prévision du jour où il en aurait besoin pour un livre. Que ses propres enfants lui servissent de documentation n'avait sans doute rien d'admirable. C'était même peut-être moralement condamnable, mais il ne pouvait rien y faire. Il était ce qu'il était. Par exemple un père qui réagissait aussi de manière moins complexe, préservant ces instants parce qu'un jour, l'enfance des filles ne serait plus qu'un souvenir et qu'il voulait tout se rappeler : les bons et les mauvais moments, les grands événements et les petits plaisirs ; le tout en Technicolor et Dolby stéréo, et avec une clarté parfaite. Certaines choses lui étaient trop précieuses pour qu'il les perdît.

— Est-ce qu'il a un nom, le jumeau du père Noël ? s'enquit Emily.

— Oui, répondit Marty, mais il faudra attendre un autre soir pour le connaître. Le premier épisode est terminé.

Charlotte sortit la tête de sous les couvertures. Les deux fillettes insistèrent pour qu'il relise ce qu'elles venaient d'entendre — et il avait prévu qu'elles le feraient. Même au bout de la deuxième fois, elles seraient encore trop plongées dans l'histoire pour dormir. Elles exigeraient une troisième lecture et il la leur accorderait, car elles seraient alors assez familiarisées avec le texte pour se décontracter. Ensuite, lorsqu'il aurait presque terminé, elles seraient enfin profondément endormies ou sur le point de s'assoupir.

Comme il reprenait le premier vers, Marty entendit Paige se détourner et se diriger vers l'escalier. Elle l'attendrait dans le salon, avec peut-être un feu crépitant dans la cheminée, du vin rouge ou une friandise quelconque. Ils se pelotonneraient l'un contre l'autre et ils se raconteraient leur journée.

Cinq minutes quelconques de la soirée, maintenant ou plus tard, seraient pour lui plus intéressantes qu'un voyage autour du monde. Il était désespérément casanier. Les charmes du foyer et de la famille étaient pour lui plus attirants que les énigmatiques sables d'Égypte, la beauté de Paris et les mystères de l'Orient réunis.

Adressant un clin d'œil à ses filles, récitant à nouveau « La fête de l'Action de Grâces s'en est allée », il avait oublié qu'un phénomène troublant s'était produit dans son bureau et que l'intimité de son foyer avait été violée.

8.

Au Blue Life Lounge, une femme frôle le tueur et se juche sur le tabouret voisin du sien. Elle n'est pas aussi belle que les danseuses mais assez séduisante pour ce qu'il a en tête. Vêtue d'un jean brun et d'un tee-shirt rouge moulant, elle pourrait être une cliente normale, mais ce n'est pas le cas. Il connaît ce genre-là : Vénus bon marché, aussi douée pour les chiffres qu'un comptable.

Ils se penchent l'un vers l'autre, pour s'entendre à cause de la musique et, bientôt, leurs têtes se touchent presque. Elle s'appelle Heather. C'est du moins ce qu'elle dit. Son haleine sent la menthe.

Quand les danseuses s'enfuient et que le groupe prend une pause, Heather a décidé qu'il n'est pas un flic des mœurs en chasse et s'enhardit. Elle sait ce qu'il désire, elle l'a, et elle lui communique le tarif.

Elle lui apprend que de l'autre côté de la route, il y a un motel où on peut louer des chambres à l'heure, quand on connaît la direction. Voilà qui ne le surprend pas : certaines lois du désir et de l'économie sont aussi immuables que celles de la nature.

Elle enfile sa veste en peau de mouton et ils sortent ensemble dans la nuit fraîche. Leur souffle se change en vapeur sous l'effet du froid. Ils traversent le parking, puis la route, main dans la main, tels des adolescents amoureux.

Elle ignore, tout comme lui, ce dont il a besoin. Lorsqu'il aura eu ce qu'il voulait, et que cela n'aura pas apaisé le besoin qui brûle en lui, Heather découvrira le cycle de sentiments qu'il retrouve sans cesse : le besoin engendre la frustration; la frustration se change en colère; la colère mène à la haine; la haine entraîne la violence — et parfois, la violence apaise.

Le ciel est une massive plaque de glace. Les arbres nus tendent vers lui leurs branches torturées. Le vent qui vient de la prairie pour s'engouffrer dans la ville souffle avec un bruit froid et triste. Et parfois, la violence apaise.

Plus tard, après s'être répandu plus d'une fois en Heather, alors que la frénésie ne l'habite plus, il s'aperçoit que la chambre d'hôtel miteuse lui rappelle avec trop d'acuité la nature creuse et malsaine de sa propre existence. Son désir immédiat est apaisé, mais son désir d'une vie plus complète, d'une vie ayant un sens, reste intact.

La jeune femme nue sur laquelle il est toujours allongé lui semble à présent hideuse, répugnante même. Le souvenir de leurs ébats l'écœure. Elle ne peut pas, ou ne veut pas, lui donner ce dont il a besoin. Vivant en marge de la société, vendant son corps, elle est elle-même une proscrite, et donc le symbole insoutenable de sa propre marginalité.

Elle ne voit pas venir le coup de poing qu'il lui décoche au visage, assez fort pour l'étourdir. Alors, il referme les mains autour de sa gorge et l'étrangle.

La lutte n'est guère acharnée. Le coup, suivi par une pression intense sur la trachée-artère, et la diminution du flux sanguin que les carotides drainent vers le cerveau rendent la jeune femme incapable de résister.

Le tueur se préoccupe surtout de ne pas attirer l'attention des clients du motel. Toutefois, il est également important de réduire le bruit au minimum car un meurtre silencieux est plus personnel, plus intime, apporte une satisfaction plus profonde.

Heather succombe avec une telle tranquillité que la scène rappelle à son assassin ces documentaires où certaines mantes ou araignées tuent leur partenaire après l'accouplement — sans que ni l'assaillant ni la victime n'émettent un son. La mort de la prostituée est marquée par un rituel froid et solennel qui équivaut à la sauvagerie stylée de ces animaux.

Quelques minutes plus tard, après s'être douché et habillé, il retraverse la route en direction du Blue Life Lounge et récupère sa voiture. Il a un travail à accomplir. On ne l'a pas envoyé à Kansas City pour assassiner une putain nommée Heather. Elle, ce n'était qu'une distraction. D'autres victimes l'attendent et il est désormais suffisamment détendu et concentré pour s'en occuper.

9.

Dans le bureau de Marty, aux lueurs couleur de fête de la lampe, Paige se tenait derrière la table de travail, les yeux fixés sur le petit dictaphone, écoutant son époux psalmodier trois mots déconcertants d'une voix qui passait du murmure mélancolique à un grondement rageur.

Au bout d'à peine deux minutes, elle se révéla incapable d'en supporter davantage. La voix était simultanément familière et étrangère, ce qui la rendait bien plus effrayante que si elle n'avait pas pu l'identifier du tout.

Elle coupa l'appareil.

Réalisant qu'elle avait toujours son verre de vin rouge à la main, elle en but une trop grande gorgée. Il s'agissait d'un bon cabernet de Californie, qui méritait d'être siroté, mais la jeune femme s'intéressait brusquement davantage à ses effets qu'à son goût.

— Il en reste encore au moins cinq minutes, annonça Marty, debout de l'autre côté du bureau. Sept minutes en tout. Plus tard, avant que les filles et toi ne rentriez, j'ai fait quelques recherches dans ma documentation médicale.

Il désigna les étagères qui bordaient un des murs.

Paige n'avait pas envie d'entendre ce qu'il allait lui dire. Une maladie sérieuse était impensable. Si quoi que ce soit arrivait à Marty, le monde deviendrait un endroit bien plus sombre et bien moins intéressant.

Elle n'était pas sûre qu'elle supporterait de le perdre. Cette attitude, elle le savait, était assez étonnante : psychologue pour enfants, que ce fût dans le cadre de son cabinet ou durant les heures qu'elle consacrait bénévolement aux foyers publics, elle avait conseillé des dizaines de personnes sur la manière de vaincre le chagrin et de continuer à vivre après la disparition d'un être cher.

— Une absence peut être le symptôme de plusieurs choses. Par exemple, un début de maladie d'Alzheimer, mais je crois qu'on peut éliminer cette hypothèse : si j'avais l'Alzheimer à trente-trois ans, je pulvériserais le record de jeunesse d'au moins dix ans.

Il posa son verre, qu'il avait déjà vidé, et s'avança jusqu'à la fenêtre pour observer la nuit au travers des jalousies.

Paige fut frappée par son apparence soudain vulnérable. Avec plus d'un mètre quatre-vingts et de quatre-vingts kilos, une allure décontractée et un amour illimité de la vie, Marty lui avait toujours paru plus solide et plus permanent que tout au monde. Y compris les montagnes et les océans. Aujourd'hui, il avait l'air aussi fragile qu'une vitre.

Contemplant toujours l'obscurité, il ajouta :

— Ça peut aussi indiquer une petite attaque cardiaque.

— Non.

— Mais d'après les références que j'ai consultées, la cause la plus probable est une tumeur au cerveau.

La jeune femme leva son verre. Il était vide. Elle ne se rappelait pas l'avoir terminé : elle aussi avait eu une petite absence.

Elle le remit sur le bureau. Près du détestable dictaphone. Elle s'approcha alors de Marty et lui posa la main sur l'épaule.

Lorsqu'il se tourna vers elle, elle lui donna un baiser léger, rapide, appuya la tête contre son torse et le serra dans ses bras. Il l'enlaça à son tour. Grâce à lui, elle avait appris que ce genre d'étreinte était aussi nécessaire à une vie saine que la nourriture, l'eau ou le sommeil.

Un peu plus tôt, lorsqu'elle l'avait surpris à vérifier systématiquement toutes les fenêtres, elle avait insisté d'un regard et d'un seul mot : Alors ? pour qu'il ne lui cache rien. Elle eût à présent voulu ne pas avoir exigé de se faire raconter le seul mauvais moment d'une journée par ailleurs excellente.

Elle leva les yeux vers lui et soutint enfin son regard, le serrant toujours contre elle.

— Ce n'est peut-être rien.

— C'est quelque chose.

— Je veux dire : rien de physique.

Il eut un sourire triste.

— C'est vraiment réconfortant d'avoir une psychologue à la maison.

— Ça pourrait très bien être psychologique.

— Je ne sais pas pourquoi, mais l'idée d'être fou ne me réconforte pas.

— Pas fou. Stressé.

— Ah, oui, le stress. La grande excuse du XXe siècle, la préférée des feignants qui se font mettre en arrêt-maladie et des politiciens qui cherchent à expliquer pourquoi on les a trouvés complètement ivres dans un motel, avec des adolescentes à poil.

La jeune femme le lâcha et se détourna, agacée. Elle n'était pas furieuse contre Marty, pas exactement, mais contre Dieu, ou le destin, ou quoi que ce fût qui avait brutalement apporté des courants turbulents dans le flot paisible de leur existence.

Elle pivota et fit face à son mari.

— Bon, d'accord... A part la fois où Charlotte a été malade, tu as toujours été à peu près aussi stressé qu'une moule. Mais peut-être que tu t'inquiètes en secret. Et puis tu as subi pas mal de pressions, ces derniers temps.

— Ah bon ? fit-il, en haussant les sourcils.

— Tu as moins de temps que d'habitude pour finir ton roman.

— Oui, mais j'ai encore trois mois et je crois qu'il ne m'en faudra qu'un.

— Toutes ces nouvelles possibilités pour ta carrière... Ton éditeur, ton agent, et tout le monde, dans le milieu, te considèrent autrement, à présent.

La réédition en poche de ses derniers romans l'avait placé deux fois sur la liste des best-sellers du *New York Times* pendant huit semaines. Il n'avait pas encore eu de best-seller en édition grand format, mais cette nouvelle étape serait probablement franchie en janvier, quand sortirait son prochain livre.

La soudaine inflation des ventes était enthousiasmante mais aussi préoccupante. Marty voulait plaire à un plus large public, cependant il était décidé à ne pas modifier son style dans un but commercial, à ne pas sacrifier son originalité. Sachant qu'il risquait de le faire involontairement, il s'était ces derniers temps montré plus dur avec lui-même qu'à l'ordinaire —

quoiqu'il eût toujours été son propre critique le plus intransigeant et eût retravaillé chaque page au moins vingt ou trente fois.

— Et puis il y a eu *People*.

— Ce n'était pas stressant. Et c'est terminé.

Un journaliste du magazine *People* était venu chez eux quelques semaines auparavant, suivi deux jours plus tard par un photographe, pour une séance de dix heures. Marty étant Marty, il les avait appréciés et eux l'avaient apprécié, bien qu'il eût tout d'abord désespérément résisté à l'insistance de son éditeur, qui désirait cet article.

Compte tenu de ses relations amicales avec les reporters, il n'avait aucune raison de penser que le papier serait négatif, mais même la publicité favorable le laissait généralement désemparé. Pour lui, ce qui comptait, c'étaient les livres, pas la personne qui les écrivait. Il ne voulait pas devenir, selon ses propres termes, « la Madonna du roman policier, posant nue dans une librairie avec un serpent entre les dents pour faire grimper les ventes ».

— Ce n'est pas terminé, objecta Paige. L'article doit paraître lundi. Et je sais que ça t'inquiète.

Il soupira.

— Je ne veux pas devenir...

— Madonna avec un serpent entre les dents, je sais, chéri. J'essaie juste de te dire que cette histoire d'article te stresse plus que tu ne le crois.

— Assez pour que j'aie une absence de sept minutes ?

— Bien sûr. Pourquoi pas ? Je parie que c'est ce que dira le médecin.

Marty paraissait sceptique. Paige revint se glisser entre ses bras.

— Tout est allé tellement bien, pour nous, ces derniers temps. Presque trop bien. Ça incite à la superstition. Mais on a travaillé dur. On mérite ce qu'on a. Tout ira bien. Tu m'entends ?

— Je t'entends, répondit-il en la serrant contre lui.

— Tout ira bien, répéta-t-elle. Tout.

10.

Après minuit.

Le quartier est divisé en vastes propriétés, au fond desquelles se dressent de grandes maisons, loin des grilles d'entrée. De hauts arbres, si vieux qu'ils semblent presque avoir acquis une intelligence naissante, montent la garde le long des rues, veillant sur les résidents prospères — branches noires dénudées par l'automne, frémissant telles des antennes de haute technologie, rassemblant des informations sur les dangers potentiels qui menacent le confort des endormis derrière les murs de brique et de pierre.

Le tueur se gare au coin de la propriété où l'attend son travail. Il parcourt le reste du chemin à pied, fredonnant un air joyeux de sa composition. On dirait qu'il a déjà arpenté ce trottoir un millier de fois.

Une attitude furtive se remarque vite et attire inévitablement l'attention. Un homme qui marche d'un bon pas, sans chercher à se dissimuler, est au contraire considéré comme honnête et inoffensif. On ne fait pas attention à lui et on l'oublie aussitôt.

Une froide bise du nord-est.

Un ciel sans lune.

Un hibou soupçonneux, répétant son unique question d'un ton monotone.

La maison est de style « rois George », en briques, avec des colonnes blanches. Le domaine est encerclé par une clôture en fer forgé aux pointes acérées.

La grille de l'allée est ouverte et semble avoir été laissée ainsi depuis de nombreuses années. La vie paisible de Kansas City et son rythme lent n'incitent pas à la paranoïa.

Comme s'il était chez lui, il suit l'allée circulaire jusqu'au perron de l'entrée principale, monte les marches et s'arrête devant la porte, le temps de prendre, dans une petite poche poitrine de son blouson, une clef.

Jusqu'à présent, il n'avait pas conscience de la transporter. Il ignore qui la lui a donnée mais il en comprend immédiatement l'utilité. Ce genre de choses lui est déjà arrivé.

La clef correspond à la serrure à pêne dormant.

Le tueur franchit le seuil et pénètre dans la maison où règne une douce chaleur. Il retire la clef de la serrure et referme doucement le battant derrière lui.

Après avoir rangé son passe, il se tourne vers le panneau de programmation du système d'alarme, près de la porte, qui est éclairé. Il dispose de soixante secondes à partir du moment où il a ouvert pour taper le bon code afin de désarmer le système, faute de quoi la police sera alertée. Se souvenant juste à temps de la séquence de six chiffres, il appuie sur les touches.

Il sort de sa veste un nouvel objet, cette fois d'une profonde poche latérale : une paire de lunettes de nuit extrêmement compacte, d'un type fabriqué pour l'armée, inaccessible au citoyen moyen. Elle amplifie le peu de lumière disponible avec une telle efficacité — par un facteur dix mille — qu'il lui est possible de traverser des pièces obscures aussi aisément que si toutes les lampes étaient allumées.

Tout en montant l'escalier, il sort le Heckler & Koch P7 du grand holster qu'il porte sous sa veste. Le chargeur contient dix-huit cartouches.

Un silencieux est rangé dans un petit compartiment de l'étui. Le tueur s'en empare et le visse au bout du canon. Voilà qui garantira huit à douze coups de feu assez peu bruyants. L'accessoire se détériorera cependant trop vite pour qu'il puisse vider tout son chargeur sans éveiller les occupants de la maison ou les voisins.

Il ne devrait pas avoir besoin de plus de huit balles.

La maison est très grande. Dix pièces donnent sur le couloir en T du premier étage, mais il n'a pas besoin de chercher ses cibles. La topographie des lieux lui est aussi familière que les rues de la ville.

Au travers des lunettes, tout possède une coloration verdâtre. Les objets blancs semblent luire d'un fantomatique éclat intérieur. Le tueur a le sentiment de se trouver dans un film de science-fiction — intrépide héros explorant une autre dimension ou un univers parallèle, identique au nôtre, hormis quelques détails cruciaux.

Il pénètre sans bruit dans la chambre principale et

entre, s'approche du vaste lit dont la tête est ornée de boiseries ciselées.

Deux personnes dorment sous les couvertures verdâtres luisantes, un homme et une femme entre quarante et cinquante ans. Le mari est allongé sur le dos et il ronfle. Son visage est aisément identifiable comme celui de la première cible. La femme est étendue sur le côté, le visage à demi enfoui dans son oreiller, mais le tueur la voit assez bien pour être sûr qu'il s'agit de sa deuxième cible.

Il pose le bout du P7 sur la gorge de l'homme.

Le contact de l'acier froid éveille ce dernier. Ses paupières se soulèvent d'un coup, telles celles d'une poupée, mues par un contrepoids.

Le tueur appuie sur la détente, pulvérisant la gorge. Il relève son arme et tire deux fois au visage, à bout portant. Les détonations évoquent les sourds crachats d'un cobra.

Il contourne le lit. L'épais tapis absorbe le son de ses pas.

Deux balles dans la tempe gauche de la femme complètent sa mission. Elle ne s'est même pas réveillée.

Il demeure un peu auprès du lit, jouissant de l'incomparable tendresse de l'instant. Assister à une mort revient à partager l'une des expériences les plus intimes que puisse faire quiconque au cours de sa vie. Après tout, seuls les membres de la famille les plus proches et les amis les plus chers sont admis autour du lit pour recueillir le dernier souffle d'un moribond. En conséquence, le tueur ne peut s'élever au-dessus de son existence grise et malheureuse que dans l'acte d'exécution, car il a alors l'honneur de partager la plus profonde des expériences, plus solennelle et significative que la naissance. Durant ces trop brefs moments magiques où périssent ses cibles, il établit des relations, des liens profonds avec d'autres êtres humains, des *connexions* qui bannissent brièvement sa solitude, lui donnent le sentiment d'appartenir à un tout, d'être nécessaire, aimé.

Quoique ses victimes lui soient toujours inconnues — dans ce cas précis, il ignore jusqu'à leur nom —, l'expérience est parfois si poignante que ses yeux s'emplissent de larmes. Cette nuit, il parvient à se maîtriser totalement.

Hésitant à laisser s'achever la brève connexion, il caresse avec tendresse la joue gauche de la femme, qui n'a pas été aspergée par le sang et demeure agréablement chaude. Il contourne à nouveau le lit, presse doucement l'épaule de l'homme, comme pour lui dire : *Adieu, mon vieil ami, adieu.*

Il se demande qui ils étaient. Et pourquoi ils devaient mourir.

Adieu.

Il retraverse la spectrale maison emplie d'ombres vertes et de formes vertes éclatantes. Dans l'entrée, il s'arrête pour dévisser le silencieux et rengainer les deux parties de l'arme.

Il ôte à regret les lunettes. Sans elles, il quitte cet univers parallèle magique où, durant un court instant, il a ressenti une communion avec d'autres êtres humains. Il regagne ce monde où il lutte avec tant de force pour s'insérer mais demeure à jamais marginal.

Quittant la maison, il referme la porte mais ne se préoccupe pas de la verrouiller. Il n'essuie pas la poignée de laiton, car il se moque de laisser des empreintes.

Le vent froid murmure et siffle sous le porche.

Avec des froufroutements de rongeurs, des feuilles mortes craquantes se déplacent par petits groupes le long de l'allée.

Les sentinelles végétales semblent désormais endormies à leur poste. Le tueur sent que nul ne l'observe depuis les fenêtres obscures qui bordent la rue. Même aux questions du hibou, un terme a été mis.

Toujours ému par ce qu'il vient de partager, il ne fredonne pas son petit refrain idiot en retournant vers sa voiture.

Avant qu'il n'arrive au motel où il est descendu, le poids de l'apartheid oppressant dans lequel il existe s'abat à nouveau sur lui. Séparé. Évité. Solitaire.

Dans sa chambre, il ôte le holster et le pose sur la table de nuit. Cette enveloppe de cuir doublée de nylon renferme toujours le pistolet. Il le contemple un instant.

Dans la salle de bains, il sort de sa trousse une paire de ciseaux, referme le couvercle des toilettes, s'y assied sous l'éclat fluorescent de la lampe, et détruit méticuleusement les deux fausses cartes de crédit qu'il a déjà utilisées durant sa mission. Il s'envolera de Kansas City dans la matinée, sous un troisième nom. En se rendant à l'aéroport, il dispersera les minuscules fragments des cartes sur plusieurs kilomètres de route.

Il retourne devant la table de nuit.

Fixe le pistolet.

Après avoir abandonné les deux cadavres sur son lieu de travail, il aurait dû réduire l'arme en autant de morceaux que possible et abandonner ceux-ci en des endroits très éloignés les uns des autres : le canon dans une bouche de caniveau, peut-être la moitié du corps dans une rivière, l'autre dans une poubelle... jusqu'à ce que plus rien ne reste. C'est là sa manière d'agir habituelle et il est incapable de comprendre pourquoi il s'en est cette fois dispensé.

Une légère culpabilité sourd de cet accroc à la routine, mais il ne va pas ressortir pour se débarrasser de l'arme. En plus de la culpabilité, il ressent une envie de... rébellion.

Il se déshabille et s'allonge. La lampe de chevet éteinte, il contemple les ombres entrecroisées, au plafond.

Il n'a pas sommeil. Son esprit vagabonde, ses pensées passent de sujet en sujet avec une rapidité tellement déconcertante que cette suractivité mentale se change vite en agitation physique. Il se trémousse, tirant sur les draps et les couvertures, tapotant l'oreiller.

A l'extérieur, sur la nationale, de gros camions roulent inlassablement vers leur lointaine destination. Le chant de leurs pneus, le grommellement de leur moteur, le sifflement de l'air qu'ils déplacent sur leur passage forment un bruit de fond généralement apaisant. Cette musique gitane de la route l'a bien souvent bercé.

Cette nuit, toutefois, une chose étrange se produit. Pour une raison qu'il ignore, la mosaïque des sons familiers ne constitue pas une berceuse mais un chant de sirènes. Il ne peut lui résister.

Il traverse la pièce obscure et s'approche de l'unique fenêtre. Dans les ténèbres, il distingue vaguement une colline herbue et, au-dessus, une plaque de ciel — telles les deux moitiés d'un tableau abstrait. Au sommet de la pente, séparant ciel et terre, les solides piquets d'un rail de sécurité sont périodiquement illuminés par des phares.

Le tueur lève les yeux, presque en transe, afin d'apercevoir les véhicules qui filent vers l'ouest.

D'ordinaire mélancolique, la cantate de la route se veut aguicheuse, l'appelle, lui faisant une mystérieuse promesse qu'il ne comprend pas mais se sent obligé de tirer au clair.

Il s'habille et refait ses valises.

Dehors, le parking et les allées sont déserts. Tournées vers les chambres, des voitures attendent leurs passagers du matin. Dans une alcôve, un distributeur de boissons gazeuses cliquette comme s'il était lui-même en train de se réparer. Le tueur a l'impression d'être la seule créature vivante dans un monde désormais régi par les machines — et pour leur propre compte.

Quelques instants plus tard, il roule sur la nationale 70, en direction de Topeka, le pistolet posé sur le siège du passager mais recouvert d'une serviette du motel.

Au-delà de Kansas City, quelque chose l'appelle. Il ignore de quoi il s'agit, mais il se sent inexorablement attiré vers l'ouest, comme de la limaille de fer par un aimant.

Aussi étrange que cela puisse sembler, il ne s'en inquiète pas et accepte bien volontiers son impulsion. Après tout, d'aussi loin qu'il s'en souvienne, il s'est rendu aux endroits les plus divers sans connaître le but de ses voyages avant d'arriver à destination, et il a tué des gens sans savoir pourquoi ils devaient mourir ni pour le compte de qui il agissait.

Il a toutefois la certitude que ce départ soudain de

Kansas City n'est pas ce qu'on attend de lui. Il est censé demeurer au motel jusqu'au matin et prendre l'avion très tôt pour... Seattle.

Peut-être, là-bas, aurait-il reçu des instructions de ces employeurs dont il ne se souvient pas. Mais il ne saura jamais ce qui se serait passé, car Seattle est à présent rayé de son itinéraire.

Il se demande combien de temps va s'écouler avant que ses supérieurs — quels que soient leurs noms et leurs identités — s'aperçoivent qu'il est devenu un renégat. Quand commenceront-ils à le chercher, et comment le trouveront-ils s'il n'obéit plus à son programme ?

A deux heures du matin, la circulation sur la route 70 est assez fluide, surtout composée de camions. Le tueur traverse le Kansas à grande vitesse, devançant certains des poids lourds, en suivant d'autres. Il se rappelle un film mettant en scène Dorothy, son chien Toto et la tornade qui les a arrachés à ces plaines cultivées pour les déposer en un lieu bien plus étrange[1].

Une fois dépassés Kansas City, Missouri, et Kansas City, Kansas, il réalise qu'il est en train de murmurer quelque chose, pour lui-même.

— *J'ai besoin, j'ai besoin.*

Cette fois, il se sent proche de la révélation qui identifiera la nature précise de son obsession.

— *J'ai besoin... d'être... J'ai besoin d'être... J'ai besoin d'être...*

Tandis que les banlieues, puis la prairie sombre, défilent des deux côtés de la voiture, une excitation intense grandit en lui. Il piétine à la lisière d'une illumination qui, il le sent, va changer sa vie.

— *J'ai besoin d'être... d'être... J'ai besoin d'être quelqu'un.*

Il comprend aussitôt le sens de ce qu'il vient de dire. Par « être quelqu'un », il n'entend pas ce qu'un autre homme exprimerait en employant ces mêmes mots ; il ne veut pas dire qu'il a besoin d'être quelqu'un de riche

1. Il s'agit du *Magicien d'Oz*, MGM, 1939. *(N.d.T.)*

ou de célèbre. Juste quelqu'un. Quelqu'un qui possède un vrai nom. Un Joe quelconque, comme on disait dans les films des années quarante. Quelqu'un qui aurait plus de substance qu'un fantôme.

L'attraction de l'aimant inconnu, à l'ouest, s'amplifie à chaque kilomètre parcouru. Le tueur se penche légèrement au-dessus du volant, plissant les yeux pour percer le voile de la nuit.

Au-delà de l'horizon, dans une ville qu'il ne peut encore voir, une vie l'attend, un endroit qui sera son foyer. Une famille. Des amis. Quelque part se trouvent des chaussures qu'il pourra enfiler, un passé qui lui ira à merveille, un but. Et un futur dans lequel il sera comme les autres gens — accepté.

La voiture fonce vers l'ouest, fendant la nuit.

11.

A minuit et demi, juste avant de se coucher, Marty Stillwater ouvrit doucement la porte de la chambre des filles et en franchit le seuil en silence. A la lumière jaune caramel de la lampe Mickey, il constata que ses enfants dormaient paisiblement.

De temps à autre, il aimait les regarder ainsi pendant quelques minutes, simplement pour se convaincre qu'elles étaient réelles. Il avait eu plus que sa part de bonheur, de prospérité et d'amour, aussi craignait-il que certaines de ces bénédictions ne se révèlent transitoires, voire illusoires. Le destin risquait d'intervenir pour remettre les pendules à l'heure.

Chez les Grecs anciens, il était personnifié par trois sœurs, les Parques : Clotho, qui filait le fil de la vie ; Lachésis, qui en mesurait la longueur ; et Atropos, la plus petite des trois mais aussi la plus puissante, qui le tranchait, à son gré, de ses ciseaux.

Parfois, il semblait à Marty qu'il s'agissait là d'une manière logique de considérer les choses. Il lui était possible d'imaginer les visages de ces femmes en blanc avec plus de détails que ceux de ses propres voisins de

Mission Viejo. Clotho avait un air de bonté, avec des yeux joyeux, telle l'actrice Angela Lansbury. Lachésis était aussi mignonne que Goldie Hawn, mais avec une aura de sainteté. C'était ridicule, mais il les voyait ainsi. Atropos était une garce, belle mais glaciale — bouche pincée, yeux anthracite.

Le tout était de demeurer dans les bonnes grâces des deux premières sans attirer l'attention de la troisième.

Cinq ans plus tôt, déguisée en affection sanguine, Atropos était descendue de son domicile céleste pour cisailler le fil de la vie de Charlotte et, Dieu merci, n'avait pu le trancher tout à fait. Mais la déesse répondait à bien des noms : cancer, hémorragie cérébrale, thrombose coronarienne, incendie, tremblement de terre, poison, homicide, et d'autres encore, innombrables. Peut-être était-elle en train de leur rendre visite à nouveau, sous l'un de ses nombreux pseudonymes, choisissant comme cible Marty et non plus Charlotte.

Souvent, l'imagination vivace d'un romancier constituait une malédiction.

Brutalement, un bruit de rotation métallique s'éleva du côté de Charlotte, faisant sursauter Marty. Aussi bas et menaçant que l'avertissement d'un serpent à sonnette. Il réalisa vite ce qui se passait : la moitié de la grande cage de la gerbille était occupée par une roue d'exercice ; le petit rongeur, nerveux, courait furieusement sur place.

— Va dormir, Wayne, conseilla Marty à voix basse.

Il jeta un dernier regard aux fillettes, puis sortit de la pièce et referma doucement la porte derrière lui

12.

Il atteint Topeka à trois heures du matin.

Il se sent toujours attiré vers l'horizon occidental, comme un animal migrateur pourrait l'être vers le sud à l'approche de l'hiver, répondant à un appel muet, suivant un phare invisible. On jurerait que même les traces de fer qui circulent dans son sang répondent à l'aimant inconnu.

Quittant la nationale aux abords de la ville, il se met en quête d'une nouvelle voiture.

Quelque part, il y a des gens qui connaissent le nom de John Larrington, l'identité sous laquelle il a loué la Ford. Lorsqu'il ne se présentera pas à Seattle pour accomplir le travail qui l'y attend, ses mystérieux supérieurs se mettront sans nul doute à sa recherche. Il les soupçonne de posséder influence et ressources substantielles, si bien qu'il doit éliminer tous les liens avec son passé, ne pas laisser la moindre piste aux chasseurs qui le traqueront.

Il gare la Ford dans un quartier résidentiel et traverse à pied trois pâtés de maison, manœuvrant la poignée des véhicules garés le long du trottoir. La moitié seulement sont verrouillés. Il sait faire démarrer un moteur à la sauvage, s'il le faut, mais dans une Honda bleue, il découvre les clefs derrière le pare-soleil.

Après être retourné en voiture jusqu'à la Ford pour transvaser valises et pistolet dans la Honda, il décrit des cercles de plus en plus larges, cherchant une épicerie ouverte la nuit.

Il n'a pas de carte de Topeka dans la tête, car nul ne s'attendait à ce qu'il s'y rende. Irrité par la vision de panneaux sur lesquels aucun nom ne lui est familier, il n'a aucune idée de la route à prendre.

Il se sent plus solitaire que jamais.

Au bout d'un quart d'heure, il trouve une épicerie dont il vide littéralement les étagères de saucisses Slim Jim, crackers au fromage, cacahuètes, beignets miniatures et autres denrées faciles à manger en conduisant. Il est d'ores et déjà affamé. S'il doit rouler pendant encore deux jours — en supposant qu'il soit entraîné jusqu'à la côte —, il lui faudra des réserves considérables. Il ne veut pas perdre de temps au restaurant, mais son métabolisme accéléré lui impose de manger plus et plus souvent que les autres gens.

Après avoir ajouté trois packs de Pepsi-Cola à ses achats, il se dirige vers la caisse.

— Vous, vous allez faire la fête toute la nuit, hein? lui demande le caissier solitaire.

— Ouais.

En payant, il réalise que les trois cents dollars contenus dans son portefeuille — la somme qu'il transporte toujours en mission — ne le mèneront pas très loin. Il ne peut plus utiliser les fausses cartes de crédit, quoiqu'il en possède encore deux, parce qu'on réussirait certainement à le pister grâce à ses dépenses. A partir de maintenant, il va lui falloir tout régler en liquide.

Il emporte ses trois sacs de provisions dans la Honda et retourne à l'épicerie avec le Heckler & Kock P7. Après avoir logé une balle dans la tête du caissier, il vide le tiroir-caisse, dont il ne sort que son propre argent, plus cinquante dollars. C'est mieux que rien.

A une station-service Arco, il fait le plein et achète une carte des États-Unis.

Garé au bord de la station, sous une lampe à vapeur de sodium qui colore tout le paysage d'un jaune écœurant, il mange des Slim Jim. Il dévore.

Tout en passant des saucisses aux beignets, il commence à étudier la carte. Il pourrait continuer sur la 70 ou bien obliquer vers le sud-ouest sur l'autoroute du Kansas qui mène à Wichita, pousser jusqu'à Oklahoma City et reprendre la direction de l'ouest sur la nationale 40.

Il n'a pas l'habitude d'avoir le choix. En général, il fait ce pour quoi il est... programmé. A présent, face à une alternative, il est surpris par la difficulté qu'elle représente. Il demeure là, irrésolu, de plus en plus nerveux, en grand danger d'être paralysé par l'indécision.

Finalement, il sort de la Honda pour retrouver la fraîcheur de la nuit, cherchant un signe.

Le vent fait vibrer les fils du téléphone, au-dessus de sa tête; un bruit entêtant, ténu, désespéré, tels les sanglots apeurés d'un enfant mort errant dans les ténèbres de l'au-delà.

Il se tourne vers l'ouest, aussi inexorablement que l'aiguille d'un compas vers le nord magnétique. Il a le sentiment que cette attirance est d'ordre psychique, qu'elle émane d'une présence qui l'appelle, mais la connexion est moins sophistiquée que cela, plus biologique. Elle résonne dans son sang et dans sa moelle.

De nouveau au volant, il trouve l'entrée de l'autoroute et file vers Wichita. Il n'a toujours pas sommeil. S'il le faut, il est capable de passer deux ou trois nuits blanches de suite sans rien perdre de ses facultés mentales et physiques. Et cela n'est qu'une de ses capacités spéciales. La perspective de devenir quelqu'un l'enthousiasme au point qu'il pourrait conduire sans discontinuer jusqu'à rencontrer son destin.

13.

Paige savait que Marty s'attendait presque à être frappé d'une nouvelle absence, cette fois en public, aussi l'admirait-elle de conserver sa façade insouciante. Il paraissait avoir le cœur aussi léger que les fillettes.

Du point de vue de ces dernières, le dimanche fut un jour parfait.

En fin de matinée, Paige et Marty les emmenèrent à l'hôtel Ritz-Carlton de Dana Point, pour le traditionnel buffet de l'Action de Grâces. C'était un endroit où ils ne se rendaient qu'en des occasions très particulières.

Comme toujours, Emily et Charlotte furent enchantées par le parc magnifiquement entretenu, les superbes salons et les employés en uniforme impeccable. Vêtues de leurs plus belles robes, des rubans dans les cheveux, elles jouaient aux grandes dames — ce qui les amusait presque autant que les deux razzias qu'elles opérèrent sur le buffet.

Dans l'après-midi, chaud pour la saison, ils se changèrent et poussèrent jusqu'à Irvine Park. Là, ils parcoururent les pistes pittoresques, nourrirent les canards du lac et visitèrent le petit zoo.

Charlotte adorait le zoo parce que, tout comme dans sa mini-ménagerie, les animaux étaient derrière des barrières protectrices. On n'y rencontrait aucun spécimen exotique — tous étaient originaires de la région —, mais avec son exubérance habituelle, la fillette considéra chacun d'eux comme la créature la plus intéressante et la plus mignonne qu'elle eût jamais vue.

Emily entama une guerre des nerfs avec un loup. Le grand prédateur aux yeux ambrés et à la robe gris-argent lustrée soutenait intensément le regard de la petite fille, de l'autre côté d'une clôture.

— Si vous détournez les yeux les premiers, un loup vous dévorera tous, déclara Emily à ses compagnons, sur un ton calme et sérieux.

La confrontation se poursuivit si longtemps que Paige ressentit un certain malaise en dépit de la solide clôture. Puis le loup baissa la tête, renifla le sol, bâilla longuement pour signifier qu'il n'avait pas été intimidé mais qu'il s'ennuyait, et s'éloigna avec nonchalance.

— Il n'a pas réussi à avoir les trois petits cochons malgré tout son souffle, annonça la fillette. Alors, je savais qu'il ne pouvait pas m'avoir moi, parce que je suis plus intelligente que les cochons.

Elle faisait référence au dessin animé de Walt Disney, la seule version du conte qu'elle connût.

Paige décida de ne jamais lui faire lire celle des frères Grimm, qui concernait sept petites chèvres et non trois petits cochons. Le loup en avalait six tout entières. Elles étaient sauvées de la digestion à la dernière minute, quand leur mère ouvrait le ventre du prédateur et les arrachait aux entrailles fumantes.

Paige jeta un coup d'œil en arrière, comme ils s'éloignaient. Le loup observait de nouveau Emily.

14.

Pour le tueur, le dimanche est un jour bien rempli.

A Wichita, juste avant l'aube, il sort de l'autoroute. Dans un quartier résidentiel très semblable à celui visité à Topeka, il échange les plaques minéralogiques de sa Honda contre celles d'une Chevrolet, ce qui rend le véhicule volé plus difficile à localiser.

Peu après neuf heures du matin, il arrive à Oklahoma City, Oklahoma, où il ne s'arrête que le temps de faire le plein.

En face de la station-service, de l'autre côté de la route, il y a un centre commercial. Dans un coin de l'immense parking désert, il aperçoit une guérite de Goodwill Industries, de la taille d'une cabane à outils, laissée à la disposition du public. Une fois son réservoir rempli, il abandonne ses valises et leur contenu à l'œuvre de charité. Il ne conserve que les vêtements qu'il porte et le pistolet.

Durant la nuit, il a eu le temps de songer à son étrange existence — et de se demander s'il ne transportait pas un émetteur miniaturisé susceptible d'aider ses supérieurs à le repérer. Peut-être avaient-ils prévu qu'un jour, il les trahirait.

Il sait qu'un émetteur de puissance moyenne, muni d'une pile minuscule, peut se dissimuler dans un espace très réduit. Comme par exemple les parois d'une valise.

Alors qu'il s'engage sur la nationale 40, qui file vers l'ouest, de grands nuages noirs prennent possession du ciel. Quarante minutes plus tard, commence à tomber une pluie d'argent fondu qui ôte instantanément toute couleur au paysage vide bordant la route. Le monde n'est plus fait que de vingt, quarante, cent nuances de gris, sans même la foudre pour combattre cette oppressante tristesse.

Les alentours monochromes ne lui procurent aucune distraction, aussi a-t-il le temps de s'inquiéter encore des traqueurs anonymes qui, peut-être, le suivent de près. Est-il paranoïaque de songer que l'émetteur pourrait se trouver dans ses vêtements ? Il doute qu'on ait pu le cacher dans le tissu de son pantalon, de sa chemise, de son pull ou de ses sous-vêtements sans que son simple poids ou un examen de routine ne le fassent détecter. Restent ses chaussures et son blouson de cuir.

Il élimine d'office le pistolet. On n'aurait rien inséré dans le P7 qui pût en gêner le fonctionnement. De plus, il était censé s'en débarrasser aussitôt après les meurtres pour lesquels on le lui a fourni.

A mi-chemin entre Oklahoma City et Amarillo, à l'est de la frontière du Texas, il se gare sur une aire de repos où dix voitures, deux gros camions et deux mobile homes se sont réfugiés pour échapper à la tempête.

Dans le bouquet de conifères qui entoure l'aire, les aiguilles des arbres piquent du nez comme si elles étaient gorgées de pluie. Elles apparaissent d'un gris charbonneux et non plus vertes. Les grosses pommes de pin ressemblent à d'étranges tumeurs.

Un bâtiment massif et carré abrite des commodités. Le tueur court sous la pluie battante et froide pour rejoindre les toilettes.

Alors qu'il se tient devant le premier urinoir, avec la pluie qui tambourine sur le toit de métal et l'odeur du béton humide qui imprègne l'air, quelqu'un entre : un homme ayant dépassé la soixantaine. Le premier coup d'œil révèle d'épais cheveux blancs, un visage profondément marqué, un nez en patate parsemé de vaisseaux éclatés. L'arrivant s'approche du troisième urinoir.

— Quelle tempête, hein ! s'exclame-t-il.

— Un vrai temps pour les grenouilles, répond le tueur, qui a entendu cette phrase dans un film.

— J'espère que ça va s'arrêter bientôt.

Le tueur remarque que le vieil homme est à peu près de la même taille et de la même corpulence que lui.

— Vous allez vers où ? interroge-t-il en fermant sa braguette.

— Pour l'instant : Las Vegas. Mais ensuite, ailleurs, et puis encore ailleurs. On est à la retraite, avec ma femme, et on vit pratiquement dans le mobile home. J'ai toujours eu envie de voir du pays et, en ce moment, on en voit sacrément. La route, c'est la meilleure vie possible : le paysage change tous les jours. C'est ça, la vraie liberté.

— Ça a l'air super.

Tandis qu'il se lave les mains, le tueur hésite, se demande s'il va oser descendre ce vieil idiot bavard immédiatement et fourrer le cadavre dans un cabinet. Mais avec tous les gens sur le parking, quelqu'un pourrait entrer à l'improviste.

— Le seul problème, c'est que Frannie, ma femme, déteste que je conduise sous la pluie, reprend l'inconnu en reboutonnant son pantalon. Dès qu'il fait plus que bruiner, elle veut qu'on stoppe et qu'on attende que ça passe. (Il soupire.) On ne va pas faire beaucoup de kilomètres aujourd'hui.

Le tueur se sèche les mains sous un appareil à air chaud.

— De toute façon, Las Vegas ne va pas s'envoler.

— C'est vrai. Même quand le bon Dieu descendra le jour du Jugement dernier, il y aura des tables de black-jack en activité.

— Je vous souhaite de faire sauter la banque, conclut le tueur avant de sortir, tandis que son compagnon s'approche du lavabo.

De retour dans la Honda, trempé et frissonnant, il met le contact et monte le chauffage. Mais il ne démarre pas.

Trois mobile homes sont garés sur de larges emplacements, le long du trottoir.

Quelques secondes plus tard, le mari de Frannie sort des toilettes. Au travers de la pluie miroitante qui couvre son pare-brise, le tueur le voit courir jusqu'à un grand Road King argent et bleu, où il pénètre par la portière du conducteur, sur laquelle est peint un cœur renfermant deux noms, en lettres fantaisie : Jack et Frannie.

Jack, le retraité qui va à Las Vegas, n'a pas de chance : le Road King ne se trouve qu'à quatre places de parking de la Honda, et cette proximité facilite la tâche du tueur.

Le ciel est en train de se purger d'un véritable océan. La pluie tombe droit en cette journée dépourvue de vent, brisant sans cesse ces miroirs que sont les flaques éparses, sur le goudron, dévalant les caniveaux en un torrent apparemment infini.

Voitures et camions quittent l'autoroute, s'arrêtent un moment, repartent, et sont remplacés par de nouveaux véhicules qui se rangent entre la Honda et le Road King.

Le tueur est patient. La patience fait partie de son entraînement.

Le moteur du mobile home tourne au ralenti. Des vapeurs d'échappement cristallisées se dégagent des pots jumeaux. Une chaude lumière ambrée éclaire les fenêtres latérales, munies de rideaux.

Il envie ce confortable foyer sur roues, d'apparence plus douillette que n'importe quel domicile qu'il puisse espérer obtenir. Il envie également la durée du mariage des deux retraités. Quel effet cela peut-il faire d'avoir une femme ? D'être un époux bien-aimé ?

Au bout de quarante minutes, la pluie ne diminue toujours pas, mais un groupe de voitures s'en va. La Honda est le seul véhicule du même côté que le Road King.

Prenant son pistolet, le tueur descend de son véhicule et s'approche du mobile home d'un bon pas, les yeux fixés sur les fenêtres pour le cas où Jack ou Frannie écarterait les rideaux au moment le plus inopportun.

Il lorgne du côté des toilettes. Personne en vue.

Parfait.

Il s'empare de la froide poignée chromée. Le verrou n'est pas mis. S'engageant à l'intérieur, il gravit le marchepied et jette un coup d'œil par-dessus le siège du conducteur.

La cuisine s'étend juste derrière la cabine ouverte. Ensuite se trouvent une minuscule salle à manger, puis le salon. Les deux retraités sont en train de déjeuner. La femme lui tourne le dos.

Jack l'aperçoit le premier et commence à se lever pour s'extraire de l'étroit réduit où il est engoncé. Frannie regarde par-dessus son épaule, plus curieuse qu'inquiète. Les deux premières balles cueillent le vieil homme au torse et à la gorge. Il s'effondre sur la table. Éclaboussée de sang, sa femme ouvre la bouche pour hurler, mais un troisième projectile à pointe creuse remodèle définitivement sa boîte crânienne.

Le silencieux est toujours vissé au bout du canon, mais il n'est plus efficace. Les parois en ont été comprimées. Le bruit qui accompagne chaque coup de feu est à peine moins sonore qu'une détonation normale.

Le tueur ferme la portière derrière lui. Il observe le trottoir, l'aire de pique-nique battue par la pluie, les toilettes. Personne.

Enjambant le levier de vitesses, il se glisse sur le siège du passager. Par la vitre, il aperçoit quatre autres véhicules seulement sur le parking. Le plus proche est un poids lourd dont le chauffeur doit être aux toilettes, car la cabine est vide.

Il est peu probable que quelqu'un ait entendu tirer. Le rugissement de la pluie procure une couverture idéale.

Après avoir fait pivoter son siège, le tueur se lève et s'avance dans le mobile home. S'arrêtant auprès du couple, il effleure le dos de Jack, puis la main gauche de Frannie, posée sur la table, dans une flaque de sang, non loin de son assiette.

— Adieu, murmure-t-il, regrettant de ne pouvoir partager plus longtemps cet instant avec eux.

A présent, il lui tarde furieusement d'échanger ses vêtements contre ceux de Jack et de reprendre la route. Il est désormais convaincu qu'un émetteur est bien dissimulé dans les semelles en caoutchouc de ses chaussures, et que les signaux qu'il envoie guident en ce moment même des individus dangereux vers lui.

Au-delà du salon se trouvent une salle de bains, un grand placard encombré des vêtements de Frannie, et une chambre comprenant une petite penderie qui abrite les affaires de Jack. En moins de trois minutes, il s'est déshabillé entièrement et a enfilé de nouveaux sous-vêtements, des chaussettes de sport blanches, un jean, une chemise à carreaux rouges et bruns, une paire de mocassins très usés et un blouson de cuir marron qui remplace son noir. Le pantalon semble taillé pour lui à l'entrejambe, mais bâille à la taille. Il le serre à l'aide d'une ceinture. Les chaussures sont un peu grandes mais pas trop. Quant à la chemise et au blouson, ils sont parfaits.

Il emporte ses anciens souliers dans la cuisine. Pour confirmer ses soupçons, il s'empare d'un couteau à pain émoussé et scie plusieurs fines couches de caoutchouc dans un talon, jusqu'à découvrir une cavité emplie de composants électroniques. Un émetteur miniaturisé, relié à une série de piles de montre qui semble s'étendre dans le talon, peut-être même dans la semelle.

Il n'est pas paranoïaque, finalement.

Ils arrivent.

Abandonnant les chaussures parmi les copeaux de caoutchouc, sur le plan de travail, il fouille vivement le cadavre de Jack et s'empare de l'argent que contient son portefeuille. Soixante-deux dollars. Il part ensuite à la recherche du sac à main de Frannie, qu'il trouve dans la chambre. Quarante-neuf dollars.

Lorsqu'il quitte le mobile home, le ciel gris moucheté de noir semble convexe, déformé par le poids des nuages. Des mégatonnes de pluie martèlent la terre.

Autour des pins serpentent des filaments de brume, qui semblent s'étendre vers lui tandis qu'il rejoint la Honda en clapotant.

De nouveau sur la route, filant dans le crépuscule perpétuel de la tempête, il pousse le chauffage à fond et franchit bientôt la frontière du Texas, après laquelle la plaine devient encore plus plate, si c'est possible. Ayant abandonné les dernières maigres possessions qui lui restaient de son ancienne existence, il se sent libéré. Il est secoué de frissons incontrôlables, à cause de ses vêtements trempés, mais il tremble aussi d'impatience et de surexcitation.

Son destin réside quelque part à l'ouest.

Sans cesser de conduire, il ôte l'emballage plastique d'une saucisse et la mange. Un parfum subtil apporté par le goût de la viande fumée lui rappelle l'odeur métallique du sang qui régnait dans la maison de Kansas City, où il a abandonné les cadavres du couple sans nom au fond de leur énorme lit.

Le tueur pousse la Honda aussi vite qu'il l'ose sur la route délavée par la pluie, prêt à abattre le premier flic qui voudrait l'arrêter. En atteignant Amarillo, Texas, juste après la tombée de la nuit, il s'aperçoit que son réservoir est presque vide. Dans une station-service, il fait le plein, utilise les toilettes et achète encore un peu de nourriture.

Après Amarillo, il fonce vers l'ouest, passe Wildorado. La frontière du Nouveau-Mexique n'est plus très loin. Brusquement, il réalise qu'il traverse les terres hostiles, en plein cœur du Far West, où ont été tournés tant de merveilleux films. John Wayne et Montgomery Clift dans *La Rivière rouge* avec Walter Brennan qui leur vole la vedette. *Rio Bravo*. Et *L'Homme des vallées perdues* se déroulait là-bas, au Kansas, non ? Jack Palance y trucidait Elisha Cook Jr. plusieurs décennies avant que Dorothy ne prenne la tornade en partance pour le pays d'Oz. *La Chevauchée fantastique, La Cible humaine, 100 $ pour un shérif, Femme ou Démon, Le Vent de la plaine, La Ville abandonnée*, et tant d'autres grands films, qui n'avaient pas tous lieu au Texas, mais au moins en avaient l'esprit, avec John Wayne, Gregory Peck, James Stewart et Clint Eastwood. Des légendes, des endroits mythiques désormais réels qui l'attendent là, au-delà de la route, masqués par la pluie, le brouillard et l'obscurité. Il pourrait presque croire que toutes ces histoires se déroulent à l'instant même, dans les villes frontières qu'il dépasse, et que lui-même est Butch Cassidy ou Billy the Kid, ou bien n'importe quel autre pistolero du siècle passé — un tueur, mais pas vraiment méchant, rejeté par la société, contraint de tuer à cause de ce qu'il a subi ; et une expédition punitive sur les talons...

Des souvenirs tirés de salles de cinéma ou de films télévisés — qui emplissent, et de loin, la plus grande partie de sa mémoire — déferlent dans son esprit troublé, l'apaisant. Un instant, il se perd si totalement dans ces fantasmes qu'il n'accorde plus assez d'attention à sa conduite. Il s'aperçoit qu'il est descendu à moins de soixante-dix kilomètres/heure. Voitures et camions le doublent en vrombissant, dans un déplacement d'air qui secoue la Honda. L'eau sale de leur sillage éclabousse le pare-brise. La lueur rouge de leurs feux arrière rapetisse rapidement dans le lointain.

Se répétant que son mystérieux destin se révélera

aussi glorieux que celui de John Wayne dans les films, il accélère.

Des emballages de nourriture, vides ou à demi vides, froissés, gluants et pleins de miettes, sont empilés sur le siège voisin du sien. Ils s'abattent en cascade sur le tapis de sol, sous le tableau de bord, emplissent l'espace réservé aux jambes du passager.

Le tueur extrait de ces ordures un paquet de beignets neuf. Pour les faire descendre, il ouvre un Pepsi tiède.

Vers l'ouest. Toujours vers l'ouest.

Une identité l'y attend. Il va être quelqu'un.

15.

Le dimanche soir, à la maison, après de gigantesques bols de pop-corn et deux vidéos, Paige mit les filles au lit, les embrassa et se retira dans l'embrasure de la porte pour regarder Marty se préparer à l'instant de la journée qu'il chérissait le plus. L'heure du conte.

Il reprit la lecture du poème sur le jumeau maléfique du père Noël, et les fillettes furent immédiatement captives de sa narration.

Les rennes du traîneau galopent dans la nuit.
Voyez dans leurs yeux ronds cette terreur qui
[luit!
Ils agitent la tête et, malgré leur courage,
Tremblent, car ce sont des animaux bons et
[sages.
Ils savent que ce père Noël n'est pas le leur,
Que c'est un fou furieux doublé d'un imposteur.
Ils aimeraient piaffer, ruer et regimber,
Pour faire choir du traîneau ce triste forcené,
Mais le frère maléfique est armé d'un bon fouet,
D'un gourdin, d'un harpon, et même d'un
[pistolet,
D'une matraque, d'un Uzi — et aussi attention!
D'une arme fantastique, qui lance des rayons.

— Des rayons ? fit Charlotte. Alors, c'est un extraterrestre ?

— Sois pas idiote, lui reprocha Emily. C'est le jumeau du père Noël, alors, si c'était un extraterrestre, le père Noël en serait un aussi.

— Tu as encore beaucoup à apprendre, Em, lança sa sœur avec la condescendance d'une enfant de neuf ans ayant découvert depuis bien longtemps l'irréalité du père Noël. Papa, qu'est-ce qu'elle fait son arme à rayons ? Elle change les gens en bouillie ?

— En pierre ! intervint Emily, sortant une main de sous les couvertures et exhibant le caillou poli sur lequel elle avait peint des yeux. C'est ce qui est arrivé à Peepers.

Ils se posent sur le toit, dans un silence furtif.
Oh, mais ce père Noël est un drôle d'escogriffe.
Il se penche en avant, certain d'être entendu
Et souffle une menace aux rennes éperdus.
« Au pôle sont demeurés vos parents et parentes,
Cornus, paisibles et doux, des âmes innocentes.
Fuyez donc pendant que je suis dans la maison !
Vous me verrez arriver au pôle en avion.
Je pique-niquerai au soleil de minuit :
Tourte au renne et pâté, et des rennes en
[beignets,
Une bonne salade de renne et du potage aussi,
Le renne, de cent manières, je sais
[l'accommoder. »

— Je le déteste, ce type ! annonça Charlotte avec emphase.

Elle tira les couvertures jusque sous son nez, comme la veille au soir. Elle n'était pas vraiment effrayée, non : elle s'amusait juste à faire semblant de l'être.

— Il est fatalement né mauvais, décida Emily. Il ne peut pas être devenu comme ça juste parce que son papa et sa maman n'ont pas été aussi gentils avec lui qu'ils l'auraient dû.

Paige s'émerveillait de la faculté qu'avait Marty

d'adopter le ton exact nécessaire pour obtenir l'attention totale des enfants. S'il lui avait montré ce poème avant d'en commencer la lecture, elle l'aurait jugé un peu trop sombre, un peu trop fort pour plaire à des fillettes.

Autant pour la grande question de la supériorité entre les connaissances de la psychologue et l'instinct du conteur.

Il examine le conduit de cheminée,
Mais une telle entrée, aux ploucs est réservée.
Avec tous ses outils, il peut trouver la voie
Qui conviendra mieux à un voleur de son poids.
Du toit jusqu'au jardin, du jardin à la porte,
Il ricane déjà de tout ce qu'il apporte
A la famille aimante qui dort à l'intérieur.
Il sourit, mais mon Dieu : ce sourire, quelle [horreur!
Le méchant, le vilain, l'affreux cambrioleur!
La maison qu'il visite, c'est celle des Stillwater.

— Chez nous ? couina Charlotte.

— J'en étais sûre ! ajouta Emily.

— C'est pas vrai.

— Si, c'est vrai.

— Non.

— Si ! C'est pour ça que je dors avec Peepers, pour qu'il puisse me protéger jusqu'à Noël.

Elles insistèrent pour que leur père relise tout depuis le début, y compris la partie de la veille. Comme Marty s'exécutait, Paige quitta son poste d'observation et descendit au rez-de-chaussée afin de mettre un peu d'ordre dans la cuisine.

Pour les filles, la journée avait été parfaite. Pour elle, elle n'avait pas non plus été mauvaise. Marty n'avait pas souffert d'une nouvelle absence, ce qui l'avait aidée à se convaincre que la première était un incident isolé — effrayant, inexplicable, mais sans rapport avec quelque maladie grave.

Aucun homme, certainement, n'eût pu suivre le

rythme de deux enfants aussi pleines d'énergie, les amuser et prévenir leurs caprices durant une journée aussi remplie sans être en excellente santé. Quant à la seconde moitié de la Fabuleuse Machine Parentale Stillwater — elle-même —, elle était épuisée.

Curieusement, après avoir rangé le pop-corn, elle se surprit à vérifier que portes et fenêtres étaient bien fermées.

La nuit précédente, Marty s'était trouvé incapable d'expliquer son besoin accru de sécurité. Son problème, après tout, était interne.

Paige concluait à un simple transfert psychologique. Peu soucieux de se croire victime d'une tumeur ou d'une hémorragie cérébrale, deux choses qu'il ne pouvait contrôler, il s'était tourné vers l'extérieur afin de découvrir des ennemis contre lesquels agir concrètement.

D'un autre côté, peut-être avait-il réagi d'instinct à une menace réelle mais imperceptible consciemment. Puisqu'elle incorporait un peu de théorie jungienne dans sa vision personnelle et professionnelle du monde, Paige était capable d'envisager des concepts tels que l'inconscient collectif, la synchronicité et l'intuition.

Debout devant la porte-fenêtre du salon, observant le jardin plongé dans l'obscurité, au-delà du patio, elle se demanda quelle menace Marty pouvait bien avoir sentie dans un monde qui, à mesure qu'elle vieillissait, lui semblait de plus en plus chargé de dangers.

16.

Son attention ne dévie de la chaussée que pour de rapides coups d'œil aux formes étranges qui se dessinent au travers de l'obscurité et de la pluie, des deux côtés de la route. De grands crocs de roche déchiquetée surgissent du sable, comme si un gigantesque monstre enfoui sous la surface du sol ouvrait la gueule pour avaler tout malheureux animal passant à sa portée. Épars, des bouquets d'arbres noueux luttent pour survivre sur cette terre désolée où les orages sont rares et les déluges de ce type encore plus ; leurs branches tordues frémissent au sein de la brume, aussi chitineuses et hérissées que des membres d'insectes, agitées par le vent, brièvement illuminées par les phares des voitures. Puis elles disparaissent.

Quoique la Honda dispose d'une radio, le tueur ne l'allume pas car il ne veut pas être distrait de la mystérieuse puissance qui l'attire vers l'ouest et avec laquelle il désire entrer en communion. Kilomètre après kilomètre, dans ce décor sinistre, l'attraction magnétique augmente, et c'est tout ce qui lui importe : il ne pourrait pas plus s'y arracher que la terre ne pourrait changer de sens de rotation et faire se lever le soleil à l'ouest demain matin.

Il laisse la pluie derrière lui et finit par s'éloigner des nuages pour atteindre une nuit claire, au ciel empli d'innombrables étoiles. A l'horizon, on aperçoit vaguement crêtes et pics lumineux, si lointains qu'ils pourraient fort bien constituer le bord du monde, tels des remparts d'albâtre protégeant un royaume de contes de fées, les murs de Shangri-la entre lesquels étincelle encore la lueur de la dernière pleine lune.

Le tueur s'enfonce dans l'immensité du Sud-Ouest, dépassant des colliers de lumière qui sont les villes de Tucumcari, Montoya ou Cuervo, en plein milieu du désert. Il franchit ensuite le Pecos.

Entre Amarillo et Albuquerque, lorsqu'il s'arrête pour mettre de l'essence dans le réservoir et de l'huile dans le moteur, il utilise les toilettes d'une station-service empestant l'insecticide. Deux cafards morts gisent dans un angle. La lumière jaune et le miroir sale lui révèlent un reflet qu'il reconnaît comme sien mais qui est pourtant différent. Ses yeux bleus semblent plus sombres et plus enfiévrés qu'il ne les a jamais vus. Les traits de son visage, d'ordinaire ouvert et amical, se sont durcis.

— Je vais devenir quelqu'un, déclare-t-il.

Et l'homme dans le miroir prononce ces mêmes mots à l'unisson.

A onze heures trente, le dimanche soir, en atteignant Albuquerque, il fait à nouveau le plein et commande deux cheeseburgers à emporter. Puis il s'embarque pour l'étape suivante de son périple : cinq cent vingt kilomètres, jusqu'à Flagstaff, Arizona. Il mange les sandwichs au-dessus du sac en papier blanc dans lequel on les lui a remis et où dégoulinent une graisse odorante, des oignons et de la moutarde.

Il aborde sa deuxième nuit sans sommeil ; pourtant, il n'a pas envie de dormir. Il est doté d'une résistance exceptionnelle. En d'autres occasions, il lui est arrivé de rester debout soixante-douze heures sans perdre sa clarté d'esprit.

D'après les films qu'il a vus lors de nuits solitaires, dans des villes inconnues, il sait que le sommeil est le seul ennemi invincible des soldats déterminés à gagner une dure bataille. Des policiers surveillant un criminel. Des vaillants aventuriers qui doivent monter la garde pour se protéger des vampires jusqu'à ce que l'aube leur apporte soleil et salut.

Sa capacité de signer une trêve avec le sommeil lorsqu'il le désire est tellement étonnante qu'il évite d'y songer. Il sent préférable d'ignorer certaines choses à son propre sujet — et celle-ci en fait partie.

Dans les films, il a appris une autre leçon : tout homme a des secrets, notamment ceux qu'il se dissimule à lui-même. Les siens ne font en conséquence que lui donner un point commun avec les autres hommes. Et c'est précisément la chose qu'il désire le plus. Être comme les autres.

Dans le rêve, en proie à la terreur, Marty occupait un endroit froid et battu par le vent. Il avait conscience d'être dans une plaine aussi plate et dépourvue d'accidents de terrain que ces vastes vallées du désert Mojave, sur la route de Las Vegas, mais il ne voyait pas réellement le paysage en raison d'une obscurité profonde comme la mort. Il savait que quelque chose se précipitait vers lui au travers des ténèbres, quelque chose d'inconcevablement étrange et hostile, immense et menaçant, et pourtant totalement silencieux. Il sentait dans sa chair que la chose arrivait, mon Dieu, mais il n'avait pas la moindre idée d'où elle arrivait. De la gauche, de la droite, de l'avant, de l'arrière, du sol qu'il foulait ou du ciel noir au-dessus de lui. Il sentait : un objet d'une taille et d'un poids si colossaux que l'atmosphère se trouvait comprimée sur son passage tandis que l'air s'épaississait à son approche. Une approche rapide, de plus en plus rapide. Et il ne pouvait se cacher nulle part. Soudain, au cœur de l'obscurité tenace, il entendit Emily appeler à l'aide, appeler son papa. Il entendit Charlotte, qui appelait également, mais il fut incapable de déterminer où elles étaient. Il courut dans une direction, puis dans une autre, mais leurs voix qui dérapaient dans les aigus semblaient toujours résonner derrière lui. La menace inconnue approchait. Les fillettes terrorisées s'étaient mises à sangloter. Paige hurlait son nom d'une voix si chargée d'effroi que Marty en vint à pleurer de frustration devant son incapacité à les rejoindre. Mon Dieu ! Et la chose était presque sur lui, maintenant, quelle qu'elle fût, inexorable, telle la chute d'une lune ou la collision de deux mondes, un poids dépassant toute mesure, une force aussi primordiale que celle qui avait créé l'univers, aussi destructrice que celle qui, un jour, l'emporterait. Et Emily, Charlotte, qui hurlaient, hurlaient...

A l'ouest du Désert Peint, au-delà de Flagstaff, Arizona, peu après cinq heures, le lundi matin, des flocons de neige tombent en tourbillonnant d'un ciel encore obscur. L'air froid est un scalpel cruel qui racle les os du tueur. Le blouson de cuir volé dans le placard d'un mort, en Oklahoma, moins de seize heures auparavant, n'est pas assez épais pour le protéger de ces attaques matinales. En faisant un nouveau plein à une station libre-service, il est secoué de frissons.

Reprenant la nationale 40, il entame l'étape de cinq cent soixante kilomètres qui le conduira à Barstow, Californie. L'impulsion qui le pousse vers l'ouest se fait si irrésistible qu'il est, face à elle, aussi impuissant qu'un astéroïde soumis à la colossale gravité de la Terre et inexorablement attiré vers un impact cataclysmique.

La terreur le rejeta hors du rêve d'obscurité et de menace inconnue : Marty Stillwater se redressa d'un coup dans son lit. Sa première inspiration fut si puissante qu'il eut la certitude d'avoir réveillé Paige, mais celle-ci continua pourtant de dormir. Quoique baigné de sueur, il était frigorifié.

Progressivement, son cœur cessa de battre la chamade. Avec les chiffres verts fluorescents du radio-réveil, la lueur rouge du décodeur de réseau câblé posé sur la télévision et la pâle lumière qui filtrait des fenêtres, la chambre était nettement moins sombre que la plaine de son rêve.

Mais il ne pouvait pas s'allonger. Jamais encore, il n'avait fait de cauchemar aussi violent, aussi traumatisant. Il serait incapable de se rendormir.

Se glissant hors des couvertures, il marcha pieds nus jusqu'à la fenêtre la plus proche. Il contempla le ciel, au-dessus des maisons, de l'autre côté de la rue, comme si la vision de cette voûte de ténèbres avait pu le calmer.

Au contraire, lorsqu'il remarqua que le noir se teintait d'un bleu profond le long de l'horizon oriental, l'approche de l'aube l'emplit de cette même angoisse irrationnelle ressentie dans son bureau le samedi après-midi. A mesure que les couleurs faisaient l'ascension du firmament, Marty se mit à trembler. Il tenta de se maîtriser, mais ses frissons se firent plus violents. Ce n'était pas le jour qu'il craignait, mais une chose que le jour apportait avec lui, une menace innommable. Il la sentait se tendre vers lui, le chercher — ce qui était complètement dingue, bon Dieu ! —, et il frissonna si violemment qu'il dut poser une main sur l'appui de la fenêtre pour conserver son équilibre.

— Qu'est-ce qui ne va pas ? murmura-t-il, désespéré. Qu'est-ce qui m'arrive ? Qu'est-ce qui ne va pas ?

Heure après heure, l'aiguille du compteur oscille de cent quarante à cent soixante. Le volant vibre entre les mains du tueur, au point que celles-ci deviennent douloureuses. La Honda flotte, craque de partout. Peu habitué à être poussé ainsi, le moteur émet un hurlement suraigu continu.

Rouille, blanc d'ossement, jaune soufre, avec le pourpre des veines dessiquées, une aridité digne de la planète Mars, un sable pâle que parsèment des crêtes reptiliennes de roche mouchetée et des touffes de prosopis desséchées, le cruel désert Mojave est l'image même d'une majestueuse désolation.

Inévitablement, le tueur repense aux vieux films sur les pionniers qui se dirigeaient vers l'ouest dans des caravanes de chariots. Pour la première fois, il réalise quel courage il a fallu pour accomplir ce voyage dans des véhicules aussi fragiles, en remettant sa vie à la bonne santé et à l'énergie des chevaux de trait.

Les films. La Californie. Il est en Californie, la patrie du cinéma. Avancer. Avancer. Avancer.

De temps à autre, un miaulement involontaire lui échappe. On dirait le cri d'un animal mourant de déshydratation en vue d'un point d'eau, se traînant vers la mare qui représente son salut mais craignant de périr avant de pouvoir étancher sa soif brûlante.

Paige et Charlotte, déjà dans le garage, montaient en voiture.

— Dépêche-toi, Emily ! crièrent-elles ensemble.

Comme la plus jeune des fillettes abandonnait la table du petit déjeuner et se dirigeait vers la porte ouverte qui reliait la cuisine au garage, Marty la rattrapa par l'épaule et la fit pivoter sur elle-même.

— Attends un peu !

— Ah, oui, j'oubliais, fit-elle, tendant les bras pour recevoir un baiser.

— Ça, c'est la deuxième chose, déclara son père.

— C'est quoi, la première ?

— Ça.

Mettant un genou en terre pour arriver à son niveau,

il essuya à l'aide d'une feuille de Sopalin la moustache de lait qui marquait le visage de la fillette.

— Oh, beurk ! s'exclama-t-elle.

— C'était mignon.

— Ça ressemble plus à Charlotte.

Marty haussa les sourcils.

— Ah bon ?

— C'est elle qui est désordonnée.

— Ne sois pas méchante.

— Elle le sait, papa.

— Ce n'est pas une raison.

Dans le garage, Paige appela à nouveau. Emily embrassa son père.

— Et n'embête pas la maîtresse, hein ! recommanda-t-il.

— Pas plus qu'elle ne m'embêtera, moi, répondit-elle.

Impulsivement, il l'attira à nouveau à lui, la serra avec force. Il n'avait aucune envie de la relâcher. Un parfum de savon et de shampooing pour bébé flottait autour d'elle ; son haleine sentait le lait et les flocons de céréales. Il n'avait jamais rien humé de plus doux, de plus agréable. Sous la paume de sa main, le dos d'Emily lui semblait petit à faire peur. Elle était si délicate qu'il percevait le battement de son jeune cœur à la fois dans la poitrine de la fillette — pressée contre la sienne — et au travers de l'omoplate sur laquelle reposait sa main. Marty était submergé par le sentiment qu'il allait se produire quelque chose de terrible et que, s'il permettait à Emily de quitter la maison, il ne la reverrait jamais.

Il fallait qu'il la laisse partir, pourtant, ou qu'il explique les raisons de son refus — ce qu'il ne pouvait faire.

Tu vois, chérie, le problème, c'est qu'il y a quelque chose de détraqué dans la tête de papa, que je n'arrête pas de penser que je vais vous perdre, toi, Charlotte et maman, et que ça me fait peur. Bien sûr, je sais qu'il ne se passera rien, pas vraiment, parce que le problème est tout entier dans ma tête, comme une grosse tumeur ou quelque chose comme ça. Tu sais écrire « tumeur » ? Tu sais ce que c'est ? Eh bien, je vais aller voir un docteur pour me la faire enlever. On va enlever cette grosse tumeur et après, je n'aurai plus peur sans raison...

Il n'osait rien dire de la sorte. Cela ne servirait qu'à effrayer la fillette.

Il l'embrassa sur la joue et la laissa aller.

A la porte du garage, elle se retourna vers lui.

— Tu nous liras la suite du poème, ce soir ?

— Et comment !

— Tourte au renne et pâté...

— Et des rennes en beignets...

— Une bonne salade de renne...

— Et du potage aussi... acheva Marty.

— Tu sais quoi, papa ?

— Quoi ?

— T'es *vraiment* pas sérieux.

En pouffant, Emily s'engouffra dans le garage. Le claquement de la porte, derrière elle, fut le bruit le plus définitif que Marty eût jamais entendu.

Il contempla le battant, dans un suprême effort de volonté pour ne pas courir l'ouvrir à la volée, hurler à Paige et aux filles de rentrer à la maison.

Il entendit le grand rideau de fer du garage s'escamoter pour dégager l'entrée.

Le moteur ronfla, toussa, démarra et s'emballa quelque peu tandis que Paige pompait sur l'accélérateur avant de passer la marche arrière.

Marty sortit de la cuisine et traversa la salle à manger pour se rendre dans le salon. Il s'approcha d'une fenêtre d'où il pouvait voir l'allée.

La BMW blanche quitta à reculons l'ombre de la maison et se retrouva baignée par le soleil de la fin novembre. Emily était à l'avant, avec sa mère, Charlotte sur la banquette arrière.

Comme la voiture rapetissait le long de la rue bordée d'arbres, Marty posa le front contre le carreau. Il suivit sa famille des yeux aussi longtemps que possible, comme si rien n'avait pu l'atteindre — pas même une chute d'avion ou une explosion nucléaire — s'il continuait de la surveiller.

Il eut sa dernière vision de la BMW au travers d'un soudain voile de chaudes larmes qu'il parvint à réprimer avec peine.

Troublé par l'intensité de sa réaction, il se détourna de la fenêtre.

— Mais, bon Dieu, qu'est-ce qui me prend? s'exclama-t-il, furieux.

Après tout, les filles allaient seulement à l'école et Paige à son bureau, comme tous les jours ou presque. Elles suivaient un chemin qui ne s'était encore jamais révélé dangereux, et il n'y avait aucune raison de penser qu'il le serait ce jour-là — ou un autre.

Il consulta sa montre : sept heures quarante-huit.

Son rendez-vous avec le Dr Guthridge aurait lieu à peine plus de cinq heures plus tard, mais ce délai semblait interminable. Il pouvait se produire n'importe quoi en cinq heures.

De Needles à Ludlow. De Ludlow à Daggett.

Avancer. Avancer. Avancer.

Neuf heures quatre.

Barstow. Ville sèche et blanche dans un pays aride et dur. Ici, il y a bien longtemps, s'arrêtaient les diligences. Rails de chemin de fer. Rivières asséchées. Stuc craquelé, peinture écaillée. Le vert des arbres, affadi par une perpétuelle couche de poussière sur les feuilles. Motels, fast-foods, motels...

Station-service. Essence. Toilettes des hommes. Barres de chocolat. Deux boîtes de Coca frais.

Caissier trop amical. Bavard. Lent à rendre la monnaie. Petits yeux porcins. Bajoues. Le déteste. Ferme-la. Ferme-la. Ferme-la.

Devrais le buter. Devrais lui faire sauter la tête. Satisfaisant. Ne peux pas prendre le risque. Trop de gens autour.

Sur la route, à nouveau. Nationale 15. Ouest. Barres de chocolat et Coca à cent trente kilomètres-heure. Plaines désolées. Collines de sable, d'argile. Roche volcanique. Arbres aux multiples branches, qui montent la garde.

Tel un pèlerin vers la Terre sainte, tel un lemming vers la mer, telle une comète dans sa course éternelle, vers l'ouest, vers l'ouest, pour tenter de battre à la course le soleil qui cherche l'océan.

Marty possédait cinq armes à feu.

Il n'était ni chasseur ni collectionneur. Il ne s'adonnait pas au ball-trap et ne faisait pas de tir sur cible pour s'amuser. Contrairement à plusieurs personnes de sa connaissance, il ne s'était pas armé en prévision d'une explosion sociale — quoiqu'il en vît parfois les signes avant-coureurs. Il ne pouvait pas même dire qu'il aimait les armes, mais il en reconnaissait le besoin dans un monde troublé.

Il les avait achetées l'une après l'autre à des fins de documentation. En tant qu'auteur de romans policiers mettant en scène flics et assassins, il estimait nécessaire de savoir de quoi il parlait. N'ayant pas la passion du tir et ne disposant que d'un temps limité pour étudier les nombreux sujets qu'abordait chaque roman, il était inévitable qu'il commît à l'occasion de petites erreurs, mais il se sentait plus à l'aise pour décrire une arme lorsqu'il s'en était lui-même servi.

Dans sa table de nuit se trouvait un revolver Korth .38 non chargé et une boîte de balles. Il s'agissait d'une arme de très grande qualité, montée à la main en Allemagne. Il se l'était procurée pour les besoins d'un roman intitulé *Le Crépuscule meurtrier*, et l'avait conservée dans un but défensif.

A plusieurs reprises, Paige et lui avaient emmené les filles dans un club afin de les faire assister à du tir sur cible, instillant en elles un profond respect pour le pistolet. Lorsque Charlotte et Emily seraient assez grandes, il leur apprendrait à se servir d'une arme, mais il en choisirait une moins puissante et dotée d'un recul moins important que le Korth. Les accidents survenant avec les armes à feu étaient presque toujours dus à l'ignorance. En Suisse, où tout citoyen mâle avait l'obligation d'en avoir une pour défendre son pays en cas d'attaque, chacun recevait un enseignement approprié et les accidents mortels se révélaient extrêmement rares.

Il prit le .38, le chargea et l'emporta dans le garage, où il le glissa dans la boîte à gants de leur seconde voiture, une Ford Taurus. Il voulait en disposer pour se protéger en allant chez le Dr Guthridge — et pour se protéger du rendez-vous lui-même.

Il déposa le Beretta dans un placard de la cuisine, en hauteur, près du four, devant deux casseroles en céramique. Les filles ne l'y découvriraient pas avant qu'il ne provoque une conférence familiale pour expliquer les raisons de ces précautions extraordinaires — s'il y parvenait.

Le M 16 alla rejoindre l'étagère supérieure du placard de l'entrée, juste à côté de la porte. Il enfouit le Smith & Wesson dans le second tiroir de droite de son bureau et glissa le Mossberg sous leur lit, à lui et à Paige.

Durant tous ces préparatifs, il se demanda s'il n'était pas dérangé, s'il ne s'armait pas contre une menace inexistante. Compte tenu de cette absence de sept minutes, le samedi précédent, manipuler des armes à feu était la dernière chose qu'il eût dû faire.

Il n'avait aucune preuve qu'un danger existait. Il n'agissait que par instinct, comme une fourmi ouvrière construisant des fortifications. Rien de tel ne lui était jamais arrivé auparavant. Par nature, Marty était un cérébral, qui réfléchissait, planifiait, ruminait et ne passait à l'action qu'en dernière limite. Mais il subissait pour le moment un déluge de réactions instinctives qui l'emportait dans sa course.

Alors qu'il venait de dissimuler le fusil à pompe sous le lit, ses inquiétudes quant à sa santé mentale furent brusquement chassées par une autre considération. L'atmosphère oppressante de son récent cauchemar l'entourait à nouveau, le sentiment qu'un poids terrible fonçait sur lui à une vitesse insensée. L'air semblait s'épaissir. C'était presque aussi désagréable que durant le rêve. Et ça ne cessait d'empirer.

Aidez-moi, Seigneur, songea-t-il — sans savoir s'il implorait la protection de Dieu contre quelque ennemi inconnu ou contre de sinistres pulsions intérieures.

— J'ai besoin.

Tourbillons de poussière. Dansant au milieu du désert.

Rayons de soleil se reflétant sur des bouteilles brisées, le long de la route.

Le véhicule le plus rapide de tous. Dépassant voitures, camions. Le paysage, flou. Des villes éparpillées, floues, elles aussi.

Plus vite. Plus vite. Comme aspiré par un trou noir.

Au-delà de Victorville.

Au-delà d'Apple Valley.

A travers la passe de Cajon, à mille deux cent quatre-vingts mètres au-dessus du niveau de la mer.

Et puis la descente. San Bernardino. L'autoroute de Riverside.

Riverside. Carona.

La traversée des montagnes de Santa Ana.

— J'ai besoin d'être.

Vers le sud. L'autoroute de Costa Mesa.

La ville d'Orange. Tustin. Au cœur du labyrinthe banlieusard du sud de la Californie.

Quel puissant magnétisme ! Qui attire, attire, sans répit !

Plus que du magnétisme. La gravité. Un plongeon dans le vortex du trou noir.

Passage sur l'autoroute de Santa Ana.

Bouche sèche. Un goût métallique amer. Le cœur qui bat à tout rompre, les coups qui palpitent dans ses tempes.

— J'ai besoin d'être quelqu'un.

Plus vite. Comme attaché à une ancre massive par une chaîne infinie, coulant à pic dans le ténébreux abîme d'une faille océanique sans fond.

Franchissement d'Irvine, de Laguna Hills, d'El Toro.

Au cœur noir du mystère.

— *Besoin... Besoin... Besoin... Besoin... Besoin...*

Mission Viejo. Cette sortie-là. Oui.

Abandonnée, l'autoroute.

A la recherche de l'aimant. De cette attraction énigmatique.

Tout ce chemin accompli depuis Kansas City à la rencontre de l'inconnu, pour découvrir son étrange et merveilleux avenir. Un foyer. Une identité. Un but.

A gauche. Deux pâtés de maisons. A droite. Il ne connaît pas les rues, mais il n'a qu'à s'abandonner à la puissance qui le tire.

Maisons méditerranéennes. Pelouses tondues avec soin. Ombres de palmes sur les murs de stuc jaune pâle.

Là-bas.

Cette maison.

Le long du trottoir. Stop. Une cinquantaine de mètres avant.

Juste une maison comme les autres. A part que. Quelque chose à l'intérieur. La chose sentie pour la première fois dans le lointain Kansas. Ce qui l'attire. Quoi que ce soit. Quelque chose.

L'aimant.

A l'intérieur.

Qui l'attend.

Un cri de triomphe inarticulé lui échappe et son corps est secoué par des frissons de soulagement. Il n'a plus besoin de chercher son destin. Bien qu'il n'en connaisse pas encore la nature, il est certain de l'avoir trouvé et il se laisse couler dans son siège tandis que ses mains moites abandonnent enfin le volant, ravi d'être arrivé au bout de son périple.

Il est plus excité qu'il ne l'a jamais été, empli de curiosité. Toutefois, enfin relâché par la poigne d'acier de la compulsion, il n'éprouve plus le besoin de se bousculer. Son cœur emballé décélère pour revenir à un rythme plus normal. Ses oreilles cessent de tinter et il réussit à respirer plus régulièrement, plus profondément qu'il ne l'a pu depuis au moins cent kilomètres. Au bout d'un infime moment, il semble à nouveau aussi calme et pondéré qu'il l'était dans la grande maison de Kansas City, lorsqu'il a partagé l'intimité de leur mort avec l'homme et la femme qui dormaient au creux de leur grand lit époque « rois George ».

Une fois que Marty eut pris les clefs de la Taurus au porte-clefs de la cuisine, pénétré dans le garage, verrouillé la porte de la maison et appuyé sur le bouton commandant l'ouverture de celle du garage, il éprouva un sentiment de danger si vif et si poignant qu'il fut au bord de la panique totale. Dans cette fiévreuse attaque de paranoïa, il était convaincu d'être traqué par un incroyable ennemi qui n'employait pas simplement les cinq sens habituels mais aussi des moyens paranormaux — ce qui était complètement dingue, nom de Dieu, comme un gros titre du *National Enquirer*, dingue mais irrépressible, parce qu'il sentait réellement une présence... la présence violente d'un chasseur conscient de son existence, qui le pressait, le sondait. Il avait le sentiment qu'un fluide visqueux s'introduisait dans son crâne sous l'effet d'une gigantesque pression, lui comprimant le cerveau et menaçant de lui faire perdre connaissance. Et il y avait aussi un effet physique bien réel : il éprouvait la même sensation d'écrasement qu'un plongeur en eaux profondes sous une masse d'eau colossale — les articulations douloureuses, les muscles en feu, les poumons hésitant à se gonfler pour accepter un air nouveau. Son extrême sensibilité à tous les stimulants l'incapacitait presque : le vacarme que fit le rideau du garage en s'escamotant lui creva les oreilles, le soleil lui brûla les yeux, et une odeur de moisi, d'ordinaire trop légère pour qu'il la remarque, explosa tel un nuage de spores empoisonnées dans un angle de la pièce, si agressive qu'elle lui donna la nausée.

L'instant d'après, la crise se dissipa et il se maîtrisa à nouveau. Quoique son crâne lui eût paru prêt à éclater, la pression interne cessa aussi vite qu'elle était née et Marty ne fut plus sur le point de s'évanouir. La douleur qui torturait ses muscles et ses articulations avait disparu ; le soleil ne lui piquait plus les yeux. C'était un peu comme de sortir brutalement d'un cauchemar, sauf qu'il avait été éveillé avant et après le déclic.

Il s'appuya contre la Taurus, hésitant à croire que le pire était passé, s'attendant à ce qu'une nouvelle vague inexplicable de terreur paranoïaque le submerge.

Toujours dans l'ombre du garage, il observa la rue, qui lui était à la fois familière et inconnue, s'attendant à demi à ce qu'un fantasme monstrueux surgisse du bitume ou fonde dans l'air asséché par le soleil, une créature inhumaine et dépourvue de pitié, féroce, acharnée à sa destruction — le spectre invisible de son cauchemar, à présent incarné.

Son assurance ne lui revint pas et il ne put mettre un terme à ses tremblements, mais son appréhension redescendit progressivement à un niveau tolérable, jusqu'à ce qu'il devînt capable de s'interroger sur l'opportunité de prendre le volant. Et si une crise de peur aussi incapacitante le frappait tandis qu'il conduisait ? Il serait totalement imperméable aux stops, aux autres véhicules et à tous les dangers.

Plus que jamais, il avait besoin de voir le Dr Guthridge.

Il se demanda s'il devait rentrer appeler un taxi. Mais on n'était pas à New York, où ils grouillaient. Au sud de la Californie, l'expression « service de taxis » était plus ou moins un oxymoron. Quand il arriverait au cabinet de Guthridge, l'heure de son rendez-vous serait dépassée depuis longtemps.

Il monta en voiture et démarra. Prudent, concentré, il recula jusque dans la rue, manœuvrant le volant avec autant de raideur qu'un vieillard de quatre-vingt-dix ans conscient de la fragilité de ses os et du fil ténu soutenant encore son existence.

Durant tout le chemin qui le séparait du cabinet médical, à Irvine, Marty Stillwater songea à Paige, à Charlotte et à Emily. La trahison de sa propre chair menaçait de lui ôter la satisfaction de voir les fillettes se changer en femmes, le plaisir de vieillir au côté de son épouse. Même s'il croyait à un au-delà où il finirait par retrouver ceux qu'il aimait, la vie était si précieuse que la promesse d'une éternité bienheureuse ne suffirait pas à compenser la perte de quelques années de ce côté-ci du voile.

A un demi-pâté de maisons de là, le tueur observe la voiture qui sort lentement du garage, à reculons.

Comme la Ford lui présente son pare-chocs arrière et rapetisse petit à petit dans le soleil doré de l'automne, il réalise que l'aimant l'ayant attiré jusqu'ici est dans le véhicule. Peut-être s'agit-il de l'homme entr'aperçu au volant — mais ce n'est pas forcément une personne. Peut-être est-ce un talisman, dissimulé dans la voiture, un objet magique dont il ne saisit pas la signification et auquel son destin est lié pour des raisons encore floues.

Le tueur cède presque à la tentation de démarrer pour suivre l'aimant mais décide que l'inconnu finira par revenir.

Il passe son holster, y glisse le pistolet et enfile son blouson.

Il prend dans la boîte à gants l'étui de cuir qui renferme son nécessaire de cambriole : sept outils longs et métalliques, un tendeur en forme de L et un minuscule aérosol d'huile graphitée.

Il descend de la Honda et arpente le trottoir d'un bon pas en direction de la maison.

Au bout de l'allée se dresse une boîte aux lettres blanche, sur laquelle est inscrit ce seul nom : STILLWATER. Ces dix caractères sombres semblent posséder une puissance symbolique. *Still water*, eau calme. La paix. La sérénité. Il a trouvé des eaux calmes. Après avoir traversé de nombreuses turbulences, de violents rapides et des tourbillons, il a enfin découvert un endroit où il va pouvoir se reposer, où son âme sera soulagée.

A mi-chemin entre la clôture de la propriété et le garage, il ouvre une grille en fer forgé, sur le côté. Une petite allée, flanquée à gauche par le garage et à droite par une haie d'eugénias, le mène à l'arrière de la maison.

Le jardin renfoncé dissimule une végétation luxuriante, des ficus adultes et le prolongement de la haie, qui le protège des regards indiscrets.

Le patio est abrité par les branches d'un séquoia entrelacées de nombreuses bougainvillées épineuses.

Même en ce dernier jour de novembre, des bouquets de fleurs rouge sang parsèment cette couverture végétale. Le sol de béton est jonché de pétales, comme si s'était livrée là une rude bataille.

Une porte de cuisine et une grande baie vitrée coulissante sont les deux entrées possibles depuis le patio. Toutes deux sont fermées.

La seconde, au travers de laquelle il aperçoit un salon désert, pourvu de fauteuils confortables et d'une grande télévision, est aussi bloquée de l'intérieur par une barre de bois. Même s'il venait à bout de la serrure, il lui faudrait briser la vitre pour entrer.

Il frappe sèchement à l'autre porte, quoique par la fenêtre qui la flanque il ne voie personne dans la cuisine. Pas de réponse. Frappant à nouveau, il obtient le même résultat.

Il sort l'aérosol de sa trousse à outils, s'accroupit devant le battant et vaporise du lubrifiant dans la serrure. La poussière, la rouille et autres parasites peuvent tordre les broches.

Il échange sa bombe contre le tendeur et cet outil qu'on nomme « râteau », insère tout d'abord le premier pour maintenir la tension nécessaire à l'intérieur de la serrure. Il enfonce alors le râteau aussi loin que possible, puis le lève jusqu'à en sentir la pression sur les broches. Fermant un œil pour regarder dans la serrure, il retire rapidement l'outil, mais celui-ci ne relève pas suffisamment toutes les broches — aussi recommence-t-il l'opération, encore et encore. Enfin, après la sixième tentative, la voie semble libre.

Il tourne la poignée.

La porte s'ouvre.

Il s'attend presque à ce qu'une alarme retentisse, mais aucune sirène ne se fait entendre. Un rapide coup d'œil au chambranle ne révèle pas d'interrupteur magnétique; il ne doit pas y avoir non plus d'alarme silencieuse.

Ayant rangé ses outils dans sa trousse, il franchit le seuil et referme doucement la porte derrière lui.

Il demeure un instant dans la cuisine fraîche et

ombragée, absorbant les vibrations, qui sont excellentes. Cette maison est heureuse de l'accueillir. C'est ici que commence son avenir, mille fois plus brillant que son passé confus et occulté par l'amnésie.

En sortant de la cuisine pour explorer les lieux, il ne tire même pas son P7. Il est sûr que la demeure est vide. Il ne ressent aucun danger, seulement une opportunité.

— J'ai besoin d'être quelqu'un, dit-il à la maison, comme s'il s'agissait d'une entité possédant le pouvoir de réaliser ses vœux.

Le rez-de-chaussée ne lui apprend rien d'intéressant. Les pièces sont emplies d'un ameublement de bon goût mais banal.

Au premier, il ne s'arrête que brièvement devant chaque seuil pour avoir une vision d'ensemble de l'étage avant de prendre le temps d'une fouille approfondie. Il y a une grande chambre avec une salle de bains mitoyenne, un immense placard... Une chambre d'amis. Celle des enfants... Une autre salle de bains...

La dernière pièce, au bout du couloir — ce qui l'amène à l'avant de la maison — fait office de bureau. Elle contient une grande table de travail et un ordinateur, mais elle est plus douillette que professionnelle. Un divan moelleux est placé sous une fenêtre aux jalousies closes, une lampe sur la table.

Un des deux plus longs murs est couvert de tableaux accrochés sur deux rangs. Leurs cadres se touchent presque. Quoique les éléments de cette collection aient visiblement été réalisés par des artistes différents, le sujet est sans exception d'une noirceur et d'une violence restituées avec un grand talent : ombres tordues, yeux exorbités par l'horreur, une planche Oui-ja mouchetée de sang, des palmiers noirs se découpant sur un sinistre coucher de soleil, un visage distordu par un miroir déformant, les lames d'acier luisant de couteaux et ciseaux aiguisés, une ruelle lugubre où des silhouettes menaçantes rôdent à la limite de l'éclat jaune aigre des réverbères, des arbres dépourvus de feuilles, aux branches anthracite, un corbeau aux yeux brûlants perché sur un crâne blanchi, des pistolets, des revolvers, des fusils, un pic à glace, un hachoir à main, une hachette, un marteau bizarrement taché, posé de manière obscène sur un déshabillé de soie et un drap bordé de dentelle...

Il aime ces tableaux.

Ils lui parlent.

C'est là la seule vie qu'il connaît.

Se détournant du mur, il allume la lampe et s'émerveille de sa beauté lumineuse et irisée.

Dans la plaque de verre qui protège le bureau, les cercles, les ovales et les larmes colorés se reflètent, toujours beaux mais plus sombres. D'une certaine manière, indéfinissable, ils sont également inquiétants.

Penché en avant, il voit les fentes jumelles de ses yeux qui soutiennent son regard dans le verre poli. Étincelant de leurs propres reflets de la mosaïque lumineuse, ils ne ressemblent même plus à des yeux mais aux voyants d'une machine — ou, si ce sont des yeux, à ceux, enfiévrés, d'un corps sans âme. Il se détourne rapidement, avant qu'un examen trop attentif ne l'amène à se poser des questions redoutables et à tirer d'intolérables conclusions.

— J'ai besoin d'être quelqu'un, dit-il, nerveux.

Son regard rencontre une photo encadrée, sur le bureau. Une femme et deux fillettes. Très jolies. Souriantes.

Il s'en empare pour l'étudier de plus près, caresse du bout d'un doigt le visage de la femme et souhaite la toucher réellement, sentir sous ses mains la chaleur et la douceur de sa peau. Son doigt glisse sur le verre, effleurant d'abord l'enfant blonde puis le petit lutin aux cheveux noirs.

Au bout d'une minute ou deux, il s'écarte de la table de travail en emportant la photo. Les trois visages sont si attirants qu'il veut pouvoir les contempler à nouveau chaque fois qu'il en éprouvera le désir.

Comme il inspecte les titres des volumes rangés sur les étagères, il fait une découverte qui lui permet de commencer à comprendre pourquoi il a été entraîné des grises plaines du Midwest au soleil automnal de la Californie.

Plusieurs étagères ne portent que des livres— des romans policiers — du même auteur : Martin Stillwater. C'est là le nom qu'il a vu sur la boîte aux lettres.

Posant de côté la photo encadrée, il s'empare de quelques ouvrages et s'aperçoit avec surprise que certaines illustrations des jaquettes lui sont familières, car l'original en est suspendu au mur qui l'a tant fasciné. Chaque titre figure en plusieurs éditions étrangères : française, allemande, italienne, hollandaise, suédoise, danoise, japonaise et quelques autres.

Mais rien n'est plus intéressant que les photos de l'auteur, au dos des jaquettes. Il les étudie longuement, suivant les traits de Stillwater du bout d'un doigt.

Intrigué, il parcourt les notes figurant sur le rabat. Puis il lit la première page d'un livre, et d'un deuxième, et d'un autre encore.

Au début d'un des romans, il tombe sur une dédicace : *Cet opus est pour mon père et ma mère, Jim et Alice Stillwater, qui m'ont appris à être honnête — et qu'on ne peut tenir pour responsables du fait que je sois capable de* réfléchir *comme un criminel.*

Son père et sa mère. Il contemple leurs noms avec stupéfaction. Il n'a aucun souvenir d'eux, est incapable de visualiser leur visage ou de se rappeler où ils vivent.

Il va consulter sur le bureau l'agenda rotatif, où est inscrite l'adresse de Jim et Alice Stillwater à Mammoth Lake, Californie. Cela ne lui dit rien, et il se demande si c'est là qu'il a grandi.

Il doit aimer ses parents puisqu'il leur a dédié un livre. Pourtant, ils sont pour lui un mystère. Il a perdu tant de souvenirs.

Retournant devant les étagères, il ouvre l'édition américaine ou anglaise de chacun des titres pour en lire les dédicaces. Il finit par trouver la suivante : *A Paige, ma parfaite épouse, de qui s'inspirent tous mes meilleurs personnages féminins — à l'exception, bien entendu, des psychopathes homicides.*

Et deux volumes plus loin : *A mes filles, Charlotte et*

Emily, dans l'espoir qu'elles liront un jour ce livre, quand elles auront grandi, et comprendront que le papa de cette histoire parle avec mon propre cœur lorsqu'il exprime ses sentiments pour ses petites filles à lui en y mettant une telle émotion, une telle conviction.

Remettant les livres à leur place, il reprend la photographie et la tient à deux mains, avec quelque chose qui ressemble à du respect.

La jolie blonde est certainement Paige. Une parfaite épouse.

Les deux fillettes sont Charlotte et Emily, mais il n'a aucun moyen de savoir laquelle est laquelle. Elles ont l'air gentilles et obéissantes.

Paige, Charlotte, Emily.

Enfin, il s'est découvert une vie. Sa place est ici. Cette maison est son foyer. L'avenir commence maintenant.

Paige, Charlotte, Emily.

Voilà la famille vers laquelle l'a mené le destin.

— J'ai besoin d'être Marty Stillwater, dit-il, enthousiasmé à l'idée d'avoir enfin un endroit chaud où se réfugier au cœur de ce monde froid et solitaire.

CHAPITRE II

1.

Le cabinet du Dr Guthridge comportait trois salles de consultation. Au fil des années, Marty avait visité les trois. Elles étaient toutes identiques, impossibles à distinguer d'autres salles de consultation, du Maine au Texas : murs bleu pâle, meubles en acier inoxydable — et du blanc : un lavabo, un tabouret, un tableau d'ophtalmologie. Cet endroit n'avait pas plus de charme qu'une morgue mais sentait tout de même meilleur.

Marty était assis au bord d'une table d'examens protégée par une alaise en papier. Il avait ôté sa chemise et la pièce était fraîche. Bien qu'il ait gardé son pantalon, il se sentait nu, vulnérable. Avec les yeux de l'esprit, il se vit soudain victime d'une attaque de catatonie, incapable de parler, de se déplacer, ne fût-ce que de cligner des yeux. Le médecin allait le croire mort, le déshabiller totalement, accrocher une plaque d'identité à son gros orteil, lui fermer les paupières à l'aide de ruban adhésif et l'envoyer au coroner pour l'autopsie.

Si elle lui permettait de gagner sa vie, son imagination d'écrivain le rendait plus conscient de la constante proximité de la mort que la plupart des gens. Tous les chiens étaient de probables vecteurs de la rage. Chaque van inconnu traversant le quartier était conduit par un détraqué sexuel qui allait kidnapper et assassiner tout enfant laissé sans surveillance pendant plus de trois secondes. Toutes les boîtes de potage que contenait le garde-manger étaient sources d'un futur botulisme.

Il n'avait pas particulièrement peur des médecins, mais ils ne le rassuraient pas non plus.

Ce qui le troublait, c'était l'idée même de la science médicale, non parce qu'il n'avait pas confiance en elle, mais parce que sa seule existence lui rappelait — irrationnellement — combien la vie était fragile, la mort inéluctable. Il possédait déjà une conscience aiguë de sa mortalité et passait sa vie à tenter de s'en accommoder.

Décidé à ne pas faire figure d'hystérique en décrivant ses symptômes à Guthridge, Marty raconta les événements des trois derniers jours sur un ton calme, s'attachant aux faits. Tentant d'employer des termes cliniques plutôt qu'émotionnels, il commença par l'absence de sept minutes qui l'avait saisi dans son bureau et termina par la brusque crise de panique qui s'était abattue sur lui alors qu'il sortait de la maison pour se rendre au rendez-vous.

Bien qu'il n'eût pas le physique de l'emploi, Guthridge était un excellent praticien — en partie parce qu'il savait écouter. A quarante-cinq ans, il en paraissait dix de moins et affectait des manières plus juvéniles encore. Ce jour-là, il portait des tennis, un pantalon en twill et un sweat-shirt Mickey Mouse. En été, il avait un faible pour les chemises hawaïennes à fleurs. Dans les rares occasions où il revêtait la traditionnelle blouse blanche par-dessus pantalon à pinces, chemise et cravate, il affirmait qu'il « jouait au docteur », qu'il était « tenu en liberté conditionnelle par le Comité du code vestimentaire de la faculté de médecine » ou « brutalement submergé par les responsabilités quasi divines que lui imposait son cabinet ».

Paige tenait Guthridge pour un médecin exceptionnel, et les filles le considéraient avec cette affection particulière généralement réservée à l'oncle préféré.

Marty l'aimait bien, lui aussi.

Il soupçonnait ses excentricités de ne pas être totalement calculées pour amuser les patients et les mettre à l'aise. Comme lui-même, Guthridge paraissait choqué par la réalité de la mort. Plus jeune, peut-être avait-il été attiré par ce métier parce qu'il voyait les médecins comme des chevaliers affrontant les dragons personnifiés par les maladies. Les jeunes chevaliers croient que les nobles intentions, l'habileté et la foi triomphent du mal. Les vieux chevaliers sont plus sages et usent parfois de l'humour comme d'une arme contre l'amertume et le désespoir. Les tirades et les sweat-shirts Mickey de Guthridge détendaient ses patients mais lui servaient également d'armure contre les dures réalités de la vie et de la mort.

— Une crise de panique? interrogea-t-il, sceptique. Vous avez eu une crise de panique? Vous?

— Hyperventilation, le cœur battant à tout rompre, l'impression d'être sur le point d'exploser, répondit Marty. Moi, je trouve que ça ressemble à une crise de panique.

— Ça ressemble plutôt à une partie de jambes en l'air.

— Ce n'en était pas une, croyez-moi, dit Marty en souriant.

— Il est possible que vous ayez raison, soupira Guthridge. Ça fait tellement longtemps : je ne me rappelle plus exactement à quoi ça ressemble. Croyez-moi, Marty, nous vivons une décennie catastrophique pour les célibataires. Vous rencontrez une fille, vous sortez avec elle une fois, vous lui donnez un chaste baiser après l'avoir ramenée chez elle — et ensuite, vous attendez de voir si vos lèvres ne vont pas se putréfier et tomber.

— Quelle belle image!

— Évocatrice, hein? J'aurais peut-être dû écrire. (Il commença à examiner l'œil gauche de son patient à l'aide d'un ophtalmoscope.) Est-ce que vous avez eu des maux de tête plus intenses qu'à l'ordinaire?

— Une petite migraine pendant le week-end, mais rien d'extraordinaire.

— Des étourdissements répétés?

— Non.

— Cécité temporaire, diminution sensible de la vision périphérique?

— Rien de ce genre.

S'intéressant à l'œil droit de Marty, Guthridge reprit :

— Quant à écrire... vous savez que d'autres médecins l'ont fait ? Michael Crichton, Robin Cook, Somerset Maugham...

— Seuss.

— Ne soyez pas sarcastique. La prochaine fois que je vous ferai une piqûre, je pourrais me servir d'une seringue pour chevaux.

— J'ai toujours l'impression que c'est ce que vous faites, de toute façon. Je vais vous dire une bonne chose : être écrivain n'est pas à moitié aussi romantique que les gens se l'imaginent.

— Au moins, vous n'êtes pas obligé de manipuler des échantillons d'urine, repartit Guthridge en reposant son appareil, dont l'image lumineuse dansait toujours devant les yeux de Marty.

— Quand un écrivain débute, il y a des tas d'éditeurs, d'agents et de producteurs de cinéma qui le traitent comme s'il était lui-même un échantillon d'urine.

— Ouais, mais maintenant, vous êtes célèbre, contra le médecin en chaussant son stéthoscope.

— Loin de là.

Guthridge posa la pastille d'acier glacée de l'instrument sur la poitrine de son patient.

— Bon, inspirez à fond... Ne respirez plus... Expirez... Recommencez.

Après avoir sondé ainsi les poumons et le cœur de Marty, il reposa le stéthoscope.

— Des hallucinations ?

— Non.

— Des odeurs bizarres ?

— Non.

— Les aliments ont leur goût normal ? Vous n'avez pas trouvé un brusque goût amer à de la glace ou un goût d'oignon à des fraises ?

— Rien de tel.

Tout en enroulant le brassard d'un tensiomètre autour du bras de Marty, Guthridge insista :

— Je ne sais qu'une chose : pour apparaître dans *People*, il faut être célèbre : chanteur de rock, acteur, politicien, assassin. Ou alors posséder la plus grande collection de boules Quiès du monde. Si vous n'estimez pas être un auteur célèbre, je veux savoir qui vous avez tué et le nombre exact de boules Quiès que vous entreposez chez vous.

— Comment êtes-vous au courant, pour *People* ?

— On est abonné, pour la salle d'attente.

Guthridge pressa la poire pour serrer le brassard et lut l'indication de l'aiguille sur le cadran avant de poursuivre.

— Le dernier numéro était au courrier de ce matin. Ma réceptionniste me l'a montré, franchement amusée. D'après elle, vous êtes un très improbable Mr. Murder.

— Mr. Murder ? répéta Marty sans comprendre.

— Vous n'avez pas lu l'article ? interrogea le médecin en retirant le brassard, ce qui ponctua sa phrase du pénible bruit de déchirure émis par l'ouverture d'une bande Velcro.

— Pas encore, non. On ne le communique pas aux interviewés avant la sortie du magazine. Vous voulez dire qu'ils m'ont baptisé « Mr. Murder » ?

— C'est assez mignon.

— Mignon ? fit Marty avec une grimace. Je me demande si Philip Roth trouverait mignon d'être appelé « Mr. Littérateur », ou Terry McMillan « Miss Saga Noire ».

— Vous connaissez le dicton : l'important, c'est qu'on parle de vous, de n'importe quelle manière.

— Ç'a été la première réaction de Nixon à l'époque du Watergate, non ?

— En fait, nous avons deux abonnements à *People*. Je vous donnerai un de nos exemplaires tout à l'heure. (Le praticien eut un sourire sardonique.) Vous savez, avant de lire cet article, je ne m'étais pas rendu compte de tout ce que vous aviez d'inquiétant.

— C'est bien ce que je craignais, grogna Marty.

— Ce n'est pas si grave. Vous connaissant, j'imagine que vous allez juger cela un peu gênant, mais ça ne va pas vous tuer.

— Et qu'est-ce qui va me tuer, docteur ?

Guthridge fronça les sourcils.

— D'après mon examen, j'aurais tendance à répondre : la vieillesse. Vous présentez tous les signes extérieurs d'un type en bonne santé.

— Le mot important, c'est « extérieurs », souligna son patient.

— Exact. J'aimerais que vous fassiez quelques examens complémentaires, à l'hôpital Hoag, sans être obligé d'y séjourner.

— Je suis prêt, répondit sombrement Marty, qui ne se sentait pas prêt du tout.

— Oh, pas aujourd'hui. Ils n'auront pas de place pour vous caser avant demain. Probablement mercredi.

— Qu'est-ce que vous cherchez ?

— Tumeur au cerveau, lésions. Anomalies importantes de la formule sanguine. Peut-être un léger déplacement de la glande pinéale causant une pression sur les tissus cérébraux voisins — ce qui pourrait provoquer des symptômes du genre des vôtres. D'autres choses encore. Mais ne vous inquiétez pas, parce que j'ai la quasi-certitude que nous n'obtiendrons rien. Votre problème ne vient très probablement que du stress.

— C'est ce que m'a dit Paige.

— Vous voyez ? Vous auriez pu économiser mes honoraires.

— Soyez franc avec moi, docteur.

— Je suis franc.

— Je ne vous cache pas que tout ça me fait peur.

Guthridge hocha la tête, compatissant.

— C'est normal, mais écoutez : j'ai vu des symptômes bien plus bizarres et bien plus graves que les vôtres — et qui se sont révélés dus au stress.

— Psychologiques.

— Oui, mais rien de prolongé. Vous n'êtes pas non plus en train de devenir dingue, si c'est ce qui vous inquiète. Essayez de vous détendre, Marty. Nous saurons ce qu'il en est exactement à la fin de la semaine.

Lorsqu'il le fallait, Guthridge pouvait adopter une

attitude aussi rassurante, aussi apaisante, que n'importe quelle sommité aux cheveux gris, en costume trois-pièces. Il récupéra la chemise de Marty à la patère vissée sur la porte et la lui tendit. Une légère lueur brillant dans ses yeux annonça un nouveau changement d'humeur.

— Alors ? Quand je prendrai rendez-vous pour vous à l'hôpital, quel nom dois-je leur donner ? Martin Stillwater ou Martin Murder ?

2.

Il explore sa maison. Il a hâte de connaître sa nouvelle famille.

Très intrigué par l'idée d'être père, il commence par la chambre des fillettes. Un instant, il demeure sur le seuil, étudiant les deux côtés si différents de la pièce.

Il se demande laquelle de ses deux enfants est la plus exubérante, celle qui décore ses murs de posters représentant des ballons colorés ou des danseuses, qui abrite une gerbille et autres animaux familiers dans des cages et des terrariums de verre. Il a toujours en main la photo de sa femme et des fillettes, mais leurs visages souriants ne révèlent rien de leur personnalité.

La deuxième est apparemment contemplative, amoureuse de paisibles paysages. Son lit est fait avec soin, les coussins joliment disposés. Ses livres d'histoires sont classés sur une étagère et son bureau bien rangé.

Lorsqu'il fait coulisser la porte de l'armoire à glace, il remarque une divison identique parmi les vêtements. Ceux de gauche sont pendus à la fois par type et par couleur. Ceux de droite n'adoptent aucun ordre particulier, sont accrochés de guingois et les uns contre les autres, si bien qu'ils seront tout froissés.

Les robes et jeans les plus courts se trouvant du côté gauche de l'armoire, il est sûr que la fillette ordonnée et contemplative est la plus jeune des deux. Il soulève la photo pour la regarder. Le lutin. Si mignon. Mais il ignore encore s'il s'agit de Charlotte ou d'Emily.

Il s'approche du bureau de l'aînée, observe le désordre qui le recouvre : magazines, livres de classe, un ruban jaune, une barrette en forme de papillon, quelques tablettes de chewing-gum éparses, des crayons de couleurs, une paire de grandes chaussettes en boule, une boîte de Coca vide, des pièces de monnaie et une Game Boy.

Il ouvre un des livres, puis un autre. Tous les deux portent le même nom, tracé au crayon, sur la page de garde : Charlotte Stillwater.

La plus âgée et la moins disciplinée, c'est Charlotte. La plus jeune, qui range bien ses affaires, c'est Emily.

A nouveau, il considère leurs visages sur la photo.

Charlotte est jolie et possède un sourire plein de douceur. Toutefois, si l'une de ses enfants doit lui poser des problèmes, ce sera celle-là.

Il ne tolérera pas de désordre dans sa maison. Tout doit y être parfait. Bien rangé, bien propre — et dans la bonne humeur.

Au sein de ses tristes chambres d'hôtel, en des villes inconnues, seul dans l'obscurité, il a ressenti un besoin douloureux sans savoir ce qui pourrait le satisfaire. Il sait désormais qu'être Martin Stillwater — père de ces filles-là, époux de cette femme-là — est le destin qui remplira le terrible vide de son existence et lui apportera enfin la satisfaction. Il remercie la puissance qui l'a conduit ici, quelle qu'elle soit, et il est bien décidé à remplir ses devoirs envers sa femme, sa progéniture et la société. Il désire une famille idéale, comme celles qu'il a vues dans certains de ses films préférés, désire être aussi gentil que James Stewart dans *La vie est belle*, aussi sage que Gregory Peck dans *Du silence et des ombres* et aussi adoré que les deux réunis. Il prendra toutes les mesures nécessaires pour s'assurer un foyer plein d'amour, harmonieux et ordonné.

Il a également vu *La Mauvaise Graine*, et sait que certains enfants sont capables de détruire une famille, tout espoir d'harmonie, parce qu'ils portent en eux le potentiel de faire le mal. Le manque de soin de Charlotte et son étrange ménagerie laissent fortement soupçonner qu'elle est capable de désobéissance, peut-être de violence.

Lorsqu'un serpent apparaît dans un film, il est *toujours* le symbole du mal, un danger pesant sur les innocents. En conséquence, le serpent qui se trouve dans le terrarium est la preuve terrifiante de la corruption de l'enfant, de son besoin d'être guidée. Elle nourrit également d'autres reptiles, deux rongeurs et un hideux scarabée noir, dans un bocal — toutes bêtes que, d'après les enseignements du cinéma, il associe à la puissance des ténèbres.

Il étudie à nouveau la photographie, s'émerveille de l'air innocent qu'arbore Charlotte.

Il se rappelle la fillette dans *La Mauvaise Graine*. Elle aussi avait tout d'un ange, et n'en était pas moins pourrie jusqu'à la moelle.

Être Martin Stillwater risque de ne pas se révéler aussi facile qu'il l'a d'abord pensé. L'éducation de Charlotte va lui prendre du temps.

Heureusement, il a vu *Lean on Me*[1], dans lequel Morgan Freeman incarne un proviseur de lycée ramenant l'ordre dans une école submergée par l'anarchie, et *Le Proviseur*, avec Jim Belushi. Il sait donc que même les enfants les plus indisciplinés ont envie et besoin de discipline. Pour peu que les adultes aient le courage de leur imposer des règles de conduite, ils réagissent correctement.

Si Charlotte se montre désobéissante et entêtée, il la punira jusqu'à ce qu'elle apprenne à être une gentille petite fille. Il ne la trahira pas. Elle commencera par le haïr de lui retirer ses privilèges, de l'enfermer dans sa chambre, de la frapper si cela s'avère nécessaire, mais avec le temps, elle comprendra qu'il n'agit que pour son bien, elle apprendra à l'aimer et à reconnaître sa sagesse.

En fait, il visualise ce moment de triomphe où, après un violent combat, la réhabilitation sera assurée. Lorsqu'elle réalisera qu'elle s'est trompée et qu'il a été

1. Inédit en France. *(N.d.T.)*

un bon père, il y aura une scène touchante. Tous deux fondront en larmes. Elle se jettera dans ses bras, bourrée de remords et de honte. Il la serrera très fort contre lui et lui dira : « Tout va bien, tout va bien, ne pleure pas. » Elle murmurera : « Oh, papa », d'une voix tremblante, en s'accrochant farouchement à lui. Ensuite, tout ira pour le mieux entre eux.

Il a hâte de vivre ce délicieux triomphe. Il lui semble même entendre l'envol de musique sentimentale qui l'accompagnera.

Se détournant des affaires de Charlotte, il s'approche du lit de sa cadette.

Emily. Le lutin. Elle ne lui posera jamais le moindre problème. C'est une bonne fille.

Il la prendra sur ses genoux pour lui dire des histoires. Il l'emmènera au zoo, tenant sa petite main dans la sienne. Au cinéma, il lui achètera du pop-corn et ils s'installeront côte à côte dans l'obscurité pour regarder en riant le dernier dessin animé de Walt Disney.

Les grands yeux noirs de la fillette seront emplis d'amour pour lui.

Douce Emily. Chère Emily.

Avec un quasi-respect, il soulève le couvre-lit beige, la couverture, le drap de dessus. Il contemple le drap de dessous, sur lequel elle a dormi la nuit précédente, et l'oreiller où s'est appuyée sa tête délicate.

Son cœur se gonfle d'affection, de tendresse.

Il fait glisser sa main sur le drap, d'avant en arrière, d'arrière en avant, effleurant le tissu sur lequel le jeune corps de sa fille a si récemment reposé.

Chaque nuit, il la bordera. Elle lui posera sa petite main sur la joue, lui donnera de gentils baisers chaleureux, et son souffle aura l'arôme de menthe douce du dentifrice.

Il se penche pour humer les draps.

— Emily, dit-il doucement.

Oh, comme il a hâte d'être son père, de regarder dans ces yeux sombres et pourtant limpides, ces yeux immenses et débordant d'adoration.

Poussant un soupir, il retourne du côté de la chambre

occupé par Charlotte. Il laisse tomber sur le lit le cadre qui renferme la photo de famille et étudie les créatures qu'abritent les étagères dépourvues de livres.

Certaines l'observent avec attention.

Il commence par la gerbille. Lorsqu'il débloque la porte de la cage et y plonge la main, la timide créature se réfugie au fond de son logis, paralysée par la peur, devinant son intention. Il s'en empare et la sort de son abri. Bien qu'elle se tortille pour se libérer, il la tient fermement de la main droite et referme la gauche sur la tête menue. Il exerce un rapide mouvement du poignet, brisant les vertèbres. Un petit bruit sec retentit. L'animal pousse un cri aigu, mais bref.

Il jette la gerbille morte sur le couvre-lit brillamment coloré.

Ce sera le début de l'éducation de Charlotte.

Elle va le détester à cause de cela, mais seulement pour un temps.

Elle finira par comprendre que de tels animaux ne conviennent pas à une petite fille. Des symboles du mal. Reptiles, rongeurs, scarabées. Le genre de créatures qui servent de familiers aux sorcières et leur permettent de communiquer avec Satan.

Les films d'horreur lui ont tout appris des sorcières. S'il y avait un chat dans la maison, il le tuerait également, sans hésiter : parfois, ils sont mignons et innocents, de simples chats, mais ils peuvent aussi être de véritables agents de l'enfer. En invitant de telles créatures sous son toit, on risque d'y inviter également le diable.

Un jour, Charlotte comprendra. Elle le remerciera.

Elle en viendra à l'aimer.

Elles l'aimeront toutes.

Il sera bon mari et bon père.

Bien plus petite que la gerbille, la souris se débat au creux de sa main, la queue pendant entre ses doigts serrés, seule la tête dépassant de l'autre côté. La terreur la fait uriner. Il grimace en sentant cette chaude humidité et, dégoûté, serre le poing de toutes ses forces pour mettre un terme à la vie du répugnant petit animal.

Il le jette sur le lit, près du cadavre de la gerbille.

L'inoffensive couleuvre enfermée dans le terrarium ne fait aucun effort pour lui échapper. La tenant par la queue, il la fait claquer comme un fouet, une fois puis deux, avant de la projeter contre un mur, à trois reprises. Lorsqu'il la soulève à la hauteur de ses yeux, elle ne bouge plus et il constate qu'elle a le crâne fracassé.

Il l'enroule auprès de ses premières victimes.

Le scarabée et la tortue émettent des craquements très satisfaisants quand il les écrase sous son talon. Il dispose leurs restes suintants sur le couvre-lit.

Seul le caméléon lui échappe. Lorsqu'il soulève partiellement le couvercle de son terrarium, l'animal court le long de son bras, plus vif que l'éclair, et bondit de son épaule. Le tueur pivote et le repère sur la coiffeuse voisine, posté au sommet d'une boîte à bijoux, entre un peigne et une brosse à cheveux. Le caméléon s'immobilise alors et commence à changer de couleur afin de se fondre à son environnement. Lorsque l'homme tente de le saisir, il s'enfuit, saute du meuble et traverse la pièce pour aller se réfugier sous le lit d'Emily.

Le tueur décide de le laisser partir.

Ce sera peut-être mieux. Quand Paige et les filles rentreront à la maison, ils chercheront le caméléon tous ensemble. Lorsqu'ils l'auront trouvé, il le tuera sous les yeux de Charlotte, lui demandera peut-être de le tuer elle-même. Voilà qui constituera une bonne leçon. Ensuite, elle n'apportera plus d'animaux familiers aussi peu convenables dans la maison des Stillwater.

3.

Dans le parking, devant l'immeuble de style espagnol à deux étages où le Dr Guthridge avait son cabinet, Marty était monté en voiture pour lire l'article de *People* le concernant, tandis qu'un vent violent chassait les feuilles mortes sur le trottoir. Deux photographies et environ un feuillet de prose étaient répartis sur trois pages du magazine. Le temps qu'il lui fallut pour en prendre connaissance lui permit à tout le moins d'oublier ses autres préoccupations.

Le titre le fit sursauter, bien qu'il le connût déjà — MR. MURDER —, mais il fut tout aussi troublé par le sous-titre, qui employait les mêmes caractères : DANS LE SUD DE LA CALIFORNIE, MARTIN STILLWATER VOIT LES TÉNÈBRES ET LE MAL LÀ OÙ LES AUTRES NE VOIENT QUE LE SOLEIL.

Il eut le sentiment d'être dépeint comme un pessimiste déprimé, entièrement vêtu de noir, qui errait sur les plages ou parmi les palmiers, couvant d'un regard furibond quiconque avait le malheur de s'amuser, s'appesantissant lourdement sur la vilenie inhérente à l'espèce humaine. Au mieux, cela signifiait qu'il jouait la comédie et se parait de l'image qu'il jugeait la plus commerciale pour un auteur de romans policiers.

Sa réaction était peut-être exagérée. Paige lui aurait dit qu'il était trop sensible à ce genre de choses. C'était ce qu'elle disait toujours et, en général, cela l'apaisait, qu'il réussît ou non à la croire.

Il examina les photos avant de lire l'article.

Sur la première, la plus grande, il se tenait dans le jardin, derrière la maison, devant des arbres et un ciel crépusculaire. Il avait l'air d'un dément.

Le photographe, Ben Walenko, avait reçu l'ordre de faire prendre à Marty la pose adéquate pour un écrivain tel que lui, aussi était-il arrivé avec divers accessoires que son sujet aurait dû brandir en arborant une expression maléfique appropriée : une hache, un énorme couteau, un pic à glace et un revolver. Quand Marty avait poliment refusé de les utiliser, tout comme de porter un imperméable au col relevé et un chapeau rabattu sur les yeux, le photographe avait admis qu'il était ridicule pour un adulte de se déguiser, et suggéré de renoncer aux clichés d'usage en faveur de photos le présentant simplement comme un écrivain et un homme ordinaire.

Il était désormais évident que Walenko s'était montré assez malin pour obtenir ce qu'il désirait sans l'aide d'accessoires, après avoir insufflé à son sujet un sentiment de sécurité factice. Le jardin avait paru constituer un décor innocent. Toutefois, en combinant les ombres profondes du crépuscule, la présence écrasante des arbres et de menaçants nuages où se reflétaient les dernières lueurs du jour, le photographe avait conféré à Marty une physionomie très inquiétante. De plus, sur les vingt clichés pris dans le jardin, les rédacteurs avaient choisi le pire : l'écrivain plissait les yeux ; il avait les traits déformés ; les projecteurs se reflétaient dans les fentes de ses yeux qui semblaient luire comme ceux d'un zombi.

La deuxième photo avait pour cadre son bureau. Il était assis à sa table de travail, face à son ordinateur. On le reconnaissait parfaitement, même s'il eût préféré le contraire : il lui semblait que sa seule chance de conserver un lambeau de dignité était que cette image lui permît de garder secrète sa véritable apparence. Sur la photo en noir et blanc, les ombres de la pièce et la bizarre lumière de la lampe en verre coloré lui donnaient l'air d'une diseuse de bonne aventure ayant aperçu les signes avant-coureurs d'une catastrophe dans sa boule de cristal.

Marty était convaincu qu'une bonne partie des problèmes du monde moderne provenaient de la fameuse saturation de la société par les médias et de leur tendance à non seulement tout simplifier jusqu'à l'absurdité, mais aussi à confondre réalité et fiction. Les journaux télévisés mettaient l'accent sur les reportages dramatiques plutôt que sur les faits, sur le sensationnalisme plutôt que sur la substance, recherchaient un bon taux d'écoute en usant des mêmes outils que les producteurs de téléfilms policiers ou judiciaires. Les documentaires sur les personnages historiques étaient devenus des « docudrames » dans lesquels détails et événements authentiques se voyaient sacrifiés sans pitié à l'intensité dramatique, voire aux fantasmes personnels d'auteurs qui déformaient grossièrement le passé. Les publicités pour médicaments étaient présentées par des acteurs incarnant des médecins dans des séries à succès, comme s'ils sortaient bien de la faculté de médecine d'Harvard plutôt que d'un ou deux cours de comédie. Des politiciens apparaissaient dans certaines sitcoms, dont les acteurs tenaient alors un rôle de propagandistes. Il y avait peu, le vice-président des États-Unis s'était ainsi prêté à une longue discussion avec un journaliste fictif. Le public confondait acteurs et politiciens avec leur rôle. Un écrivain de romans policiers n'était pas seulement censé ressembler à un personnage de ses propres livres mais à l'archétype du genre. D'année en année, de moins en moins de gens étaient capables de réfléchir sainement aux problèmes importants ou de séparer la fiction de la réalité.

Marty n'avait jamais désiré contribuer à cette véritable maladie, mais on l'avait trompé. Désormais, dans l'esprit du public, il était Martin Stillwater, l'inquiétant et mystérieux auteur d'histoires de meurtres tout aussi inquiétantes et mystérieuses, préoccupé par les aspects sombres de l'existence, ni plus ni moins bizarre ou dérangé que n'importe lequel de ses personnages.

Tôt ou tard un détraqué, prenant la manipulation que Marty exerçait sur ses personnages pour une manipulation de véritables êtres humains, débarquerait chez lui dans un vieux van décoré de slogans l'accusant d'avoir tué John Lennon, John Kennedy, Ricky Nelson et Dieu savait qui, même s'il n'était encore qu'un bébé quand Lee Harvey Oswald avait pressé la détente — ou quand dix-sept mille trente-sept homosexuels l'avaient fait, à en croire le film d'Oliver Stone. Ce genre de choses n'était-il pas arrivé à Stephen King ? Et Salman Rushdie avait sans conteste vécu quelques années aussi angoissantes que n'importe quelle aventure imaginée par Robert Ludlum.

Peiné par l'image bizarre que donnait de lui le magazine, rouge de confusion, Marty explora des yeux le parking afin de s'assurer que nul ne le regardait lire l'article. Deux ou trois personnes montaient en voiture ou en sortaient, mais elles ne s'intéressaient pas à lui.

Le ciel jusqu'ici dégagé s'était couvert de nuages. Le vent faisait tournoyer des feuilles mortes en une tornade miniature qui dansait d'avant en arrière sur le bitume.

Marty parcourut l'article, ponctuant sa lecture de soupirs et de marmonnements. Bien qu'il contînt quelques petites erreurs, le papier était en règle générale fort exact. Mais son ton correspondait aux photos. Marty Stillwater était un type qui faisait peur. Un type austère et sinistre. Qui voyait sous n'importe quel sourire un rictus de criminel. Qui travaillait dans un bureau à peine éclairé, presque obscur, et qui *disait* agir ainsi pour réduire les reflets sur l'écran de son ordinateur (clin d'œil).

Son refus de laisser photographier Charlotte et Emily, motivé par le désir de protéger leur intimité et de leur épargner les moqueries de leurs camarades, était interprété comme une peur des kidnappeurs dissimulés derrière chaque buisson. Après tout, n'avait-il pas écrit une histoire de kidnapping quelques années auparavant ?

Paige, « aussi belle et intellectuelle qu'une héroïne de Martin Stillwater », était qualifiée de « psychologue dont le travail requérait qu'elle se plonge dans les plus noirs secrets de ses patients », comme si elle avait été chargée, non pas de conseiller les enfants perturbés par le divorce de leurs parents ou la mort d'un être cher, mais de psychanalyser les plus violents tueurs psychopathes du siècle.

— Ah, l'inquiétante femme qu'est Paige Stillwater, dit Marty à haute voix. C'est vrai : pourquoi m'aurait-elle épousé si elle n'avait pas déjà été un peu bizarre ?

Il se répéta que sa réaction était exagérée.

— Heureusement que je n'ai pas permis que les filles participent à ça, conclut-il en fermant le magazine. On les aurait fait ressembler aux enfants de la famille Adams.

Même s'il réagissait mal, cela n'améliorait pas son humeur. Il se sentait violé, livré en pâture à la foule, et le fait qu'il parlât tout seul semblait, hélas, valider sa nouvelle réputation à l'échelon national d'amusant excentrique.

Il tourna la clef de contact, démarra.

Tandis qu'il traversait le parking pour rejoindre la

rue encombrée, Marty se rendit compte que son absence du samedi n'avait pas marqué le début d'une mauvaise passe temporaire, que l'article de *People* était un nouveau panneau indicateur au bord de cette sombre route, et qu'il lui faudrait couvrir une longue distance sur une chaussée déformée avant de retrouver la belle voie rapide qu'il avait perdue.

Un tourbillon de feuilles mortes enveloppa la voiture, le faisant sursauter, crissant sur le toit et le capot telles les griffes d'un animal décidé à se frayer un chemin à l'intérieur.

4.

La faim le torture. Il n'a pas dormi depuis vendredi, a parcouru la moitié du pays à toute vitesse, le plus souvent par mauvais temps, et il vient de vivre une heure et demie aussi passionnante qu'éprouvante chez les Stillwater, face à son destin. Ses réserves d'énergie sont épuisées. Il tremble. Ses genoux lui semblent prêts à se dérober sous lui.

Il pille le réfrigérateur, empilant de la nourriture sur la table en chêne du petit déjeuner. Il engloutit plusieurs tranches de gruyère, un demi-pain, quelques cornichons, la presque totalité d'une livre de bacon, mélangeant le tout sans se préoccuper de faire des sandwichs, une bouchée par-ci, une bouchée par-là, mâchonnant le bacon cru parce qu'il ne veut pas perdre de temps à le faire cuire, mangeant vite, uniquement concentré sur l'apaisement de sa faim, tel un ogre qui se moque des bonnes manières. Il fait passer le tout avec de grandes gorgées d'une bière froide dont la mousse lui coule sur le menton. Il a tellement de choses à faire avant que sa femme et ses enfants ne rentrent, et il ne sait pas à quelle heure les attendre. La viande grasse est un peu trop compacte, aussi plonge-t-il périodiquement la main dans un large pot de mayonnaise, d'où il extrait d'épaisses coulées qu'il suce à même ses doigts pour lubrifier les bouchées qu'il peine à avaler, malgré une nouvelle bouteille de Corona. Il termine son repas par deux grosses tranches de gâteau au chocolat, les chassant elles aussi avec de la bière. Ensuite, il nettoie vivement la table à l'aide de Sopalin et se lave les mains dans l'évier.

Il se sent revitalisé.

Le cadre d'argent en main, il retourne à l'étage, montant l'escalier quatre à quatre. Il pénètre dans la chambre principale, où il allume les deux lampes de chevet.

Un instant, il contemple l'immense lit, excité par la perspective de coucher avec Paige. De faire l'amour. Quand on couche avec quelqu'un qu'on aime vraiment, on dit « faire l'amour ».

Et il l'aime vraiment.

Il doit l'aimer.

N'est-elle pas sa femme, après tout ?

Il sait qu'elle a un beau visage, magnifique, avec des lèvres charnues, une ossature fine et des yeux rieurs, mais la photo ne lui apprend pas grand-chose sur son corps. Il lui imagine des seins fermes, un ventre plat, des jambes longues et bien galbées. Il a hâte de s'allonger auprès d'elle.

Il ouvre les tiroirs de la commode et découvre sa lingerie. Il caresse une nuisette, les bonnets soyeux d'un soutien-gorge, un body de dentelle. Sortant du meuble une culotte en soie, il la frotte sur son visage en répétant le nom de sa propriétaire.

Faire l'amour sera incroyablement différent des coucheries moites avec des garces levées dans les bars, car ces expériences-là lui ont toujours laissé un sentiment de vide, d'aliénation, de frustration, puisqu'il n'a pu réaliser son désir d'une véritable intimité. La frustration se change en colère ; la colère mène à la haine ; la haine entraîne la violence — et parfois, la violence apaise. Mais ce schéma n'aura pas lieu d'être lorsqu'il fera l'amour avec Paige, car il possède entre ses bras une place qu'il n'a eue entre ceux de personne d'autre. Avec elle, son besoin sera tout autant satisfait que son désir. Ils parviendront ensemble à une union dépassant tout ce qu'il peut imaginer, une fusion parfaite, un bonheur aussi spirituel que physique — le genre de choses qu'il a observées dans d'innombrables films : les corps baignés d'une lumière dorée, l'extase, un plaisir d'une intensité farouche, seulement possible grâce à l'amour. Ensuite, il n'aura pas besoin de la tuer, parce qu'ils ne formeront plus qu'un, deux cœurs battant en harmonie. Ils n'auront nulle raison de tuer qui que ce soit, seront transcendés, tous leurs besoins comblés.

Cette perspective romantique lui coupe pratiquement le souffle.

— Comme je vais te rendre heureuse, Paige ! promet-il à la photo.

Réalisant qu'il ne s'est pas lavé depuis samedi, voulant être propre pour elle, il remet la culotte sur la pile, referme le tiroir et passe dans la salle de bains pour prendre une douche.

Il se dépouille des vêtements volés à Jack, le retraité aux cheveux blancs, dans le placard du mobile home, en Oklahoma. C'était dimanche, à peine vingt-quatre heures plus tôt. Après les avoir roulés en boule, il les fourre dans une corbeille à papiers en laiton.

La cabine de douche est vaste et l'eau merveilleusement chaude. Il fait surgir une mousse abondante d'une savonnette et, bientôt, les nuages de vapeur se chargent d'un arôme floral presque enivrant.

Après s'être essuyé à l'aide d'une serviette jaune, il cherche ses affaires de toilette dans les tiroirs. Il emploie un déodorant à bille, puis se peigne les cheveux en arrière pour les laisser sécher naturellement, se rase à l'aide d'un rasoir électrique, s'asperge d'un peu d'eau de toilette parfumée au citron et se brosse les dents.

Il se sent un homme nouveau.

Dans sa moitié de la grande penderie, il choisit un slip en coton, un blue-jean, une chemise en flanelle à carreaux bleus et blancs, des chaussettes de sport et des baskets Nike. Tous ces vêtements lui vont à la perfection.

Comme il est bon de se retrouver chez soi.

5.

Debout près d'une fenêtre, Paige observait les nuages gris arrivant de l'ouest, entraînés par le vent du Pacifique. La terre s'obscurcissait sur leur passage et les bâtiments ensoleillés se chargeaient d'un manteau d'ombres.

Le cœur de son cabinet — lequel comportait trois pièces, au cinquième étage d'un immeuble — était percé de deux baies vitrées offrant la vision peu engageante d'une autoroute, d'un centre commercial, et des toits accolés de lotissements qui paraissaient s'enfoncer à l'infini dans le comté d'Orange. Elle aurait apprécié une vue panoramique de l'océan ou bien une fenêtre donnant sur un luxuriant jardin, mais cela eût supposé un loyer plus élevé, ce qui s'était révélé hors de question à l'époque des débuts de Marty, quand elle était la principale pourvoyeuse du ménage.

A présent, malgré le succès grandissant et les revenus impressionnants de son époux, prendre un cabinet plus onéreux restait imprudent. Une carrière littéraire, aussi prospère fût-elle, demeurait incertaine. Un épicier malade a des employés qui continuent de vendre oranges et pommes pendant son absence, mais si Marty tombait malade, ce serait toute l'entreprise qui s'arrêterait d'un coup.

Et Marty était malade. Peut-être gravement.

Non, elle ne voulait pas songer à cela. Il n'y avait encore rien de sûr. S'inquiéter de simples possibilités plutôt que des faits établis ressemblait plus à l'ancienne Paige, celle d'avant lui.

« Jouis de l'instant », lui répétait-il toujours, thérapeute-né. Parfois, elle pensait avoir plus appris de lui que des cours suivis pour obtenir son doctorat de psychologie.

Jouis de l'instant.

En vérité, le constant fourmillement qu'elle apercevait de sa fenêtre avait quelque chose de revigorant. Alors qu'autrefois elle était persuadée que le mauvais temps lui sapait le moral, toutes ces années passées avec Marty et son inaltérable bonne humeur lui permettaient de percevoir la sombre beauté de la tempête qui couvait.

Elle avait été élevée dans un foyer dépourvu d'amour, aussi sinistre et froid que n'importe quelle caverne de l'Arctique. Mais ces jours-là étaient bien loin derrière elle, leur effet amoindri depuis longtemps.

Jouis de l'instant.

Consultant sa montre, elle tira les rideaux : l'humeur de ses deux prochains clients risquait de ne pas être insensible à la grisaille.

Une fois les fenêtres masquées, l'endroit était aussi douillet que n'importe quel salon familial. Sa table de travail, ses livres et ses fichiers se trouvaient dans le troisième bureau, que les visiteurs voyaient rarement. Elle les recevait toujours dans cette pièce-ci, plus accueillante. Le divan au motif floral, couvert d'une grande variété de coussins, avait beaucoup de charme, et les trois fauteuils aux garnitures de velours étaient assez confortables pour permettre à ses jeunes visiteurs de s'y pelotonner, les jambes ramenées sous eux, s'ils le souhaitaient. Des lampes vert pâle aux abat-jour frangés de soie diffusaient une lumière chaude qui se reflétait dans les bibelots posés sur les tablettes et les figurines en porcelaine qu'abritait la vitrine d'acajou.

Paige offrait généralement à ses clients du chocolat chaud et des biscuits, ou des bretzels et un verre de Coca. La conversation en était facilitée car l'effet d'ensemble évoquait une maison de grand-mère. Du moins étaient-elles ainsi quand les grands-mères n'usaient pas encore de la chirurgie esthétique, ne s'affinaient pas la silhouette par liposuccion, ne divorçaient pas des grands-pères et ne partaient pas seules en croisière pour Cabo San Lucas, ni en week-end à Las Vegas avec leurs petits amis.

La plupart des gens, lors de leur première visite, étaient surpris de ne pas voir là les œuvres complètes de Freud, un divan de psychanalyse et l'atmosphère trop solennelle qui les accompagnait. Même lorsqu'elle leur rappelait qu'elle n'était pas psychiatre, ni même médecin, mais une simple conseillère disposant d'un diplôme de psychologie qui recevait plus des « clients » que des « patients », des gens souffrant de problèmes de communication plutôt que de névroses ou de psychoses, ils demeuraient stupéfaits pendant environ une demi-heure. Ensuite, la pièce et, elle aimait le croire, sa propre attitude décontractée finissaient par les séduire.

Son rendez-vous de deux heures, le dernier de la journée, était avec Samantha Acheson et son fils de huit ans, Sean. Le premier mari de Samantha, le père de Sean, était mort peu après le cinquième anniversaire de l'enfant. Deux ans et demi plus tard, la jeune femme s'était remariée. Les problèmes de comportement de Sean avaient commencé le jour même du mariage, résultat évident de sa conviction que sa mère avait trahi la mémoire de son père et risquait de le trahir lui aussi, un jour. Paige avait vu l'enfant deux fois par semaine, gagné sa confiance, ouvert des chemins de communication pour qu'ils puissent discuter de sa souffrance, de sa peur et de sa colère — qu'il était incapable d'exposer à sa mère. Ce jour-là marquerait la première participation de Samantha à ces séances, ce qui était une étape importante : dès que l'enfant était prêt à dire à ses parents ce qu'il avait dévoilé à son thérapeute, les progrès étaient en général rapides.

Elle prit place dans le fauteuil qu'elle se réservait et tendit le bras vers la tablette où reposait un téléphone, reproduction d'un modèle archaïque, qui faisait également office d'interphone avec la réception. Elle avait l'intention de demander à Millie, sa secrétaire, de lui envoyer Sean et Samantha Acheson, mais l'appareil grésilla avant qu'elle n'eût soulevé le récepteur.

— Marty sur la ligne un, Paige.

— Merci, Millie. (Elle pressa le bouton correspondant.) Marty ?

Il ne répondit pas.

— Tu es là, Marty ? interrogea-t-elle, vérifiant qu'elle avait enfoncé le bon bouton.

Le voyant numéro un était allumé mais seul le silence régnait sur la ligne.

— Marty ?
— J'adore le son de ta voix, Paige. Elle est tellement mélodieuse.
Il avait l'air... étrange.
Le cœur de la jeune femme commença à cogner dans sa poitrine et elle dut faire un effort pour contenir la peur qui naissait en elle.
— Qu'a dit le docteur ?
— J'aime ta photo.
— Ma photo ? répéta-t-elle, perplexe.
— J'aime tes cheveux, tes yeux.
— Marty, je ne...
— Tu es tout à fait ce dont j'ai besoin.
La bouche de Paige s'était asséchée.
— Quelque chose ne va pas ?
Brusquement, il se mit à parler très vite, enchaînant les phrases.
— J'ai envie de t'embrasser, Paige, d'embrasser tes seins, de te serrer contre moi, de te faire l'amour. Je vais te rendre très heureuse, j'ai envie d'être en toi, ce sera comme dans les films : le bonheur total.
— Marty, chéri, qu'est-ce que...
Il raccrocha.
Aussi surprise et désorientée qu'inquiète, Paige écouta un instant la tonalité avant de raccrocher.
Qu'est-ce qui lui prenait ?
Il était deux heures et elle doutait que le rendez-vous avec Guthridge eût duré une heure : en conséquence, il ne l'avait pas appelée de chez le médecin. Cela dit, il n'avait pas non plus eu le temps de rentrer chez eux : il lui avait donc téléphoné en chemin.
Elle redécrocha et forma le numéro de son téléphone de voiture. Il répondit à la deuxième sonnerie.
— Qu'est-ce qui se passe, Marty, bon Dieu ? interrogea-t-elle.
— Paige ?
— Qu'est-ce que ça voulait dire, tout ça ?
— Quoi, tout ça ?
— M'embrasser les seins, pour l'amour de Dieu ! Comme dans les films, le bonheur total.

Il hésita. Elle entendait le léger ronronnement du moteur de la Ford, ce qui voulait dire qu'il était en train de rouler.

— Je ne comprends rien à ce que tu racontes, ma puce, avoua-t-il enfin.

— Il y a une minute, tu m'as appelée ici, et tu avais l'air de...

— Non. Pas moi.

— Tu ne m'as pas appelée ?

— Pas du tout.

— Est-ce que c'est une blague ?

— Tu veux dire que quelqu'un a appelé en se faisant passer pour moi ?

— Oui, il...

— Et c'était ma voix ?

— Oui.

— Exactement ma voix ?

Paige réfléchit un instant avant de répondre.

— Eh bien, non, pas exactement. Ça y ressemblait beaucoup mais pas tout à fait. C'est difficile à expliquer.

— J'espère que tu lui as raccroché au nez quand il a commencé à être obscène.

— C'est toi... (Elle se corrigea.) C'est lui qui a coupé. Par ailleurs, ce n'était pas un coup de fil obscène.

— Ah ? Je croyais qu'il voulait t'embrasser les seins ?

— Oui, mais ça n'avait pas l'air obscène puisque je croyais que c'était toi.

— Rafraîchis-moi la mémoire, Paige : quand t'ai-je appelée pour la dernière fois à ton travail pour parler de t'embrasser les seins ?

Elle éclata de rire.

— Je crois que tu ne l'as jamais fait. (Comme il riait, lui aussi, elle ajouta :) Mais ce ne serait peut-être pas une mauvaise idée, de temps en temps. Ça mettrait un peu de piquant dans ma journée.

— Ils sont éminemment embrassables.

— Merci.

— Tout comme ta bouche.
— Tu me fais rougir, dit-elle. (Ce qui était vrai.)
— Tout comme ton...
— Là, ça devient vraiment obscène, prévint-elle.
— Oui, mais c'est moi la victime.
— Comment ça ?
— C'est toi qui m'as appelé et tu as pratiquement exigé que je te raconte des cochonneries.
— Je suppose que c'est vrai. Avec la libération de la femme et tout ça.
— On se demande où ça va s'arrêter.

Une idée troublante était venue à Paige mais elle hésitait à l'exprimer. Peut-être le premier appel avait-il bien été de Marty, depuis sa voiture, alors qu'il était en proie à une absence similaire à celle du samedi précédent — lorsqu'il avait répété pendant sept minutes dans son dictaphone les mêmes trois mots, d'un ton monotone, et n'en avait ensuite conservé aucun souvenir.

Elle devina que cette pensée l'avait également frappé car il était devenu aussi silencieux qu'elle. Finalement, ce fut elle qui reprit la parole.
— Qu'a dit Paul Guthridge ?
— Il pense que c'est sans doute le stress.
— Il pense ?
— Il va me faire passer des examens, demain ou mercredi.
— Mais il n'est pas inquiet ?
— Non, ou alors, il a fait semblant de ne pas l'être.

La décontraction de Paul ne s'étendait pas à la manière dont il communiquait les informations primordiales à ses patients. En cette matière, il se montrait toujours direct. Même quand Charlotte était tombée gravement malade, alors que certains médecins auraient pu dissimuler le pronostic le plus alarmant pour laisser les parents s'accoutumer à la perspective d'une catastrophe, Guthridge avait froidement décrit la situation. Il savait qu'aucune demi-vérité, aucun optimisme factice ne devait jamais être pris pour de la compassion. S'il ne paraissait pas plus inquiet que cela de l'état de

Marty et des symptômes qu'il présentait... c'était bon signe.

— Il m'a donné son deuxième exemplaire du dernier numéro de *People*, reprit Marty.

— Oh ! oh ! Tu dis ça comme s'il t'avait fait cadeau d'un sac rempli de crottes de chien.

— Ce n'est pas exactement ce que j'espérais.

— Ce n'est pas aussi dramatique que tu le crois, affirma Paige.

— Qu'est-ce que tu en sais ? Tu ne l'as même pas encore vu.

— Non, mais je te connais, et je sais comment tu réagis à ce genre de choses.

— Sur une des photos, je ressemble au monstre de Frankenstein avec une gueule de bois carabinée.

— J'ai toujours adoré Boris Karloff.

— J'imagine que je pourrais toujours changer de nom, me faire refaire le visage et émigrer au Brésil, soupira Marty. Est-ce que tu veux que j'aille chercher les enfants à l'école avant de prendre l'avion pour Rio ?

— Je m'en occuperai. Elles sortent une heure plus tard, aujourd'hui.

— Oh ! c'est vrai, on est lundi, elles ont leur cours de piano.

— On sera à la maison vers quatre heures et demie, annonça Paige. Tu pourras me montrer le *People* et rester la soirée à pleurer dans mon giron.

— Et puis quoi, encore ? Je vais te montrer le *People* et je passerai la soirée à t'embrasser les seins.

— Tu es vraiment un type extraordinaire, Marty.

— Je t'aime aussi, chérie.

Lorsqu'elle raccrocha, Paige souriait. Il réussissait toujours à la dérider, même dans les moments les plus terribles.

Elle refusa de songer à l'étrange coup de téléphone, aux absences, aux maladies ou aux photos qui représentaient son époux comme un monstre.

Jouis de l'instant.

Ce fut exactement ce qu'elle fit, durant environ une minute. Ensuite, elle appela Millie par l'interphone et lui demanda de faire entrer Samantha et Sean Acheson.

6.

Dans son bureau, il est assis au fond du fauteuil directorial, derrière la table de travail. Le siège est confortable. Il pourrait presque croire qu'il s'y est déjà installé auparavant.

Pourtant, il est nerveux.

Il allume l'ordinateur. C'est un IBM PC, avec un disque dur à la capacité substantielle. Une bonne machine. Il ne se rappelle pas l'avoir achetée.

Après l'exécution par le système d'un programme de gestion des données, l'énorme écran lui propose un « Menu principal » comportant huit choix, essentiellement des traitements de texte. Il choisit WordPerfect 5.1., qui se charge.

Le tueur ne se souvient pas d'avoir reçu des cours d'utilisation d'un ordinateur ou de WordPerfect. Ces études-là sont perdues dans un brouillard amnésique, tout comme son entraînement à manier les armes à feu et son étrange familiarité avec la disposition des rues de diverses villes. De toute évidence, ses supérieurs pensaient qu'il lui faudrait connaître les bases de l'informatique et quelques logiciels pour remplir ses missions.

L'écran bleu se vide.

Prêt.

Dans le coin inférieur droit, des lettres et des chiffres blancs lui annoncent qu'il est dans le document numéro un, à la ligne numéro un de la page numéro un, en position dix.

Prêt. Il est prêt à écrire un roman. Son travail.

Il fixe l'écran vide, tente de commencer — ce qui se révèle plus difficile qu'il ne l'aurait cru.

Il a apporté de la cuisine une bouteille de Corona, soupçonnant qu'il pourrait avoir besoin de lubrifier ses pensées. Il en prend une longue gorgée. La bière est froide, rafraîchissante, et il comprend que c'est là tout à fait ce dont il a besoin pour démarrer.

Après avoir bu la moitié de la bouteille, sa confiance renouvelée, il commence à taper. Il écrit deux mots, puis s'arrête :

L'homme

L'homme quoi ?

Il contemple l'écran durant une minute puis tape « entra dans la pièce ». Mais quelle pièce ? Dans une maison ? Un immeuble de bureaux ? A quoi ressemble-t-elle, cette pièce ? Qui d'autre s'y trouve ? Et qu'y fait donc l'homme ? Pourquoi est-il venu ? Est-il nécessaire qu'il s'agisse d'une pièce ? Pourrait-il entrer dans un train, un avion, un cimetière ?

Il efface les mots « entra dans la pièce » et les remplace par « était grand ». Donc l'homme est grand. Est-ce significatif ? Sa taille sera-t-elle importante pour l'histoire ? Quel âge a-t-il ? De quelle couleur sont ses yeux, ses cheveux ? Est-il caucasien, noir, asiatique ? Comment est-il habillé ? Et puisqu'on en est là, est-il nécessaire que ce soit un homme ? Ne pourrait-il s'agir d'une femme ? Ou d'un enfant ?

Conservant ces questions en tête, il vide l'écran et reprend l'histoire depuis le début :

Le

Il observe à nouveau l'écran, épouvantablement vide. Infiniment plus vide qu'il ne l'était auparavant, plus que ne le justifierait la simple absence du mot « homme ». Les possibilités s'offrant à lui pour suivre l'article « le » sont infinies, ce qui rend la sélection du second mot nettement plus délicate qu'il ne l'eût cru avant de s'asseoir dans le fauteuil de cuir noir et d'allumer la machine.

Il efface « Le ».

L'écran est vide.

Prêt.

Il termine la bouteille de Corona. La bière est toujours rafraîchissante, mais elle ne lubrifie pas ses pensées.

S'approchant des étagères, il en retire huit des romans signés de son nom, Martin Stillwater. Il les emporte à sa table de travail et, durant un moment, en lit les premières et deuxièmes pages, tentant de faire démarrer son cerveau à la manivelle.

Son destin est d'être Martin Stillwater. Voilà au moins qui est parfaitement clair.

Il sera un bon père pour Charlotte et Emily.

Il sera un bon époux et un bon amant pour la belle Paige.

Et il écrira des romans. Des romans policiers.

De toute évidence, il en a écrit auparavant, au moins une douzaine. Il peut donc en écrire d'autres. Il lui suffit de retrouver l'état d'esprit nécessaire à cette tâche, d'en réapprendre l'habitude.

L'écran est vide.

Il pose les doigts sur le clavier, prêt à taper.

L'écran est tellement vide. Vide, vide, vide. L'écran se moque de lui.

Se demandant s'il n'est pas simplement bloqué par le léger ronronnement du ventilateur de la machine et l'exigeante étendue bleu électrique du document numéro un, page numéro un, il éteint l'ordinateur. Le silence qui en résulte est fort agréable, mais le verre plat et gris du moniteur paraît encore plus moqueur que l'écran bleu. Éteindre la machine ressemble à un constat d'échec.

Il a besoin d'être Martin Stillwater, ce qui signifie qu'il a besoin d'écrire.

L'homme. L'homme était. L'homme était grand, avec des yeux bleus et des cheveux blonds, il portait un costume bleu, une chemise blanche et une cravate rouge, il avait la trentaine et il ne savait pas ce qu'il faisait dans la pièce où il venait d'entrer. Merde. Pas bon. L'homme. L'homme. L'homme...

Il a besoin d'écrire, mais chaque tentative en ce sens le conduit vivement à la frustration. Une frustration qui se change bientôt en colère. Le schéma habituel. La colère engendre une haine spécifique de l'ordinateur, un véritable dégoût, ainsi qu'une haine moins précise de sa position insatisfaisante au sein du monde, de ce monde lui-même et de chacun de ses habitants. Il a besoin de tellement peu de chose. C'en est pathétique : seulement d'avoir une place, d'être comme les autres, d'avoir un foyer et une famille, un but qu'il puisse comprendre. Est-ce tellement exiger ? Il ne désire pas être riche, coudoyer les puissants, dîner avec des célébrités. Il ne réclame pas la gloire. Après bien des luttes, dans la confusion et la solitude, il a enfin un foyer, une femme et deux enfants, le sentiment de savoir où il va, un destin, mais il sent tout cela s'échapper entre ses doigts. Il a besoin d'être Martin Stillwater, mais pour être Martin Stillwater, il a besoin d'écrire, et il en est incapable, incapable, nom de Dieu, incapable. Il connaît la disposition des rues de Kansas City et d'autres villes, il sait tout des armes à feu et des techniques de cambriole, parce qu'on a implanté en lui ces connaissances— qui que soit ce « on » —, mais on n'a pas jugé utile de lui implanter également celles qui lui permettraient d'écrire des romans policiers, ce dont il a besoin, désespérément besoin, pour être Martin Stillwater, pour conserver son adorable épouse, Paige, et ses filles et son nouveau destin, lequel s'échappe, s'échappe entre ses doigts. Sa seule chance d'être heureux s'évapore rapidement, parce qu'ils sont tous contre lui, tous, le monde entier est contre lui, décidé à l'abandonner dans sa confusion et sa solitude. Mais pourquoi ? *Pourquoi ?* Il les déteste, eux et leurs complots, leur puissance dépourvue de visage, eux et leurs machines, il les déteste avec une telle intensité que...

... avec un cri de rage aigu, il décoche un fantastique coup de poing à l'écran sombre de l'ordinateur, frappant tout autant son propre reflet furieux que la machine et tout ce qu'elle représente. Le bruit du verre brisé résonne fortement dans la maison silencieuse, et le vide qui régnait au sein du moniteur disparaît avec le sifflement de l'air aspiré.

Il retire sa main alors que des morceaux de verre s'abattent encore sur le clavier, en cliquetant, et il observe son sang écarlate. Des éclats tranchants étincellent, fichés entre ses doigts et dans une ou deux phalanges. Une écharde elliptique est profondément enfoncée dans sa paume.

Quoique toujours en colère, il recouvre graduellement sa maîtrise de lui-même. La violence, parfois, apaise.

Il fait exécuter un demi-tour au fauteuil pour se retrouver face à l'autre côté de la zone de travail en U. Là, il se penche afin d'examiner ses blessures à la lueur de la lampe. Les épines de verre dans sa chair luisent tels des joyaux.

Il ne ressent qu'une douleur légère, sait qu'elle passera bientôt. Il est dur, résistant. Il possède de remarquables facultés de récupération.

Certains fragments de l'écran n'ont pas percé profondément sa main et il peut les ôter à l'aide de ses ongles. D'autres sont fermement enchâssés dans sa chair.

Il écarte le fauteuil de la table de travail, se lève et se dirige vers la chambre principale. Pour arracher les éclats les plus entêtés, il va avoir besoin d'une pince à épiler.

Bien qu'il ait saigné considérablement au début, le flot commence à se tarir. Il garde néanmoins le bras en l'air, la main verticale, afin que le sang coule sur son poignet et dans sa manche de chemise plutôt que sur le tapis.

Une fois débarrassé des bouts de verre, peut-être téléphonera-t-il à nouveau à Paige.

Comme il a été enthousiasmé par la découverte du numéro de ce cabinet, dans son carnet d'adresses ! Comme il a été excité de lui parler ! Elle lui a fait l'effet d'être intelligente, sûre d'elle, douce. Sa voix possède un timbre légèrement rauque qu'il a jugé sexy.

Quel merveilleux bonus ce sera, si elle est sexy. Cette nuit, ils partageront le même lit. Il la prendra plusieurs fois. Se rappelant le visage sur la photographie et la voix sensuelle au bout du fil, il est sûr qu'elle satisfera ses besoins comme ils ne l'ont jamais été auparavant, qu'elle ne le laissera pas vide, frustré, comme l'ont laissé tant d'autres femmes.

Il espère qu'elle correspond à ce qu'il attend, qu'elle dépasse son idéal, même. Il espère qu'il n'aura aucune raison de lui faire du mal.

Dans la chambre, le tiroir où Paige range son maquillage, ses ciseaux à ongles, son vernis, ses limes et autres ustensiles de toilette lui fournit une pince à épiler.

Il tient sa main au-dessus du lavabo. Chaque fois qu'il extrait un morceau de verre, il se remet à saigner. Il ouvre le robinet d'eau chaude pour chasser le sang dans les canalisations.

Cette nuit, après l'amour, peut-être parlera-t-il à Paige de son blocage d'écrivain. S'il a déjà été bloqué, elle se rappellera sans doute les mesures qu'il a prises pour sortir de l'impasse. Il est même sûr qu'elle connaîtra la solution.

Agréablement surpris, soulagé, il réalise qu'il n'a plus à régler ses problèmes seul. En tant qu'homme marié, il dispose d'une partenaire dévouée avec qui partager les nombreux soucis de ses journées.

— J'ai une femme, à présent, dit-il en relevant la tête, souriant à son reflet dans le miroir.

Il remarque une tache de sang sur sa joue droite, une autre sur le côté de son nez.

— Tu n'es vraiment pas soigneux, Marty, observe-t-il en riant à voix basse. Il faut que ça change. Tu as une femme, à présent. Les femmes aiment que leurs époux soient soigneux.

S'intéressant de nouveau à sa main, il extirpe les derniers fragments de verre à l'aide de la pince à épiler.

Son humeur ne cesse de s'améliorer. Un nouvel éclat de rire lui échappe.

— Il faudra que j'aille racheter un moniteur à la première heure, demain matin.

Il secoue la tête, étonné de sa conduite puérile.

— Tu es vraiment un type bizarre, Marty, dit-il. Mais je suppose que les écrivains sont censés être capricieux.

Après avoir sorti le dernier éclat de verre de la bande de peau qui relie deux de ses doigts, il repose la pince et se rince la main sous l'eau chaude.

— Tu ne peux pas continuer comme ça. Plus maintenant. Tu épouvanterais les petites Charlotte et Emily.

Il s'observe à nouveau dans le miroir et secoue la tête, souriant.

— Crétin, se dit-il, comme s'il parlait affectueusement à un ami dont il trouve les défauts charmants. Mais quel crétin !

La vie est belle.

7.

Le ciel couvert s'affaissait encore sous son propre poids. D'après un bulletin météo, la pluie devait commencer à tomber au crépuscule, à l'heure de pointe, ce qui provoquerait sans nul doute des embouteillages monstrueux, rendant l'enfer préférable à l'autoroute de San Diego.

Marty aurait dû rentrer directement chez lui. Il n'était pas loin de terminer son roman et, durant les derniers sursauts d'une histoire, restait en général le plus longtemps possible devant son ordinateur — toute distraction étant susceptible de déséquilibrer la narration.

Il éprouvait, en outre, une peur de conduire inhabituelle. Lorsqu'il repensait à ce qu'il avait fait après avoir quitté le médecin, il pouvait reconstituer son emploi du temps minute par minute et était sûr de ne pas avoir appelé Paige durant une absence, au volant de la Ford. Bien sûr, les victimes de ce genre d'affections n'en gardaient aucun souvenir, aussi la reconstitution la plus méticuleuse de l'heure précédente risquait-elle de ne pas lui révéler la vérité. Durant son travail de documentation pour *Mort d'un évêque*, il avait entendu parler de malades qui, dans un tel état, avaient parcouru des centaines de kilomètres et rencontré des dizaines de gens sans pouvoir se rappeler quoi que ce soit par la suite. Conduire ainsi n'était pas aussi dangereux que prendre le volant en état d'ivresse... mais déplacer une tonne et demie d'acier à grande vitesse dans un état second n'était tout de même pas très malin.

Pourtant, plutôt que de rentrer chez lui, il se rendit au

centre commercial de Mission Viejo. La plus grande partie de sa journée de travail était déjà derrière lui et il était trop nerveux pour lire ou regarder la télévision en attendant le retour de Paige et des filles.

Quand tout va mal, il faut aller faire des courses, aussi visita-t-il librairies et magasins de disques et acheta-t-il un roman d'Ed McBain ainsi qu'un CD d'Alan Jackson, espérant qu'une activité aussi banale l'aiderait à oublier ses problèmes. Il passa deux fois devant la confiserie, guignant les gros cookies aux pépites de chocolat et aux noix de pécan, mais trouva en lui assez de volonté pour résister à leur appel.

Le monde est plus beau quand on ignore tout de la diététique, songea-t-il.

Lorsqu'il quitta le centre commercial, de grosses gouttes de pluie froide peignaient un motif de camouflage sur le trottoir en béton. Un éclair jaillit tandis qu'il courait vers la Ford, le tonnerre roula dans le ciel tourmenté, et les gouttes se changèrent en hallebardes alors qu'il claquait la portière et s'installait au volant.

Sur le chemin du retour, Marty prit un plaisir considérable à l'éclat des rues que la pluie argentait, aux éclaboussures que provoquaient les pneus en traversant des flaques profondes. La vue des palmes ondoyantes qui semblaient peigner les tresses grises du ciel orageux lui rappelait certaines histoires de Somerset Maugham et un film avec Bogart. La pluie ne visitant que rarement une Californie desséchée, ses bénéfices et sa nouveauté en faisaient oublier les inconvénients.

Il laissa la voiture au garage et entra chez lui par la cuisine, appréciant la lourdeur humide de l'air et le parfum d'ozone qui accompagnaient toujours un début d'orage.

Dans la pièce sombre, l'affichage vert de la pendule électronique posée sur le four annonçait seize heures dix. Paige et les filles rentreraient dans une vingtaine de minutes.

Il alluma lampes et appliques murales de pièce en pièce. La maison ne lui semblait jamais plus douillette que chaude et bien éclairée, tandis que la pluie martelait le toit et que, derrière chaque fenêtre, son voile gris masquait le monde. Il décida d'allumer les bûches à gaz de la cheminée du salon et de préparer tous les ingrédients d'un chocolat chaud, afin de pouvoir confectionner ce dernier juste après l'arrivée de Paige et des filles.

Il monta d'abord à l'étage pour jeter un coup d'œil au fax et au répondeur téléphonique de son bureau. La secrétaire de Guthridge avait largement eu le temps de l'appeler pour lui communiquer l'heure de ses rendez-vous à l'hôpital.

Il ressentait de plus la vague impression que son agent littéraire avait pu lui laisser un message à propos d'une vente de droits à l'étranger ou peut-être d'une offre d'option sur un de ses romans, pour une adaptation cinématographique. Quelque chose à fêter. Curieusement, l'orage avait amélioré son humeur plutôt que de l'assombrir, sans doute parce que le mauvais temps tendait à orienter ses pensées vers les plaisirs du foyer — et aussi parce qu'il était dans sa nature de trouver des raisons d'avoir le moral, même quand le simple bon sens lui soufflait que le pessimisme eût été plus réaliste. Il n'était jamais capable de broyer du noir très longtemps ; et depuis le samedi précédent, il avait eu suffisamment de réflexions négatives pour les deux prochaines années.

En pénétrant dans son bureau, il tendit la main vers l'interrupteur du plafonnier mais suspendit son geste, surpris de voir la lampe en verre coloré ainsi qu'une lampe de travail allumées. Il éteignait toujours les lumières lorsqu'il sortait. Avant de se rendre chez le médecin, cependant, il avait été sous le coup d'une obsession inexplicable, l'inquiétante sensation d'être placé sur le chemin d'un rouleau compresseur, et n'avait à l'évidence pas eu son réflexe habituel.

Marty se rappela le paroxysme de sa crise de panique, lorsqu'il s'était senti quasi paralysé de terreur, et un peu d'air s'échappa de son ballon d'optimisme.

Le fax et le répondeur étaient disposés à l'arrière de la zone de travail. La lumière rouge du second clignotait, indiquant la présence d'un message. Deux fines feuilles de papier thermosensible reposaient dans le panier du premier.

Avant d'atteindre l'une ou l'autre machine, Marty aperçut l'écran brisé, dont le cadre abritait des crocs de verre étincelants. Une gueule noire s'ouvrait au centre. Un morceau de verre crissa sous sa chaussure tandis qu'il écartait son fauteuil pour observer l'ordinateur, incrédule.

Des éclats parsemaient le clavier.

Un haut-le-cœur lui noua l'estomac. Avait-il fait cela également, durant une absence ? Ramassé un objet contondant et pulvérisé l'écran ? Sa vie se désintégrait à l'image du moniteur démoli.

Puis il remarqua autre chose, sur le clavier. Dans la lumière tamisée, en plus du verre, il lui sembla voir des gouttes de chocolat fondu.

Sourcils froncés, Marty en toucha une du bout de l'index. Elle était encore légèrement humide. Un peu de substance se colla à sa peau.

Il exposa sa main à la lampe de travail. La tache visqueuse était rouge sombre, presque marron. Ce n'était pas du chocolat.

Il l'approcha de ses narines, cherchant à discerner une odeur. Celle qui lui parvint était faible, à peine discernable, mais il sut aussitôt ce que c'était, il l'avait probablement su au moment où il avait touché la substance, parce qu'à un niveau profond et primitif, il était programmé pour la reconnaître. Du sang.

Quiconque avait détruit le moniteur s'était coupé.

La main de Marty ne portait aucune lacération.

Il s'était figé, sauf pour une vibration étrange qui rampait le long de son épine dorsale et lui fit venir la chair de poule sur la nuque.

Il pivota lentement, craignant de constater que quelqu'un avait pénétré dans la pièce derrière lui — mais il était seul.

La pluie s'abattait sur le toit avec violence et s'évacuait en gargouillant dans une bouche d'écoulement toute proche. Au travers des jalousies, on apercevait le flamboiement des éclairs. Le tonnerre résonnait dans les vitres.

Marty écouta la maison.

Les seuls bruits étaient ceux de l'orage. Et le battement rapide de son cœur.

Il s'approcha des tiroirs superposés à la droite de sa table de travail et ouvrit le second. Ce matin-là, il y avait glissé son pistolet Smith & Wesson 9 mm, sur une pile de papiers. Il s'attendait à ce que l'arme eût disparu, mais une nouvelle fois, son intuition se révéla fausse. Même à la lumière douce et enjôleuse de la lampe aux fruits colorés, il distinguait la forme sombre du pistolet.

— J'ai besoin de ma vie.

La voix le fit sursauter, mais cela ne fut rien en comparaison du choc qui le frappa lorsqu'il releva les yeux et découvrit l'identité de l'orateur. L'homme venait de franchir la porte du couloir. Il portait ce qui aurait fort bien pu être un jean et une chemise de flanelle appartenant à Marty, habits qui lui allaient fort bien car il était le sosie exact dudit Marty. En fait, hormis pour ses vêtements, l'intrus aurait parfaitement pu être un reflet dans un miroir.

— J'ai besoin de ma vie, répéta-t-il doucement.

Marty n'avait pas de frère, jumeau ou autre. Pourtant, seul un vrai jumeau aurait pu lui ressembler à ce point : visage, taille, poids, ossature, tous les détails étaient identiques.

— Pourquoi m'as-tu volé ma vie ? demanda l'intrus avec une curiosité apparemment non feinte.

Sa voix était ferme et égale, comme si la question n'avait pas été tout à fait dingue, comme s'il avait été réellement possible, au moins dans son esprit, de voler une vie.

Réalisant qu'il avait aussi la même voix que lui, Marty ferma les yeux et tenta de nier la réalité de ce qui se produisait. Il supposa qu'il avait des hallucinations et parlait lui-même à la place du fantôme en une sorte de ventriloquie inconsciente. Des absences, un cauchemar inhabituellement intense, une crise de panique, et maintenant des hallucinations. Mais lorsqu'il ouvrit les yeux, son double était toujours là, opiniâtre illusion.

— Qui es-tu ? demanda l'illusion.

Marty était incapable de parler. Il lui semblait que son cœur lui était remonté dans la gorge et que chacun de ses battements l'étranglait. De plus, il n'osait pas s'exprimer, car converser avec une hallucination lui ferait certainement perdre son dernier lien ténu avec la réalité, le plongerait dans les abîmes de la folie.

Le fantôme reformula sa question, toujours sur un ton étonné, fasciné, mais d'une voix basse pourtant menaçante.

— Qu'est-ce que tu es ?

Il n'avait ni la bizarre fluidité ni l'aura spectrale d'une apparition psychologique ou surnaturelle, il n'était ni transparent ni lumineux. Il fit un pas dans la pièce. Lorsqu'il se déplaçait, les ombres et la lumière jouaient sur lui comme elles eussent caressé un objet tridimensionnel. Il paraissait aussi solide qu'un homme réel.

Marty remarqua le pistolet que l'intrus tenait dans la main droite, contre sa cuisse, le canon dirigé vers le sol.

Le sosie fit encore un pas, ne s'arrêtant qu'à environ deux mètres cinquante de la table de travail. Avec un demi-sourire, plus effrayant que ne l'eût été n'importe quelle grimace, il reprit la parole.

— Comment est-ce qu'on fait ? Qu'est-ce qui doit se passer maintenant ? Est-ce qu'on va devenir une seule personne, d'une manière ou d'une autre, se fondre l'un dans l'autre comme dans un film de science-fiction ?...

La terreur aiguisait les sens de Marty. Comme s'il avait observé son double au travers d'une loupe, il en distinguait chaque ligne, chaque creux ou bosse du visage, chaque pore même. Malgré la faible luminosité, les meubles et les livres plongés dans l'ombre lui apparaissaient avec autant de clarté que ceux sur lesquels se posait la lueur des lampes. Pourtant, en dépit de sa capacité d'observation décuplée, il ne reconnaissait pas la marque du pistolet tenu par son visiteur.

— ... ou bien, est-ce que je dois te tuer pour prendre ta place ? reprit ce dernier. Et si je te tue...

Une hallucination créée par lui eût sans doute disposé d'une arme qui lui était familière.

— ... est-ce que les souvenirs que tu m'as volés redeviendront miens à ta mort ? Si je te tue...

Après tout, si cette silhouette n'était qu'une menace symbolique née d'une psyché malade, tout en elle — le fantôme, ses vêtements, son armement — aurait dû provenir de l'imagination et des connaissances de Marty.

— ... est-ce que je recouvrerai mon intégrité ? Quand tu seras mort, est-ce que je serai rendu à ma famille ? Et est-ce que je réussirai de nouveau à écrire ?

En revanche, si l'arme était réelle, le double l'était aussi.

Inclinant la tête de côté, se penchant légèrement en avant, comme passionné par la réaction de son interlocuteur, l'intrus reprit :

— Pour devenir ce que je dois devenir, il faut que j'écrive, mais les mots ne me viennent pas.

Cette conversation à sens unique ne cessait de surprendre Marty par ses circonvolutions, ce qui ne soutenait guère l'hypothèse que son esprit troublé avait fabriqué l'individu.

La colère pointa pour la première fois dans la voix du double, de l'amertume plutôt que de la fureur, mais qui s'enfla rapidement.

— Tu m'as aussi volé ça, mes mots, mon talent, et j'ai besoin de les retrouver. J'en ai tellement besoin que j'en ai mal. Un but, un sens. Tu sais ce que c'est ? Tu comprends ? Quoi que tu sois, est-ce que tu peux comprendre ça ? Ce terrible vide, cette impression d'être creux. Mon Dieu, tellement creux, tellement sombre ! (Il crachait les mots, à présent, et ses yeux brûlaient de colère.) Je veux ce qui est à moi, à moi, nom de Dieu, ma vie, à moi, je veux ma vie, mon destin, ma Paige, elle est à moi, ma Charlotte, mon Emily...

La largeur de la table de travail et deux mètres cinquante au-delà — en tout un peu moins de quatre mètres : à bout portant.

Marty tira le pistolet 9 mm du tiroir, le saisissant à deux mains, ôta le cran de sûreté d'un coup de pouce et pressa la détente alors même qu'il relevait le canon. Il se moquait de savoir si sa cible était réelle ou fantomatique. Tout ce qui lui importait, c'était de la détruire avant qu'elle ne le tue.

La première balle arracha un gros morceau de bois de la table. Des échardes explosèrent tel un essaim de guêpes furieuses prenant son vol. La deuxième et la troisième frappèrent l'autre Marty au torse. Elles ne le traversèrent pas comme un ectoplasme, ne le brisèrent pas comme un reflet dans un miroir, mais le catapultèrent en arrière, déséquilibré, le prenant par surprise avant qu'il ne puisse lever son arme — laquelle s'envola de sa main et s'abattit sur le sol avec un bruit dur. Il heurta une bibliothèque, faisant choir une dizaine de volumes tandis que du sang se répandait sur sa poitrine — tellement de sang, mon Dieu ! —, les yeux exorbités par le choc. Le seul son qui lui échappa fut un « oh » étouffé, évoquant plus la surprise que la douleur.

Ce salopard aurait dû tomber à la manière d'un rocher au fond d'un puits, mais il demeura debout. Alors même qu'il venait de percuter la bibliothèque, il s'en arracha et passa la porte du couloir, mi-plongeant, mi-titubant. L'instant d'après, il était hors de vue.

Abasourdi, plus d'avoir tiré sur quelqu'un que par le fait que le quelqu'un en question fût son sosie, Marty dut s'appuyer à la table de travail. Il cherchait à reprendre son souffle, comme s'il n'avait pas respiré depuis l'entrée du double dans la pièce. Et peut-être était-ce le cas. Tirer sur un homme dans la réalité était très différent de ce qu'on éprouvait en tuant un personnage de roman ; il semblait presque que, par quelque tour de magie, une partie de l'impact des balles rejaillissait sur le tireur. Marty avait mal dans la poitrine, se sentait étourdi. Sa vision périphérique sombra brièvement dans une profonde noirceur qui tendait à se propager et qu'il ne repoussa que par un effort de volonté.

Il avait peur de s'évanouir. L'autre Marty devait être

gravement blessé, mourant, peut-être mort. *Mon Dieu, le sang qui coulait sur son corps, des fleurs écarlates, des roses instantanées.* Mais il n'en avait pas la certitude. Peut-être les blessures n'avaient-elles qu'une apparence de gravité, peut-être la brève vision qu'il en avait eue était-elle trompeuse. Peut-être le double n'était-il pas seulement vivant mais assez robuste pour quitter la maison et s'échapper. S'il y parvenait, et s'il survivait, il reviendrait tôt ou tard, tout aussi bizarre, tout aussi dingue, mais encore plus en colère, mieux préparé. Marty devait achever ce qu'il avait commencé avant que l'autre n'ait une chance d'en faire autant.

Il jeta un coup d'œil au téléphone. Faire le 911. Appeler la police, puis partir à la recherche du blessé.

Mais le réveil se trouvait auprès du combiné, et il vit l'heure : quatre heures vingt-six. Paige et les filles. Qui revenaient de l'école, plus tard qu'à l'ordinaire, retardées par les leçons de piano. Mon Dieu ! Si elles arrivaient maintenant et voyaient l'autre Marty, ou le trouvaient dans le garage, elles allaient le prendre pour *leur* Marty et courir vers lui, effrayées par ses blessures, désireuses de l'aider. Il serait peut-être encore assez fort pour leur faire du mal. Le pistolet qu'il avait lâché était-il sa seule arme ? Impossible de l'affirmer. De plus, ce fils de pute pouvait fort bien s'emparer d'un couteau sur le râtelier de la cuisine, le couteau de boucher. Il pouvait le plaquer contre son flanc ou le dissimuler dans son dos, laisser Emily s'approcher et le lui planter dans la gorge, ou dans le ventre de Charlotte.

Chaque seconde comptait. Oublier le 911. Perte de temps. Les flics ne pourraient pas être là avant Paige.

Lorsqu'il contourna la table de travail, Marty avait les jambes flageolantes, mais cette sensation diminua à mesure qu'il traversait la pièce. Il vit le sang qui avait éclaboussé le mur, qui ruisselait sur le dos de ses propres livres, tachant son nom. Un flux d'obscurité rampante lécha à nouveau son champ de vision. Il serra les dents et continua d'avancer.

Il envoya l'arme du double loin de la porte, d'un coup de pied. Ce simple acte lui redonna un peu de confiance : c'était le genre de précautions qu'un policier aurait la présence d'esprit de prendre ; empêcher le bandit de récupérer son arme.

Peut-être était-il capable de régler ce problème, finalement, de s'en sortir, aussi étrange et effrayant que fût tout cela, le sang et le reste. Peut-être allait-il très bien s'en tirer.

Donc : rattraper le type. S'assurer qu'il était bien mort. Complètement mort.

Pour écrire ses romans, il avait fait de nombreuses recherches en matière de procédures policières, ne se contentant pas d'étudier livres et films de l'école de police, mais accompagnant des flics en uniforme durant leurs patrouilles de nuit, suivant des inspecteurs en civil au cours de leurs enquêtes. Il connaissait parfaitement le meilleur moyen de franchir une porte en de telles circonstances.

Ne pas être trop confiant. Supposer que le salopard dispose d'une autre arme que celle qu'il a lâchée, flingue ou couteau. Rester courbé et passer la porte rapidement. Il est plus facile de mourir dans un encadrement de porte que n'importe où ailleurs, parce que toute porte ouvre sur l'inconnu. Tenir son arme à deux mains, les bras tendus, fermes, regarder à droite et à gauche en passant le seuil, tout en déplaçant l'arme pour couvrir les deux flancs. Ensuite, se plaquer d'un côté ou de l'autre et marcher dos au mur, afin de ne pas pouvoir se faire attaquer par-derrière et de n'avoir à se préoccuper que de trois directions.

Toutes ces sages précautions lui traversèrent vivement l'esprit, comme elles eussent pu traverser celui d'un de ses personnages aguerris— et pourtant, il se conduisit tel le premier civil venu en proie à la panique : titubant au milieu du couloir, le pistolet tenu dans sa seule main droite, le bras mou, respirant bruyamment, évoquant plus la cible que le chasseur parce que, tout bien considéré, il n'était pas un flic, seulement un crétin qui mettait parfois des flics en scène. Aussi longtemps que l'on fantasme, on ne peut vivre ses fantasmes : à moins d'avoir reçu l'entraînement approprié, on ne peut pas se conduire comme un flic dans une situation aussi périlleuse. Même lui avait confondu réalité et fiction, s'était cru aussi invincible qu'un héros de page imprimée, et il avait eu une sacrée chance que l'autre Marty ne l'eût pas attendu.

Il n'y avait personne dans le couloir.

Il était exactement comme moi.

Ne pas penser à ça maintenant. Pas le temps. Pas encore. S'occuper uniquement de rester en vie et de démolir ce salopard avant qu'il ne blesse Paige ou les filles. Si tu survis, tu auras le temps de chercher l'explication de cette ressemblance incroyable, de résoudre le mystère, mais pas maintenant.

Écouter. Un mouvement ?

Peut-être.

Non. Rien.

Garder l'arme levée, le canon vers l'avant.

Juste derrière la porte du bureau, l'empreinte floue d'une main sanglante tachait le mur. Une atroce quantité de sang détrempait la moquette beige en cet endroit. L'homme s'était appuyé contre ce mur alors que Marty demeurait derrière sa table de travail, étourdi et temporairement paralysé par la violence. Peut-être avait-il tenté en vain d'empêcher ses blessures de saigner.

Marty était en sueur. Il avait la nausée et, surtout, il avait peur. Une goutte de transpiration coula au coin de sa paupière gauche, le piquant et lui troublant la vue. Il essuya son front humide d'un revers de bras, cligna furieusement des yeux pour chasser le sel de son œil.

Quand l'intrus s'était arraché au mur pour s'éloigner — alors que lui-même demeurait encore figé derrière la table —, il avait marché dans une flaque de son propre sang. Son chemin était jalonné par les empreintes rouges et fragmentaires de ses chaussures de sport, ainsi que par une ligne continue de gouttes écarlates.

Silence dans la maison. Avec un peu de chance, le silence de la mort.

Agité de frissons, Marty suivit avec soin la piste répugnante, dépassant la salle de bains, l'angle du couloir, la porte à deux battants de la chambre principale, plongée dans l'obscurité, puis le haut de l'escalier. Il s'immobilisa à l'endroit où le couloir se changeait en une mezzanine surplombant le salon.

Sur sa droite courait une rampe en chêne décoloré, au-delà de laquelle pendait le lustre de laiton qu'il avait allumé en entrant chez lui. Sous le lustre s'étendaient l'escalier et l'entrée carrelée, qui donnait directement dans le salon.

Sur sa gauche, s'ouvrant sur la mezzanine, il y avait le bureau de Paige, pièce qui serait un jour transformée en chambre pour Charlotte ou Emily lorsqu'elles auraient décidé qu'elles pouvaient dormir séparément. La porte en était entrebâillée. Derrière, se pressaient des ombres évoquant des chauves-souris, seulement éclaircies par la lumière grise de cette fin d'après-midi orageuse, qui filtrait à peine par les fenêtres.

La piste sanglante dépassait le bureau pour rejoindre le bout de la mezzanine, la chambre des filles, dont la porte était close. L'intrus s'y trouvait : l'imaginer parmi les affaires des enfants, les touchant, corrompant leur chambre de son sang et de sa folie, avait de quoi rendre fou furieux.

Marty se rappela la voix coléreuse, marquée par la démence et pourtant si semblable à la sienne : *Ma Paige, elle est à moi, ma Charlotte, mon Emily...*

— Mon cul qu'elles sont à toi ! dit-il, pointant le canon du Smith & Wesson vers le battant clos.

Il consulta sa montre.

Quatre heures vingt-huit.

Et maintenant ?

Il pouvait demeurer là, dans le couloir, prêt à expédier ce salopard en enfer si la porte s'ouvrait. Attendre son épouse et les enfants, les avertir en criant dès qu'elles arriveraient, dire à Paige de faire le 911. Ensuite, elle accompagnerait les filles de l'autre côté de la rue, chez Vic et Kathy Delorio, où elles seraient en sécurité, tandis qu'il couvrirait la porte jusqu'à ce que la police soit là.

Voilà une idée qui paraissait bonne, responsable, et

pondérée. Les battements de son cœur contre sa cage thoracique se firent moins violents, moins douloureux.

Puis la malédiction de son imagination d'écrivain le frappa avec brutalité, noir tourbillon l'emportant au cœur de terribles hypothèses, la malédiction du « et si », « et si », *« et si »*. Et si l'autre Marty avait encore la force d'ouvrir la fenêtre de la chambre, de se laisser glisser jusqu'au toit végétal du patio, à l'arrière de la propriété, et de sauter sur la pelouse ? Et s'il longeait la maison, débouchait dans la rue au moment même où Paige suivait l'allée, avec les filles ?

Ce n'était pas impossible. C'était possible. Ça allait se produire. Ou bien quelque chose d'aussi dramatique, de pire encore. Le tourbillon de la réalité tissait des probabilités plus terrifiantes que les plus sinistres idées de n'importe quel auteur. En cette ère de dissolution sociale, on pouvait perpétrer des actes de sauvagerie grotesque même dans les rues les plus paisibles des quartiers les plus calmes. Les gens en étaient choqués, horrifiés, mais pas surpris.

Peut-être montait-il la garde devant une pièce déserte.

Quatre heures vingt-neuf.

Paige pouvait fort bien être en train de franchir le carrefour, à deux pâtés de maisons de là, de s'engager dans leur rue.

Peut-être les voisins avaient-ils entendu des coups de feu et appelé la police. Oh, oui, mon Dieu, s'il vous plaît, faites que ce soit le cas.

Il n'avait d'autre choix raisonnable que de repousser à la volée la porte de la chambre des filles, d'entrer et de s'assurer que l'Autre y était encore.

L'Autre. Dans son bureau, au début de leur confrontation, il avait vivement repoussé sa première impression : celle d'avoir affaire à un être surnaturel. Un esprit n'aurait pu être aussi solide et tridimensionnel que cet homme. Si elles existaient, les créatures venues de l'autre côté de la frontière séparant la vie et la mort ne seraient pas vulnérables aux balles. Pourtant, Marty conservait un sentiment d'incompréhension, plus pesant à chaque seconde. S'il soupçonnait la nature de son adversaire d'être bien plus étrange que celle d'un fantôme ou d'un démon polymorphe, à la fois plus terrifiante et plus naturelle, née en ce monde et en nul autre, il ne pouvait s'empêcher d'y songer en termes généralement réservés aux histoires de maisons hantées : Fantôme, Ectoplasme, Revenant, Apparition, Spectre, Celui qu'on n'a pas Invité, Mort-Vivant, Entité.

L'Autre.

La porte attendait.

Le silence de la maison était plus profond que la mort.

Déjà étroitement focalisée sur sa poursuite de l'Autre, l'attention de Marty se resserra encore, jusqu'à ce qu'il devienne inconscient de ses propres battements de cœur, imperméable à tout ce qui n'était pas la porte, sourd à tous les sons qui ne s'échapperaient pas de la chambre des filles, au fait d'une seule et unique sensation : la pression de son doigt sur la détente.

La piste sanglante.

Des fragments d'empreintes de pas, rouges.

La porte.

Qui l'attendait.

Il était cloué au sol par l'indécision.

La porte.

Un grand fracas retentit soudain au-dessus de lui. Il renversa la tête pour observer le plafond. Il était juste sous le puits d'un mètre de diamètre et de deux mètres de haut qui s'élevait jusqu'à un dôme en Plexiglas martelé par la pluie. Ce n'était que la pluie, le fracas de la pluie.

Comme si son instant d'hésitation lui avait brutalement fait retrouver la pleine mesure de la réalité, il fut submergé par toutes les voix de l'orage, dont il était resté inconscient tandis qu'il traquait l'Autre. Il avait écouté intensément *au travers* du vacarme pour percevoir les sons plus ténus émis par sa proie. A présent, le gémissement-hurlement-sifflement du vent, le tintamarre de la pluie, le tonnerre qui roulait, le frottement d'une branche d'arbre contre la maison, le cliquètement d'une portion de gouttière mal fixée, ainsi que de nombreux bruits moins identifiables, déferlaient sur lui.

Les voisins n'avaient pu entendre les coups de feu au milieu de l'orage en furie. Autant pour cet espoir-là.

Il sembla à Marty qu'il était emporté par le tumulte le long de la piste sanglante, un pas hésitant, puis un autre, inexorablement, vers la porte qui l'attendait.

8.

L'orage apportait un crépuscule précoce, morne et prolongé. Paige dut garder ses lumières allumées durant tout le chemin qui séparait l'école de la maison. Quoique fonctionnant à vitesse maximale, les essuie-glaces avaient peine à contenir les cataractes échappées du ciel tourmenté. Ou bien la dernière sécheresse allait être vaincue par cette saison pluvieuse, ou bien la nature jouait un tour cruel aux humains en leur donnant de faux espoirs. Les carrefours étaient inondés. Les caniveaux débordaient. La BMW créait deux grandes ailes d'eau sur son passage, de flaque en flaque. Perçant le brouillard, les phares des voitures qui la croisaient nageaient vers elles à la manière d'un projecteur de bathyscaphe explorant les grands fonds marins.

— On est en sous-marin ! annonça Charlotte sur le siège du passager, enthousiaste, regardant par la vitre les embruns que soulevaient les roues. On nage avec les baleines. Le capitaine Nemo et le *Nautilus*, vingt mille lieues sous les mers, avec les calmars géants qui nous poursuivent. Tu te rappelles du calmar géant, maman ? Dans le film ?

— Oui, répondit Paige sans quitter la route des yeux.

— Périscope ! continua Charlotte, s'emparant des poignées de l'instrument imaginaire et faisant mine de coller ses yeux aux oculaires. On écume les routes maritimes, on éperonne les navires avec notre proue en acier superrésistant — boum ! — et le capitaine fou qui joue des grandes orgues. Tu te rappelles les orgues, maman ?

— Je me rappelle.

— On plonge de plus en plus profond, la coque commence à craquer, mais ce dingue de capitaine Nemo ordonne d'aller encore plus loin, il joue des grandes orgues et il ordonne d'aller encore plus profond, et c'est là qu'arrive le calmar géant. (Elle se mit à fredonner le thème du requin des *Dents de la mer* :) Pom-pom, pom-pom, pom-pom, pom-pom, pa-pa-pom !

— C'est bête, remarqua Emily sur la banquette arrière.

Malgré la ceinture de sécurité, Charlotte se retourna.

— Qu'est-ce qui est bête ?

— Les calmars géants.

— Ah, vraiment ? Tu ne les trouverais peut-être pas aussi bêtes si tu étais en train de nager et qu'il y en avait un qui arrivait derrière toi pour te couper en deux d'un coup de dents, t'avaler en deux bouchées et recracher tes os comme des pépins de raisins.

— Les calmars ne mangent pas les gens, contra Emily.

— Bien sûr que si.

— Non, c'est le contraire.

— Hein ?

— Ce sont les gens qui mangent les calmars.

— Et puis quoi, encore ?

— Je te promets.

— Où as-tu pêché une idée stupide comme ça ?

— Je l'ai vu sur le menu, dans un restaurant.

— Lequel ? demanda Charlotte.

— Un ou deux différents. T'étais là. C'est pas vrai, maman ? Ça ne se mange pas, le calmar ?

— Si, confirma Paige.

— Tu dis comme elle pour qu'elle n'ait pas l'air d'une gamine de sept ans complètement crétine, fit Charlotte, sceptique.

— Non, c'est vrai, assura sa mère. Le calmar, ça se mange.

— Comment ? interrogea la fillette, que cette simple idée plongeait dans la stupéfaction.

— Eh bien, pas en un seul morceau, tu sais, dit Paige, s'arrêtant à un feu rouge.

— J'imagine bien, repartit Charlotte. Pas les calmars géants, en tout cas.

— On peut couper les tentacules en tranches et les faire sauter au beurre et à l'ail, par exemple, continua sa mère en lui jetant un coup d'œil pour constater l'impact qu'aurait cet aperçu culinaire.

Charlotte fit la grimace et se retourna vers l'avant.

— Tu essaies de m'écœurer ?

— C'est très bon, insista Paige.

— Je préférerais manger de la poussière.

— Je t'assure que le calmar, c'est meilleur.

— On peut aussi les faire frire, les tranches de tentacules, intervint Emily de sa voix flûtée.

— Exact, approuva Paige.

La réaction de Charlotte fut simple et directe :

— Beurk !

— C'est comme des rondelles d'oignon, continua sa sœur, sauf que c'est du calmar.

— C'est dégoûtant.

— Des petites rondelles de calmar frites bien caoutchouteuses, qui dégoulinent d'encre visqueuse, ajouta Emily en pouffant.

— Tu es un troll répugnant, déclara Charlotte, se détournant à nouveau pour la regarder.

— De toute façon, on n'est pas dans un sous-marin.

— Bien sûr que non, admit Charlotte. On est dans une voiture.

— Non, on est dans un hypoglisseur.

— Un quoi ?

— Comme celui qu'on a vu à la télé, l'autre fois, le bateau qui va de l'Angleterre à je ne sais plus où et qui marche au-dessus de l'eau, qui gliiiiiiisse.

— Tu veux dire un « hydroglisseur », chérie, corrigea Paige, ôtant le pied du frein au moment où le feu passait au vert et accélérant prudemment pour traverser le carrefour inondé.

— Ouais, c'est ça, dit Emily. Un hyderglisseur. On est dans un hyderglisseur et on va voir la reine d'Angleterre. Je vais prendre le thé avec elle, en mangeant du calmar et en parlant des joyaux de la couronne.

Paige faillit éclater de rire à cette saillie.

— La reine ne sert pas de calmar ! affirma Charlotte, exaspérée.

— Je parie que si.

— Non, elle sert des crêpes, des pains aux raisins, des roulures de printemps et des choses comme ça, insista Charlotte.

Cette fois, Paige ne put se retenir de rire. Une image fort colorée venait de surgir en elle : celle de la très convenable et très gracieuse reine d'Angleterre, demandant à un invité s'il aimerait une roulure avec son thé et désignant une prostituée au maquillage épais, qui se tenait non loin de là, vêtue de lingerie Frederick's of Hollywood.

— Qu'est-ce qu'il y a de drôle ? s'enquit Charlotte.

— Rien du tout, mentit Paige en réprimant son rire. Je pensais juste à quelque chose, quelque chose d'autre, qui s'est passé il y a très longtemps et que vous ne trouveriez pas drôle en ce moment. C'est seulement un vieux souvenir.

Elle ne voulait surtout pas inhiber leur conversation. Lorsqu'elle était en voiture avec elles, elle allumait rarement la radio. Aucun programme n'était à moitié aussi divertissant que le Charlotte & Emily Show. Tandis que la pluie redoublait d'intensité, Emily se révéla en verve.

— C'est nettement plus amusant d'aller voir la reine en hyderglisseur que d'être dans un sous-marin attaqué par un calmar géant.

— On s'ennuie, chez la reine, contra sa sœur.

— C'est pas vrai.

— Si, c'est vrai.

— Elle a une salle de torture sous son palais.

Charlotte se retourna encore, intéressée à son corps défendant.

— Ah, ouais ?

— Ouais, poursuivit Emily. Et elle y retient prisonnier un type qui porte un masque de fer.

— Un masque de fer ?

— Un masque de fer, continua la cadette, l'air sombre.

— Pourquoi ?

— Parce qu'il est vraiment, vraiment pas beau.

Paige décida qu'elles seraient toutes les deux écrivains, plus tard. Elles avaient hérité l'imagination puissante et infatigable de Marty. Elles seraient sans doute comme lui poussées à s'en servir, même si leurs écrits seraient très différents des romans de leur père et si ceux de Charlotte n'auraient rien à voir avec ceux d'Emily.

Elle avait hâte de parler à son époux des sous-marins, des hyderglisseurs, des calmars géants, des tentacules frits et des roulures servies par la reine.

Paige avait décidé de prendre pour argent comptant le diagnostic préliminaire de Paul Guthridge, d'attribuer au stress les symptômes de son époux et de cesser de s'inquiéter — du moins jusqu'à ce que le résultat des examens révèle quelque chose de plus grave. Il n'allait rien arriver à Marty. C'était une force de la nature, un véritable puits d'énergie et de rire, indomptable et solide. Il rebondirait, tout comme Charlotte avait rebondi de son lit de mort cinq ans auparavant. Il n'allait rien leur arriver, ni aux uns ni aux autres, parce qu'ils avaient encore trop de vie, trop de bons moments devant eux.

Un éclair aveuglant — ils accompagnaient rarement les orages, dans la région, mais fulguraient aujourd'hui à pleine puissance — crépita au travers du ciel, entraînant dans son sillage un coup de tonnerre, aussi incandescent que le char qui conduirait Dieu hors du paradis le jour du Jugement dernier.

9.

Marty ne se trouvait qu'à deux ou trois mètres de la chambre des filles. Il s'avançait vers la porte en demeurant du côté des gonds, afin de pouvoir tendre la main vers la poignée et repousser le battant sans s'exposer.

Tentant de ne pas marcher dans le sang, il baissa un instant les yeux vers le tapis, où les taches se faisaient plus petites et plus rares que dans le reste du couloir. Une anomalie, qu'il ne remarqua tout d'abord que subconsciemment, s'imposa alors à lui. Il avança encore d'un pas, les yeux rivés sur la porte, avant de réaliser pleinement ce qu'il avait vu : la moitié avant d'une semelle, imprimée en rouge, identique à vingt ou trente autres qu'il avait déjà passées, à ceci près que sa portion la plus étroite, le bout, était orientée différemment, dans le mauvais sens.

Marty se figea en comprenant l'importance de ce détail.

L'Autre était allé jusqu'à la chambre des filles, mais il n'y était pas entré. Il avait fait demi-tour, ayant réussi à réduire son hémorragie, qui ne balisait plus sa piste aussi clairement — hormis pour cette empreinte et peut-être une ou deux autres que l'écrivain n'avait pas repérées.

Marty pivota sur lui-même, le pistolet tenu à deux mains, et poussa un cri. L'Autre se précipitait vers lui en sortant du bureau de Paige — bien trop rapide pour un homme blessé à la poitrine qui avait perdu un bon litre de sang. Le sosie le percuta de plein fouet, juste sous le pistolet, le propulsant contre la balustrade de la mezzanine et le forçant à relever les bras.

Projeté en arrière, Marty pressa la détente par réflexe, mais la balle se ficha dans le plafond. La rampe solide s'enfonça au bas de son dos et un cri à demi étranglé lui échappa, tandis qu'une douleur atroce se répandait dans ses reins, remontant le long de son épine dorsale.

Son arme lui échappa et s'envola au-dessus de sa tête pour se perdre dans le vide, derrière lui.

La balustrade en chêne, éprouvée, se mit à trembler. Un craquement sec et sonore annonça l'imminence de sa rupture. Marty eut la certitude qu'ils allaient s'abattre dans l'escalier, mais les balustres tinrent bon;

la rampe demeura attachée aux piliers de noyer qui la soutenaient à chaque extrémité.

D'une pression inexorable, l'Autre fit ployer son adversaire en arrière, par-dessus la rambarde, s'efforçant de l'étrangler. Des mains de fer. Des doigts semblables à des pinces hydrauliques, mues par un puissant moteur. Comprimant les carotides.

Marty tenta de frapper du genou le bas-ventre de son sosie, mais son coup fut bloqué. Il se retrouva un seul pied touchant le sol, à la fois plaqué à la rampe et en équilibre sur elle.

Suffoquant, conscient que le danger le plus important était la diminution de l'apport sanguin au cerveau, il joignit les mains et les glissa entre les bras de l'Autre, essaya de les écarter. L'assaillant redoubla d'efforts, décidé à maintenir sa prise. Marty força, lui aussi. Son cœur surmené cognait douloureusement contre ses côtes.

Le combat aurait dû être égal, nom de Dieu : ils étaient de la même taille, du même poids, bâtis de la même façon, dans la même condition physique. Selon toutes apparences, ils étaient le même *homme.*

Pourtant, quoiqu'il souffrît de deux blessures potentiellement mortelles, l'Autre était le plus fort — et pas seulement parce qu'il avait l'avantage de la position, un meilleur point d'appui. Il semblait doué d'une puissance surhumaine.

Face à face avec son sosie, submergé par son souffle chaud et oppressé, Marty aurait fort bien pu être en train de se regarder dans un miroir, si ce reflet sauvage n'avait été déformé par une expression jamais vue sur son propre visage. Une rage bestiale. Une haine aussi toxique que du cyanure. L'inconnu jouissait du meurtre qu'il commettait : des spasmes de plaisir dément tordaient ses traits familiers.

— J'ai besoin de ma vie, éructait-il, les lèvres retroussées, postillonnant, sans cesser d'augmenter la pression qu'il imprimait sur la gorge de son adversaire pour ponctuer ses paroles. J'en ai besoin maintenant, ma vie, à moi, à moi, maintenant. J'ai besoin de ma famille, maintenant, à moi, maintenant, j'en ai besoin, J'EN AI BESOIN !

Des lucioles en négatif fulguraient dans le champ de vision de Marty : non pas des points lumineux au milieu des ténèbres mais des points obscurs dans la lumière. Cinq, dix, vingt, cent, un véritable essaim, derrière lequel disparaissait par endroits le visage menaçant de l'Autre.

Désespérant de briser l'étreinte de son agresseur, Marty griffa le visage empli de haine. Mais il était à peine capable de l'atteindre. Son effort semblait faible, pitoyable.

Tant de lucioles en négatif.

Et entre elles, de plus en plus flou, le faciès furieux, cruel, du nouvel époux de sa femme, le faciès dominateur du sévère nouveau père de ses filles.

Des lucioles. Partout. Étendant leurs ailes aveuglantes.

Crac. Aussi fort qu'un coup de feu. Une deuxième, une troisième, une quatrième explosion, les unes à la suite des autres. Les balustres qui se rompaient.

La rampe céda. Plia, privée du soutien des pièces qui s'étaient brisées sous elle.

Marty cessa de résister à son assaillant et tenta frénétiquement de nouer bras et jambes autour de la pièce de bois, dans l'espoir de rester accroché à la portion encore solide plutôt que d'être projeté dans la faille qui s'ouvrait. Mais la section centrale de la balustrade se désintégra si vite, si complètement, qu'il ne put trouver la moindre prise. La masse de son agresseur apportait à la gravité plus d'assistance qu'elle n'en avait besoin. Comme ils titubaient au bord du vide, toutefois, les mouvements de Marty modifièrent juste assez la dynamique de leur lutte pour que l'Autre passe par-dessus lui et bascule le premier, lâchant sa gorge mais l'entraînant à sa suite. Ils s'abattirent dans la cage d'escalier, percutèrent la rampe qui longeait ce dernier et qui se changea instantanément en petit bois, avant de s'écraser sur le sol carrelé de l'entrée.

Ils étaient tombés de cinq mètres de haut, ce qui

n'était pas énorme, probablement pas suffisant pour les tuer, et leur chute avait été amortie par la rampe. Pourtant — bien que Marty eût été protégé par le corps de l'Autre, dont le dos avait frappé le carrelage avec un bruit sonore de marteau-pilon —, l'impact chassa de ses poumons le peu d'air qu'il avait pu y inspirer durant la descente.

Haletant, toussant, il s'écarta de son double et, à quatre pattes, tenta de s'éloigner de lui. Sa tête tournait, et il n'avait pas même la certitude d'être entier. Lorsqu'il inspirait, l'air lui brûlait la gorge. La douleur que lui causait chaque accès de toux n'eût pas été plus cuisante s'il avait essayé d'avaler une boule de fil barbelé et de clous rouillés. Se mettre vivement hors d'atteinte, comme il le désirait, se révéla impossible : il ne put que ramper sur le sol de l'entrée, secoué de sursauts et de frissons à l'instar d'un scarabée aspergé d'insecticide.

Clignant des paupières pour chasser les larmes que lui arrachait sa toux violente, il aperçut le Smith & Wesson à environ cinq mètres de lui, bien au-delà de la démarcation entre le carrelage de l'entrée et le plancher du salon. Compte tenu de l'intensité avec laquelle il se concentra sur elle, de la volonté avec laquelle il traîna vers elle son corps douloureux et quasi paralysé, l'arme aurait aussi bien pu être le Saint Graal.

Il perçut un ronflement sourd, distinct du fracas de l'orage, suivi par un bruit sec, qu'il attribua à une action de l'Autre, mais il ne prit pas le temps de regarder en arrière. Peut-être ne s'était-il agi que d'un sursaut avant la mort, les talons martelant le sol, une dernière convulsion. Ce salopard devait être à tout le moins gravement blessé. Estropié. Mourant. Mais Marty ne voulait pas se réjouir de sa propre survie avant d'avoir refermé les mains sur le pistolet.

Il l'atteignit, s'en empara, et laissa échapper un grognement de triomphe épuisé. Il roula sur le côté, se trémoussa pour faire à nouveau face à l'entrée et brandit l'arme, s'attendant presque à découvrir juste derrière lui son adversaire obstiné.

Mais l'Autre était toujours allongé sur le dos. Les jambes écartées. Les bras le long du corps. Inerte. Peut-être était-il même mort. Non : pas de chance. Il tourna la tête vers Marty. Son visage était couvert de sueur, aussi blanc et luisant qu'un masque de porcelaine.

— Cassé, siffla-t-il.

Il ne semblait capable de remuer que la tête et les doigts de la main droite — mais non la main elle-même. Une grimace née de l'effort plutôt que de la douleur déformait ses traits. Il décolla la tête du sol. Ses doigts encore vivants se tendaient et se repliaient telles les pattes d'une tarentule à l'agonie, mais il paraissait incapable de s'asseoir ou de plier les genoux.

— Cassé, répéta-t-il.

Le ton sur lequel il prononçait ce mot fit songer Marty à un automate aux ressorts tordus et aux engrenages brisés.

Prenant appui d'une main contre le mur, l'écrivain se dressa sur ses pieds.

— Tu vas me tuer ? interrogea l'Autre.

La perspective de loger une balle dans la tête d'un homme blessé et sans défense était parfaitement répugnante, mais Marty se sentait très tenté de commettre cette atrocité, réservant pour plus tard les conséquences psychologiques et légales. Ce fut autant la curiosité que ces considérations morales qui le retinrent.

— Te tuer ? J'adorerais ça, dit-il d'une voix rauque, qui le resterait sans aucun doute pendant un jour ou deux, jusqu'à ce qu'il se remette de la tentative de strangulation. Qui diable es-tu ?

Chacun de ses mots douloureux lui rappelait combien il avait eu de la chance de vivre assez longtemps pour poser cette question.

Le ronflement sourd retentit à nouveau, le bruit qu'il avait entendu tandis qu'il rampait vers le pistolet. Cette fois, il le reconnut : ce n'étaient ni les convulsions d'un mourant ni ses talons martelant le sol, mais simplement la porte métallique du garage, qui s'était levée la première fois et venait à présent de s'abaisser.

Des voix dans la cuisine : Paige et les filles étaient là.

De moins en moins agité de tremblements, ayant retrouvé son souffle, Marty se hâta de traverser le salon et la salle à manger, désireux d'arrêter les enfants avant qu'elles ne découvrent ce qui s'était produit. Elles se sentiraient longtemps mal à l'aise dans leur propre maison en sachant qu'un inconnu s'y était introduit et avait essayé de tuer leur père. Mais elles seraient encore plus traumatisées si elles voyaient les dégâts et l'homme ensanglanté, paralysé, sur le sol de l'entrée. Compte tenu du fait macabre que l'intrus était aussi le sosie parfait de leur père, elles risquaient de ne plus jamais dormir d'un sommeil paisible dans cette demeure.

Quand Marty s'engouffra dans la cuisine, déclenchant un furieux balancement de la porte battante, Paige, surprise, se détourna de la patère où elle accrochait son imperméable. Toujours vêtues de leurs cirés jaunes et des chapeaux informes assortis, les filles eurent un large sourire et inclinèrent la tête en une attitude d'attente, prenant sans doute son entrée tonitruante pour le préambule d'une farce ou d'une de ces performances amusantes dont il était coutumier.

— Fais-les sortir d'ici, croassa-t-il à l'adresse de Paige, s'efforçant de paraître calme mais vaincu par sa voix enrouée et sa tension trop évidente.

— Qu'est-ce qui t'est arrivé ?

— Tout de suite ! insista-t-il. Emmène-les chez Vic et Kathy, vite !

Les filles aperçurent l'arme dans sa main. Leur sourire disparut et leurs yeux s'écarquillèrent.

— Mais tu saignes ! s'exclama Paige. Qu'est-ce qui...

— Ce n'est pas moi, l'interrompit-il, réalisant à retardement que le sang de l'Autre avait maculé sa chemise lorsqu'il était tombé sur lui. Je vais bien.

— Qu'est-ce qui s'est passé ? interrogea de nouveau son épouse.

— Il y a eu un problème, répondit-il en ouvrant la porte du garage à la volée.

Sa gorge lui faisait mal lorsqu'il parlait. Pourtant, dans son ardent désir de les faire sortir de la maison, il en venait presque à bredouiller des mots sans suite, à se montrer incohérent — pour la première fois de son existence obsédée par le langage.

— Un problème, un truc, bon Dieu, tu sais, le genre de trucs qui arrivent, un ennui...

— Marty...

— Allez ! Chez les Delorio, tout le monde.

Il pénétra dans le garage obscur et appuya sur le bouton de commande de la porte, qui commença à se relever. Son regard rencontra celui de Paige.

— Chez les Delorio, elles seront en sécurité.

Sans se préoccuper de reprendre son imperméable, Paige poussa les filles dans le garage, en direction de la sortie.

— Appelle la police, lui cria-t-il comme elle s'éloignait déjà, grimaçant sous la douleur que lui causait le fait d'élever la voix.

Elle se retourna, le visage rongé par l'inquiétude.

— Je vais bien, assura-t-il, mais il y a un type ici, et il est mal en point.

— Viens avec nous, implora-t-elle.

— Je ne peux pas. Appelle la police.

— Marty...

— Vas-y, Paige, vas-y !

Paige se plaça entre Charlotte et Emily, les saisit chacune par une main et les entraîna hors du garage, sous le déluge, se retournant une dernière fois pour observer son époux.

Il ne les quitta pas des yeux avant qu'elles n'aient atteint le bout de l'allée, regardé à droite et à gauche et commencé à traverser la rue. Pas après pas, tandis qu'elles s'éloignaient à travers le rideau de pluie argenté, elles ressemblaient de moins en moins à des êtres de chair et d'os, de plus en plus à des esprits. Il eut le pressentiment déconcertant qu'il ne les reverrait jamais vivantes : même s'il savait n'avoir affaire qu'à une réaction irrationnelle due à l'adrénaline et à ce qu'il venait de vivre, la peur se planta en lui, gonfla.

Un vent froid et humide envahit les profondeurs du garage. Marty eut l'impression que la sueur qui coulait sur son visage se changeait instantanément en glace.

Il recula dans la cuisine et ferma la porte.

Bien qu'il frissonnât et fût à moitié gelé, il avait envie d'une boisson froide : sa gorge le brûlait comme si on l'avait enflammée après l'avoir arrosée d'essence.

L'homme qui gisait dans l'entrée était mourant, il était peut-être en train d'avoir des convulsions ou de faire une crise cardiaque. Le rejoindre et le surveiller, au cas où une intervention de premiers secours s'avérerait nécessaire avant l'arrivée des autorités, semblait être une bonne idée. Marty se moquait qu'il meure — il le désirait, même — mais pas avant qu'il n'eût répondu à un certain nombre de questions. Pas avant que les derniers événements ne fussent au moins partiellement éclaircis.

Avant de faire quoi que ce soit, en revanche, il lui fallait boire afin de soulager sa gorge. Pour le moment, chaque déglutition lui était une torture. Quand les flics seraient là, il devrait être prêt à parler longtemps, très longtemps.

L'eau du robinet ne lui parut pas assez froide, aussi ouvrit-il le réfrigérateur — lequel lui sembla nettement moins plein que dans la matinée — et s'empara-t-il d'une brique de lait. Non, l'idée de boire du lait lui donnait la nausée. Le lait le faisait penser au sang, parce qu'il s'agissait également d'un fluide corporel — ce qui était bien entendu ridicule. Avec les événements de l'heure passée, toutefois, tellement irrationnels, certaines de ses réactions ne pouvaient que l'être aussi. Il remit la brique sur son étagère et tendit la main vers le jus d'orange, avant de poser les yeux sur les bouteilles de Corona et les boîtes de Coors. Rien ne lui avait jamais paru aussi désirable que ces bières fraîches. Il s'empara d'une boîte, dont la contenance était supérieure d'un tiers à celle des bouteilles.

Sa première longue gorgée alimenta l'incendie qui ravageait sa gorge plutôt que de l'éteindre. La deuxième lui fit un peu moins mal, et la troisième encore moins. Par la suite, chacune se révéla aussi apaisante que du miel médicinal.

Le pistolet dans une main, la boîte de Coors à demi

vide dans l'autre, frissonnant plus au souvenir de ce qui s'était produit et à la perspective de ce qui l'attendait qu'à cause de la bière glacée, il retraversa la maison en direction de l'entrée.

L'Autre avait disparu.

Marty en fut tellement surpris qu'il laissa tomber la boîte, laquelle roula derrière lui, répandant de la bière écumante sur le plancher du salon. Mais quoique la boisson lui eût échappé aussi facilement, il aurait fallu un vérin hydraulique pour l'obliger à lâcher son arme.

Le sol de l'entrée était jonché de balustres brisées, de morceaux de rampe et d'éclats de bois. Plusieurs carreaux avaient été fendus ou ébréchés par l'impact du chêne massif et du Smith & Wesson. Il n'y avait pas le moindre corps en vue.

Dès l'instant où le double était entré dans le bureau de Marty, la journée avait dérivé vers le cauchemar sans la période de sommeil généralement requise. Les événements avaient brisé les chaînes de la réalité, et sa propre maison s'était changée en un noir paysage onirique. Aussi surréaliste qu'eût été la confrontation, pourtant, il n'avait pas douté de son authenticité tant qu'elle avait duré. Et il n'en doutait pas non plus à présent. Il n'avait pas tiré sur un produit de son imagination, n'avait pas été étranglé par une illusion et n'avait pas plongé seul au travers de la balustrade. Lorsqu'il était resté allongé dans l'entrée, l'Autre avait été aussi réel que la rampe dont les débris jonchaient encore le sol.

Alarmé à l'idée que Paige et les filles avaient pu être attaquées dans la rue avant d'arriver chez les Delorio, Marty se tourna vers la porte d'entrée. Elle était verrouillée. De l'intérieur. La chaîne de sécurité était en place. Le dément n'avait pas quitté la maison par là.

Ne l'avait pas quittée du tout. Comment l'eût-il pu, dans son état ? Ne pas paniquer. Rester calme. Réfléchir.

Marty aurait parié une année de sa vie que les blessures catastrophiques de l'Autre étaient réelles et non simulées. Ce salopard s'était bel et bien cassé les reins.

Son incapacité à remuer autre chose que la tête et les doigts d'une main signifiait qu'il s'était rompu la colonne vertébrale quand il avait été précipité dans la cage d'escalier.

Alors, où était-il ?

Pas en haut. Même s'il n'avait pas eu l'épine dorsale endommagée, même s'il avait échappé à la tétraplégie, il eût été incapable de se traîner jusqu'à l'étage durant le bref moment que Marty avait passé dans la cuisine.

Diamétralement opposée au salon s'ouvrait une petite pièce servant de débarras. La lumière grise du crépuscule laminé par l'orage, couleur d'eau de vaisselle, filtrait entre les lamelles ouvertes des jalousies, n'éclairant rien du tout. Marty franchit le seuil et alluma la lumière. La pièce était déserte. S'approchant du placard, il en fit coulisser la porte-miroir, mais l'Autre ne se cachait pas là non plus.

Le placard de l'entrée. Rien. La salle de bains. Rien. Le grand placard sous l'escalier. La buanderie. Le salon. Rien, rien, rien.

Marty cherchait fiévreusement, frénétiquement, sans se préoccuper de sa sécurité. Il s'attendait à découvrir le tueur potentiel dans les environs et presque sans défense — peut-être même mort, cette futile tentative d'évasion lui ayant coûté ses dernières forces.

Pourtant, dans la cuisine, il trouva la porte du patio ouverte. Un vent froid s'engouffrait dans la pièce, faisant vibrer les placards. Sur le portemanteau, l'imperméable de Paige se gonflait d'une vie artificielle.

Tandis que Marty avait regagné l'entrée par la salle à manger et le salon, l'Autre s'était dirigé vers la cuisine par un autre chemin. Il avait dû emprunter le petit couloir qui partait de l'entrée et longeait salle de bains et buanderie avant de traverser un bout du salon. Il n'avait pu parcourir une telle distance si vite en rampant. Il marchait, peut-être avec difficulté, mais il marchait.

Non, c'était impossible. D'accord, il ne s'était peut-être pas rompu la colonne vertébrale, finalement, ne s'était peut-être même pas brisé la moindre vertèbre. Mais il s'en était forcément déplacé quelques-unes. Il ne pouvait pas avoir tout simplement bondi sur ses pieds pour s'échapper.

Le cauchemar éveillé avait à nouveau remplacé la réalité. Il était à nouveau temps de traquer et d'être traqué par quelque chose qui possédait les pouvoirs de régénération d'un monstre onirique, quelque chose qui affirmait venir rechercher sa vie et paraissait affreusement bien équipé pour parvenir à ses fins.

Marty pénétra dans le patio.

Sa peur renouvelée le haussait à un niveau de conscience supérieur, dans lequel les couleurs étaient plus intenses, les odeurs plus agressives et les sons plus clairs, mieux définis qu'auparavant. Cette sensation rappelait celles, extrêmement puissantes, de certains rêves d'enfance ou d'adolescence — notamment ceux où le rêveur se déplace dans les cieux aussi aisément qu'un oiseau ou bien fait l'expérience d'une communion sexuelle avec une femme si exquise que, plus tard, il ne se souvient ni de son visage ni de son corps, simplement de l'éclat aveuglant de sa beauté parfaite. Ces rêves-là n'évoquaient pas des fantasmes mais la vision fugitive d'une réalité plus forte et plus détaillée que celle du monde éveillé. En franchissant la porte de la cuisine, en quittant la maison douillette pour entrer dans le froid royaume de la nature, Marty retrouva étrangement l'intensité ensorcelante de ces images depuis longtemps oubliées, car il recevait à présent des sensations aussi aiguës, conscient de chaque nuance de ce qu'il voyait, entendait, sentait, touchait.

Depuis l'épaisse couverture de bougainvillées, des *filets d'eau* dégoulinaient dans des flaques que la lumière déclinante rendait aussi noires que du pétrole. Sur cette obscurité liquide flottaient des pétales cramoisis, disposés en dessins qui, bien qu'obéissant au hasard, semblaient renfermer un mystère volontaire, aussi inquiétants et significatifs que l'antique calligraphie de quelque mystique chinois de jadis.

Autour du jardin — petit et entouré de murs, comme dans la plupart des propriétés du sud de la Californie —, des lauriers indiens et de denses eugénias frissonnaient misérablement dans la bise. Non loin de l'angle nord-ouest, les longues et souples branches de deux eucalyptus rouges fouettaient l'air, éparpillant autour d'elles des feuilles oblongues aussi argentées que des ailes de libellules. Un homme pouvait fort bien se dissimuler dans l'ombre des arbres ou derrière les grands buissons.

Marty n'avait aucune intention de le vérifier. Si sa proie s'était traînée hors de la maison pour se blottir dans un nid froid et détrempé de jasmin et d'agapanthe, affaiblie par la perte de sang — ce qui était sans doute le cas —, la retrouver n'avait rien d'urgent. Pour le moment, il était plus important de s'assurer qu'elle n'était pas en train de s'échapper.

Depuis longtemps adaptés à la sécheresse, habitués à ne recevoir que l'eau des arrosages, des dizaines de crapauds chantaient dans leurs cachettes— chœur de voix stridentes généralement charmant mais, pour l'heure, étrange et menaçant. Par-dessus leur aria s'élevait le gémissement de sirènes encore lointaines, qui se rapprochaient.

Si l'intrus tentait de filer avant l'arrivée de la police, les chemins possibles étaient peu nombreux. Il aurait pu escalader un des murs de la propriété, mais cela semblait peu probable car, aussi miraculeuse que fût sa récupération, il n'avait tout simplement pas eu le temps de se frayer un chemin au travers des buissons et de se faufiler chez un voisin.

Marty sortit de sous la couverture dégoulinante du patio et partit sur sa droite. Trempé jusqu'aux os en une demi-douzaine de pas, il suivit l'allée longeant l'arrière de la maison, puis dépassa le garage qui jouxtait cette dernière.

Le déluge avait poussé les escargots hors des retraites humides et ombragées où ils demeuraient en général jusqu'au milieu de la nuit. Leurs pâles corps gélatineux s'étiraient hors de leur coquille, leurs cornes épaisses tendues vers l'avant. Inévitablement, il en broya quelques-uns sous ses chaussures. Dans son esprit fulgura l'idée superstitieuse qu'une entité cosmique allait d'un instant à l'autre l'écraser, lui, avec le même sans-gêne.

Lorsqu'il parvint sur le chemin de gravillons flanqué par le mur du garage et la haie d'eugénias, il s'attendait à découvrir son sosie boitillant vers la sortie de la propriété. Mais le chemin était désert. La grille, au bout, à demi ouverte.

Comme Marty se mettait à courir dans l'allée goudronnée, devant le garage, les sirènes retentirent plus fort qu'auparavant. Il pataugea dans un caniveau empli d'une eau bouillonnante, aussi froide que le Styx, déboucha dans la rue, regarda à droite et à gauche, mais n'aperçut pas le moindre véhicule de police.

L'Autre ne se montrait pas, lui non plus. Marty était seul.

Vers le sud, à la hauteur du pâté de maisons suivant, trop loin pour qu'il en reconnût la marque et le modèle, une voiture s'éloignait rapidement. Bien qu'elle roulât plus vite que ne l'eussent autorisé les conditions climatiques, il doutait qu'elle fût conduite par son sosie. Il avait déjà peine à croire que le blessé eût été capable de marcher : comment eût-il rejoint sa voiture et se fût-il enfui en si peu de temps ? On allait certainement ramasser ce salopard dans les environs, allongé au milieu d'un buisson, mort ou inconscient. La voiture négocia un tournant trop vite. Le crissement aigu de ses pneus torturés s'éleva au-dessus des clapotements et du murmure de la pluie, puis elle disparut.

Au nord, le hurlement suraigu des sirènes, évoquant des *banshees*, s'enfla d'un coup. Marty tourna la tête juste à temps pour voir une conduite intérieure de la police, noire et blanche, s'engager dans la rue presque aussi vite que l'autre véhicule l'avait quittée. Le gyrophare rouge et bleu projetait d'éclatants cercles de lumière au travers de la pluie grise et sur le goudron. La sirène se tut à l'instant où la conduite intérieure s'arrêtait en dérapant à cinq ou six mètres de Marty — un arrêt digne d'un cascadeur et qui, même compte tenu des circonstances, paraissait excessif.

L'appel d'une autre sirène résonna dans le lointain,

tandis que les portières avant de la voiture immobilisée au milieu de la chaussée s'ouvraient à la volée. Deux policiers en uniforme en sortirent, pliés en deux, s'abritant derrière les battants.

— Lâche ça ! hurla l'un d'eux. Tout de suite ! Allez ! Lâche ça, espèce d'enculé, ou on te descend. Tout de suite !

Marty réalisa qu'il tenait encore le pistolet 9 mm. Les flics savaient seulement ce que leur avait dit Paige lorsqu'elle avait composé le 911 : qu'un homme avait été abattu. Fatalement, ils le prenaient pour le coupable. S'il ne faisait pas exactement ce qu'ils demandaient, et vite, ils ouvriraient le feu — avec raison.

Il laissa l'arme glisser entre ses doigts.

Elle cliqueta sur le bitume.

Les policiers lui ordonnèrent de l'éloigner d'un coup de pied et il obéit.

Comme ils quittaient leur position couverte, l'un d'entre eux cria :

— Couche-toi, face contre terre, les mains derrière le dos !

Il ne tenta pas de leur faire comprendre qu'il était la victime et non le coupable. Ils voulaient l'obéissance d'abord, les explications ensuite, et si leurs rôles avaient été inversés, il eût réagi exactement de la même façon.

Il s'étendit de tout son long dans la rue. Au travers de sa chemise, le goudron humide était si froid que son contact lui coupa le souffle.

La maison de Vic et Kathy Delorio se trouvait juste en face de lui. Marty espéra que Charlotte et Emily étaient gardées à l'écart des fenêtres. Elles ne devaient pas voir leur père allongé sur le sol, tenu en respect par des policiers. Elles étaient suffisamment terrifiées. Il se rappelait leurs yeux écarquillés lorsqu'il avait surgi dans la cuisine, l'arme au poing, et ne voulait pas ajouter à leur peur.

Le froid se propageait dans ses os.

De seconde en seconde, la deuxième sirène se faisait nettement plus forte. Il comprit que le véhicule de renfort venait de franchir le tournant et arrivait par le sud. Son hurlement perçant lui faisait l'effet d'un glaçon acéré enfoncé dans son oreille.

Une joue contre le bitume, clignant des yeux pour en chasser la pluie, il regarda les flics approcher, l'arme toujours tirée. Depuis sa position, les éclaboussures provoquées par leurs pieds dans les flaques semblaient gigantesques.

— Tout va bien, dit-il quand ils furent près de lui. J'habite ici. C'est ma maison.

Sa voix, d'ores et déjà rauque, était encore déformée par les frissons qui le parcouraient. Il craignit qu'on ne la prît pour celle d'un ivrogne, ou d'un fou.

— C'est ma maison.

— Reste couché ! ordonna un des hommes. Garde les mains derrière le dos et reste couché.

— T'as des papiers ? interrogea le second.

— Oui, bien sûr, répondit-il, en claquant des dents. Dans mon portefeuille.

Peu enclins à prendre des risques, ils lui passèrent les menottes avant de pêcher son portefeuille dans sa poche de pantalon. Les bracelets d'acier dégageaient encore la chaleur de la voiture chauffée.

Il se sentait tout à fait dans la peau d'un personnage de ses romans, et c'était une sensation vraiment désagréable.

La deuxième sirène s'éteignit. Des portières claquèrent. Il entendit parasites et voix lointaines s'échapper des radios des véhicules.

— Il y a un papier d'identité avec une photo, là-dedans ? interrogea le flic qui s'était emparé du portefeuille.

Malgré ses efforts, Marty n'apercevait rien de lui au-dessus des genoux.

— Oui, bien sûr, dans une des poches plastifiées. Un permis de conduire.

Dans ses romans, les personnages innocents soupçonnés de crimes qu'ils n'avaient pas commis étaient souvent inquiets, apeurés. Mais il n'avait jamais parlé de l'humiliation qu'engendrait une telle expérience. Il était plus mortifié qu'il ne l'avait jamais été, bien qu'il n'eût rien fait de mal. La situation en elle-même — se trouver dans une position de totale soumission et être considéré avec une intense suspicion par des agents de l'autorité — déclenchait une sorte de culpabilité innée, congénitale, relative à quelque transgression monstrueuse et inidentifiable avec précision, la honte d'être sur le point de se faire percer à jour, alors même qu'il savait pertinemment qu'on ne pouvait rien lui reprocher.

— Elle date de quand, la photo de ton permis ? interrogea le policier.

— Euh, je ne sais pas. Deux ou trois ans.

— Ça ne te ressemble pas tellement.

— Vous savez ce que c'est : les Photomaton, répondit Marty, consterné de déceler plus d'imploration que de colère dans sa voix.

— Laissez-le se relever, tout va bien, c'est mon mari, c'est Marty Stillwater, cria Paige, qui arrivait en courant de chez les Delorio.

Marty ne la voyait pas mais sa voix lui fit un plaisir intense et rendit un peu de réalité à cet instant de cauchemar.

Il se dit que tout allait bien se passer. Les flics allaient reconnaître leur erreur, le laisser se relever, fouiller les buissons autour de la maison, les jardins des voisins, découvrir rapidement le sosie et expliquer la bizarrerie de l'heure qui venait de s'écouler.

— C'est mon mari, répéta Paige, nettement plus près, maintenant.

Marty se rendit compte que les policiers observaient son approche.

Il avait la chance de posséder une épouse très attirante, même lorsqu'elle était trempée de pluie et affolée. Elle n'était pas seulement attirante mais intelligente, charmante, amusante, aimante, unique. Ses filles étaient des enfants épatantes. Il menait une carrière de romancier prospère et adorait positivement son métier. Rien ne pourrait changer cela. Rien du tout.

Pourtant, alors même que les flics lui ôtaient les

menottes et l'aidaient à se relever, alors même que Paige se jetait dans ses bras et qu'il l'enlaçait, reconnaissant, il ressentit avec un malaise aigu le passage du crépuscule à la nuit. Lorgnant par-dessus son épaule, explorant des yeux d'innombrables poches d'ombre, le long de la rue, il se demanda de quel nid de ténèbres surgirait la prochaine attaque. La pluie semblait si froide qu'il paraissait s'agir de neige fondue ; les gyrophares lui piquaient les yeux ; sa gorge le brûlait comme s'il s'était gargarisé avec de l'acide ; son corps lui faisait mal en une vingtaine d'endroits, souvenir de la correction qu'il avait reçue ; et l'instinct lui soufflait que le pire était à venir.

Non.

Ce n'était pas son instinct qui parlait. C'était juste son imagination trop fertile. La malédiction d'une imagination d'écrivain. Qui cherchait toujours à deviner le prochain rebondissement.

La vie n'était pas semblable à la fiction. Les histoires réelles ne possédaient ni deuxième ni troisième actes, pas plus que de construction impeccable, de rythme, de dénouement au terme d'un suspense crescendo. Simplement, il se passait des choses dingues, dépourvues de la logique propre à la fiction, et ensuite la vie recommençait comme avant.

Les policiers le regardaient serrer Paige contre lui.

Il crut voir de l'hostilité sur leurs visages.

Une nouvelle sirène s'enfla dans le lointain.

Il avait froid. Tellement froid.

CHAPITRE III

1.

La nuit de l'Oklahoma mettait Drew Oslett mal à l'aise. Kilomètre après kilomètre, à de rares exceptions près, l'obscurité était si profonde des deux côtés de la nationale, si totale, qu'il lui semblait traverser un pont d'une extraordinaire longueur jeté sur un abîme sans fond. Des milliers d'étoiles parsemaient le ciel, évoquant une immensité à laquelle il préférait ne pas songer.

Oslett était une créature de la ville, à l'âme en phase avec le bouillonnement urbain. Les larges avenues flanquées de hauts bâtiments constituaient les plus grands espaces dans lesquels il se sentît totalement à l'aise. Quoiqu'il eût vécu de nombreuses années à New York, il n'avait jamais visité Central Park : les pelouses et les vallons en étaient encerclés par la ville, et pourtant ils lui paraissaient assez dégagés et bucoliques pour le rendre nerveux. Il n'était dans son élément qu'au milieu des forêts protectrices des gratte-ciel, de leurs trottoirs jonchés d'êtres humains et de leurs rues encombrées d'une circulation bruyante. Dans son appartement, au cœur de Manhattan, il dormait sans tirer les rideaux, afin que la lumière ambiante de la métropole envahisse la pièce. Lorsqu'il s'éveillait au milieu de la nuit, il était rassuré par les sirènes périodiques, les klaxons hurlants, les cris des ivrognes, les bouches d'égouts qu'ébranlaient le passage des voitures et autres bruits plus étranges qui s'élevaient dans les rues même durant les heures creuses, bien qu'à un volume plus faible que le formidable tintamarre résonnant matin, après-midi et soir. La cacophonie permanente et les distractions infinies de la ville formaient la soie de son cocon, le protégeaient, l'assuraient de ne jamais se trouver suffisamment au calme pour se livrer à la contemplation et à l'introspection.

Les ténèbres et le silence ne lui procuraient pas la moindre distraction et étaient en conséquence ennemis de la satisfaction. Or ils hantaient nettement trop l'Oklahoma rural.

Un peu vautré dans le siège du passager de la Chevrolet qu'ils avaient louée, Drew Oslett cessa d'observer le paysage irritant pour s'intéresser à la carte électronique ultramoderne qu'il tenait sur les genoux.

L'appareil avait à peu près la taille d'un attaché-case, quoiqu'il fût carré plutôt que rectangulaire, et fonctionnait sur la batterie du véhicule par l'intermédiaire de l'allume-cigare. Sa face supérieure, plate, évoquait un téléviseur ; elle était essentiellement composée d'un écran qu'entouraient un étroit cadre d'acier brossé et une série de boutons de contrôle. Sur un fond vert à la faible luminosité, les nationales figuraient en émeraude, les routes de l'État en jaune et celles du comté en bleu ; les chemins de terre et de gravillons étaient représentés par des pointillés noirs ; les agglomérations, fort rares dans cette partie du monde, par des taches roses.

Le véhicule, point rouge lumineux proche du centre de l'écran, se déplaçait avec régularité le long de la ligne émeraude qui symbolisait la nationale 40.

— A peu près sept kilomètres, maintenant, dit Oslett.

Karl Clocker, le chauffeur, ne répondit pas. Même dans ses moments les plus exubérants, il demeurait laconique. Un rocher se fût montré plus loquace.

L'affichage de la carte électronique utilisait une échelle moyenne : quatre cents kilomètres carrés de terrain quadrillé, vingt kilomètres de côté. Oslett manœuvra un des boutons et la carte disparut, remplacée presque instantanément par une autre de cent kilomètres carrés et dix kilomètres de côté, élargissant aux dimensions de l'écran un quart de la première image.

Le point rouge représentant la voiture était maintenant quatre fois plus gros qu'avant. Il n'était plus situé au centre mais à droite de l'écran.

Sur la gauche de celui-ci, moins de sept kilomètres plus loin, un X blanc clignotait, stationnaire, à quelques kilomètres de la nationale 40. Ce X représentait leur but.

Oslett adorait se servir de la carte en raison des couleurs qui envahissaient l'écran, évoquant un superbe jeu vidéo. Il aimait énormément les jeux vidéo. En fait, quoiqu'il eût trente-deux ans, les arcades où s'alignaient de froides machines aguichant l'œil par des lumières palpitantes de toutes les couleurs et séduisant l'oreille par d'incessants bips-bips, sifflements, bourdonnements, sirènes, détonations, modulations, phrases musicales et tonalités électroniques oscillantes, figuraient encore parmi ses endroits favoris.

Malheureusement, la carte n'avait rien d'un jeu. Et elle était totalement dépourvue d'effets sonores.

Pourtant, elle l'enthousiasmait, car mettre la main sur un tel appareil — un SATU, pour Satellite Assisted Tracking Unit (Système de Guidage Assisté par Satellite) — n'était pas à la portée de tout le monde. Il n'était pas vendu au grand public, d'abord parce qu'en raison de son coût exorbitant, les acheteurs potentiels se révélaient trop peu nombreux pour une commercialisation massive. De plus, une partie de ses composants étaient strictement top secret. La carte constituait surtout un outil de pistage et de surveillance, aussi la plupart des rares exemplaires en service étaient-ils utilisés par la police, les renseignements fédéraux, ou des organisations similaires en des pays alliés des États-Unis.

— Cinq kilomètres, annonça Oslett à Clocker.

Le chauffeur, un colosse, ne répondit pas même par un grognement.

Des fils partaient du SATU et s'achevaient par une

ventouse de huit centimètres de diamètre fixée en haut du pare-brise incurvé. Un réseau de composants électroniques, à sa base, servait d'interface avec toute une série de satellites. Par des envois codés de micro-ondes, le SATU se connectait à des dizaines d'engins de communication géostationnaires ou de surveillance appartenant à des compagnies industrielles privées et à divers services de l'armée, franchissait leur système de sécurité, insérait son programme dans leurs circuits logiques et les employait pour ses opérations sans interférer avec leur fonctionnement premier ni alerter les techniciens qui les contrôlaient.

En se servant de deux satellites pour repérer le signal particulier d'un transpondeur, et se verrouiller sur lui, le SATU en déterminait la position précise. En général, le transmetteur était un objet anodin intégré au châssis de la voiture du sujet surveillé — parfois dans son avion ou son bateau — afin qu'on puisse le suivre à distance sans qu'il soupçonne la filature.

Dans le cas présent, il était dissimulé dans le talon et la semelle en caoutchouc d'une chaussure.

Oslett manœuvra les contrôles du SATU pour réduire de moitié la région représentée sur l'écran, agrandissant nettement les détails de la carte. Après avoir étudié cet affichage nouveau mais tout aussi coloré, il déclara :

— Il ne bouge toujours pas. On dirait qu'il a quitté la route, peut-être pour s'engager sur une aire de repos.

Les circuits miniaturisés du SATU recelaient des cartes détaillées du moindre kilomètre carré des États-Unis, du Canada et du Mexique. Si Oslett avait opéré en Europe, au Moyen-Orient ou ailleurs, il aurait pu y insérer la bibliothèque cartographique du territoire en question.

— Quatre kilomètres, annonça-t-il.

Conduisant d'une main, Clocker plongea l'autre dans sa veste de sport et en sortit le revolver qu'il portait en bandoulière. C'était un Colt 357 Magnum, un choix excentrique — et un peu daté — pour qui faisait le métier de Karl Clocker. Ce dernier aimait également les vestes en tweed, avec des boutons recouverts de cuir, des pièces de cuir aux coudes et, à l'occasion, comme ce jour-là, des revers de cuir. Il possédait une collection peu commune de gilets aux larges motifs colorés, dont il portait alors un échantillon. Ses chaussettes voyantes étaient en général choisies pour jurer avec tout le reste et il chaussait inévitablement des Hush Puppies en suédine brune. Compte tenu de sa stature, nul n'était tenté de critiquer ses goûts en matière de vêtements, encore moins de faire des remarques importunes sur le choix de son armement.

— On n'aura pas besoin d'armes lourdes, lui fit remarquer Oslett.

Sans dire un mot, Clocker posa le 357 Magnum à portée de main, sur le siège, près de son chapeau.

— J'ai le pistolet tranquillisant, reprit son compagnon. Ça devrait suffire.

Le chauffeur ne lui accorda pas même un regard.

2.

Avant d'accepter de quitter la rue battue par la pluie, d'expliquer aux autorités ce qui s'était produit, Marty insista pour qu'un policier veille sur Charlotte et Emily, chez les Delorio. Il savait Vic et Kathy désireux de faire tout le nécessaire afin de protéger les fillettes, mais ils ne pèseraient pas lourd face à la terrible détermination de l'Autre.

Il n'avait pas même la certitude qu'un garde bien armé constituât une protection suffisante.

La pluie qui ruisselait sur l'auvent aspergeait le perron des Delorio. A la lueur de la lampe tempête en laiton, elle évoquait des guirlandes de Noël. Marty, abrité là, tentait de faire comprendre à Vic que les filles étaient encore en danger.

— Ne laisse rentrer personne, à part les flics ou Paige.

— Naturellement, Marty.

Vic était professeur d'éducation physique, entraîneur

de l'équipe de natation du lycée local, chef des scouts, leader du programme de surveillance civile de la rue et organisateur de diverses opérations annuelles de charité. C'était un type franc et énergique, qui aimait aider les gens et portait des chaussures de sport même lorsqu'il revêtait également costume et cravate, comme si des souliers plus formels ne lui eussent pas permis de bouger aussi vite et d'accomplir autant de choses qu'il le souhaitait.

— Personne, sauf les flics et Paige, répéta-t-il. Fais-moi confiance : les enfants seront en sécurité avec Kathy et moi. Bon Dieu, Marty, qu'est-ce qui s'est passé ?

— Et pour l'amour du ciel, ne les confie à personne, flics ou pas, à moins que Paige ne soit avec eux. Ne me les confie même pas à moi si Paige n'est pas là.

Vic Delorio se détourna des policiers qui fouillaient les environs et cligna des yeux sous l'effet de la surprise.

Marty entendait encore la voix furieuse de son sosie, revoyait les postillons qui s'échappaient de sa bouche tandis qu'il éructait : *Je veux ma vie, ma Paige... ma Charlotte, mon Emily...*

— Tu comprends, Vic ?

— Même pas à toi ?

— Seulement si Paige est avec moi. Pas autrement.

— Qu'est-ce que...

— Je t'expliquerai plus tard, coupa Marty. Tout le monde m'attend.

Il se hâta de remonter l'allée en direction de la rue. Il ne se retourna qu'une seule fois, pour répéter :

— Seulement à Paige.

... ma Paige... ma Charlotte, mon Emily...

Chez lui, dans la cuisine, tandis qu'il racontait l'agression au policier qui s'était trouvé le premier sur les lieux, Marty autorisa un technicien de la police à lui noircir les doigts d'encre et à les appliquer sur une feuille de papier. On aurait besoin de distinguer ses empreintes de celles de l'intrus. Il se demanda si l'Autre et lui allaient se révéler aussi identiques en cette matière qu'ils le paraissaient en toutes les autres.

Paige se soumit elle aussi à la procédure. C'était la première fois de leur vie qu'on relevait leurs empreintes. Bien que Marty en comprît l'utilité, il éprouvait comme une atteinte à sa vie privée.

Après avoir obtenu ce qu'il désirait, le technicien humidifia un torchon avec un détachant au glycérol qui, affirmait-il, ferait disparaître l'encre. Ce ne fut pas le cas. Aussi fort que Marty frottât, des traces noires demeurèrent visibles sur sa peau.

Avant de s'asseoir pour faire une déclaration complète, il monta à l'étage enfiler des vêtements secs. Il prit de plus quatre comprimés d'Anacin.

Lorsqu'il eut poussé le thermostat, la maison se trouva vite surchauffée. Pourtant, des frissons l'agitaient encore — en grande partie causés par les nombreux représentants de l'autorité.

Il y en avait partout. Certains en uniforme, d'autres non, mais tous inconnus. Leur présence lui donnait le sentiment d'être violé.

Il n'avait pas imaginé à quel point l'intimité d'une victime était envahie dès l'instant qu'elle rapportait un crime grave. Policiers et techniciens grouillaient dans son bureau pour photographier la pièce où avait débuté la violente confrontation, retirer une ou deux balles du mur, relever les empreintes et prélever des échantillons de sang sur la moquette. Ils photographiaient également le couloir de l'étage, l'escalier et l'entrée. Dans leur quête d'indices abandonnés par l'intrus, ils estimaient avoir le droit de fouiller dans n'importe quelle pièce, n'importe quel placard.

Bien sûr, ils étaient là pour l'aider, et Marty les remerciait de leurs efforts. Pourtant, que des inconnus pussent découvrir de quelle manière obsessionnelle, avouée, il rangeait ses vêtements par couleurs dans son placard — tout comme Emily — , le fait qu'il collectionnait des pièces de un et cinq cents dans un bocal de deux litres, à la manière d'un gamin économisant pour s'acheter sa première bicyclette, et d'autres détails mineurs mais cependant très personnels de sa vie, avait quelque chose de gênant.

Et le lieutenant en civil chargé de l'enquête le mettait plus mal à l'aise que tous les autres réunis. Il s'agissait d'un nommé Cyrus Lowbock, qui provoquait en Marty une réaction complexe allant au-delà de la simple gêne.

Le policier eût pu gagner correctement sa vie comme mannequin pour des publicités vantant les mérites des Rolls Royce, de smokings, de caviar ou d'agents de change. La cinquantaine, bien mis, les cheveux poivre et sel, bronzé même en novembre, le nez aquilin, les pommettes fines et d'extraordinaires yeux gris. Vêtu de mocassins noirs, d'un costume en velours côtelé gris, d'un pull bleu marine tricoté à la main et d'une chemise blanche — il avait ôté son manteau —, Lowbock réussissait à paraître à la fois distingué et athlétique, quoiqu'on ne l'imaginât pas pratiquant le football ou le base-ball, mais le tennis, la voile, les courses de hors-bord et autres sports de la classe supérieure. Il évoquait moins l'image populaire du flic que celle d'un homme né dans la richesse, qui savait la gérer et la préserver.

Lowbock était assis à la table de la salle à manger, en face de Marty, écoutant avec attention le récit de l'agression, posant des questions surtout destinées à préciser les détails, et prenant des notes dans un carnet à spirale à l'aide d'un luxueux stylo Mont Blanc noir et or. Paige demeurait auprès de son époux pour le soutenir moralement. Tous trois étaient seuls dans la pièce, mais des policiers en uniforme venaient de temps à autre les interrompre afin de converser avec Lowbock. A deux reprises, ce dernier s'absenta pour aller examiner des indices qui paraissaient importants.

Sirotant du Pepsi dans une grande tasse en céramique, apaisant la douleur de sa gorge tout en racontant sa lutte pour la vie contre l'intrus, Marty sentit resurgir l'inexplicable culpabilité qui l'avait saisi lorsqu'il s'était trouvé allongé dans la rue, menottes aux mains. Ce sentiment n'était pas moins irrationnel que la première fois, compte tenu du fait que le crime le plus grave qu'on pût raisonnablement lui imputer était son mépris habituel pour la limite de vitesse sur certaines routes. Cette fois, pourtant, il savait qu'une partie de son malaise provenait de sa certitude que le lieutenant Cyrus Lowbock le considérait avec une tranquille suspicion.

Quoique poli, Lowbock parlait peu. Ses silences étaient vaguement accusateurs. Lorsqu'il ne prenait pas de notes, ses yeux gris zinc demeuraient posés sur Marty, fixes, inquisiteurs.

La raison pour laquelle le policier le soupçonnait de ne pas être totalement honnête n'était pas claire. Marty supposait toutefois qu'après des années d'enquêtes, à côtoyer jour après jour les pires éléments de la société, on devait acquérir des tendances au cynisme. Malgré la Constitution, un vieux flic se sentait sans doute le droit d'estimer que tout homme — ou femme — était coupable jusqu'à ce qu'il soit reconnu innocent.

Marty acheva son récit et but une nouvelle gorgée de Pepsi. Les liquides froids avaient fait tout ce qu'ils pouvaient pour sa gorge irritée. Le foyer de douleur le plus gênant résidait maintenant dans son cou, où les mains de l'étrangleur avaient laissé la peau rougie et où de larges hématomes apparaîtraient sans nul doute avant le lendemain matin. Si les quatre Anacin commençaient à faire de l'effet, une souffrance semblable à l'impact de coups de fouet le faisait tout de même grimacer dès qu'il tournait la tête de quelques degrés, dans un sens ou dans l'autre. Aussi adoptait-il une posture raide et ne bougeait-il qu'avec précaution.

Durant ce qui parut être une éternité, Lowbock feuilleta ses notes, les relisant en silence, tapotant doucement les pages du bout de son stylo.

Les éclaboussures et le staccato de la pluie animaient toujours la nuit, bien que la tempête se fût quelque peu apaisée.

De temps à autre, le plancher à l'étage craquait sous le poids des policiers, toujours à l'œuvre.

Sous la table, la main de Paige chercha celle de Marty. Il la serra, comme pour dire que tout allait bien, à présent.

Mais tout n'allait pas bien. Rien n'avait été expliqué, ni résolu. Pour ce qu'il en savait, leurs problèmes ne faisaient que commencer.

... ma Paige... ma Charlotte, mon Emily...

Enfin, Lowbock releva les yeux. D'une voix plate, exaspérante, précisément en raison de sa totale absence d'inflexion interprétable, il déclara :

— Sacrée histoire.

— Je sais que ça a l'air dingue.

Marty réprima l'envie d'assurer qu'il n'avait pas exagéré la ressemblance entre lui et le sosie, ni aucun autre aspect de son récit. Il avait dit la vérité et n'était nullement tenu de s'excuser du fait qu'en l'occurrence elle fût aussi stupéfiante que n'importe quelle fiction.

— Et vous dites que vous n'avez pas de frère jumeau ? demanda Lowbock.

— Non, lieutenant.

— Pas de frère du tout ?

— Je suis fils unique.

— Un demi-frère ?

— Mes parents se sont mariés à dix-neuf ans. Ni l'un ni l'autre n'ont connu d'autre mariage. Je vous assure, lieutenant, que l'existence de ce type n'a pas d'explication évidente.

— Bien sûr, aucun autre mariage n'aurait été nécessaire pour que vous ayez un demi-frère... ou même un frère, d'ailleurs, dit le lieutenant, fixant son interlocuteur dans le blanc des yeux au point que détourner le regard eût constitué un aveu, de quoi que ce fût.

Tandis que Marty encaissait la remarque du policier, Paige lui pressa la main sous la table pour l'encourager à ne pas se laisser déstabiliser. Il tenta de se dire que Lowbock se contentait d'énoncer un fait, ce qui était le cas, mais il eût été plus correct de sa part de s'exprimer en regardant son carnet ou vers la fenêtre.

— Voyons voir... répondit-il, d'une voix presque aussi raide que son cou. J'ai l'impression que, dans cette hypothèse, j'ai trois possibilités. Soit mon père a mis ma mère enceinte avant leur mariage et ils ont fait adopter mon frère — un frère *bâtard*. Soit, après le mariage de mes parents, mon père a sauté une autre femme qui a donné le jour à mon demi-frère. Soit ma mère s'est fait faire un môme par un autre type, avant ou après son mariage avec mon père, et cette grossesse constitue un terrible secret de famille.

— Si je vous ai offensé, j'en suis désolé, Mr. Stillwater, affirma Lowbock, toujours sans détourner la tête.

— J'en suis désolé également.

— Est-ce que vous n'êtes pas un peu trop chatouilleux sur ce sujet ?

— Je ne crois pas, fit sèchement Marty, tout en se demandant s'il ne réagissait pas vraiment de manière exagérée.

— Il y a des couples qui ont réellement un premier enfant avant d'être prêts à se fixer, insista le policier. Et ils le font souvent adopter.

— Pas mes parents.

— Est-ce que vous en avez l'absolue certitude ?

— Je les connais.

— Vous devriez peut-être leur poser la question ?

— Je le ferai peut-être.

— Quand ?

— J'y réfléchirai.

Un sourire, aussi bref et ténu que l'ombre fugitive d'un oiseau en vol, traversa le visage de Lowbock.

Marty était sûr d'avoir décelé un sarcasme dans ce sourire. Mais même si sa vie avait été en jeu, il n'eût pu comprendre pourquoi le lieutenant ne le considérerait pas comme une simple victime innocente.

Lowbock consulta ses notes, laissant un instant le silence s'installer.

— Si ce sosie n'est pas de votre famille, frère ou demi-frère, avez-vous une idée pour expliquer une ressemblance aussi remarquable ? demanda-t-il enfin.

Marty commença à secouer la tête et grimaça quand la douleur fulgura dans son cou.

— Non, pas la moindre.

— Tu veux de l'aspirine ? lui proposa Paige.

— J'ai pris de l'Anacin. Ça va aller.

— Je pensais seulement que vous pourriez avoir une théorie, poursuivit Lowbock, le regardant à nouveau dans les yeux.

— Non, désolé.

— Étant donné que vous êtes écrivain.

Marty ne comprit pas ce que voulait dire le policier.

— Je vous demande pardon ?

— Vous vous servez tous les jours de votre imagination. C'est elle qui vous fait vivre.

— Et alors ?

— Alors je pensais que vous réussiriez peut-être à élucider ce petit mystère si vous y réfléchissiez.

— Je ne suis pas policier. Je suis assez doué pour construire des mystères, mais pas pour les percer.

— A la télévision, les écrivains de romans policiers — et d'ailleurs, n'importe quel détective amateur — sont toujours plus malins que les flics, continua Lowbock.

— Ce n'est pas le cas dans la vie, rétorqua Marty.

Le lieutenant griffonna au bas d'une page de son carnet, avant d'admettre :

— Non, en effet.

— Je ne confonds pas la réalité et la fiction, déclara son interlocuteur, un peu trop agressif.

— Je ne croyais rien de tel, assura Lowbock, se concentrant sur ses gribouillis.

Marty tourna prudemment la tête pour voir si Paige percevait l'hostilité du ton et des manières du policier. Elle observait ce dernier d'un air concentré, ce qui rassura son époux. Peut-être sa réaction n'était-elle pas exagérée, après tout, et ne devait-il pas ajouter la paranoïa à la liste des symptômes qu'il avait délivrée à Paul Guthridge.

— Quelque chose ne va pas, lieutenant ? interrogea-t-il, encouragé par l'expression de Paige.

Son interlocuteur plissa le front, comme surpris par la question.

— J'ai très nettement l'impression que quelque chose ne va pas, oui, dit-il, ironique. Sinon, vous ne nous auriez pas appelés.

Retenant la réplique caustique que méritait cette remarque, Marty poursuivit :

— Je veux dire que je ressens votre hostilité et que je n'en comprends pas la raison. Quelle est-elle ?

— De l'hostilité ? Vraiment ? (Lowbock fronça les sourcils, sans relever les yeux de son carnet.) Ma foi, je n'aimerais pas que la victime d'un crime se sente aussi intimidée par nous que le salaud qui l'a agressée. Ça ne serait pas bon pour nos relations publiques, n'est-ce pas ?

Il évitait ainsi de répondre directement à la question. Le gribouillis était terminé. C'était le dessin d'un pistolet.

— L'arme dont vous vous êtes servi contre l'intrus, Mr. Stillwater, est-ce celle qu'on vous a prise dans la rue ?

— On ne me l'a pas prise. Je l'ai lâchée quand on me l'a ordonné. Et, oui, c'est celle-là.

— Un pistolet Smith & Wesson 9 mm ?

— Oui.

— Vous l'avez acheté dans une armurerie patentée ?

— Bien sûr.

Marty donna le nom du magasin en question.

— Possédez-vous le reçu correspondant à l'achat, ainsi que la preuve de l'enquête réalisée préalablement par l'organisme officiel concerné ?

— Qu'est-ce que ça a à voir avec ce qui s'est produit aujourd'hui ?

— C'est la routine, affirma Lowbock. Tout à l'heure, je vais être obligé de remplir toutes les lignes de mon rapport. Seulement la routine.

Marty n'appréciait pas la manière dont l'entretien semblait lentement se changer en interrogatoire, mais il ne savait pas comment y remédier. Frustré, il se tourna vers Paige pour obtenir la réponse à la question de Lowbock : c'était elle qui tenait leurs livres de comptes.

— Tous les papiers de l'armurerie doivent être agrafés ensemble et classés avec nos relevés de l'année en question, déclara-t-elle.

— Nous l'avons acheté il y a environ trois ans, ajouta Marty.

— Tout est rangé dans le grenier du garage, acheva son épouse faisant mine de se lever.

— Oh, ce n'est pas urgent à ce point-là, l'arrêta Lowbock. (Il s'adressa à l'écrivain :) Et le Korth .38, dans la boîte à gants de votre Taurus, vous l'avez acheté au même endroit ?

— Qu'est-ce que vous êtes allé fabriquer dans la Taurus ? s'exclama Marty, surpris.

Lowbock feignit d'être à son tour surpris, mais son expression semblait calculée pour paraître feinte, afin d'aiguillonner son interlocuteur en le singeant.

— Dans la Taurus ? Nous menons notre enquête. C'est bien ce qu'on nous a demandé ? Je veux dire : il n'y a pas d'endroits, pas de sujets, que vous aimeriez nous interdire ? Si c'était le cas, bien entendu, nous respecterions votre désir.

Le policier était si subtil dans sa moquerie, si vague dans ses insinuations, que toute réaction violente de la part de Marty eût laissé entendre qu'il avait quelque chose à cacher. De toute évidence, Lowbock pensait que tel était le cas et jouait avec lui, tentait de le pousser à un aveu involontaire.

L'écrivain souhaitait presque avoir un aveu à faire. Le jeu, tel qu'ils le pratiquaient pour le moment, était extrêmement frustrant.

— Alors ? Avez-vous acheté le .38 dans la même armurerie que le Smith & Wesson ? insista Lowbock.

— Oui, répondit Marty en buvant une nouvelle gorgée de Pepsi.

— Vous avez les papiers qui le prouvent ?

— Je suis sûr que oui.

— Est-ce que cette arme reste en permanence dans votre voiture ?

— Non.

— Elle s'y trouvait aujourd'hui.

Marty sentait que Paige le considérait avec une certaine surprise. Il ne pouvait lui expliquer sa crise de panique pour le moment, ni lui parler de l'étrange impression qui l'avait précédée, celle d'être sur le chemin d'un rouleau compresseur, laquelle l'avait poussé à prendre des précautions extraordinaires. Compte tenu du tour inattendu et guère positif que prenait l'entretien, il s'agissait de renseignements qu'il n'avait aucune envie de communiquer au policier, de peur de paraître déséquilibré et de se voir soumis à un examen psychiatrique forcé.

Il but à nouveau un peu de Pepsi, pour gagner du temps avant de répondre.

— Je ne savais pas qu'il y était, dit-il enfin.

— Vous ignoriez que l'arme était dans votre boîte à gants ? répéta le policier.

— Oui.

— Savez-vous qu'il est illégal de transporter une arme chargée dans sa voiture ?

Mais, nom de Dieu, qu'est-ce qui vous a pris d'aller fouiner dans ma bagnole, hein ?

— Je ne savais pas qu'elle s'y trouvait, et j'ignorais aussi qu'elle fût chargée.

— Vous ne l'avez pas chargée vous-même ?

— Probablement, si.

— Vous voulez dire que vous ne vous rappelez pas si vous l'avez chargée, ni comment elle est arrivée dans la Taurus ?

— Ce qui s'est sans doute passé, c'est... la dernière fois que je suis allé au club de tir, j'ai dû la charger pour un dernier carton et l'oublier ensuite.

— Et vous l'avez ramenée du club dans votre boîte à gants ?

— Voilà.

— Quand êtes-vous allé au club de tir pour la dernière fois ?

— Je ne sais pas... Il y a trois semaines, un mois.

— Alors, vous avez transporté une arme chargée dans votre voiture pendant un mois ?

— Oui, mais j'avais oublié qu'elle était là.

Un unique mensonge, dans le but d'éviter une condamnation pour port d'arme prohibé, l'avait mené à toute une série d'autres mensonges. Il ne s'agissait que de petites entorses à la vérité, mais Marty respectait assez, quoique à regret, les capacités de Cyrus Lowbock pour croire que ce dernier voyait clair en son jeu. Le policier étant déjà convaincu que la victime apparente devait être considérée comme un suspect, il verrait le moindre mensonge comme une preuve supplémentaire qu'on lui dissimulait de noirs secrets.

Lowbock rejeta un peu la tête en arrière et dévisagea Marty d'un air froid et accusateur. Usant de ses traits patriciens comme d'un moyen d'intimidation mais conservant une voix douce et monocorde, il reprit :

— Est-ce que vous faites toujours preuve d'une telle insouciance avec les armes, Mr. Stillwater ?

— Je ne crois pas avoir fait preuve d'insouciance.

Nouveau haussement de sourcils.

— Vraiment ?

— Vraiment.

Le policier ramassa son stylo et prit une note cryptique dans son carnet à spirale. Il recommença ensuite à gribouiller.

— Dites-moi, Mr. Stillwater, avez-vous un permis de port d'arme ?

— Non, bien sûr que non.

— Je vois.

Marty reprit une gorgée de Pepsi.

Sous la table, Paige chercha à nouveau sa main, et il lui en fut reconnaissant.

Le nouveau croquis prenait forme. Une paire de menottes.

— Vous êtes un amoureux des armes ? Un collectionneur ?

— Non, pas vraiment.

— Pourtant, vous en possédez beaucoup.

— Pas tant que ça.

Lowbock les compta sur ses doigts.

— Eh bien, le Smith & Wesson, le Korth — le fusil d'assaut M16 dans le placard de l'entrée.

Mon Dieu !

Relevant la tête, plongeant dans celui de Marty son regard intense et glacé, le lieutenant poursuivit :

— Saviez-vous que le M16 était chargé, lui aussi ?

— J'ai acheté toutes mes armes essentiellement à titre de documentation, pour mes livres. Je n'aime pas parler d'un engin que je n'ai pas utilisé.

C'était la vérité, mais même aux oreilles de Marty, cela sonnait comme un bobard.

— Et vous les rangez dans des tiroirs et des placards aux quatre coins de la maison ? Chargées ?

Aucune réponse valable ne vint à l'esprit de l'interrogé. S'il avouait avoir su que le fusil était chargé, Lowbock voudrait apprendre pourquoi il avait jugé nécessaire de conserver une arme de guerre prête à l'emploi dans un quartier résidentiel aussi paisible. Un M16 ne constituait certes pas l'arme idéale pour défendre son foyer — à part, peut-être, si on habitait Beyrouth, Koweït City ou le centre-sud de Los Angeles. D'un autre côté, s'il prétendait avoir ignoré l'état de l'arme, il provoquerait de nouvelles questions insidieuses à propos de son insouciance, et des insinuations plus nettes au sujet de sa franchise.

De plus, tout ce qu'il dirait pourrait paraître stupide ou malhonnête s'ils avaient également découvert le Mossberg sous le lit ou le Beretta dans le placard de la cuisine.

— Qu'est-ce que mes armes ont à voir avec ce qui s'est passé aujourd'hui ? demanda-t-il en tentant de ne pas perdre patience. Il me semble que nous nous écartons du sujet, lieutenant.

— C'est votre impression, vraiment ? rétorqua Lowbock, comme stupéfié par l'attitude de Marty.

— C'est la mienne également, dit sèchement Paige, réalisant à l'évidence qu'elle était en meilleure position que son époux pour se montrer brutale avec le policier. A vous entendre, on dirait que c'est Marty qui s'est introduit chez quelqu'un et qui a essayé de l'étrangler.

— Avez-vous des hommes qui fouillent le quartier ? renchérit l'écrivain. Avez-vous lancé un mandat d'amener ?

— Un mandat d'amener ?

Marty était irrité par la stupidité intentionnelle du lieutenant.

— Un mandat d'amener contre l'Autre.

— Le quoi ? fit Lowbock en fronçant le sourcil.

— Le sosie, l'autre *moi*.

— Ah, oui lu

Il ne s'agissait pas à proprement parler d'une réponse, mais le lieutenant reprit la direction de la discussion avant que Marty ou Paige ne l'obligent à se montrer plus précis :

— Est-ce que le Heckler & Koch fait aussi partie des armes que vous avez achetées à titre de documentation ?

— Le Heckler & Koch ?

— Le P7. Il tire des balles de 9 mm.

— Je n'ai pas de P7.

— Vraiment ? Pourtant il y en avait un par terre, dans votre bureau, là-haut.

— C'était son pistolet à lui, expliqua Marty. Je vous ai dit qu'il était armé.

— Savez-vous que le canon dudit P7 était usiné pour accueillir un silencieux ?

— Tout ce que je sais, c'est qu'il avait un pistolet Je n'ai pas pris le temps de regarder s'il y avait un silencieux au bout. Je n'ai pas vraiment eu le loisir d'en noter tous les détails.

— En fait, il n'y avait pas de silencieux au bout, mais il est usiné pour. Savez-vous qu'il est illégal d'équiper une arme à feu d'un silencieux, Mr. Stillwater ?

— Cette arme ne m'appartient pas, lieutenant.

Marty commençait à se demander s'il n'aurait pas dû refuser de répondre à d'autres questions sans la présence d'un avocat. Mais c'était complètement fou. Il n'avait rien fait. Il était innocent. C'était lui, la victime, nom de Dieu. La police n'aurait pas même été là s'il n'avait dit à Paige de l'appeler.

— Un Heckler & Koch P7 équipé d'un silencieux... c'est tout à fait une arme de professionnel, Mr. Stillwater. Un tueur à gages, un assassin, comme vous préférez. Comment l'appelleriez-vous, vous ?

— Que voulez-vous dire ?

— Juste ceci : si vous parliez dans un livre d'un tel homme, un professionnel, quels sont les termes que vous utiliseriez pour le désigner ?

Marty sentit une intention implicite dans cette question, quelque chose qui s'approchait du fond de la tâche que s'était fixée Lowbock, quelle qu'elle fût. Toutefois, il n'était pas sûr de comprendre.

Apparemment, Paige le sentit, elle aussi.

— Qu'essayez-vous d'insinuer, exactement, lieutenant ? s'enquit-elle.

Toujours aussi frustrant, Cyrus Lowbock refusa à nouveau la confrontation. En fait, il baissa les yeux sur ses notes et fit mine de n'avoir posé sa question que poussé par une curiosité badine pour les synonymes qu'eût employés un écrivain.

— Dans tous les cas, vous avez beaucoup de chance qu'un professionnel de ce genre, un type qui manie un P7 équipé d'un silencieux, n'ait pas réussi à vous avoir.

— Je l'ai pris par surprise.

— C'est évident.

— Parce que j'avais un pistolet dans le tiroir de mon bureau.

— Il est toujours payant d'être prêt à toute éventualité, admit Lowbock, avant d'enchaîner, très vite : Mais vous avez aussi eu de la chance de pouvoir le vaincre à mains nues. Un tel professionnel aurait dû savoir se battre, peut-être même connaître le taekwondo ou quelque chose comme ça. C'est toujours le cas dans les livres et les films.

— Il était un peu ralenti. Deux balles dans la poitrine.

— Oui, c'est vrai, acquiesça le policier. Je me rappelle. Ça aurait abattu n'importe quel individu ordinaire.

— Il était encore assez vigoureux, remarqua Marty, portant une main prudente à sa gorge.

Lowbock changea de sujet avec une soudaineté calculée pour être déconcertante.

— Avez-vous bu, cet après-midi, Mr. Stillwater ?

Marty laissa libre cours à sa colère.

— Les faits ne peuvent pas s'expliquer aussi facilement, lieutenant.

— Vous n'avez pas bu ?

— Non.
— Pas du tout ?
— Non.
— Je n'ai pas l'intention d'insister, Mr. Stillwater, mais quand nous nous sommes vus pour la première fois, votre haleine sentait l'alcool. Et il y a une boîte de Coors au milieu du salon, avec de la bière renversée sur le plancher.
— J'ai bu un peu de bière, après.
— Après quoi ?
— Quand ça a été terminé. Il était étendu dans l'entrée, avec les reins brisés. Du moins, je les croyais brisés.
— Alors, vous vous êtes dit qu'après cette bagarre et tous ces coups de feu, ce qu'il vous fallait, c'était une bonne bière ?
Paige lui jeta un regard noir.
— Vous faites vraiment tout ce que vous pouvez pour que cette histoire ait l'air stupide.
— Et j'aimerais bien que vous soyez franc, un peu, que vous nous disiez pourquoi vous ne me croyez pas ! ajouta Marty.
— Je ne vous prends pas pour un menteur, Mr. Stillwater. Je sais que tout ceci est très frustrant, pour vous. Vous vous sentez agressé, vous êtes encore secoué, fatigué. Mais moi, j'absorbe, j'écoute et j'absorbe. C'est tout ce que je fais. C'est mon travail. Je ne me suis encore forgé aucune opinion, aucune théorie.
Marty était certain qu'il mentait. Lowbock avait déjà une série d'opinions toutes faites lorsqu'il s'était assis à la table de la salle à manger.
— J'ai failli boire du lait ou du jus d'orange, reprit l'écrivain après avoir avalé la dernière goutte de Pepsi restant dans la tasse, mais j'avais la gorge tellement irritée qu'elle me faisait un mal de chien, comme si elle avait été en feu. Je souffrais le martyre chaque fois que je déglutissais. Quand j'ai ouvert le réfrigérateur, la bière m'a simplement paru pouvoir passer plus facilement que n'importe quoi d'autre. Elle était plus rafraîchissante.

Lowbock gribouillait toujours sur un coin de page.

— Alors, vous n'avez bu que cette boîte de Coors ?

— Pas en entier. J'en ai bu la moitié, peut-être les deux tiers. Quand j'ai eu moins mal à la gorge, je suis retourné voir ce que l'Autre... ce que mon sosie devenait. J'avais emporté la boîte avec moi. J'ai été tellement surpris de constater que ce salopard n'était plus là, alors qu'il m'avait semblé à moitié mort, que la boîte m'a littéralement glissé entre les doigts.

Bien qu'il vît le croquis à l'envers, Marty reconnut ce que dessinait le policier. Une bouteille de bière à long goulot.

— Donc, la moitié d'une boîte de Coors, répéta Lowbock.

— Exact.

— Peut-être les deux tiers.

— Oui.

— Mais rien d'autre ?

— Non.

Son dessin achevé, Lowbock releva la tête.

— Et les trois bouteilles vides de Corona dans la poubelle, sous l'évier ?

3.

— « Prochaine sortie : aire de repos », lut Oslett, avant d'ajouter, à l'adresse de Clocker : Tu vois ce panneau ?

Son compagnon ne répondit pas.

Oslett s'intéressa de nouveau à l'écran du SATU, sur ses genoux.

— C'est là qu'il est, pas de problème. Peut-être en train de pisser un coup dans les toilettes. Ou même allongé sur la banquette arrière de sa bagnole, quelle qu'elle soit, pour une petite sieste.

Ils s'apprêtaient à passer à l'action contre un adversaire formidable et imprévisible, mais Clocker n'en semblait guère perturbé. Même en conduisant, il paraissait perdu dans quelque méditation. Sa silhouette d'ours était aussi détendue qu'un moine tibétain au beau milieu d'une pâmoison transcendantale. Ses énormes mains reposaient sur le volant, ses doigts épais à peine repliés ne maintenant que la pression minimale. Oslett n'eût pas été surpris d'apprendre que le colosse dirigeait la voiture essentiellement par un mystique pouvoir de l'esprit. Sur le large visage aux traits lourds de Clocker, rien n'indiquait qu'il connût le sens du mot « tension » : le front pâle, aussi lisse que du marbre poli ; les joues dépourvues de plis ; les yeux bleu saphir qui reflétaient légèrement la lumière du tableau de bord, ne regardant pas seulement la route mais peut-être quelque chose d'autre, au-delà du monde. La bouche était entrouverte, juste assez pour laisser passer une hostie, les lèvres incurvées par un infime sourire — mais on n'aurait pu dire si Clocker se réjouissait d'une idée qui lui était venue au cours de sa rêverie ou bien de la perspective d'une violence imminente.

Karl Clocker avait un certain talent pour la violence.

Pour cette raison, en dépit de son goût en matière de vêtements, c'était un homme de son époque.

— L'aire de repos est là, commenta Oslett, alors qu'ils atteignaient le bout de la voie d'accès.

— Où voudrais-tu qu'elle soit ? répondit Clocker.

— Hein ?

— Elle est où elle est.

Le colosse n'était pas très bavard et lorsque, fait exceptionnel, il avait quelque chose à dire, il s'exprimait la moitié du temps de manière cryptique. Oslett le soupçonnait d'être soit un existentialiste de comptoir, soit — à l'autre bout du spectre — un mystique tendance New Age. Quoique, en vérité, peut-être se suffisait-il à lui-même au point de n'avoir besoin que de relations et de contacts humains limités, ses seules pensées et observations le satisfaisant et le distrayant bien assez. Une chose demeurait certaine : Clocker n'était pas aussi stupide qu'il en avait l'air ; en fait, il possédait un QI bien au-dessus de la moyenne.

Le parking de l'aire de repos était illuminé par huit hautes lampes à vapeur de sodium. Après tant de sinistres kilomètres qui, plongés dans l'obscurité absolue, avaient commencé à évoquer les déserts noirs et dévastés d'un paysage postatomique, Oslett fut ragaillardi par leur lueur, bien qu'elle fût d'un jaune pisseux écœurant qui rappelait les lumières aigres des cauchemars. Nul ne prendrait jamais cet endroit pour un quartier de Manhattan, mais il confirmait tout de même que la civilisation existait encore.

Le seul véhicule en vue était un grand mobile home, garé près du bâtiment cubique, en béton, qui abritait les toilettes.

— On est carrément sur lui, maintenant.

Oslett coupa le SATU et le posa sur le tapis de sol, entre ses pieds.

— Pas de doute, déclara-t-il en détachant la ventouse du pare-brise et en la laissant choir sur la carte électronique. Notre Alfie s'est réfugié dans ce mastodonte. Il l'a probablement arraché à un pauvre plouc et à présent il se balade avec tout le confort moderne.

Ils dépassèrent un espace vert où se dressaient trois tables pour pique-nique et se rangèrent à environ six mètres du Road King, côté conducteur.

Aucune lumière ne brillait dans le mobile home.

— Aussi loin qu'il ait pu s'écarter de sa route, je pense qu'Alfie réagira correctement à notre présence, dit Oslett. Il n'a personne d'autre. Sans nous, il est seul au monde. Bon Dieu ! On est comme sa famille.

Clocker éteignit les phares et coupa le moteur.

— Quel que soit son état, je ne crois pas qu'il nous fera du mal, reprit son compagnon. Pas ce vieil Alfie. Peut-être qu'il démolirait n'importe qui d'autre sur son chemin, mais pas nous. Qu'est-ce que tu en penses ?

Tout en sortant de la Chevrolet, Clocker récupéra son chapeau et son 357 Magnum sur le siège du passager.

Oslett s'empara d'une lampe-torche et du pistolet tranquillisant. Ce dernier, volumineux, disposait de deux canons superposés, chacun chargé d'une grosse cartouche hypodermique. Conçu pour être utilisé dans des zoos, il n'était pas précis à plus de quinze mètres

— ce qui suffisait à Oslett, puisqu'il n'envisageait pas de partir chasser le lion dans le veld.

Ravi que l'aire de repos ne fût pas encombrée de voyageurs, il espérait que Clocker et lui pourraient achever leur travail avant qu'une voiture ou un camion ne quitte la voie rapide.

En revanche, lorsqu'il sortit de la Chevrolet et referma doucement la portière, le vide de la nuit le mit mal à l'aise. A l'exception du chant des pneus et du sonore déplacement d'air provoqué par la circulation sur la nationale, le silence était aussi oppressant qu'il devait l'être dans le vide spatial. Un bosquet de hauts pins servait de décor à la totalité de l'aire de repos. Dans l'obscurité dépourvue de vent, les lourdes branches pendaient telles des draperies funéraires.

Oslett regrettait le ronflement et le bouillonnement des voies urbaines, où l'activité incessante offrait des distractions toujours renouvelées. Le vacarme permettait d'échapper à la contemplation. En ville, l'agitation visuelle et sonore de la vie quotidienne lui permettait de diriger en permanence son attention vers l'extérieur, s'il le souhaitait, ce qui lui épargnait les dangers inhérents à l'introspection.

Rejoignant Clocker près de la portière de gauche du Road King, Oslett envisagea une entrée aussi discrète que possible. Mais si Alfie était à l'intérieur, comme le SATU l'avait sans conteste indiqué, il était probablement déjà au courant de leur arrivée.

De plus, aux niveaux cognitifs les plus profonds, il était conditionné à réagir envers Oslett par une obéissance absolue. Qu'il tentât de lui faire du mal était presque inconcevable.

Presque.

Ils avaient également considéré la probabilité d'une rébellion comme si faible qu'elle en devenait négligeable. En cette matière, ils s'étaient trompés. L'avenir pouvait fort bien leur révéler d'autres erreurs.

Voilà pourquoi Oslett avait emporté le pistolet.

Et voilà pourquoi il n'avait pas dissuadé Clocker de prendre le 357 Magnum.

Prêt à affronter l'inattendu, Oslett frappa à la portière métallique. Compte tenu des circonstances, frapper semblait une manière ridicule de s'annoncer, mais il frappa néanmoins, attendit quelques secondes, puis frappa à nouveau, plus fort.

Aucune réponse.

La porte n'était pas verrouillée. Il l'ouvrit.

Le pare-brise laissait filtrer assez de la lumière jaune des lampadaires pour illuminer la cabine du mobile home. Oslett avait pu constater qu'aucune menace immédiate ne s'y profilait.

Il monta sur le marchepied, se pencha et regarda à l'intérieur du Road King, tunnel qui s'enfonçait dans des ténèbres aussi épaisses qu'à l'intérieur des chambres d'antiques catacombes.

— Sois en paix, Alfie, dit-il doucement.

Cet ordre aurait dû avoir pour conséquence une réponse rituelle immédiate, telle une litanie : *Je suis en paix, mon Père.*

— Sois en paix, Alfie, répéta-t-il, avec un peu moins d'espoir.

Silence.

Quoique Oslett ne fût ni le père d'Alfie ni ecclésiastique, et ne pût en aucun cas prétendre à ce terme honorifique de père, le chuchotement obéissant de ce répons, *Je suis en paix, mon Père*, lui eût réchauffé le cœur. Ces six mots murmurés auraient signifié que, dans l'ensemble, tout allait bien, que la déviation d'Alfie par rapport à ses instructions avait moins constitué une rébellion qu'une confusion temporaire, et que l'odyssée meurtrière dans laquelle il s'était engagé pouvait lui être pardonnée, reléguée dans le passé.

Bien qu'il sût la chose inutile, Oslett fit une nouvelle tentative, élevant la voix.

— Sois en paix, Alfie.

Dans l'obscurité, personne ne lui répondit. Il alluma sa lampe-torche et grimpa dans le Road King.

Il ne pouvait s'empêcher de songer au gâchis et à l'humiliation que constituerait sa mort dans un mobile home inconnu, le long d'une route traversant les étendues de l'Oklahoma, à l'âge tendre de trente-deux ans. Un homme si brillant, si prometteur (diraient ceux qui le pleureraient), qui possédait deux diplômes — un de Princeton et un de Harvard — et un pedigree tellement enviable.

Oslett balaya l'intérieur du véhicule à l'aide de sa lampe. Les ombres bouillonnaient et battaient telles des capes noires, des ailes d'ébène, des âmes damnées.

Seuls quelques membres de sa famille — et des amis encore plus rares, parmi un cercle d'artistes, écrivains et critiques de Manhattan — sauraient dans quel genre de mission il aurait trouvé la mort. Les autres jugeraient les détails de son décès stupéfiants, bizarres, peut-être sordides, et colporteraient des ragots avec la fièvre de vautours déchirant une charogne.

La lampe révéla des placards en formica. Le haut d'un four. Un évier en inox.

Le mystère entourant sa mort étrange assurerait une floraison de mythes comparable à celle de récifs coralliens, mythes qui incluraient toutes les formes de scandales et de suppositions malsaines mais laisseraient à sa mémoire une infime coloration de respect. Or, le respect était une des rares choses qui comptaient, pour Drew Oslett. Il l'avait exigé dès son plus jeune âge. C'était un droit conféré par sa naissance, pas seulement un agréable ornement de son nom de famille, mais un hommage dû à toute l'histoire de ladite famille, à toutes ses réalisations — qu'il personnifiait.

— Sois en paix, Alfie, dit-il, nerveux.

Une main, aussi blanche que du marbre et d'apparence aussi dure, n'attendait que le faisceau lumineux pour apparaître. Les doigts d'albâtre frôlaient le tapis, derrière le coin salle à manger aux parois capitonnées. Plus haut reposait le corps chenu d'un homme, effondré sur la table couverte de sang.

4.

Paige se leva, alla à la fenêtre la plus proche, inclina les lamelles des jalousies pour agrandir les fentes et contempla la tempête qui s'apaisait progressivement. Elle regardait dans le jardin, où nulle lumière ne brillait. Aucun détail ne lui apparaissait clairement, hormis les gouttes de pluie, de l'autre côté de la vitre, qui ressemblaient à des crachats — peut-être parce qu'elle avait envie de cracher sur Lowbock, de lui cracher au visage.

Elle abritait en elle plus de violence que Marty, pas seulement dirigée contre le policier mais contre le monde entier. Durant toute sa vie d'adulte, elle avait dû lutter pour résoudre les conflits juvéniles qui étaient source de sa colère. Elle avait fait des progrès considérables. Mais face à une telle provocation, elle sentait resurgir les ressentiments et l'amertume de son enfance — et sa colère dépourvue d'exutoire en trouvait un en Lowbock, si bien qu'elle avait peine à ne pas exploser.

Éviter consciemment la confrontation — regarder par la fenêtre, ne plus voir le lieutenant — était une technique pour garder son calme qui avait fait ses preuves. *Fais toi-même preuve de psychologie, psychologue.* Réduire le degré de contact était également censé réduire la colère.

Elle espéra que ce principe fonctionnait mieux pour ses clients que pour elle-même, car elle fulminait toujours littéralement.

Marty, assis en compagnie du policier, semblait décidé à se montrer raisonnable et coopératif. Étant qui il était, il s'accrocherait aussi longtemps que possible à l'espoir de vaincre la mystérieuse hostilité de Lowbock. Aussi furieux fût-il — et il l'était plus qu'elle ne l'avait jamais vu —, il possédait encore une incroyable foi en la puissance des bonnes intentions et des mots, surtout des mots, pour restaurer et maintenir l'harmonie en toutes circonstances.

— C'est forcément lui qui les a bues, déclara-t-il à Lowbock.

— Lui ?

— Mon sosie. Il a dû passer une ou deux heures dans la maison pendant que j'étais sorti.

— Alors, c'est l'intrus qui a bu les trois Corona ?

— J'ai vidé la poubelle hier soir, dimanche, je sais donc qu'il ne reste pas de bouteilles vides du week-end.

— Ce type... Il s'est introduit chez vous parce que... comment a-t-il dit ça, exactement ?

— Il a dit qu'il avait besoin de sa vie.

— Besoin de sa vie ?

— Oui. Il m'a demandé pourquoi je lui avais volé sa vie. Qui j'étais.

— Alors il s'introduit ici, agité, s'exprimant comme un fou, bien armé... et pendant qu'il vous attend, il décide de se détendre et de boire trois Corona.

— Ce n'est pas mon mari qui les a bues, lieutenant, intervint Paige sans se détourner de la fenêtre. Ce n'est pas un ivrogne.

— Si vous voulez, j'accepte bien volontiers de passer un alcootest, ajouta Marty. Si j'avais bu toutes ces bières, les unes derrière les autres, j'en aurais la trace dans mon sang.

— Ma foi, si nous en avions eu l'intention, nous vous aurions fait passer le test en arrivant, Mr. Stillwater. Mais ce ne sera pas nécessaire. Je n'essaie pas d'insinuer que vous étiez ivre, que vous avez tout imaginé sous l'influence de l'alcool.

— Qu'est-ce que vous essayez de dire, en ce cas ? interrogea Paige.

— Il arrive que les gens boivent pour se donner le courage d'accomplir une tâche difficile, observa le policier.

Marty poussa un soupir.

— Je suis peut-être un peu obtus, lieutenant. Je sais que vos paroles recèlent une implication déplaisante, mais je ne comprends vraiment pas ce que je suis censé en déduire.

— Ai-je dit que je voulais vous faire déduire quelque chose ?

— Pourriez-vous cesser de faire des mystères et nous expliquer pourquoi vous me traitez ainsi, comme un suspect et non comme une victime ?

Lowbock garda le silence. Marty insista.

— Je sais très bien que la situation, cette histoire de

sosie, est incroyable, mais si vous consentiez à me dire franchement pourquoi vous êtes aussi sceptique, je suis sûr que je pourrais éliminer vos doutes. A tout le moins, je pourrais essayer.

Lowbock demeura muet si longtemps que Paige faillit se retourner pour l'observer, se demandant si son expression révélerait quoi que ce soit sur la signification de son silence.

— Nous vivons dans un monde judiciaire, Mr. Stillwater, répondit enfin le policier. Si un flic fait la plus petite erreur en s'occupant d'une situation délicate, la police se voit coller un procès sur le dos, et parfois la carrière dudit flic est brisée. Ça arrive aux meilleurs éléments.

— Qu'est-ce que les procès ont à voir là-dedans ? Je n'ai pas l'intention de poursuivre qui que ce soit en justice, lieutenant.

— Supposons qu'un de mes collègues reçoive un appel lui signalant une attaque à main armée. Il y répond, faisant ainsi son devoir, se retrouve en grand danger, se fait tirer dessus, descend le coupable en état de légitime défense... Et qu'est-ce qui se passe, ensuite ?

— Je suppose que vous allez me l'apprendre.

— Ensuite, la famille du coupable et l'ACLU[1] attaquent nos services pour violence injustifiée, exigent des dommages et intérêts, réclament l'expulsion du flic, le traînent même devant le tribunal, le traitent de fasciste...

— Je suis d'accord avec vous : c'est dégueulasse, admit Marty. On a l'impression que toutes les valeurs ont été retournées, de nos jours, mais...

— Si le même flic n'use pas de violence, et qu'un passant innocent est blessé parce que le coupable n'a pas été abattu à la première occasion, la police se voit attaquée par la famille de la victime pour négligence, et les mêmes militants nous tombent dessus comme une

1. *American Civil Liberties Union* (Association pour la défense des libertés civiques). *(N.d.T.)*

tonne de briques, mais pour des raisons différentes. Les gens affirment que le flic n'a pas appuyé sur la détente assez vite parce qu'il est insensible aux problèmes de la minorité à laquelle appartenait la victime, qu'il aurait agi plus vite si celle-ci avait été blanche, ou bien alors on le traite d'incompétent et de lâche.

— Je n'aimerais pas faire votre travail, le plaignit Marty. Je sais à quel point il est difficile. Mais ici, aucun flic n'a tiré sur personne, ni omis de tirer, et je ne vois pas ce que ça vient faire dans la conversation.

— On peut s'attirer autant d'ennuis en accusant qu'en tirant sur des gangsters, poursuivit Lowbock.

— Vous voulez dire que mon histoire vous laisse sceptique mais que vous ne préciserez pas pourquoi avant d'avoir la preuve flagrante que ce sont des conneries ?

— Il n'avouera même pas qu'il est sceptique, assura Paige, amère. Il ne prendra parti ni d'un côté ni de l'autre, parce que prendre parti, c'est prendre un risque.

— Mais alors, comment est-ce qu'on va s'en sortir, lieutenant ? s'enquit Marty. Comment vais-je pouvoir vous convaincre que tout s'est déroulé comme je l'ai raconté si vous refusez de me dire pourquoi vous doutez de moi ?

— Je n'ai pas dit que je doutais de vous, Mr. Stillwater.

— Oh, bon Dieu ! lâcha Paige.

— Tout ce que je vous demande, c'est de répondre à mes questions de votre mieux, affirma Lowbock.

— Et tout ce que nous vous demandons, nous, répliqua Paige, qui tournait toujours le dos au policier, c'est de mettre la main sur le dingue qui a essayé de tuer Marty.

— Ce sosie.

Lowbock avait prononcé le mot d'une voix plate, sans la moindre intonation, ce qui semblait plus sarcastique que s'il avait usé d'une ironie mordante.

— Oui, siffla Paige. Ce sosie.

Elle ne doutait pas de l'histoire de Marty, aussi surprenante fût-elle, et elle savait que, d'une manière ou d'une autre, l'existence du double était liée à l'absence, au bizarre cauchemar et aux autres problèmes récents de son époux — qu'elle finirait par les expliquer.

Sa fureur contre le détective diminua tandis qu'elle commençait à accepter le fait que la police, pour quelque raison, n'allait pas les aider. La colère céda la place à la peur : elle réalisait qu'ils se trouvaient confrontés à quelque chose de terriblement étrange et qu'ils allaient devoir l'affronter seuls.

5.

Clocker revint de l'avant du Road King et rapporta que les clefs étaient sur le tableau de bord, contact mis — mais que le réservoir était à l'évidence vide et la batterie déchargée. Les lumières de la cabine refusaient de s'allumer.

Craignant que le faisceau de sa torche ne semblât louche à quiconque s'arrêterait sur l'aire de repos, Drew Oslett se hâta d'examiner les deux cadavres effondrés dans le petit coin salle à manger. Le sang répandu était totalement sec et formait une croûte durcie : l'homme et la femme étaient donc morts depuis un certain temps. De plus, si la rigidité cadavérique était toujours présente, les corps n'étaient plus totalement raides. La rigidité avait passé son apogée, comme elle le faisait en général entre dix-huit et trente-six heures après la mort.

Mais les corps n'avaient pas encore commencé à se décomposer de manière perceptible. La seule mauvaise odeur provenait de leur bouche ouverte, des gaz malsains produits par la nourriture qui pourrissait dans leur estomac.

— A vue de nez, ils sont morts depuis hier après-midi, déclara Oslett à Clocker.

Le Road King était demeuré sur l'aire de repos pendant plus de vingt-quatre heures, donc avait dû être aperçu à deux reprises par au moins une patrouille de la route. Les lois de l'Oklahoma interdisaient sans nul doute l'usage des aires comme terrains de camping. L'absence d'électricité, d'eau potable et d'égouts y créait des problèmes d'hygiène potentiels. Parfois, cependant, les policiers se montraient conciliants avec les personnes âgées qui craignaient de conduire par un temps aussi peu clément que la tempête de la veille : l'autocollant de l'Association des retraités américains, à l'arrière du mobile home, avait pu procurer un léger répit à ce couple. Mais même un flic conciliant ne les laisserait pas rester ici deux nuits consécutives. A tout moment, une voiture de patrouille pouvait s'arrêter sur l'aire de repos, des coups retentir à la portière.

Peu soucieux de compliquer leurs problèmes déjà graves en tuant un policier, Oslett poursuivit vivement la fouille du véhicule. Il ne craignait plus qu'Alfie, défectueux et désobéissant, lui logeât une balle dans la tête. Alfie n'était plus là depuis longtemps.

Il découvrit les chaussures abandonnées sur le plan de travail de la cuisine.

Tandis qu'il contemplait les souliers et les copeaux de caoutchouc, Oslett sentit un mauvais pressentiment lui geler les os.

— Il n'était pas au courant, pour les chaussures. Qu'est-ce qui a pu lui prendre de les éventrer?

— Il sait ce qu'il sait, dit Clocker.

Cette réplique signifiait sans doute que l'entraînement d'Alfie avait notamment comporté des cours sur les techniques et les matériels de surveillance électronique les plus sophistiqués. En conséquence, bien qu'il ne se sût pas « marqué », il savait qu'on pouvait miniaturiser un transpondeur au point de l'inclure dans un talon de chaussure — transpondeur qui, dès la réception d'une impulsion par micro-ondes, tirait assez de puissance d'une série de piles de montre pour transmettre un signal pendant au moins soixante-douze heures. Quoique incapable de se rappeler ce qu'il était, et qui le contrôlait, Alfie était assez intelligent pour appliquer ses connaissances en matière de surveillance à sa propre situation, jusqu'à conclure que ses supérieurs avaient pris des précautions pour le localiser et le rattraper au cas où il les trahirait, même s'ils avaient eu la certitude qu'une telle trahison était impossible.

Oslett appréhendait de rapporter la chose au quartier général de New York. L'organisation ne faisait pas abattre les porteurs de mauvaises nouvelles, particulièrement quand ils s'appelaient Oslett. Toutefois, en tant que principal responsable de l'opération, il encourrait une partie du blâme, même s'il n'était strictement pour rien dans la rébellion. L'erreur devait se situer dans le conditionnement fondamental d'Alfie, bon Dieu, pas dans le traitement qu'il avait reçu.

Laissant Clocker dans la cuisine pour prévenir l'arrivée de visiteurs intempestifs, Oslett inspecta rapidement le reste du mobile home.

Il ne trouva rien d'intéressant, hormis une pile de vêtements abandonnés par terre, dans la chambre, au fond du véhicule. Il lui suffit de les remuer légèrement du pied, à la lueur de sa torche, pour constater qu'il s'agissait de ceux portés par Alfie lorsqu'il avait pris l'avion à destination de Kansas City, le samedi matin.

Oslett rejoignit Clocker. Il tourna une dernière fois le faisceau de sa lampe vers les deux cadavres.

— Quel bordel ! Nom de Dieu, ça n'aurait pas dû se produire.

— Qu'est-ce qu'on en a à foutre ? répondit Clocker, méprisant, faisant référence au couple. Ce n'étaient que des putains de Klingons, de toute façon.

Oslett n'avait pas fait allusion aux victimes mais au fait qu'Alfie était désormais plus qu'un simple renégat : c'était un renégat totalement libre, ce qui mettait en péril l'organisation et tous ses membres. Il n'éprouvait pas plus de pitié que Clocker pour l'homme et la femme abattus, ne ressentait aucune responsabilité pour ce qui s'était passé. Il estimait qu'en fait, le monde ne se portait pas plus mal sans ces deux parasites improductifs qui suçaient la moelle de la société et gênaient la circulation avec leur énorme maison à roulettes. Aucun amour pour les masses ne l'habitait. Selon lui, le problème de base qu'avaient les êtres humains moyens était précisément d'être *moyens*. Et d'être aussi nombreux, incapables de gérer intelligemment leur propre vie, encore moins la société, le gouvernement, l'économie et l'environnement.

La manière dont Clocker avait exprimé son dédain pour les victimes l'inquiétait néanmoins. Le mot « Klingons » le mettait mal à l'aise : c'était le nom de la race extraterrestre en guerre contre l'humanité au cours de tant d'épisodes télévisés et de films de la série *Star Trek*, avant que les événements de ce futur fictif n'eussent commencé à refléter l'amélioration réelle des relations entre les États-Unis et l'Union soviétique. Oslett jugeait *Star Trek* pénible, insupportablement ennuyeux. Il n'avait jamais compris pourquoi tant de gens se passionnaient pour le sujet. Mais Clocker en était un fan absolu, se désignait sans honte sous le nom de « Trekker », pouvait raconter le scénario du moindre épisode jamais filmé, et connaissait la vie de tous les personnages comme s'il s'était agi de ses meilleurs amis. *Star Trek* était le seul sujet sur lequel il semblait désireux et capable de tenir une conversation. Dès qu'on parlait de sa série favorite, il se montrait aussi bavard qu'il était en temps normal taciturne.

Oslett tentait de s'assurer qu'on n'en parlât jamais.

Avec l'organisation tout entière mise en danger par la perte de la piste, avec ce nouveau facteur, d'une violence exquise, lâché sur le monde, le voyage de retour à Oklahoma City — des kilomètres et des kilomètres de territoire sombre et désert — allait se révéler sinistre et déprimant. La dernière chose que souhaitait Oslett, c'était subir un des monologues enthousiastes et exhaustifs de son compagnon sur le capitaine Kirk, Mr. Spock, Scotty, le reste de l'équipage, et leurs aventures dans les espaces lointains d'un univers bien plus empli de sens et de révélations prétentieuses que ne l'était le vrai — composé de choix difficiles, de vérités laides et de cruauté aveugle.

— Sortons d'ici, décida Oslett, en se dirigeant vers l'avant du Road King.

Il ne croyait pas en Dieu, mais il priait tout de même ardemment que Karl Clocker se renferme dans son habituel silence égoïste.

6.

Cyrus Lowbock s'excusa un moment pour conférer avec des collègues qui désiraient lui parler en un autre endroit de la maison.

Marty fut soulagé par son départ.

Quand le policier quitta la salle à manger, Paige abandonna la fenêtre et vint se rasseoir auprès de son époux.

Le Pepsi terminé, quelques cubes de glace avaient fondu dans la tasse. Marty avala leur eau froide.

— Maintenant, tout ce que je veux, c'est en finir. On ne devrait pas rester ici, pas avec ce type en liberté, quelque part dehors.

— Tu crois qu'on devrait s'inquiéter des enfants ?

... besoin... ma Charlotte, mon Emily...

— Oui, dit Marty. Je crève de trouille.

— Mais tu lui as tiré dessus deux fois.

— Je croyais aussi l'avoir laissé dans l'entrée avec les reins brisés, mais il s'est relevé et il est parti en courant. Ou peut-être en rampant. Ou alors, il s'est évaporé. Je ne sais pas ce qui se passe, Paige, mais c'est plus bizarre que tout ce que j'aie jamais mis dans mes romans. Et ça n'est pas terminé. Loin de là.

— Il y a Vic et Kathy pour les surveiller, et aussi un flic.

— Si cet enfoiré savait où sont les filles, il descendrait le flic, Vic et Kathy en moins d'une minute chrono.

— Toi, tu lui as résisté.

— J'ai eu de la chance, Paige, une sacrée chance. Il n'imaginait pas que j'avais une arme dans le tiroir de mon bureau, ni que je l'utiliserais. Je l'ai eu par surprise. Ça ne se reproduira plus. La prochaine fois, c'est lui qui nous surprendra.

Il porta la tasse à ses lèvres, laissa un glaçon glisser sur sa langue.

— Quand as-tu sorti les armes du garage pour les charger, Marty ?

— J'ai vu que ça t'a troublée, répondit-il après avoir

frotté le cube de glace contre sa joue. Je l'ai fait ce matin. Avant d'aller voir Paul Guthridge.

— Pourquoi ?

Marty décrivit de son mieux l'étrange sensation qu'il avait éprouvée : quelque chose qui se précipitait vers lui et qui allait le détruire avant qu'il ait seulement la chance de l'identifier. Il tenta de faire comprendre comment cette sensation s'était intensifiée jusqu'à devenir crise de panique, au point qu'il avait eu la certitude d'avoir besoin d'armes pour se défendre, qu'il s'était retrouvé presque paralysé par la peur.

Il eût été gêné de l'avouer, se fût jugé déséquilibré — si les événements n'avaient pas prouvé la validité de ses perceptions et de ses précautions.

— Et il y avait bien quelque chose qui arrivait, dit Paige. Ce sosie. Tu l'as senti venir.

— Je suppose, oui. D'une manière ou d'une autre.

— C'est de la clairvoyance.

Marty secoua la tête.

— Non, ce n'est pas le mot que j'emploierais. Pas en termes de vision, en tout cas. Il n'y a pas eu de vision. Je n'ai pas eu de prémonition claire. Juste cette... cette horrible sensation de pression, de gravité... comme dans un de ces manèges de fête foraine, quand ça tourne hyper vite, qu'on est plaqué à son siège et qu'on a comme un poids sur la poitrine. Tu sais bien : tu y es montée ; Charlotte adore ça.

— Oui, je comprends... je crois.

— Ça a commencé comme ça... et puis c'est devenu cent fois pire, au point que je pouvais à peine respirer. Et brusquement, ça s'est arrêté, au moment où je partais pour chez le docteur. Ensuite, quand je suis rentré, ce salopard était là, mais je n'ai rien senti du tout en pénétrant dans la maison.

Ils demeurèrent un instant silencieux.

Le vent projetait des gouttes d'eau sur la fenêtre.

— Comment pouvait-il te ressembler à ce point-là ? demanda Paige.

— Je ne sais pas.

— Et pourquoi dire que tu lui as volé sa vie ?

— Je n'en sais rien. Je n'en sais vraiment rien.

— J'ai peur, Marty. Je veux dire : c'est tellement étrange. Qu'est-ce qu'on va faire ?

— Plus tard, je ne sais pas. Mais ce soir, au moins, on ne va pas rester là. On va aller à l'hôtel.

— Mais si la police ne le découvre pas mort quelque part, il y aura demain... et le jour d'après.

— J'ai mal partout, je suis épuisé et je ne réfléchis plus bien. Je ne réussis à me concentrer que sur ce soir, Paige. Je crois que je m'inquiéterai de demain quand on sera demain.

Le délicieux visage de son épouse était creusé par l'angoisse. Il ne l'avait pas vue à moitié aussi défigurée depuis la maladie de Charlotte, cinq ans auparavant.

— Je t'aime, dit-il, lui posant doucement la main sur la joue.

— Oh, mon Dieu, je t'aime aussi, Marty ! s'exclama-t-elle, recouvrant de sa propre main celle de son mari. Toi et les filles, je vous aime plus que tout, plus que la vie elle-même. On ne peut rien laisser nous arriver, arriver à ce que nous avons bâti ensemble. On ne peut pas !

— Rien n'arrivera, assura-t-il.

Mais ses paroles lui parurent aussi creuses et erronées qu'une bravade d'adolescent.

Ni lui ni elle n'avaient exprimé le plus petit espoir que la police les protégerait. Marty ne pouvait s'empêcher d'être furieux qu'on ne leur accordât rien qui ressemblât à la serviabilité, à la courtoisie et à la considération que recevaient toujours des autorités les personnages de ses livres.

Fondamentalement, les romans policiers parlaient du bien et du mal, de la victoire du premier sur le second, de l'efficacité du système judiciaire dans une démocratie moderne. Ils étaient populaires car ils assuraient au lecteur que, la plupart du temps, le système fonctionnait — même si la vie quotidienne suggérait parfois une conclusion nettement plus troublante. Marty avait pu œuvrer dans ce genre littéraire avec une conviction et un plaisir immenses parce qu'il aimait croire que polices et tribunaux servaient le plus souvent la justice, qu'ils ne lui nuisaient que par inadvertance. Mais aujourd'hui, la première fois qu'il l'appelait à l'aide, le système s'apprêtait à décevoir ses espérances. Et cette déception ne mettait pas seulement sa vie en danger, ainsi que celles de sa femme et de ses enfants ; elle mettait en question la valeur de tout ce qu'il avait écrit, le but auquel il avait consacré tant d'années de lutte et de travail acharné.

Le lieutenant Lowbock revint par le salon. A le voir, on eût dit qu'il participait à une séance de photos de mode pour le magazine *Esquire*. Il tenait un sac à indices en plastique transparent, renfermant un étui noir à fermeture Éclair, gros comme une demi-trousse de toilette. En s'asseyant, il le posa sur la table.

— La maison était-elle verrouillée quand vous êtes parti, ce matin, Mr. Stillwater ?

— Verrouillée ? répéta Marty, en s'efforçant de ne pas laisser paraître sa colère. Oui, tout à fait. Je suis très prudent en cette matière.

— Vous êtes-vous demandé comment l'intrus avait pu entrer ?

— J'imagine qu'il a cassé un carreau. Ou forcé une serrure.

— Savez-vous ce qu'il y a là-dedans ? dit le policier en tapotant l'étui noir, à l'intérieur du sac en plastique.

— J'ai peur que ma vision ne dispose pas de rayons X, ironisa Marty.

— Je pensais que vous reconnaîtriez la chose.

— Ce n'est pas le cas.

— Nous l'avons trouvée dans votre chambre.

— Je ne l'avais encore jamais vue.

— Sur la commode.

— Finissons-en, lieutenant, intima Paige.

L'ombre d'un sourire passa à nouveau sur le visage du policier, tel un esprit miroitant brièvement au-dessus d'une table, lors d'une séance de spiritisme.

— C'est un kit de serrurerie complet.

— C'est comme ça qu'il est entré ?

Lowbock haussa les épaules.

— Je suppose que c'est ce qu'on s'attend à ce que j'en déduise.

— Ça devient fatigant, lieutenant. Nous nous inquiétons de nos enfants. Je suis d'accord avec ma femme : finissons-en.

— Il y a vingt-sept ans que je suis flic, Mr. Stillwater, dit le policier, fixant à nouveau Marty. Et c'est la première fois que je tombe sur un cambriolage chez un particulier pour lequel le voleur s'est servi d'outils de professionnel.

— Et alors ?

— Ils cassent un carreau ou forcent une serrure, comme vous dites. Parfois, ils réussissent à ôter de ses rails une porte ou une fenêtre coulissante. Le voleur moyen dispose d'une centaine de manières différentes d'entrer — toutes plus rapides qu'un crochetage de serrure.

— Ce n'était pas un voleur moyen.

— Je m'en rends compte, approuva Lowbock, se renversant sur sa chaise. Ce type est nettement plus théâtral que le cambrioleur normal. Il s'arrange pour vous ressembler parfaitement, déblatère un tas de trucs bizarres à propos de sa vie qu'il veut récupérer, arrive avec une arme de tueur à gages filetée pour accueillir un silencieux, se sert d'outils comme un acteur d'Hollywood dans un film d'espionnage, reçoit deux balles dans la poitrine et n'en est pas autrement affecté, perd assez de sang pour mourir, mais réussit à s'échapper. Il est carrément flamboyant, mais aussi *muy misterioso*. C'est le genre de personnage que pourrait jouer Andy Garcia ou, mieux encore, ce Ray Liotta qui était dans *Les Affranchis*.

Marty comprit enfin où voulait en venir le policier et pourquoi. La fin inévitable de l'entrevue aurait dû lui paraître évidente bien plus tôt, mais il ne l'avait pas envisagée — parce qu'elle était trop évidente. En tant qu'écrivain, il avait cherché une raison complexe à l'hostilité et à l'incrédulité guère dissimulées de Lowbock. Alors que ce dernier visait le cliché depuis le début.

Pourtant, le policier lui réservait encore une surprise déplaisante. Il se pencha en avant et regarda son interlocuteur dans les yeux, ce qui avait cessé d'être un mode d'interrogatoire efficace pour devenir un tic aussi transparent — et irritant — que l'attitude humble, désarmante, et l'éternelle modestie de Peter Falk quand il jouait Columbo, les moues de Nero Wolfe dans ses moments d'inspiration, le sourire supérieur de James Bond, ou n'importe lequel des innombrables traits colorés caractérisant Sherlock Holmes.

— Vos filles ont-elles des animaux familiers, Mr. Stillwater ?

— Charlotte en a. Plusieurs.

— Ce sont des animaux assez surprenants.

— Ce n'est pas l'avis de Charlotte, dit froidement Paige.

— Et le vôtre ?

— Le mien non plus. Quelle importance, qu'ils le soient ou non ?

— Elle les a depuis longtemps ? s'enquit le lieutenant.

— Certains plus que d'autres, répondit Marty, interloqué par ce nouveau sujet, tout en demeurant convaincu d'avoir saisi la théorie générale que Lowbock voulait démontrer.

— Elle les aime ?

— Oui, beaucoup. Comme n'importe quel enfant. Aussi surprenants que vous puissiez les trouver, elle les adore.

Lowbock hocha la tête, s'écarta de la table et tapota son carnet avec son stylo.

— C'est encore un détail flamboyant, mais très convaincant. Je veux dire : si vous étiez policier, et prêt à douter de toute l'histoire, vous seriez contraint de revoir votre jugement au cas où l'intrus tuerait tous les animaux familiers de la petite fille.

Marty sentit son cœur couler en lui telle une pierre cherchant le fond d'un étang.

— Oh non ! fit Paige, consternée. Pas Moustaches, Loretta, Fred... Pas tous ?

— La gerbille a été broyée, dit Lowbock, sans cesser d'observer l'écrivain. La souris a eu le cou brisé, la tortue a été écrasée sous une semelle, tout comme le scarabée. Je n'ai pas examiné les autres aussi attentivement.

La colère de Marty fulgura et il eut peine à la contenir. Il serra les poings sous la table : Lowbock l'accusait d'avoir tué les animaux, simplement pour apporter de la crédibilité à un mensonge élaboré. Nul ne croirait qu'un père aimant ait pu écraser la tortue de sa fille ou briser le cou d'une mignonne petite souris pour le motif mesquin qu'invoquait le policier. En conséquence, avec perversité, ce dernier s'imaginait que Marty l'avait bel et bien fait, parce que c'était un geste assez révoltant pour l'innocenter — la touche finale idéale.

— Charlotte va être catastrophée, remarqua Paige.

Marty savait qu'il était rouge de colère. Il sentait la chaleur dans son visage, comme s'il avait passé une heure sous une lampe à bronzer, et ses oreilles lui donnaient l'impression d'être en feu. Il savait aussi que le flic allait interpréter sa colère comme un rougissement de honte, un aveu de culpabilité.

Quand les lèvres de Lowbock s'étirèrent en un fugitif sourire, Marty eut envie de lui balancer son poing dans la figure.

— Corrigez-moi si je me trompe, Mr. Stillwater, mais n'avez-vous pas eu récemment un livre sur la liste des best-sellers en édition de poche, la réimpression d'un grand format sorti l'année dernière ?

Marty ne répondit pas.

Lowbock n'avait pas besoin de réponse. Il était lancé.

— Et n'avez-vous pas également un roman qui sort dans à peu près un mois, dont certaines personnes pensent qu'il pourrait être votre premier best-seller en grand format ? Vous êtes sans doute déjà en train de travailler sur le suivant. En tout cas, il y a un manuscrit inachevé sur votre bureau. J'imagine que quand une bonne occasion se présente, il faut continuer à en mettre un coup, pour, si j'ose dire, profiter au maximum de la conjoncture.

Le sourcil froncé, à nouveau tendue, Paige semblait à deux doigts de saisir l'interprétation ridicule que tirait le policier du crime rapporté par son époux, la source de son hostilité. C'était elle qui possédait le plus mauvais caractère de la famille, et compte tenu du fait qu'il avait lui-même peine à se retenir de frapper leur interlocuteur, Marty se demandait quelle serait la réaction de sa femme quand Lowbock expliciterait ses soupçons stupides.

— Un portrait dans le magazine *People* doit faire du bien à un écrivain, continua le lieutenant. Et je suppose que si Mr. Murder lui-même devient la cible d'un tueur *muy misterioso*, il obtient nettement plus de publicité dans la presse — le tout à un point crucial de sa carrière.

Paige sursauta comme si elle avait reçu une gifle.

Sa réaction attira l'attention de Lowbock.

— Oui, Mrs. Stillwater ?

— Vous ne pouvez pas croire sérieusement que...

— Croire quoi, Mrs. Stillwater ?

— Marty n'est pas un menteur.

— Ai-je dit le contraire ?

— Il a horreur de la publicité.

— Alors ils ont dû beaucoup insister, les gens de *People*.

— Regardez son cou, nom de Dieu ! Il est rouge, gonflé. Dans quelques heures, il sera couvert d'ecchymoses. Vous ne pouvez pas croire qu'il s'est fait ça tout seul ?

— Est-ce ce que vous pensez, vous, Mrs. Stillwater ? interrogea Lowbock, conservant une exaspérante façade d'objectivité.

La jeune femme répondit entre ses dents serrées exprimant ce que Marty estimait ne pouvoir se permettre de dire :

— Vous êtes un imbécile.

Lowbock prit l'air peiné, comme s'il ne pouvait imaginer ce qu'il avait fait pour s'attirer une telle inimitié.

— Vous vous rendez certainement compte, Mrs. Stillwater, qu'il y a dans ce monde des cyniques qui diraient qu'une tentative de strangulation est la forme d'agression la plus simple à simuler. Se donner un coup de couteau dans le bras ou la jambe est plus convaincant, mais le danger d'un mauvais calcul demeure : une artère tranchée, et on se retrouve à saigner nettement plus qu'on ne s'y serait attendu. Quant aux armes à feu, elles sont encore plus dangereuses, pour peu que la balle ricoche sur un os et atteigne des régions plus profondes. Et puis il y a toujours le risque du choc métabolique.

Paige bondit sur ses pieds avec une telle violence qu'elle renversa sa chaise.

— Sortez d'ici !

Lowbock cligna des yeux, feignant l'innocence alors qu'il avait depuis longtemps perdu la possibilité d'atténuer la force de ses propos.

— Sortez de chez moi ! ordonna la jeune femme. Tout de suite.

Même s'il réalisait qu'ils étaient en train de gâcher leur dernier espoir ténu de se concilier le lieutenant et d'obtenir la protection de la police, Marty se leva lui aussi, tellement furieux qu'il en tremblait.

— Ma femme a raison. Je pense que vous et vos hommes feriez mieux de partir, lieutenant.

Demeurant assis, car ainsi, il les défiait, Lowbock demanda :

— Vous voulez dire : avant d'avoir achevé notre enquête ?

— Oui, insista Marty. Que vous ayez terminé ou non.

— Mr. Stillwater... Mrs. Stillwater... Savez-vous que rapporter un crime fictif est une atteinte à la loi ?

— Nous n'avons pas rapporté de crime fictif, dit Marty.

— La seule chose fictive dans cette pièce, c'est vous, lieutenant, ajouta Paige. Est-ce que vous savez que se faire passer pour un policier est une atteinte à la loi ?

Voir le visage de Lowbock se colorer sous l'effet de la colère eut été satisfaisant, voir ses yeux se rétrécir et ses lèvres se tendre sous l'insulte. Hélas, son impassibilité demeura intacte.

— Si les échantillons de sang relevés sur la moquette du premier ne sont que du sang, disons, de porc ou de vache, ou quoi que ce soit dans ce genre-là, le labo sera bien entendu capable de déterminer l'espèce exacte, dit-il en se mettant lentement debout.

— Je connais la puissance d'analyse de la science officielle, lui assura Marty.

— Ah oui, c'est vrai, vous écrivez des romans policiers. D'après *People* vous vous documentez énormément pour vos livres.

Lowbock referma son carnet et y accrocha son stylo.

Marty attendait.

— Au cours de vos diverses recherches, Mr. Stillwater, avez-vous appris quelle quantité de sang contient le corps humain, disons pour un homme de votre taille, environ ?

— Cinq litres.

— C'est exact. (Lowbock posa le carnet sur le sac plastique contenant la trousse à outils.) Je dirais, à vue de nez — mais de nez expérimenté —, qu'il y a entre un et deux litres de sang déversés sur votre moquette. Entre vingt et quarante pour cent de la réserve totale de ce sosie, et plus près de quarante ou je me trompe fort. Vous savez ce que je m'attendrais à trouver près d'une telle quantité de sang, Mr. Stillwater ? Je m'attendrais à trouver le corps d'où elle provient, parce que j'ai vraiment du mal à imaginer un homme aussi gravement blessé réussissant à quitter les lieux.

— Je vous ai déjà dit que je ne comprenais pas non plus.

— *Muy misterioso*, ajouta Paige, investissant ces deux mots d'une raillerie égale à celle dont s'était auparavant servi le policier.

Marty décida que toute cette histoire avait au moins un côté positif : le fait que Paige n'eût pas douté de lui un instant, alors même que la raison et la logique appelaient le doute; la manière dont elle le soutenait à présent, farouche et résolue. Durant toutes les années passées auprès d'elle, il ne l'avait jamais aimée plus qu'en ce moment.

— Si le sang se révèle être humain, reprit Lowbock en ramassant carnet et sac en plastique, cela donnera lieu à tout un tas de nouvelles questions qui nous obligeront à poursuivre notre enquête, que vous préfériez ou non être débarrassés de nous. En fait, quels que puissent être les résultats de l'analyse, vous entendrez encore parler de moi.

— Mais nous serons ravis de vous revoir! déclara Paige, toute agressivité enfuie de sa voix, comme si elle avait brusquement cessé de voir une menace dans le policier et n'avait pu s'empêcher de le trouver comique.

Marty jugeait cette attitude contagieuse. Il réalisa que pour lui comme pour elle, cette soudaine hilarité sans joie était une réaction à l'insupportable tension de l'heure écoulée.

— Certainement, dit-il. Repassez donc à l'occasion.

— Nous vous ferons un bon thé, ajouta Paige.

— Et des pains au lait.

— Des crêpes.

— Des petits fours.

— Et n'oubliez pas d'emmener votre épouse, conclut la jeune femme. Nous avons les idées larges. Nous adorerions faire sa connaissance, même si elle appartient à une autre espèce.

Marty sentait Paige dangereusement proche du fou rire, et il n'en était pas loin lui-même. Il savait leur conduite puérile, mais toute sa volonté lui fut nécessaire pour ne pas continuer à railler Lowbock en l'accompagnant jusqu'à la porte, le faire reculer sous un feu de plaisanteries comme le professeur Van Helsing eût fait reculer le comte Dracula en brandissant un crucifix.

Étrangement, leur interlocuteur fut plus déconcerté par leur légèreté qu'il ne l'avait été par leur colère ou leurs assurances péremptoires. Un instant, visiblement, il douta de lui-même et parut sur le point de suggérer qu'ils s'assoient pour tout recommencer. Mais ce genre de doute ne lui était guère familier et il ne put le conserver très longtemps.

L'incertitude fit très vite place à son habituelle expression suffisante.

— Nous allons emporter le Heckler & Koch du sosie ainsi que vos propres armes, bien sûr, jusqu'à ce que vous puissiez produire les papiers que je vous ai demandés.

Durant un instant terrible, Marty fut sûr qu'ils avaient également découvert le Beretta dans le placard de la cuisine et le fusil à pompe Mossberg sous le lit, qu'ils allaient le laisser sans défense.

Mais quand Lowbock fit la liste des armes, il n'en mentionna que trois.

— Le Smith & Wesson, le Korth .38 et le M 16.

L'écrivain tenta de ne pas montrer son soulagement.

Paige détourna l'attention de Lowbock en demandant :

— Lieutenant ! Allez-vous vous décider à virer votre cul d'ici ?

Le policier ne put empêcher son visage de se contracter sous l'effet de la colère.

— Vous pouvez certainement accélérer les choses si vous répétez cette requête en présence de deux de mes collègues, Mrs. Stillwater.

— Toujours peur de se ramasser un procès, remarqua Marty.

— Je serai ravie de le faire, lieutenant, reprit Paige. Aimeriez-vous que je formule ma requête avec les mêmes mots que je viens d'employer ?

Jamais encore Marty ne l'avait entendue prononcer le mot « cul », sinon dans les circonstances les plus intimes. Cela signifiait que, quoique masquée par son ton léger et ses manières frivoles, sa colère était aussi forte qu'avant. C'était une bonne chose. Après le départ de la police, elle en aurait besoin pour affronter la nuit qui s'annonçait. La colère tiendrait la peur en échec.

7.

Lorsqu'il ferme les yeux et tente de visualiser la douleur, il la voit comme un filigrane de feu. Une dentelle superbement lumineuse, chauffée à blanc mais parsemée d'ombres rouges et jaunes, s'étend depuis la base de son cou palpitant, encerclant ses flancs, virevoltant, se nouant de manière intriquée dans sa poitrine et son abdomen.

En visualisant la douleur, il sent mieux si son état s'améliore ou s'aggrave. En fait, sa seule préoccupation est la vitesse de l'amélioration. Il a déjà été blessé, mais jamais aussi gravement, et sait à quoi s'attendre : une détérioration persistante serait pour lui une expérience entièrement nouvelle, alarmante.

La douleur est demeurée colossale durant une ou deux minutes après qu'il a reçu les balles. Il a eu l'impression qu'un monstrueux fœtus s'était éveillé en lui et se frayait un chemin vers l'extérieur.

Heureusement, il possède une tolérance à la douleur très élevée. Il puise également du courage dans la certitude que sa souffrance va vite diminuer pour atteindre un degré moins incapacitant.

Lorsqu'il passe en titubant la porte qui donne sur le jardin et qu'il se dirige vers la Honda, l'hémorragie cesse totalement et la faim devient plus cruelle que les blessures. Son estomac se tord, se détend dans un spasme et se retord aussitôt, puis continue à se contracter et de se décontracter, telle une main pressée de saisir la nourriture dont il a un besoin désespéré.

Au volant, tandis qu'il s'éloigne de sa maison sous un torrent gris, au plus fort de la tempête, sa faim devient si pénible qu'il se met à trembler. Ce ne sont pas de simples frissons mais des secousses terrifiantes qui le font claquer des dents. Ses mains tremblantes battent un rythme parkinsonien sur le volant, qu'il tient tout juste assez fermement pour maîtriser le véhicule. Il a des nausées. Les bouffées de chaleur le disputent aux sueurs froides, et la transpiration qui s'échappe de lui à grosses gouttes est plus glaciale que la pluie imprégnant encore ses cheveux et ses vêtements.

Son métabolisme extraordinaire lui procure une grande force, le conserve toujours au sommet de sa forme, le libère du besoin de dormir toutes les nuits, lui permet de guérir avec une rapidité miraculeuse et constitue une véritable corne d'abondance emplie de bénédictions physiques, mais il se montre aussi fort exigeant. Même les jours normaux, le tueur est doué d'un appétit formidable qui suffirait à deux bûcherons. Lorsqu'il s'interdit de dormir, qu'il est blessé ou qu'il impose à son système n'importe quel autre travail inhabituel, la simple faim se change vite en désir insoutenable et le désir se sublime presque aussitôt en un terrible *besoin* de nourriture qui chasse tout autre pensée de son esprit et le pousse à consommer tel un rapace tout ce qu'il peut trouver.

Quoique les emballages de nourriture — enveloppes, paquets ou sacs divers — envahissent la Honda, ils ne recèlent plus la moindre parcelle comestible. Durant la dernière étape de son voyage, des montagnes de San Bernardino aux vallées du comté d'Orange, il a fiévreusement avalé jusqu'au moindre morceau restant. A présent ne subsistent que des taches de chocolat et de moutarde, de minces films d'huile luisante ou de graisse, des grains de sel — rien d'assez fortifiant pour compenser l'énergie nécessaire à chercher ces miettes dans l'obscurité et à les lécher.

Lorsqu'il repère enfin un fast-food doté d'un comptoir pour automobilistes, un vide glacé réside au centre de son abdomen, et il lui semble s'y dissoudre, devenir de plus en plus creux, de plus en plus froid, comme si son corps se nourrissait de lui-même afin de se régénérer, catabolisant deux cellules pour chacune de celles qu'il produit. Il se retient juste à temps de se mordre la main en une tentative frénétique et désespérée pour soulager ses terribles spasmes d'inanition. Il s'imagine arrachant à belles dents des morceaux de sa propre chair et les avalant avec empressement, suçant son propre sang chaud — n'importe quoi pour apaiser ses souffrances, n'importe quoi, aussi répugnant que cela puisse être. Mais il se retient car, dans la folie de sa faim inhumaine, il est à demi convaincu de ne plus avoir que la peau sur les os. Il se sent plus fragile que le plus fin des ornements de Noël en verre soufflé, et craindrait de se dissoudre en des milliers de fragments sans vie si ses canines perçaient sa peau cassante, brisant ainsi l'illusion de substance.

Le restaurant est un McDonald's. La borne en fer-blanc qui attend sa commande a été exposée à tant d'années de soleil estival et de froid hivernal que les salutations de l'employé invisible en sortent distordues, criblées de parasites. Sûr que sa propre voix épuisée et tremblante ne sera pas jugée étonnante, le tueur commande assez de nourriture pour satisfaire le personnel d'un petit bureau : six cheese-burgers, des Big Mac, des frites, deux hamburgers au poisson, deux milk-shakes au chocolat — et des grands Coca, car son métabolisme accéléré, s'il n'est pas alimenté, mène aussi vite à la déshydratation qu'à l'inanition.

Il se trouve dans une longue file de voitures. La progression vers les guichets où il doit payer ses denrées et en prendre possession est douloureusement lente, mais il n'a d'autre choix que d'attendre, car avec ses vêtements tachés de sang et sa chemise déchirée par les balles, il ne peut pénétrer dans un restaurant ou une épicerie sans attirer l'attention.

En fait, quoique les vaisseaux sanguins aient été réparés, les deux blessures de sa poitrine demeurent en grande partie ouvertes, en raison du problème de carburant rencontré par les processus anabolisants. Ces trous, où il peut enfoncer son pouce à une profondeur troublante, susciteraient encore plus de commentaires que sa chemise sanglante.

L'une des balles l'a totalement traversé pour ressortir dans son dos, à gauche de la colonne vertébrale. Il sait ce trou-là plus gros que les deux autres, en sent les lèvres déchiquetées qui se séparent lorsqu'il s'adosse à son siège.

Il a de la chance qu'aucun des projectiles ne l'ait atteint au cœur. Voilà qui aurait pu l'arrêter pour de bon. Une telle blessure est la seule qu'il craigne, avec une balle dans la tête, qui lui détruirait le cerveau.

Quand il arrive au premier guichet, il paie avec une partie de l'argent pris à Jack et Frannie en Oklahoma, il y a plus de vingt-quatre heures. Il tend les billets à la jeune caissière en s'efforçant de réprimer les tremblements trop violents susceptibles de piquer sa curiosité. Il regarde de l'autre côté. Dans l'obscurité et la pluie, elle ne voit ni son torse ravagé, ni ses traits pâles déformés par la douleur.

Au second guichet, sa commande lui parvient dans plusieurs sacs blancs, qu'il empile sur le siège couvert de déchets, près de lui, réussissant encore à masquer son visage à l'employé. Toute sa volonté lui est nécessaire pour ne pas éventrer les sacs et se jeter sur la nourriture dès qu'il en prend possession. Il lui reste assez de présence d'esprit pour comprendre qu'il ne doit pas provoquer une scène en bloquant la file.

Garé dans l'angle le plus obscur du parking, il éteint ses phares et arrête les essuie-glaces. Lorsqu'il aperçoit dans le rétroviseur son visage émacié, il réalise qu'il a perdu plusieurs kilos durant l'heure qui vient de s'écouler. Ses yeux enfoncés dans leurs orbites lui paraissent cerclés de taches de suie. Il diminue au maximum l'éclairage du tableau de bord mais ne coupe pas le moteur, car dans son état de débilitation actuel, il a besoin de l'air chaud qui surgit du ventilateur. Il est baigné d'ombres. La pluie qui ruisselle sur les vitres reflète la lumière des enseignes au néon et distord le monde nocturne en formes mutagènes qui, simultanément, le protègent des regards inquisiteurs.

Au sein de cette caverne mécanique, il retrouve un état de sauvagerie primitive et, un temps, devient à peine humain, déchirant sa nourriture avec une impatience d'animal, se la fourrant dans la bouche plus vite qu'il ne peut l'avaler. Hamburgers et frites s'écrasent sur ses lèvres, ses dents, tracent une ligne de débris organiques de plus en plus large sur son torse. Coca et milk-shakes détrempent sa chemise. Il s'étouffe à plusieurs reprises, recrache des fragments divers sur le volant et le tableau de bord, mais n'en mange pas moins voracement, émettant de petits bruits de gloutonnerie inarticulés et de sourds grognements satisfaits.

Cette frénésie cède le pas à une période de retirement hébété et silencieux, fort semblable à une transe, d'où il finit par émerger avec trois noms sur les lèvres, murmurés à l'instar d'une prière.

— *Paige.. Charlotte... Emily...*

Il sait d'expérience que dans les heures prochaines, avant l'aube, il connaîtra de nouvelles crises de boulimie, quoique aucune aussi dévastatrice et obsédante que celle qu'il vient d'affronter. Quelques tablettes de chocolat, boîtes de saucisses ou paquets de hot-dogs selon qu'il aura besoin de protéines ou de glucides — suffiront à les apaiser.

Il pourra focaliser son attention sur d'autres sujets primordiaux sans s'inquiéter d'être distrait par des problèmes physiologiques. Le plus important de ces sujets est l'asservissement imposé à sa femme et à ses enfants par l'homme qui a volé sa vie.

— *Paige... Charlotte... Emily...*

Des larmes obscurcissent sa vision lorsqu'il imagine sa famille entre les mains de ce détestable imposteur. Elle lui est tellement précieuse. Elle est sa seule fortune, sa raison de vivre, son avenir.

Il se rappelle la joie et l'émerveillement avec lesquels il a exploré sa maison, la chambre de ses filles, puis touché le lit dans lequel son épouse et lui font l'amour. Dès qu'il a vu leurs visages, sur la photographie, dans son bureau, il a su qu'elles représentaient son destin et que leur étreinte aimante serait un remède à la confusion, à la solitude et au tranquille désespoir qui l'ont toujours hanté.

Il se rappelle également sa première confrontation avec l'imposteur, le choc et la stupéfaction éprouvés en constatant leur incroyable ressemblance, l'identité parfaite de leur ton et de leur timbre de voix. Il a compris immédiatement comment cet homme avait pu pénétrer dans sa vie sans que quiconque s'en aperçoive.

Quoique son exploration de la maison ne lui ait fourni aucun indice sur l'origine de l'imposteur, il s'est souvenu de certains films d'où il pourra tirer des réponses s'il a la chance de les visionner à nouveau.

Les deux versions de *L'Invasion des profanateurs*, la première avec Kevin McCarthy, la seconde avec Donald Sutherland. *La Chose*, de John Carpenter, quoique pas *La Chose d'un autre monde*, dont le premier était le remake. Peut-être même *L'invasion vient de Mars*. Bette Midler et Lily Tomlin dans un film dont le titre lui échappe : *Le Prince et le Pauvre. Pleine Lune sur Parador*. Il doit y en avoir d'autres.

Les films renferment toutes les solutions des problèmes réels. Dans les films, il a appris le romantisme, l'amour et les joies de la vie de famille. Quand il tuait le temps au sein des salles obscures, entre deux assassinats, cherchant un sens à sa vie, il a appris à désirer ce qu'il ne possédait pas. Et la grande leçon du cinéma lui permettra peut-être d'élucider le mystère de sa vie dérobée.

Mais d'abord, il lui faut agir.

C'est là une autre leçon apprise dans les films : l'action doit passer avant la réflexion. Les personnages de cinéma perdent rarement du temps à se désoler des ennuis qui les assaillent. Ils agissent, nom de Dieu, ils agissent pour résoudre même leurs problèmes les plus graves. Ils ne cessent de se débattre, défiant résolument leurs ennemis, les entraînant en des luttes à mort qu'ils finissent toujours par gagner — dès l'instant que leur cause est juste, qu'ils sont assez déterminés.

Il est déterminé.

Sa cause est juste.

On lui a volé sa vie.

Il est une victime. Il a souffert.

Il a connu le désespoir.

Il a subi persécutions, angoisse, trahison et perte d'êtres chers, tout comme Omar Sharif dans *Docteur Jivago*, comme William Hurt dans *Le Voyageur malgré lui,* Robin Williams dans *Le Monde selon Garp*, Michael Keaton dans *Batman*, Sidney Poitier dans *Dans la chaleur de la nuit*, Tyrone Power dans *Le Fil du rasoir*, et Johnny Depp dans *Edward aux mains d'argent*. Il ne fait qu'un avec tous ceux qui ont été brutalisés, méprisés, piétinés, incompris, volés, proscrits ou manipulés à l'écran et qui se montrent héroïques face à de terrifiantes tribulations. Sa souffrance est aussi importante que la leur, son destin aussi glorieux, son espoir de triompher tout aussi puissant.

Réaliser cela l'émeut profondément. De violents sanglots le secouent et il pleure, non pas de tristesse mais de joie, submergé par le sentiment d'appartenir à un groupe, le sens de la fraternité, d'une humanité commune. Il possède des liens solides avec ceux dont il partage la vie dans les cinémas et cette glorieuse épiphanie le pousse à se lever, à bouger, bouger, affronter, défier, lutter et remporter la victoire.

— Je viens te chercher, Paige, dit-il à travers ses larmes.

Il sort sous la pluie.

— Emily, Charlotte, je ne vous trahirai pas. Appuyez-vous sur moi. Faites-moi confiance. Je mourrai pour vous, s'il le faut.

Essuyant les traces de sa gloutonnerie, il contourne la Honda et ouvre le coffre. Il y prend une manivelle dont une extrémité est constituée par une clef à pipe, pour les écrous des roues, l'autre par un levier destiné à faire sauter les enjoliveurs. L'objet est d'un poids et d'un équilibrage satisfaisants.

Il retourne se glisser au volant et pose la manivelle au sommet des détritus parfumés qui recouvrent le siège du passager.

— Je mourrai pour vous, répète-t-il en revoyant la photographie de sa famille.

Il est en train de guérir. Quand il explore les trous causés par les balles, dans sa poitrine, il ne peut plus enfoncer son doigt qu'à moitié aussi profondément qu'auparavant.

Dans la deuxième blessure, son doigt rencontre un objet dur, de forme bizarre, qui pourrait être un morceau de cartilage disloqué. Pourtant, il comprend vite qu'il s'agit de la balle. Son corps la recrache. Il presse les lèvres de la plaie jusqu'à ce que le projectile déformé s'en échappe avec un épais bruit humide. Il le jette sur le tapis de sol.

S'il est conscient de posséder un métabolisme et une puissance de récupération extraordinaires, il ne se juge pas très différent des autres hommes. Les films lui ont appris que, d'une manière ou d'une autre, tous sont extraordinaires : certains possèdent un puissant magnétisme auquel les femmes ne peuvent résister; d'autres un courage démesuré; d'autres encore, dont les rôles ont été tenus par Arnold Schwarzenegger et Sylvester Stallone, peuvent courir sous une grêle de balles sans être touchés et vaincre au corps à corps une demi-douzaine d'adversaires, ensemble ou les uns à la suite des autres. Une convalescence rapide semble plutôt moins exceptionnelle que l'habileté fort commune des héros de l'écran à traverser l'enfer lui-même sans s'en porter plus mal.

Il tire un hamburger au poisson froid de la pile de nourriture restante, l'engouffre en six grandes bouchées. Il quitte le parking du McDonald's et se met en quête d'un centre commercial.

Puisqu'il circule au sud de la Californie, il ne tarde pas à découvrir ce qu'il lui faut : un complexe très étendu — formé de supermarchés et de boutiques —, dont le toit mobilise plus de plaques de métal qu'un vaisseau de guerre et dont les murs en béton armé sont aussi formidables que les remparts d'une forteresse médiévale. Le tout est entouré par une aire bitumée qu'illuminent des lampadaires. La nature bassement commerciale de l'endroit est déguisée par des rangées et des bosquets de lauriers indiens, de saules et de palmiers.

Il traverse d'interminables files de voitures garées jusqu'à ce qu'il repère un homme vêtu d'un imperméable chargé de deux lourds sacs en plastique. Le consommateur s'arrête derrière une Buick blanche, pose ses fardeaux et cherche les clefs du véhicule dans sa poche.

A trois voitures de là se trouve une place libre. La Honda, qui l'a transporté depuis l'Oklahoma, ne peut plus lui être d'aucune utilité. Elle doit être abandonnée.

Il en sort, manivelle en main. Saisissant l'outil par

son extrémité conique, il le plaque contre sa cuisse pour éviter de se faire remarquer.

La tempête commence à perdre de sa force. Le vent tombe. La foudre ne déchire plus le ciel.

Bien que la pluie ne soit pas moins froide, elle lui paraît rafraîchissante plutôt que frigorifiante.

Comme il se dirige vers le centre commercial — et la Buick — il explore des yeux le gigantesque parking. Pour autant qu'il puisse en juger, personne ne le regarde. Aucun des véhicules rangés le long de cette allée ne s'apprête à partir : pas de lumière, pas de gaz d'échappement révélateurs. La voiture en mouvement la plus proche est à trois allées de là.

Le consommateur est en train de ranger dans le coffre de la Buick le premier de ses sacs. Lorsqu'il se penche pour ramasser le deuxième, il prend conscience d'une présence et tourne la tête à l'instant même où la manivelle s'abat sur son visage, sur lequel apparaît furtivement une expression de panique.

Le deuxième coup n'est probablement pas nécessaire. Le premier a dû projeter des fragments d'os dans le cerveau. Le tueur frappe pourtant encore une fois sa victime inerte et muette.

Il jette la manivelle dans le coffre béant. Elle percute quelque chose avec un claquement sourd.

Bouger, bouger, affronter, défier, lutter et remporter la victoire.

Sans perdre de temps à s'assurer que personne ne l'observe, il soulève l'homme à la manière d'un haltérophile se préparant à un épaulé-jeté, et le laisse tomber dans la malle arrière. La voiture oscille sous l'impact.

La nuit et la pluie lui fournissent toute la discrétion dont il a besoin pour arracher son imperméable au défunt, invisible au fond du coffre. L'un des yeux morts le fixe avec intensité tandis que l'autre est révulsé. La bouche aux dents brisées est figée sur un hurlement de terreur demeuré muet.

Lorsqu'il enfile l'imperméable sur ses vêtements mouillés, il constate qu'il est un peu trop large, trop long des manches, mais convenable pour le moment. Il masque ses habits déchirés et maculés, ce qui le rend à peu près présentable — et c'est tout ce qui lui importe. Le vêtement est encore imprégné de la chaleur de son propriétaire.

Le tueur prend le portefeuille de ce dernier, qui contient une liasse de billets d'une épaisseur réjouissante.

Il jette le deuxième sac sur le cadavre et referme le coffre d'un geste sec. Les clefs sont sur la serrure.

Dans la Buick, tout en réglant le chauffage, il s'éloigne du centre commercial.

Bouger, bouger, affronter, défier, lutter et remporter la victoire.

Il commence à chercher une station-service, non parce que la voiture manque d'essence mais parce qu'il doit trouver une cabine téléphonique.

Il se rappelle les voix entendues dans la cuisine tandis qu'il se tordait de douleur parmi les débris de la balustrade. L'imposteur a chassé Paige et ses filles hors de la maison avant qu'elles ne pénètrent dans l'entrée et ne découvrent leur véritable époux et père luttant pour se redresser à quatre pattes...

— *Emmène-les chez Vic et Kathy...*

Et, quelques secondes plus tard, il a entendu un nom encore plus utile :

— *Chez les Delorio...*

Bien qu'ils soient ses voisins, il ne se souvient pas d'eux, ignore laquelle des maisons de sa rue leur appartient. Cette connaissance lui a été volée avec le reste de sa vie. Toutefois, ils sont sans doute dans l'annuaire.

Une station-service. L'enseigne bleue de Pacific Bell.

Il s'arrête auprès de la cabine téléphonique aux parois de Plexiglas. A l'intérieur, il aperçoit l'épais annuaire retenu par une chaîne.

Laissant tourner le moteur de la Buick, il patauge dans une flaque pour rejoindre la cabine. Il referme la porte afin d'allumer le plafonnier et feuillette frénétiquement les pages blanches.

La chance est avec lui. Victor W. Delorio. Seul de

son nom. Mission Viejo. Sa propre rue. Bingo. Il mémorise l'adresse.

Il rentre dans la station-service pour acheter des barres de chocolat. Une vingtaine. Des Hershey aux amandes, des 3 Mousquetaires, des Mars et des Crunch de Nestlé, au chocolat blanc. Pour le moment, son appétit est apaisé : il ne veut pas manger les confiseries tout de suite — mais le besoin s'en fera bientôt sentir.

Il paie avec l'argent de l'homme qui gît dans le coffre de la Buick.

— Vous, on peut dire que vous aimez les sucreries, remarque le caissier.

Tandis qu'il quitte la station et regagne la route, il a peur pour sa famille qui demeure sans le savoir sous le joug de l'imposteur. Sa femme et ses filles risquent d'être emmenées dans un endroit lointain où il ne pourra les rejoindre. Elles risquent d'être blessées. Ou même tuées. Tout peut arriver. Il vient de voir leur photographie, a tout juste commencé à refaire leur connaissance, et pourtant, il peut les perdre avant d'avoir eu la chance de les embrasser à nouveau ou de leur dire qu'il les aime. C'est tellement injuste. Cruel. Son cœur bat avec force, réveillant en partie la douleur de ses blessures, qui se cicatrisent rapidement.

Dieu, comme il a *besoin* de sa famille. Besoin de serrer sur sa poitrine celle qu'il aime et d'être serré en retour. Il a besoin de les réconforter, d'être réconforté, et de les entendre prononcer son nom. En les entendant prononcer son nom, il sera quelqu'un, une fois pour toutes.

Il accélère afin de franchir un feu qui passe de l'orange au rouge, et il s'adresse à ses enfants, d'une voix qui se brise d'émotion.

— Charlotte, Emily, j'arrive. Soyez courageuses. Papa arrive. Papa arrive. Papa. Arrive.

8.

Le lieutenant Lowbock fut le dernier policier à quitter la maison.

Sur le perron, tandis que claquaient les portières des voitures de ses collègues, dans la rue, et que les moteurs démarraient, il se retourna vers Paige et Marty et leur adressa un de ses sourires brefs, à peine perceptibles. Il répugnait visiblement à les laisser sur la colère difficilement contenue qu'il avait fini par leur inspirer.

— Nous nous reverrons dès que j'aurai les résultats des analyses.

— Le plus tôt sera le mieux, répondit Paige. Nous avons passé un moment tellement délicieux que nous sommes impatients de le renouveler.

— Bonsoir, Mrs. Stillwater, dit Lowbock. Bonsoir, Mr. Murder.

Marty savait qu'il était puéril de claquer la porte au nez du policier, mais ce fut également satisfaisant.

Paige mit en place la chaîne de sécurité et, tandis que Marty poussait le verrou, demanda :

— Mr. Murder ?

— C'est comme ça qu'ils m'appellent dans l'article de *People*.

— Je ne l'ai pas encore lu.

— Dès le titre. Attends de voir ça. Ils me donnent l'air ridicule : l'inquiétant, l'angoissant Marty Stillwater, extraordinaire faiseur de livres. Nom de Dieu : s'il a lu l'article aujourd'hui, je comprends presque Lowbock d'avoir cru à un coup de pub.

— C'est un crétin, dit Paige.

— Mon histoire est quand même sacrément improbable.

— Moi, j'y ai cru.

— Je sais. Et je t'aime pour ça.

Il l'embrassa. Elle le serra contre elle, brièvement.

— Comment va ta gorge ? demanda-t-elle.

— Je survivrai.

— Et cet imbécile qui croit que tu t'es étranglé toi-même.

— Ce qui n'est pas le cas. Mais j'imagine que c'est possible.

— Arrête de voir les choses de son point de vue, tu m'énerves. Qu'est-ce qu'on fait, maintenant ? Est-ce qu'on ne devrait pas s'en aller ?

— Aussi vite que possible, approuva-t-il. Et ne pas revenir avant d'avoir élucidé toute cette histoire démente. Est-ce que tu peux faire une ou deux valises ? De quoi nous suffire à tous pendant quelques jours ?

— Bien sûr, répondit-elle, se dirigeant déjà vers l'escalier.

— Je vais appeler Vic et Kathy, m'assurer que tout va bien, et je viens t'aider. Ah, au fait, Paige ! Le Mossberg est sous notre lit.

— Très bien, fit la jeune femme en enjambant les morceaux de bois brisé pour monter les marches.

— Sors-le et pose-le sur le lit pendant que tu fais les valises.

— D'accord.

Elle était déjà arrivée au tiers de l'escalier. Marty ne croyait pas lui avoir suffisamment inspiré le besoin de prendre des précautions extraordinaires.

— Emporte-le avec toi dans la chambre des filles.

— Mais oui.

Lorsqu'il renversa la tête pour suivre son épouse des yeux, la douleur fulgura dans son cou.

— Je suis sérieux, Paige, nom de Dieu ! dit-il, si sèchement qu'elle se figea.

Elle le considéra avec surprise : il ne lui parlait jamais sur ce ton.

— D'accord, je le garde auprès de moi.

— Parfait.

Marty se dirigea vers la cuisine, où se trouvait le téléphone. Il traversait la salle à manger quand retentit le cri poussé par Paige, à l'étage. Le cœur battant si fort qu'il ne lui autorisait que des inspirations peu profondes et saccadées, Marty regagna l'entrée, s'attendant à découvrir sa femme entre les griffes de l'Autre.

Elle était debout en haut des marches, horrifiée par les taches répugnantes sur la moquette, qu'elle voyait pour la première fois.

— Quand tu en as parlé, je ne croyais tout de même pas... Il y a tellement de sang. Comment a-t-il pu... pu s'échapper ?

— Il ne l'aurait pas pu s'il avait été... un humain

normal. C'est pour ça que je suis sûr qu'il reviendra. Peut-être pas cette nuit, peut-être pas demain, peut-être pas avant un mois, mais il reviendra.

— C'est dingue, Marty.

— Je sais.

— Mon Dieu, dit Paige, moins comme une exclamation que comme une prière, avant de gagner vivement leur chambre.

Marty retourna à la cuisine et sortit le Beretta du placard. Bien qu'il l'eût chargé lui-même, il en éjecta le magasin, le vérifia, le remit en place et enclencha une balle dans la chambre.

Des dizaines d'empreintes de pieds sales se chevauchaient sur le sol dallé, pour la plupart encore humides. Durant les deux dernières heures, les policiers n'avaient fait qu'entrer et sortir et, visiblement, tous n'avaient pas eu l'idée de s'essuyer les pieds sur le paillasson.

Même en sachant que les flics avaient eu du travail et d'autres inquiétudes que celle de salir la maison, leurs traces — la négligence qu'elles représentaient — inspiraient à Marty, tout autant que son agression par l'Autre, la sensation d'avoir été envahi. Un ressentiment d'une étonnante intensité se développait en lui.

Alors que les sociopathes infestaient le monde moderne, le système judiciaire partait du principe que le mal se répandait essentiellement en raison de l'injustice sociale. Les bandits étaient considérés comme des victimes de la société, au même titre que les gens qu'ils volaient ou tuaient étaient les leurs. Récemment, en Californie, on avait relâché au bout de six ans un homme envoyé en prison pour avoir violé et assassiné une fillette de onze ans. Six ans. La fillette, bien sûr, était toujours morte. De tels scandales devenaient si courants que l'affaire n'avait été qu'à peine rapportée par la presse. Si les tribunaux ne protégeaient plus les enfants innocents, si la Maison-Blanche et le Sénat ne créaient pas des lois pour les y forcer, alors on ne pouvait plus compter sur juges et politiciens pour protéger qui que ce fût, où et quand que ce fût.

Mais, nom de Dieu, on s'attendait au moins à recevoir la protection des flics, parce que les flics étaient dans la rue tous les jours, au milieu des horreurs. Ils connaissaient le vrai visage du monde. Les grands nababs de Washington et les éminences paresseuses des prétoires s'étaient isolés de la réalité par de hauts salaires, d'innombrables honneurs et des pensions juteuses; ils vivaient au cœur de propriétés entourées de grilles, dans des quartiers disposant de vigiles privés, envoyaient leurs enfants dans des écoles tout aussi privées — et perdaient le sens du mal qu'ils faisaient. Mais pas les flics. Les flics étaient des cols bleus. Des travailleurs et des travailleuses. Dans leur métier, ils voyaient le mal tous les jours, le savaient aussi répandu chez les privilégiés que dans la classe moyenne ou chez les pauvres, savaient que la société était moins à blâmer que la nature imparfaite de l'espèce humaine.

Les flics étaient censés représenter le dernier rempart contre la barbarie. Mais s'ils se mettaient à considérer avec cynisme le système qu'ils étaient chargés de défendre, s'ils croyaient être seuls à se préoccuper de justice, ils cesseraient de s'en préoccuper. Quand on aurait besoin d'eux, ils procéderaient à leurs analyses scientifiques, rempliraient d'épaisses liasses de paperasses pour complaire à la bureaucratie, saliraient des sols naguère propres, et on se retrouverait seul sans même avoir reçu leur compassion.

Debout dans la cuisine, le Beretta à la main, Marty réalisait que Paige et lui-même formaient désormais leur propre dernier rempart. Eux et nul autre. Aucune autorité supérieure. Aucun gardien de l'ordre public.

Il avait besoin de courage, mais aussi de l'imagination délirante qu'il apportait à ses livres. Brusquement, il lui semblait vivre dans un roman noir, un de ces univers amoraux où se déroulaient les histoires de James M. Cain ou d'Elmore Leonard. La survie en un tel univers dépend de la rapidité de réflexion, d'actions encore plus rapides et d'une totale détermination. Elle repose essentiellement sur la capacité d'imaginer le pire qui puisse arriver et de s'y préparer plutôt que d'en être surpris.

Son esprit était vide.

Il ignorait où aller, quoi faire. Boucler les valises et quitter la maison, oui. Mais ensuite ?

Son regard se posa sur l'arme qu'il tenait.

Bien qu'il aimât les œuvres de Cain et de Leonard, ses propres livres n'étaient pas aussi noirs. Ils célébraient la raison, la logique, la vertu et le triomphe de l'ordre social. Son imagination ne le poussait pas vers des solutions tenant de l'autodéfense, de la morale de situation ou de l'anarchie.

Vide.

Tout en s'interrogeant sur ses capacités à maîtriser la situation quand tant de choses dépendaient de lui, Marty décrocha le téléphone et appela les Delorio. Kathy répondit à la première sonnerie.

— C'est Marty.

— Marty, est-ce que ça va ? On a vu les policiers s'en aller, et ensuite celui qui était ici est parti aussi, mais personne ne nous a rien expliqué. Je veux dire : est-ce que tout va bien ? Qu'est-ce qui se passe donc ?

Kathy était une bonne voisine, réellement inquiète, mais Marty n'avait aucune intention de perdre du temps à lui accorder ce qu'il avait subi, du tueur potentiel ou de la police.

— Où sont Charlotte et Emily ?

— Elles regardent la télé.

— Où ?

— Dans le salon.

— Vos portes sont verrouillées ?

— Oui, bien sûr, je crois.

— Assure-t-en, vérifie. Est-ce que vous avez un pistolet ?

— Un pistolet ? Marty, qu'est-ce que...

— Est-ce que vous en avez un ? insista-t-il.

— Je n'aime pas les pistolets. Mais Vic en a un.

— Il le porte sur lui, en ce moment ?

— Non, il...

— Dis-lui de le charger et de le garder sur lui jusqu'à ce que Paige et moi venions chercher les filles.

— Je n'aime pas ça, Marty. Je ne...

— Dix minutes, Kathy. Je viendrai chercher les filles dans dix minutes. Peut-être moins. Je fais aussi vite que possible.

Il raccrocha avant que sa correspondante ne pût lui répondre.

Montant l'escalier à la hâte, il entra dans la chambre d'amis qui servait de bureau à Paige. Cette dernière tenait les comptes de la maisonnée et s'occupait de toutes leurs affaires financières.

Le tiroir de droite du bureau en pin était rempli de reçus, de factures et de relevés de comptes. Il contenait également leur carnet de chèques et leur livret de compte-dépôt, attachés ensemble par un élastique. Il les fourra dans une poche de son pantalon.

Son esprit n'était plus vide. Il avait songé à quelques précautions nécessaires, quoique trop légères pour être considérées comme un plan d'action.

Dans son bureau, il s'approcha du grand débarras et sélectionna à la hâte quatre cartons provenant d'un tas de trente à quarante du même genre. Chacun contenait vingt livres grand format. Marty ne put en emporter que deux à la fois dans le garage. Il les déposa dans le coffre de la BMW, grimaçant sous la douleur que l'effort décuplait dans son cou.

Lorsqu'il pénétra dans la chambre après son deuxième rapide voyage à la voiture, il fut arrêté net sur le seuil par Paige qui, s'étant emparée du fusil à pompe, avait pivoté pour lui faire face.

— Désolée, dit-elle en le reconnaissant.

— Tu as bien fait, assura-t-il. Tu as déjà emballé les affaires des filles ?

— Non, je termine tout juste nos bagages à nous.

— Je vais commencer les leurs.

Il suivit la piste sanglante qui menait à la chambre de Charlotte et d'Emily. En passant devant la portion brisée de la balustrade, Marty regarda l'entrée en contrebas. Il s'attendait toujours à découvrir un mort étendu sur les carreaux fêlés.

9.

Charlotte et Emily étaient vautrées sur le divan, dans le salon des Delorio, leurs visages très proches l'un de l'autre. Elles feignaient d'être profondément plongées dans une série télévisée stupide, mettant en scène une famille stupide, avec des parents stupides et des enfants stupides qui faisaient des choses stupides pour résoudre un problème stupide. Tant qu'elles semblaient passionnées par le programme, Mrs. Delorio restait dans la cuisine, à préparer le dîner. Mr. Delorio, lui, arpentait la maison ou bien demeurait derrière la fenêtre, à observer les policiers. Ignorées, les filles pouvaient chuchoter et tenter de deviner ce qui se passait chez elles.

— Peut-être que papa s'est fait tirer dessus, s'inquiétait Charlotte.

— Je t'ai déjà dit un million de fois que non.

— Qu'est-ce que t'en sais ? T'as que sept ans.

— Dans la cuisine, quand maman le croyait blessé, il nous a dit qu'il allait bien, soupira Emily.

— Il était couvert de sang, frissonna sa sœur.

— Il a dit que c'était pas du sang à lui.

— Je m'en souviens pas.

— Moi si, déclara Emily, emphatique.

— Si c'est pas papa qui s'est fait tirer dessus, alors qui ?

— Peut-être un cambrioleur.

— On n'est pas riches, Em. qu'est-ce qu'un cambrioleur voudrait prendre chez nous ? Hé ! Peut-être que papa a été obligé de tirer sur Mrs. Sanchez.

— Pourquoi sur Mrs. Sanchez ? C'est juste la femme de ménage.

— Elle a peut-être fait une crise de folie meurtrière, dit Charlotte — et cette possibilité convenait tout à fait à sa soif de drame.

Emily secoua la tête.

— Pas Mrs. Sanchez. Elle est gentille.

— Il y a des gens gentils qui font des crises de folie meurtrière.

— Non.

Emily croisa les bras.

— Cite-moi un exemple.

— Mrs. Sanchez, répliqua Charlotte.

— A part Mrs. Sanchez.

— Jack Nicholson.

— Qui c'est ?

— Tu sais bien : l'acteur. Celui qui jouait le Joker dans *Batman*. Il faisait complètement une crise de folie meurtrière.

— Et alors ? C'est peut-être un fou meurtrier en permanence.

— Non, des fois il est gentil, comme dans le film avec Shirley MacLaine, où il jouait un astronaute. La fille de Shirley tombait vachement malade et ils s'apercevaient qu'elle avait le cancer, elle mourait et Jack était très gentil, adorable.

— Et puis, c'est pas le jour de Mrs. Sanchez, dit Emily.

— Hein ?

— Elle vient seulement le jeudi.

— Oh, franchement, Em, si elle a fait une crise de folie meurtrière, elle ne savait même pas quel jour on était, contra Charlotte, ravie de sa réponse, qui paraissait très logique. Elle s'est peut-être échappée d'un asile de dingues, elle fait des ménages pour gagner sa vie et, de temps en temps, quand elle a une crise, elle tue toute la famille, la fait rôtir et la mange pour le dîner.

— Tu racontes n'importe quoi.

— Non, écoute, lui murmura sa sœur, passionnée par son sujet. Comme Hannibal Lecter.

— Hannibal le cannibale ! s'exclama Emily dans un sursaut.

Ni l'une ni l'autre n'avait été autorisée à voir le film — qu'Emily persistait à appeler *Les Six Danses des agneaux* — parce que papa et maman ne les jugeaient pas assez âgées, mais elles en avaient entendu parler par les autres enfants, à l'école, qui l'avaient visionné mille fois en vidéo.

Charlotte sentit qu'Emily perdait ses certitudes au

sujet de Mrs. Sanchez. Après tout, Hannibal le cannibale était un médecin, qui, dans une crise de folie meurtrière monstrueuse, se mettait à arracher le nez des gens avec les dents, ce genre de choses, alors l'idée d'une femme de ménage détraquée et cannibale n'avait soudain plus rien d'improbable.

Mr. Delorio entra dans le salon, écarta les rideaux de la porte-fenêtre coulissante et observa le jardin, en grande partie révélé par les lumières du patio. Il tenait un pistolet dans la main droite. Auparavant, il n'avait pas été armé.

Laissant retomber les rideaux, il se détourna de la porte-fenêtre et sourit à Charlotte et Emily.

— Ça va, les petites ?

— Oui, Mr. Delorio, dit Charlotte. C'est une super série.

— Vous avez besoin de quelque chose ?

— Non, merci, Mr. Delorio, répondit Emily. On veut juste regarder la télé.

— C'est une super série, répéta sa sœur.

Mr. Delorio quitta la pièce et les deux fillettes le suivirent des yeux jusqu'à ce qu'il disparaisse.

— Pourquoi est-ce qu'il avait un pistolet ? s'étonna Emily.

— Pour nous protéger. Et tu sais ce que ça veut dire ? Mrs. Sanchez doit être toujours vivante, et en liberté. Elle cherche quelqu'un à dévorer.

— Et si c'est Mr. Delorio qui devient fou, ensuite ? Il a un pistolet. On pourrait jamais lui échapper.

— Sois pas bête, reprocha Charlotte, avant de réaliser qu'un professeur d'éducation physique avait autant de chances de sombrer dans la folie que n'importe quelle femme de ménage. Écoute, Em, tu sais ce qu'il faut faire, si ça arrive ?

— Le 911.

— T'auras pas le temps, idiote. Ce qu'il faut faire, c'est ça : lui donner un grand coup de pied dans les noix.

Emily plissa le front.

— Hein ?

— Tu te rappelles le film de samedi ?

Ledit film avait énervé maman au point qu'elle s'était plainte au directeur du cinéma. Elle voulait savoir comment l'œuvre avait pu recevoir le label PG[1] avec la violence qu'il contenait et le langage qui y était employé. Le directeur avait répondu qu'il s'agissait d'un film classé PG-13, ce qui était très différent.

L'une des choses qui ennuyaient maman était une scène dans laquelle le gentil se débarrassait du méchant en lui donnant un grand coup de pied entre les jambes. Plus tard, quand on l'interrogeait sur ce que voulait le méchant, le gentil répondait : « Je ne sais pas, mais ce qu'il lui fallait, c'était un bon coup de pied dans les noix. »

Charlotte avait senti aussitôt que cette réplique perturbait sa mère. Plus tard, elle aurait pu demander une explication, et on la lui aurait donnée. Papa et maman croyaient qu'il fallait répondre honnêtement à toutes les questions des enfants. Parfois, cependant, il était plus amusant de trouver soi-même la réponse, parce que celle-ci devenait alors une chose qu'ils ne savaient pas qu'elle savait.

A la maison, elle avait pris le dictionnaire pour voir s'il y avait une définition du mot « noix » expliquant ce que le gentil avait fait au méchant et également pourquoi sa mère en était si désolée. Lorsqu'elle avait vu que l'un des sens proposés était le mot argot obscène signifiant « testicule », elle avait cherché ce terme mystérieux dans le même dictionnaire, découvert ce qu'elle avait pu, puis s'était glissée dans le bureau de papa pour consulter son encyclopédie médicale afin d'en apprendre plus. Il s'agissait d'un truc vraiment bizarre. Mais elle avait compris. Vaguement. Peut-être plus qu'elle ne l'eût voulu. Elle avait expliqué de son mieux la chose à Em, qui n'en avait pas cru un mot et s'était évidemment empressée de tout oublier.

— Comme dans le film de samedi, lui rappela Char-

1. Parental Guidance. Autorisé aux enfants accompagnés de leurs parents. *(N.d.T.)*

lotte. Si les choses vont vraiment mal et qu'il se jette sur toi, donne-lui un coup de pied entre les jambes.

— Ah ouais ? fit Emily, sceptique. Un coup de pied dans les ticules ?

— Les testicules.

— C'était ticules.

— C'était testicules, insista fermement Charlotte.

Mrs. Delorio entra dans le salon en s'essuyant les mains avec un torchon jaune. Elle portait un tablier pardessus sa jupe et son chemisier et conservait sur elle l'odeur des oignons qu'elle venait d'émincer. Dès l'arrivée des deux fillettes, elle avait commencé à préparer le dîner.

— Vous voulez un autre Pepsi ?

— Non, merci, Mrs. Delorio, dit Charlotte. Tout va bien, merci. On regarde la télé.

— C'est une super série, précisa Emily.

— Une de nos préférées, ajouta sa sœur.

— Ça parle d'un garçon qui a des ticules et tout le monde donne des coups de pied dedans, ajouta la cadette.

Charlotte faillit lui assener une tape sur la tête.

Sans comprendre, gênée, Mrs. Delorio considérait alternativement l'écran de télévision et Emily.

— Des ticules ?

— Des petites bulles, corrigea Charlotte, guère inspirée.

La sonnette de la porte d'entrée retentit avant qu'Em ne pût aggraver son cas.

— Je parie que c'est vos parents, dit Mrs. Delorio en sortant du salon.

— Cervelle d'oiseau ! déclara Charlotte à sa sœur.

Emily semblait parfaitement à son aise.

— Tu es furieuse parce que je t'ai prouvé que c'était un mensonge. Elle n'a jamais entendu parler de garçons qui ont des ticules.

— Chut !

— C'est tout, conclut Emily.

— Peste !

— Respe !

— C'est même pas un mot, ça.

— C'en est un si je veux.

La sonnette retentissait, retentissait, comme si quelqu'un y avait été collé.

Vic épia par l'œil-de-bœuf l'homme qui se tenait sur son perron. C'était Marty Stillwater.

Il ouvrit la porte et recula d'un pas pour que son voisin puisse entrer.

— Mon Dieu, Marty, on aurait dit un congrès de policiers tout à l'heure. Qu'est-ce qui s'est passé ?

Marty le fixa intensément pendant un instant, en particulier le pistolet dans sa main, puis parut prendre une décision et cligna des yeux. Humide de pluie, sa peau était brillante et d'un blanc peu naturel, tel le visage d'un sujet en porcelaine. Il paraissait aussi plus petit, ridé, comme s'il se remettait tout juste d'une grave maladie.

— Est-ce que tu vas bien ? Est-ce que Paige va bien ? interrogea Kathy en pénétrant dans le couloir, derrière Vic.

L'écrivain s'immobilisa sur le seuil d'un air hésitant, ne permettant pas à son voisin de refermer le battant.

— Qu'est-ce qu'il y a ? interrogea le maître des lieux. Tu as peur de mouiller par terre ? Tu sais pourtant que Kathy me considère comme un cas désespéré et qu'elle a fait imperméabiliser toute la maison ! Entre, entre.

Sans bouger, Marty regarda par-dessus l'épaule de Vic, en direction du salon et du haut de l'escalier. Il portait un imperméable noir boutonné jusqu'au col et trop large pour lui — ce qui contribuait à le rapetisser.

Alors que son hôte commençait à se demander s'il n'était pas frappé de mutisme, Marty rompit le silence.

— Où sont les filles ?

— Elles vont bien, lui assura Vic. Elles sont en sécurité.

— J'ai besoin d'elles, dit Marty, d'une voix qui n'était plus rauque, comme en début de soirée, mais sans inflexions. J'ai besoin d'elles.

— Bon Dieu, vieux, est-ce que tu ne peux pas au moins rentrer, le temps de nous dire ce...

— J'ai besoin d'elles maintenant ! coupa Marty. Elles sont à moi.

Pas sans inflexions, finalement, réalisa Vic Delorio, mais retenue à l'extrême, comme si Marty réprimait colère, terreur ou une autre émotion aussi forte, et craignait de perdre son emprise sur lui-même. Il tremblait un peu. Une partie de l'eau qui ruisselait sur son visage pouvait être de la transpiration.

— Qu'est-ce qui ne va pas, Marty ? s'enquit Kathy en s'avançant dans le couloir.

Son époux s'apprêtait à poser la même question. Marty Stillwater était en général avenant, détendu, prompt à sourire, et il semblait en ce moment raide, maladroit. Quoi qu'il eût vécu ce soir-là, il en gardait de profondes séquelles.

Avant que Marty ne pût répondre, Charlotte et Emily apparurent au bout du couloir venant du salon. Elles avaient dû passer leurs imperméables dès qu'elles avaient entendu la voix de leur père, et n'avaient pas encore fini de les boutonner.

— Papa ? fit Charlotte d'une voix mal assurée.

Quand il vit ses filles, les yeux de Marty s'emplirent de larmes. Il fit un pas à l'intérieur et Vic put fermer la porte.

Les enfants contournèrent Kathy, leur père tomba à genoux et elles se jetèrent dans ses bras, assez fort pour le faire chanceler. Tandis qu'ils s'enlaçaient, les fillettes se mirent à parler en même temps :

— Ça va, papa ? On a eu tellement peur. Ça va, papa ? Je t'aime, papa. T'étais tout plein de sang. Je lui ai dit que c'était le sang de quelqu'un d'autre. C'était un cambrioleur ? C'était Mrs. Sanchez ? Est-ce qu'elle est devenue folle ? Est-ce que c'est le facteur qui est devenu fou ? Qui est-ce qui est devenu fou ? Est-ce que ça va ? Est-ce que maman va bien ? Est-ce que c'est fini ? Pourquoi est-ce que des gens gentils deviennent fous, tout d'un coup ?

En fait, ils s'exprimaient tous les trois en même

temps, car Marty parlait lui aussi, ignorant leurs questions.

— Ma Charlotte, mon Emily, mes enfants, je vous aime, je vous aime tant, je ne les laisserai plus vous arracher à moi, plus jamais.

Il les embrassait sur les joues et sur le front, les serrait contre lui avec force, leur lissait les cheveux de ses mains tremblantes, se conduisait en fait comme s'il ne les avait pas vues depuis des années.

Kathy souriait et versait en même temps quelques larmes discrètes, se tapotant les yeux à l'aide de son torchon jaune.

Vic supposait cette réunion fort touchante, mais il n'en était pas aussi ému que sa femme, en partie parce que Marty agissait d'une manière inhabituelle. Pas étrange comme eût raisonnablement pu l'être la conduite d'un homme qui venait de combattre un intrus dans sa propre maison — si c'était bien ce qui s'était produit — mais juste... eh bien, juste étrange. Bizarre. Il disait des choses relativement étonnantes :

— Ma Charlotte, mon Emily, à moi, aussi mignonnes que sur votre photo, à moi, nous allons rester ensemble, c'est mon destin.

Son ton, également, était inhabituel — exagérément bouleversé si l'épreuve était terminée, ce qu'indiquait sans nul doute le départ de la police, mais aussi trop forcé. Dramatique. Trop dramatique. Il ne parlait pas spontanément mais semblait jouer un rôle sur une scène, avoir peine à se souvenir de son texte.

Tout le monde disait les gens créatifs bizarres, particulièrement les écrivains, et quand Vic avait rencontré Martin Stillwater pour la première fois, il s'était attendu à le trouver excentrique. Mais en cette matière, il avait été déçu : Marty s'était révélé être le voisin le plus normal et le plus équilibré qu'on pût rêver. Jusqu'à aujourd'hui.

— Il faut qu'on s'en aille ! déclara-t-il en se remettant sur ses pieds, tenant ses filles par la main.

Il se retourna vers la porte d'entrée.

— Attends une seconde, vieux, intervint Vic. Tu ne

peux pas t'enfuir d'ici comme ça, sans satisfaire notre curiosité.

Marty n'avait lâché Charlotte que le temps d'ouvrir la porte. Il lui reprit la main tandis que le vent s'engouffrait dans l'entrée, faisait vibrer contre le mur le cadre abritant un canevas de rouges-gorges bleus et de fleurs printanières.

Quand son voisin sortit sans répondre, Vic jeta un coup d'œil à Kathy et constata que son expression avait changé. Des larmes luisaient encore sur ses joues mais elle avait les yeux secs et paraissait interloquée.

Alors, ça ne vient pas que de moi, se dit-il.

Il sortit et constata que Marty avait déjà descendu le perron et marchait dans l'allée, sous la pluie agitée par le vent, tenant toujours les fillettes. L'air était glacial. Des grenouilles chantaient, mais leur chant paraissait fabriqué, froid et métallique, tel le grincement d'engrenages rouillés dans une mécanique gelée. Il donna à Vic l'envie de rentrer chez lui, de s'asseoir devant un bon feu et de boire une énorme quantité de café chaud, additionné de cognac.

— Bon Dieu, Marty, attends une minute.

L'écrivain se retourna, ses filles pelotonnées contre lui.

— Nous sommes vos amis, reprit Vic. Nous voulons vous aider. Quel que soit le problème, nous voulons vous aider.

— Tu ne peux rien faire, Victor.

— Victor ? Tu sais que j'ai horreur qu'on m'appelle Victor. Personne ne m'appelle comme ça, même ma vieille mère si elle ne veut pas se faire engueuler.

— Désolé... Vic. C'est juste que... J'ai un tas de soucis en tête.

Entraînant les fillettes, il continua de remonter l'allée.

Juste au bout, une voiture stationnait. Une Buick neuve qui, sous la pluie, paraissait incrustée de joyaux. Le moteur tournait. Les lumières étaient allumées, mais il n'y avait personne à l'intérieur.

Bondissant sous l'orage, qui n'était plus la tempête

qu'ils avaient connue mais demeurait violent, Vic les rattrapa.

— C'est ta voiture ?

— Ouais, confirma Marty.

— Depuis quand ?

— Je l'ai achetée aujourd'hui.

— Où est Paige ?

— Nous allons la rejoindre.

L'écrivain avait le visage aussi blanc que le crâne qu'il dissimulait. Il tremblait visiblement et la lumière du lampadaire lui conférait un regard étrange.

— Écoute, Vic, reprit-il, les filles vont être trempées jusqu'aux os.

— C'est moi qui me trempe, renvoya l'interpellé. Elles, elles ont des impers. Paige n'est pas chez vous ?

— Elle est déjà partie. (Marty jeta un coup d'œil inquiet à sa maison, de l'autre côté de la rue, où brûlaient encore des lumières au rez-de-chaussée et à l'étage.) Nous allons la rejoindre.

— Tu te rappelles ce que tu m'as dit ?

— Vic, je t'en prie...

— Moi-même, j'ai failli oublier que tu me l'avais dit. Ça m'est revenu quand je t'ai vu dans l'allée.

— Il faut qu'on s'en aille, Vic.

— Tu m'as dit de ne confier les enfants à personne, hors de la présence de Paige. A personne. Tu te rappelles ?

Marty descendit deux grandes valises dans la cuisine.

Le Beretta 9 mm Parabellum, glissé sous sa ceinture de pantalon, lui appuyait désagréablement sur le ventre. Il portait un pull en laine orné de silhouettes de rennes, qui dissimulait l'arme. La fermeture Éclair de son blouson de ski rouge et noir n'était pas fermée, si bien qu'il pouvait atteindre le pistolet facilement ; il n'avait qu'à lâcher les bagages.

Paige entra dans la cuisine à sa suite, chargée d'une valise et du fusil à pompe Mossberg calibre 12.

— N'ouvre pas derrière, lui recommanda-t-il en pénétrant dans le garage obscur.

Il ne voulait pas savoir la porte-fenêtre à deux battants béante tandis qu'ils chargeaient la voiture, parce qu'elle serait alors devenue un point vulnérable. L'Autre avait fort bien pu revenir après le départ des flics. En ce moment même, il se trouvait peut-être dans le jardin.

Paige appuya sur l'interrupteur du plafonnier. Les longs tubes à fluorescence commencèrent par clignoter en raison d'un rhéostat défectueux. Des ombres jaillirent et tourbillonnèrent le long des murs, entre les voitures, sur les chevrons apparents.

Torturant son cou douloureux, Marty tourna involontairement la tête, d'un mouvement brusque, vers chacun des fantômes bondissants. Aucun n'avait de visage, encore moins de visage ressemblant au sien.

Les tubes s'allumèrent pour de bon. La lumière blanche, crue, froide et plate comme un soleil matinal d'hiver, imposa une halte brutale aux ombres dansantes.

Il est maintenant à un mètre de la Buick, tenant fermement la main de ses enfants, si près de s'échapper avec eux. Sa Charlotte. Son Emily. Son avenir, son destin, si proches, si terriblement proches.

Mais Vic insiste. Ce type est une vraie sangsue. Il sort de chez lui pour les suivre, comme s'il ne voyait pas la pluie, et il ne cesse de bavarder, de poser des questions. C'est un salopard trop curieux.

Si près de la voiture. Avec le moteur qui tourne et les phares allumés. Emily tenue d'une main, Charlotte de l'autre, et elles l'aiment, elles l'aiment vraiment. Dans l'entrée, elles se sont serrées contre lui et elles l'ont embrassé. Elles étaient si heureuses de le voir, ses petites filles. Elles connaissent leur papa. Leur *vrai* papa. S'il réussit à monter en voiture, à fermer les portières et à s'éloigner, elles seront à lui pour toujours.

Peut-être devrait-il tuer Vic, le salopard trop curieux. Ensuite, s'en aller serait tout simple. Mais il n'est pas sûr de pouvoir se le permettre.

— Tu m'as dit de ne confier les enfants à personne,

hors de la présence de Paige, répète son voisin. A personne. Tu te rappelles ?

Il contemple Vic, réfléchissant moins à une réponse qu'au moyen de bousiller ce fils de pute. Mais il a de nouveau faim, et les genoux qui tremblent. L'envie des sucreries posées sur le siège du passager commence à se faire sentir : des glucides, de l'énergie pour les réparations qu'il subit encore.

— Marty ? Tu te rappelles ce que tu as dit ?

Il n'a pas d'arme non plus, ce qui ne serait ordinairement pas un problème : il est entraîné à tuer à mains nues. Peut-être en aurait-il la force, malgré son état et le fait que Vic semble de taille à se défendre.

— J'ai trouvé ça bizarre, mais c'est ce que tu as dit. Tu m'as demandé de ne pas même te les confier à *toi*, si Paige n'était pas là.

Le problème, c'est que cet enfoiré, lui, est armé. Et qu'il a des soupçons.

De seconde en seconde, son espoir de fuite se désagrège, emporté par la pluie. Les filles lui donnent toujours la main. Oui, mais elles sont sur le point de lui échapper et il ne sait pas quoi faire. Il regarde Vic bouche bée, les pensées tourbillonnantes, aussi en peine de parler qu'il l'a été d'écrire, cet après-midi, dans son bureau, quand il a voulu entamer un nouveau roman.

Bouger, bouger, affronter, défier, lutter et remporter la victoire.

Brusquement, il réalise que pour affronter ce problème et remporter la victoire, il lui faut se comporter en ami, traiter Vic de la manière dont on traite ses amis, dont on leur parle, dans les films. Voilà qui dissipera tous les soupçons.

Un fleuve de souvenirs cinématographiques se déverse dans son esprit et il se laisse emporter.

— Vic, mon Dieu, Vic, est-ce que... est-ce que j'ai dit ça ? (Il s'imagine qu'il est James Stewart, parce que tout le monde aime bien James Stewart et lui fait confiance.) Je ne sais pas ce que j'ai voulu dire. Je devais être fou d'inquiétude. Bon Dieu, c'est juste que... j'ai eu une trouille de tous les diables avec ce qui s'est passé, cette histoire de dingues.

— Mais qu'est-ce qui s'est passé, Marty ?

Effrayé mais toujours aimable, hésitant mais sincère, James Stewart dans un film d'Hitchcock :

— C'est compliqué, Vic, c'est très... c'est délirant, incroyable. Moi-même, j'ai peine à y croire. Il me faudrait une heure pour te raconter ça et je ne dispose pas d'une heure, non, pas maintenant, je n'en dispose pas. Mes enfants, ces enfants-là, sont en danger, Vic, et Dieu m'est témoin que s'il leur arrivait quelque chose, je n'aurais plus envie de vivre.

Constatant que sa nouvelle attitude produit l'effet désiré, il pousse les fillettes vers la voiture, sûr que son voisin ne va pas tenter de les arrêter.

Mais Vic les suit, patauge dans une flaque.

— Est-ce que tu ne peux rien me dire du tout ?

Il ouvre la portière arrière de la Buick et y fait monter les enfants avant de se retourner vers l'importun.

— J'ai honte de l'avouer, mais c'est moi qui les ai mises en danger, moi, leur père, à cause de ce que je fais pour vivre.

— Tu écris des bouquins, constate Vic, interloqué.

— Tu sais ce que c'est qu'un fan obsessionnel, Vic ?

Les yeux du voisin s'écarquillent, puis se rétrécissent, tandis qu'un coup de vent lui projette des gouttes de pluie au visage.

— Comme cette femme et Michael J. Fox, il y a quelques années ?

— C'est ça, exactement, comme Michael J. Fox. (Les filles sont dans la voiture. Il claque la portière.) Sauf que c'est un homme qui nous menace, pas une dingue, et ce soir, il est allé trop loin. Il s'est introduit dans la maison, il s'est montré violent et j'ai été obligé de le blesser. Moi. Tu m'imagines en train de blesser qui que ce soit, Vic ? Maintenant, j'ai peur qu'il revienne et il faut que j'emmène les filles loin d'ici.

— Mon Dieu ! s'exclame son voisin, totalement abusé par le récit.

— C'est tout ce que j'ai le temps de te dire, c'est même plus que je n'aurais dû, alors... alors tu... tu vas rentrer chez toi avant d'attraper une pneumonie. Je t'appellerai d'ici quelques jours. Pour te raconter le reste.

Vic hésite.

— Si on peut t'être utiles en quoi que ce soit...

— Rentre, rentre. Je te remercie de ce que tu as déjà fait, mais tout ce que tu peux faire pour m'être utile, à présent, c'est te mettre à l'abri. Tu es trempé comme une soupe, nom de Dieu. Va te mettre à l'abri pour que je n'aie pas à me reprocher de t'avoir fait attraper une pneumonie.

Rejoignant Marty juste derrière la BMW, où il avait laissé tomber les bagages, Paige déposa la troisième valise et le Mossberg. Lorsqu'il ouvrit le coffre, elle découvrit les trois cartons qu'il y avait fourrés.

— Qu'est-ce que c'est ?

— Des trucs dont on aura peut-être besoin, répondit-il.

— Comme quoi ?

— Je t'expliquerai plus tard.

Il souleva les valises pour les ranger dans le coffre.

— Je n'ai emporté que des produits de première nécessité, lui fit remarquer Paige en constatant que deux seulement des trois bagages tenaient. Il faut enlever au moins un carton.

— Non. Je vais caser la plus petite des valises à l'arrière, sous les pieds d'Emily. Ils ne touchent pas le sol, de toute façon.

A mi-chemin de la maison, Vic se retourne vers la Buick.

— Rentre, Vic, rentre, l'encourage le tueur, qui joue toujours à James Stewart. Kathy est sur le perron. Elle va attraper la mort aussi, si vous ne rentrez pas tous les deux.

Il contourne la voiture, et ne regarde à nouveau vers la maison que lorsqu'il atteint la portière du conducteur.

Vic a rejoint Kathy sur le perron. Il est désormais trop loin pour l'empêcher de s'échapper, avec ou sans arme.

Le tueur adresse un signe de la main aux Delorio, qui lui répondent, puis prend place au volant, son imperméable trop grand remontant dans son dos et faisant des plis autour de lui. Il referme la portière.

De l'autre côté de la rue, dans sa propre maison, l'imposteur est avec Paige. Sa merveilleuse Paige. Il ne peut rien y faire, pas encore, pas sans arme.

En se retournant, il constate que Charlotte et Emily ont déjà bouclé leurs ceintures de sécurité. Ce sont de bonnes filles. Et tellement mignonnes dans leurs cirés jaunes, avec les chapeaux assortis. Même sur la photo, elles ne sont pas si mignonnes.

Elles se mettent toutes les deux à parler. D'abord Charlotte :

— Où est-ce qu'on va, papa ? Où est-ce qu'on a eu cette voiture ?

Et puis Emily :

— Où est maman ?

Avant qu'il ne puisse leur répondre, elles lui décochent une impitoyable salve de questions.

— Qu'est-ce qui s'est passé ? Sur qui t'as tiré ? T'as tué quelqu'un ?

— Est-ce que c'était Mrs. Sanchez ?

— Est-ce qu'elle est devenue dingue, comme Hannibal le cannibale, papa ? Est-ce qu'elle était vraiment timbrée ? demande Charlotte.

Par la vitre du passager, il voit les Delorio rentrer ensemble chez eux et refermer leur porte.

— Est-ce que c'est vrai, papa ? demande Emily.

— Oui, papa, est-ce que c'est vrai, ce que tu as dit à Mr. Delorio ? Comme l'histoire de Michael J. Fox ? C'est vrai ? Il est mignon.

— Tenez-vous tranquilles ! répond-il, impatient.

Il passe la première, appuie sur l'accélérateur. La voiture reste plantée sur place, car il a oublié de desserrer le frein à main — ce qu'il fait. Le véhicule bondit alors en avant, et cale.

— Pourquoi est-ce que maman n'est pas avec toi ? s'enquiert Emily.

Charlotte est de plus en plus énervée. Le son de sa voix donne le vertige au tueur.

— T'avais du sang partout sur la chemise, t'as certainement tiré sur quelqu'un, c'était vraiment répugnant, super dégueu'.

Son besoin de nourriture est intense. Ses mains tremblent au point que les clefs s'entrechoquent bruyamment quand il tente de redémarrer. Sa faim ne deviendra pas à moitié aussi dévorante que la dernière fois, mais il ne pourra pas aller très loin avant d'être submergé par le désir d'avaler les barres chocolatées.

— Où est maman ?

— Il a dû essayer de te tirer dessus le premier. Est-ce qu'il a tiré le premier ? Il devait avoir un couteau. Ça, ç'aurait été effrayant, un couteau. Qu'est-ce qu'il avait, papa ?

Le démarreur tourne, la voiture tousse, mais le moteur refuse de partir, comme s'il l'avait noyé.

— Où est maman ?

— Est-ce que tu t'es vraiment battu contre lui à mains nues ? Tu lui as arraché un couteau, ou quelque chose comme ça ? Comment t'as pu faire ça, papa ? Tu fais du karaté ?

— Où est maman ? Je veux savoir où est maman !

La pluie tambourine sur le toit, ruisselle sur le capot. Le moteur noyé fait preuve d'un exaspérant manque de réaction : ruuurrrrr-ruuurrrrr-ruuurrrrr. Les essuie-glaces qui battent, qui battent. De droite à gauche. De gauche à droite. Avec des coups sourds et réguliers. Les voix juvéniles, sur la banquette arrière, de plus en plus aiguës. Comme un strident bourdonnement d'abeilles. Bzzz-bzzz-bzzz. Il doit se concentrer pour tenir fermement la clef dans sa main tremblante. Ses doigts moites, agités de spasmes, ne cessent de glisser. Il a peur de se crisper, de briser la clef dans le tableau de bord. Ruuurrrrr-ruuurrrrr. Et il a faim. Il faut qu'il mange. Il faut qu'il s'en aille d'ici. Balayage. Coup. Coups incessants. La douleur se réveille dans ses blessures presque guéries. Respirer lui est pénible. Foutu moteur. Ruuurrrrr. Ne veut pas démarrer. Ruuurrrrr-ruuurrrrr. Papa-papa-papa-papa-papa, bzzzzzzzzzzzz.

De la frustration à la colère, de la colère à la haine, de la haine à la violence. La violence, parfois, apaise.

Brûlant de taper sur quelque chose, sur n'importe quoi, il adresse aux filles un regard incendiaire et crie :

— La ferme, la ferme, la ferme !

Elles en demeurent hébétées. Il ne leur a jamais parlé comme ça auparavant.

La petite se mord les lèvres, et pivote vers la vitre.

— Du calme, pour l'amour de Dieu, du calme.

Lorsqu'il tente à nouveau de démarrer, l'aînée éclate en sanglots comme un bébé. Les essuie-glaces qui cognent, le démarreur qui tourne bruyamment, le moteur qui ronfle, le martèlement régulier de la pluie, et maintenant ces pleurnicheries — perçantes, grinçantes, insupportables. Il pousse un hurlement inarticulé en direction de sa fille, assez fort pour étouffer un instant ses sanglots et tous les autres bruits. Il se demande s'il ne va pas rejoindre sur la banquette arrière cette maudite petite chose à la voix pointue, et la faire arrêter, la frapper, la secouer, lui presser une main sur la bouche et le nez jusqu'à ce qu'elle ne puisse plus émettre le moindre bruit, jusqu'à ce qu'elle arrête enfin de crier, de se débattre, jusqu'à ce qu'elle arrête, qu'elle arrête.

Et brusquement, le moteur a un sursaut, se met à ronronner.

— Je reviens tout de suite, annonça Paige, tandis que Marty déposait la valise derrière le siège avant gauche de la BMW.

Il se redressa juste à temps pour la voir rentrer dans la maison.

— Attends ! Qu'est-ce que tu fais ?

— Il faut éteindre les lumières.

— Au diable ! Ne retourne pas là-dedans.

C'était un instant de fiction, sorti tout droit d'un roman ou d'un film, et Marty le reconnut comme tel. Ayant fait les bagages, ayant atteint la voiture, étant arrivés tellement près de s'en tirer sans mal, ils rentreraient dans la maison pour accomplir une tâche dépourvue de caractère essentiel, sûrs d'être en sécurité, et le psychopathe les y guetterait — soit parce qu'il était revenu tandis qu'ils se trouvaient dans le garage, soit parce qu'il avait réussi à se dissimuler en quelque niche astucieusement dérobée durant toute la fouille des lieux effectuée par la police. Ils iraient de pièce en pièce, éteignant les lumières, laissant les ténèbres envahir la maison — et alors le sosie se matérialiserait, ombre sortie des ombres, maniant un grand couteau de boucher arraché au râtelier de leur propre cuisine, et frappant, poignardant, tuant l'un ou l'autre, ou les deux.

Marty savait que la vie réelle n'était ni colorée avec extravagance comme les fictions les plus mouvementées, ni aussi monotone que le roman classique moyen — et plus imprévisible que les deux réunis. Sa crainte de rentrer dans la maison était irrationnelle, produit d'une imagination trop fertile et de sa tendance d'écrivain à percevoir drames, malveillance ou tragédie dans la moindre action humaine, dans tous les changements de temps, les projets, les rêves, les espoirs et les coups de dés.

Quoi qu'il en fût, ils n'allaient pas rentrer dans cette putain de baraque. Pas question.

— Ne t'occupe pas des lumières, enjoignit-il. Ferme la porte, ouvre celle du garage, récupérons les filles et foutons le camp d'ici.

Peut-être Paige avait-elle vécu assez longtemps avec un romancier pour que sa propre imagination fût corrompue, ou peut-être revit-elle tout le sang, dans le couloir du haut. Toujours est-il qu'elle s'abstint de répliquer que laisser tant de lampes allumées serait un gâchis d'électricité. Tout en fermant d'une main la porte de la cuisine, elle appuya sur le bouton déclenchant l'ouverture de celle du garage.

Comme Marty verrouillait le coffre de la BMW, le rideau acheva de se soulever. Dans un dernier claquement métallique, il se stabilisa.

Marty contempla la nuit pluvieuse, sa main droite dérivant vers la crosse du Beretta, à sa ceinture. Son imagination bouillonnait encore et il s'attendait à voir son increvable sosie s'avancer dans l'allée.

Ce qu'il découvrit à la place était pire que n'importe

quelle image conçue par son imagination. Il y avait une voiture garée de l'autre côté de la rue, et ce n'était pas celle des Delorio. Marty ne l'avait jamais vue auparavant. Les phares étaient allumés, mais le moteur avait peine à démarrer, grinçait, grinçait. Si le conducteur n'était qu'une silhouette sombre, on apercevait le pâle ovale d'un visage enfantin par la vitre arrière, les yeux écarquillés. Même de loin, Marty eut la certitude que cette petite fille était Emily.

A la porte de la cuisine, Paige cherchait les clefs de la maison dans les poches de sa veste en velours côtelé.

Marty était paralysé par le choc. Incapable d'appeler sa femme, incapable de bouger.

De l'autre côté de la rue, le moteur de la Buick toussa à profusion, puis rugit enfin à pleine puissance. Un nuage de fumée cristallisée jaillit du pot d'échappement.

Marty ne se rendit compte qu'il avait surmonté sa paralysie et s'était mis en branle qu'une fois hors du garage, au beau milieu de l'allée, courant sous la pluie glaciale. Il lui sembla avoir été téléporté sur six mètres en une infime fraction de seconde, alors que son corps, poussé par l'instinct et une terreur primitive, était simplement en avance sur son esprit.

Il ne se rappelait pas avoir tiré le Beretta de sa ceinture. Pourtant, l'arme était dans sa main.

La Buick s'éloigna du trottoir et Marty obliqua à gauche pour la suivre. Le véhicule avançait doucement, car le conducteur n'avait pas encore réalisé qu'il était poursuivi.

Emily était toujours visible, son visage effrayé pressé contre la vitre. Elle regardait droit vers son père.

Marty se rapprochait de la voiture. Trois mètres du pare-chocs. Soudain, elle accéléra progressivement, roulant beaucoup plus vite qu'il ne pouvait courir. Ses pneus traversaient les flaques avec des bouillonnements de percolateur.

Tel un passager sur la barque de Charon, Emily n'était pas simplement transportée le long d'une rue mais de l'autre côté du Styx, vers le pays des morts.

Une vague noire de désespoir déferla sur Marty, mais son cœur se mit à battre encore plus fort qu'auparavant, et il trouva en lui une force qu'il n'imaginait pas posséder. Il courut plus vite que jamais, les pieds martelant le bitume avec ce qu'il ressentait comme la force d'un marteau-pilon, les bras repliés le long du torse, la tête baissée, les yeux toujours fixés sur son but.

Au bout du pâté de maisons, la Buick ralentit. Elle s'arrêta totalement au croisement.

Hors d'haleine, Marty la rattrapa. Pare-chocs arrière. Aile arrière. Portière arrière.

Emily regardait par la vitre.

Elle levait les yeux vers lui.

Les sens de l'écrivain étaient aiguisés par la terreur comme par une drogue psychotrope. Hallucinant presque, il était conscient de chaque détail des innombrables gouttes de pluie, sur le carreau qui le séparait de sa fille — leurs formes incurvées et pendulaires, les volutes blêmes et les échardes de lumière nées des lampadaires qui se reflétaient sur leur surface frémissante — comme si la moindre de ces gouttes avait été la chose la plus importante au monde. De même, l'intérieur de la voiture n'était pas une zone sombre et floue mais une tapisserie élaborée, faite d'une myriade d'ombres, de nuances de gris, de bleu et de noir. Au-delà du visage d'Emily, dans ce curieux ouvrage de crépuscule et de ténèbres, se découpait une autre silhouette, une deuxième enfant : Charlotte.

Alors même qu'il atteignait la portière du conducteur et tendait la main vers la poignée, la voiture se remit en route. Elle vira à droite au carrefour.

Marty glissa et faillit tomber sur le goudron humide. Il retrouva son équilibre, ne lâcha pas son arme, et tituba à la suite de la Buick comme celle-ci s'engageait dans la rue perpendiculaire.

Le chauffeur regardait à droite, inconscient de la présence sur sa gauche. Il portait un manteau noir. Seule sa nuque était visible à travers la vitre couverte de pluie. Il avait les cheveux plus sombres que Vic Delorio.

La voiture roulait au ralenti et Marty la rattrapa à nouveau, le souffle oppressé, les oreilles emplies des battements violents de son cœur. Cette fois, il ne tenta pas de saisir la poignée. La porte pouvait être verrouillée. S'il tentait de l'ouvrir, il perdrait l'avantage de la surprise. Levant le Beretta, il visa la nuque de l'homme.

Les enfants risquaient d'être touchées par un ricochet, ou par des éclats de verre, mais c'était un risque à prendre. Sans cela, elles seraient perdues à jamais.

Que le conducteur fût Vic Delorio ou un autre innocent était peu probable, mais Marty ne pouvait presser la détente sans savoir avec certitude sur qui il tirait.

— Hé! Hé! Hé! cria-t-il sans cesser de courir, parallèlement à la voiture.

Le chauffeur tourna vivement la tête.

Au bout de son arme, Marty découvrit son propre visage. L'Autre. La plaque de verre qui les séparait ressemblait à un miroir maudit, au sein duquel son reflet n'était pas dû à un mimétisme précis mais libre de révéler des émotions que n'importe qui eût jugées trop atroces pour exister. En l'apercevant, ce visage, ce reflet, se tordit sous l'effet de la haine et de la fureur.

Surpris, le conducteur avait laissé son pied glisser de l'accélérateur. Durant un bref instant, la Buick ralentit encore.

A moins d'un mètre cinquante de la vitre, Marty tira à deux reprises. Juste avant que le tonnerre de la première détonation ne résonnât sur une infinité de surfaces humides, dans la nuit balayée par la pluie, il crut voir son sosie se pencher sur le côté, tenant toujours le volant, mais tentant de sortir la tête de la ligne de feu. Un éclair jaillit au bout du canon et une explosion de verre brisé masqua le destin du salopard.

Au moment même où le second coup partait, les pneus de la voiture hurlèrent. La Buick se jeta en avant, tel un cheval vicieux bondissant d'un box de rodéo.

Marty courut à sa suite, mais elle s'éloigna dans un sillage d'air turbulent et de fumées d'échappement. Le sosie était toujours vivant, peut-être blessé mais toujours vivant, et bien décidé à s'échapper. Filant vers l'est, la Buick se mit à dériver sur la file de gauche, réservée au sens inverse de la circulation. Une telle trajectoire allait la faire monter sur le trottoir et terminer sa course sur une pelouse.

Avec les yeux de l'esprit, de son esprit trompeur, Marty la vit frapper le trottoir à grande vitesse, se renverser, rouler sur elle-même, percuter un arbre ou une façade, exploser. Il vit ses filles prisonnières d'un cercueil d'acier brûlant. Dans le recoin le plus sombre de son âme, il les entendit même crier tandis que le feu leur décollait la chair des os.

La Buick réintégra la voie centrale, puis celle de droite. Elle roulait toujours vite, trop vite, et il n'avait plus aucun espoir de la rattraper.

Pourtant, il courait comme si sa vie avait été en jeu. Il respirait par la bouche et sa gorge recommençait à le brûler; la douleur grandissait dans sa poitrine, et des aiguilles de souffrance lui perçaient les jambes. Sa main droite serrait si fort la crosse du Beretta que les muscles de son bras palpitaient du poignet à l'épaule. A chacun de ses pas désespérés, les noms de ses filles résonnaient dans son esprit en un muet hurlement de souffrance et de chagrin.

Quand leur père leur cria de la fermer, Charlotte en fut aussi blessée que s'il l'avait giflée. En neuf ans, elle n'avait rien dit, rien fait, qui l'eût autant mis en colère. Pourtant, elle ne comprenait pas ce qui l'exaspérait : elle n'avait fait que poser quelques questions. Cette réaction était totalement injuste — et le fait que, dans son souvenir, il ne se fût encore jamais montré injuste ajoutait à la tristesse que lui causait la réprimande. Il paraissait furieux contre elle simplement parce qu'elle était elle-même, comme si un aspect de sa nature l'avait brusquement repoussé, dégoûté. C'était là une pensée insupportable, car elle ne pouvait changer ce qu'elle était, qui elle était, si bien que son propre père ne l'aimerait peut-être plus jamais. Il ne pourrait jamais justifier l'expression de rage, de haine, qui avait marqué son visage, et elle-même ne pourrait jamais l'oublier tant qu'elle vivrait. Tout était changé entre eux, pour l'éternité. Elle assimila ces pensées en l'espace d'une seconde, avant même qu'il eût achevé de brailler, et elle éclata en sanglots.

Vaguement consciente que la voiture démarrait enfin, s'éloignait du trottoir et atteignait le bout du pâté de maisons, Charlotte ne sortit partiellement de son désespoir que lorsque Emily lui saisit le bras et la secoua.

— *Papa*, chuchota la cadette sur un ton enflammé.

Charlotte la crut tout d'abord injustement fâchée contre elle pour avoir mis papa en colère, pensa qu'on lui enjoignait de se tenir tranquille. Avant d'avoir pu entamer cette nouvelle bataille avec sa sœur, toutefois, elle réalisa que la voix d'Emily avait vibré d'une expression ravie.

Il se produisait quelque chose d'important.

Ravalant ses larmes, elle constata qu'Em pressait à nouveau son visage contre la vitre. Comme la voiture tournait à droite, Charlotte suivit le regard de sa cadette.

Dès qu'elle aperçut papa courant auprès de la voiture, elle sut que c'était là leur vrai père. Le papa qui était au volant — le papa à l'expression haineuse, qui hurlait sans raison sur les enfants — était un imposteur. Quelqu'un d'autre. Ou *quelque chose* d'autre. Peut-être comme dans les films : jailli d'une cosse végétale venue d'une autre galaxie, naguère amas de gelée répugnant, à présent sosie de papa. Voir deux pères identiques ne la dérouta nullement. Elle n'eut pas le moindre mal à savoir lequel était le vrai, comme eût pu se le demander un adulte, car elle était une enfant, et les enfants savent ce genre de choses.

Demeurant à la hauteur du véhicule, qui s'engageait dans la rue perpendiculaire, pointant son arme sur la vitre du conducteur, papa cria :

— Hé ! Hé ! Hé !

Comme l'imposteur réalisait l'identité de celui qui l'apostrophait, Charlotte tendit le bras aussi loin que le lui permit sa ceinture de sécurité, empoigna l'imperméable d'Em et tira cette dernière loin de la vitre.

— Baisse-toi, couvre-toi la tête, vite !

Elles se penchèrent l'une vers l'autre, se protégeant mutuellement de leurs bras.

BANG !

Charlotte n'avait jamais entendu bruit plus sonore que cette détonation. Ses oreilles se mirent à siffler.

Elle faillit pleurer à nouveau, de peur, cette fois, mais elle devait tenir bon, pour Em. Dans une situation comme celle-ci, une grande sœur avait des responsabilités.

BANG !

Alors même que retentissait le deuxième coup de feu, un battement de cœur après le premier, Charlotte sut que le faux papa avait été touché, parce qu'il gémissait de douleur et ne cessait de jurer. Il était cependant toujours capable de conduire : la voiture bondit en avant.

Il semblait avoir perdu le contrôle du véhicule, qui dériva vers la gauche, roulant très vite, puis obliqua sèchement vers la droite.

Charlotte comprit qu'ils allaient percuter quelque chose. Si elles n'étaient pas réduites en charpie dans l'épave, Em et elle devraient se préparer à bouger rapidement, dès qu'on s'immobiliserait, sortir de la voiture et se mettre hors du chemin de papa pour qu'il puisse s'occuper de l'imposteur.

Elle ne doutait pas que leur vrai père fût capable de vaincre l'ennemi. Quoique encore trop jeune pour avoir lu ses romans, elle savait qu'ils parlaient de tueurs, de pistolets et de poursuites en voiture — exactement le genre de situation qu'ils étaient en train de vivre. En conséquence, il saurait très bien quoi faire. L'imposteur allait regretter de s'en être pris à lui ; il allait se retrouver en prison pour très, très longtemps.

La voiture dériva à nouveau vers la gauche. L'imposteur poussait de petits gémissements de douleur qui rappelèrent à la fillette les cris de Wayne la gerbille, le jour où l'animal s'était coincé une patte dans le mécanisme de sa roue d'exercice. Mais Wayne ne jurait jamais, alors que cet homme le faisait avec plus de fureur que jamais, prononçant en vain le nom de Dieu, ainsi que tout un tas d'autres mots qu'elle ne connaissait pas mais qu'elle devinait pourtant sans le moindre doute appartenir à la catégorie des pires obscénités.

Tenant toujours Em d'une main, Charlotte laissait glisser l'autre le long de sa ceinture de sécurité, à la recherche du bouton de déblocage, sur lequel elle posa légèrement le pouce.

La voiture se souleva un peu en franchissant un obstacle et le conducteur écrasa le frein. Ils partirent en tête-à-queue dans la rue mouillée. L'arrière du véhicule se déporta et Charlotte sentit son estomac s'emballer, comme sur un manège de parc d'attractions.

L'aile gauche de la Buick percuta bel et bien quelque chose, mais pas assez fort pour les tuer. Charlotte pressa le bouton de déblocage et sa ceinture de sécurité se rétracta. Passant la main au niveau de la taille d'Em — « Ta ceinture, vire ta ceinture ! » —, elle trouva le second bouton en deux secondes.

La portière de la cadette était coincée contre ce qu'avait frappé la voiture, quoi que ce fût. Elles devaient sortir du côté de Charlotte.

Celle-ci fit basculer sa sœur par-dessus son propre corps et, ouvrant la portière, la poussa à l'extérieur.

Dans le même temps, Em la tirait, comme si c'était elle qui procédait au sauvetage, et Charlotte eut envie de lui demander qui d'elles deux était l'aînée.

Le faux papa les vit ou les entendit. Il tendit la main vers elles, par-dessus le siège avant — « Petites salopes ! » — et la referma sur le chapeau de Charlotte.

La fillette se dégagea rapidement et se retrouva sous la pluie, à quatre pattes sur le goudron. Levant les yeux, elle constata qu'Em traversait déjà la rue ; elle titubait, à l'instar d'un bébé sachant tout juste marcher. Charlotte se remit debout avec peine et courut à la suite de sa sœur.

Quelqu'un criait leurs noms.

Papa.
Leur *vrai* papa.

Parvenue aux trois quarts du pâté de maisons, la Buick lancée à pleine puissance bondit par-dessus une branche coupée, au sein d'une gigantesque flaque, et dérapa dans une grande gerbe liquide.

Marty fut ravi de se voir offrir pareille chance de la rattraper, mais horrifié à l'idée de ce qui pouvait arriver à ses filles. L'extrait de film comportant l'accident de voiture ne se projeta pas à nouveau dans son esprit : il n'avait jamais cessé de le faire. A présent, il semblait sur le point de sortir de son imagination, tout comme les scènes se traduisaient d'images mentales en mots sur le papier — quoique le pas fût bien plus important, sautant l'étape du manuscrit pour traduire directement l'imagination en réalité. Marty eut l'idée folle que la Buick n'aurait jamais dérapé s'il n'avait pas visualisé l'incident, que ses filles allaient mourir brûlées dans l'épave, simplement parce qu'il y avait songé.

La Buick s'immobilisa d'un coup, bruyamment, contre l'aile d'une Ford Explorer garée le long du trottoir. Quoique le vacarme de la collision déchirât la nuit, la voiture ne se retourna pas, ne prit pas feu.

A la stupéfaction de l'écrivain, la portière arrière droite s'ouvrit à la volée et ses filles en jaillirent à l'instar de serpents en plastique s'échappant d'une boîte de conserve factice.

Autant qu'il put en juger, elles n'étaient pas gravement blessées. Il leur hurla de s'éloigner de la Buick, mais elles n'avaient pas besoin de conseils : suivant leur propre plan, elles se hâtèrent de traverser la rue pour se mettre à couvert.

Il continua de courir. Les enfants hors de danger, sa fureur commençait à dépasser sa peur. Il voulait faire souffrir le conducteur, le tuer. Et il ne s'agissait pas là d'une colère enflammée mais d'une sauvagerie froide, aveugle, reptilienne, qui l'effraya alors même qu'il y succombait.

Il était à moins de cinquante mètres de la voiture

quand le moteur de celle-ci se mit à hurler, ses pneus à fumer à force de patiner. Le sosie essayait de s'échapper, mais les deux véhicules étaient encastrés l'un dans l'autre. Brusquement les carrosseries torturées rendirent un son aigu, puis se détachèrent avec un bruit de bouchon quittant un goulot. La Buick commença à se dégager de l'Explorer.

Marty eût préféré être plus près, afin d'avoir une meilleure chance de toucher l'Autre, mais il sentit qu'il ne pourrait s'approcher davantage. Il s'arrêta dans une glissade et leva le Beretta à deux mains, tremblant tellement qu'il ne parvenait pas à aligner la mire et la cible, se maudissant de sa faiblesse, tentant d'être un roc.

Le recul du premier coup de feu fit se relever le canon de l'arme. Marty l'abaissa et pressa à nouveau la détente.

La Buick se désolidarisa totalement de l'Explorer et bondit en avant sur quelques mètres. Un instant, ses pneus perdirent leur adhérence sur le revêtement glissant et se remirent à patiner, soulevant un geyser argenté.

Marty tira, poussa un grognement de satisfaction quand la lunette arrière de la Buick vola en éclats, et fit feu une nouvelle fois sans attendre, visant le conducteur, tentant de visualiser le crâne de ce salopard en train d'exploser, à l'image de la lunette, souhaitant que son imagination devînt réalité.

Quand ses pneus retrouvèrent prise sur le goudron, la Buick s'élança. L'écrivain tira encore, et encore, alors même que le véhicule était hors de portée. Les filles n'étaient pas dans la ligne de tir, personne d'autre ne semblait arpenter la rue battue par la pluie mais continuer ainsi était tout de même irresponsable, car il n'avait guère de chances de toucher l'Autre. Nettement plus grande était la probabilité qu'il abattît un passant innocent, dans une rue transversale, ou qu'il brisât la fenêtre d'une maison voisine avant d'atteindre un citoyen installé devant sa télé. Mais il s'en moquait, incapable de s'arrêter; il avait soif de sang, de vengeance. Il vida le chargeur et continua de presser la détente bien après que la dernière balle eut été tirée, en poussant des cris de rage primitifs, inarticulés, ayant perdu tout empire sur lui-même.

Dans la BMW, Paige grilla le stop. La voiture négocia le tournant en dérapant et faillit se soulever sur deux roues avant que sa conductrice ne la stabilise.

La première chose qu'elle vit alors fut Marty, debout au milieu de la route, jambes largement écartées, qui tirait sur la Buick déjà fort loin.

Elle retint son souffle. Son cœur manqua un battement. Les filles devaient être dans le véhicule en fuite.

Elle écrasa l'accélérateur, dans l'intention de contourner Marty et de rattraper la Buick, de l'éperonner, de lui faire quitter la route, d'affronter le kidnappeur à mains nues et de l'énucléer à l'aide de ses ongles — de faire tout ce qui serait nécessaire, n'importe quoi. Puis elle aperçut les fillettes dans leur ciré jaune, sur le trottoir de droite, debout sous un lampadaire. Elles se serraient l'une contre l'autre. Sous la pluie battante et la lumière jaunâtre, elles paraissaient minuscules, fragiles.

Ayant dépassé Marty, Paige se gara le long du trottoir. Elle ouvrit la portière à la volée et sortit de la BMW, phares allumés et moteur en marche.

Tout en courant vers les enfants, elle s'entendit répéter : « Merci, mon Dieu ; merci, mon Dieu ; merci, mon Dieu. » Elle ne put se contraindre à arrêter, même lorsqu'elle s'accroupit pour prendre ses filles dans ses bras, comme persuadée inconsciemment que ces mots possédaient un pouvoir magique, que ses enfants disparaîtraient brutalement de son étreinte si elle cessait de psalmodier le mantra.

Les fillettes l'étreignirent avec force. Charlotte enfouit son visage au creux de son épaule. Emily avait les yeux exorbités.

Marty tomba à genoux auprès d'elles. Il ne cessait de toucher les fillettes, particulièrement leur visage, comme s'il avait eu peine à croire leur peau encore chaude, leurs yeux emplis de vie, comme stupéfait de constater qu'elles respiraient encore.

— Est-ce que ça va ? ne cessait-il de répéter. Vous n'avez rien ? Est-ce que ça va ?

La seule blessure qu'il leur découvrit fut une légère écorchure sur la paume gauche de Charlotte, que l'enfant s'était faite lorsqu'elle avait plongé hors de la Buick et atterri à quatre pattes.

L'unique différence importante, troublante, qu'il remarqua en elles fut une retenue inhabituelle. Elles se montraient si calmes qu'elles en semblaient intimidées, comme si elles avaient tout juste été punies. Leur brève expérience avec le kidnappeur les avait laissées terrifiées, absentes, si bien qu'elles risquaient de ne pas retrouver leur confiance en elles-mêmes avant un certain temps, de ne jamais la retrouver tout entière. Pour cette seule raison, Paige avait envie de faire souffrir l'homme à la Buick.

Le long du pâté de maisons, une ou deux personnes étaient sorties sur leur perron pour voir ce que signifiait ce vacarme, à présent que les coups de feu avaient cessé. D'autres étaient à leur fenêtre.

Des sirènes retentirent dans le lointain.

— Foutons le camp d'ici, décida Marty en se relevant.

— Les flics arrivent, lui fit remarquer Paige.

— C'est bien ce que je veux dire.

— Mais ils...

— Ils seront aussi nuls que la dernière fois. Non : pires.

L'écrivain souleva Charlotte et se hâta de la porter jusqu'à la BMW tandis que s'enflait le son des sirènes.

Des morceaux de verre se sont logés dans son œil gauche. La plus grande partie de la vitre est pulvérisée — elle ne lui a pas entaillé le visage —, mais de petits éclats se sont enfoncés profondément dans les tendres tissus oculaires. La douleur est intolérable. Chaque mouvement de l'œil enfonce les corps étrangers, aggrave les dégâts.

Son œil le brûle sous l'effet des piqûres les plus douloureuses, aussi ne cesse-t-il de cligner involontairement des paupières, ce qui le met à la torture. Pour s'en empêcher, il pose les doigts de sa main gauche sur sa paupière close, n'y appliquant qu'une infime pression, et conduit autant que possible d'une seule main. Mais il a parfois besoin de l'autre, par exemple pour déchirer l'emballage d'une barre de chocolat et la fourrer dans sa bouche aussi vite qu'il peut la mâcher. Son métabolisme dévorant a besoin de carburant.

Une trace de balle marque son front au-dessus du même œil. Le sillon est aussi large que son index et long de trois centimètres. On aperçoit l'os. Au début, la blessure saignait à profusion. A présent, le sang, qui commence à coaguler, coule lentement sur son arcade sourcilière et entre les doigts qu'il presse contre sa paupière.

Si la balle était passée un peu plus à droite, elle l'eût cueilli à la tempe et se fût enfoncée dans son cerveau, y enchâssant des esquilles.

Il craint les blessures à la tête. Il ignore si les dommages cérébraux pourraient se résorber aussi aisément et aussi totalement que ses autres maux. Peut-être seraient-ils fatals.

Il conduit avec précaution. Borgne, il a perdu la perception de la profondeur. Les routes détrempées sont dangereuses.

La police possède à présent la description de la Buick, peut-être même son numéro d'immatriculation. On va la rechercher, sinon activement du moins de manière routinière, et les dégâts du côté conducteur la rendront plus facile à repérer.

Pour le moment, il n'est pas en état de voler une autre voiture. Presque aveugle, il est en outre encore secoué par les balles reçues il y a trois heures. S'il est pris en train de voler un véhicule abandonné ou s'il rencontre une résistance en agressant un nouvel automobiliste — comme celui dont il porte l'imperméable et qui repose temporairement dans le coffre — , il a de bonnes chances d'être arrêté ou blessé encore plus grièvement.

Prenant la direction du nord-ouest, il franchit rapidement les limites de la ville pour pénétrer sur le territoire d'El Toro. Quoique arrivé dans une agglomération différente, il ne se sent pas en sécurité. Si un mandat de recherche est lancé, il le sera probablement dans tout l'État.

Le plus grand danger réside dans ses déplacements, qui augmentent le risque d'être remarqué par les flics. S'il découvre un endroit retiré où se garer, où se mettre à l'abri au moins jusqu'à demain, il pourra s'allonger sur la banquette arrière et se reposer.

Il a besoin de dormir, de donner à son corps une chance de se réparer. Depuis son départ de Kansas City, il a passé deux nuits blanches. En temps normal, il pourrait demeurer alerte et actif pendant une troisième, peut-être une quatrième, sans diminution de ses facultés. Mais ses blessures, combinées avec le manque de sommeil et une terrible dépense d'énergie, font qu'il a besoin d'une période de convalescence.

Demain, il retrouvera sa famille, exigera qu'on lui rende son destin. Il a erré seul dans les ténèbres pendant si longtemps. Un jour de plus ou de moins ne fera pas une bien grande différence.

Il a été si près de la réussite. Un bref instant, ses filles lui ont appartenu à nouveau. Sa Charlotte. Son Emily.

Il se souvient de la joie ressentie dans l'entrée des Delorio, tandis qu'il serrait contre lui les corps menus des fillettes. Elles étaient si douces. Déposaient sur ses joues des baisers légers comme des papillons. Et leurs voix musicales — « papa, papa » — tellement emplies d'amour pour lui.

Se rappeler comment il a failli reprendre possession d'elles à jamais le mène au bord des larmes. Il ne doit pas pleurer. La convulsion des muscles de son œil blessé rendrait la douleur insupportable, et les larmes le réduiraient à la cécité presque totale.

Plutôt que de s'abandonner au chagrin, tandis qu'il traverse les quartiers résidentiels d'El Toro, puis de Laguna Hills, où les lumières chaudes des foyers luisent à travers la pluie, le narguent par les images de bonheur domestique qu'elles évoquent, il pense à la manière dont ces mêmes enfants ont fini par le défier et par l'abandonner — car ce sujet l'éloigne des pleurs, le rapproche de la colère. Il ne comprend pas pourquoi ses adorables petites filles ont choisi de rester avec le charlatan plutôt qu'avec leur vrai père, alors que quelques minutes auparavant, elles l'avaient inondé de baisers et d'un amour émouvant. Leur trahison le trouble. Le ronge.

Marty conduisait. Paige occupait la banquette arrière avec Charlotte et Emily, dont elle tenait les mains. Elle était tout à fait incapable de les lâcher pour le moment.

L'écrivain louvoya à l'intérieur de Mission Viejo, empruntant autant que possible les petites rues, et parvint à éviter la police. Tandis qu'ils roulaient, Paige ne cessait d'étudier les environs, s'attendant à voir la Buick défoncée apparaître pour tenter de leur faire quitter la route. A deux reprises, elle regarda par la lunette arrière, sûre que le terrible véhicule les suivait. Mais ses craintes se révélèrent sans objet.

Quand Marty rejoignit la route touristique Marguerite et prit la direction du sud, elle finit par lui demander :

— Où allons-nous ?

Il lui jeta un coup d'œil dans le rétroviseur.

— Je ne sais pas. Loin d'ici. Je n'ai pas encore décidé où.

— Ils t'auraient peut-être cru, cette fois-ci.

— Aucune chance.

— Il y a des gens qui ont vu la Buick, là-bas.

— Peut-être. Mais ils n'ont pas vu le conducteur. Personne ne peut corroborer mon histoire.

— Vic et Kathy ont dû le voir, eux.

— Et ils l'ont pris pour moi.

— A présent, ils vont comprendre qu'ils se trompaient.

— Ils ne nous ont pas vus ensemble, Paige. C'est ça qui compte, nom de Dieu. Il faut quelqu'un qui nous voie ensemble, un témoin indépendant.

— Charlotte et Emily, insista Paige. Elles vous ont vus en même temps, toi et lui.

Marty secoua la tête.

— Ça ne compte pas. J'aimerais qu'il en soit autrement, mais Lowbock n'accordera pas la moindre valeur au témoignage de deux enfants aussi jeunes.

— Pas si jeune que ça, dit Emily, d'une voix flûtée qui la faisait paraître encore plus minuscule, encore plus enfantine qu'elle ne l'était.

Charlotte restait étrangement calme. Toutes deux frissonnaient encore, mais l'aînée nettement plus que la cadette. Elle se pelotonnait contre sa mère pour en recueillir la chaleur, la tête rentrée dans son col à l'instar d'une tortue.

Marty avait poussé le chauffage au maximum. L'intérieur de la BMW eût dû être suffocant. Ce n'était pas le cas.

Même Paige avait froid.

— Peut-être qu'on devrait quand même y retourner et tenter de les convaincre, dit-elle.

Mais Marty se montra d'une totale fermeté.

— Non, chérie, on ne peut pas. Réfléchis. Ils me prendraient certainement le Beretta avec lequel j'ai tiré sur ce type. De leur point de vue, d'une manière ou d'une autre, il y a eu un crime et c'en est l'arme. Soit quelqu'un a réellement tenté de kidnapper les filles et j'ai voulu le tuer, soit ça fait encore partie de mon coup de pub pour vendre des livres et grimper dans la liste des best-sellers. J'ai peut-être engagé un copain qui conduisait la Buick, tiré quelques balles à blanc, convaincu mes propres gamines de mentir, et maintenant je rapporte un nouveau crime fictif.

— Après ça, Lowbock ne retiendra plus cette théorie ridicule.

— Ah oui ? Je parie que si.

— Il ne pourra pas, Marty.

L'écrivain soupira.

— D'accord, très bien, peut-être pas. Probablement pas.

— Il réalisera qu'il se passe quelque chose de bien plus grave... ajouta Paige.

— Oui, mais il ne croira quand même pas à mon histoire — qui, je l'admets, est aussi ridicule qu'un bocal de cornichons géant. Et si on lit l'article de *People*... De toute façon, il confisquera le Beretta. Et pour peu qu'il découvre le fusil à pompe dans le coffre...

— Il n'aura aucune raison de le confisquer.

— Il trouvera une excuse. Écoute, Paige, Lowbock ne va pas changer d'avis si facilement sur moi, pas parce que les filles assureront que je dis la vérité. Il me soupçonnera toujours plus qu'un type mystérieux, dans une Buick qu'il n'a jamais vue. S'il prend les deux armes, on sera sans défense. Suppose que les flics s'en aillent et que ce salaud, ce sosie, s'introduise dans la maison deux minutes plus tard, alors qu'on n'aura rien pour se protéger.

— Si la police ne nous croit toujours pas, si elle ne nous protège pas, alors on quittera la maison.

— Non, Paige. Je veux dire : et si ce type arrive vraiment deux minutes après le départ des flics, s'il ne nous laisse pas le temps de fiche le camp ?

— Il y a peu de chances pour qu'il risque...

— Oh si, il y en a. Oh si ! Il est revenu presque aussitôt, la première fois, non ? Il s'est payé le luxe d'aller chez les Delorio et de sonner à leur putain de porte. On dirait que ça l'excite, le risque. Je ne m'étonnerais même pas qu'il débarque alors que les flics sont encore là et qu'il tire à vue. Il est dingue. Toute cette situation est complètement dingue et je refuse de parier ma vie, la tienne et celle des enfants sur ce que ce salopard va faire.

Paige savait qu'il avait raison.

Toutefois, elle jugeait difficile et douloureux d'accepter que leur situation fût si terrible qu'elle leur interdisait l'aide de la loi. S'ils ne pouvaient recevoir d'assistance et de protection officielles, alors le gouvernement avait échoué dans son premier devoir : assurer l'ordre social par l'application juste mais stricte du code criminel. Malgré la machine sophistiquée qui les transportait, malgré la voie rapide moderne qu'ils empruntaient, malgré les lumières des banlieues qui couvraient la plus grande partie des collines et vallées au sud de la Californie, cet échec signifiait qu'ils ne vivaient pas dans un monde civilisé. Les centres commerciaux, les réseaux de transports en commun élaborés, les centres artistiques étincelants, les stades, les imposants bâtiments administratifs, les complexes de cinémas, les tours emplies de bureaux, les luxueux restaurants français, les églises, les musées, les parcs, les universités et les centrales nucléaires ne dessinaient qu'une façade de civilisation, aussi mince que du papier en dépit de son apparente solidité. En vérité, ils vivaient dans une anarchie basée sur la haute technologie, soutenue par l'espoir et l'aveuglement.

Le ronronnement régulier des pneus fit naître en Paige une crainte croissante, le sentiment qu'une calamité était imminente. C'était un bruit des plus communs, caoutchouc dur roulant à grande vitesse sur le goudron, un simple extrait de la musique quotidienne, mais il lui paraissait soudain aussi inquiétant que des moteurs de bombardiers en approche rapide.

Quand Marty obliqua au sud-ouest, sur l'autoroute de Crown Valley, en direction de Laguna Niguel, Charlotte rompit enfin son silence.

— Papa ?

Paige vit son mari regarder dans le rétroviseur et comprit à ses yeux inquiets que lui aussi avait été troublé par l'inhabituel silence de leur fille.

— Oui, chérie ? dit-il.

— C'était quoi, cette chose ?

— Quelle chose, ma puce ?

— La chose qui te ressemblait.

— Ça, c'est la question à un million de dollars. Mais de toute façon, c'est un homme, pas une chose. C'est juste un homme qui me ressemble énormément.

Paige songea à tout le sang, dans le couloir, à la rapidité avec laquelle le sosie s'était remis de deux blessures à la poitrine afin de s'échapper et de revenir peu de temps après, assez fort pour renouveler son assaut. Il ne paraissait pas humain. L'affirmation de Marty, elle le savait, n'était que les obligatoires paroles de réconfort d'un père sachant que les enfants avaient parfois besoin de croire en l'omniscience et en l'inaltérable sérénité des adultes.

Après une nouvelle période de silence, Charlotte reprit :

— Non, c'était pas un homme. C'était une chose. Méchante. Laide à l'intérieur. Une chose froide. (Un frisson la secoua, si bien que sa voix se mit à trembler.) Je l'ai embrassée et je lui ai dit « je t'aime », mais c'était juste une chose.

La résidence se compose d'une bonne vingtaine de grands bâtiments, qui abritent chacun dix ou douze appartements. Elle s'étend sur de vastes espaces verts, abrités par une petite forêt.

A l'intérieur, les rues sont sinueuses. Les locataires disposent de garages privés, larges auvents en séquoia qui peuvent accueillir huit ou dix voitures. Des bougainvillées s'accrochent aux montants de bois, leur apportant une touche de grâce, quoique la nuit, les fleurs colorées soient ternies par la lumière bleu détergent des lampadaires à vapeur de mercure.

Dans tout le complexe sont dispersées des places de parking découvertes, derrière lesquelles on a peint des lettres noires sur le sol : RÉSERVÉ AUX VISITEURS.

Au bout d'un long cul-de-sac, le tueur découvre une de ces zones qui lui fournit l'endroit idéal où passer la nuit. Aucune des six places n'est occupée et la dernière est flanquée d'une haute haie de lauriers-roses. Il y gare la Buick en marche arrière, dissimulant ainsi les dégâts du côté conducteur.

Un acacia s'attache au lampadaire le plus proche. Ses branches feuillues bloquent le plus clair de la lumière. La voiture se trouve en grande partie dans l'ombre.

Il est peu probable que les policiers explorent la résidence plus d'une ou deux fois avant l'aube. Et quand ils le feront, ce ne sera pas pour vérifier les plaques minéralogiques mais pour surprendre cambrioleurs ou autres criminels éventuels.

Il coupe les phares, le moteur, rassemble ce qui lui reste de sa réserve de sucreries et sort du véhicule, chassant les morceaux de verre qui s'accrochent encore à ses vêtements.

La pluie a cessé de tomber.

L'air est frais, agréable, la nuit paisible, le silence seulement rompu par les gouttes d'eau qui s'écoulent des branches sur le sol.

Il monte sur la banquette arrière et referme la portière en silence. Cela ne constitue pas un lit très confortable mais il a connu pire. Il s'allonge en position fœtale, enroulé autour des barres de chocolat, avec le large imperméable pour unique couverture.

Tandis qu'il attend le sommeil, il songe encore à ses filles et à leur trahison.

Inévitablement, il se demande si elles lui préfèrent leur autre père, si elles préfèrent le faux au vrai. Le voilà forcé d'envisager cette terrifiante possibilité. Si c'est le cas, les êtres qui lui sont le plus chers ne sont pas des victimes, à son image, mais participent activement au complot byzantin ourdi contre lui.

Leur faux père fait sans doute preuve de laxisme. Leur permet de manger ce qu'elles veulent. Les laisse aller se coucher aussi tard qu'elles le souhaitent.

Tous les enfants sont anarchistes par nature. Ils ont besoin de règles de conduite, faute de quoi ils deviennent rebelles et antisociaux.

Lorsqu'il tuera ce détestable imposteur et reprendra le contrôle de sa famille, il établira des règles pour tout et les fera respecter strictement. Tout écart de conduite sera puni sur l'heure. La douleur est l'un des meilleurs professeurs, dans la vie, et son application une de ses spécialités. L'ordre sera restauré dans la famille Stillwater. Ses enfants n'agiront jamais sans avoir bien réfléchi aux lois qui les gouvernent.

Au début, bien sûr, elles le détesteront de se montrer si sévère, si intransigeant. Elles ne comprendront pas qu'il agit uniquement pour leur bien.

Pourtant, chaque larme que leur arracheront ses punitions lui sera agréable. Chaque cri de douleur lui sera une douce musique. Il ne leur passera rien : il sait qu'avec le temps, elles réaliseront que ces règles leur sont imposées parce qu'il les aime profondément. Elles le remercieront de sa sévérité paternelle. Elles l'adoreront de leur avoir fourni la discipline dont elles avaient besoin — et qu'elles désiraient secrètement — mais à laquelle leur nature les poussait à résister.

Paige aussi aura besoin de discipline. Il connaît les besoins des femmes. Il se rappelle un film avec Kim Basinger, expliquant que sexe et besoin de discipline sont inextricablement liés. Et il anticipe l'éducation de Paige avec un plaisir particulier.

Depuis que sa carrière, sa famille et ses souvenirs lui ont été volés — ce qui peut dater d'un an ou de dix, pour ce qu'il en sait —, il a essentiellement existé par les films. Les aventures qu'il a vécues et les leçons poignantes apprises dans d'innombrables salles obscures lui semblent aussi réelles que la banquette sur laquelle il est allongé ou le chocolat qui fond sur sa langue. Il se rappelle avoir fait l'amour avec Sharon Stone et Glenn Close, qui lui ont toutes deux appris le potentiel de fureur sexuelle et de fourberie que possèdent toutes les femmes. Il se rappelle l'amour exubérant et rigolo avec Goldie Hawn, l'extase avec Michelle Pfeiffer, le désir ardent et passionné d'Ellen Barkin, qu'il soupçonnait à tort d'être une meurtrière mais qu'il n'en a pas moins plaquée au mur de son appartement pour la pénétrer. John Wayne, Clint Eastwood, Gregory Peck et tant d'autres hommes l'ont pris sous leur aile et lui ont enseigné le courage et la détermination. Il sait que la mort est un mystère d'une complexité infinie, car il a appris à ce sujet de nombreuses leçons contradictoires : Tim Robbins lui a montré que l'au-delà n'est qu'une illusion, alors que Patrick Swayze lui a montré qu'il s'agit d'un endroit joyeux, aussi réel qu'un autre, et qu'on y retrouve ceux qu'on aime (par exemple Demi Moore) lorsqu'ils finissent par quitter ce monde. Mais Freddy Krueger lui a montré que l'au-delà est un horrible cauchemar d'où on peut revenir pour exercer une allègre vengeance. Quand Debra Winger est morte du cancer, laissant Shirley MacLaine désespérée, il a été inconsolable. Pourtant, à peine quelques jours plus tard, il l'a revue, à nouveau vivante, plus jeune et plus belle que jamais, réincarnée dans une nouvelle vie qui lui faisait connaître un nouveau destin avec Richard Gere. Paul Newman a souvent partagé avec lui de sages réflexions sur la mort, la vie, le billard, le poker, l'amour et l'honneur; en conséquence, il considère cet homme comme un de ses plus importants mentors. De même que Wilford Brimley, Gene Hackman, le vieil Edward Asner, Robert Redford, Jessica Tandy. Souvent, il reçoit de tels amis des leçons très incompatibles, mais il a entendu certains d'entre eux déclarer que toutes les croyances sont de valeur égale et qu'il n'existe pas de vérité unique, aussi s'accommode-t-il des contradictions par lesquelles il vit.

La plus secrète de toutes les vérités, il ne l'a pas apprise dans un cinéma, ni sur l'écran de télévision d'une chambre d'hôtel. Cette révélation stupéfiante l'a en effet frappé dans la salle de projection privée d'un des hommes qu'il était chargé de tuer.

Sa cible était un sénateur des États-Unis. L'une des particularités de cet assassinat était qu'il devait passer pour un suicide.

Après s'être introduit dans la propriété, il avait découvert le politicien dans la salle en question, qui comprenait huit sièges, était pourvue du son THX et d'un système de projection de qualité professionnelle, capable de retranscrire les émissions de télévision, une cassette ou un vidéodisque sur un écran d'un mètre cinquante sur deux. Il y avait même là une antique machine à Coca qui, il l'apprit plus tard, dispensait sa boisson dans les classiques bouteilles en verre, ainsi qu'un distributeur de sucreries empli de Milk Duds, de Jujubès, de Raisinettes et autres confiseries traditionnelles des cinémas.

Grâce à la musique du film, il n'avait eu aucune peine à se glisser derrière le sénateur et à l'endormir à l'aide d'un chiffon imbibé de chloroforme, sorti d'un sac en plastique une seconde avant son utilisation. Il avait porté le politicien à l'étage, dans sa salle de bains luxueuse, l'avait déshabillé et plongé délicatement au sein d'une baignoire romaine emplie d'eau chaude, employant périodiquement le chloroforme pour prolonger son inconscience. A l'aide d'une lame de rasoir, il avait fait une profonde incision au poignet droit du sénateur (qui était gaucher et donc susceptible d'agir ainsi), puis il avait laissé retomber le bras dans l'eau chaude, bientôt colorée par le flot de sang. Avant de lâcher la lame dans le bain, il avait simulé plusieurs tentatives avortées pour entailler le poignet gauche, ne tranchant que superficiellement les chairs, car sa victime n'eût pu tenir la lame avec fermeté de la main droite après avoir tranché tendons et ligaments en même temps que les veines.

Assis au bord de la baignoire, administrant du chloroforme chaque fois que le politicien gémissait et semblait sur le point de s'éveiller, il avait partagé avec plaisir la cérémonie sacrée de la mort. Une fois seul vivant dans la pièce, il avait remercié le défunt qui lui avait offert cette précieuse occasion de participer à la plus intime des expériences.

En temps ordinaire, il eût alors quitté les lieux, mais ce qu'il avait aperçu sur l'écran l'avait à nouveau attiré dans la salle de projection du rez-de-chaussée. Il avait déjà vu des films pornographiques, dans les salles spécialisées de nombreuses villes, et en avait appris toutes les techniques sexuelles possibles. Mais cette pornographie-là était différente de ce qu'il connaissait, car elle mettait en jeu chaînes, menottes, lanières de cuir, ceintures cloutées, ainsi qu'une grande variété d'autres liens et instruments de punition. Aussi incroyable que cela parût, les superbes femmes qui officiaient sur l'écran semblaient excitées par la brutalité. Plus on les traitait avec cruauté, plus elles se livraient sans retenue à l'orgasme. En fait, elles imploraient souvent qu'on les frappe encore plus durement, qu'on les viole avec encore plus de sadisme.

Il s'était assis sur le siège auquel il avait arraché le sénateur et avait contemplé l'écran, fasciné — absorbant, apprenant.

Une fois la cassette vidéo achevée, une rapide recherche lui avait révélé une petite pièce secrète, dissimulée derrière les lambris, qui recelait toute une collection de produits du même type. Et une sélection de cassettes encore plus large dépeignait des enfants commettant l'acte de chair avec des adultes. Filles et pères. Mères et fils. Frères et sœurs. Sœurs et sœurs. Il était demeuré assis pendant des heures, presque jusqu'à l'aube, transfiguré.

Absorbant.

Apprenant. Apprenant.

Pour être devenu sénateur, chef reconnu, le mort de la salle de bains devait avoir été extrêmement sage. En conséquence, sa vidéothèque personnelle contenait bien entendu diverses œuvres de nature transcendantale, qui reflétaient ses choix intellectuels et moraux, exprimaient une philosophie bien trop complexe pour le spectateur moyen. Quelle chance il avait eu de découvrir le politicien dans sa salle de projection plutôt qu'en train de se préparer une collation ou de lire au lit. Dans le cas contraire, l'occasion de partager la sagesse qui emplissait la salle secrète du grand homme ne se serait jamais présentée.

A présent, allongé en position fœtale sur la banquette arrière de la Buick, il est certes aveugle d'un œil, criblé de balles, faible et épuisé, vaincu temporairement, mais il ne désespère pas. En plus de son corps à la résistance magique, de son énergie sans pareille et de sa maîtrise exhaustive de l'art du meurtre, il possède un autre avantage, tout aussi important. Il dispose de ce qu'il ressent comme une grande sagesse, acquise sur les écrans de cinéma, publics ou privés, et cette sagesse lui assurera le triomphe. Il connaît ce qu'il croit être les grands secrets que les gens les plus éclairés dissimulent dans des pièces secrètes : ces choses dont les femmes ont besoin mais qu'elles n'ont pas forcément conscience de souhaiter, ces choses que les enfants désirent mais dont ils n'osent pas parler. Il sait que sa femme et ses enfants accueilleront avec joie sa totale domination, sa discipline de fer, ses coups, ses sévices sexuels et même les humiliations qu'il leur imposera. A la première occasion, il a l'intention de satisfaire leurs besoins les plus profonds et les plus primitifs, comme le laxiste faux père n'en sera apparemment jamais capable. Ensemble, ils formeront une famille, vivront dans l'amour et l'harmonie, partageront un même destin, à jamais liés par sa sagesse toute personnelle, sa force et son cœur exigeant.

Il dérive vers un sommeil réparateur, sûr de s'éveiller en pleine santé, toute son énergie retrouvée, d'ici quelques heures.

Non loin de lui, dans le coffre, gît le cadavre de l'ancien propriétaire du véhicule — froid, raide, et sans aucun projet enthousiasmant.

Comme il est bon d'être quelqu'un de spécial, d'être nécessaire à d'autres gens, d'avoir un destin !

DEUXIÈME PARTIE

L'HEURE DU CONTE DANS LA MAISON DE FOUS

Le point où se séparent l'espoir et la raison
Est aussi celui où la folie nous confond.
Tu voudrais que la Terre soit libre et plus belle
Mais les fleurs de l'espoir poussent dans le réel.

Nulle paix n'existe entre l'agneau et le lion,
Sinon peut-être ailleurs, bien au-delà d'Orion.
N'apprends pas au hibou à épargner le rat.
S'il agit en hibou, aucun mal ne fera.

L'orage ne répond pas aux suppliques amères.
Nulle parole humaine ne peut calmer les mers.
La nature — à jamais bienveillante *et* cruelle —
Ne change ni pour l'idiot, ni pour l'intellectuel.

L'humanité partage ses imperfections,
Que révèle au grand jour la moindre observation.
Refuser d'évoluer est un trait bien humain,
Et rêver d'utopie ton tragique destin.

Le Livre des chagrins comptés

Nous sentons que la vie est une sombre comédie. Peut-être sommes-nous capables de l'accepter. Toutefois, l'ensemble étant écrit pour amuser les dieux, bien trop de plaisanteries nous échappent.

Martin STILLWATER,
Deux victimes disparues

CHAPITRE IV

1.

Tandis qu'ils reprenaient la nationale 40 en direction d'Oklahoma City, avec l'impassible Karl Clocker au volant — aussitôt après avoir quitté l'aire de repos où les retraités décédés paressaient à jamais dans le douillet coin salle à manger de leur mobile home —, Drew Oslett se servit de son radiotéléphone ultramoderne pour appeler le quartier général de New York City. Il rapporta les derniers événements et demanda des instructions.

Ce téléphone n'était pas encore accessible au public. Et le citoyen moyen ne pourrait jamais s'en procurer un muni de toutes les options que possédait le modèle d'Oslett.

Il était alimenté par l'allume-cigares, comme les modèles classiques. Toutefois, au contraire de ces derniers, il fonctionnait pratiquement dans le monde entier, pas seulement au sein de l'État ou de la zone de service où il avait été délivré. A l'instar du SATU, il disposait d'une liaison satellite directe. Il pouvait se brancher sur au moins quatre-vingt-quinze pour cent des satellites de communication en orbite, franchir leurs stations de contrôle terrestres, court-circuiter leurs programmes de sécurité, et atteindre n'importe quelle ligne téléphonique sans laisser la moindre trace de l'appel. La compagnie du téléphone ne délivrerait jamais de facture pour celui que passait Oslett, car elle ne saurait jamais que son système avait été utilisé à cet effet.

Oslett parla librement à son contact de New York sans crainte d'être entendu de quiconque, car son téléphone comprenait également un dispositif de brouillage, activé par simple interrupteur. Un brouilleur semblable, au quartier général, rendait le rapport intelligible à la réception, mais quiconque l'intercepterait entre l'Oklahoma et New York n'entendrait que du charabia.

Les retraités assassinés n'avaient d'importance pour New York que dans la mesure où les autorités de l'Oklahoma pourraient relier le meurtre à Alfie ou au Réseau — terme que les membres de l'organisation employaient entre eux pour la désigner.

— Vous n'avez pas laissé les chaussures là-bas ? interrogea New York.

— Bien sûr que non, répliqua Oslett, offensé qu'on le soupçonnât d'incompétence.

— Les composants électroniques dans le talon...

— J'ai les chaussures avec moi.

— Ils sortent tout juste du labo, ces trucs-là. N'importe quel spécialiste ferait un bond de deux mètres en les voyant, et peut-être...

— Je les ai ! coupa sèchement Oslett.

— Bon. Alors ils peuvent bien trouver les cadavres et se taper la tête contre les murs en essayant de résoudre le mystère. Ça ne nous regarde plus. Laissons quelqu'un d'autre sortir les poubelles.

— Exactement.

— Je vous rappelle bientôt.

— J'y compte bien, conclut Oslett.

Après avoir raccroché, il sentit un malaise le saisir à l'idée de traverser plus de cent cinquante kilomètres sombres et désertiques avec Clocker pour seule compagnie. Fort heureusement, il avait emporté une distraction passionnante et bruyante. Sur le tapis de sol, derrière le siège du conducteur, il récupéra une Game Boy, dont il posa les écouteurs sur ses oreilles. Bientôt, il oublia avec bonheur le pénible paysage rural au profit d'un jeu électronique au rythme rapide.

Quand il releva les yeux de l'écran miniature, alerté par la tape sur l'épaule que lui donna Clocker, des lumières banlieusardes mouchetaient la nuit. Par terre, entre ses pieds, le radiotéléphone sonnait.

Son contact de New York paraissait aussi déprimé que s'il avait tout juste assisté à l'enterrement de sa mère.

— Combien de temps vous faut-il pour rejoindre l'aéroport d'Oklahoma City ?

Oslett transmit la question à Clocker.

— Une demi-heure à quarante minutes, pour peu que la réalité ne se distorde pas en chemin, répondit le conducteur, sans que son visage changeât d'expression.

Son compagnon ne fournit à New York que l'estimation temporelle, omettant la science-fiction.

— Allez-y aussi vite que possible ! Vous partez pour la Californie.

— Où ça, en Californie ?

— Aéroport John-Wayne, comté d'Orange.

— Vous avez retrouvé la piste d'Alfie ?

— On ne sait carrément pas ce qu'on a trouvé.

— Vous ne pourriez pas me donner des réponses un peu moins techniques ? demanda Oslett. Je suis paumé.

— Quand vous arriverez à l'aéroport d'Oklahoma City, dénichez un kiosque à journaux. Achetez le dernier *People.* Lisez les pages soixante-six, soixante-sept et soixante-huit. Ensuite, vous en saurez autant que nous.

— C'est une blague ?

— On vient de s'en apercevoir.

— De s'apercevoir de quoi ? insista Oslett. Je me fous complètement du dernier scandale qui agite la famille royale d'Angleterre ou du régime que suit Julia Roberts pour garder la ligne.

— Pages soixante-six, soixante-sept et soixante-huit. Quand vous aurez vu ça, appelez-moi. Peut-être bien qu'on patauge jusqu'au cou dans un baril d'essence et que quelqu'un vient de craquer une allumette.

New York raccrocha avant qu'Oslett pût répondre.

— On va en Californie, annonça-t-il à Clocker.

— Pourquoi ?

— D'après le magazine *People*, c'est un coin qui devrait nous plaire, répondit-il, décidant de faire goûter son compagnon à ses propres remarques cryptiques.

— C'est sans doute vrai, approuva Clocker, comme si les paroles d'Oslett lui avaient semblé parfaitement sensées.

Tandis qu'ils traversaient les faubourgs d'Oklahoma City, Oslett fut soulagé d'être entouré par la civilisation — quoiqu'il se fût tiré une balle dans la tête plutôt que de vivre ici. Même aux heures de pointe, Oklahoma City n'agressait pas les cinq sens comme le faisait Manhattan. Oslett n'était pas un simple amateur d'overdoses sensorielles : il les jugeait presque aussi nécessaires à la vie que la nourriture et l'eau, et plus importantes que la sexualité.

Seattle s'était révélée plus satisfaisante qu'Oklahoma City, mais toujours pas l'égale de Manhattan. On y voyait bien trop de ciel pour une grande ville, pas assez de foule. Les rues, relativement calmes, accueillaient des gens inexpliquablement... détendus. On eût dit qu'ils ignoraient que, comme tout le monde, ils allaient mourir un jour ou l'autre.

La veille, à deux heures de l'après-midi, Clocker et lui avaient poireauté à l'aéroport de Seattle, attendant Alfie, censé arriver par un vol en provenance de Kansas City, Missouri. Le 747 avait atterri avec dix-huit minutes de retard et Alfie n'était pas à son bord.

Oslett se chargeait de lui depuis presque quatorze mois, depuis qu'il avait été mis en service, et rien de tel ne s'était encore produit. Alfie s'était fidèlement montré là où il devait se montrer, il s'était rendu là où on l'avait envoyé, avait accompli les tâches qu'on lui avait confiées, et était apparu aussi ponctuel qu'un conducteur de train japonais. Jusqu'à la veille.

Ils n'avaient pas immédiatement cédé à la panique. Un impondérable — peut-être un accident de la route — avait pu retarder Alfie sur le chemin de l'aéroport et lui faire rater son avion.

Bien entendu, dès cette déviation de sa ligne de conduite, une suggestion implantée dans son inconscient profond eût dû s'activer, le pousser à appeler un numéro de Philadelphie pour rapporter son changement de programme. Mais c'était bien le problème, avec les suggestions : elles étaient parfois enfouies si profondément dans l'esprit du sujet que l'activation ne se produisait pas et qu'elles demeuraient enfouies.

Tandis qu'Oslett et Clocker restaient à l'aéroport de Seattle, pour voir si leur protégé arrivait par un vol ultérieur, un contact du Réseau s'était rendu au motel de Kansas City où Alfie avait séjourné. On craignait qu'il n'eût perdu la totalité de son conditionnement et de son entraînement, exactement comme on pouvait perdre des données en cas d'incident sur un disque dur d'ordinateur — auquel cas ce pauvre crétin fût resté dans sa chambre, dans un état catatonique.

Mais il n'était pas au motel.

Ni sur le vol Kansas City-Seattle suivant.

A bord d'un Learjet privé appartenant à un membre du Réseau, Oslett et Clocker avaient quitté Seattle. Quand ils avaient débarqué à Kansas City, le dimanche soir, on avait retrouvé la voiture louée par Alfie, abandonnée dans un quartier résidentiel de Topeka, à environ une heure de route de là. Ils ne pouvaient plus refuser la vérité : ils avaient une rébellion sur les bras. Alfie était un renégat.

Bien entendu, c'était impossible. Catatonique, oui. Rebelle, non. Toutes les personnes étroitement mêlées au projet en étaient convaincues. Aussi convaincues que l'équipage du *Titanic* avant le baiser de l'iceberg.

Interceptant les communications policières de Kansas City au même titre que les autres, le Réseau savait qu'Alfie avait abattu ses deux cibles désignées durant leur sommeil, entre minuit et une heure, le dimanche matin. Jusqu'à ce point, il avait suivi ses instructions à la lettre.

Ensuite, on ne possédait aucune trace de ses déplacements. Il fallait supposer qu'il avait craqué et s'était enfui dès une heure du matin, ce qui signifiait que, d'ici trois heures, deux jours pleins se seraient écoulés depuis sa rébellion.

Est-ce qu'il aurait pu aller jusqu'en Californie en quarante-huit heures? se demanda Oslett, tandis que Clocker s'engageait sur la route d'accès à l'aéroport d'Oklahoma City.

Ils estimaient qu'Alfie se déplaçait en voiture, puisqu'une Honda avait été volée non loin de l'endroit où on avait découvert le véhicule de location.

Presque trois mille kilomètres séparaient Kansas City de Los Angeles. Il avait pu les franchir en bien moins de quarante-huit heures, en supposant qu'il se fût entièrement consacré à ce projet et qu'il n'eût pas dormi. Or, il pouvait rester trois ou quatre jours sans dormir. Et il se consacrait à ses projets avec la même opiniâtreté qu'un politicien cherchant à gagner de l'argent illégalement.

Le dimanche soir, Oslett et Clocker s'étaient rendus à Topeka pour examiner la voiture abandonnée, dans l'espoir qu'elle leur fournirait une piste.

Alfie avait été assez malin pour ne pas utiliser les fausses cartes de crédit qu'on lui avait remises — et qui auraient pu le faire repérer. Il possédait de plus toutes les qualités requises pour réussir de magnifiques attaques à main armée, aussi avaient-ils utilisé des contacts du Réseau pour accéder aux fichiers informatiques de la police, à Topeka. Une épicerie avait été dévalisée par des inconnus à environ quatre heures du matin, le dimanche. Le caissier avait reçu une balle dans la tête, une blessure fatale. D'après la douille ramassée sur les lieux, on savait que l'arme du crime tirait des balles de 9 mm. Or, pour son travail à Kansas City, Alfie avait reçu un pistolet Heckler & Kock P7 9 mm Parabellum.

L'argument massue consistait en la nature de la dernière vente effectuée, quelques minutes avant la mort du caissier, nature apprise par les policiers en examinant la bande de la caisse enregistreuse. Il s'agissait d'une transaction exceptionnellement importante pour une épicerie : de nombreux paquets de saucisses Slim

Jim, de crackers au fromage, de cacahuètes, de beignets miniatures, de barres chocolatées et d'autres aliments riches en calories. Compte tenu de son métabolisme accéléré, Alfie eût fort bien pu amasser de telles denrées s'il avait eu l'intention de se passer de sommeil pendant quelques nuits.

Et à ce moment-là, ils l'avaient perdu depuis trop longtemps.

De Topeka, il avait pu prendre la nationale 70 vers l'ouest, le Colorado, ou bien la route fédérale 75 vers le nord, et diverses routes menant au sud — Chanute, Fredonia, Coffeyville — ou au sud-ouest — Wichita. Il avait pu aller n'importe où.

En théorie, le transporteur inséré dans sa chaussure aurait dû pouvoir être activé quelques minutes après qu'il avait été jugé renégat, par un signal à micro-ondes codé, transmis par satellite sur tout le territoire des États-Unis. Ils eussent alors utilisé une série de satellites géostationnaires pour le dépister, le traquer et le ramener à la maison en quelques heures.

Mais il y avait eu des problèmes. Il y en avait toujours. Le baiser de l'iceberg.

Ils n'avaient repéré le signal du transpondeur, en Oklahoma, à l'est de la frontière du Texas, que le lundi après-midi. Oslett et Clocker, en attente à Topeka, avaient pris l'avion pour Oklahoma City, loué une voiture, et étaient partis sur la nationale 40, équipés de la carte électronique qui les avait menés aux deux vieillards assassinés et à la paire de chaussures dont on avait scié un talon, mettant au jour les composants électroniques.

Et voilà qu'ils se retrouvaient à l'aéroport d'Oklahoma City, roulant d'avant en arrière telles deux boules lancées dans le flipper le plus lent de l'univers connu. Quand ils s'engagèrent sur le parking de l'agence de location pour rendre leur véhicule, Oslett avait envie de hurler. La seule raison pour laquelle il ne le fit pas est que seul Clocker était là pour l'entendre. Autant hurler à la lune.

Dans l'aérogare, il acheta le dernier numéro de *People*.

Clocker fit l'emplette d'un paquet de chewing-gums Juicy Fruit, d'un badge disant J'AI VU L'OKLAHOMA — JE PEUX MOURIR, et de la énième novélisation de *Star Trek* en édition de poche.

Dans le hall, où la circulation n'était ni aussi importante ni aussi passionnante et bizarre qu'à JFK ou à La Guardia, New York, Oslett prit place sur un banc encadré par des plantes vertes qui dépérissaient dans de grands pots. Il feuilleta le magazine. Pages soixante-six et soixante-sept.

MR. MURDER
DANS LE SUD DE LA CALIFORNIE, MARTIN STILLWATER VOIT LES TÉNÈBRES ET LE MAL LÀ OÙ LES AUTRES NE VOIENT QUE LE SOLEIL.

La double page qui ouvrait l'article était en grande partie occupée par la photographie de l'auteur. Le crépuscule. Des nuages inquiétants. Des arbres sombres en toile de fond. Un angle de prise de vue bizarre. Stillwater paraissait se pencher vers l'appareil, les traits déformés, les yeux brillants de la lumière qu'ils reflétaient. Il jouait les zombis ou les tueurs psychopathes.

Ce type était de toute évidence un imbécile et un amateur de publicité sans scrupules, qui eût été ravi de revêtir les vieux habits d'Agatha Christie si cela avait pu lui faire vendre des livres. Ou de lier son nom à une marque de céréales : « Les Flocons Mystère de Martin Stillwater, composés d'avoine et d'additifs énigmatiques; un sujet articulé gratuit dans chaque paquet, pour une série de onze victimes de meurtres, toutes assassinées d'une manière différente, avec des blessures rouge fluorescent; commencez votre collection dès aujourd'hui et, par la même occasion, laissez nos additifs prendre soin de vos entrailles. »

Oslett lut le texte de la première page. Il ne comprenait toujours pas pourquoi l'article avait catapulté dans la zone rouge la tension artérielle de son contact à New York. En s'informant sur l'écrivain, il songea que celui-ci aurait dû être surnommé « Mr. Pénible ». Si ce type vendait réellement son nom à une marque de céréales, ces dernières n'auraient nul besoin d'une haute teneur en fibres : elles seraient sûres de faire chier le consommateur.

Drew Oslett détestait les livres aussi intensément que certaines personnes détestent les dentistes. Il pensait que ceux qui les écrivaient, particulièrement les romanciers, étaient nés dans la mauvaise moitié du siècle, qu'ils auraient dû choisir de *vrais* métiers, dans la conception informatique, la cybernétique, la recherche spatiale ou les fibres optiques— toutes industries capables de contribuer à la qualité de la vie en cette fin de millénaire. En tant que divertissement, les livres étaient trop lents. Les écrivains insistaient toujours pour entraîner le lecteur dans l'esprit des personnages, pour lui faire partager leurs pensées. Voilà qui n'avait pas cours au cinéma. Les films ne montraient jamais ce qu'il y avait dans la tête des personnages. Même s'ils l'évoquaient parfois, aucun spectateur n'avait envie de pénétrer l'esprit de Sylvester Stallone, d'Eddie Murphy ou de Susan Sarandon. Les livres étaient nettement trop *intimes*. Ce n'était pas ce que les gens pensaient qui comptait, seulement ce qu'ils faisaient. Action et vitesse. A l'aube d'un siècle de haute technologie, il n'y avait que deux maîtres mots : action et vitesse.

Il tourna la page et découvrit une deuxième photographie de Martin Stillwater.

— Oh, nom de Dieu !

Sur ce nouveau cliché, l'écrivain était assis à sa table de travail, face à l'appareil. La lumière avait une qualité étrange, car elle semblait provenir essentiellement d'une lampe en verre teinté, posée derrière lui, mais il était totalement différent du zombi aux yeux brûlants des pages précédentes.

Clocker était assis à l'autre bout du banc, tel un colossal ours dressé, habillé, attendant patiemment que l'orchestre du cirque attaque le morceau de son numéro. Il était plongé dans le premier chapitre de *La Chaude-Pisse de Spock*, ou quel que pût être le titre du roman.

— Regarde ça, dit Oslett en lui tendant le magazine.

Le colosse prit le temps de terminer son paragraphe avant de jeter un coup d'œil au magazine.

— C'est Alfie.

— Non.

— Ça lui ressemble diablement, insista Clocker en mâchant son chewing-gum.

— On a un gros problème, là.

— Ça lui ressemble tout à fait.

— Le baiser de l'iceberg, articula Oslett d'une voix chargée d'inquiétude.

— Hein ? fit son compagnon en plissant le front.

Dans la cabine confortable du jet privé, qui pouvait accueillir douze passagers, décorée avec goût en suédine brun pâle et en cuir lustré d'un vert profond, Clocker, installé à l'avant, lisait *La Menace proctologique extraterrestre*, ou quel que fût le nom de ce putain de bouquin. Oslett était assis vers le milieu de l'appareil. Alors qu'ils étaient encore en plein décollage, il appela son contact de New York.

— O.K., j'ai vu le *People*.

— Une bonne baffe dans la gueule, hein ?

— Qu'est-ce que c'est que cette histoire ?

— On ne sait pas encore.

— Vous croyez que cette ressemblance est une simple coïncidence ?

— Non. On dirait des jumeaux, bon Dieu.

— Pourquoi est-ce que je vais en Californie ? Pour rencontrer ce connard d'écrivain ?

— Et peut-être pour retrouver Alfie.

— Vous croyez qu'il est là-bas ?

— Il faut bien qu'il soit quelque part, répondit New York. En plus, dès que l'article de *People* nous est tombé dessus, on a commencé à se renseigner sur Martin Stillwater, et on a tout de suite découvert qu'il a eu des problèmes chez lui, à Mission Viejo, en fin d'après-midi-début de soirée.

— Quel genre de problèmes ?

— Le rapport de police est rédigé mais pas encore rentré dans l'ordinateur, donc on n'y a pas accès. Il faut qu'on se procure une photocopie. On y travaille. Pour l'instant, on sait juste que quelqu'un s'est introduit dans la maison. Apparemment, Stillwater lui a tiré dessus mais le type s'est enfui.

— Vous pensez que ça a quelque chose à voir avec Alfie ?

— Personne ne croit tellement aux coïncidences, par ici.

La vibration des moteurs changea de fréquence. Le jet avait achevé son ascension et, stabilisé, avait pris sa vitesse de croisière.

— Comment Alfie aurait-il pu connaître Stillwater ? interrogea Oslett.

— Peut-être qu'il lit *People*, répliqua New York, avec un rire nerveux.

— Si vous pensez que l'intrus, c'était Alfie... pourquoi se serait-il attaqué à ce type ?

— On n'a pas encore de théorie.

Oslett soupira.

— J'ai l'impression d'être debout dans une cuvette de chiottes cosmique dont Dieu vient de tirer la chasse.

— Vous auriez peut-être dû accorder plus de soin à la manière dont vous vous occupiez de lui.

— Il ne s'agit pas d'une erreur de manipulation ! affirma Oslett en se hérissant.

— Hé, je ne vous accuse pas. Je me contente de vous rapporter une des choses qui se sont dites chez nous.

— A mon avis, la grosse connerie a été faite par les responsables de la surveillance satellite.

— On ne peut pas leur demander de le retrouver, à présent qu'il a enlevé ses chaussures.

— Mais comment se fait-il qu'il leur ait fallu un jour et demi pour les repérer, ces foutues pompes ? Le mauvais temps sur le Midwest. Les taches solaires. Les perturbations magnétiques. Trop de kilomètres carrés dans la zone de recherche initiale. Des excuses, des excuses, des excuses.

— Au moins, eux, ils en ont, affirma New York, suffisant.

Oslett fulminait en silence. Il avait horreur de se sentir loin de Manhattan. Dès que l'ombre de son avion franchissait les limites de la ville, les couteaux se tiraient et les Pygmées ambitieux tentaient de ramener sa réputation au niveau de la leur.

— En Californie, vous serez réceptionnés par un de nos hommes, dit New York. Il vous mettra au courant de tout.

— Super !

Sourcils froncés, Oslett enfonça le bouton « end » pour mettre fin à la communication.

Il avait envie d'un verre.

En plus du pilote et du copilote, l'équipage comprenait une hôtesse. Il la sonna. En quelques secondes, elle arriva auprès de lui, venue de la petite cuisine, à l'arrière de l'appareil. Il commanda un double scotch on the rocks.

C'était une jolie blonde, vêtue d'un chemisier bordeaux, d'une jupe et d'une veste grises. Il la suivit du regard tandis qu'elle retournait à la cuisine.

Il se demanda si elle était facile. S'il lui faisait du charme, peut-être le laisserait-elle l'emmener dans les toilettes et lui faire son affaire debout.

Il s'autorisa ce fantasme durant toute une minute, puis revint à la réalité et chassa l'hôtesse de son esprit. Même si c'était une fille facile, il y aurait des conséquences désagréables. Ensuite, elle voudrait s'asseoir près de lui, sans doute jusqu'en Californie, partager avec lui ses sentiments et ses idées sur tout, de l'amour à la mort, en passant par le destin et le sens de l'expression *cheez whiz*. Il ne s'intéressait ni à ce qu'elle pensait ni à ce qu'elle ressentait, seulement à ce qu'elle pouvait faire, et il n'était pas d'humeur à feindre d'être un homme sensible à la mode des années quatre-vingt-dix.

Lorsque l'hôtesse lui apporta son scotch, il s'informa des cassettes vidéo disponibles. Elle lui donna une liste de quarante titres. Le meilleur film de tous les temps y figurait : *L'Arme fatale 3*. Il ne savait plus combien de fois il l'avait vu, et le plaisir qu'il en tirait n'était pas affecté par la répétition. C'était le film idéal, dépourvu de scénario assez cohérent pour qu'on se fatigue à le suivre, n'exigeant pas du spectateur qu'il voie les personnages évoluer et grandir. Il ne se composait que d'une suite de séquences d'action violentes, et faisait plus de bruit qu'une course de stock-cars et un concert de Megadeth réunis.

Quatre écrans séparés permettaient de diffuser quatre films différents pour les divers passagers. L'hôtesse envoya *L'Arme fatale 3* sur le plus proche d'Oslett et remit des écouteurs à ce dernier.

Il les coiffa, monta le volume et, souriant, se cala au fond de son siège.

Un peu plus tard, quand il eut achevé son scotch, il s'assoupit tandis que Danny Glover et Mel Gibson se hurlaient des phrases inintelligibles et que des incendies faisaient rage — sur un fond sonore composé de crépitements de mitrailleuses, d'explosions et de musique tonitruante.

2.

Le lundi soir, ils prirent deux chambres communicantes dans un motel de Laguna Beach. Celui-ci ne méritait ni cinq ni même quatre étoiles, mais les chambres étaient propres et il y avait de nombreuses serviettes dans les salles de bains. Avec le week-end de l'Action de Grâces achevé et la saison touristique estivale encore éloignée de plusieurs mois, la moitié de l'établissement était inoccupée. Quoiqu'ils fussent juste au bord de l'autoroute de la Côte Pacifique, la tranquillité régnait.

Ils subissaient le contrecoup des événements de la journée. Paige avait le sentiment d'être restée éveillée une semaine. Le matelas du lit trop mou et légèrement bosselé l'attirait autant qu'un lit de nuages destiné à dieux et déesses.

Pour dîner, ils commandèrent des pizzas. Marty alla les chercher — ainsi que des salades et des gâteaux accompagnés d'une crème délicieusement épaisse — dans un restaurant proche du motel.

Lorsqu'il revint, il tambourina à la porte avec insistance et se précipita dans la chambre, les bras chargés de paquets, pâle et les yeux creusés. Paige crut tout d'abord qu'il avait vu le sosie circuler dans le quartier, mais elle comprit vite qu'il s'était attendu à les trouver disparues, voire mortes.

Dans les deux chambres, la porte du couloir était munie d'un solide verrou et d'une chaîne de sécurité, qu'ils mirent en place avant de caler une chaise à dossier droit sous la poignée.

Ni Paige ni Marty n'imaginaient par quel moyen l'Autre eût bien pu les découvrir. Ils calèrent tout de même les chaises sous les poignées. Solidement.

Aussi incroyable que cela parût, malgré la terreur qu'elles avaient connue, les enfants laissèrent Marty les convaincre que cette nuit hors de la maison était une petite gâterie. Puisqu'elles n'avaient pas l'habitude de coucher à l'hôtel, tout y était pour elles tellement surprenant que leur père n'eut aucun mal à les fasciner en attirant leur attention sur le matelas vibrant à pièces ou les savonnettes miniatures odorantes.

Elles furent notamment intriguées par la lunette des toilettes, enveloppée de bandes de solide papier blanc sur lequel était écrit en trois langues que la cuvette avait été stérilisée. Emily en déduisit que certains clients devaient être de « vrais cochons », trop bêtes pour nettoyer leurs déjections. Charlotte, elle, se demanda si cette note insistante signifiait qu'on n'avait pas seulement utilisé savon ou eau de Javel : peut-être un lance-flammes ou des radiations nucléaires.

Marty, comprenant que les sodas les plus exotiques figurant dans les distributeurs du motel, ceux que les fillettes ne buvaient pas à la maison, les enchanteraient également et les mettraient de bonne humeur, avait acheté du Foo-hoo au chocolat, du Mountain Dew, du Sparkling Grape, du Cherry Crush, du Tangerine Treat et du Pineapple Fizz. Tous quatre s'installèrent sur les deux grands lits d'une des chambres, des boîtes de nourriture autour d'eux, les bouteilles colorées posées sur les tables de nuit. Charlotte et Emily insistèrent pour goûter à toutes les boissons avant la fin du dîner, ce qui combla leur mère.

Au cours de sa carrière de conseillère psychologique, Paige avait appris que les enfants résistaient potentiellement mieux que les adultes aux traumatismes. Ce potentiel était d'autant plus développé qu'ils bénéficiaient d'une structure familiale stable, recevaient beaucoup d'affection et se considéraient comme aimés et respectés. Elle sentit une bouffée de fierté l'envahir en constatant que ses filles se révélaient si fortes, qu'elles réagissaient aussi bien. Puis, superstitieuse, elle toucha sans se faire remarquer le bois de lit, demandant silencieusement à Dieu de ne punir ni elle-même ni sa famille de son orgueil.

Elle n'était pas au bout de ses surprises : une fois Charlotte et Emily baignées, mises en pyjama et bordées dans les lits de la chambre voisine, elles insistèrent pour que Marty procédât au rite habituel du conte, poursuivant la lecture de son poème sur le jumeau maléfique du père Noël. Paige décelait une similarité troublante — extraordinaire, à vrai dire — entre cette pièce de fiction et les événements réels récents. Elle était sûre que son époux et les fillettes en avaient conscience, eux aussi. Pourtant, Marty parut aussi enchanté de dévoiler d'autres vers que les enfants avaient hâte de les entendre.

Il plaça une chaise au pied des lits, exactement entre les deux. Dans son empressement à faire les bagages et à quitter la maison, il avait tout de même songé à emporter le carnet étiqueté *Histoires pour Charlotte et Emily*, ainsi que la lampe à pile qui s'y accrochait. Il s'assit et leva le petit volume.

Le fusil à pompe était par terre près de lui.

Paige n'aurait besoin que de deux secondes pour atteindre le Beretta, sur la commode.

Marty attendit que le silence eût instillé la nécessaire ambiance d'impatience.

Cette scène ressemblait follement à celles auxquelles

Paige avait si souvent assisté dans la chambre des filles, chez eux : à deux exceptions près. Perdues au creux des grands lits, Charlotte et Emily étaient pareilles à des enfants de conte de fées, orphelines sans logis qui s'étaient aventurées dans la demeure d'un ogre pour voler un peu de porridge et se reposer dans les chambres d'amis. Et la lampe accrochée au carnet n'était pas la seule source de lumière : l'une des lampes de chevet brûlait également et brûlerait toute la nuit, seule concession apparente des fillettes à la peur.

Surprise de constater qu'elle aussi attendait avec plaisir la suite du poème, Paige s'assit au pied du lit d'Emily.

Elle se demanda pourquoi les gens avaient presque autant besoin d'histoires que de nourriture ou d'eau, et d'autant plus dans les mauvais moments. Les cinémas n'avaient jamais attiré plus de spectateurs que durant la Grande Dépression. Dans les périodes de récession, il arrivait fréquemment que les ventes de livres augmentent. Ce besoin dépassait le simple désir de détente et d'oubli des problèmes. Il était plus profond et plus mystérieux.

Quand le silence fut tombé sur la pièce et que le moment lui sembla opportun, Marty commença à lire. Charlotte et Emily l'ayant pressé de recommencer au début, il récita les vers qu'elles avaient déjà entendus le samedi et le dimanche soir, jusqu'au moment où le jumeau maléfique du père Noël se tenait devant la porte de la cuisine des Stillwater, décidé à entrer.

Avec des pics, des pinces et tout un tas d'outils,
Il ouvre vite les deux serrures, et sans bruit,
Toujours en silence, il entre dans la cuisine.
Pour ses méchancetés, il tient là une vraie mine.
Ouvrant le Frigidaire, il dévore le gâteau,
Et se demande où il va jeter le chaos.
Sur le sol, il renverse la bouteille de lait,
Cornichons et pudding, ketchup et six œufs frais.
Il éparpille le pain — la mie comme la croûte —
Et enfin, dernier tour, il crache dans la tourte.

— Dégueu ! fit Charlotte.
— Il a balancé une huître, sourit Emily.
— C'était quoi, comme tourte ? interrogea la première.
— Une tourte à la viande hachée, répondit Paige.
— Beurk ! Alors, je ne lui en veux pas d'avoir craché dedans.

Non loin du téléphone, sur le tableau de liège,
Il voit les dessins faits par les filles, au collège.
Emily a peint une souriante et belle face,
Charlotte un éléphant, en plein cœur de
[l'espace.
L'affreux s'empare d'un stylo rouge qui fuit,
Ôte le capuchon, ricane et puis écrit,
Griffonne sur les deux tableaux : « Caca
[Boudin ! »
Faire les pires actions, oui, tel est son destin.

— C'est un critique ! s'indigna Charlotte dans un hoquet, serrant les poings et les agitant vigoureusement au-dessus de sa tête.
— Ah, les critiques ! soupira Emily, exaspérée, les yeux levés au ciel, comme elle avait parfois vu son père le faire.
— Mon Dieu ! renchérit Charlotte en se couvrant le visage de ses mains. On a un critique dans la maison.
— Je vous avais dit que ce serait une histoire terrifiante, remarqua Marty.

Un petit rire de fou bouillonne encore en lui
Tandis qu'il va causer de plus graves ennuis.
Il n'est pas plus méchant ni plus couard homme
[au monde :
Une fois qu'il a rempli le four à micro-ondes
Avec cinq bons kilos de maïs à pop-corn
(Et là, vraiment, vraiment, il dépasse les
[bornes),
Il court se mettre à l'abri dans le living-room,
Car ce vieux four ne va pas tarder à faire BOUM *!*

— Cinq kilos ! s'exclama Charlotte, emportée par son imagination, en se relevant sur les coudes, la tête décollée de l'oreiller. Ouah ! Il faudrait un chariot élévateur et une benne à ordures pour tout emporter, une fois que ça aurait gonflé. Ça serait comme des flocons de neige, sauf que ça serait du pop-corn. Une montagne de pop-corn. Il faudrait une barrique de caramel et peut-être un milliard de kilos de noix de pécan pour en faire des gâteaux. On nagerait dedans jusqu'au cul.

— Qu'est-ce que tu as dit ? interrogea Paige.

— Je dis qu'il faudrait un chariot à...

— Non, le mot que tu as employé.

— Quel mot ?

— Cul, répondit Paige, patiente.

— C'est pas un vilain mot, se récria Charlotte.

— Ah non ?

— Ils n'arrêtent pas de le dire, à la télé.

— Ce qui passe à la télé n'est pas toujours intelligent ni de bon goût, déclara sa mère.

— Rarement, en fait, ajouta Marty en abaissant son carnet.

Paige continua :

— A la télé, j'ai vu des gens se jeter en voiture du haut d'une falaise, empoisonner leur père pour toucher l'héritage, se battre à l'épée, dévaliser des banques — et c'est le genre de choses que je ne voudrais pas vous trouver en train de faire, l'une ou l'autre.

— Surtout le coup de l'empoisonnement du père, conclut Marty.

— Très bien, capitula Charlotte. Je ne dirai plus « cul ».

— Parfait.

— Qu'est-ce que je peux dire, à la place ? Ça va : « fesses » ?

— Qu'est-ce que tu dirais de « derrière » ? suggéra sa mère.

— Je crois que ça ira.

— Tu dis « derrière » pendant un moment, et quand tu seras plus vieille, tu pourras passer à « fesses », continua Paige en tentant de ne pas éclater de rire, sans oser jeter un coup d'œil à Marty. Ensuite, une fois que tu seras vraiment adulte, tu pourras dire « cul ».

— C'est raisonnable, admit Charlotte, qui se laissa aller sur l'oreiller.

Emily était demeurée muette et pensive durant toute la discussion. Elle changea de sujet :

— Cinq kilos de maïs, ça tiendrait pas dans le micro-ondes.

— Bien sûr que si, assura Marty.

— Je ne crois pas.

— Avant d'écrire ça, je me suis documenté, dit fermement l'auteur du poème.

Emily plissait les lèvres, sceptique.

— Tu sais bien que je me documente sur tout, insista-t-il.

— Ouais, mais peut-être pas ce coup-ci, dit la fillette; qui doutait toujours.

— Cinq kilos.

— Ça fait beaucoup de maïs.

— Ça y est, on a un deuxième critique à la maison ! soupira Marty en se tournant vers Charlotte.

— D'accord, fit Emily, continue à lire.

L'écrivain haussa le sourcil.

— Tu veux vraiment entendre la suite d'une histoire aussi verbeuse, aussi peu convaincante et aussi mal documentée ?

— Encore un peu, en tout cas, acquiesça sa fille.

Avec un soupir de souffrance exagéré, Marty lança un regard de côté à Paige, releva le carnet et continua sa lecture.

Il écume le rez-de-chaussée — menaçant —
Cherche le forfait qu'il va commettre à présent.
Quand il voit les cadeaux, dessous le vert sapin,
Il se dit « Allons-y, pillons-les des deux mains
Je vais en ôter tous les superbes objets,
Emballer poissons morts, crottes de chat, duvet,
Et au matin, les Stillwater découvriront,

Du marc de café, des écorces de citron.
Au lieu des beaux habits et des jouets et des
[jeux,
Ils auront des rogatons affreux et visqueux. »

— Il va pas s'en tirer comme ça, commenta Charlotte.

— Peut-être bien que si, dit Emily.

— Sûrement pas.

— Qui est-ce qui va l'arrêter ?

Charlotte et Emily sont au creux de leur lit.
Des rêves de Noël leur emplissent l'esprit.
Un bruit soudain, pourtant, éveille les enfants.
Elles relèvent la tête, ouvrent leurs yeux bien
[grands.
Rien ne devrait bouger, pas même une souris,
Mais les fillettes sentent un intrus au logis
Est-ce de l'intuition, une vision, de l'osmose ?
Ou l'haleine du tueur, qui ne sent pas la rose ?
Elles bondissent du lit, oubliant leurs pantoufles.
Braves et téméraires, elles retiennent leur
[souffle ;
« Quelque chose ne va pas », chuchotent-elles en
[chœur.
Elles vont y remédier — ne sont-elles pas deux
sœurs ?

Ce rebondissement — Charlotte et Emily devenant les héroïnes de l'histoire — ravit les fillettes. Elles se tournèrent l'une vers l'autre, séparées par l'espace entre les lits, et se sourirent.

Charlotte répéta la question d'Emily.

— Qui est-ce qui va l'arrêter ?

— Nous ! affirma sa sœur.

— Enfin... Peut-être, intervint Marty.

— Oh, oh, dit Charlotte.

Mais la cadette ne s'inquiétait guère.

— T'en fais pas. Papa essaie juste de préserver le suspense. Je te dis qu'on va l'arrêter, ce vieux troll.

En bas, dans le salon, dessous le vert sapin,
Le jumeau ravi glousse — oh, qu'il est donc
[taquin!
Il a des tas de cadeaux pour tous les dégoûts,
Trouvés dans des décharges, des caves ou des
[égouts.
La montre de Charlotte il remplace sans peine,
Par un cadeau destiné à une vraie vilaine,
Ce que Charlotte, elle, n'a vraiment jamais été.
Oublier ses vitamines, c'est son grand péché.
En place de la montre, voilà qu'il dépose —
[oh! —
Une boule luisante et verte : de la bave de
[crapaud
Du paquet d'Emily, il sort une poupée,
Et lui offre un cadeau qui va la dégoûter.
C'est visqueux, rance, et on dirait que ça moisit
Même l'affreux ne sait pas de quoi il s'agit.

— Qu'est-ce que c'est, à ton avis, maman? demanda Charlotte.

— Sans doute les chaussettes sales que tu as égarées il y a six mois.

Emily pouffa.

— Je finirai bien par les retrouver, ces chaussettes, affirma l'aînée.

— Si c'est ça qu'il y a dans la boîte, alors moi, je l'ouvre pas, dit sa sœur.

— Je ne l'ouvre pas, corrigea Paige.

— Personne l'ouvre, confirma Emily, sans saisir la remarque. Erk!

En pyjama, pieds nus, les filles partent en
[chasse,
Pour découvrir enfin quel danger les menace.
Elles arrivent bientôt sur les marches du haut,
Plus silencieuses qu'un insecte en un tombeau.
Elles sont si délicates, si petites et si fines,
Avec leurs pieds tout roses, et leurs jolies
[mimines.
Comment pourraient-elles donc espérer triompher

D'un père Noël sûr de les mordre et les
[frapper ?
Savent-elles le karaté, ou le taekwondo ?
Non, non, j'ai peur que non. Et pas même le
[judo.
Auraient-elles des grenades, dans leurs poches
[de soie ?
Un laser implanté, tout au fond de l'œil droit ?
Non, non, j'ai peur que non. Elles ne sont pas
[armées,
Et pourtant, dans le noir, descendent l'escalier.
Le danger, tout en bas, elles peuvent le
[comprendre.
Cet intrus ne vaut pas la corde pour le pendre.
Il est pire que la grippe, l'herpès, le mal au
[cœur.
Mais elles sont fortes aussi — ne sont-elles pas
[deux sœurs ?

— Deux sœurs ! clama Charlotte en levant son petit poing d'un air de défi.

— Deux sœurs ! répéta Emily en l'imitant.

Lorsqu'elles découvrirent qu'elles avaient atteint le terme de l'épisode, elles insistèrent pour que Marty leur relise les nouveaux vers. Paige se rendit compte qu'elle-même avait envie de les entendre une deuxième fois.

Bien qu'il feignît d'être fatigué et se fît longtemps prier, Marty eût été déçu si on n'avait pas exigé de lui une seconde lecture.

Lorsque leur père arriva à la fin du dernier vers, Emily n'était plus capable que de murmurer doucement « deux sœurs ». Charlotte ronflait déjà en sourdine.

Marty rapporta en silence la chaise dans l'angle où il l'avait prise. Il vérifia la fermeture de la porte et des fenêtres, s'assura qu'aucune fente entre les rideaux ne permettait d'observer la chambre depuis l'extérieur.

Paige remonta les couvertures sur les épaules d'Emily, puis de Charlotte et leur donna à toutes deux un baiser. Son amour pour elles était si intense, véritable poids sur sa poitrine, qu'elle se trouvait incapable d'inspirer profondément.

Quand Marty et elle se retirèrent dans la chambre voisine, emportant les armes, ils n'éteignirent pas la lampe de chevet et laissèrent grande ouverte la porte de communication. Malgré cela, leurs filles leur semblaient dangereusement éloignées d'eux.

Par un accord tacite, ils s'étendirent sur le même lit. L'idée d'être séparés, ne serait-ce que d'un mètre, leur était intolérable. Il entrait suffisamment de lumière par la porte de l'autre chambre pour illuminer la plus grande partie de la leur. Les angles étaient plongés dans une demi-obscurité mais les ténèbres n'avaient pas droit de cité.

Main dans la main, ils contemplèrent le plafond, comme s'ils avaient pu lire leur avenir dans les jeux d'ombre et de lumière étrangement inquiétants qui se projetaient sur le plâtre. Et il n'y avait pas que le plafond : depuis quelques heures, pratiquement tout ce que regardait Paige semblait menaçant, chargé de mauvais présages.

Ni elle ni Marty ne se déshabillèrent. Même s'ils avaient peine à croire qu'on les eût suivis à leur insu, ils voulaient pouvoir bouger vite.

La pluie avait cessé de tomber, mais des bruits aquatiques les berçaient encore. Le motel était situé au sommet d'une falaise dominant le Pacifique. Inexorable, le bruit cadencé des vagues qui se brisaient sur la plage avait un effet apaisant.

— Dis-moi quelque chose, demanda la jeune femme, parlant bas pour éviter que sa voix ne porte dans l'autre pièce.

— Quelle que soit la question, je n'ai probablement pas la réponse, déclara Marty d'un ton fatigué.

— Qu'est-ce qui s'est passé, là ?

— Tout de suite ? Avec les filles ?

— Oui.

— De la magie.

— Je suis sérieuse.

— Moi aussi, affirma l'écrivain. On ne peut pas analyser les effets les plus profonds qu'a sur nous le conte. On ne peut pas plus en comprendre le pourquoi et le comment que le roi Arthur ne pouvait comprendre de quelle manière Merlin lançait et connaissait ses enchantements.

— On est arrivés ici brisés, apeurés. Les filles étaient muettes, à moitié assommées par la peur. Nous deux, on se disputait...

— On ne se disputait pas...

— Si.

— Très bien, admit Marty. On se disputait un peu.

— Pour nous, c'est beaucoup. On était tous... mal à l'aise les uns avec les autres. Noués.

— Je ne crois pas que ça allait si mal que ça.

— Écoute une conseillère familiale ayant un peu d'expérience : ça allait si mal que ça. Ensuite, tu racontes une histoire idiote, jolie et poétique, mais idiote quand même... et tout le monde se sent détendu. Ça nous aide à recréer nos liens. On s'amuse, on rigole. Les filles se calment et réussissent à s'endormir avant qu'on ait le temps de dire ouf.

Ils demeurèrent tous deux muets un moment.

La susurration rythmique des vagues était comme les battements lents et irréguliers d'un gigantesque cœur.

Paige ferma les yeux. Elle s'imagina redevenue petite fille, pelotonnée sur les genoux de sa mère, ce qu'elle avait rarement été autorisée à faire, la tête contre la poitrine lourde, l'oreille branchée sur le cœur invisible, cherchant intensément un petit bruit qui ne fût pas seulement biologique, un chuchotement particulier qu'elle eût pu reconnaître comme le précieux son de l'amour. Elle n'avait jamais rien entendu d'autre que le lum-dum des oreillettes et des ventricules — creux, mécanique.

Pourtant, cela l'avait apaisée. Peut-être, à un profond niveau inconscient, s'était-elle rappelée en écoutant le cœur de sa mère les neuf mois passés dans l'utérus, durant lesquels ce même battement ïambique l'avait bercée vingt-quatre heures sur vingt-quatre. L'utérus est un endroit parfait, qu'on ne retrouve plus jamais. Avant la naissance, nous ne connaissons rien de l'amour et ne pouvons imaginer la détresse qu'entraîne son absence.

Elle était heureuse d'avoir Marty, Charlotte, Emily. Mais tant qu'elle vivrait, elle connaîtrait de tels moments, durant lesquels des choses aussi simples que le bruit des vagues lui rappelleraient le gouffre de tristesse et d'isolation où elle avait vécu son enfance.

Elle faisait tout son possible pour que ses filles ne doutent jamais un seul instant d'être aimées. Désormais, elle était tout aussi décidée à ce que cette intrusion de violence dans leurs vies ne leur vole pas la moindre fraction de leur enfance, comme la sienne lui avait été volée entièrement. La distance qui existait entre ses parents n'était excédée que par celle qu'ils mettaient entre eux et elle. Pour assurer sa survie émotionnelle, Paige avait été obligée de grandir vite. Même à l'école primaire, elle avait conscience de la froide indifférence du monde et savait qu'il était impératif de se suffire à soi-même pour supporter les cruautés qu'infligeait parfois la vie. Mais, bon Dieu, on n'allait pas demander à ses propres filles d'apprendre une leçon aussi dure en l'espace d'une nuit. Pas à neuf et sept ans. Pas question. Elle voulait désespérément les protéger encore quelques années des dures réalités de l'existence, leur donner une chance de grandir progressivement, dans le bonheur, sans amertume.

Marty fut le premier à briser le silence confortable qui s'était installé.

— Quand Vera Conner a fait sa crise cardiaque et qu'on a passé tout ce temps, cette semaine-là, dans le hall des urgences, il y avait des tas de gens qui allaient et venaient, en attendant d'apprendre si leurs amis et leurs parents allaient mourir ou s'en tirer.

— J'ai du mal à croire que Vera est morte depuis presque deux ans.

Vera Conner avait été professeur de psychologie à l'université de Los Angeles, le mentor de Paige, puis une excellente amie durant les années suivantes. Elle lui manquait encore, lui manquerait toujours.

— Parmi ces gens qui attendaient dans le hall, il y en avait qui restaient assis, les yeux vides, continua Marty. D'autres qui faisaient les cent pas, qui regardaient par la fenêtre, qui écoutaient de la musique au baladeur, qui jouaient avec une Game Boy. Ils passaient le temps d'un tas de manières différentes. Je ne sais pas si tu l'as remarqué, mais ceux qui semblaient s'accommoder le mieux de la peur ou du chagrin, les plus paisibles, c'étaient ceux qui lisaient des romans.

A l'exception de Marty, et malgré une différence d'âge de quarante ans, Vera avait été la meilleure amie de Paige, la première personne à vraiment l'aimer. La semaine où la vieille femme avait été hospitalisée — d'abord désorientée et souffrante, ensuite dans le coma — avait été une des pires semaines de la vie de Paige. Presque deux ans plus tard, sa vision se troublait encore quand elle revoyait le dernier jour, la dernière heure. Debout près du lit, avec dans les siennes la main chaude mais inerte de son amie. Sentant la fin proche, Paige avait prononcé quelques phrases, en priant Dieu que la mourante les entende : *Je vous aime. Vous me manquerez à jamais. Vous êtes pour moi la mère que la mienne n'a jamais pu être*.

Les longues heures de cette semaine-là étaient inscrites de manière indélébile dans la mémoire de Paige, avec plus de précision qu'elle ne l'eût désiré — car la tragédie était le meilleur des outils de gravure. Elle ne se rappelait pas seulement la disposition et l'ameublement de la salle d'attente de l'hôpital avec une clarté effrayante, mais aussi les visages de nombreux inconnus qui, l'espace d'un instant, les avaient côtoyés, Marty et elle.

— Toi et moi, on passait le temps avec des romans, reprit-il, tout comme d'autres. Pas seulement pour s'évader mais parce que... parce que la fiction, à son meilleur, est un médicament.

— Un médicament ?

— La vie est complètement désordonnée. Les choses se produisent, un point c'est tout, et nos épreuves ne semblent que rarement avoir un sens. Parfois, on dirait que le monde est une maison de fous. Le conte condense la vie, l'ordonne. Les histoires ont un début, un milieu et une fin. Et quand une histoire est terminée, elle a un sens, nom de Dieu ! Pas forcément complexe, peut-être très simple, ou même naïf, mais elle a un sens. Et ça nous donne de l'espoir. C'est un médicament.

— Le médicament de l'espoir ? répéta Paige, pensive.

— Ou alors, je suis con.

— Tu n'es pas con.

— Si, je le suis probablement, au moins à moitié. Mais peut-être pas pour ça.

Elle sourit et lui pressa doucement la main.

— Je ne sais pas, reprit-il, mais il me semble qu'une université a conduit une étude à long terme qui a permis de déterminer que les lecteurs de fiction souffraient moins de dépression que les autres gens, ne se suicidaient pas aussi souvent, étaient simplement plus satisfaits de leur vie. Pas n'importe quelle fiction, bien sûr. Pas les romans remplis de désespoir à la mode, du type « les hommes sont des ordures, la vie est nulle, Dieu n'existe pas ».

— Le Dr Marty Stillwater, dispensant le médicament de l'espoir.

— Tu me prends vraiment pour un con.

— Non, chéri, non. Je te trouve merveilleux.

— Je ne le suis pas. Toi, tu es merveilleuse. Je ne suis qu'un écrivain névrosé. Par nature, les écrivains sont trop suffisants, égoïstes, peu sûrs d'eux-mêmes et en même temps imbus de leur personne pour être merveilleux.

— Tu n'es ni névrosé, ni suffisant, ni égoïste, et tu ne manques pas d'assurance.

— Ça prouve juste que tu ne m'as pas écouté parler pendant toutes ces années.

— Très bien, je t'accorde la névrose.

— Merci, chérie, sourit Marty. Ça me fait plaisir de savoir que tu m'as quand même un peu écouté.

— Mais tu es aussi merveilleux. Tu es un merveilleux écrivain névrosé. J'aimerais bien être un merveilleux écrivain névrosé, moi aussi, et dispenser des médicaments.

— Mords-toi la langue.

— Je le pense vraiment, insista-t-elle.

— Toi, tu peux peut-être vivre avec un écrivain. Moi, je ne crois pas que j'en aurais le courage.

Elle roula sur la droite pour lui faire face. Lui roula sur la gauche et ils purent s'embrasser. Des baisers tendres. Doux. Un instant, ils se contentèrent de se serrer l'un contre l'autre en écoutant les vagues.

Sans avoir besoin de mots, ils s'étaient accordés pour ne pas discuter de leurs inquiétudes, de ce qu'il faudrait faire au matin. Parfois, un contact, un baiser ou une étreinte en disent plus long que tous les mots d'un écrivain, que tous les conseils et toutes les thérapies concoctés avec soin par un psychologue.

Dans le corps de la nuit, le grand cœur de l'océan battait lentement, inexorablement. D'un point de vue humain, la marée est une force éternelle. D'un point de vue divin, elle n'est que transitoire.

A demi consciente, Paige fut surprise de constater qu'elle glissait vers le sommeil. Tel un soudain battement d'ailes de corbeau, la peur la gifla : elle allait demeurer endormie — et donc vulnérable — dans un endroit inconnu. Mais la fatigue fut plus forte que ses craintes. Le bruit de la mer l'enveloppa d'une gangue apaisante et l'emporta sur des marées de rêve dans son enfance, où elle posait la tête contre la poitrine de sa mère et cherchait d'une oreille à entendre le chuchotement secret de l'amour, quelque part dans l'écho des pulsations de son cœur.

3.

Toujours coiffé de ses écouteurs, Drew Oslett fut réveillé par des coups de feu, des explosions, des cris et une musique suffisamment forte et stridente pour annoncer l'arrivée de Dieu le jour du Jugement dernier.

Sur l'écran de télévision, Glover et Gibson couraient, sautaient, frappaient, tiraient, esquivaient, virevoltaient et bondissaient au travers de bâtiments en flammes, exécutant un ballet de violence exaltant.

Après un sourire et un bâillement, Oslett consulta sa montre. Il constata qu'il avait dormi plus de deux heures et demie. De toute évidence, une fois le film terminé, l'hôtesse avait remarqué qu'il lui servait de berceuse et l'avait rembobiné pour le diffuser à nouveau. Ils devaient approcher de leur destination et être sans doute à moins d'une heure de l'aéroport John-Wayne, comté d'Orange. Oslett ôta ses écouteurs, et se leva pour rejoindre l'avant de la cabine afin d'informer son compagnon de ce qu'il avait appris durant sa conversation téléphonique avec New York.

Clocker dormait. Il avait enlevé sa veste de tweed aux pièces et aux revers de cuir, mais portait toujours son chapeau mou, avec la petite plume de canard brune et noire fichée dans le bandeau. Il ne ronflait pas, mais ses lèvres étaient entrouvertes et un filet de salive s'échappait du coin de sa bouche. La moitié de son menton luisait de manière répugnante.

Parfois, Oslett était presque convaincu que le Réseau lui faisait une énorme farce en l'associant à Karl Clocker.

Il se demandait si son propre père, un des gros bonnets de l'organisation, ne l'attachait pas à un être aussi grotesque pour l'humilier. Il détestait son père et savait ce sentiment réciproque. Mais finalement, il ne croyait pas que le vieux, malgré leurs différends profonds et violents, eût joué un tel jeu — en grande partie parce que, ce faisant, il eût exposé un Oslett au ridicule. Protéger l'honneur et l'intégrité du nom passait toujours avant les sentiments personnels et le règlement des querelles entre membres de la famille.

Chez les Oslett, on apprenait certaines leçons si tôt que Drew avait presque tendance à les croire innées. Une conscience profonde de la valeur qu'avait son nom était implantée dans ses gènes. Rien, hormis une énorme fortune, n'était aussi précieux qu'un bon nom, conservé au fil des générations. Un bon nom conférait autant de puissance qu'une richesse extraordinaire, car politiciens et juges acceptaient plus facilement une mallette emplie de billets, en guise de pot-de-vin, quand l'offre provenait de gens dont la lignée avait produit sénateurs, secrétaires d'État, chefs d'entreprise, célèbres défenseurs de l'environnement et mécènes adulés.

Le fait qu'il fît équipe avec Clocker était simplement une erreur, qu'il finirait bien par faire rectifier. Si la bureaucratie du Réseau tardait trop à revoir cet arrangement, et s'ils récupéraient leur renégat dans un état permettant de l'utiliser comme avant, il prendrait Alfie à part et lui ordonnerait de s'occuper de Clocker.

Le roman *Star Trek*, dos brisé, était ouvert sur la poitrine de Karl Clocker, les pages vers le bas. Prenant garde à ne pas éveiller le colosse, Oslett s'en empara.

Revenant à la première page, sans se soucier de perdre celle à laquelle s'était arrêté son compagnon, il commença à lire, espérant découvrir un indice qui lui permettrait de comprendre pourquoi l'Enterprise et son équipage fascinaient autant de gens. En quelques paragraphes, ce foutu auteur l'entraîna dans l'esprit du capitaine Kirk, un territoire mental qu'Oslett n'eût accepté d'explorer que si l'alternative s'était limitée aux âmes noires des candidats aux dernières élections présidentielles. Il sauta quelques chapitres, se replongea dans le roman, et se retrouva pris dans l'esprit de Spock, d'une rationalité simpliste. Sautant encore quelques pages, il constata qu'il était dans celui de « Bones » McCoy.

Irrité, il referma *Voyage vers le rectum de l'univers*, ou quel que fût le titre de ce foutu bouquin, et en donna un coup sur la poitrine de Clocker pour l'éveiller.

Le colosse se redressa si soudainement que son chapeau mou glissa et atterrit sur ses genoux.

— Hein ? Quoi ? fit-il, endormi.

— On va bientôt atterrir.

— Sans doute.

— Et un contact nous attend.

— La vie n'est que contact.

Oslett était de mauvaise humeur. Pourchasser un assassin renégat, songer à son père, peser la possible catastrophe représentée par Martin Stillwater, lire plusieurs pages d'un roman *Star Trek* et, à présent, être confronté à de nouveaux rébus de Clocker, voilà plus qu'un homme ne pouvait en supporter sans perdre patience.

— Soit tu as bavé dans ton sommeil, soit un troupeau d'escargots vient de te grimper sur le menton pour te rentrer dans la bouche.

Clocker leva un bras massif et essuya le bas de son visage d'un revers de manche.

— Le contact aura peut-être une piste, à l'heure qu'il est, reprit Oslett. Il faut qu'on soit attentifs, prêts à agir. Tu es complètement réveillé ?

Clocker avait les yeux chassieux.

— Nul n'est jamais complètement réveillé.

— Oh, laisse tomber ton mysticisme à la con, tu veux ? Je n'ai pas la patience de tolérer ça en ce moment.

Le colosse contempla un long moment Oslett avant de constater :

— Tu as le cœur agité, Drew.

— Faux. C'est mon estomac qui est agité, à force d'écouter ces conneries.

— Une tempête intérieure d'hostilité aveugle.

— Va te faire foutre, conclut Oslett.

La vibration des moteurs changea subtilement d'intensité. L'instant d'après, l'hôtesse s'approcha pour annoncer que l'avion entamait son approche du comté d'Orange. Elle leur demanda de boucler leur ceinture de sécurité.

D'après la Rolex d'Oslett, il était une heure cinquante-deux du matin, mais c'était là l'heure d'Oklahoma City. Tandis que le Lear perdait de l'altitude, il régla sa montre afin qu'elle indiquât minuit moins huit.

Lorsqu'ils eurent atterri, lundi avait cédé la place à mardi, dans le tic-tac régulier d'une bombe à retardement ayant entamé son compte à rebours vers l'explosion.

Leur contact — qui paraissait moins de trente ans, un peu plus jeune que Drew Oslett — les attendait dans le hall, au guichet de la compagnie privée. Il leur dit que son nom était Jim Lomax, ce qui était très probablement faux.

Oslett, lui, déclara qu'ils se nommaient Charlie Brown et Dagobert Bumstead.

Le contact ne sembla pas comprendre la plaisanterie. Il porta leurs bagages jusqu'au parking, où il les chargea dans le coffre d'une Oldsmobile verte.

Lomax était un de ces Californiens qui avaient fait un temple de leur corps et s'employaient à en améliorer l'architecture. L'éthique « gymnastique et diététique » s'était depuis longtemps répandue aux quatre coins du pays et, jusqu'aux limites extrêmes du Maine enneigé, beaucoup d'Américains s'efforçaient de se forger des fesses fermes et un cœur solide. Toutefois, le *Golden State* était l'endroit où on avait servi le premier cocktail à base de jus de carotte, fabriqué la première barre à la granola. Et c'était toujours le seul où un nombre de personnes significatif considéraient des bâtons d'algues crues comme un substitut satisfaisant aux frites. Si bien que seuls quelques Californiens fanatiques avaient assez de détermination pour dépasser les exigences structurelles d'un simple temple. Jim Lomax possédait un cou évoquant une colonne de granit. Ses épaules étaient des linteaux ; son torse eût pu servir de contrefort à une nef ; son ventre était aussi plat qu'un autel. Il avait pratiquement fait de son corps une grande cathédrale.

Quoiqu'une tempête se fût abattue un peu plus tôt sur la région et que l'air fût toujours humide et froid, Lomax ne portait qu'un jean, et un tee-shirt orné d'une photo de Madonna avec les seins nus, comme si les éléments l'avaient aussi peu affecté que les murailles de pierre d'une puissante forteresse. Il se pavanait littéralement en marchant, avec une grâce calculée dans les mouvements et une fierté évidente, conscient et ravi qu'on fût enclin à l'observer et à l'envier.

Oslett le suspecta de n'être pas simplement fier mais aussi vaniteux — narcissique, même. Le seul dieu adoré dans la cathédrale de son corps était l'ego qui l'habitait.

Pourtant, Oslett l'appréciait. Sa plus grande qualité était que Karl Clocker parût plus petit que lui. En fait, c'était sa seule qualité, mais elle était suffisante. Lomax n'était probablement qu'à peine plus costaud — s'il l'était — que Clocker, mais il avait les muscles plus fermes et était en meilleure forme. Par comparaison, l'autre semblaient lent, maladroit, vieux et mou. Oslett, parfois intimidé par la taille de son compagnon, se réjouit à l'idée que ce dernier le fût par Lomax. Hélas, si le Trekker était impressionné, il ne le montrait pas — ce qui avait quelque chose de frustrant.

Lomax s'installa au volant, Oslett auprès de lui, tandis que Clocker se vautrait sur la banquette arrière.

En quittant l'aéroport, ils s'engagèrent dans MacArthur Boulevard. Ils traversaient un quartier de tours et de complexes industriels luxueux, dont beaucoup paraissaient constituer le siège régional ou national d'importantes sociétés, coupés de la rue par de grandes pelouses entretenues avec soin, des parterres de fleurs, des bouquets d'arbustes et de nombreux arbres — le tout illuminé par des lampadaires ornementaux disposés avec goût.

— Sous votre siège, vous trouverez la photocopie du rapport de police sur l'incident qui s'est produit chez les Stillwater, dit Lomax à Oslett. Ça n'a pas été facile de l'avoir. Lisez-le tout de suite, parce que je serai obligé de l'emporter avec moi pour le détruire.

Une lampe stylo était accrochée au document. Comme ils suivaient le boulevard vers le sud-ouest, en direction de Newport Beach, Oslett étudia le rapport avec une stupéfaction et un désarroi croissants. Ils atteignirent l'autoroute de la Côte Pacifique et la prirent vers le sud. Quand il acheva sa lecture, ils étaient déjà à Corona del Mar.

— Ce flic, ce Lowbock, déclara-t-il en relevant les yeux, il croit qu'il ne s'agit que d'un coup de pub, qu'il n'y avait même pas d'intrus.

— Ça nous donne un répit, répondit Lomax.

Il sourit, ce qui était une erreur car, ainsi, il ressemblait à un gamin servant de mannequin pour les affiches d'une œuvre de charité en faveur des attardés mentaux.

— Compte tenu du fait que tout ce putain de Réseau est peut-être en train de passer au vide-ordures, j'estime qu'il nous faut plus qu'un répit, affirma Oslett. Il nous faut un miracle.

— Fais voir, demanda Clocker.

Oslett tendit rapport et lampe stylo à son compagnon avant de s'adresser à nouveau à Lomax.

— Comment notre vilain garnement a-t-il seulement su que Stillwater était ici ? Comment l'a-t-il déniché ?

Lomax haussa les épaules.

— Dieu seul le sait.

Oslett émit un son de dégoût inarticulé.

Sur la droite de l'autoroute, ils dépassèrent un club de golf huppé, protégé par des grilles, au-delà duquel on apercevait le Pacifique, vaste et noir au point qu'ils avaient l'impression de rouler au bord de l'éternité.

— On pense que si on surveille Stillwater, notre gars finira par surgir tôt ou tard et qu'on pourra le récupérer, ajouta Lomax.

— Où est-il, Stillwater, en ce moment ?

— On n'en sait rien.

— Génial.

— Eh bien, c'est-à-dire qu'à peine une demi-heure après le départ des flics, il leur est arrivé autre chose, aux Stillwater, avant qu'on puisse les joindre. Et après ça, on dirait qu'ils ont été obligés de... je dirais de chercher une planque.

— Quelle autre chose ?

Lomax fronça les sourcils.

— Personne n'a de certitude à ce sujet. Ça s'est produit juste à l'angle de leur maison. Les voisins ont vu des choses différentes, mais en gros, un type correspondant à la description de Stillwater a carrément mitraillé un autre type, dans une Buick. La Buick a percuté une Explorer en stationnement et elle est restée coincée un instant. Deux gamines, qui correspondent au signalement des filles Stillwater, sont sorties par l'arrière et se sont mises à courir. La Buick s'est éloignée, Stillwater lui a vidé son chargeur dessus, et ensuite il y a une BMW — qui correspond à la description d'une des voitures des Stillwater — qui a surgi comme un diable échappé de l'enfer, conduite par la femme de Stillwater. Ils y sont tous montés et ils se sont cassés.

— Pour poursuivre la Buick ?

— Non. Elle était partie depuis longtemps. On dirait qu'ils ont juste voulu foutre le camp avant l'arrivée des flics.

— Est-ce qu'un voisin a vu le type qui conduisait la Buick ?

— Non. Il faisait trop sombre.

— C'était notre garnement.

— Vous le croyez vraiment ? interrogea Lomax.

— Si c'était pas lui, alors, ça devait être le pape.

Lomax lui lança un regard étrange, puis fixa à nouveau la route, pensif.

Avant que cet imbécile ne pût demander comment le pape pouvait être mêlé à tout ça, Oslett enchaîna.

— Pourquoi est-ce qu'on n'a pas le rapport de police du deuxième incident ?

— Il n'y en a pas eu. Pas de plainte. Pas de victime. Il y a juste un constat de l'accident avec l'Explorer.

— D'après ce que Stillwater a dit aux flics, notre Alfie se prend pour lui ou croit qu'il a pris sa place. Il pense qu'on lui a volé sa vie. Le pauvre a complètement pété les plombs, il est taré, alors ça lui semble logique de retourner voler les enfants des Stillwater parce qu'il les prend pour les siens. Bon Dieu, quel bordel !

Un panneau indicateur leur annonça qu'ils atteindraient bientôt les limites de Laguna Beach.

— Où allons-nous ? interrogea Oslett.

— Hôtel Ritz-Carlton, à Dana Point, répondit Lomax. Vous y avez une suite. J'ai pris le chemin le plus long pour que vous ayez tous les deux le temps de lire le rapport de police.

— On a dormi dans l'avion. Je pensais que dès qu'on débarquerait, on passerait à l'action.

Lomax sembla surpris.

— C'est-à-dire ?

— Allez chez les Stillwater, dans un premier temps, jeter un coup d'œil aux alentours, voir ce qu'on peut découvrir.

— Il n'y a rien à découvrir. De toute façon, j'ai ordre de vous emmener au Ritz. Vous devez dormir et être prêts à partir à huit heures demain matin.

— Pour aller où ?

— On pense qu'on aura une piste sur Stillwater ou votre gars, voire les deux, dans la matinée. Quelqu'un viendra vous briefer à l'hôtel à huit heures et il faudra que vous soyez reposés, prêts à partir. Ce devrait d'ailleurs être le cas, étant donné que vous serez au Ritz. Je veux dire : c'est un hôtel génial. La bouffe est excellente. Même quand on se la fait monter dans la chambre. Vous aurez un petit déjeuner diététique, pas la merde grasse qu'on sert en général dans les hôtels. Omelette, pain aux sept céréales, toutes sortes de fruits frais, yaourt maigre...

— J'espère que je pourrai avoir un petit déjeuner comme celui que je prends tous les matins à Manhattan, dit Oslett. Des embryons d'alligators et des têtes d'anguilles frites sur un lit d'algues sautées dans du beurre à l'ail, accompagnés de deux cervelles de veau. Ah ! On ne se sent jamais à moitié aussi en forme que quand on a pris ce petit déjeuner-là.

Lomax se tourna vers lui, tellement stupéfait qu'il laissa l'allure de l'Oldsmobile descendre à la moitié de ce qu'elle était auparavant.

— Eh bien, la nourriture est vachement bonne, au Ritz, mais je ne sais pas si elle est aussi exotique que ce qu'on trouve à New York. (Il regarda à nouveau la route et accéléra.) Vous êtes sûr que c'est sain, comme régime ? Ça m'a l'air bourré de cholestérol, tout ça.

Sa voix n'était pas marquée par la moindre pointe d'ironie, la plus petite trace d'humour. De toute évidence, il croyait réellement que son interlocuteur mangeait têtes d'anguilles, embryons d'alligators et cervelles de veau au petit déjeuner.

A regret, Oslett dut reconnaître qu'il existait des associés potentiels pires que le sien. Karl Clocker avait seulement *l'air* d'un imbécile.

Décembre était la morte saison pour Laguna Beach, et à une heure moins le quart du matin, ce mardi, les rues étaient presque désertes. A un carrefour de trois voies, au cœur de la ville, avec la plage publique à droite, ils s'arrêtèrent au feu rouge bien qu'aucune autre voiture ne fût en vue.

Cet endroit était aussi mort, aussi inquiétant, que n'importe quel trou perdu d'Oklahoma. Oslett regrettait amèrement le bouillonnement de Manhattan : l'incessant trafic des véhicules de police et des ambulances, la noire musique des sirènes, l'éternel vacarme des klaxons. Les rires, les voix avinées, les disputes et les délires des sans-logis schizophrènes, bourrés de drogue, qui résonnaient jusqu'à son appartement, même aux heures les plus tardives, manquaient cruellement au sein de ce bourg endormi qui reposait au bord de la mer d'hiver.

Tandis qu'ils sortaient de Laguna Beach, Clocker rendit le rapport de police à son compagnon.

Oslett attendait un commentaire du Trekker. Comme il n'en reçut aucun, dès qu'il fut incapable de supporter plus longtemps le silence qui emplissait le véhicule et semblait occulter le monde extérieur, il lui demanda :

— Alors ?

— Alors quoi ?

— Qu'est-ce que tu en penses ?

— C'est pas bon, articula Clocker, depuis son nid d'ombres, sur la banquette arrière.

— Pas bon ? C'est tout ce que tu as à dire ? Moi, je trouve que c'est un bordel colossal.

— J'imagine qu'une organisation crypto-fasciste ne peut pas toujours passer à travers les gouttes, dit Clocker, philosophe.

Oslett éclata de rire. Il jeta un coup d'œil au solennel Lomax, et son rire redoubla.

— Karl, je me dis parfois que tu n'es pas vraiment un méchant.

— Bons ou méchants, nous résonnons tous du même mouvement de particules subatomiques, répliqua le Trekker.

— Ah, ne va pas gâcher un moment aussi agréable, l'avertit Oslett.

4.

Au plus profond de la nuit, il sort d'un rêve de gorges tranchées, de crânes fracassés par des balles, de poignets pâles entaillés par des lames de rasoir et de prostituées étranglées, mais il ne se redresse pas d'un coup, ne halète ni ne crie à la manière d'un homme chassé d'un cauchemar. Ses rêves ne manquent jamais de l'apaiser. Encore à moitié plongé dans son sommeil réparateur, il demeure allongé en position fœtale sur la banquette arrière de la voiture.

Une de ses joues est recouverte d'une épaisse substance visqueuse. Il y porte la main et malaxe un peu de cette matière entre ses doigts, tentant de comprendre de quoi il s'agit. Quand il découvre de petits morceaux de verre au sein du limon presque figé, il réalise que son œil a rejeté les éclats avec le tissu oculaire endommagé, lequel a été remplacé par du neuf.

Il cligne des paupières, et s'aperçoit qu'il voit à nouveau aussi bien du gauche que du droit. Même dans la Buick obscure, il perçoit clairement les formes, les variations de texture et les ténèbres moins profondes de la nuit qui se pressent aux vitres.

Dans quelques heures, quand les palmiers projetteront vers l'ouest les longues ombres de l'aurore, quand les rats arboricoles auront gagné leurs refuges secrets parmi les branches luxuriantes pour laisser s'écouler la journée, il sera totalement guéri. A nouveau prêt à réclamer son destin.

— *Charlotte*... murmure-t-il.

Dehors, une lumière spectrale commence à se faire jour. Les nuages qui suivent la tempête sont minces, déchiquetés. Entre certains d'entre eux, le froid visage de la Lune surveille la Terre.

— ... *Emily*...

Au-delà des vitres, la nuit miroite légèrement, tel de l'argent un peu terni à la lueur d'une unique bougie.

— ... *Tout va aller bien pour papa... bien... ne vous inquiétez pas... tout va aller bien pour papa*...

Il comprend à présent qu'il a été attiré vers son double par un magnétisme né de leur identité fondamentale, discernée grâce à un sixième sens. Il n'avait pas conscience qu'un autre lui-même existait, mais il a été entraîné vers lui comme si cette attirance était une fonction autonome de son corps, au même titre que le battement de son cœur, la production et l'entretien de son sang, et le fonctionnement de ses organes internes, n'ayant nul besoin de désir conscient pour s'exercer.

Encore à moitié endormi, il se demande s'il peut utiliser consciemment ce sixième sens, découvrir le faux père à tout moment.

Rêveur, il s'imagine silhouette sculptée dans le fer et magnétisée. L'autre lui-même, qui se dissimule quelque part, là-bas, dans la nuit, est une silhouette similaire. N'importe quel aimant possède un pôle négatif et un pôle positif. Il suppose que son positif est aligné avec le négatif du faux père. Les contraires s'attirent.

Il cherche l'attraction et, presque tout de suite, la trouve. Des vagues de force invisibles le tirent légèrement, puis moins légèrement.

Ouest. Sud-ouest.

Comme durant son équipée frénétique et compulsive à travers plus de la moitié du pays, il sent la puissance de l'aimant grandir jusqu'à devenir l'énorme gravité d'une planète entraînant un petit astéroïde vers la flamboyante promesse de son atmosphère.

Sud-ouest. Pas très loin. Quelques kilomètres.

L'attraction est exigeante, étrangement agréable au début, puis presque douloureuse. Il a le sentiment que, s'il sortait de la voiture, il serait immédiatement soulevé du sol et qu'il fendrait l'air à grande vitesse pour rejoindre directement l'orbite du faux père honni qui lui a pris sa vie.

Soudain, il sent que son ennemi a conscience d'être

cherché, qu'il perçoit les lignes de force les reliant tous deux.

Il cesse d'imaginer l'attraction magnétique. Immédiatement, il se referme sur lui-même, coupe ses liens avec l'extérieur. Il n'est pas tout à fait prêt à combattre son adversaire et ne veut pas l'avertir que la prochaine confrontation aura lieu dans seulement quelques heures.

Il referme les yeux.

Souriant, il dérive vers le sommeil.

Le sommeil réparateur.

Au début, il rêve du passé, peuplé de ceux qu'il a assassinés, des femmes avec qui il a couché avant de leur infliger une mort postcoïtale. Puis il se délecte de tableaux sûrement prophétiques, mettant en scène celles qu'il aime — sa délicieuse épouse, ses jolies fillettes — dans des moments de tendresse extrême et d'agréable soumission, baignées d'une lumière dorée, si belle, une magnifique lumière dorée, avec des éclairs argent, rubis, améthyste, jade et indigo.

Marty émergea du cauchemar avec l'impression d'être broyé. Même quand le songe se fragmenta et fut emporté, bien qu'il se sût éveillé, dans la chambre du motel, il demeura incapable de respirer ou de bouger ne fût-ce qu'un doigt. Il se sentait petit, insignifiant, avait l'étrange certitude d'être sur le point de se faire réduire en un milliard d'atomes dissociés par quelque force cosmique dépassant l'entendement.

Le souffle lui revint brutalement, telle une implosion. La paralysie se brisa dans un spasme qui le secoua de la tête aux pieds.

Il regarda Paige, allongée près de lui, craignant d'avoir troublé son sommeil. Elle murmurait des mots sans suite mais dormait encore.

Il se leva aussi doucement que possible, s'approcha de la fenêtre et écarta les rideaux avec précaution pour contempler le parking du motel — et au-delà, l'autoroute de la Côte Pacifique. Nul ne bougeait près des voitures en stationnement. Pour autant qu'il s'en souvînt, les ombres dehors s'y trouvaient déjà auparavant. Il n'aperçut personne en train de rôder. La tempête avait emporté tout le vent avec elle vers l'est. Laguna Beach était si paisible que les arbres eussent aussi bien pu être peints sur une toile, décor de théâtre. Un camion passa sur l'autoroute, se dirigeant vers le nord, mais c'était là le seul mouvement qui agitait la nuit.

Sur le mur opposé à la fenêtre, des draperies couvraient deux portes vitrées coulissantes, derrière lesquelles s'étendait un balcon avec vue sur l'océan. Par-delà le muret du front de mer, les vagues se brisaient en guirlandes d'écume argentée sur une large plage de sable pâle. Il était impossible de grimper facilement jusqu'au balcon et la pelouse était déserte.

Peut-être ne s'était-il agi que d'un cauchemar.

Il s'écarta de la porte vitrée, laissant les draperies retomber en place, et consulta l'affichage lumineux de sa montre. Trois heures du matin.

Il avait dormi environ cinq heures. Ce n'était pas suffisant mais il faudrait que cela suffise.

Son cou lui faisait un mal insupportable. Sa gorge était légèrement irritée.

Il entra dans la salle de bains, referma la porte sans bruit et alluma la lumière. De sa trousse de voyage, il sortit un flacon d'Excedrin Extra-Fort. L'étiquette déconseillait de prendre plus de deux comprimés à la fois et plus de huit par vingt-quatre heures. Le moment semblant cependant indiqué pour vivre dangereusement, il en avala quatre, qu'il fit descendre à l'aide d'un verre d'eau. Il suça ensuite une pastille pour la gorge.

Après être retourné dans la chambre pour ramasser le fusil à canon court, auprès du lit, il se rendit chez les filles. Elles dormaient enfouies sous les couvertures, telles des tortues dans leur carapace, pour se protéger de la lumière que diffusait la lampe de chevet.

Il regarda par leurs fenêtres. Rien.

Il prit une chaise et la posa au milieu de la pièce, à un endroit éclairé. Il ne voulait pas faire peur à Charlotte et à Emily si elles s'éveillaient avant l'aube et apercevaient dans l'ombre un homme qu'elles ne reconnaissaient pas.

Il s'installa jambes écartées, le fusil sur les cuisses.

Bien qu'il possédât cinq armes — dont trois entre les mains de la police, à l'heure qu'il était — et bien qu'il tirât correctement avec toutes, bien qu'il eût écrit de nombreuses histoires dans lesquelles policiers et autres personnages maniaient ces armes avec l'aisance d'une longue expérience, Marty était surpris de l'absence d'hésitation avec laquelle il les avait empoignées quand le besoin s'en était fait sentir. Après tout, il n'était pas un homme d'action et n'avait aucune expérience du meurtre.

Sa propre vie, puis celles des membres de sa famille, avaient été menacées, mais il avait toujours cru, avant d'être détrompé, qu'il aurait hésité à appuyer sur la détente la première fois. Il s'était attendu à ressentir au moins une once de regret après avoir logé deux balles dans la poitrine d'un homme, même d'un salopard qui méritait son sort.

Or, il se rappelait clairement la joie sombre avec laquelle il avait vidé le chargeur du Beretta sur la Buick en fuite. La sauvagerie qui couvait dans l'héritage génétique humain lui était aussi accessible qu'à n'importe qui d'autre, quel que pût être son degré d'éducation, d'érudition et de civilisation.

Ce qu'il avait découvert à son propre sujet ne lui déplaisait pas autant qu'il l'eût peut-être fallu. Bon Dieu, ça ne lui déplaisait même pas du tout.

Il se savait capable de tuer n'importe quel nombre d'hommes pour sauver sa propre vie, celle de Paige ou celles des enfants. Et bien qu'il vécût dans une société où considérer le pacifisme comme le seul espoir de la civilisation était l'attitude encouragée, il ne se voyait pas comme un réactionnaire irrécupérable, un retardé de l'évolution ou un dégénéré, mais simplement comme un homme agissant en accord précis avec la nature.

La civilisation commençait avec la famille, avec des enfants protégés par des mères et des pères qui acceptaient de se sacrifier, voire de mourir pour eux.

Si la famille n'était plus en sécurité, si le gouvernement ne pouvait ou ne voulait plus la protéger contre les atrocités des violeurs, des agresseurs d'enfants et des tueurs, si les sociopathes assassins sortaient de prison après y être restés moins longtemps que les évangélistes véreux qui détournaient les fonds de leurs églises ou les millionnaires avares qui fraudaient le fisc, la civilisation avait cessé d'exister. Si les enfants constituaient un véritable gibier — comme le confirmait la lecture de n'importe quel quotidien —, le monde était retourné à la sauvagerie. La civilisation ne subsistait qu'au sein de petites communautés, entre les murs de ces maisons où les membres d'une famille partageaient un amour assez fort pour les pousser à mettre leur vie en jeu afin de défendre celle des leurs.

Quelle journée ils avaient vécue ! Une journée terrible. Seule conséquence positive : il avait compris que son absence, ses cauchemars et autres symptômes ne provenaient pas d'une maladie, mentale ou physique. Le problème ne résidait pas en lui, finalement. Le croquemitaine était réel.

Mais il ne retirait qu'une satisfaction minime de ce diagnostic. Bien qu'il eût retrouvé sa confiance en lui-même, il avait perdu bien d'autres choses.

Tout avait changé.

A jamais.

Il savait qu'il ne commençait même pas encore à réaliser combien leur existence avait été altérée. Durant les heures qui demeuraient avant l'aube, tandis qu'il tenterait de réfléchir aux mesures qu'ils pouvaient prendre pour se protéger, tandis qu'il oserait songer aux rares origines logiques possibles de l'Autre, leur situation lui semblerait inévitablement de plus en plus difficile, et les options qui s'offraient à eux plus limitées qu'il ne pouvait encore l'envisager ou l'admettre.

Par exemple, il avait le net sentiment qu'ils ne pourraient plus jamais rentrer chez eux.

Le tueur s'éveille une demi-heure avant l'aube, reposé et guéri. Il retourne sur le siège avant, allume le plafonnier, examine son front et son œil gauche dans le rétroviseur. Le sillon tracé par la balle sur son arcade sourcilière s'est refermé sans laisser de cicatrice notable. Son œil n'est plus endommagé, ni même injecté de sang.

Toutefois, la moitié de son visage est couverte de sang séché et des répugnants déchets biologiques produits par le processus de guérison accélérée. Il a l'air de sortir de *L'Abominable Dr Phibes* ou de *Darkman.*

Dans la boîte à gants, il découvre un petit paquet de Kleenex. En dessous il y a une boîte de Handi Wipes, petites serviettes humides scellées dans du papier d'aluminium. Elles sentent le citron. Très agréable. Il utilise mouchoirs et serviettes pour se nettoyer le visage, et lisse avec les mains sa chevelure dérangée par le sommeil.

Il ne fera plus peur à personne, désormais, mais il n'est pas encore assez présentable pour être discret, ce qu'il désire. Quoique le grand imperméable, boutonné jusqu'au cou, dissimule sa chemise déchirée par les balles, celle-ci n'en empeste pas moins le sang et les divers produits alimentaires qu'il y a répandus la veille au soir, lors de sa crise de boulimie, sur le parking balayé par la pluie du McDonald's, dans la Honda abandonnée — alors qu'il n'avait pas encore rencontré l'infortuné conducteur de la Buick. Son pantalon non plus n'est pas très net.

Dans le vague espoir de trouver quelque chose d'utile, il retire les clefs du contact, sort de la voiture, la contourne et ouvre le coffre. A l'intérieur, qu'illumine en partie un rayon perdu provenant du lampadaire masqué par les arbres, le mort pose sur lui ses yeux écarquillés de stupéfaction, comme surpris de le revoir.

Les deux sacs du supermarché gisent sur le cadavre. Il en déverse le contenu. Le propriétaire de la Buick a acheté de nombreux articles. Le plus utile, pour le moment, est un large pull à col roulé.

S'en emparant d'une main, il referme doucement le coffre de l'autre, pour faire le moins de bruit possible et empoche les clefs. Les gens ne tarderont pas à se lever, mais le sommeil tient encore dans ses rets la plus grande partie des locataires, sinon tous.

Le ciel est noir, mais les étoiles ont disparu. L'aube arrivera dans moins d'un quart d'heure.

Une résidence aussi grande doit posséder au moins deux ou trois buanderies communes. Il se met en quête. Une minute plus tard, un panneau indicateur le dirige vers le bâtiment des loisirs, la piscine, le bureau de location et la buanderie la plus proche.

Les allées reliant les immeubles sinuent au travers de vastes cours décorées de façon plaisante, sous des lauriers luxuriants et des lampes en fer forgé patinées de vert-de-gris, à la forme bizarre. L'ensemble est bien conçu et engageant. Lui-même ne détesterait pas vivre ici. Bien entendu, sa propre maison, à Mission Viejo, lui plaît encore plus ; il est sûr que Paige et les filles y sont tellement attachées qu'elles ne voudront jamais la quitter.

La porte de la buanderie, verrouillée, ne constitue pas un obstacle gênant. La direction a installé une serrure bon marché, à loquet et non à pêne dormant. Ayant prévu qu'il en aurait besoin, il dispose d'une carte de crédit prise dans le portefeuille du cadavre, carte qu'il insère dans la fente. Il la fait glisser vers le haut, rencontre le loquet et pousse.

A l'intérieur, il découvre six machines à laver fonctionnant à pièces, quatre séchoirs, un distributeur empli de petites boîtes de lessive et d'adoucissants, une grande table sur laquelle plier le linge et deux profonds éviers. Tout est propre et agréable, sous les lampes à fluorescence.

Il ôte l'imperméable et la chemise de flanelle atrocement souillée. En faisant une boule, il les fourre dans la grande poubelle qui occupe un angle.

Son torse ne porte plus la moindre trace. Il n'a pas besoin de regarder son dos pour savoir que la blessure provoquée par l'unique balle ressortie a guéri, elle aussi.

Il se lave les aisselles devant l'un des éviers et se sèche à l'aide de serviettes en papier provenant d'un distributeur mural.

Il a hâte de prendre une longue douche chaude avant la fin de la journée, dans sa propre salle de bains, chez lui. Une fois le faux père repéré et tué, une fois sa famille récupérée, il aura le temps de se consacrer aux plaisirs simples. Paige se douchera avec lui. Il adorera ça.

Il pourrait ôter son jean et le laver dans l'une des machines, grâce aux pièces volées au propriétaire de la Buick. Mais lorsqu'il gratte avec ses ongles les croûtes de nourriture séchée sur la toile et frotte les traces restantes à l'aide de serviettes en papier humides, il estime le résultat satisfaisant.

Le pull lui cause une agréable surprise. Il s'attendait à le trouver trop grand pour lui, comme l'imperméable, mais le mort l'a visiblement acheté pour quelqu'un d'autre : il lui va à ravir. La couleur — rouge airelle — s'accorde bien avec le jean et avec son teint. Si la pièce disposait d'un miroir, il est sûr qu'il ne se jugerait pas seulement discret, mais également respectable — et même séduisant.

Dehors, l'aube n'est qu'une lueur fantôme à l'horizon.

Les premiers oiseaux gazouillent dans les arbres.

L'air est doux.

Jetant les clefs de la Buick dans un buisson, abandonnant le véhicule et son cadavre, il marche d'un bon pas jusqu'au parking le plus proche et tente systématiquement d'ouvrir les portières des voitures garées sous l'auvent couvert de bougainvillées. Alors qu'il commence à se dire qu'elles sont toutes fermées, une Toyota Camry se révèle ouverte.

Il se glisse au volant. Cherche les clefs derrière le pare-soleil. Sous le siège. Pas de chance.

Ça n'a pas d'importance. Il est plein de ressources. Avant que le ciel n'ait pu s'éclaircir notablement, il a fait démarrer le véhicule.

Il est très probable que le propriétaire de la Toyota découvrira le vol dans une ou deux heures, quand il voudra partir travailler, et qu'il appellera la police. Aucun problème. A ce moment-là les plaques d'immatriculation seront sur une autre voiture et la Camry en arborera de neuves, qui la rendront quasiment invisible aux yeux des flics.

Tandis qu'il traverse les collines de Laguna Niguel, dans la lumière rose de l'aurore, il se sent revigoré. Le ciel matinal n'est encore que d'un bleu délavé, mais les hautes formations de nuages sont marquées de stries rose vif.

On est le 1er décembre. Le jour Un. Il prend un nouveau départ. A partir de maintenant, tout ira comme il le désire, car il ne sous-estimera plus son ennemi.

Avant de tuer le faux père, il va l'énucléer pour lui faire payer la blessure dont il a lui-même souffert. Et il forcera ses filles à regarder, car cela constituera pour elles une leçon importante, la preuve que les imposteurs finissent toujours par succomber et que leur vrai père est un homme auquel on ne peut désobéir qu'au prix d'une grave punition.

CHAPITRE V

1.

Marty éveilla ses enfants peu après l'aube.

— Il faut se doucher et s'en aller, les filles. On a plein de choses à faire, ce matin.

Emily sortit du sommeil en un instant. Elle s'extirpa de sous les couvertures dans son pyjama jaune jonquille et, debout sur le lit, s'approcha de son père, ce qui la rendait presque aussi grande que lui. Elle exigea qu'il la prenne dans ses bras et l'embrasse.

— J'ai fait un super rêve, cette nuit.

— Laisse-moi deviner. Tu as rêvé que tu étais assez vieille pour sortir avec Tom Cruise, conduire une voiture de sport, fumer des cigares, te soûler et vomir tes tripes.

— Non, idiot, répondit-elle. J'ai rêvé que tu allais aux distributeurs et que tu nous rapportais des Mountain Dew et des barres chocolatées pour le petit déjeuner.

— Désolé, mais ce n'était pas prophétique.

— Ne joue pas les écrivains qui emploient des grands mots, papa.

— Je veux dire que ton rêve ne va pas se réaliser.

— Oh, je le sais ! affirma la fillette. Si on prenait des bonbons au petit déjeuner, toi et maman, vous péteriez un fusil.

— Un fusible. Pas un fusil.

Emily plissa les lèvres.

— C'est vraiment important ?

— Non, sans doute pas. Fusil, fusible, c'est comme tu veux.

Emily se dégagea d'entre ses bras en se tortillant et bondit au bas du lit.

— Je vais aux toilettes, annonça-t-elle.

— C'est un début. Ensuite prends une douche, brosse-toi les dents et habille-toi.

Comme toujours, Charlotte eut plus de peine à s'éveiller. Alors que sa sœur refermait déjà la porte de la salle de bains, elle n'avait réussi qu'à repousser les couvertures et à s'asseoir au bord du lit. Elle baissait les yeux sur ses pieds nus, maussade.

Marty s'assit auprès d'elle.

— Ça s'appelle des orteils.

— Mmmm...

— Ça sert à remplir le bout des chaussettes.

La fillette bâilla.

— Ça sert encore plus que ça aux danseuses de ballet, continua Marty. Dans la plupart des autres professions, toutefois, ce n'est pas essentiel. Alors, si tu ne veux pas devenir danseuse, tu pourrais te les faire enlever — seulement les plus gros ou tous les dix, comme tu veux.

Elle inclina la tête et lui lança un regard signifiant : papa essaie d'être gentil, faisons-lui plaisir.

— Je crois que je vais les garder.

— Comme tu veux, dit-il en l'embrassant sur le front.

— J'ai l'impression d'avoir du poil aux dents, se plaignit Charlotte. Et puis sur la langue.

— Peut-être que tu as mangé un chat pendant la nuit.

La fillette était assez éveillée pour pouffer.

Dans la salle de bains, le bruit de la chasse d'eau retentit. La seconde d'après, la porte s'ouvrait.

— Tu veux aller aux toilettes, Charlotte, ou je peux me doucher ? interrogea Emily.

— Vas-y, douche-toi, répondit sa sœur. Tu sens pas bon.

— Ah, ouais ? Eh bien, toi, tu pues.

— Tu empestes.

— C'est parce que ça me plaît, conclut Emily, probablement parce qu'elle ne trouvait pas de mot plus fort que « empester ».

— Ah, que mes filles sont gracieuses. De vraies petites dames.

Tandis que la cadette disparaissait à nouveau dans la salle de bains et commençait à manœuvrer les robinets de la douche, Charlotte déclara :

— Il faut que je vire cette fourrure de mes dents.

Elle se leva et se dirigea vers la porte ouverte. Sur le seuil, elle se retourna.

— Est-ce qu'on va à l'école, aujourd'hui, papa ?

— Non, pas aujourd'hui.

— Il me semblait bien. (Elle hésita.) Et demain ?

— Je n'en sais rien, chérie. Probablement pas.

Une nouvelle hésitation.

— Est-ce qu'on y retournera un jour, à l'école ?

— Mais oui, bien sûr.

Elle le fixa un peu trop longtemps, puis hocha la tête et entra dans la salle de bains.

Sa question avait secoué Marty. Il ne savait pas si elle rêvait tout simplement d'une vie sans école, comme le faisaient la plupart des enfants de temps à autre, ou bien si elle exprimait une réelle inquiétude à propos des ennuis qui leur étaient tombés dessus.

Lorsqu'il était assis au bord du lit, avec elle, il avait entendu la télévision se mettre en route dans l'autre chambre, aussi savait-il Paige éveillée. Il se leva pour aller lui dire bonjour.

A ce moment, son épouse l'appela.

— Marty ! Viens voir, vite !

Il se hâta de la rejoindre. Elle était debout devant le poste qui diffusait un bulletin d'informations.

— Ça parle de nous, lui apprit-elle.

Il reconnut leur maison sur l'écran. Une journaliste se tenait dans la rue, le dos au bâtiment, face à la caméra.

Marty s'accroupit devant la télévision et monta le son.

— ... *Et donc, le mystère reste entier. Ce matin, la police aimerait beaucoup s'entretenir avec Martin Stillwater...*

— Ah, ce matin, ils sont disposés à m'entendre, fit-il, dégoûté.

Paige lui imposa silence.

— ... *un canular d'irresponsable, monté par un écrivain trop pressé de lancer sa carrière, ou bien quelque chose de nettement plus sinistre ? A présent que les laboratoires de la police ont confirmé que la grande quantité de sang relevée chez les Stillwater est bien d'origine humaine, le besoin qu'ont les autorités de répondre à cette question devient soudain plus urgent.*

C'était la fin du reportage. Comme la journaliste récitait son nom et celui de l'endroit où elle se trouvait, Marty remarqua le mot DIRECT, en haut à gauche de l'écran. Si les six lettres avaient été là depuis le début, leur importance ne l'avait pas frappé immédiatement.

— Direct ? s'étonna-t-il. Ils ne font des reportages en direct que quand l'histoire n'est pas terminée.

— Elle ne l'est pas, affirma Paige, qui contemplait la télévision d'un air contrarié. Le dingue est toujours en liberté.

— Je veux dire que d'habitude, c'est réservé aux attaques à main armée ou aux prises d'otages, quand il y a une équipe de policiers d'élite prête à donner l'assaut. Ce qu'on vient de voir, d'après les critères de la télé, c'est ennuyeux : pas d'action, personne à qui tendre un micro, juste une maison vide en toile de fond. Ce n'est pas le genre de trucs sur lesquels on fait des reportages en direct : trop cher et pas passionnant.

L'antenne avait été rendue au studio. A la grande surprise de Marty, le présentateur n'était pas un de ces journalistes de deuxième zone qui lisaient les bulletins du matin sur les chaînes de Los Angeles, mais une figure connue de l'audiovisuel.

— C'est une émission nationale ! s'exclama l'écrivain, stupéfait. Depuis quand est-ce qu'on parle des cambriolages aux informations nationales ?

— Tu as aussi été agressé, lui rappela Paige.

— Et alors ? De nos jours, il se produit un crime plus grave toutes les dix secondes, quelque part dans le pays.

— Oui, mais tu es une célébrité.

— Tiens, mon cul.

— Tu es célèbre, Marty, que ça te plaise ou non.

— Je ne suis pas si célèbre que ça. Pas après juste deux best-sellers en livre de poche. Tu sais à quel point il est difficile de se faire inviter à ce journal pour y être interviewé ? (Il tapota le visage du journaliste télévisé de ses doigts repliés.) C'est plus dur que d'être convié à dîner à la Maison-Blanche ! Même si j'engageais un publicitaire ayant vendu son âme au diable, il ne pourrait pas me faire passer dans cette émission, Paige. Pour eux, je suis un anonyme.

— Alors... Qu'est-ce que tu veux dire ?

Il s'approcha de la fenêtre donnant sur le parking et écarta les rideaux. Un pâle rayon de soleil. Une circulation abondante sur l'autoroute. Les arbres frémissaient paresseusement sous l'effet d'une douce brise côtière.

Cette scène n'avait rien de menaçant, ni d'inhabituel. Pourtant, elle lui sembla de mauvais augure. Il avait le sentiment de contempler un monde qui ne leur était plus familier, un monde qui avait changé, empiré. Les différences étaient indéfinissables, plus subjectives qu'objectives, plus perceptibles par l'esprit que par les sens, mais non moins réelles pour autant. Et l'allure de ce sombre changement s'accélérait. Bientôt, la vue qu'il aurait de cette fenêtre, ou de n'importe quelle autre, serait pour lui comme un paysage aperçu depuis le hublot d'un astronef, une planète lointaine qui ressemblerait superficiellement à son propre monde mais qui serait, sous sa surface trompeuse, infiniment étrange et inhospitalière à la vie humaine.

— Je ne crois pas qu'en temps ordinaire, la police aurait achevé si vite ses examens de sang, dit-il, et je *sais* que dévoiler ce genre de détails aux médias de manière insouciante ne fait pas partie de la procédure standard. (Il laissa retomber les rideaux et se retourna vers Paige, dont le visage était dévoré par l'inquiétude.) Le journal national ? En direct, sur les lieux ? Je ne sais pas ce qui se passe, Paige, mais c'est encore plus bizarre que je ne le croyais hier soir.

Tandis que Paige se douchait, Marty approcha une chaise de l'appareil et zappa, cherchant d'autres journaux télévisés. Il put ainsi visionner la fin d'un deuxième reportage le concernant, sur une chaîne locale — ainsi que l'intégralité d'un troisième, dans un journal national.

Bien qu'il tentât à toutes forces de ne pas céder à la paranoïa, il avait la nette impression que les deux reportages suggéraient, sans porter d'accusation, que sa déclaration à la police était mensongère, fondée sur un désir de vendre plus de livres, ou sur quelque chose de plus étrange et de plus noir qu'un simple coup de publicité. Les deux utilisaient la photo du dernier *People*, celle sur laquelle il ressemblait à un zombi de cinéma aux yeux luisants, qui jaillissait de l'ombre, violent et enragé. Et les deux mentionnaient d'un ton mordant les trois armes qui lui avaient été confisquées par la police, comme s'il avait été un forcené de banlieue, vivant dans un bunker littéralement rempli d'armes et de munitions. Vers la fin de la troisième émission, il eut même l'impression qu'on le présentait comme potentiellement dangereux bien que la chose fût si discrète et si subtile qu'elle résidait plus dans le ton de voix et l'expression du journaliste que dans ses paroles.

Secoué, il coupa la télévision.

Un long moment, il observa l'écran vide. Le gris du moniteur éteint correspondait à son humeur.

Une fois tout le monde douché et habillé, les filles montèrent dans la BMW et mirent consciencieusement leur ceinture tandis que leurs parents chargeaient les bagages dans le coffre.

Quand Marty eut claqué et verrouillé le hayon, Paige s'adressa à lui à voix basse, afin que les enfants n'entendent pas.

— Tu crois vraiment qu'il faut aller aussi loin et faire toutes ces choses? C'est si grave que ça?

— Je n'en sais rien. Comme je te disais, je rumine tout ça depuis que je me suis réveillé, depuis trois heures du matin, et je ne sais toujours pas si ma réaction est exagérée ou non.

— Ce qu'on fait est sérieux... et même risqué.

— C'est juste que... aussi bizarre que soient les choses — avec l'Autre et tout ce qu'il m'a dit —, ce qui les entoure est encore plus étrange. Plus dangereux qu'un malade avec un flingue. Plus meurtrier et nettement plus important. Quelque chose de tellement important que ça nous écrabouillera si on essaie de faire front. C'est ce que j'ai ressenti au milieu de la nuit. J'avais peur, bien plus peur que quand il avait les filles dans sa voiture. Et après ce que j'ai vu à la télé ce matin, je suis encore plus enclin à me fier à mes tripes.

Il savait que la manière dont il exprimait son angoisse était extrême, possédait un indéniable parfum de paranoïa. Mais il n'avait rien d'un alarmiste et était sûr de pouvoir écouter son instinct. Les événements avaient vaporisé tous ses doutes sur sa santé mentale.

Il eût voulu pouvoir identifier un autre ennemi que l'improbable sosie — car il savait intuitivement qu'il en existait un. Il eût été réconfortant de le connaître. La Mafia, le Ku Klux Klan, des néo-nazis, un consortium de banquiers sans scrupules, le conseil d'administration de quelque multinationale affamée de gros sous, des généraux d'extrême droite désireux d'établir une dictature militaire, une cabale de fanatiques religieux déments, des savants fous décidés à faire exploser la Terre en minuscules fragments, juste pour le plaisir, ou Satan lui-même, dans toute sa splendeur cornue — n'importe quel méchant classique des drames télévisuels et d'innombrables romans, aussi improbable et convenu qu'il fût, eût été préférable à un adversaire dépourvu de visage, de forme et de nom.

Perdue dans ses pensées, se mâchonnant la lèvre inférieure, Paige laissa son regard errer sur les arbres agités par la brise, les autres voitures en stationnement et la façade du motel, avant de lever la tête pour observer trois mouettes hurlantes qui virevoltaient dans un ciel indifférent, presque dépourvu de nuages.

— Tu le sens aussi, remarqua Marty.

— Oui.

— C'est oppressant. Personne ne nous surveille mais la sensation est presque la même.

— C'est pire que ça, dit Paige. C'est différent. Le monde a changé. Ou alors, c'est la manière dont je le considère.

— Pour moi aussi.

— On a... perdu quelque chose.

Et on ne le retrouvera plus jamais, songea Marty.

2.

Le Ritz-Carlton était un hôtel remarquable, d'un goût exquis, généreusement fourni en marbre, en pierre calcaire, en granit, en œuvres d'art de qualité et en antiquités dans toutes ses salles publiques. Les énormes arrangements floraux, qu'on découvrait partout où se posaient les yeux, étaient les plus artistiquement conçus qu'Oslett eût jamais vus. Vêtus d'uniformes discrets, courtois, omniprésents, les employés semblaient plus nombreux que les pensionnaires. L'un dans l'autre, cela rappelait à Oslett sa maison natale, la propriété du Connecticut dans laquelle il avait été élevé, quoique le manoir familial fût plus vaste que le Ritz-Carlton, ne recelât que des antiquités dignes de figurer dans un musée, disposât de six domestiques pour chaque membre de la famille et d'un héliport assez grand pour accueillir les appareils militaires qu'empruntaient parfois le Président des États-Unis et son entourage.

La suite où logeaient Drew Oslett et Clocker comprenait deux chambres et un vaste salon. Elle offrait tout le confort possible, du bar plein à craquer aux cabines de douche en marbre, si vastes qu'une danseuse de ballet eût pu y faire des entrechats pendant ses ablutions matinales. Les serviettes ne venaient pas de chez Pratesi, comme celles qu'avait utilisées Oslett toute sa vie, mais étaient faites d'un bon coton égyptien, doux et absorbant.

A sept heures cinquante, le mardi matin, Oslett avait revêtu une chemise blanche en coton, avec des boutons de manchette en os de baleine fabriqués par Theophilus Shirtmakers of London, un blazer bleu marine en cachemire, fait sur mesure, avec un sublime souci du détail, par son tailleur personnel de Rome, un pantalon de laine grise, des richelieus noirs (touche excentrique) façonnés à la main par un chausseur italien habitant Paris, et une cravate aux rayures marine, brun et or. L'or de sa pochette en soie était précisément le même que celui de sa cravate.

Ainsi vêtu, mis de bonne humeur par son élégance impeccable, il partit à la recherche de Clocker. Il ne désirait pas la compagnie du colosse, bien entendu. Toutefois, pour sa propre tranquillité d'esprit, il préférait savoir à tout moment ce que faisait ce dernier. Il entretenait de plus l'espoir qu'un jour béni, il le découvrirait mort, foudroyé par une crise cardiaque, une hémorragie cérébrale ou un rayon de la mort d'origine extraterrestre, comme ceux que son compagnon trouvait sans cesse dans ses livres.

Clocker occupait une chaise de jardin, sur le balcon du salon, ignorant une vue du Pacifique à couper le souffle, le nez enfoui dans le dernier chapitre des *Gynécologues polymorphes de la Galaxie noire*, ou quel que fût le titre de l'ouvrage. Il portait le même chapeau à la plume de canard, la même veste en tweed et les mêmes Hush Puppies, bien qu'il eût mis des chaussettes pourpres, un pantalon et une chemise blanche propres. Il avait également changé de pull arlequin ; le nouveau était bleu, rose, jaune et gris. Il surgissait tellement de poils noirs du col ouvert de sa chemise qu'au premier abord, il paraissait avoir une cravate.

Après avoir dédaigné le premier « bonjour » d'Oslett, Clocker répondit au second par l'improbable salut de la main, doigts écartés, qu'employaient les personnages de *Star Trek*, son attention toujours concentrée sur le roman. Si Oslett avait disposé d'une tronçonneuse ou d'un hachoir, il eût tranché la main de son compagnon à la hauteur du poignet et l'aurait jetée dans l'océan. Il se demanda si le service de chambre accepterait de lui faire monter un instrument suffisamment tranchant, choisi dans la collection du chef cuisinier.

La journée était assez chaude. Déjà vingt et un degrés. Le ciel bleu et la douce brise changeaient agréablement du froid de la nuit précédente.

A huit heures tapantes — à peine assez tôt pour empêcher Oslett de devenir fou en écoutant les cris hypnotisants des mouettes, le paisible fracas des vagues déferlantes et le rire lointain des premiers surfeurs qui traînaient leur planche vers l'eau —, le représentant du Réseau arriva pour les mettre au courant des derniers développements. Il était très différent du gymnaste qui les avait transportés de l'aéroport au Ritz-Carlton quelques heures auparavant. Costume et cravate impeccables. Chaussures de prix. Un seul regard suffit à Oslett pour savoir que cet homme-là ne possédait aucun vêtement imprimé à l'effigie d'une Madonna aux seins nus.

Il se présenta sous le nom de Peter Waxhill, et s'appelait probablement ainsi. Assez haut placé dans l'organisation pour connaître les véritables noms d'Oslett et de Clocker — bien qu'il eût réservé leur suite aux noms de John Galbraith et de John Maynard Keynes —, il n'avait aucune raison de dissimuler le sien.

Waxhill semblait avoir dépassé depuis peu la quarantaine, ce qui lui faisait dix ans de plus qu'Oslett, mais ses tempes quasi rasées étaient marquées de gris. A un mètre quatre-vingts, il était grand mais pas colossal. Mince, mais en bonne forme, séduisant sans ostentation, charmant mais pas familier. Il ne se conduisait pas seulement comme s'il avait été diplomate depuis des dizaines d'années mais comme s'il avait été génétiquement conçu pour le devenir.

Après avoir fait un commentaire au sujet du temps, il enchaîna :

— Je me suis permis de demander à la réception si vous aviez déjà pris votre petit déjeuner. On m'a dit que non. Je me suis aussi autorisé à commander pour nous trois, si bien que nous pourrons manger et discuter en même temps. J'espère que cela ne vous ennuie pas.

— Pas du tout, assura Oslett, impressionné par la suavité et l'efficacité de son interlocuteur.

A peine avait-il répondu que la sonnette de la suite retentit. Deux serveurs entrèrent, poussant un chariot recouvert d'une nappe blanche qui soutenait une pile de vaisselle. Au centre du salon, ils soulevèrent les plateaux latéraux du chariot, le convertissant en une table ronde sur laquelle ils disposèrent plats, assiettes, serviettes, tasses, soucoupes et verres avec la grâce et la rapidité de prestidigitateurs manipulant des cartes. Ils firent ensuite apparaître une grande variété de couverts, dissimulés auparavant dans des compartiments sans fond, sous la table, jusqu'à ce que le petit déjeuner semblât se matérialiser par enchantement : œufs brouillés aux piments rouges, saucisses, harengs saurs, toasts, croissants, fraises au sucre brun, avec de petits pichets de crème fraîche, jus d'oranges pressées et cafetière isotherme plaquée argent.

Waxhill complimenta les serveurs, les remercia, leur donna un pourboire et signa l'addition, demeurant sans cesse en mouvement.

Quand il eut refermé le battant et fut revenu auprès de la table, Oslett lui demanda :

— Harvard ou Yale ?

— Yale. Et vous ?

— Princeton. Ensuite Harvard.

— Dans mon cas Yale, et ensuite Oxford.

— Le président sort d'Oxford, remarqua Oslett.

— Non, vraiment ? dit Waxhill, haussant les sourcils, faisant mine d'avoir ignoré la chose. Eh bien, Oxford se maintient, vous savez.

Ayant apparemment achevé le dernier chapitre de *La Planète des parasites gastro-intestinaux,* Karl Clocker quitta le balcon — véritable boulet ambulant accroché au pied d'Oslett. Waxhill se laissa présenter au Trekker, lui serra la main et, si la répugnance ou l'hilarité l'étouffaient, il ne le montra pas.

Ils approchèrent de la table trois chaises à dossier droit et s'y installèrent. Clocker n'ôta pas son chapeau.

Tandis qu'ils transféraient la nourriture des plats dans leurs assiettes, Waxhill prit la parole.

— Pendant la nuit, nous avons recueilli quelques informations intéressantes sur Martin Stillwater, la plus importante concernant l'hospitalisation de sa fille aînée, il y a cinq ans.

— Qu'est-ce qu'elle avait ? demanda Oslett.

— Au début, on ne le savait pas. D'après les symptômes, on craignait un cancer. Charlotte — c'est son nom ; elle avait quatre ans, à l'époque — est restée un moment dans un état assez désespéré, puis on a fini par découvrir qu'elle ne souffrait que de troubles sanguins assez rares mais tout à fait curables.

— Tant mieux pour elle, apprécia Oslett, qui n'eût nullement été fâché d'apprendre que la fillette avait succombé à son mal.

— En effet, répondit son interlocuteur, mais quand elle était au plus mal, alors que les médecins s'orientaient vers un diagnostic plus dramatique, son père et sa mère ont subi une ponction de la moelle.

— Ça doit être douloureux.

— Sans le moindre doute. Les médecins voulaient des échantillons afin de déterminer lequel des deux parents constituerait le meilleur donneur, pour le cas où une greffe s'avérerait nécessaire. La moelle de Charlotte ne produisait que peu de sang et on supposait que sa maladie inhibait la formation des cellules sanguines.

Oslett goûta les œufs. Ils étaient au piment, délicieux.

— Je ne vois pas ce que la maladie de Charlotte a à voir avec le problème qui nous occupe.

Après avoir marqué une pause pour ménager ses effets, Waxhill annonça :

— Elle a été soignée à l'hôpital Cedars-Sinaï de Los Angeles.

La fourchette d'Oslett s'immobilisa à mi-chemin de sa bouche.

— Il y a cinq ans, répéta l'autre, pour appuyer son propos.

— Quel mois ?

— Décembre.

— Quel jour Stillwater a-t-il subi la ponction de la moelle ?

— Le 16. Le 16 décembre.

— Bon Dieu ! Mais on avait aussi un échantillon de sang, en cas de...

— Stillwater a également donné du sang. Il devait y en avoir pour accompagner chaque échantillon de moelle envoyé au labo.

Oslett porta sa fourchette à sa bouche, mâcha, avala.

— Comment est-ce que nos gars ont pu merder à ce point-là ?

— On ne le saura probablement jamais. De toute façon, le « comment » n'est pas important. Ce qui compte, c'est qu'ils aient merdé et qu'il faut nous en accommoder.

— Alors, on n'a pas commencé l'opération où on croyait ?

— Ou plutôt, pas avec qui on croyait, corrigea Waxhill.

Clocker mangeait à la manière d'un cheval dépourvu de sac à avoine. Oslett avait envie de lui couvrir la tête d'une serviette pour épargner à leur compagnon la vision écœurante d'une mastication aussi vigoureuse. A tout le moins le Trekker n'avait-il pas ponctué la conversation de ses commentaires énigmatiques.

— Les harengs saurs sont exceptionnels, remarqua l'homme de Yale.

— Il faut que j'en goûte un, répliqua Oslett.

Après avoir bu un peu de jus d'orange et s'être tapoté les lèvres de sa serviette, Waxhill reprit :

— Quant à la manière dont votre Alfie a découvert l'existence de Stillwater et a pu le trouver... nous avons pour le moment deux théories.

Oslett nota le « votre » Alfie plutôt que « notre » Alfie, ce qui pouvait être dépourvu d'importance — ou bien signifier qu'on tentait de lui coller la responsabilité de l'affaire sur le dos, en dépit du fait indéniable que le désastre était directement dû à des scientifiques négligents et n'avait strictement rien à voir avec la manière dont le tueur avait été supervisé durant ses quatorze mois de service.

— Il y a tout d'abord une faction qui estime qu'Alfie a dû apercevoir un livre avec une photo de Stillwater sur la jaquette, l'informa Waxhill.

— Ça ne peut pas être aussi simple.

— Je suis d'accord. Quoique, bien sûr, la biographie de l'auteur qui figure sur la jaquette de ses deux derniers livres signale qu'il vit à Mission Viejo, ce qui aurait fourni une bonne piste à Alfie.

— N'importe quel individu qui tomberait sur la photo de son jumeau parfait, alors qu'il en ignorait l'existence, serait assez curieux pour se renseigner — mais pas Alfie. Alors qu'une personne ordinaire est libre de faire toutes les recherches qu'elle veut, ce n'est pas son cas. Il est étroitement focalisé.

— Sa trajectoire est aussi figée que celle d'une balle.

— Exactement. Et là, il a passé outre son entraînement, ce qui a demandé un traumatisme monumental. Bon Dieu, ce n'est même pas de l'entraînement. Quel euphémisme ! C'est de l'endoctrinement, du lavage de cerveau.

— Il est programmé.

— Programmé, oui. Il est très proche de la machine, et voir une photo de Stillwater ne suffirait pas à le propulser hors contrôle, pas plus que votre micro-ordinateur de bureau ne se mettrait à produire du sperme et à se couvrir de poils si vous introduisiez une photo scannée de Marilyn Monroe dans son disque dur.

Waxhill eut un petit rire.

— J'apprécie l'analogie. Je crois que je m'en servirai pour faire changer quelques opinions. Bien sûr, je la mettrai à votre crédit.

Oslett fut ravi de cette approbation.

— Le bacon est excellent, remarqua son interlocuteur.

— En effet.

Clocker continuait de manger en silence.

— La deuxième faction, moins nombreuse, propose une hypothèse plus étrange — mais, au moins à mon sens, plus crédible, reprit Waxhill. Alfie posséderait une capacité secrète qui nous est inconnue et qu'il ne comprend ni ne contrôle probablement pas lui-même.

— Une capacité secrète ?

— Une perception psychique rudimentaire, peut-être. Très primitive... mais suffisamment puissante pour créer un lien entre lui et Stillwater, les attirer l'un vers l'autre à cause de... eh bien, à cause de tout ce qu'ils ont en commun.

— Ce n'est pas un peu fantasque ?

Waxhill sourit et acquiesça.

— J'admets que ça a l'air de sortir d'un épisode de *Star Trek*...

Oslett fit la grimace et jeta un coup d'œil à Clocker, mais les yeux du colosse ne quittèrent pas la nourriture empilée dans son assiette.

— Le projet tout entier a des allures de science-fiction, non ? conclut Waxhill.

— Je le suppose, concéda son interlocuteur.

— Le fait est que les généticiens ont conféré à Alfie quelques capacités véritablement extraordinaires. Intentionnellement. Ne semble-t-il pas possible qu'ils lui aient donné par inadvertance d'autres qualités surhumaines ?

— Voire inhumaines, intervint Clocker.

— Merci, dit Waxhill, considérant le colosse avec calme, vous venez de me montrer une manière encore plus déplaisante de considérer les choses. Et malheureusement, sans doute plus exacte. (Il se retourna vers Oslett). Il est possible qu'un lien psychique quelconque, une connexion mentale étrange, ait brisé le conditionnement d'Alfie, effacé son programme, ou bien lui ait permis d'y échapper.

— Mais bordel, notre gars était à Kansas City et Stillwater au sud de la Californie.

Waxhill haussa les épaules.

— Les émissions de télé peuvent être transmises jusqu'aux confins de l'univers. Si, à Chicago, vous pointez un laser vers le bout de la galaxie, la lumière finira par y arriver, dans des milliers d'années, quand Chicago ne sera plus que poussière — et elle ne s'arrêtera pas là. Alors peut-être la distance n'a-t-elle pas non plus d'importance pour les ondes mentales — ou quoi que ce soit qui ait relié Alfie à cet écrivain.

Oslett avait perdu l'appétit.

— Ils sont excellents, déclara Waxhill en désignant le panier de croissants. Au cas où vous ne l'auriez pas remarqué, il y en a deux sortes : des normaux et des fourrés à la pâte d'amande.

— Je préfère les fourrés, répondit Oslett sans faire mine d'en prendre un.

— Les meilleurs croissants du monde... commença l'homme de Yale.

— On les trouve à Paris, coupa celui de Princeton. Dans un petit café à deux pas des...

— ... Champs-Élysées, acheva Waxhill, surprenant son interlocuteur.

— Le propriétaire, Alphonse...

— ... et sa femme, Mireille...

— ... sont des génies culinaires et des hôtes sans pareils.

— Des gens charmants, acquiesça Waxhill.

Les deux hommes se sourirent.

Clocker se resservit des saucisses. Oslett eut envie de lui arracher son chapeau ridicule.

— S'il existe la moindre chance pour que notre gars possède des pouvoirs extraordinaires, même faibles, que nous n'avions pas l'intention de lui conférer, il faut envisager la possibilité que certaines des qualités qu'en revanche nous avons voulu lui donner ne fonctionnent pas tout à fait comme nous l'espérions, reprit Waxhill.

— J'ai peur de ne pas vous suivre.

— Je veux surtout parler du sexe.

— Ça ne l'intéresse pas, affirma Oslett, surpris.

— En sommes-nous bien sûrs ?

— Il a une apparence de mâle, naturellement, mais il est impuissant.

Waxhill ne répondit pas.

— On l'a fabriqué pour qu'il le soit, insista Oslett.

— On peut être impuissant et s'intéresser énormément au sexe. En fait, on peut dire que cette incapacité même à avoir une érection frustre et que cette frustration conduit à être *obsédé* par le sexe, par ce qu'on ne peut pas obtenir.

Oslett avait secoué la tête durant toute la tirade.

— Non, encore une fois, ce n'est pas si simple. Il n'est pas seulement impuissant. Il a subi des centaines d'heures de conditionnement psychologique intensif afin d'éliminer en lui tout intérêt pour le sexe, en partie sous hypnose profonde, en partie sous l'influence de drogues qui rendent le subconscient réceptif à n'importe quelle sorte de suggestion, et en partie grâce à des images subliminales, en réalité virtuelles, qui lui ont été envoyées durant un sommeil provoqué par sédatifs. Pour ce gars-là, la principale différence entre les hommes et les femmes, c'est la manière dont ils s'habillent.

Peu impressionné par ces arguments, Waxhill tartinait un toast avec de la marmelade d'orange.

— Même le lavage de cerveau le plus sophistiqué peut échouer, dit-il. Vous êtes d'accord ?

— Oui, mais avec un sujet ordinaire, on rencontre des problèmes parce qu'il faut combattre les souvenirs de toute une vie afin de créer une nouvelle attitude ou une nouvelle mémoire. Alfie était différent. C'était une *tabula rasa*, une superbe *tabula rasa*, si bien que les attitudes, les souvenirs ou les sentiments que nous voulions insérer dans sa magnifique tête vide ne rencontraient aucune résistance. Son cerveau ne contenait rien à laver, au départ.

— Peut-être le contrôle mental d'Alfie a-t-il échoué précisément parce que nous étions trop sûrs qu'il constituait une cible facile.

— L'esprit est son propre contrôle, dit Clocker.

Waxhill lui jeta un coup d'œil surpris.

— Je ne pense pas que ça ait échoué, insista Oslett. Et de toute façon, il reste le petit problème de son impuissance provoquée en laboratoire.

Son interlocuteur premier prit le temps de mâcher et d'avaler une bouchée de toast, ainsi que de la faire passer avec une gorgée de café.

— Peut-être son corps l'en a-t-il débarrassé.

— Je vous demande pardon ?

— Son incroyable corps aux pouvoirs de récupération surhumains.

Oslett sursauta comme si cette idée l'avait transpercé à la manière d'une épingle.

— Attendez une petite seconde. Ses blessures guérissent exceptionnellement vite, c'est vrai. Les plaies et les os brisés. Quand il est endommagé, son corps peut récupérer son état original avec une rapidité miraculeuse. Mais c'est bien le problème : *son état original.* Il ne peut pas se reconstruire au niveau fondamental. Il ne peut pas muter, nom de Dieu !

— Et nous en sommes sûrs ?

— Oui !

— Pourquoi ?

— Eh bien... parce que... sinon... c'est impensable.

— Imaginez qu'Alfie ne soit pas impuissant, dit Waxhill. Et qu'il soit intéressé par le sexe. Il a été fabriqué pour détenir un potentiel de violence colossal. C'est une machine à tuer biologique, dépourvue de scrupules et de remords, capable de n'importe quelle sauvagerie. Imaginez cette bestialité associée à un besoin de sexe. Demandez-vous comment la pulsion sexuelle et les impulsions violentes peuvent se nourrir les unes des autres et s'amplifier mutuellement, quand elles ne sont pas tempérées par un esprit moral et civilisé.

Oslett repoussa son assiette de côté. La simple vue de la nourriture commençait à le dégoûter.

— On se *l'est* demandé. C'est pour ça qu'on a pris toutes ces foutues précautions.

— Comme avec le *Hindenburg*.

Et comme avec le *Titanic*, songea Oslett, sombre.

Waxhill repoussa lui aussi son assiette et referma les mains autour de sa tasse de café.

— Alors, maintenant, Alfie a trouvé Stillwater et il

en désire la famille. C'est un homme à part entière, à présent, au moins d'un point de vue physique, et penser sexe finit par faire penser procréation. Une femme. Des enfants. Dieu sait quelle image étrange et fausse il a de la signification et de l'utilité d'une famille. Mais là, il y en a une toute faite. Il la veut. Il la veut plus que tout. De toute évidence, il a le sentiment qu'elle lui appartient.

3.

Parmi les moyens qu'employait la banque pour être compétitive figuraient des horaires plus souples que la normale. Marty et Paige avaient l'intention d'arriver devant les portes, avec Charlotte et Emily, quand le directeur les débloquerait — à huit heures, le mardi matin.

L'écrivain n'éprouvait pas la moindre envie de revenir à Mission Viejo, mais il pensait pouvoir effectuer plus aisément ses transactions dans l'agence qui tenait leurs comptes. Elle n'était située qu'à huit ou neuf pâtés de maisons de chez eux. De nombreux caissiers allaient les reconnaître, son épouse et lui.

La banque occupait un bâtiment de briques isolé, dans le coin nord-ouest d'un parking de centre commercial. Elle était joliment décorée et ombragée de pins, bordée de deux côtés par la route et des deux autres par plusieurs hectares de bitume. A l'autre bout du parking s'élevait une série d'édifices accolés, formant un L, qui abritaient trente ou quarante magasins, dont un supermarché.

Marty se gara côté sud. Le court trajet qui séparait la BMW de la banque, avec les enfants entre eux, fut éprouvant car ils durent laisser les armes dans la voiture. L'écrivain se sentait vulnérable.

Il n'imaginait toutefois pas comment il aurait pu entrer en dissimulant un fusil à pompe, ou même un pistolet compact tel que le Beretta. Emporter ce dernier sous son blouson de ski eût été trop risqué : il ignorait si le système de sécurité de l'établissement ne pouvait pas détecter une arme sur quiconque franchissait la porte. Pour peu qu'un employé le prît pour un voleur et que la police fût appelée par l'alarme silencieuse, les flics ne lui accorderaient jamais le bénéfice du doute — surtout compte tenu de la réputation qu'il s'était forgée auprès d'eux la veille au soir.

Tandis que Marty s'approchait directement d'un guichet, Paige emmena Charlotte et Emily vers les deux petits divans et les fauteuils disposés à l'extrémité de la longue pièce — où les clients patientaient quand ils avaient rendez-vous avec un conseiller financier. La banque n'avait rien d'un monument à l'argent, temple de marbre au plafond voûté, orné de massives colonnes doriques : c'était un endroit relativement petit, au plafond recouvert de dalles insonorisantes et à la moquette verte peu salissante. Pourtant, quoique Paige et les enfants ne fussent qu'à vingt mètres de lui, bien en vue, il n'aimait pas être séparé d'elles, même d'une si courte distance.

La caissière était une jeune femme — Lorraine Arakadian, d'après la plaque qui figurait sur son guichet — que des lunettes rondes en écaille de tortue faisaient ressembler à un hibou. Quand Marty lui annonça qu'il voulait retirer soixante-dix mille dollars de leur compte-dépôt — qui en abritait plus de soixante-quatorze mille —, elle crut qu'il voulait transférer la somme sur leur compte courant. Lorsqu'elle lui passa le formulaire correspondant à la transaction, il corrigea son erreur et précisa qu'il voulait qu'on lui remette la totalité de la somme, en billets de cent dollars si possible.

— Oh, je vois... dit la jeune femme. Mais je ne peux pas prendre seule la responsabilité d'une opération aussi importante, Mr. Stillwater. Il faut que je demande la permission du chef caissier ou de la directrice-adjointe.

— Bien entendu, répondit-il d'un ton badin, comme s'il avait retiré pareille somme en liquide toutes les semaines. Je comprends.

La caissière se retira au fond du local pour s'entretenir avec une femme plus âgée, plongée dans l'examen de documents sortant d'un gigantesque classeur. Marty la reconnut : Elaine Higgens, directrice-adjointe. Mrs. Higgens et Lorraine Arakadian jetèrent un coup d'œil à leur client, puis se penchèrent l'une vers l'autre afin de conférer à nouveau.

Tandis qu'il attendait, Marty surveillait les entrées sud et est du hall, tentant de prendre l'air nonchalant, bien qu'il s'attendît à ce que l'Autre franchisse une des portes à tout moment, cette fois armé d'un Uzi.

Une imagination d'écrivain. Ce n'était peut-être pas une malédiction, finalement. Au moins pas totalement. Parfois, c'était peut-être un outil de survie. Une chose était nette : ces derniers jours, même l'imagination de l'écrivain le plus fantasque avait peine à s'accrocher derrière la réalité.

Il lui faut plus de temps que prévu pour trouver des plaques de remplacement à la Toyota Camry. Il a dormi trop tard et perdu beaucoup trop de temps à se rendre présentable. A présent, le monde s'éveille et le prive de la discrétion qu'eût fournie la nuit pour faciliter le changement. De grandes résidences, dont les parkings ombragés abritent une myriade de véhicules, lui procurent le magasin idéal pour ce qu'il cherche, mais comme il les explore les unes après les autres, il remarque qu'il y a trop de locataires se préparant à partir travailler.

Son obstination finit par être récompensée derrière une église. La messe du matin est en cours. Il entend un son d'orgue. Les paroissiens ont abandonné quatorze voitures parmi lesquelles il peut choisir ; ce n'est pas un bien grand troupeau pour le Seigneur, mais cela suffira aux besoins du tueur.

Il laisse tourner le moteur de la Camry tout en essayant de repérer un véhicule dont le propriétaire a négligé d'emporter les clefs. Dans la troisième, une Pontiac, un trousseau pend sur le contact.

Il ouvre le coffre, espérant y dénicher à tout le moins

une trousse de dépannage garnie d'un tournevis. Puisqu'il a démarré la Camry à la sauvage, il n'a pas accès à sa malle arrière. Une nouvelle fois, la chance lui sourit : il découvre un équipement complet, avec des triangles de signalisation, une trousse de premiers secours et une boîte à outils comprenant quatre tournevis différents.

Dieu est avec lui.

En quelques minutes, il a échangé les plaques de la Camry et celles de la Pontiac. Il remet la boîte à outils dans le coffre de cette dernière, les clefs sur le contact.

Tandis qu'il retourne vers la Toyota, l'orgue de l'église entame un cantique peu familier. Qu'il en ignore le titre n'a rien de surprenant : il ne se rappelle être allé à l'église que trois fois dans sa vie. Les deux premières, il s'y est rendu pour tuer le temps en attendant l'ouverture des cinémas. La troisième, il suivait une femme aperçue dans la rue, avec laquelle il eût aimé partager le coït et l'intimité toute particulière de la mort.

La musique l'émeut. Il demeure debout dans la douce brise matinale, en se balançant rêveusement, les yeux clos. Cet air lui va droit au cœur; peut-être est-il doué pour la musique. Peut-être jouer d'un instrument et composer des chansons serait-il plus facile qu'écrire des romans.

Quand le cantique s'achève, il monte dans la Camry et quitte les lieux.

Marty échangea quelques plaisanteries avec Mrs. Higgens quand elle revint en compagnie de la caissière. De toute évidence, à la banque, personne n'avait vu les informations le concernant, car aucune des deux femmes ne parla de l'agression. Son pull ras-du-cou et sa chemise au col boutonné dissimulaient les ecchymoses livides qui marquaient sa gorge. Il avait la voix un peu rauque, mais pas assez pour susciter des commentaires.

Mrs. Higgens lui fit remarquer que le retrait désiré était exceptionnellement important, formulant ce commentaire de manière à lui faire dire pourquoi il voulait prendre le risque de transporter autant d'argent. Il se contenta d'admettre que la somme était effectivement importante et exprima l'espoir que cela ne causât pas de problème. Une inaltérable affabilité était sans doute le meilleur moyen d'effectuer la transaction dans les meilleurs délais.

— Je ne suis pas sûre que nous puissions tout vous donner en coupures de cent dollars, dit Mrs. Higgens à voix basse, avec une grande discrétion, bien que les deux seuls autres clients de l'établissement ne fussent pas à proximité. Il faut que je vérifie notre réserve.

— S'il y a quelques billets de vingt ou de cinquante, ce n'est pas grave, lui assura Marty. J'essaie juste de limiter l'encombrement.

Quoique la directrice-adjointe et la caissière fussent souriantes, polies, Marty sentait leur curiosité et leur inquiétude. L'argent était après tout leur métier : elles savaient qu'il existait peu de raisons valables — encore moins de raisons raisonnables — pour transporter soixante-dix mille dollars en liquide.

Même s'il n'avait pas craint de laisser Paige et les enfants dans la voiture, Marty ne l'eût pas fait. Le premier soupçon susceptible de traverser un banquier était que la somme devait servir au paiement d'une rançon. La prudence eût exigé un coup de téléphone à la police. Avec toute la famille présente, un kidnapping n'était plus envisageable.

La caissière commença à consulter ses collègues, comptabilisant les billets de cent dollars contenus dans tous les tiroirs-caisses, tandis que Mrs. Higgens disparaissait par la porte de la salle des coffres, à l'arrière de la pièce.

Marty regarda Paige et les filles. L'entrée est. L'entrée sud. Sa montre. Il souriait, ne cessait de sourire, de sourire comme un idiot.

On sera sortis d'ici dans un quart d'heure, se dit-il. Peut-être même dans dix minutes. Sortis d'ici et sur la route. En sécurité.

Alors, la vague sombre déferla sur lui.

Dans un restaurant de la chaîne Denny's, il se rend aux toilettes avant de choisir une table près de la fenêtre et de commander un énorme petit déjeuner.

La serveuse est une jolie brune nommée Gayle. Elle plaisante au sujet de son appétit. Lui fait du charme. Il envisage de lui demander un rendez-vous. Elle a un corps superbe, des jambes fines.

Coucher avec elle serait de l'adultère, puisqu'il est marié à Paige. Mais en serait-ce encore si, après l'avoir fait, il la tuait ?

Il lui laisse un bon pourboire et décide de revenir d'ici une semaine ou deux pour obtenir ce rendez-vous. Elle a un petit nez mutin, des lèvres sensuelles.

Au volant de la Camry, avant de démarrer, il ferme les yeux, fait le vide dans son esprit, et s'imagine qu'il est magnétisé, tout comme le faux père — des pôles opposés. Il cherche l'impulsion.

Cette fois, il est attiré dans l'orbite de l'autre homme plus vite que lorsqu'il a tenté d'établir le contact au milieu de la nuit. L'attraction est infiniment plus puissante qu'avant. En fait, elle est si forte, si instantanée, qu'il pousse un grognement de surprise et crispe les mains sur le volant, comme s'il risquait réellement d'être arraché à la Toyota, de défoncer le pare-brise et de filer, telle une balle de fusil, droit vers le cœur du faux père.

Son ennemi est immédiatement conscient du contact. Et il est terrifié, se sent menacé.

A l'est.

Au sud-est.

Voilà qui le ramènera dans la direction générale de Mission Viejo. Toutefois, il doute que l'imposteur s'estime assez en sécurité pour être déjà rentré chez lui.

Une vague de pression, comme née d'une gigantesque explosion, percuta Marty et faillit le jeter à terre. Il s'agrippa des deux mains au guichet pour conserver son équilibre, se pencha en avant et s'arc-bouta.

La sensation était totalement subjective. L'air lui

paraissait comprimé à la limite du point de liquéfaction, mais rien ne se désintégrait, ne craquait ou ne se renversait. Apparemment, Marty était la seule personne affectée.

Après l'onde de choc initiale, il eut le sentiment d'être enfoui sous une avalanche. L'impression que d'innombrables mégatonnes de neige pesaient sur lui. Il était hors d'haleine. Paralysé. Glacé.

Son visage était certainement devenu pâle, cireux. Il savait sans le moindre doute qu'il serait incapable de répondre si on lui adressait la parole. Que quelqu'un revînt au guichet tandis qu'il était en proie à la crise, et la peur qui se dissimulait sous son attitude décontractée serait mise au jour. Il apparaîtrait comme plongé dans des ennuis désespérés, et on répugnerait à confier tant d'argent liquide à un individu aussi visiblement malade ou déséquilibré.

Le froid qui l'oppressait s'intensifia de manière dramatique quand il perçut une caresse mentale de la même présence maléfique, fantomatique, qu'il avait décelée la veille, dans le garage, alors qu'il partait pour le cabinet du médecin. La « main » glacée de l'esprit pressait la surface de son cerveau comme pour apprendre où il se trouvait en palpant des données en braille sur les tissus convolutés de son cortex. Il comprit alors que l'esprit en question était en fait son sosie, dont les pouvoirs stupéfiants ne se limitaient pas à la guérison spontanée de blessures mortelles.

Il brise le contact magnétique.

Sa voiture quitte le parking du restaurant.

Il met la radio. Michael Bolton chante l'amour.

La chanson est touchante. Elle l'émeut profondément, presque jusqu'aux larmes. A présent qu'il est enfin quelqu'un, qu'une femme l'attend et que deux jeunes enfants ont besoin de sa tutelle, il connaît le sens et la valeur de l'amour. Se demande comment il a pu vivre si longtemps sans cela.

Il se dirige vers le sud-est.

Le destin l'appelle.

Abruptement, la main spectrale s'éloigna de Marty.

La pression écrasante se relâcha et, d'un seul coup, le monde redevint normal — si la norme existait encore.

L'écrivain fut soulagé que l'attaque eût seulement duré cinq à dix secondes. Aucun des employés de la banque n'avait remarqué quoi que ce fût.

Toutefois, il était urgent de se faire remettre l'argent et de sortir d'ici. Il observa Paige et les enfants, assises à l'autre bout de la pièce. Son regard inquiet dériva vers l'entrée est, puis vers l'entrée sud, et à nouveau vers l'est.

L'Autre savait où ils étaient. Dans quelques minutes, au plus, leur ennemi mystérieux et implacable serait sur eux.

4.

Dans l'assiette abandonnée, les œufs brouillés acquéraient, tandis qu'ils refroidissaient et se figeaient, une vague couleur grisâtre. L'arôme salé de bacon, auparavant si appétissant, donnait maintenant à Oslett une vague nausée.

Assommé par l'idée qu'Alfie se fût changé en une créature dotée de besoins sexuels et capable de les satisfaire, il était néanmoins décidé à ne pas paraître inquiet, du moins pas devant Peter Waxhill.

— Tout cela ne nous mène qu'à des conjectures, déclara-t-il.

— En effet, mais nous étudions le passé pour voir si la théorie se tient.

— Le passé ?

— Les archives de police de toutes les villes qu'a traversées Alfie durant les quatorze derniers mois. Les viols, suivis ou non de meurtres, durant les heures où il n'était pas réellement en train de travailler.

Oslett avait la bouche sèche. Son cœur battait à tout rompre. Il se moquait de ce qui pouvait arriver aux Stillwater. Ce n'étaient que des Klingons.

Il se moquait également que le Réseau s'effondre et que tous les rêves associés s'effondrent également. Une organisation similaire finirait bien par être fondée, le rêve par être renouvelé.

Mais si leur garnement se révélait impossible à capturer ou à arrêter, il y avait là matière à entacher gravement le nom de la famille Oslett — au point de mettre sa fortune en péril et de diminuer sérieusement sa puissance politique pour des décennies. Par-dessus tout, Drew Oslett voulait qu'on le respecte. Et la garantie suprême du respect avait toujours été la famille, la lignée. La perspective que son nom devienne un objet de risée et de mépris, la cible des outrages publics, un sujet de plaisanteries puériles pour tous les comiques de la télévision et d'articles gênants dans des journaux aussi différents que le *New York Times* et le *National Enquirer* avait de quoi remuer l'âme.

— Vous êtes-vous déjà demandé ce que notre gars faisait de son temps libre, entre ses missions ? interrogea Waxhill.

— Nous l'avons surveillé de près, bien sûr, durant les six premières semaines. Il allait au cinéma, au restaurant, dans les jardins publics. Il regardait la télévision. Il faisait tout ce que font les gens pour tuer le temps — et se conduisait exactement comme nous désirions qu'il se conduise hors d'un environnement contrôlé. Rien de bizarre. Rien du tout qui sorte de l'ordinaire. Et en tout cas, rien qui concerne les femmes.

— S'il se savait observé, il est évident qu'il s'est conduit comme un enfant sage.

— Il ne le savait pas. C'est impossible. Il n'a jamais repéré les hommes qui le surveillaient. Comment aurait-il fait ? Ce sont les meilleurs. (Oslett réalisa qu'il protestait avec trop de véhémence. Pourtant, il ne put s'empêcher d'ajouter :) Impossible.

— Peut-être a-t-il senti leur présence de la même manière que celle de ce Stillwater. Une sorte de perception extrasensorielle latente.

Oslett commençait à trouver son interlocuteur désagréable. Ce type était un irrécupérable pessimiste.

— Et même s'il ne faisait qu'aller au cinéma et regarder la télévision, continua Waxhill en leur servant du café à tous les trois, ça ne vous a jamais inquiété ?

— Écoutez, c'est censé être l'assassin idéal. Programmé. Pas de remords, pas d'hésitations. Difficile à attraper, encore plus à tuer. En cas de pépin, on ne pourra jamais remonter jusqu'à ceux qui le manipulent. Il ne sait ni qui nous sommes, ni pourquoi nous voulons faire éliminer tous ces gens, si bien qu'il ne peut pas fournir d'indices à la police. Il n'est rien qu'une simple coquille, qu'un homme creux. Toutefois, il a une fonction dans la société : il doit se montrer discret, se conduire comme un type ordinaire, *faire les choses que font les gens durant leurs loisirs*. Si on le laissait passer ses journées dans sa chambre d'hôtel, à contempler les murs, les femmes de chambre en feraient des gorges chaudes, le trouveraient bizarre et se souviendraient de lui. Par ailleurs, quel mal y a-t-il à aller voir un film ou à regarder la télévision ?

— Ce sont des influences culturelles. D'une manière ou d'une autre, elles risquent de l'affecter.

— C'est sa nature qui compte. La manière dont il a été conçu, pas ce qu'il fait le samedi après-midi. (Oslett s'appuya au dossier de son siège, un peu plus à l'aise, ayant peu ou prou réussi à se convaincre, à défaut de persuader Waxhill.) Fouillez le passé. Mais vous ne découvrirez rien.

— On a peut-être déjà découvert quelque chose. Une prostituée de Kansas City. Étranglée dans un motel minable en face d'un bar appelé le Blue Life Lounge. Deux barmen différents ont donné à la police une description de l'homme avec qui elle est sortie. On dirait bien Alfie.

Oslett s'était senti proche de Peter Waxhill par la classe et l'expérience. Il avait même songé qu'ils pourraient devenir amis. A présent, il éprouvait la troublante sensation que son interlocuteur prenait plaisir à se faire le messager des mauvaises nouvelles.

— Un de nos contacts a pu nous procurer un échantillon du sperme recueilli par les services scientifiques de la police dans le vagin de la prostituée. Il est en route pour notre laboratoire de New York. Si c'est le sperme d'Alfie, on le saura.

— Il ne peut pas produire de sperme. Il a été conçu pour ne...

— Quoi qu'il en soit, si c'est le sien, on le saura. Nous disposons de son schéma génétique. Nous le connaissons mieux que Rand McNally ne connaît le monde. Et il est unique. Encore plus que les empreintes digitales.

Les anciens de Yale étaient tous les mêmes : des enfants de salaud suffisants et imbus de leur personne.

Clocker saisit une grosse fraise entre le pouce et l'index. Tout en l'examinant avec attention, comme s'il se montrait extrêmement difficile quant au choix de sa nourriture et refusait de manger quoi que ce soit qui échouât à une sévère inspection, il déclara :

— Si Alfie est attiré vers Martin Stillwater, nous n'avons besoin de savoir qu'une seule chose : où sont les Stillwater en ce moment ?

Il posa la fraise entière, grosse comme un demi-melon, sur sa langue et l'attira dans sa bouche, à la manière dont un crapaud attrape une mouche.

— La nuit dernière, nous avons envoyé quelqu'un jeter un coup d'œil chez eux, dit Waxhill. Apparemment, ils ont fait leurs valises à la hâte. Les tiroirs du bureau étaient encore ouverts, il y avait des vêtements éparpillés un peu partout, et des valises vides abandonnées. Il est probable qu'ils n'ont pas l'intention de rentrer chez eux avant un certain temps, mais on fait quand même surveiller la maison, au cas où.

— Et vous n'avez pas la moindre idée de l'endroit où ils ont pu filer ? demanda Oslett, prenant un plaisir pervers à mettre son interlocuteur sur la défensive.

Peu impressionné, ce dernier reprit la parole.

— Nous ne savons pas où ils sont en ce moment, non...

— Ah ?

— Mais nous pensons savoir où démarrer une piste. Les parents de Stillwater vivent à Mammoth Lakes. Il n'a pas d'autre famille sur la Côte Ouest, et à moins qu'il n'y possède un ami intime que nous ne connaissons pas, il va appeler son père et sa mère, sinon aller chez eux.

— Et les parents de sa femme ?

— Quand elle avait seize ans, son père a tiré une balle dans la tête de sa mère avant de se suicider.

— Intéressant.

Oslett signifiait par là que l'éclat factice parant l'existence de l'individu moyen ne cessait jamais de l'étonner.

— C'est en effet intéressant, répéta Waxhill qui, lui, voulait probablement dire tout autre chose. Paige a découvert les cadavres en rentrant de l'école. Durant quelques mois, elle a été confiée à la garde d'une tante, avec qui elle ne s'entendait pas. Elle a donc demandé au tribunal d'être déclarée légalement majeure.

— A seize ans ?

— Elle a suffisamment impressionné le juge pour qu'il lui accorde satisfaction. C'est rare, mais ça arrive.

— Elle devait avoir un sacré putain d'avocat.

— Tout à fait. Elle a étudié les textes de loi existant sur le sujet, ainsi que la jurisprudence, et elle s'est représentée elle-même.

La situation ne cessait de s'assombrir. Même s'il avait eu de la chance, Martin Stillwater avait triomphé d'Alfie : c'était donc un individu nettement plus dangereux que le crétin présenté par *People*. A présent, il semblait que sa femme possédât elle aussi une volonté supérieure à la moyenne, qu'elle constituât un adversaire valeureux.

— On devrait peut-être se servir de nos contacts dans les médias pour envoyer les événements d'hier soir en première page, suggéra Oslett. Ça pousserait Stillwater à contacter ses parents.

— C'est déjà fait, déclara Peter Waxhill, exaspérant. (Il dessina d'imaginaires gros titres.) « Un auteur à succès tire sur un intrus. « Canular ou menace réelle ? » « L'auteur et sa famille ont disparu. » « Se cachent-ils du tueur ou de la police ? » Ce genre de choses. Quand

Stillwater lira un journal ou verra un bulletin d'informations, il appellera immédiatement ses parents, parce qu'il saura qu'eux aussi auront appris la nouvelle et qu'ils s'inquiéteront.

— Leur téléphone est sur écoute ?

— Oui. Avec un pisteur d'appel sur la ligne. Dès qu'ils décrocheront, nous saurons où se trouve Stillwater.

— Et qu'est-ce qu'on fait, en attendant ? interrogea Oslett. On reste là à se faire manucurer et à bouffer des fraises ?

Compte tenu de la vitesse à laquelle Clocker engloutissait les fruits, les réserves de l'hôtel seraient rapidement épuisées — et peu de temps après, toutes celles de la Californie et des États voisins.

Waxhill consulta sa Rolex en or.

Drew Oslett tenta de détecter une certaine ostentation dans la manière dont son propriétaire regardait cet objet de grand prix. Il aurait aimé relever un quelconque détail révélant le parvenu sous ce vernis de grâce et de sophistication.

Hélas, Waxhill ne se conduisait pas autrement que lui-même quand il consultait sa propre Rolex en or : il eût aussi bien pu s'agir d'une Timex achetée dans un supermarché.

— En fait, en fin de matinée, vous allez prendre l'avion pour Mammoth Lakes.

— Mais on ne peut pas être sûrs que Stillwater va s'y rendre.

— C'est une probabilité raisonnable, affirma Waxhill. Dans ce cas, il y a de bonnes chances pour qu'Alfie l'y suive. Vous serez sur place pour le récupérer. Et si Stillwater n'y va pas, s'il se contente de téléphoner à ses chers *pater* et *mater*, vous pourrez rejoindre l'endroit d'où il appellera, en avion ou par la route.

Hésitant à demeurer plus longtemps assis, de peur que Peter Waxhill n'en profitât pour lui apprendre d'autres mauvaises nouvelles, Oslett posa sa serviette sur la table et repoussa sa chaise.

— Alors, allons-y. Plus notre gars reste en liberté, plus il y a de chances pour que quelqu'un le voie en compagnie de Stillwater. Si ça se produisait, la police commencerait à croire ce que l'écrivain lui a raconté.

— Une dernière chose, dit Waxhill, sa tasse de café en main.

Oslett s'était levé. Il répugnait à se rasseoir, car cela fût revenu à admettre que son interlocuteur contrôlait le débat — ce qui était le cas, mais uniquement parce qu'il possédait des renseignements importants, non parce qu'il était supérieur par le grade ou quoi que ce soit d'autre. Au pire, ils possédaient la même puissance au sein de l'organisation, et il était probable qu'Oslett était le plus gradé des deux. Il se tint debout près de la table, baissant les yeux vers l'ancien de Yale.

Bien qu'il eût enfin achevé de manger, Clocker ne bougea pas. Oslett ignorait si cette attitude constituait une petite trahison ou si elle prouvait simplement que le Trekker s'était enfui en compagnie de Spock et de toute la bande dans quelque lointain recoin de l'univers.

— Si vous devez éliminer notre gars, c'est regrettable mais acceptable, reprit Waxhill après avoir bu une gorgée de café. Si vous réussissez à le reprendre en main, au moins jusqu'à ce qu'on puisse l'emmener dans un endroit sûr et l'enfermer, c'est encore mieux. Mais quoi qu'il arrive... Stillwater, sa femme et ses enfants doivent, eux, être éliminés.

— Aucun problème.

5.

La directrice de l'agence, Mrs. Takuda, vint voir Marty au guichet peu après que la vague sombre l'eut submergé puis se fut retirée. S'il avait disposé d'un miroir, il était persuadé qu'il se fût découvert encore pâle, les lèvres serrées, avec une sauvagerie animale au fond des yeux. Toutefois, si Mrs. Takuda remarqua quelque chose d'étrange dans son attitude, elle était trop polie pour le montrer. Elle désirait essentiellement savoir s'il retirait la grande majorité de ses économies parce que la banque lui avait déplu en quoi que ce soit.

Marty fut surpris de réussir à se parer d'un sourire convaincant et d'assez de charme pour assurer qu'il n'avait rien à reprocher à l'établissement et pour apaiser les craintes de la directrice. Au fond de lui-même, il était encore glacé, tremblant, mais ces frissons ne remontaient pas jusqu'à la surface, n'affectaient nullement sa voix.

Quand Mrs. Takuda alla aider Elaine Higgens dans la salle des coffres, l'écrivain observa Paige et les enfants, la porte est, la porte sud, puis consulta sa Timex. La vue de l'aiguille rouge qui égrenait les secondes sur le cadran lui fit perler la sueur au front. L'Autre arrivait. Combien de temps, encore? Dix minutes, deux minutes, cinq secondes?

Une nouvelle vague le frappa.

Il remonte un large boulevard. Le soleil du matin flamboie sur les chromes des voitures qu'il croise. Phil Collins, à la radio, parle de trahison.

Touché par la plainte du chanteur, il imagine à nouveau le magnétisme. Clic. Contact. Il sent une attraction irrésistible en direction du sud-est. Donc il roule toujours dans la bonne direction.

Il brise la connexion quelques secondes après l'avoir établie, espérant avoir obtenu cette nouvelle indication sur le faux père sans révéler sa présence. Mais même durant cette brève jonction, il craint que l'ennemi n'ait senti l'intrusion.

Si la seconde vague fut de plus courte durée que la première, elle n'en fut pas moins puissante. Marty eut l'impression de recevoir un coup de marteau en pleine poitrine.

La caissière s'approcha du guichet en compagnie de Mrs. Higgens. Elle apportait quelques coupures en vrac ainsi que plusieurs liasses de billets — de cent et de vingt dollars —, entourées d'une bande. La totalité représentait deux piles d'environ sept centimètres d'épaisseur.

La jeune femme commença à compter les soixante-dix mille dollars.

— Ce n'est pas la peine, l'arrêta Marty. Mettez-les-moi juste dans une ou deux enveloppes.

— Oh, mais, Mr. Stillwater, vous avez signé l'ordre de retrait ! s'exclama Mrs. Higgens. Nous sommes censées compter l'argent devant vous.

— Je suis sûr que vous l'avez déjà fait correctement.

— Mais la procédure...

— Je vous fais confiance, Mrs. Higgens.

— Merci beaucoup, mais je pense vraiment que...

— *S'il vous plaît.*

6.

Du simple fait qu'il demeurait assis à la table du petit déjeuner, tandis que Drew Oslett se tenait debout, impatient, Waxhill contrôlait la situation. Son interlocuteur le détestait et, à regret, l'admirait simultanément.

— Il est presque certain que la femme et les enfants ont vu Alfie lors du deuxième incident, hier soir, reprit-il. Elles ne savent pas grand-chose de ce qui se passe, mais si elles savent que Stillwater disait la vérité en parlant d'un sosie, alors elles en savent trop.

— J'ai dit : aucun problème, lui rappela Oslett, irrité.

Waxhill hocha la tête.

— Oui, très bien, mais le quartier général veut que ce soit fait d'une certaine manière.

Poussant un soupir, Oslett capitula et se rassit.

— A savoir ?

— Donner l'impression que Stillwater a touché le fond de la folie.

— Meurtre-suicide ?

— Oui, mais pas n'importe lequel. Le quartier général serait ravi si Stillwater paraissait avoir réalisé un fantasme de psychopathe bien particulier.

— Si ça leur fait plaisir.

— La femme doit recevoir une balle dans chaque sein et une dans la bouche.

— Et les filles ?

— D'abord, faites-les se déshabiller. Attachez-leur les poignets derrière le dos, puis liez-leur les chevilles. Bien serré. Nous aimerions que vous utilisiez une marque particulière de fil tressé. Il vous sera fourni. Ensuite, tirez deux balles sur chacune. Une dans les... les parties génitales, et l'autre entre les deux yeux. Stillwater, lui, doit sembler s'être tiré une balle dans le palais. Vous vous rappellerez tout ?

— Bien sûr.

— Il est important que la chose soit réalisée précisément de cette manière, sans dévier du scénario.

— Qu'est-ce qu'on essaie de raconter comme histoire ? interrogea Oslett.

— Vous n'avez pas lu l'article de *People ?*

— Pas entièrement. Stillwater avait l'air d'un vrai crétin... et d'un crétin ennuyeux, par-dessus le marché.

— Il y a quelques années, dans le Maryland, un type a tué sa femme et ses deux filles exactement comme ça, lui apprit Waxhill. C'était un pilier de la communauté, si bien que ça a choqué tout le monde. Une histoire tragique. Personne n'a compris pourquoi il avait agi ainsi. Ça semblait tellement dépourvu de sens, tellement éloigné de son caractère. Stillwater a été intrigué par ce crime et a envisagé d'écrire un roman s'en inspirant, afin d'explorer les motivations possibles du meurtrier. Après avoir fait de nombreuses recherches, toutefois, il a abandonné le sujet. Dans *People*, il dit que ça le déprimait trop. Il affirme que la fiction, celle qu'il aime, doit donner un sens aux choses, apporter de l'ordre dans le chaos, et il n'a pu trouver aucun sens à ce qui s'est produit dans le Maryland.

Oslett demeura muet un instant, tentant de détester Waxhill mais s'apercevant que son antipathie disparaissait rapidement.

— Je dois dire que... c'est très bien pensé.

L'homme de Yale eut un sourire presque modeste et haussa les épaules.

— C'est votre idée ? demanda son interlocuteur.

— Tout à fait, oui. Je l'ai proposée au quartier général et ils l'ont adoptée immédiatement.

— Elle est ingénieuse, apprécia Oslett avec une admiration sincère.

— Merci.

— C'est net et sans bavure. Martin Stillwater abat sa famille de la même manière que ce type du Maryland, et tout le monde croit que s'il n'a pas pu écrire un roman en partant de l'histoire originale, c'est parce que celle-ci le touchait de trop près, parce que c'était ce que, secrètement, il avait envie de faire aux siens.

— Exactement.

— Et ça n'a plus cessé de lui ronger l'esprit.

— De hanter ses rêves.

— Ce besoin psychotique de violer symboliquement...

— ... et de tuer littéralement.

— ... ses filles...

— ... et aussi de tuer sa femme, celle qui...

— ... les a élevées, acheva Oslett.

Ils se souriaient à nouveau, comme ils s'étaient souri en parlant du petit café proche des Champs-Élysées.

— Personne ne pourra dire en quoi le meurtre de sa famille est lié à cette histoire dingue de sosie, mais on imaginera que ça faisait aussi partie de la psychose, ajouta Waxhill.

— Je viens d'y penser : les échantillons de sang d'Alfie relevés dans la maison de Mission Viejo vont être identifiés comme appartenant à Stillwater.

— Oui. Est-ce qu'il se faisait des saignées régulières, entreposant du sang en prévision du canular ? Et pourquoi ? On va sûrement avancer un grand nombre de théories, mais au bout du compte, ce mystère sera moins intéressant que ce qu'il aura fait à sa famille. Personne ne réussira à faire surgir la vérité d'un tel imbroglio.

Oslett commençait à se dire que, finalement, ils allaient pouvoir récupérer Alfie, sauver le Réseau et conserver leur réputation intacte.

— Et vous, Karl ? interrogea Waxhill en se tournant vers Clocker. Est-ce que tout ceci vous pose un problème ?

Bien qu'il fût assis à la table, le Trekker paraissait très loin en esprit. Il reporta son attention sur ses compagnons, comme si ses pensées s'étaient auparavant trouvées perdues sur une planète hostile de la nébuleuse du Crabe, en compagnie de l'équipage de l'*Enterprise*.

— Il y a cinq milliards de gens sur la Terre, dit-il, si bien que nous la jugeons surpeuplée, mais pour chacun d'entre nous, l'univers compte d'innombrables milliers d'étoiles — une infinité d'étoiles pour chacun de nous.

Waxhill le fixait en attendant qu'il développe. Quand il réalisa que Clocker avait terminé, il se retourna vers Oslett.

— Ce que veut dire Karl, à mon avis, expliqua ce dernier, c'est que... eh bien, que par rapport à l'immensité de l'univers, quelle importance que quelques personnes meurent un peu plus tôt qu'elles ne l'auraient dû normalement ?

7.

Le soleil est haut dans le ciel, au-dessus des lointaines montagnes dont la neige coiffe les pics les plus élevés. Le tueur juge étrange d'apercevoir ce paysage d'hiver au cœur d'une matinée de décembre évoquant le printemps, emplie de palmiers et de fleurs.

Continuant vers le sud-est, il arrive à Mission Viejo. Il est la vengeance sur roues, la justice sur roues. Il roule, roule.

Il envisage de chercher une armurerie et d'acheter un fusil à pompe ou un fusil de chasse, n'importe quelle arme qu'on puisse se procurer sans période d'attente. Son adversaire est armé, pas lui.

Toutefois, il ne veut pas prendre de retard sur le kidnappeur qui a volé sa famille. S'il le contraint à rester sur ses gardes, en mouvement, l'ennemi a davantage de chances de commettre des erreurs. Une tension inexorable est plus efficace que n'importe quel fusil.

En outre, il est la vengeance, la justice et la vertu. Il est le héros de ce film et les héros ne meurent pas. On peut leur tirer dessus, les frapper à coups de bâton, les pousser du haut d'une falaise, les enfermer dans des cachots emplis de serpents venimeux, leur faire subir les tortures les plus longues et les plus imaginatives sans qu'ils périssent. Il partage avec Harrison Ford, Sylvester Stallone, Steven Seagal, Bruce Willis, Wesley Snipes et tant d'autres l'invincilibité que confèrent la vertu et une très noble cause.

Il comprend pourquoi son premier assaut contre le faux père, chez lui, hier, était voué à l'échec malgré son statut de héros. Il a été attiré vers l'ouest par la puissante attraction que son double exerce sur lui. Durant toutes les journées de dimanche et de lundi, tout comme il a eu conscience d'être tiré en avant, l'autre a perçu son approche. Au moment où ils se sont rencontrés dans le bureau, à l'étage, le faux père était alerté et prêt à se battre.

A présent, il sait qu'il peut établir et couper à volonté leur connexion. Comme l'installation électrique de n'importe quelle maison, elle est équipée d'un interrupteur. Plutôt que de laisser ce dernier sur la position « marche » en permanence, il peut établir le contact un bref instant, juste assez pour sentir l'attraction du faux père et le repérer.

La logique lui souffle qu'il peut également modifier la puissance courant le long de ce fil mental. S'il imagine le contrôle psychique comme un bouton de volume — un rhéostat —, il devrait parvenir à diminuer l'intensité du courant dans le circuit, rendant la communication plus subtile qu'elle ne l'a été jusqu'ici. Après tout, en se servant d'un tel interrupteur, il est possible de réduire progressivement la lumière d'une lampe jusqu'à ce que celle-ci ne diffuse plus qu'une lueur à peine visible. De même, il devrait pouvoir établir le contact à un ampérage tellement faible qu'il traquera le faux père sans que ce dernier ait conscience d'être épié.

Arrêté à un feu rouge, au cœur de Mission Viejo, il imagine un potentiomètre à cadran, disposant d'une course de trois cent soixante degrés. Il ne le tourne que de quatre-vingt-dix et, aussitôt, ressent l'attraction de son double, un peu plus à l'est, et désormais un peu au nord.

Sorti de la banque, à mi-chemin de la BMW, Marty fut soudain frappé par une nouvelle vague de pression — avec derrière elle l'écrasant rouleau compresseur de ses rêves. L'attaque n'était pas aussi forte que celles subies à la banque, mais elle le surprit en plein mouvement et lui fit perdre l'équilibre. Il vacilla, trébucha, tomba. Les deux enveloppes emplies d'argent lui échappèrent et glissèrent sur le bitume.

Charlotte et Emily coururent les ramasser, tandis que Paige l'aidait à se relever.

Comme la vague disparaissait et qu'il se redressait en tremblant, il déclara :

— Tiens, prends les clefs. Il vaut mieux que ce soit toi qui conduises. Il me traque. Il arrive.

La jeune femme explora le parking d'un regard paniqué.

— Non, il n'est pas encore là, affirma Marty. C'est comme avant. J'ai l'impression de me trouver sur la trajectoire d'un objet à la puissance et à la rapidité infinies.

Deux pâtés de maisons. Peut-être même moins.

Il roule lentement. Explore la rue des yeux, à droite et à gauche. Les cherche.

Un klaxon retentit derrière lui. Le chauffeur est impatient.

Lentement, lentement, plissant les paupières, il observe les piétons sur les trottoirs ainsi que les passagers de véhicules.

Le klaxon derrière lui. Il adresse un geste obscène à l'excité, ce qui semble lui clouer le bec.

Lentement, lentement.

Aucune trace d'eux.

Il utilise à nouveau le rhéostat mental. Soixante degrés, cette fois. Le contact est encore puissant, attraction impérieuse et irrésistible.

Devant. Sur la gauche. Un centre commercial.

Comme Marty montait sur le siège du passager et refermait la portière, tenant en main les enveloppes emplies d'argent que les enfants lui avaient rendues, il fut à nouveau secoué par un contact avec l'Autre. Quoique l'impact de la sonde fût moins troublant, cette diminution de puissance ne lui apporta aucun soulagement.

— Emmène-nous loin d'ici ! pressa-t-il Paige en récupérant le Beretta chargé sous son siège.

La jeune femme démarra et Marty se retourna vers les filles. Elles bouclaient leur ceinture de sécurité.

Tandis que leur mère quittait le stationnement en marche arrière, les enfants croisèrent le regard de l'écrivain. Elles étaient terrorisées.

Il respectait trop leur intelligence pour leur mentir. Plutôt que de prétendre que tout allait bien, il déclara :

— Accrochez-vous. Votre maman va essayer de conduire à ma manière.

— D'où arrive-t-il ? interrogea Paige.

— Je ne sais pas. Simplement, ne reprends pas le chemin que nous avons emprunté pour venir. Ça me met mal à l'aise. Prends l'autre route.

Attiré par la banque plutôt que par le centre commercial proprement dit, il se gare près de l'entrée la plus proche.

Comme il coupe le moteur, il entend un bref crissement de pneus. Il repère du coin de l'œil, à vingt ou trente mètres de là, une voiture qui s'éloigne rapidement du bâtiment. C'est une BMW blanche. Elle fonce vers le centre commercial, passe auprès de lui en un éclair.

Il n'aperçoit qu'une portion de visage du conducteur — une pommette, la mâchoire, la courbe du menton. Et un miroitement de cheveux dorés.

Parfois, on peut identifier une chanson qu'on aime à partir de seulement trois notes, parce que la mélodie a laissé une empreinte indélébile dans l'esprit. De même, grâce à ce profil partiel, aperçu dans un papillonnement d'ombre et de lumière, il reconnaît son épouse adorée. Des inconnus ont effacé tous les souvenirs qu'il avait d'elle, mais la photographie trouvée hier est imprimée dans son cœur.

— Paige, murmure-t-il.

Il démarre la Camry, fait une brève marche arrière et se dirige vers le centre commercial.

A cette heure-ci, le parking est presque désert : seuls le supermarché, une boulangerie et un magasin de bureautique sont déjà ouverts. La BMW file sur le bitume et rejoint l'allée qui longe les boutiques. Elle tourne à gauche, vers le nord du centre commercial.

Il la suit, mais sans agressivité. S'il la perd, la repérer à nouveau sera un jeu d'enfant grâce au lien mystérieux mais fiable qui l'unit à l'individu détesté ayant usurpé sa vie.

La BMW atteint la sortie nord et tourne à droite. Lorsqu'il parvient à l'intersection, elle a déjà deux pâtés de maisons d'avance. Arrêtée à un feu rouge, elle est à peine visible.

Pendant plus d'une heure, il la suit discrètement. Vers le nord, sur les autoroutes de Santa Ana et de Costa Mesa, puis vers l'ouest sur celle de Riverside. Il demeure en arrière, perdu dans la circulation importante de la matinée.

Sur l'autoroute de Riverside, à l'ouest de Corona, il rétablit le courant entre le faux père et lui. Visualisant le rhéostat, il le tourne de cinq degrés sur les trois cent soixante. Voilà qui suffit à lui faire sentir la présence de son ennemi mais ne lui donne pas sa position exacte. Six degrés, sept, huit. Huit, c'est trop. Sept. Sept, c'est l'idéal. Avec le potentiomètre positionné ainsi, l'attraction est assez puissante pour lui servir de phare sans prévenir son double que le lien a été rétabli. L'imposteur roule vers l'est, en direction de Riverside, tendu et vigilant mais inconscient d'être surveillé.

Pourtant, dans l'esprit du chasseur, le signal correspondant à la proie s'imprime à la manière d'un point rouge clignotant sur une carte électronique.

Puisqu'il a appris à maîtriser cette étrange puissance d'attraction, il pourra peut-être frapper le faux père avec un certain élément de surprise.

Quoique l'homme dans la BMW s'attende à une attaque, qu'il cherche à fuir, il a l'habitude d'être averti des assauts. Quand il se sera écoulé assez de temps sans turbulence dans l'éther, quand il ne sentira plus cette sonde exaspérante, il reprendra confiance. Et avec ce retour de la confiance, sa prudence diminuera. Il deviendra vulnérable.

Le chasseur n'a besoin que de rester sur la piste, de suivre les traces, de prendre son mal en patience et d'attendre le moment idéal pour frapper.

Comme ils traversent Riverside, la circulation se fluidifie autour d'eux. Il se laisse distancer un peu plus, jusqu'à ce que la BMW ne soit plus qu'un point, qui disparaît parfois temporairement, tel un mirage, dans un miroitement de soleil ou un nuage de poussière.

Vers le nord. San Bernardino. La nationale 15. La pointe nord des montagnes de San Bernardino. La passe d'El Cajon, à mille trois cents mètres d'altitude.

Peu après, au sud de la ville d'Hesperia, la BMW quitte la nationale et se dirige plein nord par la route 395, une voie rapide qui parcourt l'extrémité ouest du terrible désert Mojave. Il la suit, conservant un bon intervalle : ses proies ne peuvent imaginer que le point noir dans leur rétroviseur est une voiture qui les a traquées au travers de trois comtés.

Au bout de trois kilomètres, il dépasse un panneau indiquant la distance qui le sépare de Ridgecrest, de Lone Pine, de Bishop et de Mammoth Lakes. Cette dernière ville est la plus éloignée : quatre cent cinquante-trois kilomètres.

Le nom du lieu provoque en lui une association d'idées immédiate. Il dispose d'une mémoire eidétique. La dédicace d'un des romans policiers qu'il a écrits et qu'il range sur les étagères de son bureau, à Mission Viejo, lui revient en tête.

Cet opus est pour mon père et ma mère, Jim et Alice Stillwater, qui m'ont appris à être honnête — et qu'on ne peut tenir pour responsables du fait que je sois capable de réfléchir comme un criminel.

Il se souvient aussi du répertoire où figure leur nom et leur adresse. Ils vivent à Mammoth Lakes.

Une nouvelle fois, la conscience de ce qu'il a perdu le frappe douloureusement. Même s'il reprend sa vie à l'imposteur qui porte son nom, il ne retrouvera peut-être jamais les souvenirs qui lui ont été volés. Son enfance. Son adolescence. Son premier rendez-vous. Les expériences vécues au lycée. Il ne se rappelle absolument pas l'amour de son père ou de sa mère, et juge répugnant, monstrueux, d'être privé de ce souvenir essentiel, qui pourrait le soutenir mieux que tout autre.

Pendant plus de cent kilomètres, il oscille entre le désespoir que lui inspire l'aliénation, principale qualité de son existence, et la joie à l'idée de reprendre possession de son destin.

Il lui tarde vraiment de revoir son père et sa mère, d'observer leurs chers visages (effacés de ses tablettes mémorielles), de les embrasser et de rétablir le lien profond entre lui et les deux personnes auxquelles il doit la vie. D'après certains films, il sait que les parents sont parfois une malédiction — la mère maniaque, morte avant la première scène de *Psychose*, les deux égoïstes qui provoquent le déséquilibre de ce pauvre Nick Nolte dans *Le Prince des marées* — mais il croit que ses parents à lui sont d'une autre espèce, honnêtes et compatissants, comme James Stewart et Donna Reed dans *La vie est belle*.

La route est flanquée de lacs asséchés, aussi blancs que du sel, de soudains affleurements de pierre rouge, d'océans de sable sculptés par le vent, de buissons, de plaines de bore, de lointains escarpements rocheux noirs. La trace des plissements géologiques et des flots de lave ayant marqué des millénaires est partout visible.

A la hauteur de Red Mountain, la BMW quitte la route et s'arrête pour faire le plein dans une station-service.

Il dépasse la station sans s'arrêter. Ils ont des armes. Pas lui. Il choisira un meilleur moment pour abattre l'imposteur.

Reprenant la 395, il continue un peu vers le nord, en direction de Johannesburg, à l'ouest des montagnes de Lave. Il s'engage dans une station-service et fait le plein de la Camry. Il achète des biscuits salés, des barres de chocolat et des cacahuètes aux distributeurs, afin de se soutenir durant le long voyage qui l'attend.

Il rejoint la voie rapide avant la BMW, peut-être parce que Charlotte et Emily sont allées aux toilettes, sur l'aire de Red Mountain, mais cela n'a pas d'importance car il n'a plus besoin de suivre le véhicule. Il sait où il va.

Mammoth Lakes, Californie.

Jim et Alice Stillwater. Qui lui ont appris à être honnête. Qu'on ne peut tenir pour responsables du fait qu'il soit capable de réfléchir comme un criminel. A qui il a dédié un roman. Qu'il aime. Qu'il chérit. Qui lui ont été volés mais qu'il retrouvera bientôt.

Il a hâte de les enrôler dans sa croisade pour récupérer sa famille et son destin. Peut-être le faux père peut-il tromper ses enfants. Peut-être Paige elle-même peut-elle prendre l'imposteur pour le véritable Martin Stillwater. Mais ses parents reconnaîtront leur fils, la chair de leur chair. Ils ne seront pas abusés par le mimétisme astucieux de cet imposteur, de ce voleur de famille.

Depuis qu'elle a pris la 395, où la circulation n'est guère importante, la BMW a conservé une allure régulière, entre quatre-vingt-quinze et cent kilomètres-heure, quoique la route lui eût souvent permis d'aller plus vite. Le tueur pousse la Camry à cent vingt ou cent trente. Il devrait atteindre Mammoth Lakes entre deux heures et deux heures et quart, une demi-heure ou trois quarts d'heure avant l'ennemi, si bien qu'il aura le temps d'avertir son père et sa mère des intentions maléfiques nourries par la créature qui se fait passer pour leur fils.

La route oblique vers le nord-ouest, traversant la vallée d'Indian Wells, avec les montagnes d'El Paso au sud. Kilomètre après kilomètre, le tueur sent son cœur qui s'enfle d'émotion à l'idée de revoir son père et sa mère dont il a été cruellement séparé. Il brûle de les embrasser et de jouir de leur amour, de leur amour inconditionnel, de leur amour parfait et éternel.

8.

L'hélicoptère Bell JetRanger qui emportait Oslett et Clocker à Mammoth Lakes appartenait à un studio de cinéma affilié au Réseau. Avec ses sièges noirs, en veau, ses cuivres et sa cabine tapissée de peau de lézard émeraude, il offrait une ambiance encore plus luxueuse que le Lear. L'hélico proposait également des lectures plus intéressantes que le jet, notamment l'édition du jour de *The Hollywood Reporter* et de *Daily Variety*, ainsi que les derniers numéros de *Premier, Rolling Stone, Mother Jones, Forbes, Fortune, G.O., Spy, The Ecological Watch Society* et *Bon Appétit.*

Pour tuer le temps durant le vol, Clocker sortit un autre roman *Star Trek*, acheté dans la boutique cadeaux du Ritz-Carlton. Oslett considérait l'arrivée d'une telle littérature fantastique dans les boutiques d'un cinq étoiles, d'ordinaire fournies avec goût et gérées avec élégance — naguère encore faites pour les gens puissants et cultivés, pas seulement riches —, comme un signe de l'écroulement social imminent aussi alarmant que la présence de dealers de cocaïne armés jusqu'aux dents dans les cours d'écoles.

Tandis que le JetRanger partait vers le nord, survolait les parcs nationaux de Sequoia et de King's Canyon, longeait le flanc ouest de la Sierra Nevada et finissait par franchir ces magnifiques montagnes, Oslett ne cessa d'aller d'un côté à l'autre de la cabine, décidé à ne rien manquer de cet étonnant décor. L'immensité en contrebas était si peu peuplée qu'on eût pu s'attendre à ce qu'elle déclenchât en lui cette aversion presque agoraphobique pour les grands espaces et les sites ruraux. Mais le terrain changeait de minute en minute, lui proposant de nouvelles merveilles et des vues de plus en plus splendides à une allure assez rapide pour le distraire.

En outre, le JetRanger volait beaucoup plus bas que le Lear, ce qui donnait à Oslett l'illusion d'un déplacement ultrarapide. L'intérieur de l'engin était aussi moins silencieux et soumis à plus de vibrations que la cabine du jet — ce qu'il appréciait également.

A deux reprises, il attira l'attention de Clocker sur les merveilles naturelles qu'ils apercevaient par les vitres. Les deux fois, le colosse se contenta de contempler le décor durant une ou deux secondes, puis de se replonger sans commentaire dans *Les Amazones aux six seins de la planète Visqueuse*.

— Qu'est-ce que ce putain de livre a de si intéressant ? interrogea enfin Oslett, en se laissant tomber dans le siège qui faisait face à celui de son compagnon.

Clocker acheva son paragraphe avant de répondre.

— Je ne pourrais pas te l'expliquer.

— Pourquoi ?

— Parce que même si je le pouvais, ça ne t'intéresserait pas.

— Qu'est-ce que c'est censé vouloir dire ?

Clocker haussa les épaules.

— Je ne crois pas que ça te plairait.

— Je déteste les romans. Je les ai toujours détestés. Surtout la science-fiction et ce genre de merdes.

— Et voilà.

— Et ça, qu'est-ce que ça signifie ?

— Seulement que tu as confirmé ce que je disais · tu n'aimes pas ce genre de choses.

— Bien sûr que non.

Clocker haussa à nouveau les épaules.

— Et voilà.

Oslett lui jeta un regard noir.

— Comment peux-tu aimer ces conneries ? demanda-t-il en désignant le livre.

— Nous vivons dans des univers parallèles, répondit le Trekker.

— Hein ?

— Dans le tien, Johannes Gutenberg a inventé le flipper.

— Qui ?

— Dans le tien, il est possible que le type le plus célèbre nommé Faulkner soit un virtuose du banjo.

— Toutes ces conneries n'ont aucun sens pour moi, déclara Oslett en faisant la moue.

— Et voilà, répéta Clocker, avant de reporter son attention sur *Kirk amoureux de Spock*, ou quel que fût le titre de cette nouvelle aventure épique.

Oslett avait envie de le tuer. Cette fois, dans les propos cryptiques du Trekker, il avait décelé un irrespect subtilement formulé mais profond. Il avait envie d'arracher son chapeau au colosse et de le brûler, y compris la plume de canard, de s'emparer du livre de poche et de le déchirer en morceaux — voire de tirer sur son compagnon un petit millier de balles 9 mm creuses, à bout portant.

Au lieu de cela, il se retourna vers la vitre, cherchant le soulagement dans la majesté des pics montagneux et des forêts qui défilaient sous lui à deux cent quarante kilomètres-heure.

Au-dessus d'eux, les nuages arrivaient du nord-ouest. Gris et gonflés, ils se dirigeaient vers les cimes telle une flotte de ballons dirigeables.

A une heure dix, le mardi après-midi, ils furent accueillis sur un aérodrome proche de Mammoth Lakes par un représentant du Réseau nommé Alec Spicer. Il les attendait non loin de l'endroit où ils s'étaient posés, près d'un hangar fait de blocs de béton et de tôle ondulée.

Bien qu'il connût leurs vrais noms et fût donc au moins d'un rang égal à celui de Peter Waxhill, il n'était pas aussi impeccablement mis, aussi suave ni aussi distingué que l'homme de Yale. Et contrairement au musculeux Jim Lomax de l'aéroport John Wayne, la nuit précédente, il les laissa transporter leurs bagages jusqu'à la Ford Explorer verte stationnée sur le parking, derrière le hangar.

Spicer affichait la cinquantaine, mesurait un mètre soixante-quinze, pesait soixante-treize kilos et avait les cheveux gris acier, en brosse. Le visage taillé à coups de serpe, il dissimulait ses yeux derrière des lunettes noires, quoique le ciel fût couvert. Il portait des rangers, un pantalon et une chemise kaki, ainsi qu'un vieux blouson d'aviateur en cuir, aux nombreuses poches à fermeture Éclair. Son maintien un peu raide, ses manières disciplinées et son élocution hachée dénonçaient l'officier à la retraite, peut-être cassé de son grade, peu soucieux de changer ses attitudes, ses manies et sa garde-robe de militaire de carrière.

— Vous n'avez pas la tenue qui convient pour Mammoth, remarqua-t-il sèchement, tandis qu'ils se dirigeaient vers l'Explorer.

Son souffle s'échappait de sa bouche telles des plumes blanches.

— Je n'avais pas réalisé qu'il ferait si froid, ici, expliqua Oslett, qui ne pouvait s'empêcher de frissonner.

— C'est la Sierra Nevada. Presque deux mille cinq cents mètres au-dessus du niveau de la mer. Et on est en décembre. On ne peut pas s'attendre à voir des palmiers, des mini-jupes et des *piñas coladas*.

— Je savais qu'il ferait froid. Mais pas à ce point-là.

— Vous allez vous geler le cul, commenta sèchement l'ancien militaire.

— Ma veste est chaude, se défendit Oslett. C'est du cachemire.

— Tant mieux pour vous.

Spicer souleva le hayon de l'Explorer et s'écarta pour laisser ses compagnons charger leurs bagages dans le coffre.

Il monta au volant, Oslett à son côté. Sur la banquette arrière, Clocker se remit à lire *La Férocité flatulente de Ganymède*.

Comme ils quittaient l'aérodrome pour rentrer en ville, Spicer demeura un instant silencieux puis annonça :

— On attend la première chute de neige de la saison pour aujourd'hui.

— L'hiver est ma saison préférée, assura l'agent du Réseau assis auprès de lui.

— Ça changera peut-être quand vous pataugerez dans la neige jusqu'au cul et que vos jolis richelieus deviendront aussi durs que des sabots hollandais.

— Vous savez qui je suis ? interrogea Oslett, impatient.

— Oui, monsieur, répondit Spicer, avalant encore plus ses mots qu'à l'ordinaire mais inclinant légèrement la tête, en une subtile reconnaissance de son infériorité.

— Parfait.

Par endroits, de grands conifères poussaient en véritables bosquets des deux côtés de la route. Une bonne partie des motels, des restaurants et des bars étaient d'une architecture faussement alpestre et, parfois, leurs noms évoquaient des images de films aussi divers que *La Mélodie du bonheur* ou certains Clint Eastwood : le ceci bavarois, le cela suisse, Eiger, Matterhorn, Genève, Hofbrau.

— Où est la maison des Stillwater ? s'enquit Oslett.

— Nous allons à votre motel.

— Je croyais qu'il y avait une équipe de surveillance devant chez eux.

— C'est le cas. Dans un van aux vitres teintées, de l'autre côté de la rue.

— Je veux la rejoindre.

— Ce n'est pas une bonne idée. Nous sommes dans une petite ville. Même pas cinq mille habitants, sans compter les touristes. Trop d'allées et venues autour d'un van en stationnement, dans un quartier résidentiel, attireraient l'attention.

— Qu'est-ce que vous proposez, alors ?

— De prévenir les gars de l'équipe de surveillance de l'endroit où ils peuvent vous contacter. Ensuite, d'attendre au motel. A l'instant même où Martin Stillwater appellera ses parents ou se montrera devant leur porte, on sera avertis.

— Il ne les a pas encore appelés ?

— Leur téléphone a sonné plusieurs fois durant les

dernières heures, mais ils ne sont pas là pour y répondre. Nous ignorons donc si c'était lui.

— Ils n'ont pas de répondeur ? s'étonna Oslett.

— Ici, la vie n'a pas un rythme assez rapide pour qu'ils en aient vraiment besoin.

— Stupéfiant. Bon, s'ils ne sont pas chez eux, où sont-ils ?

— Ce matin, ils sont allés faire des courses. Il y a peu, ils se sont arrêtés déjeuner dans un restaurant sur la 203. Ils devraient rentrer d'ici environ une heure.

— Ils sont filés ?

— Bien sûr.

Anticipant la tempête annoncée, les skieurs arrivaient déjà en ville, la galerie de leur véhicule chargée de matériel. Oslett aperçut un autocollant, sur un pare-chocs, qui disait MA VIE EST UNE GIGANTESQUE DÉGRINGOLADE — ET J'ADORE ÇA !

Comme ils s'arrêtaient à un feu, derrière un break suffisamment chargé de jeunes femmes blondes en tenue de ski pour peupler une demi-douzaine de spots publicitaires vantant les mérites d'une bière ou d'un baume à lèvres, Spicer demanda :

— On vous a parlé de la pute de Kansas City ?

— Étranglée, acquiesça Oslett. Mais rien ne prouve que c'est le travail de notre gars, même si on l'a vue quitter ce bar avec quelqu'un qui lui ressemblait.

— Alors, vous n'avez pas les dernières nouvelles. L'échantillon de sperme envoyé à New York a été analysé. C'est notre gars.

— On en est sûr ?

— Totalement.

Le sommet des montagnes disparaissait dans un ciel de plus en plus bas. Les nuages avaient changé leur teinte d'acier abrasé contre un gris cendré parsemé de taches noires.

L'humeur d'Oslett s'obscurcissait également.

Le feu passa au vert.

— Il est donc parfaitement capable de coucher avec une femme, reprit Spicer en traversant le carrefour à la suite de la cargaison de blondes.

— Mais il a été conçu pour...

Oslett ne put achever sa phrase. Il n'avait plus aucune confiance dans le travail des généticiens.

— Pour le moment, grâce à nos contacts dans la police, le quartier général a établi une liste de quinze homicides incluant le viol, qui pourraient lui être attribués. Ce sont des affaires non résolues. Des femmes jeunes et séduisantes. Dans les villes qu'il a visitées, au moment où il s'y trouvait. Mêmes caractéristiques dans tous les cas, notamment une violence extrême après que la victime a été assommée, parfois d'un coup sur la tête mais généralement d'un crochet au visage... de toute évidence pour assurer le silence durant le meurtre proprement dit.

— Quinze... répéta Oslett, assommé.

— Peut-être plus. Peut-être beaucoup plus.

Spicer se tourna vers son interlocuteur. Son regard était indéchiffrable, dissimulé derrière les lunettes noires.

— Et on ferait bien de prier Dieu qu'il ait tué toutes les femmes qu'il a baisées.

— Qu'est-ce que vous voulez dire ?

— Il a un fort taux de spermatozoïdes, expliqua Spicer, les yeux à nouveau fixés sur la route. Et son sperme est actif. Il est fertile.

Bien qu'il n'eût pu se l'avouer avant que l'autre ne l'eût formulée à haute voix, Oslett avait prévu cette mauvaise nouvelle.

— Vous comprenez ce que ça signifie ? demanda l'ancien militaire.

Clocker éleva la voix, depuis la banquette arrière.

— Le premier clone de la génération Alpha est un renégat, qui mute de manière peut-être incompréhensible, et qui est capable d'infecter le code génétique humain en donnant naissance à une race hostile de superêtres totalement invulnérables.

Oslett crut un instant que son compagnon avait lu une phrase de son roman du moment, puis comprit qu'il venait de résumer succinctement la nature de la crise.

— Si notre gars n'a pas massacré toutes les filles avec qui il s'est envoyé en l'air, reprit Spicer, s'il a fait quelques bébés et que, pour une raison quelconque, on les a laissés naître — même un seul —, on est franchement dans la merde. Pas seulement nous trois, pas seulement le Réseau : la race humaine tout entière.

9.

En traversant la vallée d'Owens vers le nord, avec les montagnes d'Inyo à l'est et l'imposante Sierra Nevada à l'ouest, Marty s'aperçut que son radiotéléphone ne fonctionnait pas en permanence : la géographie accidentée de la région interférait avec la transmission des ondes. Et quand il parvint tout de même à joindre le domicile de ses parents à Mammoth Lakes, leur téléphone sonna, sonna, sans être décroché.

Au bout de seize sonneries, il appuya sur le bouton « fin », mettant un terme à l'appel, et déclara :

— Toujours pas chez eux.

Son père avait soixante-six ans, sa mère soixante-cinq. Tous deux instituteurs, ils avaient pris leur retraite l'année précédente. Ils étaient encore jeunes, selon les critères modernes : vigoureux et en bonne santé, adorant la vie, si bien que les trouver sortis plutôt qu'installés dans leur fauteuil, en train de regarder un jeu ou un *soap opera* à la télévision n'avait rien d'étonnant.

— Combien de temps est-ce qu'on va rester chez grand-père et grand-mère ? interrogea Charlotte. Assez pour qu'elle m'apprenne à jouer de la guitare aussi bien qu'elle ? Je commence à être bonne au piano mais je crois que j'aime aussi la guitare, alors si je dois devenir une musicienne célèbre — et je crois que ça me plairait —, je n'ai pas encore envie de choisir. Ce serait plus facile pour faire de la musique partout où j'irais, vu qu'on ne peut pas vraiment porter son piano sur le dos.

— On ne reste pas chez grand-père et grand-mère, dit Marty. En fait, on ne s'y arrête même pas.

Charlotte et Emily poussèrent une exclamation déçue.

— On leur rendra peut-être visite plus tard, intervint Paige. Dans quelques jours. On verra. Pour le moment, on va au refuge.

— Ouais ! s'écria Emily.

— Super ! apprécia Charlotte.

Marty les entendit se taper mutuellement dans les mains.

Le refuge, que son père et sa mère possédaient depuis son enfance, était niché dans les montagnes, à quelques kilomètres de Mammoth Lakes, entre la ville et les lacs — non loin de l'agglomération encore plus petite de Lake Mary. Il s'agissait d'un endroit charmant, abrité par des pins et des sapins de trente mètres, où son père avait accompli de nombreux travaux au fil des années. Pour les filles, élevées dans le labyrinthe banlieusard du comté d'Orange, il était aussi magique qu'une chaumière enchantée de conte de fées.

Marty avait besoin de quelques jours de réflexion avant de prendre une décision. Il voulait étudier les informations télévisées, voir comment son histoire était communiquée au public. Selon la manière dont les médias la traiteraient, il pourrait estimer la puissance, sinon l'identité, de ses véritables ennemis — certainement pas limités à l'inquiétant déséquilibré qui avait envahi sa maison.

Ils ne pouvaient pas demeurer chez ses parents. L'endroit serait trop facilement découvert par les journalistes si l'histoire continuait à faire boule de neige. Il le serait également par les conspirateurs inconnus dissimulés derrière le sosie, qui s'étaient arrangés pour qu'une agression anodine soit couverte par la presse nationale et pour le faire décrire comme un homme à l'équilibre instable.

De plus, il ne voulait pas mettre en péril son père et sa mère en s'abritant chez eux. En fait, dès qu'il les joindrait au téléphone, il les pousserait à préparer immédiatement leur mobile home et à quitter Mammoth Lakes pour quelques semaines ou un mois, peut-être plus. Tant qu'ils voyageraient, changeant de terrain de camping tous les jours, voire un jour sur deux, nul ne pourrait l'atteindre à travers eux.

Depuis la tentative de contact à la banque de Mission Viejo, Marty n'avait plus été soumis aux sondes de l'Autre. Il espérait avoir assuré leur sécurité par la hâte et la décision avec lesquelles ils étaient partis vers le nord. Même la clairvoyance et la télépathie — ou quoi que ce fût — devaient avoir leurs limites. Dans le cas contraire, ils ne se battaient pas simplement contre un fantastique pouvoir mental mais contre de la magie pure et simple. Et si Marty pouvait admettre l'existence des pouvoirs psychiques, il était tout bonnement incapable de croire à la magie. Avec des centaines de kilomètres entre eux et l'Autre, ils étaient sans doute hors de portée de son sixième sens inquisiteur. En outre, les montagnes, qui interféraient périodiquement avec le fonctionnement du radiotéléphone, pouvaient fort bien les garantir contre sa détection télépathique.

Peut-être eût-il été plus sage d'éviter Mammoth Lakes, de se dissimuler dans une ville où ils ne connaissaient personne. Toutefois, il avait opté pour le refuge : même ceux qui considéraient la maison de ses parents comme un de ses points de chute possibles ignoreraient l'existence de cette retraite montagneuse et auraient peu de chances de l'apprendre par hasard. De plus, deux de ses anciens camarades de lycée étaient shérifs-adjoints du comté de Mammoth depuis dix ans ; le refuge était situé près de la ville où il avait été élevé et était encore bien connu. Garçon du pays n'ayant jamais causé de problèmes durant sa jeunesse, il espérait être pris au sérieux par les autorités et recevoir une protection efficace si l'Autre tentait de le recontacter. Dans un endroit inconnu, au contraire, il serait un étranger, considéré avec encore plus de scepticisme que n'en avait montré Cyrus Lowbock. Si le pire se produisait, il ne serait pas aussi isolé, aussi rejeté, aux alentours de Mammoth Lakes qu'il était certain de l'être pratiquement partout ailleurs.

— On va peut-être avoir du mauvais temps, remarqua Paige.

Le ciel était en grande partie bleu à l'est, mais à l'ouest, des masses de nuages noirs traversaient pics et passes de la Sierra Nevada.

— On ferait mieux de s'arrêter à une station-service, à Bishop, dit Marty. Histoire de savoir si la police exige qu'on mette des chaînes pour grimper à Mammoth.

Peut-être eût-il dû se réjouir d'une forte tempête de neige. Voilà qui isolerait encore plus le refuge et les rendrait moins vulnérables aux ennemis qui les traquaient. Pourtant, cette perspective le mettait mal à l'aise. Si la chance n'était pas avec eux, ils seraient peut-être obligés de quitter Mammoth Lakes à la hâte. Des routes interdites par le blizzard risquaient de les retarder assez pour causer leur mort.

Charlotte et Emily voulaient jouer à Qui c'est, le singe ? un jeu qu'il avait inventé deux ans auparavant, pour les occuper lors des longs trajets en voiture. Ils y avaient déjà joué deux fois depuis leur départ de Mission Viejo. Paige refusa de se joindre à eux, plaidant le besoin de se concentrer sur la route, et Marty se retrouva singe plus souvent qu'à l'ordinaire, car son inquiétude le rendait distrait.

Tout le haut des montagnes disparaissait derrière la brume. Les nuages s'obscurcissaient rapidement, comme si le soleil invisible s'était totalement consumé, ne laissant dans les cieux que des ruines fumantes.

10.

Les propriétaires du motel le désignaient comme un ensemble de chalets. Les bâtiments, entourés de gigantesques pins de Douglas, d'autres sapins moins imposants et des mélèzes, étaient construits dans un style résolument rustique.

Les chambres ne pouvaient bien entendu se comparer avec celles du Ritz-Carlton et les efforts du décorateur pour évoquer la Bavière grâce à des lambris en pin ou des meubles en plaqué bois étaient pitoyables, mais Drew Oslett jugea néanmoins l'endroit plaisant. Une cheminée de bonne taille, dans laquelle on avait déjà entassé bûches et petit bois, le séduisit particulièrement. Quelques minutes après leur arrivée, un feu de joie y crépitait.

Alec Spicer téléphona au service de surveillance stationné devant la maison des Stillwater. Usant d'un langage largement aussi cryptique que certaines déclarations de Clocker, il informa ses collègues que les maîtres d'Alfie étaient en ville et pouvaient être joints au motel.

— Rien de nouveau, dit-il en raccrochant. Jim et Alice Stillwater ne sont pas encore rentrés. Le fils et sa famille ne se sont toujours pas montrés et il n'y a évidemment aucune trace de notre gars.

Spicer alluma toutes les lumières de la pièce et ouvrit les rideaux car, bien qu'il eût ôté son blouson de cuir, il portait toujours ses lunettes de soleil. Oslett le soupçonnait de les conserver pour faire l'amour — peut-être même pour dormir.

Tous trois s'installèrent sur des chaises pivotantes, autour d'une petite table en pin, près de la kitchenette étriquée. La fenêtre à meneaux toute proche offrait une vue sur la pente boisée, derrière le motel.

Spicer sortit d'une sacoche en cuir noir plusieurs objets qui serviraient à Oslett et Clocker pour mettre en scène le meurtre de la famille Stillwater comme le désirait le quartier général.

— Deux bobines de fil tressé, annonça-t-il en les posant sur la table. Servez-vous-en pour attacher les poignets et les chevilles des filles. Et sans mollesse. Serrez assez pour faire mal. C'était comme ça, dans l'affaire du Maryland.

— Très bien, dit Oslett.

— N'utilisez pas de ciseaux, continua Spicer. Après leur avoir lié les poignets, faites courir le même fil jusqu'aux chevilles. Une bobine par fille. Là aussi, comme dans le Maryland.

Le troisième article à quitter la sacoche fut un pistolet.

— C'est un SIG 9 mm, déclara l'ancien militaire. Conçu par le fabricant suisse mais en fait usiné par Sauer, en Allemagne. Une très bonne arme.

— C'est avec ça qu'on descend la femme et les filles ? s'enquit Oslett en prenant le pistolet.

Spicer acquiesça.

— Et ensuite, Stillwater lui-même.

Oslett se familiarisa avec l'arme tandis que l'autre tirait de sa sacoche une boîte de balles de 9 mm.

— C'est le flingue qu'a utilisé le père, dans le Maryland ?

— Son jumeau. Les archives prouveront que Stillwater l'a acheté il y a trois semaines, dans la même armurerie que ses autres armes. On a payé un employé pour qu'il se rappelle le lui avoir vendu.

— Très astucieux.

— La boîte de l'arme et la facture du magasin ont déjà été placées au fond d'un tiroir du bureau de Stillwater, à Mission Viejo.

Souriant, empli d'une admiration sincère, commençant à croire qu'ils allaient sauver le Réseau, Oslett apprécia.

— Superbe attention portée aux détails.

— Comme toujours, dit Spicer.

La complexité machiavélique du plan réjouissait Drew Oslett comme, enfant, il avait été réjoui par les astuces élaborées de Vil Coyote, dans les dessins animés de la série Bip Bip — à la différence que, cette fois, les coyotes ne pouvaient que l'emporter. Il jeta un coup d'œil à Clocker, s'attendant à le voir lui aussi fasciné.

Le Trekker se nettoyait les ongles à l'aide d'un couteau de poche. Son expression était sombre. Selon toute apparence, son esprit errait à au moins quatre parsecs et deux dimensions de Mammoth Lakes, Californie.

De la sacoche, Spicer sortit un sac en plastique transparent contenant une feuille de papier pliée en quatre.

— C'est une lettre de suicide. Tellement bien contrefaite que n'importe quel graphologue la déclarerait écrite par Stillwater.

— Qu'est-ce que ça dit ? demanda Oslett.

L'ancien militaire cita le texte de mémoire :

— « Il y a un ver. Qui fouit vers l'intérieur. Nous

sommes tous contaminés. Réduits en esclavage. Nous avons des parasites. On ne peut pas vivre comme ça. On ne peut pas vivre. »

— Ça sort de l'affaire du Maryland ? s'enquit Oslett.

— Mot pour mot.

— Ce type était dingue.

— Ce n'est pas moi qui dirai le contraire.

— On doit laisser ça près du corps ?

— Ouais. Ne touchez la feuille qu'avec des gants. Et pressez les doigts de Stillwater dessus quand vous l'aurez tué. C'est du papier lisse et dur. Les empreintes devraient bien s'y fixer.

Spicer plongea une nouvelle fois la main dans sa sacoche et en tira un deuxième sac en plastique, qui renfermait un stylo noir.

— C'est un Pentel Rolling Writer, annonça-t-il. Il sort d'une boîte pleine, dans un tiroir du bureau de Stillwater.

— C'est avec ça que la lettre a été écrite ?

— Ouais. Laissez-le non loin du corps, décapuchonné.

Souriant, Oslett examina l'un après l'autre les objets posés sur la table.

— Ça va vraiment être amusant.

Tandis qu'ils attendaient un signal de l'équipe de surveillance postée devant chez les parents Stillwater, Oslett se risqua jusqu'à un magasin d'articles de ski, en face du motel. L'air semblait s'être encore refroidi durant le court moment passé dans la chambre. Le ciel paraissait couvert d'ecchymoses.

La marchandise proposée était d'excellente qualité. Il trouva rapidement des sous-vêtements chauds fabriqués en Suède et une combinaison noire *Hard Corps* en Gore-Tex/Thermolite, qui comportait bandes argentées fluorescentes, capuchon escamotable, genouillères, poignets avec lacets élastiques isolants, et assez de poches pour satisfaire un prestidigitateur. Par-dessus, il enfila une veste pourpre *U.S. Freestyle Team*, avec isolation Thermoloft, bandes réfléchissantes, goussets élastiques et épaulettes. Il acheta également des gants — cuir italien et nylon — presque aussi flexibles qu'une seconde peau. Il envisagea d'y ajouter de luxueuses lunettes de ski mais, compte tenu du fait qu'il n'avait pas l'intention de partir sur les pistes, se rabattit sur une bonne paire de lunettes de soleil. Ses grandes bottes ressemblaient à ce qu'eût porté un robot Terminator pour défoncer des murs de béton à coups de pied.

Il se sentait incroyablement fort.

Puisqu'il lui fut nécessaire d'essayer tous ces vêtements, il saisit l'occasion de se changer. L'employé rangea obligeamment ses anciens habits dans un sac en plastique, qu'Oslett emporta lorsqu'il reprit le chemin du motel dans sa nouvelle tenue.

Chaque minute qui passait le voyait plus optimiste. Rien de mieux, pour se remonter le moral, qu'une bonne frénésie d'achats.

Lorsqu'il rentra dans la chambre, bien qu'il fût demeuré absent une demi-heure, aucune nouvelle n'était arrivée.

Spicer, installé dans un fauteuil, lunettes sur le nez, regardait un talk-show. Une Noire assez grosse, à la coiffure imposante, interviewait quatre travestis qui avaient tenté de s'engager dans les Marines, en tant que femmes, et avaient été refoulés — mais semblaient penser que le Président interviendrait en leur faveur.

Clocker, bien entendu, était installé près de la fenêtre, baigné par la lumière argentée que précédait la tempête, plongé dans *Huckleberry Kirk et les putains visqueuses d'Alpha du Centaure* — ou quel que fût le titre de ce foutu bouquin. Sa seule concession au climat de la Sierra Nevada avait été d'échanger son pull orné de losanges pour un autre, en cachemire, d'un orangé à donner la nausée...

Oslett emporta la sacoche noire dans une des deux chambres qui flanquaient le salon. Il en vida le contenu sur un des grands lits, s'y assit en tailleur, ôta ses lunettes de soleil et examina les accessoires astucieux qui assureraient la condamnation posthume de Martin Stillwater comme meurtrier et suicidé.

Plusieurs problèmes restaient à régler, notamment la manière dont il allait tuer tous ces gens sans faire le moindre bruit. Il ne s'inquiétait pas des coups de feu, qui pourraient toujours être étouffés, d'une manière ou d'une autre. C'étaient les cris qui le préoccupaient. S'ils les entendaient, les voisins appelleraient la police.

Au bout de quelques minutes, il remit ses lunettes, repassa dans le salon et interrompit Spicer au milieu de son émission.

— Quand on les aura descendus, quel est le service de police qui s'occupera de l'affaire ?

— Si ça se passe ici, probablement le bureau du shérif du comté de Mammoth, répondit l'ancien militaire.

— Nous y avons un allié ?

— Pas pour le moment, mais je suis sûr qu'on pourrait s'en faire un.

— Et le médecin légiste ?

— Ici, dans la brousse, c'est sans doute bêtement l'entrepreneur de pompes funèbres du coin.

— Pas de compétences particulières ?

— Il saura reconnaître une blessure par balle d'un trou du cul, mais c'est à peu près tout.

— Donc, si on descend d'abord Stillwater et sa femme, personne ne sera capable de déterminer l'ordre des homicides ?

— Même les laboratoires des grandes villes auraient du mal à préciser un truc pareil si la différence était de, disons, moins d'une heure.

— Ce que je pense, c'est que... si on s'occupe d'abord des gamines, on aura un problème avec Stillwater et sa femme, expliqua Oslett.

— Comment ça ?

— L'un de nous, Cloker ou moi, peut surveiller les parents pendant que l'autre se chargera des filles dans une autre pièce. Seulement, les déshabiller, leur attacher les mains et les chevilles, ça prendra bien dix à quinze minutes, si on veut le faire correctement, comme dans le Maryland. Même si on les braque, Stillwater et sa femme ne vont pas rester tranquilles. Ils se jetteront sur celui qui les gardera, et ensemble, ils pourraient bien triompher.

— J'en doute, dit Spicer.

— Qu'est-ce qui vous en rend si sûr ?

— De nos jours, les gens n'ont rien dans le ventre.

— Stillwater a réussi à se débarrasser d'Alfie.

— Exact, admit l'ancien militaire.

— Quand elle avait seize ans, sa femme a trouvé son père et sa mère morts. Le vieux avait tué la vieille avant de se suicider...

Spicer sourit.

— Jolie similitude avec notre scénario.

Oslett n'y avait pas songé.

— C'est un bon point, déclara-t-il. Ça pourrait aussi bien expliquer pourquoi Stillwater n'a pas écrit un roman basé sur l'affaire du Maryland. Quoi qu'il en soit, trois mois plus tard, elle a demandé au tribunal de la libérer de sa tutrice et de la déclarer légalement majeure.

— Sacrée garce.

— Le tribunal lui a donné satisfaction.

— Alors, descendez les parents en premier, conseilla Spicer, qui se tortillait dans son fauteuil comme si ses fesses avaient commencé à s'engourdir.

— C'est ce qu'on va faire, dit Oslett.

— C'est complètement dingue, ajouta l'ancien militaire.

Un instant, son interlocuteur crut qu'il parlait de leurs plans pour éliminer les Stillwater — mais il faisait référence à l'émission télévisée, qui absorbait de nouveau son attention.

Sur l'écran, la présentatrice avait fait sortir les travestis et accueillait un nouveau groupe d'invités. Quatre femmes apparemment furieuses étaient assises sur le plateau. Toutes portaient des chapeaux étranges.

Comme Oslett quittait la pièce, il aperçut Clocker du coin de l'œil, toujours plongé dans son livre. Il refusa de laisser le colosse lui casser le moral.

Dans la chambre, il se rassit sur le lit, au milieu de ses jouets, ôta ses lunettes de soleil, et jouit d'imaginer encore et encore les homicides à venir, prenant en compte toutes les éventualités.

Dehors, le vent se leva. On eût dit des loups qui hurlaient.

11.

Il s'arrête à une station-service pour demander le chemin de l'adresse lue sur son carnet. Le jeune employé parvient à le lui indiquer.

Vers deux heures dix, il pénètre dans le quartier où il a été élevé. Les propriétés sont vastes, abritent de nombreux bouleaux dénudés par l'hiver et une grande variété de conifères.

Le domicile de son père et de sa mère est situé au milieu du pâté de maisons. C'est un modeste bâtiment à un étage, en planches à clin, avec des volets vert sombre. La véranda est décorée de lourdes balustres blanches, d'une rampe verte et de jolies moulures dentelées sous la gouttière.

L'endroit semble chaud et accueillant. On le dirait sorti d'un vieux film. James Stewart pourrait vivre ici. On sait au premier coup d'œil que c'est là la demeure d'une famille aimante, de braves gens ayant beaucoup à partager, beaucoup à donner.

Les maisons du quartier ne lui rappellent rien, moins que toute autre celle où il a sans doute passé son enfance et son adolescence. Il pourrait aussi bien s'agir d'une résidence appartenant à de parfaits inconnus, dans une ville qu'il verrait pour la première fois.

Savoir qu'on lui a lavé le cerveau pour le priver de ces précieux souvenirs le rend enragé. Ces années perdues le hantent. Sa séparation totale d'avec ceux qu'il aime est si cruelle, si bouleversante, qu'il se retrouve au bord des larmes.

Il réprime toutefois colère et chagrin. Il ne peut se permettre de laisser libre cours à ses sentiments alors que sa situation demeure précaire.

La seule chose qu'il reconnaisse bel et bien, dans le quartier, c'est le van garé devant chez ses parents, de l'autre côté de la rue. Il ne l'a jamais vu, mais le modèle lui est familier et sa présence l'inquiète.

Il s'agit d'un véhicule de tourisme, rouge comme une pomme d'amour, dont l'empattement allongé augmente l'espace intérieur. Un dôme ovale de camping-car surmonte le toit. Les grands garde-boue sont ornés de lettres chromées : FUN TRUCK, camion rigolo. Le pare-chocs arrière est tapissé d'autocollants rectangulaires, ronds ou triangulaires, qui se chevauchent, souvenirs de visites au parc national de Yosemite, à Yellowstone, au rodéo annuel de Calgary, à Las Vegas, au barrage de Boulder et autres attractions touristiques. Des lignes parallèles vertes et noires ondulent sur les flancs, interrompues par deux vitres dépolies.

Le van n'est peut-être qu'un simple van, mais dès qu'il le voit, il est convaincu qu'il s'agit d'un poste de surveillance. D'une part, le véhicule affirme sa nature touristique avec trop d'agressivité et de flamboyance. Il a appris que, parfois, les espions cherchent à se rendre invisibles en attirant l'attention sur eux, car les sujets potentiels d'une surveillance s'attendent à ce qu'un véhicule de filature soit discret; ils ne se méfieraient pas d'une roulotte de cirque par exemple. D'autre part, il y a les vitres dépolies, qui permettent aux occupants de voir sans être vus — offrant une intimité agréable pour des vacanciers mais également idéale pour des indiscrets.

Il ne ralentit pas l'allure en approchant de chez ses parents et tente de ne pas montrer le moindre intérêt pour la résidence ou le van rouge. Se grattant le front de la main droite, il réussit même à masquer son visage quand il passe devant les vitres dépolies.

Les occupants du van, s'il y en a, sont sans doute employés par les inconnus qui l'ont manipulé avec une telle absence de scrupules jusqu'à Kansas City. Ils représentent un lien avec ses employeurs mystérieux et l'intéressent autant que la reprise de contact avec son père et sa mère chéris.

Deux pâtés de maisons plus loin, il tourne à droite et prend le chemin d'un centre commercial proche du centre-ville, où il a aperçu plus tôt un magasin d'articles de sport. Il n'a pas de pistolet et, quoi qu'il arrive, ne pourra en acheter un muni d'un silencieux : il lui faut donc se procurer une ou deux armes simples.

A deux heures vingt, le téléphone sonna dans la chambre du motel.

Oslett mit ses lunettes de soleil, sauta à bas du lit et alla se poster sur le seuil du salon.

Spicer décrocha, écouta, marmonna un mot qui pouvait être « bien », puis reposa le combiné.

— Jim et Alice Stillwater viennent de rentrer.

— Espérons que Marty va les appeler, maintenant.

— Il le fera, affirma l'ancien militaire, confiant.

— En parlant de déjeuner, on est en retard, signala Clocker, qui levait enfin le nez de son livre.

— Le réfrigérateur de la kitchenette est bourré de produits sortant d'une épicerie fine, lui apprit Spicer. Viande froide, salade de pommes de terre, salade de macaroni, gâteau au fromage. On ne va pas mourir de faim.

— Rien pour moi, déclara Oslett, trop excité pour manger.

Il revient dans le quartier de ses parents à deux heures quarante-cinq, une demi-heure après son départ. Il a nettement conscience des minutes qui s'enfuient. Le faux père, Paige et les enfants pourraient arriver à n'importe quel moment. Même s'ils se sont arrêtés encore une fois après Red Mountain, ou s'ils ont roulé un peu moins vite que quand il les suivait, ils seront là dans quinze ou vingt minutes au maximum.

Il veut à tout prix voir ses parents avant le vil imposteur. Il doit les préparer à ce qui s'est passé et obtenir leur aide dans sa lutte pour récupérer sa femme et ses filles. Que le voleur de vie les joigne le premier lui déplairait. Si cette créature a pu abuser Paige, Charlotte et Emily, il existe peut-être un risque, aussi minime soit-il, pour qu'elle gagne également son père et sa mère à sa cause.

Lorsqu'il recommence à longer le pâté de maisons, il n'est plus au volant de la Camry volée à Laguna Hills le matin même, mais dans une camionnette de fleuriste, acquisition providentielle réalisée par la force après avoir quitté le magasin d'articles de sport.

Il a fait bien des choses en une demi-heure. Mais il n'a plus beaucoup de temps.

Quoique la journée soit de plus en plus grise, il a baissé le pare-soleil. Il porte une casquette de base-ball ramenée sur le front et un blouson d'étudiant doublé de laine qui appartient au jeune livreur de Murchison's Flowers. Ainsi masqué, il sera méconnaissable tant qu'il conduira.

Il se range le long du trottoir, juste derrière le van. Descendant de la camionnette, il la contourne sans laisser aux espions la moindre chance de l'observer.

La portière arrière n'a qu'un seul battant. Les gonds ont besoin d'huile. Ils grincent.

Le livreur, mort, est allongé sur le dos dans le compartiment réservé aux marchandises. Les mains croisées sur la poitrine, entouré de fleurs, il a l'air d'avoir déjà été embaumé pour la présentation aux membres de sa famille.

D'un sac en plastique posé près du cadavre, le tueur sort un piolet choisi dans un large échantillonnage d'articles d'alpinisme : une barre en acier, munie d'une poignée centrale en caoutchouc, et s'achevant d'un côté par un marteau, de l'autre par une pointe acérée. Il le glisse dans la ceinture de son jean.

Du même sac, il retire un aérosol de liquide antigel. Vaporisé sur de la glace, le produit la fait fondre rapidement. Appliqué sur des vitres, serrures et essuie-glaces d'une voiture avant les frimas, il empêche la formation de givre. Le tueur se moque de savoir si son acquisition est ou non efficace en cette matière.

Il ôte le capuchon de l'aérosol, dévoilant le bouton-poussoir. On peut régler celui-ci sur deux positions : « vaporisation » et « jet continu ». Il choisit la seconde et glisse la bombe dans sa poche de blouson.

Entre les jambes du cadavre, dans un vase vert pâle, repose un énorme bouquet de roses, d'œillets, de jacinthes et de fougères. Il le prend à deux mains et referme le battant d'un coup d'épaule.

Le bouquet, tenu d'une manière totalement naturelle, n'en dissimule pas moins son visage aux observateurs cachés dans le van rouge alors qu'il se dirige vers la maison devant laquelle sont garés les deux véhicules. Nul n'attend de fleurs, ici. Il espère que personne ne sera là pour le recevoir. Si quelqu'un lui ouvre il fera mine de s'être trompé d'adresse, si bien qu'il pourra retourner dans la rue en conservant la protection du bouquet.

Il a de la chance. Nul ne répond à son coup de sonnette. Il recommence plusieurs fois, jouant l'impatience.

Enfin, il se détourne et reprend l'allée en direction de la rue.

Au travers des fleurs et des fougères, il constate que, de ce côté, le van rouge possède également deux vitres dépolies. La rue étant déserte, paisible, il sait qu'on l'observe : on n'a rien de mieux à faire.

C'est parfait. Il n'est qu'un livreur de fleurs frustré. On ne verra aucune raison de se méfier de lui. Il vaut mieux qu'on le regarde, qu'on l'oublie, et qu'on s'intéresse de nouveau à la maison d'en face.

Il longe le van. Toutefois, plutôt que de suivre le trottoir craquelé jusqu'à la camionnette, il descend sur la chaussée devant cette dernière juste derrière le « camion rigolo ».

La portière arrière du van abrite un petit hublot dépoli. Au cas où on le surveillerait toujours, il feint un accident, il trébuche, lâche le bouquet et pousse un cri de rage quand les fleurs se répandent sur le bitume.

— Ah, merde ! Bordel à queue ! Super, vraiment super ! Bon Dieu de bon Dieu !

Alors même que les grossièretés jaillissent de sa bouche, il se laisse tomber sous le hublot arrière et tire l'aérosol d'antigel de son blouson. De la main gauche, il saisit la poignée de la portière.

Si cette dernière est verrouillée, il révélera ses intentions en tentant de l'ouvrir. Un échec le mettrait en mauvaise position, car les espions disposent probablement d'armes à feu.

Ils n'ont toutefois aucune raison de craindre une attaque, aussi suppose-t-il la portière libre. Il suppose bien. La poignée se soulève en douceur.

Il ne vérifie pas si quelqu'un est sorti dans la rue pour l'observer. Regarder par-dessus son épaule ne ferait que lui donner l'air plus louche.

Ouvrant la portière d'un coup sec, il grimpe à l'intérieur relativement obscur du van. Avant même d'avoir la certitude que ce dernier est occupé, il écrase de l'index le bouton de l'aérosol, qu'il promène de droite et de gauche.

Une grande quantité d'appareils électroniques emplit le véhicule. Un panneau de contrôle faiblement éclairé. Deux chaises pivotantes vissées au plancher. Une équipe de deux hommes.

Le plus proche semble s'être levé et tourné vers la portière il y a une fraction de seconde, avec l'intention de regarder par le hublot. Il est stupéfait de voir le battant s'ouvrir à la volée.

L'épais jet de produit chimique lui éclabousse le visage, l'aveugle. Lorsqu'il inhale, il se brûle la gorge et les poumons. Il a le souffle coupé et ne peut crier.

Des mouvements rapides, maintenant. Comme une machine. Programmée. A grande vitesse.

Le piolet. Libéré de sa ceinture. Un arc de cercle puissant et régulier. Une grande force derrière le coup. A la tempe droite. Un bruit d'os broyés. L'espion s'effondre comme une masse. Le tueur libère son arme.

La deuxième chaise. Le deuxième homme. Des écouteurs sur les oreilles. Assis devant une batterie d'appareils, au fond de la cabine, le dos à la portière. Le casque a étouffé les gémissements de son compagnon, mais il perçoit des mouvements brusques. Sent le van osciller quand le premier espion s'abat. Pivote sur lui-même. Surpris, il tend trop tard la main vers son holster. L'antigel lui inonde le visage.

Bouger, bouger, affronter, défier, lutter et remporter la victoire.

Le premier homme sur le sol, parcouru de spasmes. Lui marcher dessus, l'enjamber, continuer à bouger, à bouger, comme un fantôme, droit vers le deuxième.

Frapper. Encore. Frapper. Frapper.

Silence. Immobilité.

Sur le plancher, le corps a cessé de se convulser.

Voilà qui s'est bien déroulé. Pas de cris, pas de hurlements, pas de coups de feu.

Il sait qu'il est un héros et que les héros gagnent toujours. Néanmoins, même lorsqu'on s'y attend, triompher procure un certain soulagement.

Il est plus détendu qu'il ne l'a été depuis le début de la journée.

De retour à l'arrière, il se penche par la portière et regarde la rue. Personne en vue. Tout est calme.

Il referme le battant, laisse tomber le piolet par terre et contemple les deux morts avec gratitude. Il se sent très proche d'eux, en raison de ce qu'ils ont partagé.

— Merci, dit-il tendrement.

Il fouille les corps. Leurs portefeuilles contiennent bien des papiers mais il les suppose faux. Il ne découvre rien d'intéressant, sinon soixante-seize dollars en monnaie, qu'il empoche.

Une rapide fouille du van ne lui révèle ni dossiers, ni carnets, ni blocs-notes, ni autres documents susceptibles d'identifier l'organisation à laquelle appartient le véhicule. L'opération est menée avec soin et prudence.

Un étui à revolver pend au dossier de la chaise qu'occupait le premier espion. L'arme est un Smith & Wesson .38 Chief's Special.

Il ôte son blouson, passe le holster par-dessus son pull, en règle la boucle pour être à l'aise, et se rhabille. Sortant le revolver, il ouvre le barillet. Les douilles des balles luisent dans l'ombre. Chargé à bloc. L'arme se referme en claquant. Il la rengaine.

Le mort allongé sur le sol porte à la ceinture une bourse en cuir qui contient deux chargeurs instantanés.

Il la prend et la fixe à sa propre ceinture, ce qui lui fait plus de munitions qu'il n'estime nécessaire pour s'occuper du faux père. Toutefois, ses supérieurs sans visage semblent l'avoir retrouvé : il n'ose penser aux problèmes qu'il risque de rencontrer avant de récupérer son nom, sa famille et la vie qu'on lui a dérobée.

L'arme de l'homme effondré sur sa chaise est demeurée dans le holster.

Il l'en ôte. C'est un autre Chief's Special que, grâce à son canon court, il peut glisser dans la poche relativement profonde de son blouson.

Conscient de ne plus avoir beaucoup de temps, il quitte le van.

Les premiers flocons arrivent du nord-ouest, virevoltant au gré de la bise. Ils sont d'abord peu nombreux, mais gros et convolutés.

Comme il se dirige vers la maison blanche aux volets verts, de l'autre côté de la chaussée, il tire la langue pour en recueillir quelques-uns. Il a probablement agi ainsi, enfant, dans cette même rue, quand il se réjouissait des premières neiges de la saison.

Il ne se rappelle pas avoir construit des bonshommes de neige, disputé des batailles de boules de neige avec d'autres enfants ou fait de la luge. Si tout cela lui est sans doute arrivé, ces souvenirs lui ont été arrachés avant tant d'autres. On lui a refusé le délicat plaisir de la nostalgie.

Une allée de pierre traverse la pelouse brunie par l'hiver.

Il monte trois marches et franchit la véranda.

A la porte, il est paralysé par la peur. Son passé réside au-delà de ce seuil. Son avenir également. Sa soudaine prise de conscience, sa course désespérée pour recouvrer sa liberté l'ont emmené jusqu'ici. Peut-être vit-il le moment le plus important de sa campagne pour la justice. Le tournant. Les parents sont souvent des alliés solides en période de trouble. Leur foi. Leur confiance. Leur amour indomptable. Il craint de faire une erreur, à deux pas du succès, qui les lui aliénerait, qui détruirait ses chances de récupérer sa vie. Tant de choses seront en jeu s'il ose sonner.

Intimidé, il se détourne pour observer la rue. La scène qu'il découvre l'enchante, car la neige tombe beaucoup plus fort qu'auparavant. Les flocons sont toujours gros et pelucheux, et il y en a des millions, agités par le léger vent de nord-est. Ils sont si intensément blancs qu'ils en semblent lumineux, chaque dentelle cristalline emplie d'une douce lueur intérieure, et que la journée perd sa grisaille. Le monde est silencieux, serein — deux qualités qu'il a rarement constatées — au point de ne plus paraître tout à fait réel. Le tueur se croirait presque transporté par magie au sein d'un de ces globes de verre contenant l'image d'un paysage hivernal suranné et emplis d'un éternel torrent floconneux tant qu'on les secoue périodiquement.

Ce fantasme est séduisant. Une portion de lui-même désire l'immobilité d'un tel monde sous cloche, bienveillante prison hors du temps, immuable, paisible, immaculée, dépourvue de peur et de lutte, de chagrin — un endroit où rien ne trouble jamais le cœur.

Magnifique, magnifique, la neige qui tombe, qui blanchit le ciel avant la terre — effervescence dans l'air. C'est tellement beau, cela le touche si profondément qu'il en a les larmes aux yeux.

Avec une sensualité comme la sienne, les expériences les plus anodines sont parfois les plus poignantes. La sensibilité peut être une véritable malédiction dans un monde d'une telle cruauté.

Rassemblant tout son courage, il se retourne vers la maison. Il sonne, attend quelques secondes, puis sonne à nouveau.

Sa mère ouvre la porte.

S'il n'a aucun souvenir d'elle, il se sait intuitivement en présence de la femme qui lui a donné le jour. Elle a un visage légèrement potelé, assez peu ridé pour son âge, et empreint de l'essence même de la bonté. Ses propres traits en sont un reflet. Lorsqu'il se regarde dans un miroir, il voit dans ses yeux le même bleu qui pare ceux de sa mère, quoique ces derniers lui semblent constituer des fenêtres sur une âme bien plus pure que la sienne.

— Marty ! s'exclame-t-elle, surprise, avec un sourire chaleureux, en lui tendant les bras.

Émù par cette acceptation instantanée, il franchit le seuil pour se jeter dans ses bras et la serre contre lui avec force, comme si la lâcher devait le condamner à la noyade.

— Qu'est-ce qui se passe, mon chéri ? interroge-t-elle. Qu'est-ce qui ne va pas ?

Alors seulement, il réalise qu'il sanglote. Il est tellement touché par l'amour de sa mère, tellement heureux d'avoir trouvé un endroit où il est chez lui, le bienvenu, qu'il ne peut contrôler ses émotions.

Il enfouit son visage dans les cheveux blancs, qui sentent un peu le shampooing. La vieille femme lui semble chaude, plus que les autres gens, au point qu'il se demande si on ressent toujours une telle chaleur auprès de sa mère.

Elle appelle son père.

— Jim ! Jim, viens vite !

Le tueur tente de parler, de lui dire qu'il l'aime, mais sa voix se brise avant qu'il ne puisse articuler un mot.

Alors, son père apparaît dans le couloir, se hâte de les rejoindre.

Les larmes qui brouillent sa vision ne l'empêchent nullement de reconnaître le vieil homme. Il tient de lui encore plus que de sa mère.

— Marty ! Qu'est-ce qui s'est passé, fils ?

Il abandonne une étreinte pour l'autre, plus heureux qu'il ne saurait le dire des bras ouverts de son père. Il n'est plus seul. Désormais, il vit dans un monde sous cloche, il est apprécié et aimé, aimé.

— Où est Paige ? interroge sa mère, qui regarde par la porte. Où sont les filles ?

— Janey Torreson nous a raconté qu'on avait parlé de toi à la télé, lui apprend son père. Que tu avais tiré sur quelqu'un mais que c'était peut-être un canular. Ça n'avait aucun sens.

Le tueur est toujours étouffé par l'émotion, incapable de répondre.

— On a essayé de te téléphoner dès qu'on est rentrés, mais on n'a eu que le répondeur. Alors, j'ai laissé un message.

Une nouvelle fois, sa mère l'interroge sur Paige, Charlotte, Emily.

Il doit se reprendre : le faux père risque de survenir d'une minute à l'autre.

— Papa, maman, on a de graves ennuis, leur dit-il. Il faut que vous nous aidiez, je vous en prie. Oh, mon Dieu, il faut que vous nous aidiez.

Sa mère referme la porte, barrant le passage à l'air glacial. Ses parents l'encadrent et le guident vers le salon, sans cesser de le toucher, leurs visages emplis d'inquiétude et de compassion. Il est chez lui. Il est enfin chez lui.

Il ne se souvient pas plus du salon que de sa mère, de son père ou des neiges de son enfance. Le plancher de chêne est plus qu'à demi couvert par un tapis persan aux nuances pêche et vertes. Les meubles en cerisier rouge-brun sombre sont garnis de tissu. Sur le manteau de la cheminée, une horloge tictaque solennellement, flanquée de deux vases où sont peintes des scènes religieuses chinoises.

— C'est à qui, le blouson que tu portes, chéri ? demande sa mère, qui l'entraîne vers le divan.

— A moi, répond-il.

— Mais c'est le nouveau style universitaire.

— Paige et les enfants vont bien ? s'informe son père.

— Oui, très bien. Elles n'ont pas été blessées.

— L'école n'a adopté ce style qu'il y a deux ans, insiste sa mère en tâtant le tissu du blouson.

— C'est à moi, répète-t-il.

Il ôte sa casquette avant qu'on ne puisse remarquer qu'elle est un peu trop grande pour lui.

Des photographies de lui, de Paige, de Charlotte et d'Emily, à des âges divers tapissent la totalité d'un mur. Il détourne les yeux de cette galerie de portraits, car elle l'affecte trop profondément, menace de lui arracher encore des larmes.

Il doit se calmer, maîtriser son émotion, pour communiquer à ses parents l'essentiel de la situation complexe et mystérieuse où ils sont plongés. Ils n'ont que peu de temps pour mettre au point un plan d'action avant l'arrivée de l'imposteur.

Sa mère s'assied auprès de lui sur le divan. Elle tient sa main droite entre les siennes, la pressant avec douceur, pour l'encourager.

Son père se perche au bord d'un fauteuil, attentif, le buste incliné en avant, le front plissé par l'inquiétude.

Il a tant de choses à leur dire et il ne sait par où commencer. Il hésite. Un instant, il craint de ne jamais trouver le mot juste, de demeurer muet, oppressé par un blocage psychologique encore pire que celui dont il a fait l'expérience devant l'ordinateur, dans son bureau, quand il a voulu écrire la première phrase d'un nouveau roman.

Lorsqu'il se met soudain à parler, toutefois, les mots s'échappent de lui comme des eaux de crue déferleraient au travers d'un barrage démoli.

— Un homme, il y a un homme, il me ressemble, il me ressemble comme un frère, même moi, je ne vois pas de différence, et il m'a volé ma vie. Paige et les filles le prennent pour moi, mais ce n'est pas moi, je ne sais ni qui c'est, ni comment il peut abuser Paige. Il a pris mes souvenirs, il ne m'a rien laissé, je ne sais pas comment, je ne sais pas comment, comment il a réussi à me voler tant de choses et à me laisser vide...

Son père paraît stupéfait— et ces terribles révélations ont bien de quoi stupéfier. Mais il y a quelque chose d'anormal dans la stupéfaction du vieil homme, une qualité subtile qui défie l'entendement.

Les mains de sa mère se resserrent sur la sienne d'une manière qui semble plus automatique que réfléchie. Il n'ose la regarder, se hâte de poursuivre, conscient de leur désorientation, soucieux de se faire comprendre.

— Il parle comme moi, il bouge comme moi, il semble être moi ; alors j'ai beaucoup réfléchi, j'ai tenté de comprendre qui ça pouvait être, et je ne cesse pas de revenir à la même explication, même si elle a l'air incroyable, mais ça doit être comme dans les films, vous voyez, *L'Invasion des profanateurs*, comme Kevin McCarthy ou Donald Sutherland dans le remake, quelque chose qui n'est pas humain, pas de ce monde, quelque chose qui peut nous imiter parfaitement et nous arracher nos souvenirs, devenir nous — sauf qu'il n'a pas réussi à me tuer et à détruire mon corps après avoir pris ce qu'il y avait dans mon esprit.

Il s'arrête, hors d'haleine.

Pendant un moment, ses parents demeurent muets.

Ils échangent un regard. Un regard qui ne lui plaît pas. Qui ne lui plaît pas du tout.

— Tu devrais peut-être commencer par le commencement, Marty, dit enfin son père. Nous expliquer ce qui s'est passé, point par point.

— Je *suis* en train de vous expliquer, s'exclame-t-il, exaspéré. Je sais que c'est incroyable, difficile à admettre, mais je suis bien en train de te l'expliquer, papa.

— Je veux t'aider, Marty. Je veux te croire. Alors calme-toi et raconte-moi tout depuis le début. Donne-moi une chance de comprendre.

— On n'a pas beaucoup de temps. Vous ne vous rendez pas compte. Paige et les filles vont arriver avec ce... cette créature, cette chose inhumaine. Il faut que je les lui arrache. Il faut que je réussisse à la tuer, avec votre aide, pour reprendre ma famille avant qu'il ne soit trop tard.

Très pâle, sa mère se mord la lèvre. Ses yeux brillent de larmes naissantes. Elle lui serre si fort la main qu'elle lui fait presque mal. Il ose espérer qu'elle saisit la gravité de la menace, le besoin de faire vite.

— Tout ira bien, maman, assure-t-il. On s'en sortira. Ensemble, on a une chance.

Il jette un coup d'œil vers les fenêtres, s'attend à voir la BMW déboucher dans la rue enneigée, s'arrêter dans l'allée. Pas encore. Il leur reste du temps. Peut-être seulement quelques minutes ou quelques secondes, mais du temps.

Son père s'éclaircit la voix.

— Je ne sais pas ce qu'il y a, Marty.

— Mais je te l'ai dit ce qui se passe ! crie-t-il. Bon Dieu, papa, tu ne sais pas ce que j'ai traversé ! (Les larmes lui montent à nouveau aux yeux, il les refoule.) J'ai eu tellement mal, tellement peur, d'aussi loin que je m'en souvienne, tellement peur, j'étais tellement seul, et j'essayais de comprendre.

Son père lui pose une main sur le genou. Le vieil

homme est troublé, mais pas de la manière dont il devrait l'être. Visiblement, il n'est pas furieux qu'une entité extraterrestre ait volé l'existence de son fils. La nouvelle qu'une présence inhumaine foule désormais la Terre, se faisant passer pour un être humain, ne l'effraie pas autant qu'elle le devrait. Il semble simplement inquiet et... triste. Il y a une tristesse indéniable et hors de propos sur son visage et dans sa voix.

— Tu n'es pas seul, fils. Nous sommes toujours là pour toi. Tu dois le savoir.

— Nous resterons à tes côtés, ajoute sa mère. Nous te fournirons l'aide qu'il te faut, quelle qu'elle soit.

— Si Paige vient, comme tu le dis, on parlera de tout ça tous ensemble, et on essaiera de comprendre ce qui se passe.

Leur voix est un peu condescendante, comme s'ils s'adressaient à un enfant intelligent, mais à un enfant tout de même.

— Fermez-la ! Mais fermez-la donc !

Il retire sa main à sa mère et bondit du divan, tremblant de frustration.

La fenêtre. La neige qui tombe. La rue. Pas de BMW. Mais bientôt...

Il se retourne vers ses parents.

Sa mère a le visage enfoui dans ses mains, les épaules affaissées, dans une attitude de chagrin ou de désespoir.

Il a besoin de leur faire comprendre. Ce besoin le consume littéralement, et son incapacité à leur faire toucher du doigt les bases mêmes du problème le frustre.

Son père se lève. Il se tient debout, l'air indécis, les bras le long du corps.

— Tu es venu nous demander notre aide, Marty, et nous voulons t'aider, Dieu sait que nous le voulons, mais nous ne le pouvons pas si tu ne nous laisses pas faire.

Sa mère releva la tête, le visage inondé de larmes.

— Je t'en prie, Marty, je t'en prie !

— Ça arrive à tout le monde, de faire des erreurs, dit son père.

— Si c'est une histoire de drogue, on peut le comprendre, chéri, assure la vieille femme entre ses larmes, s'adressant autant à son époux qu'à lui. On peut t'en sortir, te trouver un traitement.

Le monde sous cloche — magnifique, paisible, hors du temps — dans lequel il a vécu les quelques minutes écoulées depuis que sa mère lui a ouvert les bras, à la porte d'entrée, se lézarde brutalement. Une fissure laide et irrégulière balafre la surface lisse du cristal. L'atmosphère douce et aseptisée de ce bref paradis s'échappe avec un sifflement, laisse entrer l'air empoisonné du monde haineux où l'existence requiert une lutte éternelle contre le désespoir, la solitude, le rejet.

— Ne me faites pas ça, implore-t-il. Ne me trahissez pas. Comment pouvez-vous me faire une chose pareille ? Comment pouvez-vous vous tourner contre moi ? Je suis votre enfant. (La frustration se change en colère.) Votre unique enfant. (La colère mène à la haine.) J'ai besoin. J'ai *besoin*. Vous ne le voyez pas ? (Il tremble de rage.) Est-ce que vous vous en foutez ? Est-ce que vous n'avez pas de cœur ? Comment pouvez-vous être aussi méchants avec moi, aussi cruels ? Comment avez-vous pu permettre que les choses en arrivent là ?

12.

Ils s'arrêtèrent dans une station-service de Bishop, le temps d'acheter des chaînes et de les faire monter sur les roues de la BMW. La police de Californie recommandait — mais n'exigeait pas encore — que tous les véhicules en partance pour la Sierra Nevada fussent équipés ainsi.

A l'ouest de Bishop, la 395 devenait voie rapide. Malgré la brusque élévation du terrain, ils dépassèrent bientôt Rovanna, Crowley Lake, McGee Creek et Convict Lake, puis prirent la 203 un peu au sud de Casa Diablo Hot Springs.

Casa Diablo. La maison du Diable.

Le sens de ce nom ne s'était encore jamais imposé à Marty avec une telle acuité.

A présent, tout était prophétique.

La neige se mit à tomber avant qu'ils n'atteignent Mammoth Lakes.

Les flocons plats étaient tissés de manière presque aussi lâche que de la dentelle bon marché. Ils tombaient en une telle myriade qu'ils semblaient occuper plus de la moitié du volume d'air entre ciel et terre. La neige commença immédiatement à tenir, revêtant le paysage d'un manteau en fausse hermine.

Paige traversa Mammoth Lakes sans s'arrêter et obliqua vers le sud en direction de Lake Mary. Charlotte et Emily étaient tellement fascinées par la chute des flocons qu'elles n'avaient pour le moment aucun besoin de distractions.

A l'est des montagnes, le ciel empli de nuages bouillonnants avait eu un aspect gris-noir. Ici, dans le cœur hivernal de la Sierra, c'était comme un œil cyclopéen gainé d'une cataracte laiteuse.

Le point auquel ils quittèrent la route 203 était marqué par un bosquet de pins dont le plus haut spécimen portait depuis une dizaine d'années les cicatrices de la foudre. L'éclair n'avait pas seulement endommagé l'arbre mais avait déclenché en lui un processus de croissance mutante au point de le faire ressembler à une tour noueuse et maléfique.

Les flocons, plus petits maintenant mais plus drus, étaient poussés par le vent de nord-ouest. Après un début malicieux, la tempête se faisait sérieuse.

Traversant près et forêts de montagne — de plus en plus des secondes, de moins en moins des premiers —, la route escarpée finit par dépasser une propriété de plus de cinquante hectares, cerclée par une clôture à mailles en losanges. Ce terrain avait été acheté onze ans auparavant par l'Église prophétique de l'Extase, une secte qui, suivant l'enseignement du révérend Jonathan Caine, annonçait que les vrais croyants ne tarderaient pas à être enlevés de la Terre — où ne demeureraient que les non-baptisés et les authentiques pervers, lesquels subiraient un millénaire d'âpres guerres et de véritable enfer avant le jour du Jugement dernier.

Finalement, Caine s'était révélé être un violeur d'enfants aimant filmer en vidéo les sévices qu'il infligeait à ses jeunes fidèles. On l'avait mis en prison, et ses deux mille disciples avaient été dispersés par les vents de la désillusion et de la trahison. La propriété, avec tous ses bâtiments, faisait l'objet d'un procès depuis presque cinq ans.

Certains fantasmes étaient destructeurs.

La clôture, que surmontait un enchevêtrement de barbelés menaçants, était brisée par endroits. Dans le lointain, le clocher de l'église s'élevait au-dessus des arbres. En dessous s'étendaient les toits inclinés des bâtiments où les fidèles avaient dormi, pris leurs repas, et attendu d'être emportés aux cieux par la main droite du Seigneur Tout-Puissant. Le clocher était intact. En revanche, les autres édifices avaient perdu de nombreuses portes et fenêtres; délestés de leur gloire et livrés au délabrement, ils servaient de logis aux rats, aux opossums et aux ratons-laveurs. Parfois, les vandales avaient été humains, mais le vent, la glace et la neige avaient causé l'essentiel des dégâts, comme si Dieu, par l'intermédiaire d'un climat soumis à Sa volonté, avait passé sur l'Église de l'Extase un jugement qu'Il n'était pas encore prêt à imposer au reste de l'humanité.

Le refuge se trouvait aussi sur la droite de la petite route, voisin de la gigantesque propriété naguère possédée par la secte. Situé à une centaine de mètres au bout d'un chemin en terre battue, c'était l'une des nombreuses retraites similaires dispersées dans les collines environnantes, la plupart sur un terrain d'au moins un demi-hectare.

Il était de plain-pied, avec des murs de cèdre que le climat avait argentés, posés sur des fondations rocheuses, un toit d'ardoises, et une véranda entourée d'une fine moustiquaire. Au fil des années, le père et la mère de Marty avaient agrandi le bâtiment original jusqu'à ce qu'il renferme deux chambres, une cuisine, un salon et deux salles de bains.

Ils se garèrent devant le refuge et sortirent de la BMW. Les sapins et autres conifères alentour étaient vieux et colossaux. Leur parfum embaumait l'air piquant. Des aiguilles et des dizaines de pommes de pin jonchaient la propriété. La neige n'atteignait le sol qu'entre les arbres, en s'infiltrant à travers leurs feuillages irréguliers.

Marty s'approcha de la cabane à outils, derrière la maison. La porte était fermée à l'aide d'un loquet artisanal. A l'intérieur, sur la droite, contre le mur, une clef de rechange enveloppée dans un sac en plastique avait été enterrée à un centimètre de profondeur.

Quand l'écrivain revint devant le refuge, Emily faisait le tour d'un des plus hauts arbres, pliée en deux, examinant avec attention les pommes qui en avaient chu. Charlotte exécutait un ballet très audacieux entre deux pins. Un large pilier de neige tourbillonnante tombait sur elle tel le rayon d'un projecteur sur une scène.

— Je suis la Reine des Neiges ! annonça-t-elle, hors d'haleine, sans cesser de bondir et de virevolter. Je suis la maîtresse de l'hiver ! Je commande à la neige de tomber ! Je peux rendre le monde luisant, tout blanc et magnifique !

Comme Emily entreprenait de ramasser une brassée de pommes de pin, Paige l'interrompit.

— Tu n'emportes pas ça à l'intérieur, chérie.

— Je veux faire de l'art.

— Elles sont sales.

— Elles sont très jolies.

— Elles sont très jolies et sales, insista Paige.

— Alors, je ferai de l'art dehors.

— Tombe la neige ! Souffle le vent ! Tourbillonne la neige, et virevolte, et bouillonne ! commanda la Reine des Neiges, qui continuait de danser tandis que Marty montait les marches de bois et déverrouillait la porte de la véranda.

Ce matin-là, les filles avaient revêtu un jean et un pull de laine en prévision de leur séjour à la montagne. Elles portaient de plus des blousons en nylon à doublure épaisse et des gants en tissu. Elles avaient envie de rester jouer dehors. Même si elles avaient disposé de bottes, toutefois, l'extérieur leur eût été interdit. Cette fois, le refuge n'était pas simplement un logis de vacances mais une retraite cloîtrée qu'ils allaient devoir changer en forteresse. Les bois alentour risquaient d'abriter un prédateur bien plus dangereux qu'un loup.

A l'intérieur régnait une vague odeur de moisi. Les pièces semblaient encore plus froides que la journée enneigée, au-delà de ses murs.

Des bûches s'entassaient dans l'âtre et une haute pile de bois flanquait la gigantesque cheminée. Un peu plus tard, ils feraient du feu. Pour réchauffer rapidement le refuge, Paige passa de pièce en pièce allumer les convecteurs électriques.

Debout devant une fenêtre, regardant vers la route, au-delà du chemin de terre, à travers la moustiquaire de la véranda, Marty tenta une nouvelle fois de joindre ses parents grâce au radiotéléphone.

— Hé, papa ! dit Charlotte tandis qu'il faisait le numéro. Je viens d'y penser : qui va nourrir Sheldon, Bob, Fred et tous les autres pendant qu'on n'est pas à la maison ?

— Je me suis déjà arrangé avec Mrs. Sanchez pour qu'elle s'en occupe, mentit son père, car il n'avait pas encore trouvé le courage de lui avouer la mort de ses animaux familiers.

— Oh, d'accord. Donc, c'est une bonne chose qu'elle ne soit pas devenue complètement folle.

— Qui tu appelles, papa ? demanda Emily, comme la première sonnerie retentissait, à l'autre bout du fil.

— Grand-père et grand-mère.

— Dis-leur que je vais leur faire une sculpture en pommes de pin.

— Super ! s'exclama Charlotte. Ça va leur faire tellement plaisir qu'ils ne pourront pas s'empêcher de vomir.

La sonnerie résonna une troisième fois.

— Ils aiment mes œuvres d'art, insista Emily.

— Bien obligés, dit Charlotte. Ce sont tes grands-parents.

Quatrième sonnerie.

— Ah ouais ? Eh bien, toi, tu n'es pas la Reine des Neiges.

— Si !

Cinquième.

— Non, tu es le Troll des Neiges.

— Et toi le Crapaud des Neiges, contra Charlotte.

Sixième.

— Ver des Neiges.

— Asticot des Neiges.

— Crotte de Nez des Neiges.

— Dégueuli des Neiges.

Marty leur lança un regard courroucé qui mit un terme au concours d'injures, mais les deux fillettes ne purent se retenir de se tirer la langue.

L'écrivain posa le doigt sur le bouton « fin » après la septième sonnerie. Avant qu'il ne l'eût enfoncé, toutefois, la communication fut établie.

La personne qui décrocha demeura muette.

— Allô ? fit Marty. Papa ? Maman ?

— Comment les as-tu gagnés à ta cause ? interrogea l'homme, à l'autre bout du fil, réussissant à paraître à la fois triste et furieux.

Marty eut l'impression que de la glace se formait dans ses veines et sa moelle, non à cause du froid pénétrant qui régnait dans le refuge mais parce que la voix de son interlocuteur était une parfaite imitation de la sienne.

— Pourquoi est-ce qu'ils t'aiment plus que moi ? demanda l'Autre, vibrant d'émotion.

Une chape de terreur se déposa sur Marty, ainsi qu'un sentiment d'irréalité aussi désorientant que n'importe quel cauchemar. Il croyait rêver tout éveillé.

— Ne les touche pas, espèce de salopard ! prévint-il. Ne touche pas à un cheveu de leur tête.

— Ils m'ont trahi.

— Je veux parler à mon père et à ma mère ! exigea l'écrivain.

— *Mon* père, corrigea l'Autre. *Ma* mère.

— Passe-leur l'appareil.

— Pour que tu puisses encore leur raconter des mensonges ?

— Passe-leur l'appareil immédiatement, répéta Marty entre ses dents serrées.

— Ils ne peuvent plus écouter tes mensonges.

— Qu'est-ce que tu as fait ?

— C'est terminé : ils ne t'écouteront plus.

— Qu'est-ce que tu as fait ?

— Ils ne voulaient pas me donner ce dont j'avais besoin.

Avec la compréhension, la terreur se changea en chagrin. Un instant, Marty fut incapable d'ouvrir la bouche.

— Je n'avais besoin que d'être aimé, ajouta l'Autre.

— Qu'est-ce que tu as fait ? hurla l'écrivain. Qui es-tu, qu'est-ce que tu es, bordel ? Qu'est-ce que tu es et *qu'est-ce que tu as fait ?*

Le sosie ignora ses questions, y répondit par d'autres questions.

— Est-ce que tu as retourné Paige contre moi ? Ma Paige, ma Charlotte, mon adorable petite Emily ? Est-ce qu'il me reste un espoir de les retrouver ou est-ce qu'il faudra que je les tue aussi ? (La voix crépitait littéralement d'émotion.) Mon Dieu ! Est-ce qu'elles ont encore du sang dans les veines, est-ce qu'elles sont encore humaines, ou bien est-ce que tu les as changées en autre chose ?

Marty réalisa qu'ils ne pouvaient tenir une conversation. Essayer était pure folie. Autant qu'ils pussent se ressembler et avoir la même voix, ils ne possédaient pas le moindre point commun. Fondamentalement, ils étaient aussi différents que des représentants d'espèces différentes.

Il poussa le bouton « fin ».

Ses mains tremblaient tellement qu'il lâcha le téléphone.

Lorsqu'il se détourna de la fenêtre, il vit les fillettes, côte à côte, qui se tenaient les mains. Elles le contemplaient, pâles et terrifiées.

Ses cris avaient fait sortir Paige d'une des chambres, où elle réglait le convecteur électrique.

L'image de ses parents, les chers souvenirs de toute une vie d'amour se pressaient dans l'esprit de Marty, mais il les repoussa résolument. S'il s'abandonnait au chagrin, perdait un temps précieux à se lamenter, il condamnerait Paige et les filles à une mort certaine.

— Il est là, déclara-t-il. Il va venir et nous n'avons pas beaucoup de temps.

TROISIÈME PARTIE

NOUVELLES CARTES DE L'ENFER

Ceux qui voudraient bannir le péché d'avarice
Trouvent en celui d'envie un deuxième calice
Ceux qui cherchent à bannir aussi l'envie amère
Tracent ainsi de nouvelles cartes de l'Enfer

Ceux qui de transformer le monde ont la passion
Estiment être des saints, perles ou parangons,
Et fuient à jamais dans leurs nobles entreprises
La noire introspection dont ils ont la hantise

Le Livre des chagrins comptés

Riez des tyrans et des tragédies qu'ils infligent. Ce genre d'individus aiment à voir couler nos larmes, signes de soumission, mais notre rire les condamne à l'ignominie.

Laura Shane, *Endless River*

CHAPITRE VI

1.

Debout dans la cuisine de ses parents, il regarde tomber la neige par la fenêtre qui surmonte l'évier — tremblant de faim et dévorant à belles dents un reste de boulettes de viande.

Voilà un de ces moments décisifs qui distinguent les vrais héros des faux. Quand tout va mal, quand la tragédie succède à la tragédie, quand l'espoir semble n'être plus qu'un jeu pour imbéciles et débiles mentaux, a-t-on déjà vu Harrison Ford, Kevin Costner, Tom Cruise, Wesley Snipes ou Kurt Russell abandonner? Non. Impensable. Ce sont des héros. Ils persévèrent. Usent de ressources cachées. Ils sont non seulement capables d'affronter l'adversité mais sortent grandis du combat. Ayant partagé les pires moments connus par tous ces grands hommes, il sait s'accommoder du désarroi total, de la dépression, de blessures extrêmement graves et même de la menace extraterrestre qui pèse sur la Terre.

Bouger, bouger, affronter, défier, lutter et remporter la victoire.

Il ne doit pas s'appesantir sur la tragédie qu'est la mort de ses parents. Les créatures qu'il a détruites n'étaient certainement pas son père et sa mère, mais des imitateurs tels que celui qui a volé sa propre vie. Il n'apprendra peut-être jamais quand ses vrais parents ont été assassinés, remplacés, et il lui faut de toute façon reporter son chagrin à une date ultérieure.

Trop penser à eux — ou à quoi que ce soit — serait

une perte de temps précieux mais également une attitude antihéroïque. Les héros ne pensent pas. Les héros agissent.

Bouger, bouger, affronter, défier, lutter et remporter la victoire.

Son repas achevé, il se rend au garage en passant par la buanderie qui jouxte la cuisine. Il allume les lampes à fluorescence au moment où il franchit le seuil, et découvre que deux voitures sont à sa disposition : une vieille Dodge bleue et une jeep Wagoneer apparemment neuve. Il prendra la seconde car c'est un 4 x 4.

Les clefs du véhicule sont pendues dans la buanderie. Là, un placard lui fournit une grande boîte de détergent. Il déchiffre la composition du produit et est satisfait de ce qu'il lit.

Il retourne dans la cuisine.

Au bout d'une rangée de placards bas se trouve un porte-bouteilles garni. Après avoir pris un tire-bouchon dans un tiroir, il ouvre quatre flacons et vide le vin dans l'évier.

Un deuxième tiroir lui révèle un entonnoir en plastique, parmi divers ustensiles de cuisine. Un troisième est empli de torchons blancs propres; un quatrième contient une paire de ciseaux et une boîte d'allumettes.

Il emporte ses trouvailles dans la buanderie et les dépose sur le plan de travail carrelé, près d'un évier profond.

Dans le garage, il s'empare d'un bidon d'essence de vingt litres. Quand il en dévisse le bouchon, des vapeurs à haute teneur en octane s'en échappent. Son père le remplit sans doute régulièrement du printemps à l'automne, pour la tondeuse à gazon, mais à l'heure actuelle, le jerrycan est vide.

Fouillant tiroirs et placards aux alentours de l'établi, il découvre un tuyau en plastique flexible, dans un carton de pièces de rechange destinées au système de filtrage d'eau potable. Il siphonne le réservoir de la Dodge et remplit son bidon.

Devant l'évier, il verse avec l'entonnoir deux ou trois centimètres de détergent au fond de chaque bouteille vide. Il complète avec de l'essence avant de déchirer les torchons en rubans.

Bien qu'il dispose de deux revolvers et de vingt cartouches, il veut ajouter des cocktails Molotov à son arsenal. Ses expériences des dernières vingt-quatre heures, depuis sa première confrontation avec le faux père, lui ont appris à ne pas sous-estimer son adversaire.

Il espère toujours sauver Paige, Charlotte et la petite Emily. Il persiste à vouloir les rejoindre, revivre avec elles.

Toutefois, il doit voir la réalité en face : envisager la possibilité que sa femme et ses enfants ne soient plus ce qu'elles étaient. Peut-être ont-elles simplement été asservies mentalement. Mais peut-être ont-elles été infectées par des parasites d'un autre monde. Peut-être leur cerveau est-il à présent creux et empli de monstruosités grouillantes. A moins qu'elles ne soient plus du tout elles-mêmes mais de simples répliques des véritables. Paige, Charlotte et Emily — tout comme le faux père est une réplique de lui-même, sortie d'un cocon venu d'une lointaine étoile.

Il existe une variété infinie de créatures extraterrestres, toutes plus étranges les unes que les autres, mais il est une arme qui a sauvé le monde plus souvent que n'importe quelle autre : le feu. Kurt Russell, quand il travaillait dans une base de recherches scientifiques, en Antarctique, s'est retrouvé face à un extraterrestre polymorphe et doué d'une grande intelligence, peut-être le plus effrayant et le plus puissant à avoir jamais tenté de coloniser la Terre. Contre cet ennemi formidable, le feu s'est de loin révélé la plus efficace des attaques.

Il se demande si quatre cocktails Molotov suffiront. De toute façon, il n'aura sans doute pas le temps d'en lancer plus. Si quelque chose jaillit du faux père, de Paige ou des filles, et si ce quelque chose est aussi hostile que les créatures surgies des enveloppes humaines dans la base de Kurt Russell, il sera certainement submergé avant d'avoir pu en utiliser plus de quatre — puisqu'il devra prendre le temps de les allumer séparément. Il aimerait disposer d'un lance-flammes.

2.

Debout devant une fenêtre, Marty regardait les gros flocons qui filtraient au travers des arbres et tombaient sur le chemin menant à la route, tout en sortant par poignées les balles de 9 mm des boîtes qu'il avait emportées. Il les répartit dans les nombreuses poches de son blouson de ski rouge et noir ainsi que dans celles de son jean.

Paige chargeait le Mossberg. Elle s'était moins entraînée que Marty au maniement du pistolet et se sentait plus à l'aise avec le calibre 12.

Ils disposaient de quatre-vingts cartouches pour le fusil à pompe et d'environ deux cents balles pour le Beretta.

Marty se sentait sans défense.

Aucune arme n'eût pu lui ôter son malaise.

Après avoir raccroché au nez de l'Autre, il avait envisagé de quitter le refuge, de continuer à fuir. Mais si on les avait suivis aussi aisément jusqu'ici, on les suivrait n'importe où. Il valait mieux se retrancher dans un endroit facile à défendre que d'être attaqué sur une autoroute déserte ou surpris en un lieu où ils seraient bien plus vulnérables.

Il avait failli appeler la police locale pour l'envoyer chez ses parents. Mais l'Autre serait certainement parti avant que les policiers n'arrivent, et tous les indices qu'ils récolteraient — empreintes digitales et Dieu sait quoi d'autre — ne montreraient qu'une seule chose : que Marty avait assassiné son père et sa mère. Les médias l'avaient déjà dépeint comme un être instable. La scène qu'on découvrirait dans la maison de Mammoth Lakes confirmerait leurs élucubrations. Si on l'arrêtait, le jour même ou le lendemain, ou la semaine suivante — voire si on le retenait seulement quelques heures, sans l'inculper — Paige et les filles se retrouveraient seules, une situation qu'il jugeait intolérable.

Ils n'avaient d'autre choix que de faire face et de se battre. Ce qui n'était pas tant un choix qu'une sentence de mort.

Côte à côte sur le divan, Charlotte et Emily portaient encore blousons et gants. Elles se tenaient les mains, se réconfortant l'une l'autre. Quoique terrifiées, elles ne pleuraient pas ni n'exigeaient qu'on les console, comme eussent pu le faire bien des enfants en pareilles circonstances. Elles se conduisaient en vrais petits soldats, chacune à sa manière.

Marty ne savait guère que leur conseiller. En général, Paige et lui n'avaient aucun doute sur ce qu'ils devaient leur enseigner pour leur permettre d'affronter la vie. Paige appelait en riant leur couple la « Fabuleuse Machine parentale Stillwater », une expression qui recélait autant d'autodérision que de fierté sincère. Pourtant, cette fois, les mots lui manquaient, parce qu'il tentait de ne jamais mentir aux enfants, n'avait pas l'intention de commencer à présent, et n'osait leur communiquer son estimation peu optimiste de leurs chances.

— Venez m'aider, les filles, enjoignit-il.

Ravies de s'occuper, elles se laissèrent tomber à bas du divan et le rejoignirent près de la fenêtre.

— Restez là, ordonna-t-il. Regardez la route. Si une voiture s'engage sur le chemin ou même passe un peu trop lentement, ou fait quoi que ce soit de louche, vous hurlez. Compris ?

Elles acquiescèrent, solennelles.

— Allons vérifier les autres fenêtres, dit Marty à Paige. On s'assure qu'elles sont fermées et on tire les doubles rideaux.

Si l'Autre parvenait à s'approcher du refuge sans se faire remarquer, l'écrivain ne voulait pas qu'il pût les observer ou leur tirer dessus par une ouverture.

Toutes celles qu'il examina étaient verrouillées.

Dans la cuisine, tandis qu'il en masquait une donnant sur la forêt épaisse, derrière le refuge, il se rappela que sa mère avait cousu ces doubles rideaux sur sa machine, dans la chambre d'amis, à Mammoth Lakes. Il la revit assise devant la Singer, le pied sur la pédale, fixant l'aiguille qui s'élevait et s'abaissait en cadence.

La douleur lui comprima la poitrine. Il prit une profonde inspiration et la relâcha lentement, tentant d'expulser à la fois la souffrance et le souvenir qui l'avait engendrée.

Il aurait le temps de se lamenter plus tard, s'ils survivaient.

Pour le moment, il ne devait songer qu'à Paige et aux enfants. Sa mère était morte, Paige et les enfants vivantes. Pleurer constituait un luxe, c'était la triste vérité.

Son épouse était dans la seconde petite chambre, achevant de tirer les rideaux. Elle allait éteindre la lampe de chevet qu'elle avait allumée afin de ne pas se retrouver dans l'obscurité après avoir aveuglé la fenêtre, mais Marty intervint.

— Laisse-la, dit-il. Avec la tempête, le crépuscule va arriver tôt et durer longtemps. De l'extérieur, il verra probablement quelles pièces sont allumées et lesquelles ne le sont pas. Pas la peine de l'aider à déterminer notre position exacte.

Paige était calme. Elle fixait l'abat-jour ambré de la lampe comme si leur avenir avait été inscrit dans les vagues dessins qui paraient le tissu illuminé.

Enfin, elle se retourna vers son mari.

— Il nous reste combien de temps ?

— Peut-être dix minutes. Peut-être deux heures. Ça dépend de lui.

— Qu'est-ce qui va se passer, Marty ?

Ce fut au tour de l'écrivain de rester muet. A elle non plus, il ne voulait pas mentir.

Quand il parla enfin, il fut surpris d'entendre ses propres paroles, parce qu'elles surgissaient des profondeurs de son inconscient, qu'elles étaient sincères et qu'elles démontraient un plus grand optimisme qu'il n'en ressentait consciemment.

— On va buter ce salopard !

De l'optimisme ou de fatales illusions.

Elle le rejoignit au pied du lit et ils s'enlacèrent. Ils se sentaient si bien, dans les bras l'un de l'autre. Pendant un instant, le monde ne leur sembla plus aussi fou.

— On ne sait toujours pas qui il est, ou ce qu'il est, ni d'où il vient, remarqua Paige.

— Et peut-être qu'on ne le découvrira jamais. Peut-être qu'une fois ce fils de pute démoli, on ne saura jamais ce que veut dire toute cette histoire.

— Si c'est le cas, on ne pourra pas revenir en arrière.

— Non.

Elle posa la tête sur son épaule et embrassa doucement les marques sombres des ecchymoses, sur son cou.

— On ne sera jamais en sécurité.

— Dans notre ancienne vie, non. Mais tant qu'on est ensemble, tous les quatre, je veux bien tout abandonner derrière moi.

— La maison, tout ce qu'elle contient, ma carrière, la tienne...

— Rien de tout ça ne compte vraiment.

— Une nouvelle vie, de nouveaux noms... Quel genre d'avenir vont avoir les filles ?

— Le meilleur que nous puissions leur offrir. Il n'y a jamais eu de garanties. Il n'y en a jamais, dans la vie.

Paige releva la tête et le regarda dans les yeux.

— Est-ce que tu crois que je tiendrai le coup quand il arrivera ?

— Bien sûr.

— Je ne suis qu'une psychologue spécialisée dans les problèmes de comportement des enfants et dans leurs relations avec leurs parents. Je ne suis pas une héroïne de roman d'aventures.

— Et moi, je ne suis qu'un écrivain de romans policiers. Mais on peut s'en tirer.

— J'ai peur.

— Moi aussi.

— Mais si j'ai déjà peur maintenant, où est-ce que je vais trouver le courage de prendre un fusil pour défendre mes enfants contre quelque chose... quelque chose comme ça ?

— Tu n'as qu'à t'imaginer que tu es bel et bien une héroïne de roman d'aventures.

— Si seulement c'était aussi simple.

— D'une certaine manière... ça l'est peut-être. Tu sais que je ne suis pas un fan des explications freudiennes. La plupart du temps, je crois que nous décidons de ce que nous sommes. Tu en es un exemple vivant, après tout ce que tu as traversé pendant ton enfance.

Paige ferma les yeux.

— C'est drôle, mais je m'imagine plus facilement en psychologue qu'en Kathleen Turner dans *A la poursuite du diamant vert.*

— La première fois qu'on s'est rencontrés, tu ne t'imaginais pas non plus en épouse ou en mère. Pour toi, la famille n'était qu'une prison, une prison et une salle de torture. Tu ne voulais plus jamais appartenir à une famille.

Elle ouvrit les yeux.

— Tu m'as appris à le faire.

— Je ne t'ai rien appris du tout. Je n'ai fait que te montrer de quelle manière imaginer une bonne famille, une famille saine. Une fois que tu as été capable de l'imaginer, tu pouvais essayer d'y croire. A partir de là, tu as tout appris toute seule.

— Alors la vie est un genre de fiction, c'est ça ?

— Toutes les vies sont des histoires. Nous les inventons au fur et à mesure.

— D'accord. J'essaierai d'être Kathleen Turner.

— Et même mieux.

— Qui ?

— Sigourney Weaver.

Paige sourit.

— J'aimerais bien avoir un de ces gros fusils futuristes qu'elle maniait quand elle jouait Ripley.

— Viens, on ferait mieux d'aller voir si nos sentinelles sont toujours à leur poste.

Dans le salon, il libéra les filles de leur tour de garde devant l'unique fenêtre aux volets ouverts et leur suggéra de faire chauffer de l'eau pour préparer du chocolat chaud. Le refuge était toujours équipé des conserves de base, notamment d'une boîte de lait en poudre aromatisé au cacao. Les convecteurs n'avaient pas encore dégourdi l'air, aussi apprécieraient-ils un peu de chauffage intérieur. Par ailleurs, préparer du chocolat était une tâche tellement normale qu'elle aiderait peut-être un peu la tension à se relâcher et leurs nerfs à se calmer.

Marty regarda par la fenêtre, au-delà de la véranda, au-delà de la BMW. Il y avait beaucoup d'arbres entre le refuge et la route, si bien que des poches d'obscurité profonde parsemaient les cent mètres du chemin, mais l'écrivain constata néanmoins que nul n'approchait, ni en voiture ni à pied.

Marty était raisonnablement sûr que l'Autre viendrait à eux directement plutôt que par-derrière. La propriété était accolée d'un côté à celle de l'Église de l'Extase et de l'autre à un terrain encore plus vaste — ce qui rendait toute approche indirecte longue et relativement ardue.

De plus, à en juger par sa conduite passée, l'Autre aimait se jeter tête la première dans la mêlée, sans finasser. Il semblait manquer de dispositions ou de patience pour la stratégie. C'était un fonceur plus qu'un cerveau, ce qui assurait presque à coup sûr une attaque furieuse plutôt que discrète.

Ce trait pouvait constituer la faiblesse fatale de l'ennemi. C'était en tout cas un espoir qui valait d'être entretenu.

La neige tombait. Les ombres s'épaississaient.

3.

Spicer appela le van de surveillance depuis la chambre du motel, pour demander des nouvelles. Il laissa sonner une douzaine de fois, raccrocha et refit le numéro — mais toujours personne ne répondit.

— Il s'est passé quelque chose, déclara-t-il. Ils n'auraient pas quitté le van.

— C'est peut-être leur téléphone qui a un problème, suggéra Oslett.

— Ça sonne.

— Peut-être pas de leur côté.

Spicer fit une nouvelle tentative, qui se solda par le même résultat.

— Venez ! dit-il en attrapant son blouson d'aviateur et en se dirigeant vers la porte.

— Vous allez là-bas? interrogea Oslett. Vous ne vous inquiétez plus de les faire repérer?

— Ils ont déjà été repérés. Il y a quelque chose d'anormal.

Clocker avait enfilé sa veste de tweed sur son pull en cachemire orange vif. Glissant le roman *Star Trek* dans une de ses poches, il gagna lui aussi la porte.

— Mais qu'est-ce qui a pu arriver? demanda Oslett en les suivant, avec la sacoche noire. Tout avait recommencé à marcher comme sur des roulettes.

La tempête avait déposé deux centimètres de neige au sol. A présent, les flocons étaient petits et relativement secs, les rues blanches. Les conifères commençaient à revêtir leurs guirlandes de Noël.

Spicer, au volant de l'Explorer, les conduisit en quelques minutes au domicile des parents Stillwater. Il le désigna alors qu'ils n'étaient encore qu'à un demi-pâté de maisons.

Deux véhicules étaient garés le long du trottoir, de l'autre côté de la rue. Oslett supposa que le poste de surveillance était le van rouge, en raison de ses vitres dépolies à l'arrière.

— Qu'est-ce que cette camionnette de fleuriste fout là? demanda Spicer.

— Elle livre des fleurs, estima Oslett.

— Ça m'étonnerait.

L'ancien militaire dépassa le van et se rangea juste devant lui.

— C'est vraiment une bonne idée? s'enquit Oslett.

A l'aide du radiotéléphone, Spicer appela une nouvelle fois l'équipe de surveillance. On ne lui répondit pas.

— On n'a pas le choix, fit-il en sortant sous la neige.

Tous trois s'approchèrent du van par l'arrière.

Un bouquet en mauvais état gisait sur la chaussée, entre les deux voitures. Le vase en céramique s'était brisé. Fleurs et fougères restaient plantées dans la matière verte spongieuse qu'utilisent les fleuristes pour figer leurs arrangements, si bien qu'aucune n'avait été emportée par le vent. En revanche, on les avait visiblement piétinées plusieurs fois. La couleur de certaines fleurs était masquée par la neige, ce qui signifiait qu'on ne leur avait pas marché dessus depuis plus de trente à quarante minutes.

Les pétales broyés et les fougères qu'avait fait pâlir le gel possédaient une étrange beauté. Une photo de la scène, accrochée dans une galerie d'art et intitulée *Romance, Chagrin* ou quelque chose comme ça, eût probablement retenu l'attention des visiteurs durant de longues minutes.

— Je vais voir la camionnette du livreur, annonça Clocker, tandis que Spicer frappait à l'arrière du van.

Nul ne répondit, alors l'ancien militaire ouvrit la portière sans hésiter et grimpa à l'intérieur.

Comme il le suivait, Oslett l'entendit s'exclamer à voix basse :

— Oh, merde !

A l'intérieur du véhicule, il faisait sombre. Les vitres dépolies qui servaient de judas ne laissaient guère filtrer le jour. La seule luminosité provenait des voyants et des écrans, sur les appareils électriques.

Oslett ôta ses lunettes de soleil, vit les cadavres, et ferma la portière.

Spicer avait lui aussi enlevé ses lunettes. Ses yeux étaient d'un étrange jaune agressif. A moins que ce ne fût la couleur que leur conférait la lumière des écrans.

— Alfie a dû venir chez les Stillwater, apercevoir le van et comprendre de quoi il s'agissait, dit-il. Alors, il s'est arrêté et il a fait leur affaire à nos gars pour ne pas être dérangé quand il traverserait la rue.

Les appareils électroniques fonctionnaient à l'aide de batteries solaires reliées à des capteurs plats, fixés sur le toit. Quand la surveillance s'effectuait de nuit, on rechargeait les batteries de manière conventionnelle, au besoin en faisant tourner le moteur de temps en temps. Même par une journée couverte, toutefois, les cellules solaires recueillaient assez de lumière pour alimenter le système.

La température du véhicule était agréable, quoique légèrement fraîche. Le van disposait d'une isolation exceptionnelle et les cellules fournissaient aussi de l'énergie à un petit radiateur.

Oslett enjamba un cadavre et regarda par l'une des vitres.

— Si Alfie a été attiré ici, Martin Stillwater y est fatalement venu avant lui, remarqua-t-il.

— Je le suppose.

— Et pourtant, vos hommes ne l'ont vu ni entrer ni sortir.

— C'est l'évidence, admit Spicer.

— Est-ce qu'ils nous auraient prévenus, s'ils avaient vu Stillwater, sa femme ou ses filles ?

— Absolument.

— Alors... est-ce que ce foutu écrivain est là, en ce moment ? Ils y sont peut-être tous, toute la famille, et Alfie.

L'ancien militaire regardait par la vitre voisine.

— Peut-être pas, contra-t-il. Quelqu'un est parti d'ici il n'y a pas longtemps. Vous voyez les traces dans l'allée ?

Une voiture aux pneus larges était sortie à reculons du garage qui jouxtait la maison blanche. Elle avait tourné à gauche en arrivant dans la rue, puis était partie vers la droite. La neige commençait à peine à remplir les multiples dessins des traces.

Les deux hommes sursautèrent quand Clocker ouvrit la portière arrière. Il grimpa et referma le battant derrière lui, sans faire de commentaires sur le piolet sanglant ni sur les deux agents assassinés.

— On dirait qu'Alfie a utilisé la camionnette du fleuriste comme camouflage. Le livreur est à l'arrière, avec les fleurs, aussi mort qu'on peut l'être.

Malgré l'empattement élargi qui libérait de la place à l'intérieur du van, l'espace inoccupé par l'équipement et les deux cadavres était trop restreint pour qu'ils y fussent à l'aise. Oslett commença à se sentir claustrophobe.

Spicer arracha le mort encore assis à la chaise pivotante sur laquelle il avait rendu le dernier soupir et le laissa choir. Après avoir vérifié qu'il n'y avait pas de sang sur le siège, il s'y installa et s'intéressa aux rangées de moniteurs et d'interrupteurs, avec lesquels il semblait familier.

Gêné par la masse de Clocker dressée au-dessus de lui, Oslett reprit la parole.

— Est-il possible que les parents Stillwater aient reçu un coup de téléphone et que ces gars n'aient pas eu le temps de nous le communiquer avant de se faire démolir par Alfie ?

— C'est ce que je vais essayer de savoir, dit Spicer.

Tandis que ses doigts couraient sur le clavier de l'ordinateur, des courbes brillamment colorées et d'autres images apparurent sur la demi-douzaine d'écrans vidéo.

Profitant de l'étroitesse des lieux pour enfoncer violemment son coude dans l'abdomen de Clocker, Oslett se retourna vers les deux vitres dépolies. Il observa la maison, de l'autre côté de la rue.

Le Trekker se pencha à son tour. Oslett supposa qu'il jouait à se trouver devant un hublot de vaisseau spatial, épais de trente centimètres, en train de contempler une planète étrangère.

Deux voitures passèrent. Un pick-up. Un chien noir courait sur le trottoir. Avec la neige sur ses pattes, on eût dit qu'il portait des chaussettes blanches. La maison des Stillwater était silencieuse, d'un calme absolu.

— Je l'ai ! annonça Spicer en ôtant les écouteurs.

Ce qu'il avait, c'était une communication téléphonique perçue, pistée et enregistrée par le système automatique environ une demi-heure *après* la mort des deux espions. Alfie était chez les Stillwater au moment de l'appel et avait décroché au bout de sept sonneries. Spicer fit passer l'enregistrement sur un haut-parleur, afin que ses deux collègues puissent l'entendre en même temps que lui.

— La première voix est celle de la personne qui appelle, déclara-t-il, car, au début, celle qui a décroché, chez les Stillwater, ne dit rien.

— *Allô ? Papa ? Maman ?*

— *Comment les as-tu gagnés à ta cause ?*

— Cette deuxième voix est celle de l'homme qui a reçu l'appel, dit Spicer en arrêtant le déroulement de la bande. Et c'est Alfie.

— On dirait Alfie dans les deux cas.

— L'autre, c'est Stillwater. C'est encore Alfie qui reprend la parole le premier.

— *Pourquoi est-ce qu'ils t'aiment plus que moi ?*

— *Ne les touche pas, espèce de salopard ! Ne touche pas à un cheveu de leur tête.*

— *Ils m'ont trahi.*

— *Je veux parler à mon père et à ma mère !*

— Mon *père*. Ma *mère*.

— *Passe-leur l'appareil.*

— *Pour que tu puisses encore leur raconter des mensonges ?*

Ils écoutèrent l'ensemble de la conversation. Celle-ci était plus qu'effrayante, car on eût dit un homme s'adressant à lui-même, un beau cas de dédoublement de la personnalité. Et il y avait pire : leur garnement n'était pas un simple renégat mais, de toute évidence, un psychopathe total.

— Donc Stillwater ne s'est pas rendu chez ses parents, remarqua Oslett à la fin de la bande.

— Visiblement.

— Alors comment Alfie les a-t-il trouvés ? Et pourquoi y est-il venu ? Pourquoi ne s'intéressait-il pas seulement à Stillwater, mais aussi à ses parents ?

Spicer haussa les épaules.

— Vous aurez peut-être une chance de lui poser la question si vous réussissez à le récupérer.

Oslett n'aimait pas toutes ces questions sans réponse. Elles lui donnaient le sentiment de ne pas maîtriser la situation.

Il jeta un coup d'œil par la vitre, à la maison et aux traces de pneus dans l'allée enneigée.

— Alfie n'est probablement plus là.

— Il est parti à la recherche de Stillwater, approuva l'ancien militaire.

— D'où a été passée la communication ?

— D'un radiotéléphone.

— On peut quand même le repérer, non ?

Spicer désigna trois lignes de chiffres sur l'écran d'un terminal.

— On dispose d'une triangulation satellite.

— Ça ne veut rien dire pour moi. Ce ne sont que des chiffres.

— Cet ordinateur peut les reporter sur une carte afin de localiser la source du signal. Avec une marge d'erreur de trente mètres.

— Ça prendra combien de temps ?

— Pas plus de cinq minutes.

— Très bien. Vous vous en occupez. Nous, on va visiter la baraque.

Oslett sortit du van rouge, Clocker sur ses talons.

Ils traversèrent la rue, sans se demander si une dizaine de voisins curieux n'étaient pas postés derrière leurs rideaux. Ils n'avaient aucun moyen de rattraper la situation. Spicer et eux-mêmes quitteraient les lieux avec leurs morts dix minutes plus tard et, ensuite, nul ne pourrait jamais prouver qu'ils y étaient venus.

Sur le perron des parents Stillwater, Oslett sonna. Personne ne répondit. Il sonna à nouveau puis tourna la poignée. La porte n'était pas verrouillée. De l'extérieur, on penserait que Jim ou Alice Stillwater leur avaient ouvert et les avaient invités à entrer.

Clocker referma la porte derrière eux et tira le Colt 357 Magnum qu'il portait sous l'aisselle. Les deux hommes demeurèrent immobiles quelques secondes, tout ouïe.

— Sois en paix, Alfie, dit Oslett, bien qu'il doutât que le garnement fût encore présent.

N'obtenant pas la réponse rituelle à cet ordre, il le répéta, plus fort.

Rien ne rompit le silence.

Ils s'avancèrent prudemment dans la maison — et trouvèrent le couple assassiné dans la première pièce qu'ils visitèrent. Les parents de Martin Stillwater. Tous deux ressemblaient un peu à l'écrivain — et à Alfie, bien entendu.

Durant une fouille rapide de la maison, répétant la

phrase de commande avant de passer chaque seuil, ils ne découvrirent qu'une seule chose intéressante, dans la buanderie. La petite pièce empestait l'essence. Les morceaux de tissu, l'entonnoir et la boîte de détergent à moitié vide qui jonchaient le plan de travail, près de l'évier, disaient clairement ce qu'avait préparé Alfie.

— Cette fois-ci, il ne prend pas de risques, commenta Oslett. Il part vraiment en guerre contre Stillwater.

Ils devaient l'arrêter — et vite. S'il massacrait la famille Stillwater, ou même ne faisait qu'assassiner l'écrivain, il rendrait caduc le scénario de meurtre-suicide qui devait expliquer si aisément tant de mystères. Compte tenu de la performance démente et flamboyante qu'il semblait avoir en tête, il risquait d'attirer l'attention sur lui au point qu'il deviendrait impossible de garder son existence secrète et de le ramener dans le droit chemin.

— Et merde, soupira Oslett en secouant la tête.

— Les clones sociopathes posent toujours de graves problèmes, déclara Clocker, comme s'il avait *délibérément* essayé d'être irritant.

4.

Tout en sirotant un chocolat chaud, Paige prit son tour de garde à la fenêtre.

Marty était assis en tailleur par terre, dans le salon, ainsi que Charlotte et Emily. Ils jouaient aux cartes et c'était la partie la moins animée à laquelle Paige eût jamais assisté, dépourvue de commentaires et de disputes. Les trois concurrents avaient le visage sombre, comme s'ils avaient été en train de consulter des tarots n'ayant que de mauvaises nouvelles à leur apprendre.

Tandis qu'elle étudiait le paysage balayé par la neige, Paige eut soudain la certitude que Marty et elle ne devaient pas rester tous les deux dans le refuge.

— On commet une erreur, déclara-t-elle en se détournant de la fenêtre.

— Hein ? fit son époux en relevant la tête.

— Je vais sortir.
— Quoi faire ?
— Ces rochers, là-bas, sous les arbres, à mi-chemin de la route, je peux m'y allonger sans quitter le chemin des yeux.
Marty laissa tomber son jeu.
— Et quel intérêt ça a ?
— Un grand intérêt. S'il arrive par-devant, comme nous le pensons, comme il doit le faire, il me dépassera et se dirigera droit vers le refuge. Je serai derrière lui. Je pourrai lui tirer deux balles dans la tête avant qu'il ne comprenne ce qui lui arrive.
— Non, déclara Marty. C'est trop risqué.
— Si on reste tous les deux à l'intérieur, ce sera comme défendre un fort.
— Ça me plaît bien, à moi, cette idée de fort.
— Tu ne te rappelles pas tous ces films sur la cavalerie, au Far West ? Tôt ou tard, aussi bien défendu que soit l'endroit, les Indiens parviennent à franchir les palissades et à rentrer.
— Seulement dans les films.
— Oui, mais il les a peut-être vus, lui aussi. Viens là !
Lorsqu'il la rejoignit à la fenêtre, elle désigna les rochers, à peine visibles dans l'ombre épaisse des pins.
— C'est parfait.
— Je n'aime pas ça.
— Ça va marcher.
— Je n'aime pas ça.
— Tu sais que j'ai raison.
— D'accord, approuva sèchement Marty. Il est possible que tu aies raison, mais ça ne m'oblige pas à aimer ça.
— Je sors.
Il la fixa droit dans les yeux, cherchant peut-être une trace de peur à exploiter pour la faire changer d'idée.
— Tu te prends pour une héroïne de roman d'aventures, hein ?
— Tu as fait démarrer mon imagination.
— J'aurais dû fermer ma grande gueule. (Il contem-

pla un long moment l'amas de rochers couvert d'un manteau d'ombres.) Très bien, mais c'est moi qui sors. Tu restes ici avec les filles.

Elle secoua la tête.

— Ça ne marchera pas, chéri.

— Ne joue pas les féministes avec moi.

— Ce n'est pas la question. C'est juste que... c'est avec toi qu'il a un lien psychique.

— Et alors ?

— Il sent ta présence. Si ce don est assez pointu, il risque de deviner que tu es dans les rochers. Tu dois rester dans le refuge : il le sentira, il viendra droit vers toi — et il me tournera le dos.

— Il te sent peut-être, toi aussi.

— Pour l'instant, il semble que ça ne concerne que toi.

Marty se mourait d'angoisse pour elle. Ses sentiments étaient gravés dans le moindre creux de son visage.

— Je n'aime pas ça.

— Tu l'as déjà dit. Je sors.

5.

Quand Oslett et Clocker retraversèrent la rue, Spicer prenait place au volant du van de surveillance.

Le vent s'enflait. Les flocons tombaient sous un angle aigu et roulaient dans la rue avant de s'immobiliser.

Oslett s'approcha de la portière du passager.

Spicer avait remis ses lunettes, bien que la nuit dût tomber d'ici une ou deux heures. Ses yeux, jaunes ou non, étaient invisibles.

— Je vais emporter ce tombereau loin d'ici, déclara-t-il à Oslett, lui faire passer la frontière du comté pour le sortir de la juridiction locale. Ensuite, j'appellerai le quartier général et je demanderai de l'aide pour me débarrasser des cadavres.

— Et le fleuriste, dans la camionnette ?

— Que chacun sorte ses propres poubelles, répondit l'ancien militaire.

Il tendit à Oslett une feuille de papier à imprimante standard, sur laquelle l'ordinateur avait tracé une carte où figurait le point d'où Martin Stillwater avait téléphoné à ses parents. Très peu de routes y étaient représentées. Oslett la glissa dans son blouson de ski avant que la neige ne pût la détremper ou le vent la lui arracher.

— Ce n'est qu'à quelques kilomètres d'ici, ajouta Spicer. Prenez l'Explorer.

Il démarra et s'éloigna dans la tempête.

Clocker était déjà au volant de l'Explorer. Un nuage de fumée sortait du pot d'échappement.

Oslett se hâta de monter auprès de son compagnon. Il claqua la portière et tira la carte imprimée par l'ordinateur.

— Allons-y ! On n'a pas beaucoup de temps.

— Seulement à l'échelle humaine, remarqua Clocker avant de s'écarter du trottoir et de mettre en route les essuie-glaces pour chasser la neige apportée par le vent. D'un point de vue cosmique, le temps est peut-être la seule chose dont il existe des réserves inépuisables.

6.

Paige embrassa les filles, puis leur fit promettre d'être braves et d'obéir en tout à leur père. Les abandonner à l'incertitude était une des choses les plus difficiles qu'elle eût jamais faites. Et feindre de ne pas avoir peur, afin de les aider dans leur propre quête du courage, se révélait encore plus ardu.

Marty l'accompagna sous la véranda. Un vent froid sifflait à travers la moustiquaire et faisait vibrer la porte, en haut des marches.

— Il y a un autre moyen, dit l'écrivain en se penchant vers son épouse pour se faire entendre malgré la tempête sans être obligé de crier. Si c'est vers moi qu'il est attiré, je devrais peut-être foutre le camp d'ici, seul, et l'entraîner aussi loin de vous que possible.

— Laisse tomber !

— Mais si je n'ai pas à m'inquiéter de toi et des filles, je pourrai peut-être lui régler son compte.

— Et si c'est lui qui te tue ?

— Au moins, nous ne mourrons pas tous.

— Tu crois qu'il ne reviendrait pas nous chercher ? Il veut ta vie, tu te rappelles ? Ta vie, ta femme, tes enfants.

— Et alors ? S'il me descend et s'il revient pour vous, tu auras quand même une chance de lui faire sauter la cervelle.

— Ah, ouais ? Et quand il arrivera, pendant la minuscule période d'action dont je disposerai avant qu'il n'approche trop, comment saurai-je si c'est lui ou toi ?

— Tu ne le sauras pas, admit Marty.

— Alors, on fait comme j'ai dit.

— Qu'est-ce que tu peux être forte ! apprécia-t-il.

Il ne pouvait pas savoir qu'elle avait de la gelée à la place des entrailles, que son cœur battait violemment et que le goût un peu métallique de la terreur emplissait sa bouche asséchée.

Ils s'enlacèrent, brièvement.

Emportant le Mossberg, la jeune femme descendit les marches, dépassa la BMW et pénétra sous les arbres sans se retourner, craignant que son mari ne réalisât à quel point elle avait peur et n'insistât pour la traîner dans le refuge.

Sous les courbes protectrices des conifères, le vent avait une sonorité creuse et lointaine. De violents courants d'air s'engouffraient en hurlant, aussi froids que des ectoplasmes, aussi stridents qu'un cri de *banshee*.

Quoique le terrain fût en pente, on circulait aisément sous les arbres. Les buissons y étaient rares, en raison du manque de soleil. Nombre de pins étaient âgés, si bien que leurs branches les plus basses s'étiraient au-dessus de la tête de Paige. Entre les troncs épais aucun obstacle ne venait masquer la route.

Le sol était rocailleux. Des plaques et des formations granitiques perçaient ici et là, lissées par les ans.

Les rochers qu'elle avait désignés à Marty étaient à

égale distance du refuge et de la route, à seulement six mètres du chemin qui courait en contrebas. Ils évoquaient une portion de mâchoire, molaires abruptes de soixante à quatre-vingt-dix centimètres de haut, dentition fossilisée d'un paisible dinosaure herbivore, plus grand qu'aucun de ceux qu'on avait retrouvés ou imaginés.

En approchant des blocs de granit, derrière lesquels gisaient des ombres aussi noires que de la résine de pin concentrée, Paige eut le sentiment que le sosie était déjà là, qu'il observait le refuge depuis cette cachette. A trois mètres de son but, elle s'immobilisa, dérapant quelque peu sur le tapis d'aiguilles de pin.

S'il avait été là, il l'eût vue arriver et eût pu l'abattre dix fois. Le fait qu'elle fût toujours en vie rendait la présence du tueur peu probable. Toutefois, comme elle tentait de se remettre en marche, elle eut le sentiment d'avoir plongé au fond d'une faille océanique et de lutter contre la pression de toute une mer pour remonter.

Le cœur battant avec force, elle contourna la formation rocheuse disposée en arc de cercle et se glissa dans l'espace obscur ainsi délimité. Le sosie ne l'attendait pas.

Elle s'étendit sur le ventre, se sachant presque invisible au milieu des ombres et des pierres sombres, avec son blouson bleu foncé dont le capuchon masquait ses cheveux blonds

Entre les blocs, elle pouvait surveiller la totalité du chemin sans lever la tête au point de révéler sa présence.

La tempête se changeait rapidement en authentique blizzard. Il s'abattait un tel volume de neige entre les deux rangées de pins que la jeune femme avait l'impression de contempler le visage écumant d'une cascade.

Son blouson la protégeait au niveau du torse, mais son jean ne pouvait arrêter le froid pénétrant de la pierre où elle était allongée. Comme sa chaleur interne la désertait, les articulations de ses hanches et de ses genoux commencèrent à lui faire mal. Elle regretta de ne pas porter un pantalon de ski isolant et réalisa qu'elle eût à tout le moins dû prendre une couverture pour se coucher dessus.

Sous l'influence d'un vent de plus en plus violent, les hautes branches grinçaient telles des dizaines de portes pivotant sur des gonds rouillés. Même le feuillage ne pouvait plus masquer la voix puissante des éléments.

La lumière qui déclinait progressivement, en cette dernière heure du jour, avait la couleur acier de la glace à la surface d'un étang gelé.

Tout ce que la jeune femme voyait ou entendait était froid, semblait exacerber la sensation que lui imposait le granit. Elle se demanda combien de temps elle tiendrait avant d'être obligée de retourner au refuge pour se réchauffer.

Alors, un 4x4 bleu foncé surgit en haut de la côte et vira brutalement dans le chemin. On eût dit la jeep des parents de Marty.

Le rhéostat à sept degrés. Vers le sud, depuis Mammoth Lakes, au travers de paquets de neige tourbillonnants, au travers de torrents de neige, de fouets, d'explosions, de cataractes et de murs volants de neige, le long d'une voie rapide à peine visible sous le manteau qui s'épaissit. Il double à grande vitesse des voitures trop lentes, fait des appels de phares pour encourager ceux qui lui bloquent le chemin à s'écarter et à le laisser passer. Il dépasse même un chasse-neige du comté et un camion de sablage couronné de gyrophares jaunes et rouges, qui transforment brièvement les millions de flocons blancs en braises rougeoyantes. Un tournant vers la gauche. Une route plus étroite. Qui monte. Des pentes boisées. Une longue clôture sur la droite, surmontée de barbelés acérés, brisée par endroits. Pas encore là. Un peu plus loin. Tout près. Bientôt.

Les quatre bombes incendiaires sont rangées dans un carton coincé devant le siège du passager, sur le tapis de sol. Il a bouché les espaces qui les séparent à l'aide de journaux chiffonnés, si bien qu'elles ne s'entrechoquent pas.

Des vapeurs odorantes montent des chiffons saturés d'essence qui servent de mèches. Le parfum de la destruction.

Guidé par l'attraction magnétique du faux père, il s'enfile brutalement à droite, dans un chemin déjà à moitié masqué par la neige. Il freine aussi peu que possible, prend le virage en dérapant et enfonce à nouveau l'accélérateur alors que la jeep n'a pas encore retrouvé son adhérence, que les deux pneus arrière patinent frénétiquement.

Juste devant lui, à une centaine de mètres, s'élève un refuge. De faibles lueurs brillent aux fenêtres.

Même si la BMW n'était pas sur la gauche du bâtiment, il saurait qu'il a découvert ses proies. La présence magnétique honnie de l'imposteur le tire en avant.

Aussitôt, il décide d'exécuter un assaut frontal, quels que puissent en être les mérites et les conséquences. Son père et sa mère sont morts, sa femme et ses enfants probablement aussi, depuis longtemps, leurs silhouettes et leurs visages imités sans vergogne par la cruelle espèce extraterrestre qui lui a volé son propre nom et ses souvenirs. Il fulmine de rage, d'une haine si intense qu'elle en devient douloureuse, d'une angoisse qui lui brûle le cœur. Seule une justice expéditive lui apportera le soulagement dont il a désespérément besoin.

Les pneus emballés mordent la terre recouverte de neige.

Il écrase l'accélérateur.

La jeep bondit en avant.

Un cri de fureur sauvage et de vengeance lui échappe. Le rhéostat mental s'envole directement de sept à trois cent soixante degrés.

Marty se tenait devant la fenêtre quand des phares percèrent la nuit, sur la route. Il ne distingua tout d'abord pas le véhicule qui montait la côte, dissimulé par les arbres et les buissons. Soudain, il le vit : une jeep qui prit un virage audacieux pour s'engager à grande vitesse sur le chemin et dérapa de l'arrière. Des gerbes de neige fondue jaillirent sous ses roues qui tournaient dans le vide.

Alors qu'il n'avait pas encore pleinement enregistré l'arrivée de la voiture, Marty fut frappé par un brutal raz de marée psychique, aussi puissant que les précédents mais d'une autre nature. Ce n'était plus seulement la force inquisitrice, violente, qui l'avait martelé en d'autres occasions, mais une explosion d'émotions noires et amères, brute, déchaînée, qui le transportait dans l'esprit de son ennemi comme aucun être humain n'avait encore pénétré celui d'un autre. Il y découvrit une géométrie surréaliste, faite de rage psychotique, de désespoir, d'égoïsme infantile, de terreur, de confusion, d'envie, de concupiscence et de désirs ardents si répugnants qu'une vague d'ordures et de cadavres putréfiés n'eût pu l'être autant.

Durant ce contact télépathique, Marty eut le sentiment d'avoir été propulsé dans une des régions les plus reculées de l'enfer. Quoique la connexion ne se prolongeât pas plus de trois ou quatre secondes, elle lui parut interminable. Lorsqu'elle se rompit, il se surprit les mains crispées sur les tempes, la bouche ouverte pour former un hurlement silencieux.

Il avait peine à respirer, frissonnait violemment.

Le rugissement d'un moteur chassa le voile qui recouvrait ses yeux et le poussa de nouveau à regarder par la fenêtre. Sur le chemin, la jeep accélérait en direction du refuge.

Peut-être jugeait-il mal la témérité et la folie qui habitaient l'Autre, mais il s'était trouvé *à l'intérieur* de cet esprit et pensait savoir ce qui allait se passer. Il se retourna vers les filles.

— Courez ! Sortez par-derrière. Allez !

Charlotte et Emily s'étaient déjà relevées, abandonnant les cartes auxquelles elles avaient feint de s'intéresser jusque-là, et galopaient vers la cuisine avant même qu'il n'eût fini de crier.

Il se lança sur leurs talons.

En une seconde, une autre stratégie tournoya dans son esprit : rester dans le salon, espérer que la jeep demeure encastrée au milieu de la véranda, ne défonce pas la façade, puis se ruer à l'extérieur après l'impact et tirer sur ce salopard avant qu'il ne quitte le volant.

La seconde suivante lui révéla le potentiel catastrophique de ce plan : la jeep pouvait bel et bien atteindre son but ; des planches de cèdre fracassées, des fils électriques, des éclats de plâtre et du verre brisé feraient avec elle irruption dans le salon, tandis que les poutres se tordraient, que le plafond s'écroulerait et que de meurtrières tuiles en ardoise s'abattraient sur lui dans un bruit de tonnerre. Il serait tué par la chute des débris, ou bien coincé sous les décombres.

Les enfants se retrouveraient seules. Il ne pouvait pas prendre ce risque.

Dehors, le rugissement du moteur s'enflait.

Il rattrapa les filles alors que Charlotte débloquait la serrure à pêne dormant qui fermait la porte de la cuisine. Allongeant le bras, il ouvrit le verrou.

Le hurlement du moteur emplissait l'univers, évoquant curieusement moins une machine que le cri sauvage de quelque gigantesque créature venue du Jurassique.

Le Beretta. Secoué par le contact télépathique et l'arrivée de la jeep emballée, il avait oublié le Beretta sur la table basse du salon.

Il n'avait pas le temps d'aller le chercher.

Charlotte tourna la poignée. Le vent lui arracha des mains la porte, qui la percuta de plein fouet. Elle fut jetée à terre.

Alors il y eut un grand fracas, à l'avant du bâtiment, comme l'explosion d'une bombe.

La grosse jeep passa devant la cachette de Paige à une telle allure que la jeune femme renonça aussitôt à attendre que leur ennemi se gare pour se rapprocher de lui discrètement, d'arbre en arbre, d'ombre en ombre, telle l'héroïne de roman d'aventures qu'elle s'imaginait être. C'était lui qui fixait les règles du jeu, c'est-à-dire qu'il n'y en avait aucune et que tous ses actes seraient imprévisibles.

Quand Paige se fut remise sur ses pieds, la jeep n'était plus qu'à vingt ou trente mètres du refuge et accélérait toujours.

Priant qu'aucune crampe ne saisît ses jambes engourdies par le froid, elle descendit des rochers et courut vers le bâtiment, parallèlement au chemin, en louvoyant entre les arbres du sous-bois.

La BMW n'était pas garée juste devant le refuge mais un peu sur la gauche, aussi la jeep avait-elle la voie libre jusqu'aux marches de la véranda. Deux centimètres de neige ne suffisaient pas à la ralentir. Sous cette couverture blanche, le sol n'était pas gelé, ni aussi dur que du roc comme il le serait au cœur de l'hiver, si bien que les pneus mordaient la terre, y trouvant toute l'adhérence dont ils avaient besoin.

Le conducteur devait être debout sur l'accélérateur. Il était candidat au suicide. Ou bien convaincu de son invulnérabilité. Le moteur hurlait.

Paige était encore à trente mètres du refuge quand la roue avant gauche de la jeep atteignit les marches basses en béton et les escalada à la manière d'un tremplin. La roue droite patina dans l'air un instant puis rencontra à nouveau le plancher tandis que le pare-chocs éventrait la moustiquaire.

La jeune femme s'attendait à ce que la véranda s'effondre sous un tel poids. Mais quand sa roue arrière gauche la propulsa au sommet des trois marches, la voiture parut s'envoler.

Il vole. Il emporte de larges pans de moustiquaire et des montants qui la soutiennent comme s'il s'agissait d'une fragile toile d'araignée.

Droit sur la porte. Tel un obus de mortier. Un obus qui pèse deux tonnes.

Il ferme les yeux. Le pare-brise pourrait imploser.

L'impact, terrible, se répercute dans ses os. Il est projeté en avant. Sa ceinture de sécurité le renvoie en arrière avec une secousse. Il expulse tout l'air contenu dans ses poumons. Des flèches de douleur fulgurent brièvement dans son torse.

Une symphonie de percussions résonne à ses oreilles : planches brisées, piliers sectionnés, encadrement de porte désintégré, linteau fracturé. Alors, le 4x4 retombe lourdement sur le sol.

Il ouvre les yeux.

Le pare-brise est intact.

La jeep se trouve dans le salon, face à un divan et à un fauteuil renversé. Elle repose en oblique, car ses roues avant ont traversé le plancher et pendent dans le vide sanitaire.

Rien ne bloque les portières. Le tueur ôte sa ceinture de sécurité et sort de la voiture, un des .38 à la main.

Bouger, bouger, affronter, défier, lutter et remporter la victoire.

Entendant des craquements au-dessus de sa tête, il lève les yeux. Le plafond brisé s'est un peu affaissé mais ne s'effondrera sans doute pas complètement. Une neige poudreuse et des aiguilles de pin séchées s'infiltrent par les lézardes.

Le sol est jonché de verre brisé. Les fenêtres qui flanquent la porte du refuge ont volé en éclats.

La destruction l'enflamme. Elle alimente sa fureur.

Le salon est désert. Il aperçoit la plus grande partie de la cuisine, au bout d'un couloir voûté, mais n'y voit personne non plus.

Deux portes closes s'inscrivent dans ce large passage entre les deux pièces, une à droite et une à gauche. Il se dirige vers la première.

Si le faux père l'attend de l'autre côté, le simple fait d'ouvrir la porte déclenchera une fusillade.

Il veut si possible éviter d'être blessé, car il n'a aucune envie de s'enfuir à nouveau pour aller se soigner. Il désire en finir maintenant, ici, aujourd'hui.

Si sa femme et ses enfants n'ont pas encore été dupliqués et remplacés par des extraterrestres, on ne leur permettra sûrement pas de rester humains beaucoup plus longtemps. La nuit est proche. Moins d'une heure. D'après les films, il sait que ce genre de choses se produit toujours la nuit — les attaques d'extraterrestres, les infestations de parasites, les assauts menés par les créatures polymorphes, les mangeurs d'âmes et les monstres buveurs de sang —, toujours la nuit. Soit de pleine lune, soit sans lune, mais la nuit.

Plutôt que d'ouvrir le battant, même depuis une position couverte, d'un côté ou de l'autre, il se poste devant lui, lève le .38 et fait feu. La porte n'est pas en bois massif : ce n'est qu'une plaque de mousse recouverte de contre-plaqué. A bout portant, les balles à pointe creuse y percent de larges trous.

Le recul du Chief's Special, qui se répercute dans ses bras, est extrêmement satisfaisant, presque à la manière d'une expérience sexuelle, et apporte un peu de soulagement à sa frustration, à son intense colère. Il continue de presser la détente jusqu'à ce que le marteau ne percute plus que du vide.

Aucun cri n'a retenti de l'autre côté. Quand le rugissement du dernier coup de feu cesse de résonner, pas un bruit ne s'élève dans la maison.

Il jette son arme et tire le deuxième .38 de l'étui qu'il porte à l'aisselle, sous le blouson d'étudiant.

Il ouvre la porte d'un coup de pied et bondit dans la pièce, le revolver au poing.

C'est une chambre à coucher. Déserte.

La frustration qui s'intensifie attise les flammes de sa rage.

Retournant dans le couloir, il fait face à l'autre porte close.

Un instant, la vue de la jeep qui s'envolait à travers la moustiquaire et percutait la façade paralysa Paige.

Bien que la chose fût en train de se produire sous ses yeux et qu'aucun doute ne fût permis quant à sa réalité, l'impact parut aussi irréel qu'un rêve. Le 4x4 sembla demeurer suspendu en l'air plus longtemps que n'eût dû l'autoriser la gravité, flottant littéralement au-dessus de la véranda, ses roues tournant à grande vitesse. Paige crut presque le voir se dissoudre dans le mur du refuge, disparaître comme s'il n'avait jamais été là. La destruction s'accompagna d'un vacarme monumental, quoique moitié moins fort qu'il ne l'eût été dans un film. Aussitôt après, la tranquillité relative de la tempête reprit possession de la scène. On n'entendait que le gémissement du vent : la neige s'abattait en un déluge silencieux.

Les enfants.

Avec les yeux de l'esprit, Paige vit le mur exploser devant elles, la jeep arrivant, lancée à pleine vitesse.

Elle se mit à courir avant même d'en avoir pris la décision consciente. Droit vers le refuge.

Elle tenait le fusil à deux mains, la gauche sur la pompe, la droite juste devant la crosse, l'index sur le pontet. Elle n'aurait qu'à s'immobiliser, à tourner le canon vers la cible, à faire passer son doigt sur la détente et à tirer. Un peu plus tôt, en chargeant le Mossberg, elle avait introduit une cartouche dans la chambre afin de pouvoir en glisser une de plus dans le magasin.

Alors qu'elle sortait du couvert des arbres à moins de dix mètres des marches, des coups de feu retentirent à l'intérieur. Cinq détonations consécutives. Loin de la faire hésiter, ce bruit la poussa en avant aussi vite qu'elle le put.

Juste au moment où elle atteignait le bas des marches, elle dérapa et tomba un genou en terre. La douleur lui arracha un juron involontaire, à voix basse.

Si elle n'avait pas trébuché, toutefois, elle se fût trouvée sous la véranda ou dans le salon quand Charlotte acheva de contourner le refuge. Marty et Emily apparurent juste derrière elle, main dans la main.

Il tire trois fois dans la porte de gauche, l'ouvre d'un coup de pied, en franchit le seuil rapidement, courbé, et découvre une deuxième chambre déserte.

Dehors, il entend claquer une portière.

Marty s'installa au volant et passa la main sous le siège à la recherche des clefs. Il ne songea pas à avertir Charlotte et Emily de ne pas claquer leur portière avant que le mal ne fût fait et que l'écho ne se répercutât sous les arbres alentour.

Paige était demeurée près de sa portière ouverte, fixant le refuge, le Mossberg levé, prêt.

Où étaient ces putains de clefs ?

Marty se pencha un peu plus, tentant de glisser sa main plus en arrière.

Comme ses doigts se refermaient sur le trousseau, le

Mossberg aboya. Il dressa la tête, tandis qu'une balle manquait Paige, traversait la portière et fracassait le tableau de bord à quelques centimètres de son visage. Un cadran pulvérisé fit pleuvoir sur lui une grêle d'éclats de plastique.

— Couchez-vous ! cria-t-il aux filles.

Paige fit feu à nouveau et s'attira une nouvelle riposte.

L'Autre se tenait dans le trou béant où s'était inscrite la porte du refuge, encadré par les ruines déchiquetées, le bras tendu pour tirer. Il rentra ensuite dans le salon, peut-être afin de recharger.

Quoique le fusil à pompe pût l'empêcher de s'approcher, il était trop éloigné pour que les plombs le blessent gravement, surtout compte tenu de ses exceptionnels pouvoirs de récupération. Son revolver, en revanche, restait très efficace à cette distance.

Marty enfonça la clef de contact. Le moteur tourna sans protester. L'écrivain relâcha le frein à main.

Paige monta en voiture et ferma sa portière.

Marty se tourna pour regarder par la lunette arrière, démarra et s'engagea à reculons sur les traces qu'avait laissées la jeep dans sa charge de kamikaze.

— Le voilà ! s'écria Paige.

Toujours en pleine manœuvre, son mari jeta un coup d'œil vers l'avant. L'Autre sautait au bas des marches et courait vers eux — une bouteille dans chaque main, au goulot entouré de chiffons enflammés. Nom de Dieu ! Les flammes s'élevaient furieusement, menaçant de faire exploser les bombes d'un instant à l'autre, mais le sosie ne semblait nullement s'inquiéter de sa propre sécurité. Une expression sauvage et presque extatique parait son visage, comme s'il était né pour ça, uniquement pour ça. Il s'arrêta en dérapant et eut un geste du bras droit, tel un arrière prêt à lancer le ballon.

— Fonce ! cria Paige.

Marty n'avait nul besoin d'encouragements pour accélérer.

Plutôt que de continuer à regarder par la lunette arrière, il se servit du rétroviseur afin de s'assurer qu'il demeurait sur le chemin et ne dérivait pas vers un arbre, un fossé ou un rocher : il vit la première bouteille décrire un arc de cercle et se briser sur le pare-chocs avant de la BMW. La plus grande partie du contenu se répandit sur le chemin, inoffensive. Une grande surface de neige sembla s'enflammer.

La deuxième bouteille percuta le capot, à quinze centimètres du pare-brise, juste devant Paige. Elle se fracassa, son contenu s'embrasa et recouvrit la vitre, si bien qu'un instant les occupants du véhicule ne distinguèrent plus devant eux qu'un rideau de flammes.

Courbées en deux, serrées l'une contre l'autre, les filles poussèrent un cri de terreur aigu.

Marty ne pouvait rien faire pour les rassurer, sinon continuer à reculer aussi vite que possible, espérant que le feu s'éteindrait et que la chaleur ne ferait pas imploser le pare-brise.

A mi-chemin de la route. Aux deux tiers du chemin. En pleine accélération. Plus que trente mètres.

Les flammes qui masquaient le pare-brise moururent dès que fut consumé le mince film d'essence répandu sur le verre, mais d'autres continuaient de jaillir sur le capot et sur l'aile, côté passager. La peinture cramait.

Au travers du feu et d'une fumée noire bouillonnante, Marty vit l'Autre courir vers eux, moins rapide que la voiture mais pas tellement plus lent non plus.

Paige pêcha deux cartouches dans la poche de son blouson et les inséra dans le magasin.

Vingt mètres avant la route.

Quinze.

Dix.

A cause des arbres et des buissons, l'écrivain ne distinguait pas le bas de la côte et craignait de couper la route d'un véhicule en pleine ascension. Pourtant, il n'osait pas ralentir.

Le rugissement de la BMW l'empêcha d'entendre la détonation. Un trou se fora avec un bruit sec dans le pare-brise, sous le rétroviseur, entre Paige et lui. L'instant d'après, une seconde balle transperçait la vitre, six centimètres plus à droite que la première, si près de la jeune femme que seul un miracle permit à celle-ci de ne pas être touchée. Il s'ensuivit une réaction en chaîne : un million de petites fissures se propagèrent sur le pare-brise, le rendant opaque, laiteux.

La transition entre le chemin de terre et la route ne se fit pas sans à-coups. Les roues frappèrent le goudron avec assez de force pour soulever les passagers de leurs sièges et le verre Securit s'effondra vers l'intérieur en petites plaques molles.

Marty tourna le volant à droite, reculant vers le haut de la côte, et pila lorsqu'ils furent face à la route. Il sentait la chaleur des flammes qui dévoraient la peinture du capot mais elles ne pénétraient pas dans la voiture.

Une balle ricocha sur le métal.

L'écrivain passa la première.

Par la vitre, il vit l'Autre immobile, jambes écartées, à quinze mètres du bout du chemin, le revolver tenu à deux mains.

Comme Marty enfonçait l'accélérateur, une autre balle percuta sa portière, sous la vitre, mais sans la traverser.

Le sosie se remit à courir tandis que la BMW dévalait la côte et s'éloignait.

Quoique le vent emportât la plus grande partie de la fumée vers la droite, il y en eut soudain nettement plus, et plus noire que jamais. Il s'en infiltra assez dans la voiture pour les incommoder. Paige se mit à tousser, les filles à gémir, et Marty avait peine à distinguer la route.

— On a un pneu en feu ! s'écria la jeune femme.

Deux cents mètres plus loin, le pneu explosa, et la BMW fit un tête-à-queue. Marty braqua dans le sens de la glissade mais, pour une fois, la physique appliquée se révéla indigne de confiance. La voiture exécuta une rotation de cent quatre-vingts degrés tout en dérivant vers le côté. Elle ne s'immobilisa qu'après avoir quitté la route et percuté la clôture qui protégeait le terrain appartenant à la défunte Église prophétique de l'Extase.

Marty sauta à terre. Il ouvrit la portière arrière à la volée et se pencha pour aider les filles terrifiées à se défaire de leurs ceintures.

Il ne chercha même pas à voir si l'Autre approchait, car il *savait* que c'était le cas. Ce type-là ne s'arrêterait jamais, jamais, pas avant de les avoir tués, et peut-être même pas alors.

Tandis que l'écrivain extrayait Emily de la voiture, Paige sortit péniblement par la portière du conducteur, car la sienne était encastrée dans la clôture. Ayant dégagé de sous son siège les enveloppes contenant les billets, elle les fourra dans son blouson. Comme elle en remontait la fermeture, elle jeta un coup d'œil vers le haut de la côte.

— Merde, dit-elle, et le fusil à pompe lâcha une détonation.

Tandis qu'elle tirait à nouveau, Marty aida Charlotte.

Il crut entendre le craquement d'une petite arme à feu, mais la balle dut passer loin d'eux.

Faisant un rempart de son corps aux filles, il les poussa loin de la voiture en flammes et il regarda à son tour vers le haut de la route.

L'Autre se tenait avec arrogance au milieu de la chaussée, à environ cent mètres de là, persuadé que la distance, la puissance du vent et peut-être sa propre capacité surnaturelle à encaisser les blessures le protégeaient du Mossberg. Il était exactement de la même taille que Marty. Pourtant, même d'aussi loin, il semblait les dominer, figure sombre et menaçante. Peut-être était-ce une question de perspective. Presque nonchalamment, il ouvrit le barillet de son revolver et fit choir dans la neige les douilles utilisées.

— Il recharge, annonça Paige, qui profita de l'occasion et glissa de nouvelles cartouches dans le magasin de son fusil. Foutons le camp d'ici.

— Pour aller où ? interrogea Marty, en scrutant le paysage fouetté par la neige.

Il aurait voulu qu'une voiture apparût, dans un sens ou dans l'autre.

Puis il revint sur ce vœu. Il savait que l'Autre éliminerait tous ceux qui tenteraient d'intervenir.

Ils se dirigèrent vers le bas de la côte, face au vent mordant, mettant un peu de distance entre eux et leur poursuivant tout en se demandant ce qu'ils allaient faire ensuite.

L'écrivain élimina d'office l'idée de rejoindre un des autres refuges dispersés dans les bois. La plupart constituaient des résidences secondaires. Un mardi de décembre, nul ne s'y trouverait — sauf si, au matin, la neige était suffisante pour attirer les skieurs. Et s'ils tombaient sur un refuge occupé, avec l'Autre à leurs trousses, Marty ne voulait pas que la mort d'innocents pesât sur sa conscience.

La route 203 passait au bas de celle qu'ils empruntaient. Même aux premières heures d'un blizzard, la circulation serait importante entre les lacs et Mammoth Lakes. S'il y avait trop de témoins, le sosie ne pourrait les tuer tous. Il serait obligé de faire retraite.

Mais le bas de la route était trop éloigné. Ils ne l'atteindraient jamais avant de manquer de cartouches pour tenir leur ennemi à distance — ou avant que la grande précision et la portée du revolver ne lui permît, à lui, de les abattre un par un.

Ils arrivèrent auprès d'une brèche dans la clôture à maillons triangulaires.

— Venez ! encouragea Marty.

— Est-ce que l'endroit n'est pas abandonné ? objecta Paige.

— On n'a nulle part où aller, répliqua l'écrivain, prenant Charlotte et Emily par la main et les entraînant sur le terrain de la secte.

Il espérait qu'un automobiliste découvrirait la BMW à demi brûlée et préviendrait le bureau du shérif. Au lieu d'attiser le feu qui ravageait la peinture, le vent l'avait soufflé, mais le pneu brûlait encore : il était difficile de manquer le véhicule cabossé. Si deux adjoints bien armés survenaient, ils ne comprendraient pas à quel point l'Autre était puissant mais ne seraient pas non plus aussi naïfs et vulnérables que des citoyens ordinaires.

Après une brève hésitation, durant laquelle elle jeta un coup d'œil nerveux à leur adversaire acharné, Paige suivit son époux et ses filles à travers la clôture.

Le chargeur instantané lui glisse entre les doigts et tombe dans la neige quand il le sort de sa bourse de ceinture. C'est le dernier des deux pris à l'espion, dans le van.

Il se penche, le ramasse et le frotte contre son pull rouge, sous son blouson. Il l'approche ensuite du revolver ouvert, l'y glisse, le tourne d'un cran pour libérer les balles, le jette, et referme le barillet d'un geste sec.

Il lui faudra utiliser ses dernières cartouches avec parcimonie. Les répliques ne vont pas se laisser tuer facilement.

Il sait désormais que la femme en est une, au même titre que le faux père. De la chair extraterrestre. Inhumaine. Il ne peut s'agir de sa Paige car elle est trop agressive. Sa Paige serait soumise, avide d'être dominée, comme les actrices dans la collection de films du sénateur. Sa Paige est certainement morte. Il doit l'accepter, aussi difficile que ce soit. Cette chose se fait simplement passer pour elle — et n'y parvient qu'assez mal. Il y a encore pis : si Paige a disparu, c'est aussi le cas de ses enfants aimantes. Ces mignonnes fillettes qui jouent les humaines avec conviction sont aussi des répliques, démoniaques, extraterrestres et dangereuses.

Il ne retrouvera pas son ancienne vie.

Sa famille a disparu à jamais.

Un noir abîme de désespoir s'ouvre sous ses pas, mais il ne doit pas y tomber. Il doit avoir la force de continuer et de se battre, jusqu'à ce qu'il obtienne la victoire au nom de toute l'humanité ou qu'il soit détruit. Il doit être aussi courageux que l'ont été Kurt Russell et Donald Sutherland dans des situations aussi terribles, car il est un héros et les héros persévèrent.

Au bas de la côte, les quatre créatures disparaissent par un trou dans la clôture. Tout ce qu'il désire, désormais, c'est les voir mortes, éparpiller leurs cervelles, les démembrer et les décapiter, les éviscérer, les brûler, prendre toutes les précautions possibles pour empêcher leur résurrection, car elles sont les meurtrières de sa véritable famille mais représentent aussi une menace pour le monde.

L'idée lui vient que, s'il survit, cette expérience terrifiante lui fournira matière à un roman. Il réussira certainement à dépasser la première phrase, un exploit dont il était hier incapable. Quoique sa femme et ses enfants soient perdus à jamais, il pourra peut-être sauver sa carrière des ruines de sa vie.

Glissant, dérapant, il se hâte vers la brèche dans la clôture.

Les essuie-glaces étaient recouverts d'une neige qui se changeait vivement en glace. Ils tressautaient et raclaient irrégulièrement la surface du pare-brise.

Oslett consulta la carte générée par l'ordinateur puis désigna un tournant, devant eux.

— Là, sur la droite !

Clocker mit son clignotant.

Telle la *Mary Celeste*, le vaisseau fantôme, jaillissant en silence d'un étrange brouillard, ses voiles en lambeaux déployées et son pont dépourvu d'équipage, l'église abandonnée se découpa à travers la neige furieuse.

Tout d'abord, avec la tempête qui l'obscurcissait et la lumière grise déclinante de cette fin d'après-midi, Marty la crut en bon état, mais ce ne fut là qu'une impression passagère. Comme ils s'en approchaient, il constata que de nombreuses tuiles manquaient au toit. De grandes sections de la gouttière en zinc avaient disparu et les éléments restants pendaient en position précaire, se balançant et grinçant au gré du vent. La plupart des vitraux étaient brisés. Des vandales avaient bombé des obscénités sur les murs de briques naguère fort jolis.

Un complexe de bâtiments erratique — bureaux, ateliers, crèche, dortoirs, salle des fêtes — se dressait juste derrière et des deux côtés du grand édifice. L'Église prophétique de l'Extase avait exigé de ses membres qu'ils lui fassent don de tous leurs biens matériels à leur entrée dans la secte et qu'ils vivent dans une communauté gouvernée avec fermeté.

Les fuyards couraient dans la neige épaisse, aussi vite

que le pouvaient les filles, vers l'église — dont l'entrée était la plus proche d'eux. Il leur fallait se mettre hors de vue au plus tôt. Quoique l'Autre pût les traquer où qu'ils aillent, grâce à son lien avec Marty, il ne pouvait pas leur tirer dessus s'il ne les voyait pas.

Douze larges marches menaient à deux doubles portes en chêne, hautes de trois mètres, surmontées de vitraux presque aussi grands qu'elles. Ces derniers étaient réduits à quelques éclats de verre rubis ou jaune, qui laissaient des espaces vides sombres entre les épaisses nervures de plomb. Les portes s'inscrivaient au fond d'une voûte quintefeuille mesurant six mètres de haut, au-dessus de laquelle se trouvait une énorme rosace, ciselée avec soin, qui conservait vingt pour cent de son verre — très probablement parce qu'elle constituait une cible plus difficile pour les pierres.

Les quatre battants de bois sculpté étaient abîmés par les éléments, griffés, fendus et ornés de nouvelles obscénités qui luisaient faiblement dans la lumière cendrée du crépuscule précoce. Sur l'un d'eux, un vandale avait dessiné grossièrement une silhouette féminine en forme de sablier, sans oublier les seins ni un entrejambe figuré par la lettre Y. A côté s'étirait le dessin d'un phallus de la taille d'un homme. Des lettres biseautées, tracées par un maître graveur, annonçaient au-dessus de chaque porte : IL NOUS ÉLÈVE JUSQU'AUX CIEUX. Toutefois, en complément, quelqu'un avait bombé « CONNERIES » à la peinture rouge.

Le fondateur de l'inquiétante secte — Jonathan Caine — était un hypocrite et un pédéraste, mais Marty fut plus terrifié par les vandales que par les naïfs qui avaient suivi le prédicateur. A tout le moins, aussi mal inspirés qu'ils eussent été, ils avaient cru en quelque chose, ils avaient voulu être dignes de la grâce divine et avaient sacrifié à leur croyance — même si ces sacrifices s'étaient ensuite révélés stupides. Leurs rêves s'étaient certes achevés en tragédie, mais ils avaient osé rêver. La haine aveugle qui emplissait les graffiti appartenait à des gens vides, qui ne croyaient en rien, qui étaient, eux, incapables de rêver et jouissaient de la souffrance d'autrui.

L'une des portes était entrebâillée. Marty la tira. Les gonds étaient rouillés, le bois faussé, mais le battant se déplaça de trente ou quarante centimètres, raclant le sol.

Paige entra la première. Charlotte et Emily la suivirent de près.

Marty n'entendit pas le coup de feu qui le toucha.

Une lance de glace l'empala, pénétrant le quart supérieur gauche de son dos et ressortant du même côté, au travers des muscles et des tendons, juste sous la clavicule — si glaciale que le blizzard qui martelait l'église semblait en comparaison un orage tropical. L'écrivain frissonna violemment.

L'instant d'après, il était allongé sur les briques couvertes de neige du porche et se demandait comment il y était arrivé. Il était à demi convaincu de s'être juste étendu là pour faire la sieste, mais la douleur qui fulgurait dans ses os prouvait qu'il était tombé bien durement sur cette couche improbable.

Il fixait les lettres de granit, et les lettres sur le granit.

IL NOUS ÉLÈVE JUSQU'AUX CIEUX.

CONNERIES.

Il ne réalisa qu'il avait reçu une balle que quand Paige sortit vivement de l'église et s'agenouilla auprès de lui en criant :

— Marty ! Oh, mon Dieu ! Tu es blessé. Ce salopard t'a tiré dessus.

Et il songea : Oui, bien sûr, c'est ça, j'ai reçu une balle, je n'ai pas été transpercé par une lance de glace.

Paige se redressa et leva le Mossberg. Il entendit deux coups de feu extrêmement bruyants, au contraire de la balle discrète qui l'avait fait choir sur les briques.

Curieux, il tourna la tête pour voir jusqu'où leur infatigable ennemi s'était approché. Il s'attendait à le découvrir en train de courir vers eux, à seulement quelques mètres de là, peu impressionné par le fusil à pompe.

Au lieu de quoi, l'Autre demeurait à bonne distance de l'église, hors de portée de l'arme. C'était une silhouette noire sur un champ blanc, dont le visage trop familier n'était qu'une tache claire dans la lumière grise déchirante. Comme il oscillait d'avant en arrière, maigre et rapide, il évoquait un loup traquant un troupeau de moutons, alerte, patient, attendant le moment de suprême vulnérabilité.

En un instant, le poignard de glace devint stylet de feu. Avec la chaleur surgit une douleur affreuse qui fit pousser un cri à Marty. A tout le moins, le concept abstrait d'une blessure par balle se trouvait-il traduit dans un langage concret.

Paige leva à nouveau le Mossberg.

Retrouvant sa clarté d'esprit grâce à la douleur, Marty la retint.

— Ne gaspille pas les munitions. Laisse-le tranquille pour l'instant. Aide-moi à me mettre debout.

— C'est grave ? lui demanda-t-elle, inquiète.

— Je ne vais pas mourir. Rentrons avant qu'il ne décide de nous tirer encore dessus.

Tous deux franchirent la porte et pénétrèrent dans le narthex, où l'obscurité n'était percée que de minces rais de lumière qui filtraient par la porte entrouverte et les vitraux brisés.

Les filles pleuraient, Charlotte plus fort qu'Emily. Marty tenta de les rassurer.

— Tout va bien, je vais bien, ce n'est qu'une égratignure. J'ai juste besoin d'un bon pansement, avec un dessin de Snoopy dessus, et je me sentirai beaucoup mieux.

En vérité, son bras gauche était à moitié engourdi. Il ne pouvait qu'à peine le remuer. Serrer le poing lui était impossible.

Paige retourna dans l'entrebâillement de la porte, où le vent sifflait, grondait. Elle observa l'Autre.

Tentant de déterminer la gravité de sa blessure, Marty glissa la main droite à l'intérieur de son blouson et explora son épaule gauche. La moindre pression déclencha une flambée de douleur qui le fit grincer des dents. Son pull en laine était trempé de sang.

— Emmène les petites plus loin, chuchota Paige, quoique leur ennemi n'eût pu l'entendre de l'extérieur, avec la tempête. A l'autre bout de l'église.

— Qu'est-ce que tu racontes ?

— Je vais l'attendre ici.

Les filles protestèrent.

— Non, maman.

— Il faut que tu viennes avec nous, maman.

— Je t'en prie, maman.

— Tout ira bien, assura Paige. Je ne risque rien. Ce sera parfait. Vous ne comprenez pas ? Quand ce salopard sentira que tu t'éloignes, Marty, il rentrera dans l'église. Il pensera qu'on est restés ensemble. (Tout en parlant, elle remit deux cartouches dans le magasin du Mossberg.) Il ne s'attend pas à ce que je le reçoive ici même.

Marty se rappela avoir eu la même discussion auparavant, au refuge, quand elle avait voulu sortir se dissimuler dans les rochers. Son plan n'avait pas fonctionné, mais cela n'en atténuait pas la valeur. L'autre était passé devant elle, visiblement inconscient de sa présence. S'il ne s'était pas conduit de manière aussi impulsive, s'il n'avait pas jeté la jeep droit sur la maison, Paige aurait pu se glisser jusqu'à lui et le descendre par-derrière.

Pourtant, Marty n'avait aucune envie de la laisser seule près de la porte. Mais ils n'avaient pas le temps de discuter : sa blessure n'allait sans doute pas tarder à saper les forces qui lui restaient. D'autre part, il n'avait pas de meilleur plan à proposer.

Dans l'obscurité, il reconnaissait à peine le visage de Paige.

Il espérait ne pas le voir pour la dernière fois.

Il poussa Charlotte et Emily hors du narthex, jusque dans la nef. Un parfum de poussière et d'humidité s'y élevait, ainsi que l'odeur des animaux qui nichaient là depuis que les fidèles étaient partis reprendre leur existence brisée au lieu d'aller s'asseoir à la droite de Dieu.

Du côté nord, le vent furieux projetait de la neige par l'ouverture béante des vitraux. Si l'hiver avait eu un cœur, inanimé et sculpté dans la glace, il n'eût su être plus froid que cet endroit. La mort elle-même n'eût pu être plus arctique.

— J'ai les pieds gelés, se plaignit Emily.

— Chut, fit Marty. Je sais.

— Moi aussi, murmura Charlotte.

— Je sais.

Avoir à déplorer une chose aussi ordinaire les aidait à trouver la situation moins étrange, moins effrayante.

— Vraiment frigorifiés, ajouta Charlotte.

— Continuez à avancer. Jusqu'au bout.

Aucun d'eux ne portait de bottes, seulement des chaussures de sport. La neige avait détrempé le tissu, s'était logée dans tous les interstices et changée en glace. Marty supposa qu'ils n'auraient pas à se préoccuper tout de suite des engelures : elles mettaient un moment à se former. Ils risquaient fort d'être morts avant d'en souffrir.

Des ombres pendaient tels des drapeaux dans toute la nef, mais celle-ci était plus claire que le narthex. Des vitraux à double lancette, depuis longtemps déchargés de leur fardeau de verre, s'ouvraient des deux côtés et s'élevaient presque jusqu'au plafond voûté. Il passait assez de lumière pour révéler les rangées de bancs, la longue allée centrale menant à la balustrade du chœur, la grande tribune de la chorale et même une partie du maître-autel, tout au bout.

La luminosité la plus vive émanait des profanations commises par les vandales, qui avaient étalé ici leurs obscénités avec plus de profusion qu'à l'extérieur. Marty avait soupçonné la peinture d'être fluorescente dès qu'il l'avait découverte. De fait, dans un environnement plus sombre, les serpentins diffusaient des lueurs orangées, bleues, vertes et jaunes qui se chevauchaient, s'enchevêtraient, au point qu'on eût pu les prendre pour de véritables serpents sinuant sur les murs.

Tendu, l'écrivain guettait les inévitables coups de feu.

Le portillon de la balustrade avait disparu.

— Continuez, pressa-t-il les filles.

Tous trois s'avancèrent jusqu'à l'estrade de l'autel, d'où avaient été ôtés les objets cérémoniels. Sur le mur du fond était accrochée une croix en bois de dix mètres de haut, couverte de toiles d'araignées.

Le bras de Marty, quoique engourdi, lui semblait grotesquement enflé. La douleur prenait toute l'épaule. Il avait la nausée — mais ignorait si c'était là un effet de la perte de sang, de sa peur pour Paige ou de la bizarrerie de l'église.

Paige s'éloigna de l'entrée pour se placer dans une zone du narthex qui demeurerait obscure même si la porte s'ouvrait en grand.

Les yeux fixés sur l'entrebâillement, elle distingua des mouvements fantômes dans la lumière grise, floue, et la neige tourbillonnante. A plusieurs reprises, elle leva puis rabaissa son arme. Chaque fois que l'instant de la confrontation semblait arrivé, elle retenait involontairement son souffle.

Elle n'eut pas à patienter longtemps. L'Autre entra au bout de trois à quatre minutes — et ne se montra pas aussi circonspect qu'elle s'y attendait. Ayant apparemment senti le mouvement de Marty vers l'autre bout du bâtiment, il se déplaçait avec confiance, sans se dissimuler.

Comme il franchissait le seuil, se découpant dans la lumière déclinante, Paige visa le centre de son torse. L'arme, qui tremblait entre ses mains avant même qu'elle ne pressât la détente, tressauta sous l'effet du recul. Immédiatement, la jeune femme fit passer une nouvelle cartouche dans la chambre et tira une deuxième fois.

Le premier coup atteignit sa cible de plein fouet, mais le second endommagea probablement plus l'encadrement de la porte que le tueur, car celui-ci recula à l'extérieur pour se mettre hors de portée.

Paige était sûre de lui avoir infligé une blessure grave. Pourtant, il n'avait pas hurlé de douleur, aussi s'approcha-t-elle de la porte avec autant d'espoir que de précautions — pensant découvrir un cadavre sur les marches.

Il avait disparu et, d'une certaine manière, ce n'était pas non plus une surprise. La manière dont il avait opéré cet escamotage ultrarapide restait cependant si mystérieuse que la jeune femme se détourna et leva la tête pour observer la façade de l'église, comme si l'Autre avait pu escalader cette paroi verticale avec une agilité d'araignée.

Elle pouvait relever ses traces dans la neige et tenter de le traquer. Sans doute était-ce d'ailleurs ce qu'il aurait aimé qu'elle fît.

Effrayée, elle rentra dans l'église en courant.

Les tuer, les tuer tous, les tuer tout de suite.

Des plombs. Dans la gorge, au creux de sa chair, abrasifs. Sur le côté du cou. De petites billes dures enchâssées dans sa tempe gauche. Son oreille gauche déchiquetée, sanglante. Une acné métallique hérisse de boutons sa joue gauche, son menton. Il a la lèvre inférieure déchirée. Les dents cassées et fêlées. Il crache des plombs. Une douleur écarlate le torture mais ses yeux n'ont pas été endommagés. Sa vue est intacte.

Courbé, il longe le côté droit de l'église dans un crépuscule si plat, si gris, si enveloppé dans une gaze de neige, qu'il ne projette pas d'ombre. Pas d'ombre. Pas de femme, pas d'enfants, pas de mère, pas de père, morts, pas de vie, volée, utilisée et jetée, pas de miroir dans lequel regarder, pas de reflet pour confirmer sa substance, pas d'ombre, seulement des empreintes dans la neige pour soutenir ses prétentions à l'existence, des empreintes et sa haine, comme Claude Rains dans *L'Homme invisible*, défini par ses empreintes et sa rage.

Il cherche furieusement une entrée, inspectant à la hâte tous les vitraux qu'il dépasse.

Les grands panneaux sont pratiquement privés de verre, mais les barrettes d'acier subsistent, et avec elles une bonne partie du plomb ayant formé les nervures — quoique ce dernier soit tordu en de nombreux endroits, torturé par le climat ou par les mains des vandales, si bien que les contours des symboles religieux et des silhouettes sont méconnaissables. Ne subsistent à leur place que des formes monstrueuses, aussi dépourvues de sens que celles qui bordent une chandelle à demi brûlée.

L'avant-dernier vitrail a perdu encadrement d'acier, meneaux et nervures. Le bloc de granit qui en constitue la base s'étend à un mètre cinquante au-dessus du sol. Le tueur se hisse dessus avec une agilité de gymnaste et s'accroupit sur le large appui. Son regard plonge au sein d'innombrables ombres, enchevêtrées d'étranges courants lumineux orangés, jaunes, verts et bleus, radieux.

Un enfant hurle.

Tandis qu'elle courait dans l'allée centrale de l'église défigurée par les graffiti, Paige avait l'étrange sensation de se trouver au fond de l'eau, sous un climat tropical, dans une crique des Caraïbes, au sein de cavernes de corail à la luminescence crue, où des algues équatoriales agitaient de tous côtés leurs bras pelucheux et éclatants.

Charlotte hurla.

Paige avait atteint la balustrade. Elle pivota pour faire face à la nef. Déplaçant le Mossberg de gauche à droite, paniquée, elle aperçut l'Autre alors même qu'Emily criait.

— A la fenêtre ! Tire-lui dessus !

Il était effectivement accroupi dans l'encadrement d'un vitrail du mur sud, silhouette sombre à l'attitude presque inhumaine dans la lumière déclinante, se découpant sur la blancheur de la neige. Les épaules affaissées, la tête basse, les bras ballants, il ressemblait à un singe.

Les réflexes de la jeune femme furent rapides. Elle appuya sur la détente sans la moindre hésitation.

Même si la distance n'avait pas joué en sa faveur, il s'en fût sorti sans mal, car il bougea au moment où elle faisait feu. Avec la grâce fluide d'un loup, il sembla *couler* de l'appui jusqu'au sol.

Les murs sont parsemés de hiéroglyphes extraterrestres luisants.

Il est dans la base de l'ennemi.

Étrange et inconnue. Hostile et inhumaine.

Il a très peur, mais sa peur ne fait qu'alimenter sa rage.

Il se hâte vers le fond de la pièce, puis se dirige vers la porte par laquelle ils ont disparu.

Une lumière aussi épaisse qu'une soupe de poisson tombait de fenêtres invisibles qui surmontaient l'escalier en spirale.

Les bâtiments auxquels se rattachait l'église comportaient un étage. Il était fort possible qu'il existe un passage reliant l'un d'eux et cet escalier, mais Marty ignorait totalement où ils allaient arriver. Pour cette raison, il regrettait presque de ne pas avoir pris la porte menant dehors.

L'engourdissement de son bras, toutefois, le handicapait gravement ; la douleur dans son épaule, qui empirait de minute en minute, lui dérobait une grande partie de son énergie. Le bâtiment, non chauffé, était aussi froid que le monde extérieur mais les abritait du vent. Entre sa blessure et la tempête, il ne pensait pas qu'il aurait pu tenir longtemps.

Les filles grimpaient devant lui.

Paige fermait la marche, s'inquiétant à voix haute de la porte, au bas des marches. Comme celle de la sacristie, elle ne possédait pas de serrure. La jeune femme avançait à reculons, marche après marche, protégeant leurs arrières.

Ils atteignirent bientôt un vitrail polylobé, profondément enfoncé dans le mur, source du maigre éclairage plus bas. Une bonne partie du verre aux couleurs vives était encore intacte. Tout aussi lugubre, la lumière qui baignait l'escalier, au-dessus d'eux, provenait sans doute d'un autre vitrail, de la même taille et du même type.

Plus ils montaient, plus Marty ralentissait et plus il s'essoufflait, comme s'ils étaient parvenus à une altitude où la teneur en oxygène de l'air diminuait dramatiquement. La douleur dans son épaule gauche s'intensifiait et sa nausée augmentait.

Les murs de plâtre tachés, les marches de bois gris et la lumière blême lui rappelaient de déprimants films suédois des années cinquante et soixante, des films qui parlaient de désespoir, de résignation et de destins tragiques.

Au début, il n'avait pas eu besoin, pour progresser,

de la rampe. Elle lui devint toutefois vite une béquille nécessaire. Au bout d'un temps terriblement court, il se rendit compte qu'il ne pouvait plus se fier uniquement à ses jambes, de plus en plus tremblantes, et qu'il devait se hisser en s'aidant de son bras droit.

Lorsqu'ils arrivèrent au deuxième vitrail polylobé, avec encore des marches et de la luminosité grise au-dessus d'eux, Marty comprit où ils se trouvaient : dans un clocher.

L'escalier ne les mènerait pas à un passage communiquant avec l'étage d'un autre bâtiment, car ils avaient déjà dépassé cette hauteur. Chaque marche supplémentaire était une acceptation irréversible de leur unique option.

Sa main valide serrée autour de la rampe, Marty, pris de vertiges, craignant de perdre l'équilibre, s'arrêta pour prévenir Paige qu'ils feraient mieux de redescendre. Peut-être le fait de monter à reculons l'avait-il empêchée de réaliser la nature du piège.

Avant qu'il ne pût parler, la porte du bas, invisible depuis les premiers virages de l'escalier, s'ouvrit en grinçant.

Il a une dernière pensée claire : il réalise qu'il ne possède plus le .38 Chief's Special, qu'il doit l'avoir perdu après s'être fait tirer dessus à l'entrée de l'église, l'avoir lâché dans la neige et ne pas s'en être rendu compte jusqu'à maintenant. Même s'il savait où chercher, il n'aurait pas le temps nécessaire. Désormais, son arme principale est son corps : ses mains, ses talents meurtriers et sa force exceptionnelle. Sa haine féroce est également une arme, car elle le pousse à prendre tous les risques, à affronter un danger extrême et à supporter de cruelles souffrances qui incapaciteraient un homme ordinaire. Mais il n'est pas ordinaire. Il est un héros, il est le jugement et la vengeance, il est la fureur destructrice de la justice, le vengeur d'une famille exterminée, le fléau de toutes les créatures qui ne sont pas de ce monde mais voudraient le faire leur, le sauveur de l'humanité. C'est là sa raison d'exister. Sa vie a enfin un sens et un but : sauver le monde de cette menace inhumaine.

Juste avant l'ouverture de la porte, les marches étroites rappelaient à Paige celles de phares vus au cinéma. Cette image lui fit réaliser qu'ils se trouvaient dans le clocher. Et puis la porte s'ouvrit, en bas, hors de vue, et ils n'eurent d'autre choix que de continuer jusqu'au sommet.

Elle envisagea brièvement de se ruer en avant, pour ouvrir le feu sur son ennemi. Mais s'il l'entendait descendre, il aurait la possibilité de retourner dans la sacristie, où la chape obscure du crépuscule se changeait en obscurité, où il pourrait la traquer dans les ténèbres — et l'attaquer quand son attention serait détournée vers le mauvais écheveau d'ombres.

L'attendre était aussi une option, le laisser venir à elle et lui faire sauter la cervelle dès qu'il serait en vue. Toutefois, s'il la repérait, il ne pourrait pas la manquer dans un espace aussi étriqué. Elle risquait de mourir avant d'avoir pu presser la détente, ou, au mieux, de tirer dans le plafond alors même qu'elle s'effondrerait, ne blessant que du plâtre.

Elle revit la silhouette noire et la souplesse extraordinaire avec laquelle elle s'était déplacée. Les sens de l'Autre devaient être plus aiguisés que les siens. Se poster en embuscade dans l'espoir de le surprendre était sans doute une mauvaise idée.

Elle continua de monter à reculons, tentant de se convaincre qu'ils occupaient la meilleure position possible, défendant un terrain élevé contre un ennemi auquel n'était autorisée qu'une approche frontale. La plate-forme supérieure du clocher serait vraisemblablement une retraite imprenable.

Baigné par les douleurs de l'inanition, transpirant de besoin et de rage, tandis que de petits plombs s'éjectent un à un de sa chair, il guérit marche après marche — mais à quel prix ? Sa graisse est consumée. Une portion de ses tissus musculaires et de sa masse osseuse, même, est sacrifiée à la guérison terriblement accélérée de ses blessures. Il serre les dents, oppressé par le besoin compulsif de mâcher, de mâcher et d'avaler, de déchirer, de déchiqueter, de se nourrir, de se nourrir, même s'il ne dispose pas du moindre aliment pour satisfaire les terribles spasmes qui le secouent.

Au sommet du clocher, les degrés aboutissaient à une pièce qui prenait la moitié de l'étage. Une porte donnait sur une plate-forme exposée de trois côtés aux éléments. Charlotte et Emily l'ouvrirent sans difficulté et se hâtèrent de la franchir.

Marty les suivit. Il était terriblement faible mais encore plus étourdi. Sa main se crispa sur l'encadrement de la porte, puis sur le haut d'un muret de béton lui arrivant à la taille — le parapet qui entourait la plate-forme.

Avec le vent glacé, la température devait être d'environ vingt degrés au-dessous de zéro. Il grimaça quand la bise amère lui fouetta le visage, et n'osa songer au froid qu'elle lui communiquerait dix minutes ou une heure plus tard.

Même si Paige avait encore assez de munitions pour empêcher l'Autre de les rattraper, ils ne survivraient pas toute la nuit.

Si les bulletins météorologiques se révélaient corrects, si la tempête se prolongeait jusqu'à l'aube et au-delà, ils ne pourraient utiliser le Mossberg pour attirer l'attention sur eux avant le matin. Le vent disperserait l'écho du coup de feu avant que ce bruit révélateur ne franchît les limites de la propriété.

La plate-forme mesurait quatre mètres de côté, était carrelée et munie de dalots pour évacuer l'eau de pluie. Deux poteaux d'environ deux mètres de haut, plantés au sommet du muret, soutenaient un toit pointu avec l'aide du mur plein, côté est.

Il n'y avait pas de cloche dans le beffroi. Quand Marty leva les yeux vers les profondeurs obscures, il aperçut les formes noires de ce qui devait être des haut-parleurs, par lesquels un son de cloche enregistré avait naguère été diffusé.

De plus en plus blanche à mesure que le jour s'obscurcissait, semblait-il, la neige pénétrait en oblique dans le clocher, poussée par le vent de nord-ouest. Une petite congère se formait à la base du mur sud.

Les filles avaient fui directement du côté ouest, aussi loin que possible de la porte, mais Marty se sentait trop peu assuré pour couvrir même cette courte distance sans assistance. Comme il contournait la plate-forme pour les rejoindre, la main droite sur le parapet, les carreaux du sol lui semblèrent glissants, bien qu'ils fussent conçus pour l'être moins une fois humides.

Il commit l'erreur de baisser les yeux sur le manteau de neige phosphorescente qui couvrait le sol, six ou sept étages en contrebas. Cette vision lui valut une telle attaque de vertige qu'il faillit perdre connaissance, avant de détourner la tête au dernier moment.

Quand il arriva auprès de ses filles, l'écrivain était plus nauséeux que jamais. Il frissonnait si fort que toute tentative d'élocution se fût traduite par une chaîne de sons tremblants ne rappelant que vaguement des mots. Aussi glacé qu'il fût, la sueur coulait le long de son dos. Le vent mugissait, la neige tourbillonnait, la nuit tombait et le clocher semblait tourner à l'instar d'un carrousel.

Sa blessure l'élançait dans tout le torse, jusqu'à ce que le point d'impact ne fût plus que le centre d'une souffrance plus généralisée qui palpitait à chacun de ses battements de cœur emballés. Il se sentait sans défense, inopérant et se maudissait d'être aussi inutile au moment même où sa famille avait le plus besoin de lui.

Paige était restée de l'autre côté de la porte, sur le palier couvert, fixant les marches.

Les flammes qui jaillirent du canon de l'arme firent danser les ombres. La détonation et ses échos résonnèrent dans le clocher. De l'escalier monta un rugissement aigu de douleur et de rage, à peine humain, suivi immédiatement par un deuxième coup de feu et d'autres cris perçants, bestiaux.

Marty retrouva l'espoir — puis le perdit l'instant d'après, quand lui parvint le hurlement de Paige.

Le long du mur incurvé, marche après marche, brûlant de faim, empli de feu, son corps chauffé à blanc, torturé par le besoin, attentif au moindre bruit, montant de plus en plus haut dans l'obscurité, se consumant de l'intérieur, fulminant, désespéré, et poussé — poussé par le besoin puis par la vision de la chose, la chose-Paige qui se découpe au-dessus de lui, sur le pâlier, la chose-Paige, répugnante et meurtrière, semence extraterrestre. Il croise les bras au-dessus de sa tête pour se protéger les yeux et absorbe la première décharge, un millier d'épines de souffrance. Il est martelé, presque renvoyé en arrière dans l'escalier, flageolant sur ses talons, les bras un instant paralysés, sanglant et déchiré, se consumant de besoin, de besoin, de sa douleur intérieure, plus forte que l'autre, *bouger, bouger, affronter, défier, lutter et remporter la victoire.* Puis il se lance en avant, lâche un hurlement involontaire. Le second coup le frappe à la poitrine comme un marteau-pilon. Son cœur manque un battement, puis un autre, les ténèbres se referment sur lui, son cœur tressaute à nouveau, son poumon gauche explose tel un ballon — plus de souffle et du sang dans sa bouche. La chair se déchire, le sang jaillit, la chair se referme, le sang ne fait plus que suinter. Il inhale, inhale et monte toujours, monte vers la femme, n'ayant jamais connu de telle douleur, un univers de souffrance, un chaudron de feu, de la lave dans ses veines, un cauchemar de faim dévorante. Il recule les limites de son corps miraculeux, vacille au bord de la mort.

Il percute la chose-Paige, la repousse, s'empare de l'arme, la lui arrache et la jette de côté avant de tendre les mains vers la gorge, le visage, qu'il griffe, qu'il mord. Elle le repousse mais il a besoin de son visage, de son visage, de ce visage pâle et lisse, viande extraterrestre, aliment pour apaiser le besoin, le besoin, le terrible et éternel besoin qui le consume.

L'Autre arracha à Paige le fusil à pompe, s'en délesta, se jeta sur elle pour la repousser en arrière.

La plate-forme du clocher semblait plus éclairée par la phosphorescence naturelle de la neige que par la lumière rapidement déclinante du jour moribond. Marty constata que l'Autre avait été affreusement blessé et qu'il avait subi d'étranges métamorphoses — qu'il les subissait encore —, quoique le crépuscule masquât les détails du changement.

Paige bascula en arrière sur le sol. L'Autre se laissa tomber sur elle tel un prédateur sur sa proie, lui lacérant son blouson, poussant un sifflement d'excitation, retroussant les lèvres avec la férocité d'un animal sauvage sorti des forêts.

C'était une chose, maintenant, ce n'était plus un homme. Un phénomène terrible, sinon identifiable, était en train de le consumer.

Galvanisé par le désespoir, Marty puisa en lui une dernière réserve de force. Il surmonta un étourdissement proche de la désorientation totale et balança un coup de pied à la chose haineuse qui voulait lui prendre sa vie. Il la toucha en pleine tête. Bien qu'il portât des mocassins, l'impact fut colossal, fit voler en éclats la glace qui s'était formée sur la chaussure.

L'Autre hurla, lâcha Paige et roula contre le mur sud, mais se releva aussitôt à genoux — puis se mit debout, rapide comme un chat, imprévisible.

Alors qu'il roulait encore sur lui-même, Paige s'empressa auprès des enfants et les fit passer derrière elle.

Marty bondit vers le Mossberg qui gisait à quelques centimètres de la porte ouverte. Il se pencha et, de la main droite, le saisit par le canon.

Paige et une des filles hurlèrent pour l'avertir.

Il n'eut pas le temps d'introduire une cartouche dans l'arme. Il pivota en poussant un cri sauvage proche de ceux qu'avait émis son adversaire, et abattit le fusil à la manière d'un gourdin.

La crosse frappa l'Autre au côté gauche, pas assez fort pour lui briser les côtes. Marty n'avait pu manier l'arme que d'une main, et la force du coup se répercuta en lui, lui faisant plus mal qu'à son adversaire. La douleur fulgura dans sa poitrine.

Son sosie lui arracha le Mossberg mais ne chercha pas à s'en servir, comme s'il avait atteint un état primitif dans lequel il ne reconnaissait plus en l'arme autre chose qu'un bâton. Il la projeta par-dessus le parapet, l'envoyant tourbillonner dans la nuit enneigée.

Le mot « sosie » n'était d'ailleurs plus applicable. L'écrivain reconnaissait encore certains aspects de lui-même en cette enveloppe déformée mais, même dans le crépuscule épais, nul n'eût pu les prendre pour des frères. Ce n'étaient pas les blessures qui faisaient l'essentiel de la différence. Le visage blafard paraissait étrangement maigre et pointu, les os trop proéminents, les yeux profondément enfoncés dans des cernes : l'ensemble avait une apparence cadavérique.

Le Mossberg tournoyait encore dans le vide quand la chose se précipita vers Marty et le repoussa contre le mur nord. Ses reins percutèrent le muret de béton avec une telle force que le peu d'énergie qu'il avait réussi à épargner lui échappa.

L'Autre le saisit à la gorge. Reconstitution de ce qui s'était produit sur la mezzanine, la veille, à Mission Viejo. Le pliant en arrière comme au-dessus de la balustrade. Cette fois la chute serait plus longue, dans une obscurité plus profonde que la nuit, dans un froid plus intense que les tempêtes hivernales.

Les mains sur sa gorge ne lui semblaient pas du tout être des mains. Elles étaient aussi dures que les mâchoires métalliques d'un piège à ours. Et chaudes, si chaudes qu'elles le brûlaient presque.

La chose ne tentait pas seulement de l'étrangler mais aussi de le mordre, comme elle avait voulu mordre Paige, se détendant à la manière d'un serpent, sifflant. Un grondement sourd couvait au fond de sa gorge. Ses dents se refermèrent en claquant à deux centimètres du visage de Marty. Son souffle était épais et nauséabond. La puanteur de la putréfaction. L'écrivain avait l'impression que son adversaire allait le dévorer, s'il le pouvait, lui ouvrir la gorge et boire son sang.

La réalité dépassait l'imagination.

Toute raison s'enfuyait.

Les cauchemars étaient réels. Les monstres existaient.

De sa main valide, il saisit une poignée de cheveux et tira de toutes ses forces, éloignant de lui la tête de son adversaire, décidé à maintenir les dents éclatantes à bonne distance.

Les yeux de la chose luisaient et roulaient dans leurs orbites. Une salive écumante s'envolait de ses lèvres lorsqu'elle hurlait.

La chaleur se répandait hors de son corps — comme le vinyle d'un siège de voiture longtemps exposé au soleil d'été.

Lâchant la gorge de Marty mais continuant de le plaquer contre le parapet, l'Autre tendit le bras en arrière et agrippa la main qui avait empoigné sa chevelure. Des doigts osseux, inhumains. Des griffes solides. Il semblait dépourvu de chair, fragile — et pourtant de plus en plus déchaîné, de plus en plus fort. Il faillit briser les os de l'écrivain avant que celui-ci ne lâchât prise. Puis, tournant la tête de côté, il lui mordit l'avant-bras, déchira la manche du blouson mais pas la chair. Déchira encore. Il planta les dents dans la main de Marty, qui hurla. La chose empoigna son blouson et le décolla du parapet alors qu'il tentait de se pencher au-dessus du vide pour lui échapper. Elle essaya de lui mordre le visage — les dents claquant à quelques millimètres de sa joue —, prononça d'une voix rauque un seul mot torturé : *Besoin*, et s'efforça de le mordre à nouveau, de lui mordre les yeux.

— Sois en paix, Alfie.

Marty enregistra ces mots mais ne disposa pas tout d'abord d'une clarté d'esprit suffisante pour réaliser ce qu'ils signifiaient, ni pour se rendre compte qu'il n'avait jamais entendu cette voix auparavant.

L'Autre renversa la tête comme pour lancer un dernier assaut contre le visage de l'écrivain. Toutefois, il conserva cette posture, les yeux fous, son visage squelettique aussi lumineux que la neige, les babines retroussées, agitant la tête de droite et de gauche, produisant des petits sons inarticulés. On eût dit qu'il ne savait pas exactement pourquoi il hésitait.

Marty aurait dû en profiter pour lui envoyer un coup de genou dans le bas-ventre, tenter de le repousser vers le muret opposé, le faire basculer par-dessus. Il savait très bien quoi faire, le voyait avec ses yeux d'écrivain — un passage d'action complet, tiré d'un roman ou d'un film —, mais il n'avait plus de force. La douleur de sa blessure, de sa gorge et de sa main s'enflait à nouveau. L'étourdissement et la nausée le submergeaient, il allait perdre connaissance.

— Sois en paix, Alfie, répéta la voix, plus ferme.

Tenant toujours un Marty impuissant dans son étreinte féroce, l'Autre tourna la tête vers l'arrivant.

Le faisceau d'une torche surgit, dirigé vers le visage de la créature.

Clignant des yeux, Marty aperçut un colosse, au torse aussi large qu'une barrique, ainsi qu'un homme plus petit en combinaison de ski noire. Des inconnus.

Ils manifestaient une certaine surprise, mais ni le choc ni l'horreur que Marty eût attendus.

— Bon Dieu ! jura le plus petit. Qu'est-ce qui lui arrive ?

— Fusion métabolique, répondit son compagnon.

— Bon Dieu !

L'écrivain jeta un coup d'œil vers le mur ouest du beffroi, où Paige était accroupie auprès des enfants qu'elle abritait de ses bras, pressant leur tête contre sa poitrine pour les empêcher de voir la créature.

— Sois en paix, Alfie, répéta le petit homme.

D'une voix torturée par la rage, la douleur et la confusion, l'Autre articula.

— Mon Père, mon Père, mon Père !

Toujours maintenu avec fermeté, Marty reporta son attention sur la chose qui lui avait naguère ressemblé.

Le visage éclairé par la torche était plus hideux qu'il ne l'avait paru dans l'obscurité. Des fumerolles s'en échappaient par endroits, confirmant la sensation de chaleur ressenti par l'écrivain. Des dizaines d'impacts de plombs marquaient un côté de la tête, mais ils ne saignaient pas — ils semblaient en fait plus qu'à demi guéris. Sous les yeux de Marty, une petite sphère grise s'extirpa de la tempe de la créature et glissa le long de sa joue, laissant derrière elle une fine traînée de fluide jaunâtre.

Les blessures étaient ses traits les moins répugnants. Malgré la force physique qu'il possédait toujours, il était aussi décharné qu'un cadavre sorti de son cercueil après avoir passé un an sous terre. La peau était tendue sur les os du visage. Les oreilles recroquevillées n'étaient plus que des nœuds de cartilage dur plaqués contre le crâne. Les lèvres dessiquées s'étaient rétractées sur les gencives, rendant les dents plus proéminentes, créant l'illusion d'un museau en formation et d'une cruelle mâchoire de prédateur.

C'était la Mort personnifiée, la grande faucheuse, dépourvue de sa robe noire volumineuse et de sa faux, en route pour un bal masqué dans un costume de peau si fin et si bon marché qu'il ne convainquait pas un seul instant.

— Mon Père ? répéta-t-il, fixant l'inconnu à la combinaison de ski. Mon Père ?

Avec insistance.

— Sois en paix, Alfie.

Le nom « Alfie » convenait si peu à la grotesque apparition qui le maintenait toujours que Marty supposa l'arrivée des deux hommes fruit d'une hallucination.

L'Autre se retourna et considéra à nouveau l'écrivain d'un regard noir, semblant se demander ce qu'il devait faire.

Puis il abaissa sa face de cadavre, inclinant la tête sur le côté, comme curieux.

— Ma vie ? Ma vie ?

Marty ne comprenait pas ce qu'on lui réclamait. Il était si faible, en raison de la perte de sang, du choc ou des deux, qu'il ne put que repousser faiblement son adversaire, de la main droite.

— Lâche-moi !

— Besoin, dit la chose. Besoin, besoin, *besoin*, *besoin*, *BESOIN*, *BESOOOOIIINN*.

Sa voix monta dans les aigus jusqu'à devenir couinement. Ses lèvres s'écartèrent largement en un sourire dépourvu d'humour et il frappa Marty au visage.

Un coup de feu retentit. L'Autre rejeta la tête en arrière. Comme il le lâchait, l'écrivain glissa le long du parapet. Le cri de fureur démoniaque que poussa la créature arracha des hurlements de terreur assourdis à Charlotte et à Emily.

Le tueur pressa ses mains squelettiques sur son crâne brisé, comme s'il tentait de retenir en lui sa substance.

Le faisceau de la lampe oscilla, le trouva.

Les fissures de l'os se ressoudaient. Le trou laissé par la balle commençait à se refermer, repoussant le projectile à l'extérieur. Mais le prix de cette guérison miraculeuse devint évident quand le crâne commença à se modifier de manière plus radicale, rapetissant, ressemblant à celui d'un loup, comme si les os s'étaient fondus et resolidifiés sous l'étui de peau serré, comme si le corps avait emprunté de la matière à un endroit pour réparer les dégâts causés ailleurs.

— Il est en train de se dévorer pour refermer sa blessure, remarqua le colosse.

De la fumée s'élevait encore du monstre, qui se mit à arracher ses vêtements comme s'il n'avait plus supporté la chaleur.

Le petit homme tira à nouveau. Au visage.

Se tenant toujours la tête, l'Autre chancela sur la plate-forme, heurta le parapet et faillit tomber dans le vide.

Il s'effondra à genoux, se débarrassant de ses vêtements déchirés comme des lambeaux d'un cocon, se remettant en mouvement, sur le ventre, revêtu d'une forme plus inquiétante et totalement inhumaine qui se tortillait, tressautait.

Il ne hurlait plus, ne sifflait plus. Il sanglotait. Malgré son apparence de plus en plus monstrueuse, ces pleurs le rendaient moins menaçant, voire pitoyable.

Sans hésiter, l'homme armé s'avança et tira une troisième fois.

Les sanglots faisaient frissonner Marty, peut-être parce qu'ils avaient quelque chose d'humain et de pathétique. Trop faible pour se redresser, il se laissa glisser sur le sol, le dos au parapet. Il ne put continuer à regarder la créature animée de soubresauts.

Une éternité s'écoula avant que l'Autre ne devienne totalement immobile, silencieux.

Marty entendit ses filles pleurer.

A regret, il tourna les yeux vers le corps qui gisait juste en face de lui, de l'autre côté de la plate-forme, baigné par l'impitoyable faisceau de la torche. Le cadavre était un puzzle d'os et de chair luisante, la plus grande partie de sa substance ayant été consumée par sa volonté frénétique de se réparer et de demeurer en vie. Les restes tordus et déchiquetés évoquaient plus quelque forme de vie extra-terrestre que l'humanité.

Le vent soufflait.

La neige tombait.

Un froid intense s'était abattu.

Au bout de quelques instants, l'homme à la combinaison de ski se détourna du cadavre et s'adressa au colosse :

— Un vrai garnement.

Son compagnon ne répondit pas.

Marty voulait les interroger, savoir qui ils étaient. Il avait toutefois tellement de peine à rester conscient qu'il craignit de perdre connaissance s'il faisait l'effort de parler.

— Qu'est-ce que tu penses de cette église ? demanda le petit homme au colosse. Aussi bizarre que tout ce qu'ont découvert Kirk et son équipage, hein ? Ces obscénités qui brillent sur les murs ! Ça va rendre notre petit scénario encore plus convaincant, tu ne crois pas ?

Bien qu'il se sentît aussi ivre que s'il avait bu, et bien qu'il peinât pour ordonner ses pensées, Marty eut alors confirmation de ce qu'il avait soupçonné à l'arrivée des deux hommes : ce n'étaient pas des sauveurs, simplement de nouveaux exécuteurs — et à peine moins mystérieux que l'Autre.

— Tu vas le faire ? demanda le plus grand.

— Ce serait trop la galère de les ramener au refuge. Tu ne trouves pas que cette église bizarroïde constitue encore un meilleur décor ?

— Il y a beaucoup de choses que j'aime, chez toi, Drew, affirma le colosse.

Son compagnon ne parut pas comprendre. Il essuya la neige que le vent projetait sur ses cils.

— Qu'est-ce que tu racontes ?

— Tu es sacrément malin, quoique tu aies fréquenté Princeton et Harvard. Tu as le sens de l'humour, vraiment, tu me fais bien rire, même quand c'est à mes dépens. Surtout quand c'est à mes dépens.

— Qu'est-ce que tu racontes, bon Dieu !

— Mais tu es un sacré salopard, un vrai malade, acheva le colosse, qui leva son propre pistolet et abattit le petit homme.

Drew, si tel était bien son nom, frappa le sol avec la même force que s'il avait été de pierre. Il atterrit sur le côté, face à Marty. Sa bouche était béante, de même que ses yeux, quoiqu'il eût le regard aveugle et ne semblât rien avoir à dire.

Au centre de son front s'ouvrait un trou sanglant. Tant qu'il put retenir la conscience, Marty observa la blessure, mais elle ne parut pas se refermer.

Le vent soufflait.

La neige tombait.

Un froid intense régnait, et de plus profondes ténèbres.

7.

Marty s'éveilla le front pressé sur du verre froid. Des flocons abondants tourbillonnaient de l'autre côté du carreau.

Ils étaient garés près des pompes, dans une station-service. A travers le rideau de neige, il aperçut un magasin bien éclairé, aux larges fenêtres.

Il éloigna la tête de la vitre et se redressa. Il était installé sur la banquette arrière d'un 4 × 4, une Explorer ou une Cherokee.

Au volant était assis le colosse aperçu dans le clocher, qui le regardait.

— Comment ça va ?

Marty tenta de répondre. Il avait la bouche sèche, la

langue collée au palais et la gorge douloureuse. Le croassement qui lui échappa n'avait rien d'un mot.

— Je pensais bien que ça irait, commenta l'inconnu.

Le blouson de Marty était ouvert. L'écrivain leva une main tremblante pour palper son épaule gauche. Sous le pull en laine trempé de sang, il sentit une masse étrange.

— Un pansement de fortune, expliqua l'homme. J'ai fait de mon mieux avec le temps que j'avais. Dès qu'on sortira des montagnes et qu'on aura franchi la frontière du comté, je nettoierai la blessure et je referai le bandage.

— Fait mal.

— Je n'en doute pas.

Marty ne se sentait pas simplement faible, mais vulnérable. Il vivait par les mots et n'avait jamais manqué de trouver ceux qu'il cherchait quand il en avait eu besoin, aussi jugeait-il frustrant de n'avoir qu'à peine assez d'énergie pour parler.

— Paige ? s'enquit-il.

— Là-dedans, avec les enfants, lui apprit l'inconnu, indiquant la boutique. Les filles sont aux toilettes. Mrs. Stillwater est partie payer et boire un café. Je viens de faire le plein.

— Vous êtes... ?

— Clocker. Karl Clocker.

— Vous l'avez descendu.

— Et comment.

— Qui... qui... était-ce ?

— Drew Oslett. Mais la bonne question est : qu'est-ce qu'il était ?

— Hein ?

Clocker sourit.

— Quoique né d'un homme et d'une femme, il n'était pas tellement plus humain que ce pauvre Alfie. S'il existe une espèce extra-terrestre maléfique quelque part, qui maraude dans la galaxie, elle ne s'attaquera jamais à nous pour peu qu'elle apprenne que nous sommes capables de produire des spécimens tels que Drew.

Clocker conduisait et Charlotte occupait la place du passager. Il l'appelait « Premier Officier Stillwater » et l'avait chargée de « passer son café au capitaine quand il le réclamerait et de se garder d'en renverser, ce qui risquerait de contaminer le vaisseau de manière irréparable ».

Charlotte était inhabituellement calme, peu encline à jouer.

Marty se demanda quelles cicatrices psychologiques avaient pu lui laisser leurs épreuves — et quels soucis ou traumatismes les attendaient encore.

Sur la banquette arrière, Emily était assise derrière Karl Clocker, Marty derrière Charlotte, et Paige entre eux. La cadette, elle, n'était pas simplement calme mais totalement silencieuse — et Marty s'inquiéta également pour elle. Après Mammoth Lakes, sur la route 203, puis sur la 395, en direction du sud, ils avancèrent lentement. Il y avait cinq ou six centimètres de neige sur la chaussée et le blizzard battait son plein.

Clocker et Paige buvaient du café et les filles du chocolat chaud. L'arôme des boissons aurait dû être alléchant, mais il augmenta le malaise de Marty.

On lui permit de boire du jus de pomme. Paige avait acheté un pack de six boîtes.

— C'est la seule chose que vous réussirez à garder dans l'estomac, dit Clocker. Et même si ça vous donne envie de vomir, il faut que vous en buviez autant que possible, parce que, avec votre blessure, vous allez vous déshydrater rapidement.

Marty tremblait tellement que, même de la main droite, il ne put tenir la boîte de jus de fruits sans en renverser. Paige y inséra une paille, la lui tint, et lui essuya le menton quand il bava.

Il se sentait sans défense. N'était-il pas plus gravement blessé qu'on ne le lui avait dit, ou qu'on ne le croyait ?

Il sentait qu'il était en train de mourir — mais il ignorait s'il s'agissait là d'une perception correcte ou de la malédiction que constituait son imagination d'écrivain.

L'air était empli de flocons blancs, comme si le jour n'avait pas simplement cédé la place à la nuit mais s'était brisé en une infinité de morceaux qui voltigeraient à jamais vers le sol, dans une éternelle obscurité.

Par-dessus le frottement des chaînes et le grommellement du moteur, tandis qu'ils descendaient des sierras au milieu d'une file de voitures qui suivait un chasse-neige et une sableuse, Clocker leur parla du Réseau.

C'était une alliance de gens puissants, appartenant au gouvernement, au monde des affaires, à la police et aux médias, rassemblés par la conviction commune que la démocratie occidentale traditionnelle était un système inefficace et fatalement catastrophique pour gérer la société. D'après eux la plupart des citoyens étaient égoïstes, amateurs de sensations fortes, dépourvus de valeurs spirituelles, avares, paresseux, envieux, racistes, et atrocement ignorants de presque tous les sujets importants.

— A leur avis, l'Histoire prouve que les masses ont toujours été irresponsables. Que la civilisation n'a progressé que grâce à la chance et aux efforts diligents de quelques visionnaires.

— Et ils croient cette idée neuve ? demanda Paige, dédaigneuse. Ils n'ont pas entendu parler d'Hitler, de Staline ou de Mao Tsé-toung ?

— Ce qu'ils croient nouveau, précisa le colosse, c'est que nous avons atteint une époque où les fondements technologiques de la société sont devenus tellement complexes, et tellement vulnérables en raison de cette complexité, que la civilisation — la planète elle-même — ne peut survivre si le gouvernement se préoccupe des caprices et des motivations égoïstes des masses électorales pour prendre ses décisions.

— Conneries, commenta Paige.

Marty eût appuyé cette opinion s'il s'était senti assez fort pour prendre part à la discussion. Toutefois, il ne lui restait qu'assez d'énergie pour aspirer le jus de pomme et l'avaler.

— En fait, reprit Clocker, leur truc, c'est la force brutale. La seule chose nouvelle, chez eux, quelles que soient leurs idées, c'est qu'ils travaillent ensemble alors qu'ils appartiennent à différents extrêmes du spectre politique. Les gens qui veulent interdire *Les Aventures d'Huckleberry Finn* dans les bibliothèques et ceux qui veulent interdire les livres d'Anne Rice semblent motivés par des préoccupations différentes, mais ce sont des frères et sœurs spirituels.

— Et comment ! approuva Paige. Et ils partagent la même motivation : contrôler non seulement ce que font les gens, mais encore ce qu'ils pensent.

— Les écologistes les plus radicaux, ceux qui veulent réduire la population mondiale par des mesures sévères en l'espace d'une ou deux décennies, parce qu'ils estiment l'équilibre de la planète menacé, sont d'une certaine manière les alliés de ceux qui veulent la réduire uniquement parce qu'ils la jugent composée de trop de Noirs et de Jaunes.

— Une organisation formée d'extrémistes opposés ne peut pas durer des siècles, observa Paige.

— Je suis d'accord, admit Clocker. Mais s'ils désirent vraiment le pouvoir, le pouvoir total, ils risquent de travailler ensemble assez longtemps pour l'obtenir. Ensuite, quand ils contrôleront tout, ils se tourneront les uns contre les autres et le reste de la population —nous— sera pris entre deux feux.

— Quelle est la taille de cette organisation ? interrogea la jeune femme.

Clocker hésita, puis déclara :

— Importante.

Marty aspirait sa boisson, heureux qu'existât une civilisation permettant la préparation, l'emballage, la vente et la distribution d'un produit aussi bienfaisant que ce jus de pomme frais, sucré.

— Les dirigeants du Réseau estiment que la technologie moderne représente une menace pour l'humanité, expliqua Clocker en diminuant la vitesse des essuie-glaces bruyants, mais ils n'hésitent pas à employer les dernières nouveautés en la matière pour atteindre leurs buts.

« La réalisation d'une armée de clones totalement asservis, pour suppléer policiers et soldats lors du prochain millénaire, n'était que l'un des nombreux programmes de recherche destinés à faciliter la naissance du nouveau monde, mais c'était aussi l'un des premiers à porter ses fruits. Alfie. Le premier individu de la première génération — ou génération Alpha — de clones opérants.

La société étant accablée d'individus aux idées mauvaises qui occupent des postes importants, les tueurs artificiels devaient d'abord être employés à assassiner des chefs d'industrie, des membres du gouvernement, de la presse et du corps enseignant, trop rétrogrades pour être persuadés de changer. Le clone n'était pas une véritable personne mais plus ou moins une machine faite de chair : c'était en conséquence l'assassin idéal. Il ne connaissait aucun de ses créateurs ni ceux qui l'avaient instruit, aussi ne pouvait-il les trahir ni dévoiler la conjuration qu'il servait.

Clocker rétrograda, tandis que la file de véhicules ralentissait sur une côte particulièrement enneigée.

— N'étant pas encombré de religion, de philosophie, de croyances quelconques, d'une famille ou d'un passé, le clone meurtrier a très peu de chances de mettre en doute la moralité de ce qu'il commet, de se créer une conscience ou de faire preuve du moindre libre arbitre susceptible d'interférer avec ses missions.

— On dirait que quelque chose n'a pas bien fonctionné chez Alfie, remarqua Paige.

— Ouais. Et on ne saura jamais exactement pourquoi.

Pourquoi me ressemblait-il ? voulait demander Marty. Au lieu de cela, sa tête roula sur l'épaule de son épouse et il perdit connaissance.

Un labyrinthe de fête foraine. Il cherche frénétiquement une sortie. Ses reflets lui rendent son regard avec colère, envie, haine, sans essayer de reproduire sa propre expression et ses gestes. Ils sortent les uns après les autres des miroirs et le poursuivent, armée de Martin

Stillwater sans cesse grandissante, si semblables à lui de l'extérieur, si sombres et si froids à l'intérieur. Et il y en a devant lui, aussi, à présent, qui tendent les bras depuis les glaces qu'il dépasse et dans lesquelles il se heurte, qui tentent de le saisir, parlant tous d'une seule et même voix : *J'ai besoin de ma vie.*

Les miroirs se brisèrent un par un et il s'éveilla.

La lumière d'une lampe.

Un plafond plongé dans l'ombre.

Un lit.

Le chaud et le froid, les frissons et la sueur.

Il tenta de s'asseoir. En fut incapable.

— Chéri ?

Il eut à peine assez de force pour tourner la tête.

Paige. Sur une chaise. Auprès du lit.

Un autre lit, derrière elle. Des formes sous les couvertures. Les filles. Endormies.

Des rideaux aux fenêtres. La nuit, à leur périphérie. La jeune femme sourit.

— Tu es avec moi, mon chou ?

Il tenta de s'humecter les lèvres. Elles étaient gercées. Il avait la langue sèche, pâteuse.

Paige sortit une boîte de jus de pomme du seau à glace en plastique où elle refroidissait, lui souleva la tête et guida la paille entre ses lèvres.

— Où ? parvint-il à articuler après avoir bu.

— Un motel, à Bishop.

— Assez loin ?

— Pour le moment, il faut que ça suffise, déclara-t-elle.

— Et lui ?

— Clocker ? Il va revenir.

Marty mourait de soif. Sa femme lui redonna du jus de fruits.

— J'ai peur, murmura-t-il.

— C'est inutile. Sois tranquille. Tout va bien, à présent.

— Lui.

— Clocker ? demanda-t-elle.

Il acquiesça.

— On peut lui faire confiance, affirma la jeune femme.

Il espéra qu'elle ne se trompait pas.

Le simple fait de boire l'épuisait. Il se laissa à nouveau aller sur l'oreiller.

Le visage de Paige évoquait celui d'un ange. Il s'effaça lentement.

Il s'échappe du labyrinthe par l'intermédiaire d'un long tunnel obscur. Avec de la lumière à l'autre bout, vers lequel il se hâte. Des pas derrière lui, une légion qui le poursuit, qui gagne sur lui — les hommes sortis des miroirs. La lumière est son salut, la sortie de la baraque foraine. Il débouche hors du tunnel dans la clarté, qui se révèle être le champ de neige devant l'église abandonnée — vers les portes de laquelle il court en compagnie de Paige et des filles. L'autre est derrière eux et un coup de feu claque, une lance de glace lui perce l'épaule, la glace se change en feu, en feu.

La douleur était insupportable.

Sa vue était brouillée par les larmes. Il cligna des paupières, anxieux de savoir où il se trouvait.

Le même lit, la même chambre.

On avait repoussé les couvertures.

Il était nu jusqu'à la taille. Le bandage avait disparu.

Une nouvelle explosion de douleur dans son épaule lui inspira un hurlement. Mais il n'était pas assez fort et le cri qui lui échappa ne fut qu'un « ahhhhhh » étouffé.

Il cligna encore des paupières pour chasser ses larmes.

Les rideaux étaient toujours tirés devant les fenêtres. Sur leur périmètre, le soleil avait remplacé l'obscurité.

Clocker se tenait au-dessus de lui. Lui faisait quelque chose à l'épaule.

Au début, la souffrance étant terrible, il crut que le colosse tentait de le tuer. Puis il vit Paige auprès de lui et sut qu'elle ne permettrait pas qu'on lui fît du mal.

Elle tenta de lui expliquer quelque chose, mais il ne perçut qu'un mot ici et là :

— Poudre de soufre... Antibiotique. Pénicilline...

On lui banda à nouveau l'épaule.

Il regarda Clocker lui faire une injection dans son bras valide. Avec toutes ses autres douleurs, il ne sentit même pas la piqûre de l'aiguille.

Durant un moment, il se retrouva dans le labyrinthe.

Quand il s'éveilla à nouveau, au motel, il vit Charlotte et Emily assises au bord du lit voisin, qui le veillaient. La cadette tenait en main Peepers, le caillou sur lequel elle avait peint deux yeux — son animal familier.

Toutes les deux semblaient terriblement solennelles.

Il parvint à leur sourire.

Charlotte sauta du lit, vint auprès de lui et embrassa son visage en sueur.

Emily l'embrassa également et lui mit Peepers dans la main droite. Il parvint à refermer les doigts autour du caillou.

Plus tard, en sortant d'un sommeil sans rêve, il entendit Clocker et Paige discuter.

— Je ne crois pas qu'il soit sage de le transporter, disait la jeune femme.

— Il le faut, répondait Clocker. Nous ne sommes pas assez loin de Mammoth Lakes, et il n'y a pas tant de routes sur lesquelles nous chercher.

— Vous n'êtes pas sûr qu'on nous cherche.

— C'est vrai, je n'en suis pas sûr. Mais je préfère croire que c'est le cas. Tôt ou tard, quelqu'un se lancera à notre poursuite, et probablement jusqu'à la fin de nos jours.

Marty se rendormit, puis se réveilla, puis se rendormit, et se réveilla à nouveau. Voyant Clocker auprès du lit, il l'interrogea.

— Pourquoi ?

— Éternelle question, commenta le colosse en souriant.

— Pourquoi vous ? reprit Marty, précisant ladite question.

— Vous vous le demandez, bien sûr. Eh bien... Je n'ai jamais été des leurs. Ils ont commis la grave erreur de me prendre pour un véritable croyant. Toute ma vie, j'ai désiré connaître l'aventure, les actes héroïques, mais ils ne se présentaient jamais. Ensuite, il y a eu ça. Je me suis dit que si je jouais le jeu, un jour viendrait où j'aurais une chance d'endommager sérieusement le Réseau, sinon de le vaporiser, boum, comme avec une arme à rayons plasmiques.

— Merci, dit Marty, qui sentait la conscience lui échapper et désirait exprimer sa gratitude pendant qu'il le pouvait encore.

— On n'est pas encore sortis de l'auberge, répondit Clocker.

Quand l'écrivain reprit connaissance, il ne suait ni ne frissonnait plus mais était toujours aussi faible.

Ils roulaient sur une autoroute déserte, au crépuscule. Paige conduisait et lui-même était sanglé sur le siège du passager.

— Ça va? interrogea-t-elle.

— Mieux, dit-il, d'une voix moins trémulante qu'elle ne l'avait été depuis longtemps. J'ai soif.

— Il y a du jus de pomme sur le tapis de sol, entre tes pieds. Je vais chercher un endroit où me garer.

— Non, je peux le prendre, déclara-t-il, sans savoir s'il en était vraiment capable.

Comme il se penchait, tendant la main droite vers le bas, il constata qu'il avait le bras gauche en écharpe. Il parvint à s'emparer d'une boîte et à la dégager du pack de six auquel elle appartenait. Il la serra entre ses genoux, tira sur la capsule et l'arracha.

Le jus était à peine frais, mais il n'avait jamais rien bu de meilleur — en partie parce qu'il avait réussi à s'en saisir sans aide. Il acheva la boîte en trois longues gorgées.

Tournant la tête, il vit Charlotte et Emily vautrées sur la banquette arrière, la ceinture bouclée, plongées dans un profond sommeil.

— Elles ont à peine dormi les deux dernières nuits, expliqua Paige. Elles ont fait des cauchemars. Et elles s'inquiétaient pour toi. Mais j'imagine qu'avoir repris la route les rassure, et le mouvement de la voiture les berce.

— Deux nuits ? s'étonna-t-il, sachant qu'ils s'étaient enfuis de Mammoth Lakes le mardi soir et pensant qu'on était mercredi. Quel jour sommes-nous ?

— Vendredi, répondit Paige.

Il avait déliré pendant presque trois jours.

Par les vitres, il observa les vastes plaines que masquait rapidement la tombée de la nuit.

— Où sommes-nous ?

— Au Nevada. A cinquante kilomètres au sud de Walker Lane. On va prendre l'autoroute 95 vers le nord, jusqu'à Fallon. C'est là qu'on dormira ce soir, dans un motel.

— Et demain ?

— Le Wyoming, si tu t'en sens capable.

— Je m'en sens capable. Je suppose qu'on ne va pas au Wyoming par hasard.

— Karl connaît un endroit où nous pourrons nous installer.

Quand il l'interrogea au sujet de la voiture, qu'il n'avait jamais vue auparavant, elle répondit :

— Encore Karl. Comme la poudre de soufre et la pénicilline avec lesquelles je t'ai soigné. Il semble savoir où aller pour obtenir ce qu'il désire. C'est un sacré personnage.

— Je ne le connais pas réellement, dit Marty en se penchant pour ramasser un autre jus de pomme, mais je l'aime comme un frère.

Il ouvrit la boîte et but au moins un tiers de son contenu.

— J'aime bien son chapeau, aussi, ajouta-t-il.

Paige éclata d'un rire disproportionné au faible humour de la remarque, mais il rit avec elle.

— Bon Dieu, je t'aime, Marty, s'exclama-t-elle, tandis qu'ils se dirigeaient vers le nord, au travers d'une terre grise et déserte. Si tu étais mort, je ne t'aurais jamais oublié.

Cette nuit-là, ils prirent deux chambres à Fallon, sous un faux nom, payant d'avance et en liquide. Ils dînèrent d'une pizza et d'un Pepsi au motel. Marty était affamé mais deux parts de pizza le calèrent.

Tandis qu'ils mangeaient, il joua à Qui c'est, le Singe? avec les enfants. Le but du jeu était de trouver tous les noms de produits alimentaires commençant par la lettre P. Les filles n'étaient pas au mieux de leur forme. En fait, elles étaient même tellement calmes que Marty s'inquiétait pour elles.

Peut-être était-ce simplement la fatigue. Après le dîner, malgré leur sieste en voiture, Charlotte et Emily s'endormirent à peine la tête sur l'oreiller.

Ils laissèrent la porte de communication ouverte. Karl Clocker avait fourni à Paige un fusil-mitrailleur Uzi, illégalement modifié pour tirer en rafales. Ils le posèrent sur la table de nuit, à portée de main.

Paige et Marty partagèrent le même lit. La jeune femme s'étendit à la droite de son époux afin de pouvoir tenir sa main valide.

Tandis qu'ils discutaient, il comprit qu'elle avait eu la réponse à la question qu'il n'avait pu poser à Karl Clocker : *Pourquoi me ressemblait-il ?*

L'un des hommes les plus puissants du Réseau, principal actionnaire d'un empire de presse, avait perdu son fils de quatre ans, mort du cancer. Tandis que le garçon agonisait à l'hôpital de Cedars-Sinaï, on lui avait prélevé des échantillons de sang et de moelle : son père avait décidé que les clones de la série Alpha seraient fabriqués à partir de son matériel génétique. S'ils devenaient une réalité, ils constitueraient un monument éternel à son enfant.

— Bon Dieu, c'est du délire ! s'exclama Marty. Quel est le père qui considérerait une race de tueurs fabriquée par des généticiens comme un monument convenable ? Dieu tout-puissant !

— Dieu n'a rien à voir là-dedans, affirma Paige.

Les agents du Réseau chargés de récupérer ces échantillons de sang et de moelle au laboratoire avaient commis une erreur et s'étaient retrouvés avec ceux de Marty — pris pour déterminer s'il constituerait un donneur convenable au cas où Charlotte aurait eu besoin d'une transfusion.

— Et ils veulent dominer le monde ? s'étonna Marty.

Il était loin d'avoir récupéré et avait besoin de sommeil, mais il lui fallait savoir encore une chose avant de sombrer.

— S'ils n'ont commencé à travailler sur Alfie qu'il y a cinq ans... comment pouvait-il être adulte ?

— D'après Clocker, ils ont « amélioré » la machine humaine sur plusieurs points.

Ils avaient doté Alfie d'un métabolisme exceptionnel et d'une puissance de guérison terriblement accélérée. Ils avaient aussi présidé à sa croissance phénoménalement rapide grâce à des hormones et l'avaient fait passer en moins de deux ans de l'état de fœtus à celui d'homme trentenaire — le nourrissant en permanence par perfusions et stimulant électriquement le développement de ses muscles.

— Comme un végétal hydroponique, ou quelque chose comme ça, précisa Paige.

— Mon Dieu, soupira Marty, tournant la tête vers la table de nuit pour s'assurer que l'Uzi y était toujours. Est-ce qu'ils n'ont pas eu de doutes en s'apercevant que leur clone ne ressemblait pas au gamin ?

— D'une part, le gamin en question a été démoli par le cancer entre deux et trois ans. On ignore à quoi il aurait ressemblé s'il avait été en bonne santé. De plus, ils avaient tellement modifié le matériel génétique qu'ils ignoraient si les membres de la génération Alpha ressembleraient tant que ça à leur modèle.

« On lui a appris à parler et à compter, ainsi que d'autres choses, en grande partie par un enseignement subliminal sophistiqué, pendant qu'il dormait, qu'il grandissait.

La jeune femme avait encore bien des choses à lui apprendre, mais sa voix s'éteignit progressivement tandis qu'il se laissait glisser dans un sommeil empli de serres où des formes humaines flottaient dans des cuves de liquide visqueux.

8.

La maison de rondins dominait plusieurs hectares de forêt, à quelques kilomètres de Jackson Hole, Wyoming, qui n'avait pas encore connu sa première chute de neige de la saison. Karl leur avait donné d'excellentes indications et ils atteignirent l'endroit sans trop de difficulté, le samedi en fin d'après-midi.

La maison avait besoin d'être nettoyée et aérée, mais le garde-manger était rempli de victuailles. Quand la rouille eut été évacuée des tuyaux, l'eau du robinet se révéla claire et fort bonne.

Le lundi, une Range Rover arriva par la petite route qui longeait la propriété et s'arrêta devant leur porte. Ils l'observèrent par la fenêtre, tendus. Paige tenait l'Uzi, le cran de sûreté ôté. Elle ne se détendit qu'en voyant Karl sortir du véhicule.

Il arrivait juste à temps pour déjeuner avec eux, un déjeuner que Marty avait préparé avec l'aide des filles : œufs reconstitués, saucisses en boîte et biscuits industriels.

Tandis qu'ils mangeaient, assis à la grande table en pin de la cuisine, Karl leur communiqua leurs nouvelles identités. Marty fut surpris par le nombre de documents. Certificats de naissance pour tous les quatre. Un diplôme pour Paige, d'un lycée de Newark, New Jersey, et un pour lui, d'une école d'Harrisburg, Pennsylvanie. Un certificat de démobilisation honorable, pour Marty, obtenu après trois ans de service. Ils avaient des permis de conduire délivrés dans le Wyoming, des cartes d'assurés sociaux, et d'autres papiers encore.

Leur nom était Gault. Ann et John Gault. Le certificat de naissance de Charlotte affirmait qu'elle s'appelait Rebecca Vanessa Gault. Emily, elle, devenait Suzie Lori Gault.

— On a pu choisir nos deux prénoms, annonça Charlotte avec plus d'animation qu'elle n'en avait montré depuis plusieurs jours. Je m'appelle Rebecca, comme dans le film, la femme belle et mystérieuse qui hante à jamais Manderley.

— On n'a pas *vraiment* choisi nos prénoms, intervint Emily. En tout cas, ce n'était pas mon premier choix.

A Bishop, Californie, au moment du choix des noms, Marty s'était trouvé plongé dans un profond sommeil induit par ses blessures.

— C'était quoi, ton premier choix ? demanda-t-il à Emily.

— Bob, répondit-elle.

Marty éclata de rire et Charlotte l'imita, explosant littéralement.

— Moi, j'aime bien Bob, insista Emily.

— Tu dois quand même admettre que ce n'est pas très approprié, lui fit remarquer son père.

— Suzie Lori, c'est mignon à vomir, intervint son aînée.

— Eh bien, si je ne peux pas m'appeler Bob, je veux m'appeler Suzie Lori, conclut Emily. Il faudra que tout le monde se serve toujours des deux prénoms. Je ne veux pas qu'on m'appelle seulement Suzie.

Tandis que les filles faisaient la vaisselle, Karl alla chercher une valise dans la Range Rover et l'ouvrit sur la table avant d'expliquer à Marty et à Paige ce qu'elle contenait. Il y avait là des dizaines de disquettes d'ordinateur renfermant des fichiers du Réseau, copiés en secret au fil des années, ainsi qu'au moins cent microcassettes où étaient enregistrées des conversations, notamment une qui avait eu lieu à l'hôtel Ritz-Carlton de Dana Point et qui mettait en scène Oslett ainsi qu'un certain Peter Waxhill.

— Celle-là expliquera sans difficulté toute l'histoire du clone, dit Karl. (Il commença à remettre les documents dans la valise.) Ce ne sont que des copies, les disquettes comme les cassettes. Vous en avez deux jeux complets. Et j'en ai d'autres de côté.

Marty ne comprenait pas.

— Pourquoi nous donner ça ?

— Vous êtes un bon écrivain, affirma le colosse. J'ai lu deux de vos livres depuis mardi soir. Prenez tout ça et rédigez une explication de l'ensemble, une explication de ce qui vous est arrivé, à vous et à votre famille. Je vais vous laisser les noms du patron d'un grand journal et d'un haut responsable du FBI. Je sais que ni l'un ni l'autre n'appartiennent au Réseau, car ils figuraient sur la liste des prochaines victimes d'Alfie. Envoyez votre explication ainsi qu'un jeu de disquettes et de cassettes à chacun d'entre eux. Pas d'adresse d'expéditeur, bien sûr, et postez ça d'un autre État que le Wyoming.

— Est-ce que ça ne serait pas à vous de le faire? demanda Paige.

— J'essaierai aussi si vous n'obtenez pas le genre de réaction que j'espère. Mais il vaut mieux que ça vienne d'abord de vous. Votre disparition, les événements de Mission Viejo, le meurtre de vos parents, les cadavres que j'ai fait en sorte qu'on découvre dans le clocher, près du refuge familial — toutes ces choses ont maintenu l'affaire à la une de l'actualité. Les dirigeants du Réseau ont fait tout leur possible pour qu'il en soit ainsi, car ils ont désespérément besoin que quelqu'un vous retrouve. Si possible, nous allons utiliser votre notoriété pour qu'ils se reprennent tout en pleine poire.

La journée était fraîche mais pas froide, le ciel d'un bleu cristallin. Marty et Karl allèrent se promener, longeant la forêt, demeurant toujours en vue de la maison.

— Cet Alfie... commença l'écrivain.

— Quoi?

— C'était le seul?

— Le premier et le seul à être opérationnel. Il y en a d'autres en préparation.

— Il faut arrêter ça.

— C'est ce qu'on va faire.

— D'accord, supposons qu'on bousille le Réseau, continua Marty. Leur château de cartes s'écroule. Ensuite... est-ce qu'on pourra un jour rentrer chez nous, reprendre le cours de nos vies?

Karl secoua la tête.

— Pour ma part, je n'en ai pas l'intention. Je n'oserais pas. Certains d'entre eux échapperont à la corde et ce sont des gens qui ne renoncent jamais à la vengeance. Ils savent haïr. Ruinez leur existence, ou seulement celle de membres de leur famille, et, tôt ou tard, ils vous tueront.

— Alors, ce nom de Gault n'est pas qu'une couverture temporaire ?

— Ce sont les meilleurs papiers d'identité que vous puissiez rêver. Aussi bons que des vrais. Je les ai eus par des sources inconnues du Réseau. Personne ne vous prendra jamais en défaut avec des papiers pareils... et personne ne pourra remonter jusqu'à vous grâce à eux.

— Ma carrière. Les revenus de mes romans...

— Oubliez-les, dit Karl. Vous êtes parti pour une nouvelle mission d'exploration, vers des mondes inconnus.

— Vous aussi, vous avez un nouveau nom ?

— Oui.

— Et ça ne me regarde pas, c'est ça ?

— Exactement.

Karl s'en alla l'après-midi même, une heure avant la tombée de la nuit.

Tandis qu'ils l'accompagnaient à la Range Rover, il sortit une enveloppe d'une poche intérieure de sa veste en tweed et la confia à Paige. Il s'agissait du titre de propriété de la maison et du terrain sur lequel elle se trouvait.

— J'ai acheté deux domiciles de secours, un à chaque bout du pays, histoire d'être prêt le jour où quelque chose comme ça se produirait. J'ai effectué les transactions sous de faux noms, grâce auxquels on ne peut pas remonter jusqu'à moi. Étant donné que je ne peux pas me servir des deux en même temps, je viens de faire passer celle-ci au nom de John et Ann Gault.

Il sembla gêné quand Paige le serra dans ses bras.

— Qu'est-ce qui nous serait arrivé sans vous, Karl ? demanda Marty. Nous vous devons tout.

Le colosse était bel et bien en train de rougir.

— Vous vous êtes bien débrouillés, vous aussi. Vous êtes des survivants. J'ai seulement fait ce que n'importe qui aurait fait à ma place.

— Pas à notre époque, répondit l'écrivain.

— Même à notre époque, le contredit Karl. Il y a nettement plus de braves gens que de salopards. Je le crois réellement. Il le faut.

Près de la Range Rover, Charlotte et Emily l'embrassèrent et lui dirent adieu. Tous savaient, sans avoir besoin de le dire, qu'ils ne se reverraient plus.

Emily lui donna Peepers.

— Tu as besoin de quelqu'un, déclara-t-elle. Tu es tout seul. Et puis, il ne s'habituera jamais à m'appeler Suzie Lori. C'est ton animal familier, maintenant.

— Merci, Emily. J'en prendrai grand soin.

Quand Karl monta au volant et ferma sa portière, Marty se pencha par la fenêtre ouverte.

— Si on démolit le Réseau, vous croyez qu'ils le reconstruiront ?

— Oui. Lui ou quelque chose de similaire, répondit le colosse sans hésitation.

— Je suppose qu'on sera mis au courant... soupira l'écrivain, troublé. Quand ils supprimeront les élections.

— Oh, ils ne supprimeraient jamais les élections, du moins pas au grand jour, déclara Karl en mettant le contact. Ils garderaient tout comme avant, avec des partis politiques opposés, des meetings, des débats, des campagnes électorales animées, tout le bruit et la poudre aux yeux. Simplement, les candidats seraient choisis parmi des partisans du Réseau. Si jamais ils prennent le pouvoir, John, ils seront les seuls à être au courant.

Marty eut soudain aussi froid que dans le blizzard, le mardi soir.

Karl leva la main, écartant les doigts en un salut que l'écrivain se rappela avoir observé dans *Star Trek.*

— Longue vie et prospérité, leur souhaita-t-il avant de les quitter.

Marty demeura dans le chemin de gravillons, observant la Rover jusqu'à ce qu'elle atteigne la route, tourne à gauche et rapetisse progressivement avant de disparaître.

9.

Durant le mois de décembre et toute l'année suivante, quand les gros titres ne parlaient que du scandale du Réseau, de trahison, de conspiration politique, d'assassinats et de crises mondiales successives, John et Ann Gault prêtèrent moins d'attention aux journaux et aux informations télévisées qu'ils ne l'eussent pensé. Ils avaient de nouvelles vies à construire, ce qui n'était pas une mince affaire.

Ann coupa court ses cheveux blonds et les teignit en brun. Avant d'aller rendre visite à leurs voisins, qui occupaient fermes ou ranchs disséminés dans cette région rurale. John se laissa pousser la barbe : il ne fut pas surpris de la voir plus qu'à demi grise. Une bonne dose de gris apparut également dans sa chevelure.

Une simple coloration fit passer les cheveux de Rebecca du brun au roux et Suzie Lori fut assez transformée avec une coiffure nettement plus courte que l'ancienne. Les deux fillettes grandissaient vite. Le temps ne tarderait pas à effacer toute ressemblance avec celles qu'elles avaient été.

Se rappeler leurs nouveaux noms était aisé comparé à l'assimilation d'un faux passé, simple mais crédible. Ils en firent un jeu, un peu à la manière de Qui c'est, le Singe ?

Les cauchemars persistaient. Quoique l'ennemi qu'ils avaient affronté se fût comporté avec autant d'aisance le jour que la nuit, ils considéraient chaque crépuscule avec le malaise qu'avaient ressenti les hommes en des époques reculées, plus superstitieuses. Les bruits inattendus les faisaient sursauter.

Le soir de Noël, pour la première fois, John osa se dire qu'ils réussiraient vraiment à s'inventer une nouvelle vie et à retrouver le bonheur. Ce fut alors que Suzie Lori s'enquit du pop-corn.

— Quel pop-corn ? demanda son père.

— Le jumeau maléfique du père Noël en a mis cinq kilos dans le micro-ondes, répondit-elle, même si, en vrai, ça ne tiendrait pas. Mais si ça tenait, qu'est-ce qui se passerait quand il commencerait à exploser ?

Ils vivaient au Wyoming depuis cinq ans quand *Le jumeau maléfique du père Noël*, de John Gault, avec des illustrations d'Ann Gault, devint un best-seller absolu à la période des fêtes. Ils ne voulurent pas que leurs photos figurent sur la jaquette et refusèrent poliment toutes les offres de tournées promotionnelles ou d'interviews, préférant mener une vie tranquille et continuer à réaliser des livres pour enfants.

Les filles restèrent en bonne santé, grandirent, et Rebecca commença à sortir avec des garçons triés sur le volet, auxquels Suzie Lori trouvait toujours un défaut quelconque.

Parfois, Ann et John avaient l'impression de vivre trop profondément dans un fantasme et faisaient l'effort de suivre l'actualité, cherchant signes et augures dont ils répugnaient même à parler entre eux. Mais le monde ne cessait d'être troublé, ennuyeux. Trop peu de gens semblaient capables d'imaginer la vie sans la main de fer d'un gouvernement ou d'un autre, sans une guerre ou une autre, une forme de haine ou une autre, si bien que les Gault se désintéressaient invariablement des nouvelles et s'en retournaient dans le monde qu'ils s'étaient imaginé.

Un jour, un roman en édition de poche arriva par la poste. L'enveloppe brune, toute simple, ne portait pas d'adresse d'expéditeur et aucune lettre n'accompagnait le volume. Il s'agissait d'un livre de science-fiction se déroulant dans un lointain futur où l'humanité avait conquis les étoiles sans résoudre tous ses problèmes. Le titre en était : *La Rébellion du clone.* John et Ann le lurent. Ils le jugèrent remarquablement bien conçu et regrettèrent de ne pouvoir probablement jamais dire toute leur admiration à l'auteur.

Cette nuit-là, l'heure du conte se déroula pour la première fois depuis plus de trois semaines. Par la suite, elle redevint quotidienne.

Fin janvier, ils se sentirent assez en sécurité pour inscrire Rebecca et Suzie Lori à l'école.

Au printemps, ils avaient de nombreux amis et une réserve croissante de souvenirs appartenant à la famille Gault qui n'étaient pas inventés.

Puisqu'ils disposaient de soixante-dix mille dollars en liquide et étaient propriétaires de leur humble demeure, ils ne se pressaient pas de chercher du travail. Ils possédaient aussi quatre cartons emplis des éditions originales des romans signés Martin Stillwater. Sur la couverture de *Time* s'était inscrite une question sans réponse : « Où est Martin Stillwater ? », et lesdites éditions, qui ne valaient auparavant que cent ou deux cents dollars pièce sur le marché de l'occasion, se vendaient désormais cinq fois plus cher : dans les années à venir, elles continueraient sans doute à prendre de la valeur plus vite que des actions cotées à Wall Street. Vendues au rythme d'une ou deux à la fois, dans des villes éloignées, elles feraient bouillir la marmite du foyer durant de longues années.

John se présenta à ses nouveaux voisins et relations comme un ancien courtier en assurances de New York City. Il affirma s'être autorisé, après un héritage substantiel, quoique pas énorme, le rêve de toute sa vie : vivre à la campagne et devenir poète.

— Si d'ici quelques années, je ne commence pas à vendre des poèmes, j'écrirai peut-être un roman, disait-il parfois. Et si ça ne marche pas non plus, eh bien, il sera temps de m'inquiéter.

Ann se satisfaisait d'être femme au foyer. Toutefois, libérée des anciennes pressions — ses clients à problèmes et les bouchons aux heures de pointe —, elle se redécouvrit un talent pour le dessin qu'elle n'avait pas exercé depuis le lycée. Elle entreprit d'illustrer les poèmes et les contes inscrits dans le carnet à spirale que son mari tenait depuis des années. *Histoires pour Rebecca et Suzie Lori.*

TABLE DES MATIÈRES

OUVRAGES DE LA COLLECTION « TERREUR »

Roderick Anscombe
La vie secrète de Laszlo, comte Dracula

Iain Banks
Le seigneur des guêpes

Clive Barker
Secret Show
Le royaume des devins
Imajica 1
Imajica 2

William P. Blatty
L'Exorciste : la suite

Robert Bloch
L'écharpe
Lori
Psychose
Psychose 2
Psychose 13
Contes de terreur

J. R. Bonansinga
Black Mariah
Pire que le mal

Randall Boyll
Froid devant
Monssstre
Territoires du crépuscule

Marion Zimmer Bradley
Sara

Ramsay Campbell
Envoûtement
La secte sans nom
Soleil de minuit

Cathy Cash Spellman
Dans les griffes du diable

Matthew J. Costello
Cauchemars d'une nuit d'été
La chose des profondeurs
Né de l'ombre

Martin Cruz-Smith
Le vol noir

Thomas Disch
Le caducée maléfique

Katherine Dunn
Un amour de monstres

Jeanne Faivre d'Arcier
Rouge flamenco
La déesse écarlate

John Farris
L'ange des ténèbres
Le fils de la nuit éternelle
Sacrifice

Raymond Feist
Faërie

Bernard Florentz
Noces d'enfer

Christopher Fowler
Le diable aux trousses
L'illusionniste

Ray Garton
Crucifax
Extase sanglante

Christopher Golden
Des saints et des ombres
L'illusionniste

Linda C. Gray
Médium

William Hallahan
Les renaissances de Joseph Tully

Barbara Hambly
Le sang d'immortalité
Voyage avec les morts

Thomas Harris
Dragon rouge
Le silence des agneaux

James Herbert
Dis-moi qui tu hantes
Fluke
Fog
La lance
Les rats
Le repaire des rats
L'empire des rats
Le survivant
Sanctuaire
Sépulcre
Présages

Shirley Jackson
Maison hantée
La loterie
Le cadran solaire

Graham Joyce
L'enfer du rêve
Requiem
Sorcière ma soeur

Kalogridis Jeanne
Pacte avec le vampire
Les enfants du vampire

Stephen King
La part des ténèbres
Salem
Dolores Claiborne
Les yeux du dragon

Andrew Klavan
Il y aura toujours quelqu'un derrière vous
L'heure des fauves

Dean Koontz
Le masque de l'oubli
Miroirs de sang
La mort à la traîne
La nuit des cafards
La nuit du forain
La peste grise
Une porte sur l'hiver
La voix des ténèbres
Les yeux des ténèbres
La maison interdite
Fièvre de glace
Lune froide
La cache du diable
Mr Murder
Démons intimes
Tic Tac
Etranges détours
Les larmes du dragon
Le rideau des ténèbres
Le visage de la peur
L'heure des chauves-souris

Steven Laws
Train fantôme
Gideon

Tanith Lee
La danse des ombres
Le festin des ténèbres
Caïn l'obscur

Charles de Lint
Mulengro
Symphonie macabre
Les murmures de la nuit

Bentley Little
Le postier

Charles McLean
Le guetteur

Robert Marasco
Notre vénérée chérie

Graham Masterton
Démences
Le démon des morts
Le djinn
Le jour « J » du jugement
Le miroir de Satan
La nuit des salamandres
Le portrait du mal
Les puits de l'enfer
Rituels de chair
Hel
Transe de mort
Manitou
La vengeance de Manitou
L'ombre du Manitou
Le trône de Satan
Apparition
La maison de chair
Les guerriers de la nuit
Les rivages de la nuit
Le fléau de la nuit
Tengu
Sang impur
Le maître des mensonges
Les visages du cauchemar

Robert McCammon
L'heure du loup
La malédiction de Bethany
Scorpion
Le mystère du lac

Michael McDowell
Les brumes de Babylone
Cauchemars de sable

Andrew Neiderman
L'avocat du diable
Confessions androgyues

Pierre Pelot
La nuit sur terre

D. Preston/L. Child
Relic

John Pritchard
Les sœurs de la nuit
Les anges du désespoir
Les cavaliers du crépuscule

Garfield Reeves-Stevens
Contrat sur un vampire
La danse du scalpel

Anne Rice
Chronique des vampires
1. Entretien avec un vampire
2. Lestat le vampire
3. La reine des damnés
4. Le voleur de corps
La momie
Le lien maléfique
L'heure des sorcières
Taltos
Memnoch le démon

Anne Rivers Siddons
La maison d'à côté

Fred Saberhagen
Un vieil ami de la famille
Le dossier Holmes-Dracula
Les confessions de Dracula
Un amour de Dracula

John Saul
Cassie
Hantises
Créature

Peter Straub
Ghost Story
Julia
Koko
Mystery
Sans portes, ni fenêtres
La gorge

Michael Talbot
La tourbière du diable

Bernard Taylor
Le jeu du jugement

Sheri S. Tepper
Ossements

Thomas Tessier
L'antre du cauchemar

Thomas Tryon
L'autre
La fête du maïs
Noire magie

Jack Vance
Méchant garçon

Lawrence Watt-Evans
La horde du cauchemar

Chet Williamson
La forêt maudite

Paul F. Wilson
La forteresse noire
Liens de sang
Mort clinique

Bari Wood
Amy girl
Double vue

Bari Wood/Jack Geasland
Faux-semblants

T. M. Wright
L'antichambre
Manhattan Ghost Story
L'autre pays

XXX
Michèle Slung présente :
22 histoires de sexe et d'horreur

Jeff Gelp présente :
Shock Rock

Douglas E. Winter présente :
13 histoires diaboliques

Dernières nouvelles de Dracula
L'année de la terreur

Achevé d'imprimer en décembre 1998
sur les presses de l'Imprimerie Bussière à Saint-Amand (Cher)

POCKET - 12, avenue d'Italie - 75627 Paris Cedex 13
Tél. : 01-44-16-05-00

— N° d'imp. 2507. — Dépôt légal : août 1996. —
Imprimé en France